BESTSELLER

Isaac Asimov, escritor norteamericano de origen ruso, nació en Petrovich en 1920 y falleció en 1992. Doctor en ciencias por la Universidad de Columbia, fue también profesor de bioquímica y doctor en filosofía. Autor de notables libros de divulgación científica y de numerosas novelas de ciencia ficción que le dieron fama internacional. Entre sus obras más conocidas figura la Trilogía de la Fundación –*Fundación, Fundación e Imperio* y *Segunda Fundación*–, que el autor complementó con una precuela –*Preludio a la Fundación* y *Hacia la Fundación*– y una secuela –*Los límites de la Fundación* y *Fundación y Tierra*–. Asimismo, destaca la serie Robots formada por dos antologías de relatos y novelas cortas –*Visiones de Robot* y *Sueños de Robot*– y cuatro novelas –*Bóvedas de acero, El sol desnudo, Los robots del amanecer* y *Robots e imperio*.

Biblioteca

ISAAC ASIMOV

Los límites de la Fundación

Traducción de
M.ª Teresa Segur

DEBOLS!LLO

Papel certificado por el Forest Stewardship Council®

Título original: *Foundation's Edge*

Primera edición con esta cubierta: junio de 2022

Printed in Spain – Impreso en España

ISBN: 978-84-9759-434-9
Depósito legal: B-5.422-2022

Impreso en Novoprint
Sant Andreu de la Barca (Barcelona)

P 8 9 4 3 4 D

A Betty Prashker, que insistió,
y a Lester del Rey, que me azuzó

PRÓLOGO

El Primer Imperio Galáctico se derrumbaba. Hacía siglos que declinaba y se debilitaba, y sólo un hombre se dio plena cuenta de ello.

Ese hombre fue Hari Seldon, el último gran científico del Primer Imperio; y fue él quien perfeccionó la psicohistoria, la ciencia del comportamiento humano reducido a ecuaciones matemáticas.

El ser humano individual es imprevisible, pero Seldon descubrió que las reacciones de la masa humana podían ser tratadas estadísticamente. Cuanto mayor es la masa, mayor es la exactitud de la predicción. Y el volumen de las masas humanas con las que Seldon trabajó fue nada menos que el de la población de los millones de mundos habitados de la Galaxia.

Las ecuaciones de Seldon le revelaron que, de ser abandonado a su suerte, el Imperio caería y transcurrirían treinta mil años de desdicha y agonía humanas antes de que un Segundo Imperio emergiera de las ruinas. No obstante, si fuera posible modificar algunas de las condiciones existentes, ese interregno podría reducirse a un solo milenio, únicamente un millar de años.

Con objeto de lograrlo, Seldon estableció dos colonias de científicos a las que llamó «Fundaciones». Con toda intención, las colocó «en extremos opuestos de la

Galaxia». La Primera Fundación, centrada en las ciencias físicas, fue instituida con un gran despliegue de publicidad. La existencia de la otra, la Segunda Fundación, un mundo de científicos psicohistóricos y «mentales», fue sumida en el silencio.

En la *Trilogía de las Fundaciones* se relata la historia de los cuatro primeros siglos del interregno. La Primera Fundación (conocida simplemente como «la Fundación», ya que la existencia de otra era desconocida para casi todos) empezó como una pequeña comunidad perdida en el vacío de la Periferia Exterior de la Galaxia. Periódicamente se enfrentaba a una crisis derivada de las relaciones humanas y las corrientes sociales y económicas de la época. Su libertad de movimientos se limitaba a una línea determinada, y cuando se movía en esa dirección, un nuevo horizonte de desarrollo se abría ante ella. Todo había sido planeado por Hari Seldon, fallecido hacía ya mucho tiempo.

La Primera Fundación, con su ciencia superior, se apoderó de los planetas bárbaros que la rodeaban. Se enfrentó a los anárquicos guerreros que se habían separado del Imperio moribundo y los derrotó. Se enfrentó a los restos del propio Imperio, bajo su último emperador poderoso y su último general poderoso, y los derrotó.

Parecía que el Plan Seldon seguía su curso normal y nada podía evitar que el Segundo Imperio fuese establecido a tiempo, y con un mínimo de devastación intermedia.

Pero la psicohistoria es una ciencia estadística. Siempre existe una pequeña posibilidad de que algo falle, y algo falló, algo que Hari Seldon no pudo prever. Un hombre, llamado el Mulo, apareció repentinamente. Tenía poderes mentales en una Galaxia que carecía de ellos. Moldeaba las emociones de los hombres y formaba sus mentes de modo que sus más acérrimos adversarios se convertían en sus leales servidores. Los ejércitos no podían, no querían, luchar contra él. La Primera Fundación cayó y el Plan Seldon pareció haber fracasado.

Quedaba la misteriosa Segunda Fundación, a la que la súbita aparición del Mulo había cogido desprevenida, pero que ahora elaboraba lentamente un contraataque. Su gran defensa era el hecho de su emplazamiento desconocido. El Mulo la buscó con el propósito de conquistar la Galaxia completa. Los fieles que sobrevivieron a la Primera Fundación la buscaron para obtener ayuda.

Ninguno la encontró. El Mulo fue detenido por la acción de una mujer, Bayta Darell, y eso proporcionó tiempo suficiente a la Segunda Fundación para organizar la acción adecuada y, con ella, detener al Mulo para siempre. Lentamente se prepararon para restablecer el Plan Seldon.

Pero, en cierto modo, la seguridad de la Segunda Fundación había desaparecido. La Primera Fundación conocía la existencia de la Segunda, y la Primera no deseaba un futuro en el que estuvieran fiscalizados por los mentalistas. La Primera Fundación era superior en fuerza física, mientras que la Segunda Fundación no sólo estaba en desventaja por ese hecho, sino por tener que realizar una doble labor: tenía que detener a la Primera Fundación, a la vez que recobrar su anonimato.

La Segunda Fundación, bajo su gran «primer orador», Preem Palver, consiguió hacerlo. La Primera Fundación fue inducida a creer que había vencido, que había derrotado a la Segunda Fundación, y fue adquiriendo cada vez más poder en la Galaxia, totalmente ignorante de que la Segunda Fundación seguía existiendo.

Ya han pasado cuatrocientos noventa y ocho años desde que la Primera Fundación apareció en escena. Se encuentra en el apogeo de su poder, pero hay un hombre que no acepta las apariencias...

1. CONSEJERO

1

—Naturalmente no lo creo —dijo Golan Trevize, deteniéndose en los anchos escalones de Seldon Hall y contemplando la ciudad bañada por el sol.

Términus era un planeta templado, con un elevado porcentaje de agua/tierra. Como Trevize pensaba a menudo, la introducción del control climático lo había hecho mucho más cómodo y considerablemente menos interesante.

—No creo nada en absoluto —repitió, sonriendo. Sus dientes blancos y uniformes brillaron en su rostro juvenil.

Su compañero y colega, Munn Li Compor, que había adoptado un segundo nombre a despecho de la tradición de Términus, meneó la cabeza con desasosiego.

—¿Qué es lo que no crees? ¿Que hemos salvado la ciudad?

—Oh, eso sí que lo creo. Lo hemos hecho, ¿no? Y Seldon dijo que lo haríamos, y que actuaríamos correctamente haciéndolo así, y que él lo sabía todo hace quinientos años.

Compor bajó la voz y dijo casi en un susurro:

—Mira, no me importa que me hables de este modo,

porque sé que hablas por hablar, pero si vas gritándolo por ahí otros te oirán y, francamente, no quiero estar cerca de ti cuando caiga el rayo. No sé lo preciso que será.

La sonrisa de Trevize permaneció inalterable y dijo:

—¿Hay algo malo en decir que la ciudad está salvada. ¿Y que lo hemos hecho sin guerra?

—No había nadie a quien combatir —repuso Compor. Tenía el cabello de un amarillo mantecoso y los ojos de un azul celeste, y siempre resistía el impulso de alterar esos tonos pasados de moda.

—¿No has oído hablar nunca de la guerra civil, Compor? —preguntó Trevize. Éste era alto, tenía el cabello negro, ligeramente ondulado, y la costumbre de andar con los pulgares metidos en el cinturón de suave fibra que siempre llevaba.

—¿Una guerra civil por el emplazamiento de la capital?

—La cuestión fue suficiente para provocar una Crisis Seldon. Destruyó la carrera política de Hanni. Nos introdujo a ti y a mí en el Consejo a raíz de las últimas elecciones, y el problema persistió... —Movió lentamente una mano, de delante atrás como una balanza al nivelarse.

Se detuvo en los escalones, sin hacer caso de los otros miembros del gobierno y medios informativos así como de las personas influyentes que habían conseguido invitación para presenciar el regreso de Seldon (o, en todo caso, el regreso de su imagen).

Todos bajaban las escaleras, hablando, riendo enorgulleciéndose de la perfección de todo, y complaciéndose en la aprobación de Seldon.

Trevize permaneció inmóvil y dejó pasar a la multitud. Compor, que estaba dos escalones más abajo, se detuvo; una invisible cuerda se extendía entre ellos.

—¿No vienes? —preguntó.

—No hay prisa. La reunión del Consejo no empezará hasta que la alcaldesa Branno haya repasado la situación con su estilo firme y escueto. No tengo prisa por soportar otro aburrido discurso. ¡Mira la ciudad!

—Ya la veo. También la vi ayer.

—Sí. Pero ¿la viste hace quinientos años, cuando fue fundada?

—Cuatrocientos noventa y ocho —le corrigió automáticamente Compor—. Dentro de dos años celebrarán el quinto centenario y la alcaldesa Branno aún seguirá en su cargo, salvo imprevistos que todos esperamos no se produzcan.

—Esperémoslo —dijo secamente Trevize—. Pero ¿cómo era hace quinientos años, cuando fue fundada? ¡Una ciudad! ¡Una pequeña ciudad, ocupada por un grupo de hombres que preparaban una enciclopedia que nunca se terminó!

—Claro que se terminó.

—¿Te refieres a la *Enciclopedia Galáctica* que tenemos ahora? Lo que tenemos no es aquello en lo que ellos trabajaban. Lo que tenemos está en una computadora y es revisado diariamente. ¿Has visto alguna vez el original incompleto?

—¿El que está en el Museo Hardin?

—El Museo de los Orígenes Salvor Hardin. Llamémosle por un nombre completo, por favor, ya que eres tan puntilloso respecto a las fechas exactas. ¿Lo has visto?

—No. ¿Debería haberlo hecho?

—No, no vale la pena. Pero, en todo caso, ahí estaban... un grupo de enciclopedistas, formando el núcleo de una ciudad, una pequeña ciudad en un mundo virtualmente desprovisto de metales, girando alrededor de un sol aislado del resto de la Galaxia, en el límite, el mismo límite. Y ahora, quinientos años más tarde, somos un mundo suburbano. Esto es un gran parque, con todo el metal que queremos. ¡Ahora estamos en el centro de todo!

—No exactamente —replicó Compor—. Aún giramos en torno a un sol aislado del resto de la Galaxia. Aún estamos en el mismo límite de la Galaxia.

—Ah, no, eso lo dices sin pensar. Ésa fue la causa de esta pequeña Crisis Seldon. Somos algo más que el aislado mundo de Términus. Somos la Fundación, que extiende sus tentáculos por toda la Galaxia y gobierna esa Galaxia desde su emplazamiento en el mismo límite. Podemos hacerlo porque no estamos aislados, excepto en la situación, y eso no cuenta.

—De acuerdo. Lo acepto. —Evidentemente a Compor le era indiferente y bajó otro escalón. La cuerda invisible que había entre ellos se estiró aún más.

Trevize alargó una mano como para tirar de su amigo escalones arriba.

—¿No ves lo que eso significa, Compor? Ha habido un cambio enorme, pero nosotros no lo aceptamos. En el fondo del corazón queremos la pequeña Fundación, la sencilla organización de un solo mundo que teníamos en los viejos tiempos, en aquellos tiempos de férreos héroes y nobles santos que se han ido para siempre.

—¡Oh, vamos!

—Hablo en serio. Mira Seldon Hall. Para empezar, durante las primeras crisis de la época de Salvor Hardin, sólo era la Bóveda del Tiempo, un pequeño auditorio donde aparecía la imagen holográfica de Seldon. Eso era todo. Ahora es un mausoleo colosal, pero ¿tiene una rampa con campo de fuerza? ¿Una cinta transportadora? ¿Un ascensor gravítico? No, sólo estos escalones, y nosotros los bajamos y subimos como Hardin habría tenido que hacerlo. En una época extraña e imprevisible, nos aferramos con miedo al pasado.

Alargó apasionadamente el brazo.

—¿Hay algún componente estructural visible que sea metálico? Ninguno. No sería conveniente, ya que en tiempos de Salvor Hardin no había metales nativos y casi ninguno importado. Incluso instalamos plástico antiguo, rosado por los años, cuando construimos este enorme conglomerado, a fin de que los visitantes de otros mundos puedan detenerse y exclamar: «¡Galaxia! ¡Qué hermoso plástico antiguo!» Te lo digo, Compor, es una farsa.

—Así pues, ¿es esto en lo que no crees? ¿En Seldon Hall?

—Y en todo su contenido —dijo Trevize en un furioso susurro—. No creo que tenga sentido esconderse aquí, en el límite del Universo, sólo porque nuestros antepasados lo hicieron. Creo que deberíamos estar ahí fuera, en medio de todo.

—Pero Seldon dice que te equivocas. El Plan Seldon está desarrollándose tal como debe.

—Lo sé. Lo sé. Y todos los niños de Términus son educados para creer que Hari Seldon formuló un Plan, que lo previó todo hace cinco siglos, que instituyó la Fundación de modo que anticipó ciertas crisis, y dispuso que su imagen apareciera holográficamente durante esas crisis, y nos dijera lo mínimo que deberíamos saber para continuar hasta la siguiente crisis, y así nos conduciría a través de mil años de historia hasta que pudiéramos edificar un Segundo y Mayor Imperio Galáctico sobre las ruinas de la vieja y decrépita estructura que estaba derrumbándose hace cinco siglos y se desintegró completamente hace dos siglos.

—¿Por qué me dices todo esto, Golan?

—Porque te digo que es una farsa. Todo es una farsa. Y aun en el caso de que en un principio fuese real, ¡ahora es una farsa! No somos dueños de nosotros mismos. No somos nosotros quienes seguimos el Plan.

Compor miró escrutadoramente al otro.

—Ya me habías dicho cosas así antes de ahora Golan, pero siempre había pensado que sólo decías ridiculeces para excitarme. Por la Galaxia, ahora creo que hablas en serio.

—¡Claro que hablo en serio!

—No puede ser. O bien es una broma pesada a mis expensas o bien has perdido la razón.

—Ni lo uno ni lo otro —dijo Trevize, ya calmado metiendo los pulgares en el cinturón como si ya no necesitara los gestos de las manos para acentuar la pasión—. Admito haber especulado otras veces sobre ello, pero sólo fue por intuición. Sin embargo, la farsa que esta mañana se ha desarrollado ahí dentro me ha abierto los ojos y pretendo, a mi vez, abrir los ojos al Consejo.

Compor exclamó:

—¡Estás loco!

—De acuerdo. Ven conmigo y escucha.

Los dos bajaron las escaleras. Eran los únicos que quedaban, los últimos en completar el descenso. Y mientras Trevize se adelantaba ligeramente, los labios de Compor se movieron en silencio, lanzando una muda palabra en dirección a la espalda del otro: «¡Tonto!»

2

La alcaldesa Harla Branno declaró abierta la sesión del Consejo Ejecutivo. Sus ojos habían mirado a los reunidos sin muestras visibles de interés; no obstante, ninguno dudó de que había advertido quiénes estaban presentes y quiénes no habían llegado todavía.

Su cabello gris estaba peinado en un estilo que no era marcadamente femenino ni imitación del masculino. Era el modo en que ella lo llevaba, nada más. Su rostro desapasionado no destacaba por su belleza, pero no era precisamente belleza lo que uno esperaba ver en él.

Era el administrador más capaz del planeta. Nadie podía acusarla de poseer la brillantez de los Salvor Hardin y los Hober Mallow, cuyas historias animaron los primeros dos siglos de existencia de la Fundación, pero tampoco nadie podía asociarla con las locuras de los hereditarios Indbur que habían gobernado la Fundación antes de la aparición del Mulo.

Sus discursos no excitaban la mente de los hombres, ni tenía el don del dramatismo, pero poseía la capacidad de tomar decisiones sensatas y defenderlas mientras estuviese convencida de que eran acertadas. Sin un carisma evidente, tenía la habilidad de persuadir a los votantes de que esas decisiones serían acertadas.

Puesto que, según la doctrina de Seldon, el cambio histórico es muy difícil de alterar (siempre salvando lo imprevisible, cosa que la mayoría de seldonistas suele olvidar, pese al incidente del Mulo), la Fundación podía haber mantenido su capital en Términus bajo cualquier circunstancia. Pero esto es un imponderable. Seldon, en su reciente aparición como un simulacro de quinientos años de edad, había fijado tranquilamente la probabilidad de continuar en Términus en un 87,2 por 100.

No obstante, incluso para los seldonistas, ello significaba que había un 12,8 por 100 de posibilidades de que se hubiese realizado el traslado a algún punto más cercano al centro de la Confederación de la Fundación, con todas las fatales consecuencias que Seldon había esbozado. El hecho de que esta posibilidad de uno entre ocho no hubiese tenido lugar se debía a la alcaldesa Branno.

Era indudable que ella no lo hubiese permitido. Incluso en períodos de considerable impopularidad, se había aferrado a la decisión de que Términus era la sede tradicional de la Fundación y continuaría siéndolo. Sus enemigos políticos habían caricaturizado su pronunciada mandíbula (con cierta efectividad, había que admitirlo) como un bloque colgante de granito.

Y ahora Seldon había respaldado su punto de vista y, al menos por el momento, eso le proporcionaría una considerable ventaja política. Al parecer había dicho un año antes que si Seldon la respaldaba en su próxima aparición, consideraría su labor felizmente concluida. Entonces se retiraría y asumiría el papel de ex estadista, en lugar de exponerse a los dudosos resultados de otras guerras políticas.

Nadie la había creído realmente. Estaba familiarizada con las guerras políticas hasta un extremo que pocos habían alcanzado, y ahora que la imagen de Seldon había aparecido y desaparecido no daba muestras de querer retirarse.

Habló con una voz perfectamente clara y un marcado acento de la Fundación (en otros tiempos había sido embajadora en Mandress, pero no había adoptado el estilo dialéctico imperial que ahora estaba tan en boga, y formó parte de lo que había sido una incursión casi imperial en las Provincias Interiores).

Dijo:

—La Crisis Seldon ha terminado y es tradición, muy prudente a mi juicio, que no se tomen represalias de ninguna clase, ni de hecho ni de palabra, contra los que han respaldado al bando equivocado. Muchas personas honestas creían tener buenas razones para querer lo que Seldon no quería. No tiene objeto humillarlas hasta el punto en que sólo puedan recobrar su dignidad censurando el Plan Seldon. A su vez, existe la arraigada y deseable costumbre de que quienes hayan apoyado al bando perdedor acepten alegremente la derrota, sin más discusión. El tema ha quedado relegado al olvido, por ambos lados, para siempre.

Hizo una pausa, escrutó las caras reunidas durante un momento, y después prosiguió:

—La mitad del tiempo ha pasado, miembros del Consejo, la mitad del período de mil años entre imperios. Ha sido una época llena de dificultades, pero hemos recorrido un largo camino. En efecto, ya somos casi un Imperio Galáctico y no quedan enemigos externos de importancia.

»El interregno habría durado treinta mil años, a no ser por el Plan Seldon. Después de treinta mil años de desintegración, quizá no habría quedado fuerza suficiente para volver a formar un imperio. Quizá sólo habrían quedado mundos aislados y probablemente moribundos.

»Lo que hoy tenemos se lo debemos a Hari Seldon, y en él hemos de confiar siempre. El peligro de aquí en adelante, consejeros, somos nosotros mismos, y a partir de ahora no debe haber dudas oficiales sobre el valor del Plan. Convengamos ahora, sosegada y firmemente, en que no debe haber dudas, críticas o condenas oficiales del Plan. Tenemos que apoyarlo incondicionalmente. Ha demostrado su efectividad a lo largo de cinco siglos. Constituye la seguridad de la humanidad y no debe ser alterado. ¿Convenido?

Hubo un sordo murmullo. La alcaldesa apenas levantó la mirada para obtener pruebas visuales de conformidad. Conocía a todos los miembros del Consejo y sabía cómo reaccionaría cada uno. Después de la victoria, no habría objeciones. El año siguiente, tal vez. Ahora, no. Abordaría los problemas del año siguiente el año siguiente.

Siempre que no...

—¿Control mental, alcaldesa Branno? —preguntó Golan Trevize, enfilando el pasillo a grandes zancadas y hablando a gritos, como para compensar el silencio del resto. No se molestó en ocupar su asiento que, en su calidad de nuevo miembro, estaba en la última fila.

Branno siguió sin levantar la mirada.

—¿Sus opiniones, consejero Trevize? —dijo.

—Que el gobierno no puede prohibir la libertad de expresión; que todos los individuos, y con más motivo los consejeros y consejeras, que han sido elegidos con este fin, tienen el derecho a discutir los temas políticos del día; y que ningún tema político puede ser disociado del Plan Seldon.

Branno enlazó las manos y levantó la mirada. Su rostro era inexpresivo.

—Consejero Trevize, ha entrado irregularmente en este debate y ha interrumpido la sesión al hacerlo así. No obstante, le he pedido su opinión y voy a contestarle —replicó—. No hay límite para la libertad de expresión dentro del contexto del Plan Seldon. Es sólo el Plan en sí lo que nos limita por su misma naturaleza. Hay muchas maneras de interpretar los acontecimientos antes de que la imagen tome la decisión final, pero una vez la toma, esta decisión no puede seguir siendo cuestionada en el Consejo. Tampoco puede ser cuestionada de antemano, como diciendo: «Si Hari Seldon declarara esto y aquello, estaría equivocado.»

—¿Y si uno lo pensara de verdad, señora alcaldesa?

—Entonces podría decirlo, en el caso de que esa persona fuese un particular y discutiera el asunto en un contexto particular.

—Así pues, ¿quiere decir que las limitaciones a la libertad de expresión que usted propone afectan exclusiva y específicamente a los funcionarios gubernamentales?

—Exactamente. Ésta no es una norma nueva de la ley de la Fundación. Ha sido aplicada con anterioridad por alcaldes de todas las facciones. Un punto de vista particular no significa nada; la expresión oficial de una opinión tiene peso y puede ser peligrosa. No hemos llegado hasta tan lejos para exponernos ahora al peligro.

—Permítame indicarle, señora alcaldesa, que esa

norma suya ha sido aplicada, escasa e irregularmente, a ciertos decretos del Consejo. Nunca se ha aplicado a algo tan vasto e indefinible como el Plan Seldon.

—El Plan Seldon necesita más protección, porque es precisamente ahí donde las dudas pueden ser más fatales.

—¿No consideraría usted, alcaldesa Branno...? —Trevize se volvió, dirigiéndose ahora a los miembros del Consejo, que parecían haber contenido unánimemente la respiración, como esperando el resultado del duelo—. ¿No considerarían ustedes, miembros del Consejo, que hay motivos para pensar que no existe ningún Plan Seldon?

—Todos hemos sido testigos de su funcionamiento hoy mismo —dijo la alcaldesa Branno, más sosegada cuanto mayor era el apasionamiento y la elocuencia de Trevize.

—Precisamente porque hoy hemos visto su funcionamiento, consejeros y consejeras, podemos darnos cuenta de que el Plan Seldon, tal como nos han enseñado a creer, no puede existir.

—Consejero Trevize, éste no es su turno de intervención y no debe continuar en esta línea.

—Tengo los privilegios de mi cargo, alcaldesa.

—Esos privilegios han sido revocados, consejero.

—Usted no puede revocarlos. Su declaración limitando la libertad de expresión no puede tener, en sí misma, la fuerza de ley. El Consejo no ha votado formalmente, alcaldesa, y aunque lo hubiera hecho, yo tendría derecho a cuestionar su legalidad.

—La revocación, consejero, no tiene nada que ver con mi declaración protegiendo el Plan Seldon.

—Entonces, ¿en qué se basa?

—Se le acusa de traición, consejero. Haré el favor al Consejo de no arrestarle dentro de la Cámara, pero en la puerta le esperan miembros de Seguridad que le tomarán bajo su custodia cuando salga. Ahora le pido que salga sin oponer resistencia. En el caso de que haga algún movimiento imprudente, lo consideraremos un peligro inmediato y Seguridad entrará en la Cámara. Confío en que no sea necesario.

Trevize frunció el ceño. En la sala reinaba un silencio absoluto. (¿Acaso todos lo esperaban, todos menos él y Compor?) Dirigió la mirada hacia la salida. No vio nada, pero estaba seguro de que la alcaldesa Branno no fanfarroneaba.

Balbuceó con rabia:

—Repre... represento a un importante grupo de votantes, alcaldesa Branno...

—Sin duda se sentirán decepcionados.

—¿En qué pruebas basa esta absurda acusación?

—Lo sabrá en su momento, pero puede estar seguro de que tenemos todo lo que necesitamos. Es usted un joven muy indiscreto y debería haber comprendido que alguien podía ser amigo suyo y, sin embargo, no estar dispuesto a ayudarle en su traición.

Trevize se volvió en redondo para fijar la mirada en los ojos azules de Compor, que no se inmutó.

La alcaldesa Branno dijo tranquilamente:

—Recuerden todos los testigos que cuando he hecho mi última declaración el consejero Trevize se ha vuelto a mirar al consejero Compor. ¿Quiere salir ahora, consejero, o me obligará a incurrir en el deshonor de un arresto dentro de la Cámara?

Golan Trevize se volvió, subió nuevamente los escalones y, en la puerta, dos hombres uniformados y armados lo flanquearon.

Harla Branno, mirándolo impasiblemente, murmuró a través de sus labios apenas entreabiertos:

—¡Tonto!

3

Liono Kodell había sido director de Seguridad durante todo el período de administración de la alcaldesa Branno. Como le gusta decir, no era un trabajo agotador, aunque naturalmente nadie sabía si mentía o no. No parecía mentiroso, pero eso no significaba nada.

Tenía un aspecto agradable y cordial, y muy posiblemente eso fuera adecuado para el cargo. Estaba bastante por debajo de la estatura media, y bastante por encima del peso medio; llevaba un tupido bigote (algo insólito para un ciudadano de Términus) que ya era más blanco que gris; tenía unos brillantes ojos marrones, y un parche característico de un color básico marcaba el bolsillo superior de su mono pardusco.

—Siéntese, Trevize. Me gustaría que habláramos amistosamente, si es posible —dijo.

—¿Amistosamente? ¿Con un traidor? —Trevize introdujo ambos pulgares en el cinturón y permaneció en pie.

—Con un acusado de traición. Aún no hemos llegado al punto en que una acusación, aunque sea hecha por la propia alcaldesa, equivalga a una condena. Confío en que nunca lleguemos. Mi misión es absolverle, si puedo. Preferiría hacerlo ahora, cuando todavía no se ha causado ningún daño, excepto, quizá, a su orgullo, que verme forzado a exponer el caso en juicio público. Espero que opine igual que yo.

Trevize no se ablandó.

—No se moleste en congraciarse conmigo. Su misión es tratarme como si fuese un traidor. No lo soy, y me desagrada tener que demostrar este punto a su satisfacción. ¿Por qué no demuestra usted su lealtad a mi satisfacción?

—En principio, no hay inconveniente. Sin embargo, lo triste del caso es que yo tengo el poder de mi lado, y usted no. Por este motivo el privilegio de interrogar es mío, no suyo. Si alguna sospecha de deslealtad o traición recayera sobre mí, supongo que me reemplazarían, y entonces sería interrogado por algún otro que, espero seriamente, no me trataría peor de lo que yo pretendo tratarle a usted.

—¿Y cómo pretende tratarme?

—Confío en que como a un amigo, y a un igual, si usted está dispuesto a hacer lo mismo.

—¿Puedo pedirle una copa? —preguntó Trevize con amargura.

—Más tarde, quizá, pero ahora le ruego que se siente. Se lo pido como amigo.

Trevize titubeó y luego se sentó. De repente le pareció absurdo mantener su actitud desafiante.

—Y ahora, ¿qué? —preguntó Trevize con amargura.

—Ahora, ¿puedo pedirle que conteste a mis preguntas sinceramente y sin evasivas?

—¿Y si no lo hago? ¿Cuál es la amenaza? ¿Una sonda psíquica?

—Espero que no.

—Yo también lo espero. No es sistema para un consejero. No revelaría una traición, y cuando me absolvieran, pediría su cabeza y quizá también la de la alcaldesa. Tal vez valdría la pena someterme a una sonda psíquica.

Kodell frunció el ceño y meneó ligeramente la cabeza.

—Oh, no. Oh, no. Hay demasiado peligro de lesión cerebral. A veces resulta difícil de curar, y no le compensaría. Seguro. Verá, algunas veces, cuando no hay más remedio que utilizar la sonda psíquica...

—¿Una amenaza, Kodell?

—Una declaración de hecho, Trevize. No me interprete mal, consejero. Si debo recurrir a ese sistema lo haré, y aunque sea usted inocente no le servirá de nada.

—¿Qué quiere decir?

Kodell accionó un interruptor que había en la mesa frente a él y dijo:

—Todo lo que yo le pregunte y usted me conteste será grabado, tanto en imagen como en sonido. No quiero ninguna declaración gratuita o fuera de tono. Por lo menos, esta vez. Estoy seguro de que lo comprende.

—Comprendo que sólo grabará lo que le plazca —dijo Trevize con desprecio.

—Es cierto, pero le repito que no me interprete mal. No falsearé nada de lo que usted diga. Lo utilizaré o no, eso es todo. Pero usted sabrá que no lo utilizaré y no nos hará perder el tiempo ni a usted ni a mí.

—Ya lo veremos.

—Tenemos razones para pensar, consejero Trevize —y el toque de formalidad que imprimió a su voz fue prueba suficiente de que estaba grabando—, que ha declarado abiertamente y en numerosas ocasiones que no cree en la existencia del Plan Seldon.

Trevize contestó con lentitud:

—Si lo he dicho tan abiertamente, y en numerosas ocasiones, ¿qué más necesitan?

—No perdamos el tiempo en subterfugios, consejero. Usted sabe que lo que deseo es un reconocimiento explícito en su propia voz, caracterizada por sus propias huellas sonoras, bajo condiciones en las que tiene pleno dominio de sí mismo.

—¿Porque, supongo, el empleo de algún producto hipnótico, químico o no, alteraría las huellas sonoras?

—Muy notablemente.

—¿Y usted está ansioso por demostrar que no ha utilizado ningún método ilegal para interrogar a un consejero? No le culpo.

—Me alegro de que no me culpe, consejero. Así pues, continuemos. Usted ha declarado abiertamente, y en numerosas ocasiones, que no cree en la existencia del Plan Seldon. ¿Lo admite?

Trevize dijo lentamente, escogiendo las palabras:

—No creo que lo que llamamos Plan de Seldon tenga el significado que solemos darle.

—Una declaración muy imprecisa. ¿Le importaría explicarse con más detalle?

—Opino que la creencia general de que Hari Seldon, hace quinientos años, utilizando la ciencia matemática de la psicohistoria, trazó el curso de los acontecimientos humanos hasta el último detalle y que nosotros seguimos un curso destinado a llevarnos desde el Primer Imperio Galáctico hasta el Segundo Imperio Galáctico por la línea de máxima probabilidad, es ingenua. No puede ser así.

—¿Quiere usted decir que, en su opinión, Hari Seldon nunca existió?

—De ningún modo. Claro que existió.

—¿Que no desarrolló la ciencia de la psicohistoria?

—No, claro que no quiero decir tal cosa. Escuche, director, se lo habría explicado al Consejo si me lo hubieran permitido, y voy a explicárselo a usted. La verdad de lo que le diré es tan terminante...

El director de Seguridad había desconectado silenciosamente, y sin ningún disimulo, el aparato grabador.

Trevize hizo una pausa y frunció el ceño.

—¿Por qué ha hecho eso?

—Me está haciendo perder el tiempo, consejero. No le he pedido un discurso.

—Me ha pedido que explique mi punto de vista, ¿no?

—De ningún modo. Le he pedido que conteste mis preguntas; sencilla, directa y francamente. Conteste sólo las preguntas y no añada nada más. Hágalo y no tardaremos demasiado.

Trevize dijo:

—Quiere decir que me arrancará declaraciones que

reforzarán la versión oficial de lo que supuestamente he hecho.

—Sólo le pedimos que diga la verdad, y le aseguro que no falsearemos sus declaraciones. Intentémoslo de nuevo, por favor. Estábamos hablando de Hari Seldon. —Volvió a poner la grabadora en marcha y repitió con calma—: ¿Que no desarrolló la ciencia de la psicohistoria?

—Claro que desarrolló la ciencia que llamamos psicohistoria —dijo Trevize, sin poder disimular su impaciencia y gesticulando con exasperada pasión.

—Que usted definiría... ¿cómo?

—¡Galaxia! Suele definirse como la rama de las matemáticas que estudia las reacciones generales de amplios grupos de seres humanos ante determinados estímulos y bajo determinadas circunstancias. En otras palabras, se cree que predice los cambios sociales e históricos.

—Ha dicho «se cree». ¿Lo duda usted bajo el punto de vista de la experiencia matemática?

—No —contestó Trevize—. Yo no soy psicohistoriador. Tampoco lo es ningún miembro del gobierno de la Fundación, ni ningún ciudadano de Términus, ni ningún...

Kodell alzó la mano y dijo suavemente:

—¡Consejero, por favor! —Y Trevize se calló—. ¿Tiene usted algún motivo para suponer que Hari Seldon no hizo los análisis necesarios que combinarían, con la mayor eficacia posible, los factores de máxima probabilidad y menor duración en el camino que conduce del Primer al Segundo Imperio por medio de la Fundación? —continuó Kodell.

—Yo no estaba allí —dijo sardónicamente Trevize—. ¿Como quiere que lo sepa?

—¿Puede saber que no lo hizo?

—No.

—¿Niega usted, quizá, que la imagen holográfica de Hari Seldon que ha aparecido durante cada una de las crisis históricas acaecidas durante los últimos quinientos años es, en realidad, una reproducción del mismo Hari Seldon, hecha en el último año de su vida, poco antes de la constitución de la Fundación?

—Supongo que no puedo negarlo.

—Lo «supone». ¿Pretende usted decir que es un fraude, un engaño urdido por alguien en el pasado con algún propósito?

Trevize suspiró.

—No. No afirmo tal cosa.

—¿Está dispuesto a afirmar que los mensajes transmitidos por Hari Seldon han sido manipulados de algún modo por alguien determinado?

—No. No tengo motivos para creer que dicha manipulación sea posible o provechosa.

—Comprendo. Usted ha presenciado la más reciente aparición de la imagen de Seldon. ¿Le ha parecido que su análisis, preparado hace quinientos años, no se ajusta a las circunstancias actuales con suficiente exactitud?

—Al contrario —dijo Trevize con súbito regocijo—. Se ajusta con toda exactitud.

Kodell pareció indiferente a la emoción del otro.

—Y no obstante, consejero, tras la aparición de Seldon, usted sigue manteniendo que el Plan Seldon no existe.

—Claro que sí. Mantengo que no existe precisamente porque el análisis se ajusta con tal exactitud...

Kodell había desconectado la grabadora.

—Consejero —dijo, meneando la cabeza—, me obliga a borrar. Le pregunto si sigue manteniendo esa extraña creencia suya y empieza a darme razones. Déjeme repetirle la pregunta: Y no obstante, consejero, tras la aparición de Seldon, usted sigue manteniendo que el Plan Seldon no existe.

—¿Cómo lo sabe? Nadie ha tenido la oportunidad de hablar con el amigo que me delató, Compor, después de la aparición.

—Digamos que lo hemos supuesto, consejero. Y digamos que usted ya ha contestado, «claro que sí». Si quiere volver a decirlo, sin añadir nada más, podremos continuar.

—Claro que sí —dijo Trevize con ironía.

—Bueno —dijo Kodell—, escogeré el «claro que sí» que suene más natural. Gracias, consejero. —Y desconectó nuevamente la grabadora.

Trevize preguntó:

—¿Eso es todo?

—Para lo que yo necesito, sí.

—Al parecer, lo que usted necesita es una serie de preguntas y respuestas que pueda presentar a Términus y a toda la Confederación de la Fundación a la cual gobierna, para demostrar que acepto totalmente la leyenda del Plan Seldon. Esto hará parecer quijotesco o demente cualquier desmentido que yo haga después.

—O incluso una traición a los ojos de una excitada multitud que ve el Plan como esencial para la seguridad de la Fundación. Quizá no sea necesario divulgar esto, consejero Trevize, si podemos llegar a algún acuerdo, pero si fuera necesario nos encargaríamos de que la Confederación lo oyera.

—¿Es usted suficientemente tonto, señor —dijo Trevize, con el ceño fruncido—, para no querer saber lo que realmente tengo que decir?

—Como ser humano estoy muy interesado en saberlo, y si llega el momento apropiado le escucharé con interés y un cierto grado de escepticismo. Sin embargo, como director de Seguridad, tengo, en este momento, exactamente lo que necesito.

—Espero que sepa que no les servirá de nada, ni a usted ni a la alcaldesa.

—Aunque le parezca extraño, no opino lo mismo. Ahora ya puede marcharse. Custodiado, naturalmente.

—¿Adónde me van a llevar?

Kodell tan sólo sonrió.

—Adiós, consejero. No ha cooperado demasiado, pero habría sido poco realista esperar que lo hiciera.

Alargó la mano.

Trevize, levantándose, simuló no verla. Se alisó las arrugas del cinturón y dijo:

—No hace más que retrasar lo inevitable. Debe de haber otros que piensan como yo, o los habrá más tarde. Encarcelarme o matarme causará extrañeza y, a la larga, acelerará la generalización de esa manera de pensar. Al final la verdad y yo ganaremos.

Kodell retiró la mano y sacudió lentamente la cabeza.

—De verdad, Trevize —dijo—, usted es tonto.

4

Era medianoche cuando dos guardias fueron a sacar a Trevize de lo que era, tenía que admitirlo, una lujosa habitación en la Dirección General de Seguridad. Lujosa, pero cerrada con llave. La celda de una prisión, en todo caso.

Trevize dispuso de más de cuatro horas para intentar justificarse amargamente, paseando con nerviosismo de un lado a otro durante todo el rato.

¿Por qué había confiado en Compor?

¿Por qué no? Parecía tan claramente convencido. No, eso no. Parecía tan dispuesto a dejarse convencer. No, eso tampoco. Parecía tan estúpido, tan fácilmente dominado, tan ciertamente desprovisto de cerebro y opiniones propias que Trevize aprovechó la ocasión de utilizarlo como una cómoda caja armónica. Compor había ayudado a Trevize a mejorar y pulir sus opiniones. Había resultado útil, y Trevize había confiado en él por la sencilla razón de que le había convenido hacerlo así.

Pero ahora era inútil intentar decidir si debía haber descubierto el juego de Compor. Debía haber seguido la regla: no confiar en nadie.

Sin embargo, ¿puede uno vivir sin confiar en nadie? Evidentemente había que hacerlo.

Y, ¿quién habría pensado que Branno tendría la audacia de arrestar a un miembro del Consejo, y que ni uno solo de los demás consejeros movería un dedo para proteger a uno de los suyos? Aunque hubieran discrepado totalmente con Trevize, aunque hubieran estado dispuestos a apostar su sangre, hasta la última gota, por la rectitud de Branno; de todos modos, deberían haberse rebelado, por principio, contra esa violación de sus prerrogativas. A veces llamaban a Branno «la mujer de bronce», y ciertamente actuaba con rigor metálico...

A menos que ella misma ya estuviera en las garras de...

¡No! ¡Este camino desembocaba en la paranoia!

Y sin embargo...

Su mente andaba de puntillas y en círculos, y no había podido librarse de los pensamientos inútiles repetitivos cuando llegaron los guardias.

—Tendrá que venir con nosotros, consejero —dijo el mayor de los dos con gravedad desprovista de emoción. Su insignia revelaba su graduación de teniente. Tenía una pequeña cicatriz en la mejilla derecha, y parecía cansado, como si hubiera estado en su puesto demasiado tiempo y hubiera hecho demasiado poco, como podía esperarse de un soldado cuyo pueblo había vivido en paz durante más de un siglo.

Trevize no se movió.

—Su nombre, teniente.

—Soy el teniente Evander Sopellor, consejero.

—Se dará cuenta de que está quebrantando la ley, teniente Sopellor. No puede arrestar a un consejero.

El teniente dijo:

—Tenemos órdenes directas, señor.

—Eso no importa. No pueden ordenarle que arreste a un consejero. Debe comprender que se expone a un consejo de guerra.

El teniente dijo:

—No le estoy arrestando, consejero.

—Entonces; no tengo que ir con usted, ¿verdad?

—Nos han ordenado que le escoltemos hasta su casa.

—Conozco el camino.

—Y que le protejamos hasta llegar a ella.

—¿De qué? ¿O de quien?

—De cualquier multitud que pueda reunirse.

—¿A medianoche?

—Por eso hemos esperado hasta medianoche, señor. Y ahora, señor, por su propia seguridad, debo pedirle que venga con nosotros. Puedo decirle, no como amenaza, sino como información, que estamos autorizados a emplear la fuerza si es necesario.

Trevize reparó en los látigos neurónicos con que iban armados. Se levantó con lo que esperaba fuese dignidad.

—A mi casa, pues. ¿O descubriré que van a llevarme a la cárcel?

—No hemos recibido instrucciones de mentirle, señor —dijo el teniente con un orgullo propio.

Trevize comprendió que estaba en presencia de un profesional, que exigiría una orden directa antes de mentir, y que incluso entonces su expresión y tono de voz le delatarían.

Trevize dijo:

—Le pido perdón, teniente. No quería dar a entender que dudaba de su palabra.

Un vehículo de superficie les aguardaba en el exterior. La calle estaba vacía y no había indicios de hombre alguno, mucho menos de una multitud, pero el teniente no había faltado a la verdad. No había dicho que en el exterior hubiese una multitud o que fuera a congregarse. Se había referido a «cualquier multitud que pueda reunirse». Sólo había dicho «pueda».

El teniente mantuvo cuidadosamente a Trevize entre sí mismo y el vehículo. Trevize no habría podido escabullirse y huir. El teniente entró después de él y se sentó a su lado en la parte trasera.

El coche arrancó.

Trevize dijo:

—Una vez esté en casa, supongo que podré hacer lo que quiera..., que podré marcharme, por ejemplo, si así lo deseo.

—No tenemos órdenes de obstaculizar sus movimientos, consejero, en ningún sentido, excepto en el caso de que supongan un peligro para usted.

—¿Un peligro? ¿Le importaría concretar un poco más?

—Tengo instrucciones de comunicarle que una vez esté en su casa, no podrá salir de ella. Las calles no son seguras para usted y yo soy responsable de su seguridad.

—Quiere decir que estoy bajo arresto domiciliario.

—No soy abogado, consejero. No sé lo que eso significa.

Desvió la mirada hacia el frente, pero su codo tocó el costado de Trevize. Trevize no habría podido moverse, ni siquiera un poco, sin que el teniente lo notara.

El coche se detuvo ante la pequeña casa de Trevize en el suburbio de Flexner. En ese momento no vivía con nadie. Flavella se había cansado de la vida irregular que su cargo de consejero le obligaba a llevar, y no esperaba que nadie estuviera aguardándole.

—¿Puedo bajar? —preguntó Trevize.

—Yo bajaré primero, consejero. Le escoltaremos hasta dentro.

—¿Por mi seguridad?

—Sí, señor.

Dos guardias esperaban en el vestíbulo. Había una lamparilla encendida, pero las ventanas habían sido opacadas y no se veía ninguna luz desde el exterior.

Durante un momento se sintió indignado por la invasión y después se encogió de hombros. Si el Consejo no podía protegerle en la misma Cámara del Consejo, era evidente que su casa no podía servirle de fortaleza.

Trevize dijo:

—¿A cuántos de ustedes tengo aquí? ¿A un regimiento?

—No, consejero —dijo una voz, recia y firme—. Sólo hay una persona aparte de las que ve, y hace mucho rato que le espero.

Harla Branno, alcaldesa de Términus, apareció en el umbral de la puerta que conducía al salón.

—¿No le parece que ya es hora de que hablemos?

Trevize la miró con asombro.

—Todo este jaleo para...

Pero Branno le interrumpió con voz baja y enérgica:

—Silencio, consejero. Y ustedes cuatro, fuera. ¡Fuera! Aquí todo irá bien.

Los cuatro guardias saludaron y giraron sobre sus talones. Trevize y Branno se quedaron solos.

2. ALCALDESA

5

Branno había esperado una hora, reflexionando fatigosamente. Hablando con propiedad, era culpable de allanamiento de morada. Lo que es más, había violado, de forma totalmente inconstitucional, los derechos de un consejero. Según las estrictas leyes que establecían las prerrogativas de los alcaldes, desde la época de Indbur III y el Mulo, hacía casi dos siglos, podía ser inculpada.

Sin embargo, ese preciso día y durante veinticuatro horas no podía cometer ninguna equivocación.

Pero pasaría. Se agitó con nerviosismo.

Los primeros dos siglos habían sido la Edad de Oro de la Fundación, la Era Heroica; al menos retrospectivamente, si no para los desdichados que vivieron en una época tan insegura. Salvor Hardin y Hober Mallow fueron los dos grandes héroes, semidivinizados hasta el punto de rivalizar con el incomparable Hari Seldon en persona. Los tres constituían un trípode sobre el que descansaba toda la leyenda de la Fundación (e incluso la historia de la Fundación).

No obstante, en aquellos días la Fundación sólo era un mundo insignificante, con un tenue dominio sobre los Cuatro Reinos y únicamente una idea aproximada del grado de protección que el Plan Seldon ejercía sobre ella, defendiéndola incluso contra los restos del potente Imperio Galáctico.

Y a medida que aumentaba el poder de la Fundación como entidad política y comercial, disminuía la importancia de sus gobernantes y combatientes. Lathan Devers había sido casi olvidado. Si por algo se le recordaba, era por su trágica muerte en las minas de esclavos más que por su innecesaria pero triunfal lucha contra Bel Riose.

En cuanto a Bel Riose, el adversario más noble de la Fundación, también había sido casi olvidado, eclipsado por el Mulo, el único de todos sus enemigos capaz de truncar el Plan Seldon y vencer y dominar a la Fundación. Sólo él era el Gran Enemigo; en realidad, el último de los Grandes.

Pocos recordaban que el Mulo había sido derrotado, en esencia, por una sola persona, una mujer, Bayta Darell, y que había logrado la victoria sin ayuda de nadie, sin siquiera el apoyo del Plan Seldon. También se había casi llegado a olvidar que su hijo y su nieta, Toran y Arkady Darell, derrotaron a la Segunda Fundación, consiguiendo que la Fundación, la Primera Fundación, recuperase la supremacía.

Estos triunfadores de tiempos recientes ya no eran figuras heroicas. Los tiempos se habían vuelto demasiado expansivos para hacer otra cosa que reducir a los héroes a ordinarios mortales. Además, la biografía de Arkady sobre su abuela la había convertido de heroína en personaje de novela.

Y desde entonces no había habido héroes; ni siquiera personajes de novela. La guerra kalganiana fue el último momento de violencia que afectó a la Fundación, y ése fue un conflicto de poca relevancia. ¡Casi dos siglos de virtual paz! Ciento veinte años sin el más leve arañazo en una sola nave.

Había sido una paz buena, Branno lo reconocía, una paz beneficiosa. La Fundación no había constituido un Segundo Imperio Galáctico, según el Plan Seldon, sólo estaba a medio camino de hacerlo, pero, como la Confederación de la Fundación, ejercía un fuerte control económico sobre un tercio de las diseminadas unidades políticas de la Galaxia, e influía en lo que no dominaba. Había pocos lugares donde «Soy de la Fundación» no causara respeto. Nadie tenía más alto rango en todos los millones de mundos habitados que el alcalde de Términus.

Éste seguía siendo el título. Había sido heredado del caudillo de una ciudad pequeña, aislada y casi olvidada en el límite de la civilización, casi cinco siglos antes, pero a nadie se le ocurriría cambiarlo o darle un átomo de sonido más glorioso. Sólo el casi olvidado título de Majestad Imperial podía rivalizar con él.

Excepto en la propia Términus, donde los poderes del alcalde estaban cuidadosamente limitados, el recuerdo de los Indbur aún perduraba. No era su tiranía lo que el pueblo no podía olvidar, sino el hecho de que habían perdido frente al Mulo.

Y allí estaba ella, Harla Branno, la más fuerte desde la muerte del Mulo (ella lo sabía) y únicamente la quinta mujer en ocupar el cargo. Sólo ese día había podido utilizar abiertamente su poder.

Había luchado por su interpretación de lo que era correcto y lo que debía serlo, contra la tenaz oposición de quienes aspiraban al prestigioso Interior de la Galaxia y al aura del poder Imperial, y había vencido.

Aún no, había dicho. ¡Aún no! Lanzaos demasiado pronto hacia el Interior y perderéis por esta razón y aquélla. Y Seldon había aparecido y la había respaldado con un lenguaje casi idéntico al suyo.

Esto la había hecho, por una vez y a juicio de toda la Fundación, tan sabia como el propio Seldon. Sin embargo, no ignoraba que podían olvidarlo en cualquier momento.

Y este joven se atrevía a desafiarla en un día tan señalado.

¡Y se atrevía a tener razón!

Éste era el peligro. ¡Tenía razón! ¡Y como tenía razón, podía destruir la Fundación!

Y ahora se encontraba frente a él y estaban solos.

—¿No podía venir a verme en privado? ¿Tenía que gritarlo en la Cámara del Consejo por un deseo estúpido de ponerme en ridículo? ¿Qué es lo que ha hecho, muchacho insensato? —dijo tristemente.

6

Trevize se sintió enrojecer y luchó por controlar su ira. La alcaldesa era una mujer a punto de cumplir los sesenta y tres años. Dudó en lanzarse a una violenta discusión con alguien que casi le doblaba la edad.

Además, ella tenía experiencia en guerras políticas y sabía que si lograba irritar a su oponente desde un principio casi habría ganado la batalla. Pero para que dicha táctica resultara efectiva se necesitaba público y allí no había público ante el que uno pudiera ser humillado. Sólo estaban ellos dos.

Por lo tanto hizo caso omiso de sus palabras y se esforzó en examinarla desapasionadamente. Era una anciana vestida a la moda unisex que prevalecía desde hacía dos generaciones. No le sentaba bien. La alcaldesa, líder de la Galaxia, si es que había algún líder, era una simple anciana que podría haber sido confundida fácilmente con un anciano si, en vez de llevar su cabello gris oscuro recogido en un tirante moño, lo hubiese llevado suelto al estilo tradicional masculino.

Trevize sonrió con simpatía. Por más que una anciana oponente se esforzara en que el epíteto «muchacho» sonara como un insulto, este «muchacho» en particular tenía la ventaja de la juventud y la apostura, así como la plena conciencia de ambas.

—Es cierto. Tengo treinta y dos años y, por lo tanto, soy un muchacho, por así decirlo. También soy un consejero y, por lo tanto, *ex officio*, insensato. Lo primero es inevitable. En cuanto a lo segundo, sólo puedo decir que lo siento —dijo.

—¿Sabe lo que ha hecho? No se quede ahí, intentando mostrarse ingenioso. Siéntese. Ponga el cerebro en funcionamiento, si es que puede, y contésteme racionalmente.

—Sé lo que he hecho. He dicho la verdad tal como la veo.

—¿Y en un día como hoy trata de desafiarme con ella? ¿En un día como hoy, cuando mi prestigio es tal que he podido expulsarle de la Cámara del Consejo y arrestarle, sin que nadie se atreviese a protestar?

—El Consejo recobrará el aliento y protestará. Quizá estén protestando ahora mismo. Y me escucharán todavía más gracias a la persecución de que usted me hace objeto.

—Nadie le escuchará porque si le creyera capaz de continuar lo que ha estado haciendo, seguiría tratándole como a un traidor sin reparar en medios.

—En ese caso, debería someterme a juicio. Tendría una oportunidad ante el tribunal.

—No cuente con eso. Los poderes del alcalde en caso de emergencia son enormes, aunque raramente se utilicen.

—¿Sobre qué base declararía una emergencia?

—Inventaría cualquier motivo. Sigo siendo muy ingenua y no temo los riesgos políticos. No me presione, joven. Llegaremos a un acuerdo ahora o jamás recuperará su libertad. Pasará el resto de su vida en prisión. Se lo garantizo.

Sus ojos se encontraron; grises los de Branno, marrones los de Trevize.

Trevize dijo:

—¿Qué clase de acuerdo?

—Ah. Siente curiosidad. Eso está mejor. Ahora podremos dejar de atacarnos y empezar a hablar. ¿Cuál es su punto de vista?

—Lo sabe muy bien. Ha estado chismorreando con Compor, ¿no es así?

Quiero que usted me lo explique... a la luz de la Crisis Seldon recién ocurrida.

—¡Muy bien, si eso es lo que quiere... señora alcaldesa! —(Había estado a punto de decir «anciana»)—. La imagen de Seldon ha sido demasiado precisa, excesivamente precisa después de quinientos años. Según creo, es la octava vez que aparece. En algunas ocasiones, no hubo nadie para oírle. Al menos en una ocasión, en tiempos de Indbur III, lo que dijo no se ajustaba en absoluto a la realidad..., pero eso fue en tiempo del Mulo, ¿verdad? Sin embargo, ¿cuándo, en cualquiera de esas ocasiones, ha sido tan preciso como hoy? —Trevize se permitió una ligera sonrisa—. Nunca, señora alcaldesa, ateniéndonos a nuestras grabaciones, ha conseguido Seldon describir la situación tan perfectamente, hasta el más pequeño detalle.

Branno dijo:

—¿Está sugiriendo que la aparición de Seldon, la imagen holográfica, ha sido falsificada; que las grabaciones de Seldon han sido preparadas por un contemporáneo como, por ejemplo, yo misma; que un actor desempeñaba el papel de Seldon?

—No sería imposible, señora alcaldesa, pero no quiero decir eso. La verdad es peor. Creo que lo que vemos es la imagen de Seldon, y que su descripción del momento actual es la descripción que preparó hace quinientos años. Es lo que dije a su colaborador Kodell, quien me guió cuidadosamente por una charada en la que yo parecía respaldar las supersticiones de cualquier miembro poco reflexivo de la Fundación.

—Sí. En caso necesario, utilizaremos la grabación para demostrar a la Fundación que usted nunca ha estado realmente en la oposición.

Trevize extendió los brazos.

—Pero lo estoy. El Plan Seldon, tal como nosotros creemos que es, no existe; no ha existido desde hace quizá dos siglos. Lo sospecho desde hace años. Y lo que hemos visto en la Bóveda del Tiempo hace doce horas lo demuestra.

—¿Porque Seldon ha sido demasiado preciso?

—Eso es. No sonría. Es la prueba concluyente.

—Como ve, no sonrío. Prosiga.

—¿Cómo puede haber sido tan preciso? Hace dos siglos, el análisis de Seldon sobre lo que entonces era el presente fue completamente erróneo. Habían pasado trescientos años desde el establecimiento de la Fundación y volvió a equivocarse. ¡Completamente!

—Eso, consejero, lo ha explicado usted mismo hace unos momentos. La causa fue el Mulo. El Mulo era un mutante con intenso poder mental y no había habido manera de tenerle en cuenta en el Plan.

—Pero, de todos modos, surgió. El Plan Seldon fue interrumpido. El Mulo no gobernó durante mucho tiempo y no tuvo sucesores. La Fundación recuperó su independencia y su dominio, pero ¿cómo pudo el Plan Seldon reanudar su curso después de un descalabro tan enorme?

Branno frunció el ceño y enlazó las manos.

—Ya sabe la respuesta. Somos una de dos Fundaciones. Ha leído los libros de historia.

—He leído la biografía de Arkady sobre su abuela, después de todo es una lectura obligatoria en la escuela, y también he leído sus novelas. He leído la versión oficial de la historia del Mulo y los que gobernaron a continuación. ¿Me permite que dude de ellas?

—¿En qué sentido?

—Oficialmente nosotros, la Primera Fundación, debíamos preservar los conocimientos de las ciencias físicas y ampliarlos. Debíamos actuar abiertamente de modo que nuestro desarrollo histórico siguiera el Plan Seldon, lo supiéramos o no. Sin embargo, también estaba la Segunda Fundación, que debía conservar y desarrollar las ciencias psicológicas, incluida la psicohistoria, y su existencia debía ser un secreto incluso para nosotros. La Segunda Fundación era el órgano sintonizador del Plan, y actuaba ajustando las corrientes de la historia galáctica, cuando se desviaban del camino trazado por el Plan.

—Se está contestando a sí mismo —dijo la alcaldesa—. Bayta Darell derrotó al Mulo, quizá bajo la inspiración de la Segunda Fundación, aunque su nieta asegure que no fue así. Sin embargo, no cabe duda de que fue la Segunda Fundación la que luchó por encarrilar la historia galáctica hacia el Plan tras la muerte del Mulo, y es evidente que lo logró. Así pues, ¿se puede saber de qué está hablando, consejero?

—Señora alcaldesa, si nos guiamos por el relato de Arkady Darell, está claro que la Segunda Fundación, al intentar corregir la historia galáctica, desbarató todo el proyecto de Seldon, ya que al intentar corregir destruyó su propio carácter secreto. Nosotros, la Primera Fundación, descubrimos que nuestro homónimo, la Segunda Fundación, existía, y no podíamos vivir sabiendo que nos estaban manipulando. Por lo tanto, emprendimos la búsqueda de la Segunda Fundación para destruirla.

Branno asintió.

—Y, según el relato de Arkady Darell, lo conseguimos, aunque como es evidente, después de que la Segunda Fundación volviera a encauzar firmemente la historia galáctica tras la interrupción causada por el Mulo. Y sigue encauzada.

—¿Cómo puede usted creer eso? La Segunda Fundación, según el relato, fue localizada y sus diversos miembros eliminados. Esto sucedió en el año 378 E.F., hace ciento veinte años. Durante cinco generaciones hemos actuado, aparentemente, sin la Segunda Fundación, y sin embargo hemos seguido el curso del Plan hasta tal punto que usted y la imagen de Seldon han hablado de un modo casi idéntico.

—La interpretación más lógica es que yo he discernido el modo en que se desarrolla la historia con gran perspicacia.

—Perdóneme. No dudo de su gran perspicacia, pero creo que la explicación más lógica es que la Segunda Fundación no fue destruida. Sigue dirigiéndonos. Sigue manipulándonos. Y éste es el motivo por el que hemos reanudado el curso del Plan Seldon.

7

Si la alcaldesa se sintió escandalizada por tal declaración, no lo demostró.

Era más de la una de la madrugada y deseaba ansiosamente zanjar la cuestión, pero no podía precipitarse. Aquel joven tenía cualidades dignas de ser aprovechadas y ella no quería impulsarle a romper la cuerda. No quería tener que librarse de él, si antes podía sacarle partido.

—¿De verdad? ¿Afirma, entonces, que el relato de Arkady sobre la guerra kalganiana y la destrucción de la Segunda Fundación es falso? ¿Inventado? ¿Una estratagema? ¿Una mentira? —preguntó.

Trevize se encogió de hombros.

—No tiene por qué serlo. Ése es otro asunto. Supongamos que el relato de Arkady fuese totalmente cierto, a su entender. Supongamos que todo ocurrió exactamente como Arkady dijo: que el emplazamiento de la Segunda Fundación fue descubierto, y que sus miembros fueron eliminados. Sin embargo, ¿cómo podemos asegurar que los exterminamos a todos? La Segunda Fundación tenía bajo su dominio a toda la Galaxia. No sólo manipulaban la historia de Términus o de la Fundación. Sus responsabilidades abarcaban algo más que nuestra capital o toda nuestra Confederación. Seguro que había algún miembro de la Segunda Fundación a mil parsecs de distancia o más. ¿Es posible que los extermináramos a todos?

»Y si no lo hicimos, ¿podíamos decir que habíamos vencido? ¿Pudo el Mulo haberlo dicho en su época? Conquistó Términus y, junto con él, todos los mundos que controlaba directamente, pero los Mundos Comerciantes Independientes se mantuvieron firmes. Conquistó los Mundos Comerciantes, pero quedaron tres fugitivos: Ebling Mis, Bayta Darell y su marido. Consiguió dominar a ambos hombres y dejó a Bayta, sólo a Bayta, en libertad. Lo hizo, según el relato de Arkady, a causa de un sentimiento. Y eso fue suficiente. A juzgar por la versión de Arkady, había una sola persona, Bayta, que podía actuar a su antojo, y debido a ello el Mulo no consiguió localizar la Segunda Fundación y, por lo tanto, fue derrotado.

»¡Una sola persona sin controlar, y todo se perdió! Aquí se demuestra la importancia de una persona, pese a todas las leyendas que rodean al Plan Seldon en el sentido de que el individuo no es nada y la masa lo es todo.

»Y si nosotros no sólo dejamos con vida a un miembro de la Segunda Fundación, sino a varias docenas, como parece probable, ¿qué pudo ocurrir? ¿No es posible que se agruparan, reconstruyeran sus fortunas, volvieran a desempeñar su profesión, multiplicaran su número por medio del reclutamiento y la instrucción, y nos convirtieran una vez más en peones?

Branno dijo con gravedad:

—¿Lo cree así?

—Estoy seguro de ello.

—Pero, dígame, consejero. ¿Por qué iban a molestarse? ¿Por qué un grupo tan exiguo iba a aferrarse desesperadamente a un deber que nadie acoge con satisfacción? ¿Qué les impulsa a encauzar a la Galaxia hacia el Segundo Imperio Galáctico? Y si ese grupo tan pequeño insiste en cumplir su misión, ¿por qué vamos a preocuparnos? ¿Por qué no aceptamos el curso del Plan y nos alegramos de que ellos se encarguen de que no nos desviemos o perdamos?

Trevize se llevó la mano a los ojos y se los restregó. A pesar de su juventud, parecía el más cansado de los dos. Miró fijamente a la alcaldesa y dijo:

—No puedo creerla. ¿Acaso tiene la impresión de que la Segunda Fundación hace esto por nosotros? ¿Que son una especie de idealistas? ¿No le bastan sus conocimientos de política, de las consecuencias prácticas del poder y la manipulación, para darse cuenta de que lo hacen por ellos mismos?

»Nosotros somos el filo cortante. Somos el motor, la fuerza. Trabajamos y sudamos, sangramos y lloramos. Ellos se limitan a controlar, ajustando un amplificador aquí, cerrando un contacto allí, y haciéndolo con tranquilidad y sin riesgo para sí mismos. Después, cuando todo esté hecho y cuando, tras mil años de esfuerzos y luchas, hayamos establecido el Segundo Imperio Galáctico, los miembros de la Segunda Fundación se introducirán en él como la elite gobernante.

Branno dijo:

—Entonces, ¿quiere eliminar la Segunda Fundación? Estando a mitad de camino del Segundo Imperio, ¿quiere correr el riesgo de completar la labor nosotros solos y actuar como nuestra propia elite? ¿Eso es?

—¡Exactamente! ¡Exactamente! ¿Acaso usted no lo desea? Usted y yo no viviremos para verlo, pero usted tiene nietos y yo puedo llegar a tenerlos, y ellos tendrán nietos, y así sucesivamente. Quiero que ellos vean el fruto de nuestros esfuerzos y quiero que nos recuerden como el origen, y nos ensalcen por lo que hemos realizado. No quiero que toda la gloria corresponda a una conspiración tramada por Seldon, que no es un héroe de mi gusto. Le aseguro que es una amenaza mayor que el Mulo... si permitimos que su Plan siga adelante. Por la Galaxia, ojalá el Mulo hubiese desviado el Plan enteramente, y para siempre. Le habríamos sobrevivido. Él era único en su clase y muy mortal. La Segunda Fundación parece ser inmortal.

—Pero a usted le gustaría destruir la Segunda Fundación, ¿no es así?

—¡Si supiera cómo!

—Ya que no lo sabe, ¿no cree que probablemente ellos lo destruirían a usted?

Trevize adoptó una actitud despectiva.

—He llegado a pensar que incluso usted podría estar bajo control. Su acertada suposición de lo que diría la imagen de Seldon y su modo de tratarme podrían ser obra de la Segunda Fundación. Usted podría ser una cáscara hueca con un contenido de la Segunda Fundación.

—Entonces, ¿por qué me habla así?

—Porque si usted está controlada por la Segunda Fundación, yo estoy perdido de todos modos y bien puedo dar rienda suelta a mi ira; y porque, en realidad, no creo que esté bajo su control, sino que no se da cuenta de lo que hace.

Branno dijo:

—Así es. No estoy bajo el control de nadie más que el mío. Sin embargo, ¿puede estar seguro de que digo la verdad? Si estuviese controlada por la Segunda Fundación, ¿lo admitiría? ¿Sabría yo misma que estaba bajo su control?

»Pero no tiene objeto hacerse tales preguntas. Yo

creo que no estoy controlada y usted debe creerlo también. Sin embargo, piense en esto. Si la Segunda Fundación existe, no cabe duda de que su mayor empeño es asegurarse de que ningún habitante de la Galaxia conozca su existencia. El Plan Seldon sólo funciona bien si los peones, nosotros, ignoramos cómo funciona el Plan y cómo somos manipulados. La Segunda Fundación fue destruida en tiempos de Arkady porque el Mulo centró la atención de la Fundación en la Segunda Fundación. ¿O debería decir casi destruida, consejero?

»De esto podemos deducir dos corolarios. Primero, podemos suponer razonablemente, que interfieren lo menos posible. Podemos suponer que les resultaría imposible apoderarse de todos nosotros. Incluso la Segunda Fundación, si existe, debe de tener un poder limitado. Apoderarse de algunos y permitir que otros lo adivinaran distorsionaría el Plan. Por lo tanto, llegamos a la conclusión de que su interferencia es tan discreta, indirecta y escasa como es posible... y, en consecuencia, yo no estoy controlada. Y usted tampoco.

Trevize dijo:

—Éste es un corolario y yo tiendo a aceptarlo; porque deseo hacerlo, quizá. ¿Cuál es el otro?

—Uno más simple e inevitable. Si la Segunda Fundación existe y quiere guardar el secreto de esa existencia, una cosa es segura. Cualquiera que piense que aún existe, y hable de ello, y lo anuncie, y lo grite a toda la Galaxia debe ser eliminado, acallado, aniquilado inmediatamente. ¿No llegaría usted también a esta conclusión?

Trevize dijo:

—¿Por eso me ha arrestado, señora alcaldesa? ¿Para protegerme de la Segunda Fundación?

—En cierto modo. Hasta cierto punto. La cuidadosa grabación que Liono Kodell ha hecho de sus creencias será publicada no sólo para evitar que el pueblo de Términus y la Fundación se altere indebidamente, sino también para evitar que la Segunda Fundación lo haga. Si existe, no quiero que se fije en usted.

—¿En serio? —dijo Trevize con marcada ironía—. ¿Por mi bien? ¿Por mis hermosos ojos marrones?

Branno se agitó y después, sin previo aviso, se rió quedamente y dijo:

—No soy tan vieja, consejero, para no ver que tiene unos hermosos ojos marrones y, hace treinta años, ése podría haber sido motivo suficiente. Sin embargo, ahora no movería un dedo para salvarlos, como tampoco a todo el resto de su cuerpo, si sólo sus ojos corrieran peligro. Pero si la Segunda Fundación existe, y si atraemos su atención hacia usted, quizá no se detenga ahí. Debo tener en cuenta mi propia vida, y la de muchos otros más inteligentes y valiosos que usted, así como todos los planes que hemos hecho.

—¡No me diga! ¿Así que cree en la existencia de la Segunda Fundación, ya que reacciona tan cautelosamente ante la posibilidad de su respuesta?

Branno dio un puñetazo a la mesa de delante.

—¡Claro que creo en ella, grandísimo tonto! Si no supiera que la Segunda Fundación existe, y si no estuviera combatiéndoles tan firme y efectivamente como es posible, ¿me importaría lo que usted dijera sobre este tema? Si la Segunda Fundación no existiera, ¿importaría que usted declarase lo contrario? Hace meses que deseaba silenciarle, para que sus afirmaciones no trascendieran, pero carecía del poder político para tratar severamente a un concejal. La aparición de Seldon me ha hecho ganar fuerza y me ha dado el poder, aunque sólo sea temporal, y en este preciso momento, sus afirmaciones han trascendido. He actuado con rapidez, y ahora le haré matar sin un solo remordimiento o un microsegundo de vacilación... si no hace exactamente lo que le diga.

»Toda nuestra conversación, a una hora en la que preferiría estar durmiendo en la cama, ha tenido como objeto lograr que me crea cuando le digo esto. Quiero que sepa que el problema de la Segunda Fundación, que usted mismo ha esbozado, me da razón suficiente para hacerle un lavado de cerebro sin juicio.

Trevize casi se levantó del asiento.

—Oh, no haga ningún movimiento. Yo sólo soy una anciana, como seguramente debe estar diciéndose a sí mismo, pero antes de que pudiera ponerme una mano encima, estaría muerto. Mis hombres, muchacho insensato, nos observan de cerca —dijo Branno.

Trevize se sentó y, con voz un poco trémula, dijo:

—No la comprendo. Si creyera que la Segunda Fundación existe, no hablaría tan libremente de ella. No se expondría a los peligros a los que, según usted, me estoy exponiendo yo.

—Entonces, reconoce que tengo más sentido común que usted. En otras palabras, usted cree que la Segunda Fundación existe, pero habla libremente de ella, porque es un necio. Yo creo que existe, y también hablo libremente..., pero sólo porque he tomado precauciones. Ya que parece haber leído con detenimiento la historia de Arkady, quizá recuerde que habla de un invento hecho por su padre llamado «Dispositivo Estático Mental». Sirve de escudo frente a la clase de poder mental que posee la Segunda Fundación. Aún existe y, además, ha sido mejorado bajo el mayor de los secretos. Por el momento, esta casa se halla razonablemente a salvo de sus fisgoneos. Una vez explicado esto, déjeme decirle lo que va a hacer.

—¿Qué?

—Deberá averiguar si lo que usted y yo creemos es realmente así. Deberá averiguar si la Segunda Fundación todavía existe y, en ese caso, dónde. Esto significa que tendrá que abandonar Términus e ir adonde sea, aunque al final tal vez resulte, como en tiempos de Arkady, que la Segunda Fundación está entre nosotros.

Significa que no regresará hasta que tenga algo que comunicarnos; y si no tiene nada que comunicarnos, no regresará nunca, y la población de Términus contará con un tonto menos.

Trevize se sorprendió tartamudeando:

—Por Términus, ¿se puede saber cómo lograré buscarlos sin que se enteren? Se limitarán a darme muerte, y usted no sabrá más que antes.

—Entonces no les busque, muchachito ingenuo. Busque alguna otra cosa. Busque alguna otra cosa con todo su empeño y todas sus fuerzas, y si, mientras tanto, se tropieza con ellos porque no se han molestado en prestarle atención alguna, ¡buena suerte! En ese caso, puede enviarnos información por hiperondas blindadas y codificadas, y le dejaremos regresar como recompensa.

—Supongo que ya ha pensado en lo que debo buscar.

—Claro que lo he pensado. ¿Conoce a Janov Pelorat?

—Jamás he oído hablar de él.

—Lo conocerá mañana. Él le dirá lo que debe buscar y se marchará con usted en una de nuestras naves más perfeccionadas. Sólo serán ustedes dos, pues sería absurdo arriesgar más vidas. Y si intenta volver sin tener los datos que necesitamos, le arrojaremos fuera del espacio antes de que llegue a un parsec de Términus. Eso es todo. La conversación ha terminado.

Se levantó, miró sus manos desnudas, y luego se puso lentamente los guantes. Se dirigió hacia la puerta, que abrieron dos guardias, armas en mano. Éstos se apartaron para dejarla pasar.

Al llegar al umbral se volvió.

—Fuera hay otros guardias. No haga nada sospechoso o nos evitará la molestia de su existencia.

—Entonces usted también perdería las ventajas que puedo proporcionarle —dijo Trevize y, con un esfuerzo, consiguió decirlo despreocupadamente.

—Correremos ese riesgo —dijo Branno con una sonrisa desprovista de regocijo.

8

—He oído toda la conversación. Ha hecho gala de una paciencia extraordinaria —dijo Liono Kodell, que la esperaba en el exterior.

—Pero estoy extraordinariamente cansada. Creo que el día ha tenido setenta y dos horas. Ahora debe ocuparse usted.

—Lo haré, pero dígame... ¿Había realmente un Dispositivo Estático Mental dentro de la casa?

—Oh, Kodell —dijo Branno con cansancio—. Usted lo sabe mejor que yo. ¿Qué probabilidades había de que estuvieran vigilándonos? ¿Se imagina que la Segunda Fundación lo vigila todo, en todas partes, siempre? Yo no soy tan romántica como Trevize; él puede pensarlo, pero yo no. Y aunque así fuera, si la Segunda Fundación tuviese ojos y oídos en todas partes, ¿no nos habría delatado inmediatamente la presencia de un DEM? Y ¿no habría su uso demostrado a la Segunda Fundación que existía un escudo contra sus poderes, una vez detectaran una región mentalmente opaca? ¿Acaso el secreto de la existencia de dicho escudo, hasta que estemos preparados para utilizarlo al máximo, no vale más, no sólo que Trevize, sino que usted y yo juntos? Y sin embargo...

Estaban en el vehículo de superficie, y Kodell conducía.

—Y sin embargo... —dijo éste.

—Y sin embargo, ¿qué? —preguntó Branno—. Oh, sí. Y sin embargo, ese joven es inteligente. Le he llamado tonto media docena de veces de distintas maneras con objeto de mantenerle en su lugar, pero no lo es. Es joven y ha leído demasiadas novelas de Arkady Darell, y ellas le han hecho creer que la Galaxia es así, pero posee una gran perspicacia y será una lástima perderlo.

—Entonces, ¿está segura de que se perderá?

—Completamente segura —dijo Branno con tristeza—. De todos modos, es mejor así. No necesitamos jóvenes románticos que ataquen a ciegas y destrocen, quizá en un instante, lo que nos ha costado años construir. Además, nos será de utilidad. No cabe duda de que atraerá la atención de la Segunda Fundación, suponiendo que en realidad exista y se interese por nosotros. Y mientras se ocupan de él, posiblemente nos dejen en paz. Quizá consigamos algo más que eso. Es posible que, en su preocupación por Trevize, lleguen a delatarse a sí mismos, dándonos la oportunidad y el tiempo para tomar medidas preventivas.

—Así pues, Trevize atraerá el rayo.

Los labios de Branno se crisparon.

—Ah, la metáfora que he estado buscando. Él es nuestro pararrayos, absorberá la descarga y nos protegerá del mal.

—¿Y ese Pelorat que también estará en el radio de acción del rayo?

—Quizá también sufra. Eso no puede evitarse.

Kodell asintió.

—Bueno, ya sabe lo que Salvor Hardin solía decir: «Nunca dejes que tu sentido de la moralidad te impida hacer lo que está bien.»

—En este momento, no tengo ningún sentido de la moralidad —murmuró Branno—. Tengo el sentido del cansancio óseo. Y sin embargo..., podría nombrar a muchas personas cuya pérdida no me importaría tanto como la de Golan Trevize. Es un joven muy guapo. Y, naturalmente, él lo sabe. —Sus últimas palabras fueron un susurro casi inaudible; cerró los ojos y se sumió en un sueño ligero.

3. HISTORIADOR

9

Janov Pelorat tenía el cabello blanco y su cara, en reposo, era bastante inexpresiva. Pocas veces dejaba de serlo. De estatura y peso medios, tendía a moverse sin prisa y a hablar con ponderación. Aparentaba mucha más edad de los cincuenta y dos años que tenía.

Nunca había salido de Términus, algo de lo más insólito, en especial para una persona de su profesión. Él mismo no estaba seguro de si había ido adoptando sus sedentarias costumbres a causa de, o a pesar de, su obsesión por la historia.

La obsesión le había sobrevenido repentinamente a la edad de quince años cuando, a raíz de una indisposición, le regalaron un libro de leyendas antiguas. En él encontró la reiterada alusión a un mundo que estaba solo y aislado, un mundo que ni siquiera era consciente de su aislamiento, ya que nunca había conocido otra cosa.

Su indisposición empezó a remitir inmediatamente. Al cabo de dos días había leído el libro tres veces y ya no tenía que guardar cama. Al día siguiente estaba frente a la terminal de la computadora, averiguando todo lo que la Biblioteca de la Universidad de Términus pudiera tener sobre leyendas similares.

Eran precisamente estas leyendas lo que le había ocupado desde entonces. La Biblioteca de la Universidad de Términus no había sido un gran recurso en este aspecto, pero, con el paso de los años, descubrió el placer de los préstamos interbibliotecarios. Tenía impresiones en su poder que había recibido por señales de hiperradiación desde lugares tan lejanos como Ifnia.

Se convirtió en profesor de historia antigua y ahora, treinta y siete años más tarde, estaba empezando su primer año sabático, que había solicitado con la idea de realizar un viaje por el espacio (el primero) hasta el mismo Trántor.

Pelorat era plenamente consciente de lo insólito que resultaba para una persona de Términus no haber estado nunca en el espacio. Nunca había tenido la intención de ser notable en ese sentido en particular. Sin embargo, siempre que se le había presentado la oportunidad de ir al espacio, un nuevo libro, un nuevo estudio o un nuevo análisis se lo había impedido. Entonces retrasaba su proyectado viaje hasta haber estudiado a fondo el nuevo tema y haber añadido, si ello era posible, otro dato de hecho, especulación o imaginación a la montaña que había reunido. Después de todo, lo único que lamentaba era no haber hecho nunca aquel viaje a Trántor.

Trántor había sido la capital del Primer Imperio Galáctico. Había sido la sede de los emperadores durante doce mil años y, antes de eso, la capital de uno de los reinos preimperiales más importantes que, poco a poco, había capturado o absorbido de algún otro modo a los otros reinos para constituir el Imperio.

Trántor había sido una ciudad rodeada de mundos, una ciudad revestida de metal. Pelorat había leído sobre ella, en las obras de Gaal Dornick, que la había visitado en tiempos del propio Hari Seldon. El volumen de Dornick ya no circulaba, y el que pertenecía a Pelorat habría podido venderse por la mitad del salario anual del historiador. La sugerencia de que pudiera separarse de él lo habría horrorizado.

Naturalmente, lo que le interesaba a Pelorat de Trántor era la Biblioteca Galáctica que en tiempos imperiales (cuando era la Biblioteca Imperial) había sido la mayor de la Galaxia. Trántor fue la capital del Imperio más extenso y populoso que la humanidad había visto jamás. Había sido una ciudad mundial con una población superior a los cuarenta mil millones, y su biblioteca había sido el archivo de todas las obras creativas (y no tan creadas) de la humanidad, el compendio completo de sus conocimientos. Y todo estaba computarizado de un modo tan complejo que se necesitaba ser un experto para manejar los ordenadores.

Y lo que era más, la biblioteca había subsistido. Para Pelorat, esto resultaba asombroso en grado sumo. Cuando Trántor cayó y fue saqueada, hacía casi dos siglos y medio, sufrió una terrible destrucción y los relatos de sufrimientos y muerte eran escalofriantes. A pesar de ello, la biblioteca subsistió, protegida (según se decía) por los estudiantes universitarios, que emplearon armas sumamente ingeniosas. (Algunos creían que la defensa llevada a cabo por los estudiantes había sido excesivamente mitificada.)

En cualquier caso, la biblioteca había resistido a través del período de devastación. Ebling Mis había hecho su trabajo en una biblioteca intacta en un mundo destruido, cuando casi había localizado la Segunda Fundación (según la historia que el pueblo de la Fundación aún creía, pero que los historiadores siempre han tratado con reservas). Las tres generaciones de Darell (Bayta, Toran y Arkady) habían estado en Trántor en una u otra época. Sin embargo, Arkady no había visitado la biblioteca, y desde entonces la biblioteca no había figurado en la historia galáctica.

Ningún miembro de la Fundación había estado en Trántor desde hacía ciento veinte años, pero no existían motivos para creer que la biblioteca no siguiera todavía allí. El mero hecho de no saber nada de ella era la prueba más segura de que aún subsistía. Su destrucción habría sido sonada.

La biblioteca era anticuada y arcaica, lo había sido incluso en tiempos de Ebling Mis, pero eso formaba parte de su atractivo. Pelorat siempre se frotaba las manos con excitación cuando pensaba en una biblioteca vieja y anticuada. Cuanto más vieja y más anticuada fuese, más probabilidades había de que tuviese lo que él necesitaba. En sus sueños, entraba en la biblioteca y preguntaba con jadeante alarma: «¿Ha sido modernizada la biblioteca? ¿Han retirado las viejas grabaciones?» Y siempre se imaginaba la respuesta de polvorientos y ancianos bibliotecarios: «Sigue tal como estaba, profesor.»

Y ahora su sueño se convertiría en realidad. La propia alcaldesa se lo había asegurado. Ignoraba cómo se había enterado de su trabajo. No había conseguido publicar muchos documentos. Poco de lo que había hecho era suficientemente sólido para ser publicado y lo que había aparecido no dejó huella. Sin embargo, se decía que Branno, «la mujer de bronce», sabía todo lo que pasaba en Términus y tenía ojos en el extremo de cada dedo. Pelorat casi se inclinaba a creerlo, pero si ella conocía su trabajo, ¿por qué no había visto su importancia y le había prestado un poco de apoyo financiero mucho antes?

Por alguna razón, pensó, con toda la amargura que podía generar, la Fundación tenía los ojos firmemente clavados en el futuro. Era el Segundo Imperio y su destino lo que les absorbía. No tenían tiempo, ni deseos de ahondar en el pasado, y les irritaba que otros lo hicieran.

Eran unos necios, naturalmente; pero él solo no podía erradicar tanta necedad. Y quizá fuese mejor así.

Podía emprender la búsqueda por su cuenta y llegaría el día en que sería recordado como el gran Pionero de lo Importante.

Por supuesto, ello significaba (y era demasiado honesto intelectualmente para negarse a verlo) que también él estaba absorto en el futuro, un futuro en el que se le reconocería y sería un héroe de la magnitud de Hari Seldon. De hecho, incluso más importante, pues, ¿cómo podía compararse la investigación sobre un futuro de un milenio de duración, claramente visualizado, con la investigación sobre un pasado perdido de al menos veinticinco milenios de antigüedad?

Y éste era el día; éste era el día.

La alcaldesa había dicho que sería el día siguiente a la aparición de la imagen de Seldon. Ésa era la única razón por la que Pelorat había estado interesado en la Crisis Seldon, que durante meses había preocupado a todos los habitantes de Términus e incluso a casi todos los habitantes de la Confederación.

A él le había parecido totalmente irrelevante la cuestión de si la capital de la Fundación permanecía en Términus o era trasladada a algún otro lugar. Y ahora que la crisis había sido resuelta, continuaba sin saber con certeza cuál era la alternativa apoyada por Hari Seldon, o si la cuestión en debate había sido mencionada.

Bastaba con que Seldon hubiese aparecido y que ahora éste fuera el día.

Eran poco más de las dos de la tarde cuando un vehículo de superficie se detuvo frente a su casa, algo aislada en las afueras de la ciudad de Términus.

Una de las puertas traseras se abrió. Un guardia con el uniforme del Cuerpo de Seguridad de la Alcaldía se apeó, seguido por un hombre joven y otros dos guardias.

Pelorat se sintió impresionado a pesar suyo. La alcaldesa no sólo conocía su trabajo sino que también lo consideraba de la mayor importancia. La persona que debería acompañarle iba escoltada por una guardia de honor, y le habían prometido una nave de primera clase que su compañero pilotaría. ¡De lo más halagador! ¡De lo más...!

El ama de llaves de Pelorat abrió la puerta. El hombre joven entró y los dos guardias se colocaron a ambos lados de la entrada. Por la ventana, Pelorat vio que el tercer guardia permanecía fuera y que un segundo vehículo de superficie acababa de llegar. ¡Guardias adicionales!

¡Desconcertante!

Se volvió al oír entrar al joven en la habitación y se sorprendió al reconocerle. Le había visto en holoemisiones.

—Usted es ese consejero. ¡Usted es Trevize! —exclamó.

—Golan Trevize. Así es. ¿Y usted es el profesor Janov Pelorat?

—Sí, sí —dijo Pelorat—. ¿Es usted el que...?

—Vamos a ser compañeros de viaje —dijo Trevize con voz átona—. O eso es lo que me han comunicado.

—Pero usted no es historiador.

—No, no lo soy. Como usted mismo ha dicho, soy consejero, un político.

—Sí. Sí... Pero ¿en qué estoy pensando? Yo soy historiador; por lo tanto, ¿para qué necesitamos otro? Usted sabe pilotar una nave espacial.

—Sí, lo hago bastante bien.

—Bueno, pues eso es lo que necesitamos. ¡Excelente! Temo no ser uno de sus prácticos pensadores, joven, de modo que si usted lo es, formaremos un buen equipo.

—En este momento, no me siento abrumado por la excelencia de mis propios pensamientos, pero al parecer no tenemos más alternativa que intentar formar un buen equipo —replicó Trevize.

—Entonces, esperemos que yo pueda superar mi incertidumbre acerca del espacio. Nunca he estado en el espacio, ¿sabe? Soy un ratón de biblioteca, por decirlo de alguna manera. Por cierto, ¿le apetece una taza de té? Voy a decirle a Kloda que nos prepare algo. Después de todo, creo que tardaremos varias horas en irnos. Sin embargo, yo estoy preparado. Tengo lo necesario para los dos. La alcaldesa ha cooperado mucho. Sorprendente... su interés por el proyecto.

—Así pues, ¿estaba al corriente de esto? ¿Desde cuándo? —preguntó Trevize.

—La alcaldesa me lo propuso —aquí Pelorat frunció ligeramente el ceño y dio la impresión de estar haciendo ciertos cálculos— hace dos, o quizá tres semanas. Yo estuve encantado. Y ahora que tengo clara la idea de que necesito un piloto y no un segundo historiador, también estoy encantado de que mi compañero sea usted, mi querido amigo.

—Hace dos, o quizá tres semanas —repitió Trevize, un poco aturdido—. Entonces ha estado preparada todo ese tiempo. Y yo... —Su voz se desvaneció.

—¿Perdón?

—Nada, profesor. Tengo la mala costumbre de murmurar. Tendrá que acostumbrarse a ello, si nuestro viaje se alarga.

—Se alargará. Se alargará —dijo Pelorat, empujando al otro hacia la mesa del comedor, donde el ama de llaves estaba preparando un esmerado té—. No tiene límite de tiempo. La alcaldesa dijo que podíamos estar fuera todo lo que quisiéramos y que toda la Galaxia se extendía ante nosotros y que adonde fuéramos contaríamos con los fondos de la Fundación. Naturalmente, añadió que deberíamos ser razonables. Yo se lo prometí. —Se rió entre dientes y se frotó las manos—. Siéntese, mi buen amigo, siéntese. Ésta puede ser nuestra última comida en Términus en mucho tiempo.

Trevize se sentó y dijo:

—¿Tiene familia, profesor?

—Tengo un hijo. Forma parte del cuerpo docente de la Universidad de Santanni. Es químico, creo, o algo así. Salió a su madre. Ella no está conmigo desde hace mucho tiempo, de modo que como verá no tengo responsabilidades, ni rehenes activos a quienes favorecer. Confío en que usted tampoco los tenga... Coja un bocadillo, muchacho.

—Ningún rehén por el momento. Alguna que otra mujer. Vienen y se van.

—Sí. Sí. Delicioso cuando funciona. Incluso más delicioso cuando descubres que no es necesario tomártelo en serio. Ningún hijo, supongo.

—Ninguno.

—¡Bien! Verá, estoy de un humor excelente. Me ha cogido desprevenido al llegar. Lo admito. Pero ahora le encuentro muy estimulante. Lo que necesito es juventud y entusiasmo, y alguien que sepa moverse por la Galaxia. Vamos a emprender una búsqueda, ¿sabe? Una búsqueda extraordinaria. —El tranquilo rostro y la tranquila voz de Pelorat alcanzaron una animación insólita sin cambio preciso alguno de expresión o entonación—. Me pregunto si se lo habrán contado.

Los ojos de Trevize se empequeñecieron.

—¿Una búsqueda extraordinaria?

—Sí, desde luego. Una perla de gran precio está escondida entre las decenas de millones de mundos habitados en la Galaxia, y no tenemos más que pistas insignificantes para guiarnos. De todos modos, el premio sería increíble si la encontráramos. Si usted y yo tenemos éxito, muchacho, Trevize debería decir, ya que no es mi intención tratarle con condescendencia, nuestros nombres sonarán a lo largo de los siglos hasta el fin de los tiempos.

—El premio del que habla..., esa perla de gran precio...

—Parezco Arkady Derell, la escritora, ya sabe, hablando de la Segunda Fundación, ¿verdad? No me extraña que esté sorprendido. —Pelorat inclinó la cabeza hacia atrás como si fuera a estallar en carcajadas, pero se limitó a sonreír—. Nada tan tonto y carente de importancia, se lo aseguro.

—Si no está hablando de la Segunda Fundación, profesor, ¿de qué está hablando? —preguntó Trevize.

Pelorat se mostró súbitamente grave, casi arrepentido.

—Ah, ¿entonces la alcaldesa no se lo ha explicado? Es muy raro, ¿sabe? He pasado décadas resentido con el gobierno y su incapacidad para comprender lo que estoy haciendo, y ahora la alcaldesa Branno se muestra notablemente generosa.

—Sí —dijo Trevize, sin tratar de ocultar un tono de ironía—, es una mujer de notable filantropía, pero no me ha explicado de qué se trata todo esto.

—¿Entonces no está al tanto de mi investigación?

—No. Lo siento.

—No necesita disculparse. Es normal. No he causado exactamente un revuelo. Déjeme explicárselo. Usted y yo vamos a buscar, y encontrar, pues se me ha ocurrido una excelente posibilidad, la Tierra.

10

Trevize no durmió bien aquella noche.

Una y otra vez, examinó la prisión que la anciana había edificado a su alrededor. No pudo encontrar ninguna salida.

Le estaban conduciendo al exilio y él no podía hacer nada para evitarlo. La alcaldesa había sido inexorable y ni siquiera se había tomado la molestia de disfrazar la inconstitucionalidad de todo ello. Él había confiado en sus derechos de consejero y ciudadano de la Confederación, y ella no les había otorgado ningún valor.

Y ahora ese Pelorat, ese extraño académico que parecía estar ubicado en el mundo sin formar parte de él, le decía que la temible anciana llevaba semanas haciendo preparativos para aquello.

Se sentía como el «muchacho» que ella le había llamado.

Iban a exiliarle con un historiador que se empeñaba en dirigirse a él como «mi querido amigo» y parecía estar sufriendo un mudo ataque de alegría causado por el inicio de la búsqueda galáctica de... ¿la Tierra?

En nombre de la abuela del Mulo, ¿qué era la Tierra?

Lo había preguntado. ¡Naturalmente! Lo había preguntado en cuanto se hizo mención de ella.

Había dicho:

—Perdóneme, profesor. Soy un total ignorante de su especialidad y confío en que no se molestará si le pido una explicación en términos sencillos. ¿Qué es la Tierra?

Pelorat lo miró con gravedad mientras veinte segundos transcurrían lentamente. Luego, dijo:

—Es un planeta. El planeta original. Aquel donde primero aparecieron seres humanos, mi querido amigo.

Trevize se asombró.

—No entiendo lo que eso significa. ¿Donde primero aparecieron? ¿Procedentes de qué lugar?

—De ningún lugar. Es el planeta donde la humanidad se desarrolló a través de procesos evolutivos desde animales inferiores.

Trevize reflexionó, y luego meneó la cabeza.

Una expresión de fastidio pasó brevemente por el rostro de Pelorat.

Se aclaró la garganta y dijo:

—Hubo un tiempo en que Términus no estaba habitado por seres humanos. Fue colonizado por seres humanos procedentes de otros mundos. Supongo que lo sabía, ¿verdad?

—Sí, naturalmente —dijo Trevize con impaciencia. Se sintió irritado por la súbita actitud pedagógica del otro.

—Muy bien. Esto también reza para todos los demás mundos. Anacreonte, Santanni, Kalgan..., todos ellos. Todos, en algún momento del pasado, fueron fundados. Llegaron personas de otros mundos. Reza incluso para Trántor. Puede haber sido una gran metrópoli durante veinte mil años, pero antes no lo era.

—Pues, ¿qué era antes?

—Un planeta vacío. Por lo menos, de seres humanos.

—Es difícil de creer.

—Es verdad. Los viejos documentos lo demuestran.

—¿De dónde procedían las personas que colonizaron Trántor?

—Nadie lo sabe con certeza. Hay cientos de planetas que aseguran haber estado poblados en la oscura neblina de la antigüedad y cuyos habitantes explican cuentos fantásticos sobre la naturaleza del primer advenimiento de la humanidad. Los historiadores tendemos a descartar tales cosas y a meditar sobre la «Cuestión del Origen».

—¿Qué es eso? Nunca he oído hablar de ello.

—No me sorprende. Ahora no es un problema histórico popular, lo admito, pero hubo una época durante la decadencia del Imperio en que gozó de cierto interés entre los intelectuales. Salvor Hardin lo menciona brevemente en sus memorias. Es la cuestión de la identidad y emplazamiento del planeta donde todo empezó. Si miramos hacia atrás, la humanidad fluye hacia el centro desde los mundos establecidos más recientemente hacia otros más antiguos, y hacia otros incluso más antiguos, hasta que todos se concentran en uno: el original.

Trevize se percató enseguida del fallo evidente del argumento.

—¿No es posible que hubiera un gran número de mundos originales?

—Claro que no. Todos los seres humanos de toda la Galaxia pertenecen a una sola especie. Una sola especie no puede originarse en más de un planeta. Completamente imposible.

—¿Cómo lo sabe?

—En primer lugar... —Pelorat dio un golpecito en el dedo índice de su mano izquierda con el dedo índice de la derecha, y luego pareció cambiar de opinión respecto a lo que indudablemente habría sido una larga y complicada exposición. Dejó caer ambas manos a lo largo del cuerpo y dijo con gran seriedad—: Mi querido amigo, le doy mi palabra de honor.

Trevize se inclinó ceremoniosamente y replicó:

—Jamás se me ocurriría dudar de ella, profesor Pelorat. Así pues, digamos que hay un solo planeta de origen, pero ¿no podría haber cientos que reclaman ese honor?

—No sólo podría haberlos, sino que los hay. Sin embargo, ninguno de ellos presenta una evidencia terminante. Ni uno solo de los centenares que aspiran al mérito de la prioridad revela indicio alguno de una sociedad prehiperespacial, y mucho menos indicios de evolución humana a partir de organismos prehumanos.

—Así pues, ¿está diciendo que hay un planeta de origen, pero que, por alguna razón, no reclama ese mérito?

—Ha dado en el clavo.

—¿Y usted va a buscarlo?

—Nosotros. Ésta es nuestra misión. La alcaldesa Branno lo ha dispuesto todo. Usted pilotará nuestra nave hasta Trántor.

—¿Hasta Trántor? No es el planeta de origen. Usted mismo acaba de decirlo.

—Claro que no es Trántor; es la Tierra.

—En ese caso, ¿por qué no me está diciendo que pilote la nave hasta la Tierra?

—Veo que no me explico con claridad. La Tierra es un nombre legendario. Está encerrado en antiguas leyendas. No tiene un significado del que podamos estar seguros, pero es conveniente emplear la palabra como un corto sinónimo de «el planeta de origen de la especie humana». Sin embargo, nadie sabe qué planeta del espacio es el que nosotros definimos como «la Tierra».

—¿Lo sabrán en Trántor?

—Ciertamente espero encontrar información allí. Trántor es la sede de la Biblioteca Galáctica, la más grande del sistema.

—Seguramente esa biblioteca ha sido revisada por esas personas que, según usted, estaban interesadas en la «Cuestión del Origen» en tiempos del Primer Imperio.

Pelorat asintió con aire pensativo.

—Sí, pero quizá no suficientemente a fondo. Yo sé muchas cosas sobre la «Cuestión del Origen» que quizá los imperiales de hace cinco siglos no sabían. Quizá yo revise los viejos documentos con mayor discernimiento, ¿sabe? Hace mucho tiempo que pienso en esto y se me ha ocurrido una excelente posibilidad.

—Me imagino que le ha explicado todo esto a la alcaldesa Branno, y ella lo aprueba.

—¿Aprobarlo? Mi querido amigo, estaba extasiada. Me dijo que seguramente Trántor era el sitio idóneo para encontrar todo lo que necesitaba saber.

—No lo dudo —murmuró Trevize.

Esto fue parte de lo que le ocupó aquella noche. La alcaldesa Branno le enviaba fuera para averiguar lo que pudiese sobre la Segunda Fundación. Le enviaba con Pelorat para que pudiese disfrazar su verdadero propósito con la pretendida búsqueda de la Tierra, una búsqueda que podía conducirle a cualquier lugar de la Galaxia. De hecho, era una tapadera perfecta, y admiró la ingenuidad de la alcaldesa.

Pero ¿y Trántor? ¿Qué sentido tenía aquello? Una vez estuvieran en Trántor, Pelorat encontraría el camino de la Biblioteca Galáctica y no volvería a salir. Con interminables montones de libros, películas y grabaciones, con innumerables datos procesados y representaciones simbólicas, seguramente no querría marcharse jamás.

Aparte de esto...

Ebling Mis había ido una vez a Trántor, en tiempos del Mulo. La historia contaba que allí había encontrado la ubicación de la Segunda Fundación y había muerto antes de poder revelarla. Pero también éste fue el caso de Arkady Darell, y ella había conseguido localizar la Segunda Fundación. Pero la ubicación que encontró estaba en el propio Términus, y allí el nido de sus miembros fue arrasado. El emplazamiento actual de la Segunda Fundación debía de ser distinto, de modo que, ¿qué otra cosa tenía Trántor que decir? Si estaba buscando la Segunda Fundación, era mejor ir a cualquier lugar menos a Trántor.

Aparte de esto...

Ignoraba qué otros planes tenía Branno, pero no estaba dispuesto a seguirle la corriente. ¿Así que Branno se había mostrado extasiada acerca de un viaje a Trántor? ¡Muy bien, si Branno quería Trántor, no irían a Trántor! A cualquier otro sitio. ¡Pero no a Trántor!

Y agotado, ya cerca del amanecer, Trevize se sumió en un ligero sueño intermitente.

11

El día que siguió al arresto de Trevize fue bueno para la alcaldesa Branno. Recibió más alabanzas de las que en realidad merecía y el incidente ni siquiera se mencionó.

No obstante, ella sabía que el Consejo no tardaría en recobrarse de su parálisis y que haría preguntas. Tendría que actuar con rapidez. Así pues, dejando a un lado gran cantidad de asuntos, se dedicó al caso de Trevize.

Cuando Trevize y Pelorat estaban hablando de la Tierra, Branno estaba frente al consejero Munn Li Compor en su despacho de la alcaldía. Mientras él tomaba asiento al otro lado de la mesa, claramente seguro de sí mismo, lo estudió una vez más.

Era más bajo y delgado que Trevize y sólo dos años mayor. Ambos eran consejeros novatos, jóvenes e impetuosos, y eso debía de ser lo único que tenían en común, pues eran diferentes en todos los demás aspectos.

Mientras Trevize parecía irradiar una ceñuda intensidad, Compor brillaba con una confianza en sí mismo casi serena. Quizá fuesen su cabello rubio y sus ojos azules, nada comunes entre los habitantes de la Fundación. Éstos le conferían una delicadeza casi femenina que (a juicio de Branno) le hacían menos atractivo para las mujeres de lo que era Trevize. Sin embargo, él estaba claramente orgulloso de su aspecto y le sacaba el máximo partido dejándose el cabello largo y asegurándose de que estuviera cuidadosamente ondulado. Llevaba una tenue sombra azul debajo de las cejas para acentuar el color de los ojos. (Las sombras de diversos tonos se habían generalizado entre los hombres a lo largo de los últimos diez años.)

No era un tenorio. Vivía reposadamente con su esposa, pero aún no había revelado intenciones paternales y no se le conocía una segunda compañera clandestina. En eso también era diferente de Trevize, que cambiaba de amante con la misma frecuencia que alternaba los chillones cinturones por los que se caracterizaba.

Había pocas cosas acerca de ambos consejeros que el departamento de Kodell no hubiera descubierto, y el propio Kodell se hallaba sentado silenciosamente en un rincón de la habitación, rezumando su acostumbrado buen humor.

Branno dijo:

—Consejero Compor, ha prestado un gran servicio a la Fundación, pero desgraciadamente para usted, no es de los que pueden ensalzarse en público o recompensarse del modo habitual.

Compor sonrió. Tenía unos dientes blancos y uniformes, y Branno se preguntó ociosamente durante un fugaz momento si todos los habitantes del Sector de Sirio tenían el mismo aspecto. Compor declaraba proceder de esa región, bastante periférica, basándose en las afirmaciones de su abuela materna, quien también había sido rubia y de ojos azules y quien había mantenido que su madre era del Sector de Sirio. Sin embargo, según Kodell, no existía ninguna evidencia concluyente a favor de ello.

Siendo las mujeres como eran, había dicho Kodell, bien podía haber alegado una ascendencia lejana y exótica para incrementar su encanto y su ya formidable atractivo.

—¿Es así cómo somos las mujeres? —había preguntado Branno con sequedad, y Kodell había sonreído y murmurado que se refería a mujeres corrientes, naturalmente.

—No es necesario que los habitantes de la Fundación estén al corriente de mi servicio... sólo que usted lo esté —dijo Compor.

—Lo estoy y no lo olvidaré. Lo que tampoco haré es dejarle creer que sus obligaciones ya han concluido. Se ha lanzado a una empresa complicada y debe continuar. Queremos más sobre Trevize.

—Le he contado todo lo que sé respecto a él.

—Eso es lo que quiere hacerme creer. Quizá lo crea usted mismo. No obstante, conteste mis preguntas. ¿Conoce a un caballero llamado Janov Pelorat?

La frente de Compor se arrugó por espacio de un momento, pero se alisó casi enseguida y dijo con lentitud:

—Quizá lo recordaría si lo viera, pero el nombre no me suena.

—Es un erudito.

La boca de Compor se abrió en un despectivo aunque mudo «¡Oh!», como si le sorprendiera que la alcaldesa esperase que él conociera a eruditos.

—Pelorat es una persona interesante que, por razones particulares, tiene la ambición de visitar Trántor. El consejero Trevize le acompañará. Ahora bien, ya que usted ha sido un buen amigo de Trevize y quizá conoce su sistema de pensar, dígame... ¿Cree que Trevize consentirá en ir a Trántor? —preguntó Branno.

Compor repuso:

—Si usted se encarga de que Trevize embarque en la nave, y si la nave es pilotada hasta Trántor, ¿qué puede hacer más que ir allí? ¿Acaso le cree capaz de amotinarse y adueñarse de la nave?

—No me ha entendido. Él y Pelorat estarán solos en la nave y será Trevize quien la pilote.

—¿Está preguntando si iría voluntariamente a Trántor?

—Sí, eso es lo que estoy preguntando.

—Señora alcaldesa, ¿cómo voy a saber yo lo que él hará?

—Consejero Compor, usted ha estado cerca de Trevize. Sabe que cree en la existencia de la Segunda Fundación. ¿No le había hablado nunca de sus teorías sobre dónde podría estar, dónde podría encontrarse?

—Nunca, señora alcaldesa.

—¿Cree que la encontrará?

Compor se rió entre dientes.

—Creo que la Segunda Fundación, fuera lo que fuese y por muy importante que hubiera llegado a ser, fue arrasada en tiempos de Arkady Darell. Creo su historia.

—¿De veras? En este caso, ¿por qué traicionó a su amigo? Si estaba buscando algo que no existe, ¿qué mal podía haber hecho planteando sus originales teorías?

—No sólo la verdad puede perjudicar. Es posible que sus teorías fueran simplemente originales, pero podrían haber inquietado al pueblo de Términus e, introduciendo dudas y temores respecto al papel de la Fundación en el gran drama de la historia galáctica, podrían haber debilitado su liderazgo de la Federación y sus sueños sobre un Segundo Imperio Galáctico. Está claro que usted también lo creyó así, o no le habría arrestado en la misma Cámara del Consejo, y ahora no se vería obligada a exiliarle sin un juicio. ¿Por qué lo ha hecho, si es que puedo preguntarlo, alcaldesa? —contestó Compor.

—Digamos que fui suficientemente cauta para considerar si había alguna pequeña posibilidad de que tuviese razón, y si la expresión de sus opiniones podía ser activa y directamente peligrosa.

Compor no dijo nada.

Branno añadió:

—Estoy de acuerdo con usted, pero las responsabilidades de mi cargo me obligan a tener en cuenta esa posibilidad. Déjeme volver a preguntarle si le dio alguna indicación acerca de dónde cree que está la Segunda Fundación, y adónde puede ir.

—No me dio ninguna.

—¿Nunca le insinuó nada en ese sentido?

—No, claro que no.

—¿Nunca? No se apresure a contestar. ¡Piense! ¿Nunca?

—Nunca —dijo Compor con firmeza.

—¿Ninguna alusión? ¿Ningún comentario en broma? ¿Ningún garabato? ¿Ningún ensimismamiento en momentos que adquieran significado al recordarlos?

—Nada. Se lo digo, señora alcaldesa, sus sueños sobre

la Segunda Fundación son de lo más inconsistente. Usted lo sabe, y es una pérdida de tiempo preocuparse por ello.

—¿No estará por casualidad cambiando súbitamente de bando y protegiendo al amigo que puso en mis manos?

—No —dijo Compor—. Se lo entregué por lo que me parecieron razones buenas y patrióticas. No tengo ningún motivo para lamentar mi decisión, o cambiar de actitud.

—Entonces, ¿no puede darme ninguna pista sobre el lugar adonde irá cuando tenga una nave a su disposición?

—Como ya le he dicho...

—Y no obstante, consejero —y en este punto las arrugas del rostro de la alcaldesa se acentuaron hasta darle una expresión nostálgica—, me gustaría saber a dónde va.

—En ese caso, creo que debería colocar un hiperrelé en su nave.

—Ya había pensado en ello, consejero. Sin embargo, Trevize es un hombre receloso y creo que lo encontraría..., por muy astutamente que lo colocáramos. Naturalmente, podríamos colocarlo de tal modo que fuera imposible retirarlo sin dañar la nave, y se viera obligado a dejarlo en su lugar...

—Una idea excelente.

—Pero entonces —dijo Branno— estaría inhibido. Quizá no fuese a donde iría si se sintiera libre. Los datos que obtendría me resultarían inútiles.

—En ese caso, parece ser que no puede averiguar a dónde irá.

—Tal vez sí, porque tengo la intención de ser muy primitiva. Una persona que espera algo sofisticado y toma precauciones contra ello no suele pensar en lo primitivo. Me propongo hacer seguir a Trevize.

—¿Hacerle seguir?

—Exactamente. Por otro piloto en otra astronave.

¿Ve cómo se sorprende? Él se sorprendería del mismo modo. Quizá no se le ocurra examinar el espacio en busca de una masa de escolta y, de todos modos, nos aseguraremos de que su nave no esté equipada con nuestros últimos aparatos de detección de masa.

—Señora alcaldesa, hablo con todo el respeto posible, pero debo señalar que usted carece de experiencia en el vuelo espacial. Hacer seguir a una nave por otra es algo que no se hace nunca... porque no daría resultado. Trevize escapará en el primer salto hiperespacial. Aunque no sepa que le siguen, ese primer salto será su camino hacia la libertad. Si no tiene un hiperrelé a bordo de la nave, no puede ser rastreado —dijo Compor.

—Admito mi falta de experiencia. A diferencia de usted y Trevize, no he recibido instrucción naval. Sin embargo, mis asesores, que sí han recibido esa instrucción, me dicen que si una nave es observada inmediatamente antes de un salto, su dirección, velocidad y aceleración hacen posible adivinar cuál puede ser el salto..., en líneas generales. Con una buena computadora y un buen criterio, un perseguidor podría duplicar el salto con exactitud suficiente para volver a encontrar el rastro en el otro extremo, especialmente si el perseguidor tiene un buen detector de masa.

—Esto podría ocurrir una vez —dijo Compor con energía—, incluso dos veces si el perseguidor es muy afortunado, pero nada más. No se puede confiar en estas cosas.

—Quizá nosotros podamos. Consejero Compor, usted compitió en hipercarreras en su juventud. Como ve, lo sé casi todo sobre usted. Es un piloto excelente y ha hecho cosas asombrosas en lo referente a seguir a un competidor a través de un salto.

Los ojos de Compor se agrandaron. Casi se retorció en su silla.

—En aquella época estaba en la universidad. Ahora soy más viejo.

—No demasiado viejo. Aún no ha cumplido los treinta y cinco. Por lo tanto, usted seguirá a Trevize, consejero. Adondequiera que vaya, usted lo seguirá, y me informará de ello. Saldrá poco después de que Trevize lo haga, y lo hará dentro de unas cuantas horas. Si rehúsa la misión, consejero, será encarcelado por traición. Si embarca en la nave que le proporcionaremos y fracasa, no se moleste en regresar. Será arrojado fuera del espacio si lo intenta.

Compor se puso bruscamente en pie.

—Tengo una vida que vivir. Tengo un trabajo que hacer. Tengo una esposa. No puedo abandonarlo todo.

—Tendrá que hacerlo. Aquellos de nosotros que elegimos servir a la Fundación debemos estar preparados en todo momento para servirla de un modo prolongado e incómodo, si eso fuese necesario.

—Mi esposa debe ir conmigo, naturalmente.

—¿Me toma por una idiota? Ella se queda aquí, naturalmente.

—¿Como rehén?

—Si le gusta la palabra. Yo prefiero decir que usted va a ponerse en peligro y mi bondadoso corazón quiere que ella se quede aquí, donde no estará en peligro. No hay nada que discutir. Usted se halla bajo arresto igual que Trevize, y estoy segura de que comprende que debo actuar con rapidez... antes de que la euforia que envuelve Términus se desvanezca. Me temo que mi estrella pronto palidecerá.

12

—No ha tenido clemencia con él, señora alcaldesa —dijo Kodell.

La alcaldesa replicó con un bufido:

—¿Por qué iba a tenerla? Traicionó a un amigo.

—Eso nos fue muy útil.

—Sí, dio esa casualidad. Sin embargo, su próxima traición podría no serlo.

—¿Por qué iba a haber otra?

—Vamos, Liono —dijo Branno con impaciencia—, no se haga el tonto conmigo. Cualquiera que hace gala de una aptitud para la traición debe ser considerado capaz de volver a utilizarla.

—Puede utilizar esa aptitud para cooperar una vez más con Trevize. Juntos, pueden...

—Usted no cree tal cosa. Con toda su insensatez e ingenuidad, Trevize avanza en línea recta hacia su objetivo. No comprende la traición y nunca, bajo ninguna circunstancia, confiará en Compor por segunda vez.

—Perdóneme, alcaldesa, pero permítame asegurarme de que la entiendo. ¿Hasta dónde, entonces, puede usted confiar en Compor? ¿Cómo sabe que seguirá a Trevize e informará sinceramente? ¿Cuenta con sus temores por el bienestar de su esposa como un freno? ¿Su deseo de regresar a ella? —preguntó Kodell.

—Ésos son dos factores, pero no depende enteramente de ellos. En la nave de Compor habrá un hiperrelé. Trevize tendría sospechas de una persecución y abriría bien los ojos. Sin embargo, Compor, siendo el perseguidor, no creo que sospeche de una persecución, y no abrirá bien los ojos. Naturalmente, si lo hace, y lo descubre, tendremos que depender de los atractivos de su esposa.

Kodell se echó a reír.

—¡Pensar que en otros tiempos tuve que darle lecciones! ¿Y el fin de la persecución?

—Una capa doble de protección. Si Trevize es capturado, tal vez Compor siga adelante y nos dé la información que Trevize no podrá darnos.

—Una pregunta más. ¿Y si, por casualidad, Trevize encuentra la Segunda Fundación, y nos enteramos a través de él, o a través de Compor, o si hallamos motivos para sospechar su existencia..., pese a la muerte de ambos?

—Yo espero que la Segunda Fundación exista, Liono —dijo ella—. De todos modos, el Plan Seldon no va a servirnos mucho tiempo más. El gran Hari Seldon lo trazó en los últimos días del Imperio, cuando el adelanto tecnológico casi se había detenido. Seldon también fue un producto de su tiempo, y por muy brillante que fuese su semimítica ciencia de la psicohistoria, no pudo crecer sin raíces. Seguramente no permitiría un rápido avance tecnológico. La Fundación está lográndolo, en especial durante este último siglo. Tenemos aparatos de detección de masa tan perfeccionados como nadie ha soñado, computadoras que responden al pensamiento, y, por encima de todo, protección mental. La Segunda Fundación no puede seguir controlándonos mucho tiempo más, si es que ahora lo hacen. Yo quiero, en mis últimos años de poder, encauzar a Términus por un nuevo camino.

—¿Y si, en realidad, no hay una Segunda Fundación?

—Entonces iniciaremos ese nuevo camino inmediatamente.

13

El inquieto sueño que finalmente venció a Trevize no duró mucho. Alguien le tocó en el hombro por segunda vez.

Trevize se despertó sobresaltado, confuso e incapaz de entender por qué estaba en una cama desconocida.

—¿Qué...? ¿Qué...?

Pelorat le dijo en un tono lleno de excusas:

—Lo siento, consejero Trevize. Usted es mi invitado y tendría que dejarle descansar, pero la alcaldesa está aquí. —Se hallaba en pie junto a la cama, vestido con un pijama de franela y temblando ligeramente.

Los sentidos de Trevize se despertaron y recordó.

La alcaldesa estaba en el salón de Pelorat, tan serena como siempre. Kodell se encontraba con ella, frotándose el bigote.

Trevize se ajustó debidamente el cinturón y se preguntó si los dos, Branno y Kodell, habrían estado separados alguna vez.

Trevize dijo burlonamente:

—¿Es que el Consejo ya se ha recuperado? ¿Están sus miembros preocupados por la ausencia de uno de ellos?

La alcaldesa contestó:

—Hay señales de vida, sí, pero no tantas como para que le sirvan de algo. Lo único importante es que aún tengo poder para obligarle a marcharse. Será conducido al puerto espacial de Ultimate...

—¿Por qué no al puerto espacial de Términus, señora alcaldesa? ¿Me privarán de la despedida de mis numerosos partidarios?

—Veo que ha recobrado su afición por las simplezas de la adolescencia, consejero, y me alegro. Acalla lo que de otro modo podría ser un creciente remordimiento de conciencia. En el puerto espacial de Ultimate, usted y el profesor Pelorat se marcharán tranquilamente.

—¿Y nunca regresaremos?

—Y quizá nunca regresarán. Naturalmente —y en este punto esbozó una fugaz sonrisa—, si descubren algo de tanta importancia y utilidad que incluso yo pueda alegrarme de tenerles aquí con su información, regresarán. Quizá incluso sean recibidos con honores.

Trevize asintió con indiferencia.

—Eso puede ocurrir.

—Casi todo puede ocurrir. En cualquier caso, estarán cómodos. Se les ha asignado un crucero de bolsillo recién terminado, el *Estrella Lejana*, bautizado como el crucero de Hober Mallow. Una sola persona puede manejarlo, aunque albergará un máximo de tres personas con razonable comodidad.

Trevize se sorprendió hasta el punto de olvidar su fingida actitud de festiva ironía.

—¿Completamente armado?

—Desarmado, pero completamente equipado en lo demás. Adondequiera que vayan serán ciudadanos de la Fundación y siempre habrá un cónsul hacia el que puedan volverse, de modo que no requerirán armas. Dispondrán de todos los fondos que necesiten. Aunque quizá deba añadir que no son fondos ilimitados.

—Es usted muy generosa.

—Lo sé, consejero. Pero, consejero, entiéndame. Usted ayudará al profesor Pelorat a buscar la Tierra. A pesar de lo que usted piense que está buscando, está buscando la Tierra. Todos aquellos a los que conozca deben entenderlo así. Y recuerde siempre que el *Estrella Lejana* no está armado.

—Estoy buscando la Tierra —dijo Trevize—. Lo entiendo perfectamente.

—Entonces ya puede marcharse.

—Perdóneme, pero seguramente hay muchos detalles de los que no hemos hablado. Piloté naves en mi juventud, pero no tengo experiencia en cruceros de bolsillo último modelo. ¿Y si no sé pilotarlo?

—Me han dicho que el *Estrella Lejana* está totalmente computadorizado. Y antes de que me lo pregunte, usted no tiene que saber manejar la computadora de una nave último modelo. Ella misma le dirá lo que necesite saber. ¿Desea alguna otra cosa?

Trevize se miró tristemente.

—Cambiarme de ropa.

—La encontrará a bordo de la nave, incluyendo esas fajas que lleva, o cinturones, o como se llamen. El profesor también dispondrá de lo que necesite. Todo lo razonable ya se halla a bordo, aunque me apresuro a añadir que eso no incluye la compañía femenina.

—Lástima —dijo Trevize—. Sería agradable, pero, en fin, da la casualidad de que en este momento no tengo una candidata adecuada. Sin embargo, me imagino que la Galaxia es populosa y que una vez lejos de aquí podré hacer lo que me plazca.

—¿Respecto a su compañía? Desde luego.

Se levantó pesadamente.

—Yo no le acompañaré al espaciopuerto —dijo—, pero hay quienes lo harán, y le aconsejo que no se esfuerce en hacer nada que no le digan. Creo que le matarían si intentara escapar. El hecho de que yo no esté con ellos impedirá cualquier inhibición.

—No haré ningún esfuerzo que no esté autorizado, señora alcaldesa, pero una cosa... —dijo Trevize.

—¿Sí?

Trevize pensó con rapidez y finalmente, con una sonrisa que deseó no pareciera forzada, dijo:

—Quizá llegue el día, señora alcaldesa, en que usted me pida un esfuerzo. Entonces haré lo que me parezca mejor, pero recordaré estos dos últimos días.

La alcaldesa Branno suspiró.

—Ahórreme el melodrama. Si ese día llega, llegará, pero por ahora... no le pido nada.

4. ESPACIO

14

La nave resultaba incluso más impresionante de lo que Trevize, a tenor de sus recuerdos de la época en que el nuevo tipo de crucero fue ampliamente divulgado, había esperado.

No era el tamaño lo que impresionaba, pues era bastante pequeña. Estaba diseñada para alcanzar la máxima maniobrabilidad y velocidad, para motores totalmente gravíticos, y por encima de todo para una computadorización avanzada. No necesitaba envergadura; ésta habría frustrado su propósito.

Era un aparato individual que podía reemplazar, ventajosamente, a las naves antiguas que requerían una tripulación de doce miembros o más. Con una segunda o incluso una tercera persona para establecer turnos de guardia, una nave así podía derrotar a una flotilla de naves mayores no pertenecientes a la Fundación. Además, podía superar la velocidad de cualquier otra nave existente y escapar.

Había cierta elegancia en su diseño; ni una línea inútil, ni una curva superflua dentro o fuera. Hasta el último metro cúbico de volumen estaba aprovechado al máximo, como para crear una paradójica sensación de amplitud en su interior. Nada de lo que la alcaldesa pudiera haber dicho sobre la importancia de su misión habría impresionado a Trevize más que la nave con que debería realizarla.

Branno, «la mujer de bronce», pensó con disgusto, lo había empujado hacia una peligrosa misión de la mayor importancia. Quizás él no habría aceptado con tal determinación si ella no hubiera dispuesto las cosas de modo que él quisiera demostrarle lo que era capaz de hacer.

En cuanto a Pelorat estaba maravillado.

—¿Creería usted —dijo, colocando un suave dedo sobre el casco antes de trepar al interior— que nunca me he acercado a una astronave?

—Si usted lo dice, naturalmente, le creeré, profesor, pero, ¿cómo lo ha conseguido?

—Si he de serle sincero, no lo sé, mi querido ami..., quiero decir, mi querido Trevize. Supongo que estaba demasiado ocupado con mi investigación. Cuando se tiene una excelente computadora capaz de llegar a otras computadoras en cualquier lugar de la Galaxia, uno apenas necesita moverse de casa ¿sabe? Por alguna razón, pensaba que las astronaves eran más grandes que ésta.

—Éste es un modelo pequeño, sin embargo por dentro es mucho más grande que cualquier otra nave de su tamaño.

—¿Cómo es posible? Se está usted burlando de mi ignorancia.

—No, no. Hablo en serio. Ésta es una de las primeras naves que ha sido completamente gravitizada.

—¿Qué significa eso? Pero, por favor, no lo explique si se trata de algo muy técnico. Aceptaré su palabra, tal como usted aceptó ayer la mía en lo referente a la única especie de la humanidad y el único mundo de origen.

—Intentémoslo, profesor Pelorat. Durante los miles de años de vuelo espacial, hemos tenido motores químicos, motores iónicos y motores hiperatómicos, y todos ellos han sido voluminosos. La vieja Flota Imperial tenía naves de quinientos metros de longitud y no más espacio vital que el de un pequeño apartamento. Felizmente la Fundación se ha especializado en la miniaturización durante todos los siglos de su existencia, gracias a su falta de recursos materiales. Esta nave es la culminación. Utiliza la antigravedad y el aparato que lo hace posible ocupa muy poco espacio y está incluido en el casco. Si no fuese porque aún necesitamos el...

Un guardia de Seguridad se acercó.

—¡Tendrán que darse prisa, caballeros!

El cielo empezaba a clarear, aunque todavía faltaba media hora para que amaneciese.

Trevize miró a su alrededor.

—¿Está mi equipaje a bordo?

—Sí, consejero, encontrará la nave totalmente equipada.

—Con ropa, supongo, que no será de mi talla ni de mi gusto.

El guardia sonrió, de improviso y casi con infantilismo.

—Creo que lo será —dijo—. La alcaldesa nos ha hecho trabajar de lo lindo durante estas últimas treinta o cuarenta horas y hemos conseguido un duplicado de todo lo que tenía. Con dinero no hay problemas. Escuche —miró a su alrededor, como para asegurarse de que nadie observaba su súbita fraternización—, son ustedes muy afortunados. Es la mejor nave del mundo, totalmente equipada, a excepción del armamento. Vivirán a cuerpo de rey.

—Pero de rey destronado —dijo Trevize—. Bueno, profesor, ¿está listo?

—Con esto lo estoy —dijo Pelorat, y levantó una

oblea cuadrada de unos veinte centímetros de lado guardada en un estuche de plástico plateado. Trevize cayó repentinamente en la cuenta de que Pelorat no la había soltado desde que salieron de su casa cambiándosela de una mano a otra pero sin dejarla un momento, ni siquiera cuando se detuvieron a desayunar.

—¿Qué es eso, profesor?

—Mi biblioteca. Está clasificada por temas y orígenes, y la he condensado toda en una oblea. Si piensa que esta nave es una maravilla, ¿qué hay de esta oblea? ¡Una biblioteca completa! ¡Todo lo que he reunido! ¡Maravilloso! ¡Maravilloso!

—Bueno —dijo Trevize—, vivimos a cuerpo de rey.

15

Trevize se maravilló al ver el interior de la nave. La utilización del espacio era ingeniosa. Había una habitación con comida, ropa, películas y juegos. Había un gimnasio, un salón y dos dormitorios casi idénticos.

—Éste —dijo Trevize— debe ser el suyo, profesor. Al menos, contiene un Lector FX.

—Bien —dijo Pelorat con satisfacción—. He sido un tonto evitando los viajes espaciales durante tanto tiempo. Podría vivir aquí, mi querido Trevize, con absoluta satisfacción.

—Más espacioso de lo que esperaba —dijo Trevize complacido.

—¿Y los motores están realmente en el casco, como usted ha dicho?

—Los aparatos de control lo están, en todo caso. No tenemos que almacenar combustible o utilizarlo. Utilizaremos las existencias de energía fundamental del Universo, así pues, el combustible y los motores están... ahí fuera. —Hizo un gesto impreciso.

—Bueno, ahora que lo pienso... ¿qué ocurrirá si algo falla?

Trevize se encogió de hombros.

—He sido adiestrado en navegación espacial, pero no en estas naves. Si hay algún fallo en los controles gravíticos me temo que no podré hacer nada.

—Pero ¿sabe conducir esta nave? ¿Pilotarla?

—Ni yo mismo lo sé.

Pelorat dijo:

—¡Supone que es una nave automatizada? ¿Es posible que seamos simples pasajeros? Tal vez no tengamos que hacer absolutamente nada.

—Eso ocurre en el caso de transbordadores entre planetas y estaciones espaciales dentro del sistema estelar pero nunca he oído hablar de un viaje hiperespacial automatizado. Al menos, hasta ahora.

Miró de nuevo a su alrededor y sintió una cierta aprensión. ¿Se las habría ingeniado la bruja de la alcaldesa para maniobrar hasta tal punto a espaldas suyas? ¿Había la Fundación automatizado también los viajes interestelares, y se proponían depositarle en Trántor contra su voluntad, y sin consultarle más que al resto de los enseres de la nave?

—Profesor, usted siéntese. La alcaldesa dijo que esta nave estaba totalmente computadorizada. Si en su habitación hay un Lector FX, en la mía debe haber una computadora. Póngase cómodo y déjeme echar una ojeada por mi cuenta —dijo, con una optimista animación que no sentía.

Pelorat se mostró instantáneamente ansioso.

—Trevize, mi querido compañero... No irá a desembarcar, ¿verdad?

—No tengo la menor intención de hacerlo, profesor. Y si lo intentara, puede estar seguro de que me lo impedirían. La alcaldesa ya habrá dado órdenes en ese sentido. Lo único que me propongo hacer es averiguar qué pone en funcionamiento al *Estrella Lejana*. —Sonrió—. No le abandonaré, profesor.

Aún sonreía cuando entró en lo que parecía ser su dormitorio, pero su cara recobró la seriedad mientras cerraba suavemente la puerta tras de sí. Tenía que haber algún medio de comunicarse con un planeta situado en las cercanías de la nave. Era imposible imaginarse una nave deliberadamente aislada de sus alrededores y, por lo tanto, en algún lugar, quizás en un nicho de la pared, habría un comunicador. Lo utilizaría para llamar al despacho de la alcaldesa y preguntarle por los controles.

Inspeccionó minuciosamente las paredes, la cabecera de la cama, y los funcionales muebles. Si aquí no encontraba nada, revisaría el resto de la nave.

Estaba a punto de abandonar la búsqueda cuando percibió un destello luminoso sobre la lisa superficie marrón de la mesa. Un círculo luminoso, con nítidas letras que rezaban: INSTRUCCIONES DE LA COMPUTADORA.

¡Ah!

Sin embargo, su corazón latió con rapidez. Había computadoras y computadoras, y había programas que no resultaban sencillos de descifrar. Trevize nunca había cometido el error de subestimar su propia inteligencia, pero, por otra parte, él no era un Gran Maestro. Había quienes tenían habilidad para usar una computadora, y quienes no la tenían... y Trevize sabía muy bien a qué grupo pertenecía.

Durante la época que pasó en la Armada de la Fundación, había alcanzado el rango de teniente, y de vez en cuando había sido oficial de servicio y había tenido la oportunidad de usar la computadora de la nave. Sin embargo, nunca había estado a cargo exclusivo de ella, y nunca se le había exigido que supiera nada más que las maniobras rutinarias encomendadas al oficial de servicio.

Recordó, con una sensación de aprensión, los volúmenes ocupados por un programa enteramente descrito en impresión, y recordó la conducta del sargento técnico Krasnet ante el tablero de mandos de la computadora de la nave. Lo manejaba como si fuese el instrumento musical más complejo de la Galaxia y lo hacía con aire de indiferencia, como si su simplicidad le aburriera; y aun así había tenido que consultar los volúmenes algunas veces, maldiciéndose a sí mismo con desconcierto.

Trevize colocó un vacilante dedo sobre el círculo luminoso y la luz se extendió inmediatamente hasta cubrir la superficie de la mesa. Sobre ella apareció el contorno de dos manos: una derecha y una izquierda. Con un movimiento suave y repentino, la superficie de la mesa se inclinó hasta un ángulo de cuarenta y cinco grados.

Trevize tomó asiento frente a la mesa. Las palabras no eran necesarias. Lo que se esperaba de él estaba claro.

Colocó las manos sobre los contornos, situados de modo que pudiera hacerlo sin esfuerzo. La superficie de la mesa le pareció suave, casi aterciopelada, cuando la tocó; y sus manos se hundieron.

Miró sus manos con asombro, pues no se habían hundido en absoluto. A juzgar por lo que le revelaron sus ojos, estaban sobre la superficie. Sin embargo, para su sentido del tacto era como si la superficie de la mesa hubiese cedido, y como si algo estuviera sujetando sus manos con suavidad.

¿Eso era todo?

Y ahora, ¿qué?

Miró a su alrededor y luego cerró los ojos en respuesta a una sugerencia.

No había oído nada. ¡No había oído nada!

Pero dentro de su cerebro, como si fuese un impreciso pensamiento propio, estaba la frase: «Por favor, cierra los ojos. Relájate. Haremos la conexión.»

¿A través de las manos?

Por alguna razón Trevize siempre había supuesto que si uno iba a comunicarse mentalmente con una computadora, lo haría a través de un capuchón colocado sobre la cabeza y con electrodos encima de los ojos y el cráneo.

¿Las manos?

Pero ¿por qué no las manos? Trevize se sintió como si flotara, casi amodorrado, pero sin pérdida de agudeza mental. ¿Por qué no las manos?

Los ojos no eran más que órganos sensoriales. El cerebro no era más que un tablero de distribución central, encajado en hueso y aislado de la superficie activa del cuerpo. Las manos eran la superficie activa, las manos eran las que tocaban y manipulaban el Universo.

Los seres humanos pensaban con las manos. Las manos eran la respuesta de la curiosidad, eran las que palpaban y pellizcaban, giraban, levantaban y sopesaban. Había animales que tenían un cerebro de respetable tamaño, pero no tenían manos y eso constituía la gran diferencia.

Y mientras él y la computadora estaban cogidos de las manos, sus pensamientos se fusionaron y ya no importó que tuviera los ojos abiertos o cerrados. Abrirlos no mejoraba su visión y cerrarlos no la empañaba.

De ambos modos, veía la habitación con total claridad, no sólo en la dirección en que miraba, sino a todo su alrededor, por encima y por debajo.

Vio todas las habitaciones de la astronave y también vio el exterior. Había salido el sol y su fulgor estaba empañado por la neblina matinal, pero pudo mirarlo directamente sin deslumbrarse, pues la computadora filtraba automáticamente las ondas luminosas.

Notó el suave viento y su temperatura, y percibió los sonidos del mundo que lo rodeaba. Detectó el campo magnético del planeta y las minúsculas cargas eléctricas de la pared de la nave.

Adquirió conciencia de los mandos del vehículo,

sin saber siquiera lo que eran con exactitud. Sólo supo que si quería levantar la nave, o hacerla girar, o acelerarla, o utilizar cualquiera de sus recursos, el proceso sería el mismo que para realizar el proceso análogo con su cuerpo. Sólo tenía que utilizar su voluntad.

Sin embargo, su voluntad no estaba libre de impurezas. La propia computadora podía anularla. En el momento presente, había una frase formada en su cabeza y él supo exactamente cuándo y cómo despegaría la nave. No había flexibilidad en lo que a eso se refería. Asimismo supo con igual seguridad que después podría decidir él solo.

Al extender hacia fuera la red de su conciencia aumentada por la computadora, descubrió que percibía el estado de la atmósfera superior; que veía las configuraciones climáticas; que detectaba las demás naves que avanzaban hacia arriba y las que circulaban hacia abajo. Todo esto tenía que tomarse en cuenta y la computadora estaba tomándolo en cuenta. Si la computadora no lo hubiera hecho, comprendió Trevize, habría bastado con que él deseara que lo hiciera.

Y en cuanto a los volúmenes de programación no había ninguno. Trevize pensó en el sargento técnico Krasnet y sonrió. Había leído mucho sobre la inmensa revolución que la gravítica causaría en el mundo, pero la fusión de computadora y mente aún era un secreto de Estado. Sin lugar a dudas causaría una revolución todavía mayor.

Era consciente de que el tiempo pasaba. Sabía exactamente qué hora era por el patrón local de Términus y el patrón galáctico.

¿Cómo puso fin a la conexión?

En el momento que el pensamiento se introdujo en su mente, sus manos se alzaron y la superficie de la mesa regresó a su posición original; Trevize quedó abandonado a sus propios sentidos.

Se sintió ciego y desvalido como si, durante un rato, hubiese estado abrazado y protegido por un ser supremo y ahora estuviese abandonado. De no haber sabido que podía volver a establecer contacto en cualquier momento, la sensación le habría hecho llorar.

Por el contrario, se limitó a hacer un esfuerzo para volver a orientarse, para ajustarse a los límites, y luego se levantó con inseguridad y salió de la habitación.

Pelorat levantó los ojos. Evidentemente, había puesto a punto su lector y dijo:

—Funciona muy bien. Tiene un excelente programa de investigación... ¿Ha encontrado los mandos, muchacho?

—Sí, profesor. Todo va bien.

—En ese caso, ¿no deberíamos hacer algo respecto al despegue? Quiero decir, para autoprotegernos. ¿No debemos atarnos o algo así? He buscado algún tipo de instrucciones, pero no he encontrado nada y eso me ha puesto nervioso. He tenido que recurrir a mi biblioteca. Por alguna razón cuando trabajo en mi...

Trevize había alzado las manos como para detener el torrente de palabras. Ahora tuvo que levantar la voz para hacerse oír.

—Nada de eso es necesario, profesor. La antigravedad es el equivalente de la no inercia. No hay sensación de aceleración cuando cambia la velocidad, ya que toda la nave experimenta el cambio simultáneamente.

—¿Quiere decir que no sabremos cuándo despegamos del planeta y nos internamos en el espacio?

—Eso es exactamente lo que quiero decir, porque mientras le he estado hablando, hemos despegado. Atravesaremos la atmósfera superior dentro de muy pocos minutos, y en media hora estaremos en el espacio exterior.

16

Pelorat pareció encogerse un poco mientras miraba fijamente a Trevize. Su alargada cara rectangular palideció tanto que, sin demostrar ninguna otra emoción, irradió una gran ansiedad.

Luego desvió los ojos hacia la derecha y hacia la izquierda.

Trevize recordó cómo se sintió en su primer viaje más allá de la atmósfera y dijo del modo más desapasionado que pudo:

—Janov —era la primera vez que se dirigía tan familiarmente al profesor, pero en este caso la experiencia se dirigía a la inexperiencia y era necesario parecer el más viejo de los dos—, aquí estamos totalmente seguros. Nos hallamos en el seno metálico de una nave de guerra de la Flota de la Fundación. No estamos enteramente armados, pero no hay lugar en la Galaxia donde el nombre de la Fundación no nos proteja. Incluso si alguna nave enloqueciera y nos atacara, podríamos ponernos fuera de su alcance en un momento. Y le aseguro que he descubierto que puedo manejar la nave a la perfección.

Pelorat dijo:

—Es el pensamiento, Go... Golan, de la nada...

—Vamos, la nada también está alrededor de todo Términus. Sólo hay una fina capa de aire muy tenue entre nosotros en la superficie y la nada está justo encima. Lo único que estamos haciendo es atravesar esa insignificante capa.

—Puede ser insignificante, pero la respiramos.

—Aquí también respiramos. El aire de esta nave es más limpio y más puro, y se mantendrá indefinidamente más limpio y más puro que la atmósfera natural de Términus.

—¿Y los meteoritos?

—¿Los meteoritos?

—La atmósfera nos protege de los meteoritos. Y de la radiación.

Trevize dijo:

—La humanidad ha viajado por el espacio durante veinte milenios, creo...

—Veintidós. Si nos guiamos por la cronología hall-blockiana, es indudable que, contando los...

—¡Basta! ¿Sabe usted de algún accidente por meteoritos o de alguna muerte por radiación? Es decir, algo reciente. Es decir, ¿casos de naves de la Fundación?

—La verdad es que no estoy al tanto de las noticias sobre estas cuestiones, pero yo soy historiador, muchacho, y...

—Históricamente, sí, ha habido tales cosas, pero la tecnología progresa. No hay un meteorito del tamaño necesario para dañarnos que pueda acercarse a nosotros antes de que tomemos las medidas evasivas necesarias. Cuatro meteoritos que vinieran simultáneamente hacia nosotros desde las cuatro direcciones trazadas desde los vértices de un tetraedro tal vez podrían destruirnos, pero calcule las posibilidades de que eso ocurra y comprobará que morirá de vejez un trillón de trillón de veces, antes de tener la mitad de posibilidades de observar un fenómeno tan interesante.

—¿Quiere decir, si usted estuviera ante la computadora?

—No —dijo Trevize con desprecio—. Si yo manejara la computadora sobre la base de mis propios sentidos y reacciones, seríamos alcanzados incluso antes de que yo supiera lo que estaba pasando. Es la propia computadora la que trabaja, y reacciona millones de veces más rápidamente que usted o yo. —Alargó la mano de repente—. Janov, déjame mostrarle lo que la computadora puede hacer, y cómo es el espacio.

Pelorat lo miró fijamente, con los ojos muy abiertos. Luego, se rió.

—No estoy seguro de querer saberlo, Golan.

—Claro que no está seguro, Janov, porque no sabe qué es lo que le espera. ¡Corra el riesgo! ¡Venga! ¡A mi habitación!

Trevize cogió al otro de la mano, en parte guiándolo, en parte arrastrándolo. Mientras se sentaba ante la computadora, dijo:

—¿Ha visto la Galaxia alguna vez, Janov? ¿La ha mirado alguna vez?

Pelorat contestó:

—¿Quiere decir en el cielo?

—Sí, por supuesto. ¿Dónde, si no?

—La he visto. Todo el mundo la ha visto. Si uno levanta los ojos, la ve.

—¿La ha contemplado alguna vez en una noche oscura y clara, cuando los Diamantes están debajo del horizonte?

Los «Diamantes» constituían las pocas estrellas que tenían la suficiente luminosidad y estaban suficientemente cerca para brillar con moderada intensidad en el cielo nocturno de Términus. Era un pequeño grupo que ocupaba una anchura de no más de veinte grados, y durante gran parte de la noche estaban debajo del horizonte. Aparte del grupo, había un puñado de estrellas mortecinas, apenas discernibles a simple vista. No había nada más que la consistencia lechosa de la Galaxia; éste era el panorama a que uno podía aspirar viviendo en un mundo como Términus, que estaba en el borde extremo de la espiral más exterior de la Galaxia.

—Supongo que sí, pero ¿por qué contemplarla? Es un panorama corriente.

—Claro que es un panorama corriente —dijo Trevize—. Por eso nadie lo ve. ¿Para qué mirarlo si puedes verlo siempre? Pero ahora usted lo vera, y no desde Términus, donde la neblina y las nubes se interponen continuamente. Lo verá como nunca lo vería desde

Términus... por mucho que mirara, y por muy oscura y clara que fuese la noche. ¡Ojalá yo no hubiera estado nunca en el espacio, para que como usted, pudiese ver la Galaxia en toda su belleza por primera vez!

Empujó una silla hacia Pelorat.

—Siéntese aquí, Janov. Esto puede requerir cierto tiempo. Tengo que continuar habituándome a la computadora. Por lo que ya he experimentado, sé que la visión es holográfica, de modo que no necesitaremos pantalla de ninguna clase. Entra en contacto directo con mi cerebro, pero creo que puedo lograr que produzca una imagen objetiva para que usted también la vea... Apague la luz, ¿quiere? No... ¡qué tontería! La computadora lo hará. Quédese donde está.

Trevize estableció contacto con la computadora, asiéndole las manos afectuosa e íntimamente.

La luz se amortiguó, y luego se apagó del todo; Pelorat se agitó en la oscuridad.

—No se ponga nervioso, Janov. Quizá tarde un poco en controlar la computadora, o sea que deberá tener paciencia conmigo. ¿Lo ve? ¿El creciente? —dijo Trevize.

Estaba suspendido frente a ellos en la oscuridad. Algo empañado y fluctuante en un principio, pero adquiriendo mayor nitidez y luminosidad.

La voz de Pelorat reflejaba cierto temor.

—¿Es eso Términus? ¿Tan lejos estamos de él?

—Sí, la nave va muy de prisa.

El vehículo estaba entrando en la sombra nocturna de Términus, que se veía bajo la forma de un grueso creciente de brillante luz. Trevize tuvo el impulso momentáneo de dirigir la nave en un amplio arco que les llevara hasta el lado diurno del planeta para demostrarlo en toda su belleza, pero se contuvo.

Tal vez esto fuese una novedad para Pelorat, pero la belleza resultaría insustancial. Había demasiadas fotografías, demasiados mapas, demasiados globos. Todos los niños sabían cómo era Términus. Un planeta hídrico (más que la mayoría), rico en agua y pobre en minerales, rico en agricultura y pobre en industria pesada, pero el mejor de la Galaxia en alta tecnología y en miniaturización.

Si lograra que la computadora utilizase microondas y lo trasladara a un modelo visible, verían cada una de las diez mil islas habitadas de Términus, junto con la única de ellas de extensión suficiente para ser considerada continente, la que albergaba la ciudad de Términus y...

¡Cambia!

Sólo fue un pensamiento, un ejercicio de la voluntad, pero el panorama cambió inmediatamente. El creciente iluminado se desplazó hacia los límites de visión y desapareció tras el borde. La oscuridad del espacio sin estrellas llenó sus ojos.

Pelorat se aclaró la garganta.

—Me gustaría que volviera a enfocar Términus, muchacho. Me siento como si me hubiesen cegado. —Había cierta tensión en su voz.

—No está ciego. ¡Mire!

En el campo de visión apareció una tenue neblina de pálida translucidez. Se extendió y fue abrillantándose, hasta que toda la habitación pareció resplandecer.

¡Contráela!

Otro ejercicio de voluntad y la Galaxia se retiró, como vista a través de un telescopio decreciente que iba haciéndose más potente en su capacidad para decrecer. La Galaxia se contrajo y al fin se convirtió en una estructura de luminosidad variable.

¡Ilumínala!

Se hizo más luminosa sin cambiar de tamaño, y como el sistema estelar al que Términus pertenecía estaba encima del plano galáctico, no se veía exactamente en el borde. Era una espiral doble sumamente condensada, con curvilíneas fisuras de oscuras nebulosas que veteaban el borde resplandeciente del lado de Términus. La cremosa neblina del núcleo, lejano y menguado por la distancia, parecía insignificante.

Pelorat dijo en un susurro atemorizado:

—Tiene razón. Nunca la había visto así. Nunca había soñado que tenía tanto detalle.

—¿Cómo iba a hacerlo? No se puede ver la mitad exterior cuando la atmósfera de Términus se interpone. Apenas se ve el núcleo desde la superficie de Términus.

—Es una lástima que la veamos tan de frente.

—No tenemos por qué. La computadora puede mostrarla en cualquier orientación. Sólo he de expresar el deseo... y ni siquiera en voz alta.

¡Cambia las coordenadas!

Este ejercicio de voluntad no fue en modo alguno una orden precisa. Sin embargo, a medida que la imagen de la Galaxia empezaba a sufrir un lento cambio, su mente guió a la computadora y le hizo hacer lo que deseaba.

La Galaxia estaba girando lentamente para que pudiera verse en ángulo recto con el plano galáctico. Se desplegó como un gigantesco y brillante remolino, con curvas de oscuridad, nudos de fulgor, y una llamarada central casi sin rasgos característicos.

Pelorat preguntó:

—¿Cómo puede la computadora verla desde una posición en el espacio que debe estar a más de cincuenta mil parsecs de este lugar? —Luego, añadió, en un susurro ahogado—: Le ruego que me perdone por preguntar. No sé nada de todo esto.

Trevize dijo:

—Yo sé tan poco como usted sobre esta computadora. Sin embargo, incluso una computadora sencilla puede ajustar las coordenadas y mostrar la Galaxia en cualquier posición partiendo de lo que percibe en la posición natural, es decir, la que aparecería desde la posición local de la computadora en el espacio. Naturalmente, sólo utiliza la información que percibe en un principio, de modo que cuando cambia de costado, a la vista, encontramos vacíos y borrones en lo que muestra. No obstante, en este caso...

—¿Sí?

—Tenemos una vista excelente. Sospecho que la computadora está equipada con un mapa completo de la Galaxia y por eso puede mostrarla desde cualquier ángulo con igual facilidad.

—¿A qué se refiere al hablar de un mapa completo?

—Las coordenadas espaciales de todas las estrellas deben estar en el banco de datos de la computadora.

—¿De todas las estrellas? —Pelorat parecía sobrecogido.

—Bueno, quizá no de los trescientos mil millones. Incluiría, sin lugar a dudas, las estrellas que brillan sobre planetas habitados, y probablemente todas las estrellas de la clase espectral K y más brillantes. Eso significa unos setenta y cinco mil millones, por lo menos.

—¿Todas las estrellas de un sistema habitado?

—No puedo asegurarlo, quizá no todas. Al fin y al cabo, había veinticinco millones de sistemas habitados en tiempos de Hari Seldon; parecen muchos, pero sólo es una estrella de cada doce mil. Y después, en los cinco siglos posteriores a Seldon, la desintegración general del Imperio no truncó la colonización. Yo diría que la impulsó. Aún hay muchos planetas habitables donde establecerse, de modo que ahora debe de haber treinta millones. Es posible que no todos los planetas nuevos estén en los archivos de la Fundación.

—Pero ¿y los viejos? Seguramente constan todos sin excepción.

—Supongo que sí. Naturalmente, no puedo garantizarlo, pero me sorprendería que algún sistema habitado y colonizado desde hace tiempo no se hallara en los archivos. Déjeme enseñarle algo... si mi habilidad para controlar la computadora llega hasta tan lejos.

Las manos de Trevize se pusieron un poco rígidas con el esfuerzo y parecieron hundirse más en el apretón de la computadora. Quizá eso no hubiera sido necesario; quizá sólo hubiera tenido que pensar silenciosa y relajadamente: ¡Términus!

Eso fue lo que pensó y, en respuesta, surgió un fulgurante diamante rojo en el mismo borde del remolino.

—Ahí está nuestro sol —dijo con excitación—. Ésa es la estrella alrededor de la cual gira Términus.

—Ah —dijo Pelorat con un leve y trémulo suspiro.

Un brillante punto de luz amarilla adquirió vida en un gran racimo de estrellas hundidas en el corazón de la Galaxia, pero situadas muy a un lado de la llamarada central. Estaba bastante más cerca del borde de la Galaxia correspondiente a Términus que del otro lado.

—Y eso —dijo Trevize— es el sol de Trántor.

Otro suspiro, y después Pelorat dijo:

—¿Está seguro? Siempre se ha afirmado que Trántor está situado en el centro de la Galaxia.

—Así es, en cierto modo. Está todo lo cerca del centro que puede estar un planeta sin dejar de ser habitable. Está más cerca que cualquier otro sistema habitado importante. El verdadero centro de la Galaxia consiste en un agujero negro con una masa de casi un millón de estrellas, de modo que el centro es un lugar violento. Que sepamos nosotros, no hay vida en él y quizá es que no puede haberla. Trántor está en el subanillo más interior de los brazos espirales y, créame, si pudiera ver su cielo nocturno, pensaría que estaba en el centro de la Galaxia. Está rodeado por un racimo de estrellas sumamente denso.

—¿Ha estado en Trántor, Golan? —preguntó Pelorat con clara envidia.

—En realidad no, pero he visto representaciones holográficas de su cielo.

Trevize contempló la Galaxia con expresión sombría. A raíz de la gran búsqueda de la Segunda Fundación durante la época del Mulo, ¡cómo habían jugado todos con mapas galácticos, y cuántos volúmenes se habían escrito y filmado sobre el tema!

Y todo porque Hari Seldon había dicho, al principio, que la Segunda Fundación se establecería «en el otro extremo de la Galaxia», llamando al lugar «Extremo de las Estrellas».

¡En el otro extremo de la Galaxia! Mientras Trevize lo pensaba, una fina línea azul adquirió vida, extendiéndose desde Términus, a través del agujero negro central de la Galaxia, hasta el otro extremo. Trevize casi dio un salto. No había ordenado directamente la línea, pero había pensado en ella con mucha claridad y eso había bastado para la computadora.

Pero, naturalmente, la ruta de la línea recta hasta el lado opuesto de la Galaxia no era necesariamente una indicación del «otro extremo» sobre el que Seldon había hablado. Fue Arkady Darell (si uno daba crédito a su biografía) quien utilizó la frase «un círculo no tiene fin» para indicar lo que ahora todos aceptaban como verdad...

Y aunque Trevize intentó repentinamente suprimir el pensamiento, la computadora era demasiado rápida para él. La línea azul se desvaneció y fue reemplazada por un círculo que bordeaba nítidamente la Galaxia en color azul y pasaba a través del punto rojo intentos del sol de Términus.

Un círculo no tiene fin, y si el círculo empezaba en Términus, en el caso de buscar el otro extremo, simplemente volverá a Términus, y allí era donde se había encontrado la Segunda Fundación, habitando el mismo mundo que la Primera.

Pero ¿y si en realidad no había sido hallada, si el supuesto descubrimiento de la Segunda Fundación había sido una ilusión? Aparte de una línea recta y un círculo, ¿qué podía tener sentido en la conexión?

Pelorat dijo:

—¿Está creando ilusiones? ¿Por qué hay un círculo azul?

—Sólo estaba comprobando los mandos. ¿Le gustaría localizar la Tierra?

Durante unos momentos reinó el silencio, y luego Pelorat dijo:

—¿Bromea?

—No. Lo voy a intentar.

Lo hizo. No sucedió nada.

—Lo siento —dijo Trevize.

—¿No está? ¿La Tierra no está?

—Supongo que podría haber pensado erróneamente la orden, pero eso no parece probable. Es más probable que la Tierra no figure en los datos de la computadora.

Pelorat dijo:

—Puede figurar bajo otro nombre.

Trevize se aferró rápidamente a eso.

—¿Qué otro nombre, Janov?

Pelorat no dijo nada y Trevize sonrió en la oscuridad. Se le ocurrió pensar que las cosas podrían estar empezando a encajar. Dejémoslo por un rato. Que maduren. Cambió deliberadamente de tema y dijo:

—Me pregunto si podemos manipular el tiempo.

—¿El tiempo? ¿Cómo podemos hacerlo?

—La Galaxia da vueltas. Términus tarda casi quinientos millones de años en recorrer la gran circunferencia de la Galaxia una sola vez. Como es natural, las estrellas que están más cerca del centro completan la vuelta mucho más rápidamente. El movimiento de cada estrella, en relación al agujero negro central, puede ser registrado en la computadora y, en ese caso, es posible lograr que la computadora multiplique cada movimiento millones de veces y el efecto giratorio resulte visible. Puedo intentar que lo haga.

Lo intentó y no pudo evitar que sus músculos se tensaran con el esfuerzo de voluntad que estaba realizando, como si estuviera apoderándose de la Galaxia, acelerándola, retorciéndola, obligándola a girar contra una terrible resistencia.

La Galaxia estaba moviéndose. Lentamente, poderosamente, se retorcía en la dirección que debía estar siguiendo para estrechar los brazos espirales.

El tiempo pasaba con increíble rapidez mientras observaban un tiempo falso y artificial, y entretanto las estrellas se convirtieron en objetos evanescentes.

Algunas de las más grandes, aquí y allí, enrojecieron y se hicieron más brillantes antes de dilatarse y convertirse en gigantes de color rojo. Luego, una estrella de los racimos centrales estalló silenciosamente en una llamarada cegadora que, durante una minúscula fracción de segundo, oscureció la Galaxia y desapareció. Luego, otra, en uno de los brazos espirales hizo lo mismo, y luego otra, no muy lejos de ellos.

—Supernovas —dijo Trevize con voz un poco temblorosa.

¿Era posible que la computadora predijera exactamente qué estrellas explotarían y cuándo? ¿O sólo utilizaba una maqueta simplificada que servía para mostrar el futuro estelar en términos generales, más que precisos?

Pelorat dijo en un ronco susurro:

—La Galaxia parece un ser vivo arrastrándose por el espacio.

—Así es —dijo Trevize—, pero empiezo a cansarme. A menos que aprenda a hacerlo de un modo más distendido, no seré capaz de jugar a esto durante mucho rato.

Se relajó. La Galaxia disminuyó la velocidad, luego se detuvo, y luego se inclinó hasta colocarse en la perspectiva lateral desde la que la habían visto al principio.

Trevize cerró los ojos y respiró profundamente. Era consciente de que Términus iba quedando atrás, y de que los últimos jirones perceptibles de la atmósfera habían desaparecido de sus alrededores. Era consciente de todas las naves que llenaban el espacio próximo a Términus.

No se le ocurrió comprobar si había algo especial en alguna de esas naves. ¿Había alguna que fuese gravítica como la suya y que siguiera su trayectoria de un modo demasiado preciso para ser casual?

5. ORADOR

17

¡Trántor!

Durante ocho mil años fue la capital de una extensa y poderosa entidad política que abarcaba una agrupación de sistemas planetarios en constante crecimiento. Durante los doce mil años siguientes fue la capital de una entidad política que abarcaba toda la Galaxia. Fue el centro, el corazón, el epítome del Imperio Galáctico.

Era imposible pensar en el Imperio sin pensar en Trántor.

Trántor no alcanzó su culminación física hasta que el Imperio se halló en plena decadencia. De hecho, nadie se percató de que el Imperio había perdido su poderío y su empuje porque Trántor conservaba el fulgor de su brillante metal.

Su desarrollo llegó al punto máximo cuando se convirtió en una ciudad extendida por todo el planeta. Su población se estabilizó (por decreto) en los cuarenta y cinco mil millones, y las únicas zonas verdes se hallaban en el Palacio Imperial y el complejo de la Universidad/Biblioteca Galáctica.

La superficie de Trántor fue revestida de metal Tanto sus desiertos como sus zonas fértiles fueron recubiertas y se convirtieron en hormigueros humanos, junglas administrativas, elaboraciones computadorizadas, grandes almacenes de alimentos y piezas de repuesto. Sus cordilleras fueron abatidas, y sus abismos rellenados. Los interminables pasillos de la ciudad discurrían bajo las plataformas continentales, y los océanos se transformaron en enormes cisternas acuaculturales subterráneas, la única (e insuficiente) fuente nativa de alimentos y minerales.

Las relaciones con los mundos exteriores, de los que Trántor obtenía los recursos que necesitaba, dependían de sus mil espaciopuertos, sus diez mil naves de guerra, sus cien mil naves comerciales, y su millón de cargueros espaciales.

Ninguna ciudad tan extensa fue nunca reconvertida tan rigurosamente. Ningún planeta de la Galaxia había hecho nunca tanto uso de la energía solar o llegado a tales extremos para librarse del calor residual. Brillantes radiadores se alzaban hasta la tenue atmósfera superior en el lado nocturno y se retiraban al interior de la ciudad metálica en el lado diurno. Mientras el planeta giraba, los radiadores iban elevándose a medida que la noche caía progresivamente sobre el mundo e iban descendiendo a medida que el día rompía. De este modo Trántor siempre tenía una asimetría artificial que casi era su símbolo.

En su apogeo, ¡Trántor gobernó el Imperio!

Lo hizo mal, pero nada habría podido hacerlo bien. El Imperio era demasiado grande para ser gobernado por un solo mundo, incluso bajo los emperadores más dinámicos. ¿Qué otra cosa pudo hacer Trántor más que gobernarlo mal cuando, en los siglos de decadencia, la corona imperial estuvo a merced de taimados políticos y necios incompetentes, y la burocracia se convirtió en una subcultura de corruptibles?

Pero incluso en sus peores épocas hubo innumerables factores positivos. El Imperio Galáctico no habría podido ser gobernado sin Trántor.

El Imperio fue derrumbándose ininterrumpidamente, pero, mientras Trántor siguió siendo Trántor, continuó habiendo un núcleo del Imperio y éste retuvo un aire de orgullo, de prosperidad, de tradición, poder y... exaltación.

Sólo cuando sucedió lo inimaginable; cuando Trántor finalmente cayó y fue saqueado; cuando sus ciudadanos fueron asesinados por millones y condenados a la inanición por millones; cuando su resistente capa metálica fue abollada, perforada y fundida por el ataque de la flota «bárbara», sólo entonces se consideró que el Imperio había caído. Los supervivientes de aquel mundo tan glorioso destrozaron lo que había quedado y, en una generación, Trántor pasó de ser el planeta más grande que la raza humana había visto jamás a convertirse en un inconcebible laberinto de ruinas.

Esto había sucedido casi dos siglos y medio antes. En el resto de la Galaxia aún se recordaba Trántor tal como había sido. Viviría eternamente como el escenario preferido de las novelas históricas, el símbolo y el recuerdo preferido del pasado, la palabra preferida para adagios como «Todas las naves estelares aterrizan en Trántor», «Cómo buscar a una persona en Trántor» y «Se parece como esto y Trántor».

En todo el resto de la Galaxia...

¡Pero no sucedía lo mismo en el propio Trántor! Allí el antiguo Trántor estaba olvidado. El metal de la superficie había desaparecido casi en todas partes. Trántor era ahora un mundo de campesinos autosuficientes casi despoblado; un lugar al que las naves comerciales raramente acudían y no eran particularmente bien recibidas cuando lo hacían. La misma palabra «Trántor», aunque todavía en uso oficial, había desaparecido del lenguaje popular. Los trantorianos lo llamaban «Hame», que en su dialecto era el equivalente de «Hogar», en el idioma galáctico.

Quindor Shandess pensaba en todo esto y mucho más mientras permanecía sumido en un grato estado de somnolencia, en el cual podía dejar que su mente discurriera a lo largo de una línea de pensamiento automotriz y no organizada.

Había sido primer orador de la Segunda Fundación durante dieciocho años, y bien podría seguir siéndolo durante otros diez o doce si su mente se mantenía razonablemente vigorosa y era capaz de continuar librando guerras políticas.

Era el cargo análogo, el fiel reflejo del de alcalde de Términus, que gobernaba la Primera Fundación, pero ¡qué diferentes en todos los aspectos! El alcalde de Términus era conocido en toda la Galaxia y, por lo tanto, la Primera Fundación era simplemente «la Fundación» para todos los mundos. El primer orador de la Segunda Fundación sólo era conocido por sus compañeros.

Y, sin embargo, era la Segunda Fundación, bajo él mismo y sus predecesores, la que detentaba el verdadero poder. La Primera Fundación era superior en el reino del poder físico, de la tecnología, de las armas bélicas. La Segunda Fundación era superior en el reino del poder mental, del intelecto, de la capacidad para controlar. En un conflicto entre las dos, ¿acaso importaría de cuántas naves y armas dispusiera la Primera Fundación, si la Segunda Fundación podía controlar las mentes de aquellos que controlaban las naves y las armas?

Pero ¿durante cuánto tiempo podía él recrearse en esta certeza de su poder secreto?

Era el vigésimo quinto primer orador y ya llevaba en el cargo más tiempo del habitual. ¿Debería, tal vez, no seguir aferrándose a él y ceder el paso a los aspirantes más jóvenes? Estaba el orador Gendibal, el más perspicaz de la Mesa y el que se había incorporado más recientemente a ella. Esa noche pasarían un rato juntos y Shandess lo esperaba con interés. ¿Debería esperar también el posible acceso al poder de Gendibal algún día?

La respuesta a la pregunta era que Shandess no pensaba realmente dejar su puesto. Lo disfrutaba demasiado.

Permanecía allí, en su vejez, aún perfectamente capaz de cumplir con sus obligaciones. Su cabello era gris, pero siempre había sido de un color claro y lo llevaba muy corto, de modo que el color apenas importaba. Tenía los ojos de un azul pálido y su ropa se ajustaba al sobrio estilo de los campesinos trantorianos.

El primer orador podía pasar entre los habitantes de Hame como uno de ellos, si así lo deseaba, pero su oculto poder seguía existiendo. Podía optar por concentrar sus ojos y su mente en cualquier momento; entonces ellos actuarían según su voluntad y después no recordarían nada.

Rara vez ocurría. Casi nunca. La Regla de Oro de la Segunda Fundación era: «No hagas nada a menos que sea preciso, y cuando sea preciso actuar... vacila.»

El primer orador suspiró quedamente. Vivir en la vieja universidad, con la melancólica grandeza de las ruinas del Palacio Imperial no demasiado lejos, impulsaba a preguntarse de vez en cuando si la Regla de Oro era realmente de oro.

En los días del Gran Saqueo, la Regla de Oro había sido extremada hasta el límite. No había modo de salvar Trántor sin sacrificar el Plan Seldon de establecer un Segundo Imperio. Habría sido humano salvar a los cuarenta y cinco mil millones de víctimas pero no habrían podido ser salvadas sin retención del núcleo del Primer Imperio y eso sólo habría retrasado el cumplimiento de las previsiones. Habría llevado a una destrucción mayor unos siglos más tarde, y quizá el Segundo Imperio nunca...

Los primeros oradores anteriores habían trabajado

en el previsto saqueo durante décadas, pero no habían encontrado ninguna solución, ningún medio para asegurar tanto la salvación de Trántor como el posible establecimiento del Segundo Imperio. ¡Hubo que escoger el mal menor, y Trántor había muerto!

Los miembros de la Segunda Fundación de aquella época consiguieron salvar, por un estrechísimo margen, el complejo de la universidad/biblioteca, y esto también había generado un sentimiento de culpabilidad. Aunque nadie había demostrado jamás que la salvación del complejo condujera al meteórico ascenso del Mulo, siempre persistió la intuición de que existía una relación.

¡Qué cerca habían estado de destruirlo todo!

Sin embargo, tras las décadas del saqueo y el Mulo, llegó la Edad de Oro de la Segunda Fundación.

Antes de eso, durante más de dos siglos y medio después de la muerte de Seldon, los miembros de la Segunda Fundación se habían escondido como topos en la biblioteca, con el único fin de no cruzarse en el camino de los imperiales. Ejercieron de bibliotecarios en una sociedad decadente cada vez menos interesada por la ahora mal llamada Biblioteca Galáctica, que cayó en el desuso que tanto convenía a la Segunda Fundación.

Fue una vida innoble. Se limitaron a conservar el Plan, mientras en el extremo de la Galaxia, la Primera Fundación luchaba por sobrevivir contra enemigos cada vez más poderosos sin la ayuda de la Segunda Fundación ni la seguridad de que existiera realmente.

Fue el Gran Saqueo lo que liberó a la Segunda Fundación, otro motivo (el joven Gendibal, que tenía valor, había dicho recientemente que fue el motivo principal) por el que se permitió que el saqueo tuviera lugar.

Después del Gran Saqueo, el Imperio desapareció y, durante los últimos tiempos, los supervivientes trantorianos nunca habían entrado en el territorio de la Segunda Fundación sin ser invitados. Los miembros de la

Segunda Fundación se encargaron de que el complejo universidad/biblioteca, que había sobrevivido al saqueo, también sobreviviera a la Gran Renovación. Las ruinas del palacio fueron asimismo preservadas. El metal había desaparecido de casi todo el resto del mundo. Los amplios e interminables corredores estaban cubiertos, rellenados, destruidos, abandonados todo bajo piedra y tierra; todo excepto en ese lugar, donde el metal aún circundaba los antiguos espacios abiertos.

Podía ser considerado un gran monumento a la grandeza, el sepulcro del Imperio, pero para los trantorianos, los hamenianos, ésos eran lugares embrujados, llenos de fantasmas a los que no se debía molestar. Sólo los miembros de la Segunda Fundación penetraban en los antiguos corredores o tocaban el brillante titanio.

Y aun así, todo había estado a punto de perderse a causa del Mulo.

El Mulo había estado en Trántor. ¿Y si hubiera descubierto la naturaleza del mundo donde se encontraba? Sus armas físicas eran mucho más poderosas que aquellas de las que la Segunda Fundación disponía, y sus armas mentales casi igualmente poderosas. La Segunda Fundación siempre se vería obstaculizada por la necesidad de no hacer nada más que lo preciso, y por la certeza de que casi cualquier esperanza de ganar la lucha inmediata podría comportar una pérdida aún mayor.

De no haber sido por Bayta Darell y su rápida decisión... ¡Y eso también se produjo sin la ayuda de la Segunda Fundación!

Y después... la Edad de Oro, durante la cual los primeros oradores de la época hallaron de algún modo los medios para pasar a la acción, deteniendo al Mulo en su carrera de conquistas, controlando al fin su mente; y deteniendo luego a la propia Primera Fundación cuando reveló una suspicacia y una curiosidad excesivas sobre la naturaleza y la identidad de la Segunda Fundación. Fue Preem Palver, decimonoveno primer orador y el más grande de todos, quien consiguió poner fin a todo peligro, no sin terribles sacrificios, y restauró el Plan Seldon.

Ahora, desde hacía ciento veinte años, la Segunda Fundación volvía a estar donde había estado, escondida en una zona embrujada de Trántor. Ya no se escondían de los imperiales, sino todavía de la Primera Fundación, una Primera Fundación casi tan extensa como el antiguo Imperio Galáctico, e incluso más poderosa en tecnología.

El primer orador cerró los ojos bajo el cálido sol y se sumió en ese estado irreal de relajantes experiencias alucinatorias que no eran sueños ni pensamientos conscientes.

Tenía que desterrar la melancolía. Todo iría bien. Trántor aún era la capital de la Galaxia, pues la Segunda Fundación estaba aquí y detentaba más poder y capacidad de control de los que el emperador había tenido jamás.

La Primera Fundación sería contenida y guiada, y se movería correctamente. Por muy formidables que fuesen sus naves y sus armas, no podrían hacer nada mientras los líderes clave pudieran ser, en caso de necesidad, mentalmente controlados.

Y el Segundo Imperio llegaría, pero no sería como el primero. Sería un imperio federado, en el que cada una de sus partes tendría un considerable autogobierno, a fin de que no se diese la fuerza aparente y la debilidad real de un gobierno unitario y centralizado. El nuevo imperio sería más liberal, más manejable, más flexible, más capaz de resistir la tensión, y siempre, siempre, sería guiado por los ocultos hombres y mujeres de la Segunda Fundación. Trántor seguiría siendo entonces la capital más poderosa con sus cuarenta mil psicohistoriadores de lo que lo había sido jamás con sus cuarenta y cinco mil millones...

El primer orador se despertó con un sobresalto. El sol estaba bajo en el cielo. ¿Habría murmurado? ¿Habría dicho algo en voz alta?

Si la Segunda Fundación tenía que saber mucho y decir poco, los oradores tenían que saber más y decir menos, y el primer orador tenía que ser el que más supiera y el que menos dijera.

Sonrió irónicamente. Siempre resultaba tan tentador convertirse en un patriota trantoriano, creer que la finalidad del Segundo Imperio era conseguir la hegemonía trantoriana... Seldon ya lo había advertido; había previsto incluso esto, cinco siglos antes de que pudiera pasar.

Sin embargo, el primer orador no había dormido demasiado. Aún no era la hora de la audiencia de Gendibal.

Shandess esperaba con interés esa reunión privada. Gendibal era suficientemente joven para mirar el Plan con ojos nuevos, y suficientemente sagaz para ver lo que otros quizás no pudiesen. Y no era imposible que Shandess aprendiera algo oyendo lo que el joven tenía que decir.

Nadie sabría jamás con certeza lo mucho que Preem Palver, el gran Palver en persona, había aprendido el día en que el joven Kol Benjoam, que aún no tenía treinta años, fue a verle para hablar sobre los posibles modos de controlar la Primera Fundación. Benjoam, que más tarde sería reconocido como el mayor teórico desde Seldon, nunca habló de esa audiencia en años posteriores, pero al fin se convirtió en el vigésimo primer primer orador. Hubo algunos que atribuyeron a Benjoam, más que a Palver, los grandes logros de la administración de Palver.

Shandess se distrajo pensando en lo que Gendibal podría decir. Era tradicional que los jóvenes entusiastas, al hallarse por primera vez a solas con el primer orador, condensaran toda su tesis en la primera frase. E indudablemente no solicitaban esa importante primera audiencia por algo trivial, ya que toda su carrera subsiguiente se derrumbaría si el primer orador les consideraba personas de pocas luces.

Cuatro horas más tarde, Gendibal se presentó ante él. El joven no daba muestras de nerviosismo. Esperó tranquilamente a que Shandess hablara primero.

—Ha solicitado una audiencia privada, orador, para tratar de un asunto importante. ¿Quiere hacer el favor de resumirme este asunto? —dijo Shandess.

Y Gendibal, hablando serenamente, casi como si estuviera describiendo lo que acababa de cenar, exclamó:

—¡Primer orador, el Plan Seldon no tiene sentido!

18

Stor Gendibal no necesitaba la evidencia de que otros reconocieran su valía. No recordaba una época durante la que no se hubiera sentido diferente. Fue reclutado para la Segunda Fundación, cuando sólo era un niño de diez años, por un agente que reconoció el potencial de su mente.

Después cursó sus estudios con asombrosa facilidad y se aficionó a la psicohistoria como una astronave responde a un campo de gravedad. La psicohistoria tiró de él y él se curvó hacia ella, leyendo el texto de Seldon sobre las leyes fundamentales cuando otros muchachos de su edad simplemente intentaban resolver ecuaciones diferenciales.

A los quince años ingresó en la Universidad Galáctica de Trántor (como había sido rebautizada oficialmente la Universidad de Trántor), tras una entrevista durante la cual, al ser preguntado sobre sus ambiciones, contestó resueltamente: «Ser primer orador antes de los cuarenta.»

No se había molestado en aspirar al sillón del primer orador sin merecimientos. Alcanzarlo, de un modo u otro, parecía ser una certidumbre para él. Era hacerlo en la juventud lo que parecía ser su objetivo. Incluso Preem Palver contaba cuarenta y dos años cuando accedió al cargo.

La expresión del entrevistador cambió cuando Gendibal le reveló su propósito, pero el joven ya dominaba el psicolenguaje y supo interpretar ese cambio. Supo, con tanta certeza como si el entrevistador lo hubiera anunciado, que éste haría una pequeña anotación en su expediente en el sentido de que sería difícil de manejar.

¡Naturalmente!

Gendibal se proponía ser difícil de manejar.

Ahora tenía treinta años. Cumpliría treinta y uno al cabo de dos meses, y ya era miembro del Consejo de Oradores. Disponía de nueve años, como máximo, para convertirse en primer orador y sabía que lo lograría. La audiencia con el actual primer orador era crucial para sus planes y, mientras la preparaba con el fin de causar la impresión deseada, no había regateado esfuerzos para pulir su dominio del psicolenguaje.

Cuando dos oradores de la Segunda Fundación se comunican entre sí, el lenguaje no se parece a ningún otro de la Galaxia. Es tanto un lenguaje de gestos fugaces como de palabras; consiste tanto en detectar cambios mentales como en cualquier otra cosa.

Un extraño oiría poco o nada, pero en un corto espacio de tiempo, se habrían intercambiado muchas ideas en forma de pensamientos, y la comunicación sería imposible de transmitir en su forma literal a alguien que no fuera otro orador.

El lenguaje de los oradores tenía sus ventajas en velocidad e infinita discreción, pero tenía el inconveniente de impedir el ocultamiento de la verdadera opinión.

Gendibal conocía su propia opinión del primer orador. Pensaba que el primer orador era un hombre que ya no estaba en su plenitud mental. El primer orador, a juicio de Gendibal, no esperaba ninguna crisis, no se hallaba preparado para enfrentarse a una crisis, y carecía de astucia para resolverla si aparecía. Pese a toda la buena voluntad y amabilidad de Shandess, con él el desastre era inminente.

Gendibal tenía que borrar todo esto no sólo de las palabras, gestos y expresiones faciales, sino incluso de sus pensamientos. No conocía ningún modo de hacerlo con tal eficacia que el primer orador no percibiera el más leve indicio de todo ello.

Gendibal tampoco podía ignorar algunos de los sentimientos del primer orador hacia él. A través de la afabilidad y benevolencia, completamente aparentes y razonablemente sinceras, Gendibal percibía el distante matiz de condescendencia y diversión, y reforzó el dominio de su propia mente para no revelar ningún resentimiento, o el mínimo posible.

El primer orador sonrió y se recostó en su butaca. No llegó a apoyar los pies en la superficie de la mesa, pero reflejó la mezcla correcta de confiada naturalidad e informal amistad, lo suficiente de cada una para mantener la incertidumbre de Gendibal respecto al efecto causado por su declaración.

Ya que Gendibal no había sido invitado a sentarse, las acciones y actitudes de que disponía para minimizar la incertidumbre eran limitadas. El primer orador no lo ignoraba.

—¿El Plan Seldon no tiene sentido? ¡Qué afirmación tan notable! ¿Ha mirado el Primer Radiante últimamente, orador Gendibal? —dijo Shandess.

—Lo estudio con frecuencia, primer orador. Es mi deber hacerlo así y también un placer.

—¿Por casualidad no estudiará sólo las partes que le incumben de un modo directo? ¿Lo observa microscópicamente; un sistema de ecuaciones aquí, una línea de ajuste allí? Es muy importante, desde luego, pero yo siempre lo he considerado un excelente ejercicio para observar el curso completo. El estudio del Primer Radiante, acre por acre, tiene su utilidad, pero observarlo como un continente es inspirativo. Si he de decirle la verdad, orador, yo mismo no lo he hecho desde hace tiempo. ¿Le gustaría unirse a mí?

Gendibal no se atrevió a guardar un silencio demasiado prolongado. Tenía que hacerse, y debía hacerse fácil y agradablemente, o más valdría no hacerlo.

—Sería un honor y un placer, primer orador.

El primer orador bajó una palanca acoplada al lado de su mesa. Había una igual en el despacho de cada orador, y la del despacho de Gendibal no era en modo alguno inferior a la del primer orador. La Segunda Fundación era una sociedad igualitaria en todas sus manifestaciones superficiales, las poco importantes. De hecho, la única prerrogativa oficial del primer orador era la que su título llevaba explícita: siempre hablaba primero.

La habitación se oscureció al ser accionada la palanca, pero, casi enseguida, la oscuridad dio paso a una penumbra nacarada. Las dos paredes largas adquirieron una tonalidad cremosa que después se hizo más brillante y blanca, y finalmente aparecieron unas ecuaciones impresas con nitidez, aunque tan pequeñas que no podían leerse fácilmente.

—Si no tiene objeciones —dijo el primer orador, dejando muy claro que no permitiría ninguna—, reduciremos la ampliación para ver todas las que podamos a la vez.

La nítida tipografía se redujo a finísimos trazos,

borrosos meandros negros sobre el fondo nacarado. El primer orador pulsó las teclas de un pequeño tablero de mandos empotrado en el brazo de su sillón.

—Retrocederemos hasta el principio, hasta la época de Hari Seldon, y lo ajustaremos a un pequeño movimiento hacia adelante. Pondremos el obturador para que sólo veamos una década de desarrollo cada vez. Eso proporciona una maravillosa sensación del flujo de la historia, sin que los detalles distraigan. Me pregunto si ha hecho esto en alguna ocasión.

—Nunca exactamente así, primer orador.

—Debería hacerlo. Es una sensación maravillosa. Observe la escasez de trazos negros que hay al principio. No hubo muchas alternativas en las primeras décadas. Sin embargo, las ramificaciones aumentan exponencialmente con el tiempo. De no ser porque, tan pronto como se toma una ramificación determinada, hay una extinción de un vasto conjunto de las restantes en su futuro, pronto serían difíciles de manejar. Naturalmente, al tratar con el futuro, debemos tener cuidado con las extinciones en que confiamos.

—Lo sé, primer orador. —Hubo un toque de sequedad en la contestación que Gendibal no pudo erradicar del todo.

El primer orador no respondió a ella.

—Observe las sinuosas líneas de símbolos en rojo. No se ajustan a ninguna norma. A todas luces, deberían existir fortuitamente, ya que cada orador obtiene su cargo introduciendo mejoras en el plan original de Seldon. Parece que, después de todo, no hay modo de predecir dónde puede introducirse fácilmente una mejora o adónde podría un orador orientar sus intereses o su capacidad; pese a todo ello yo sospecho desde hace tiempo que la mezcla de Negro Seldon y Rojo Orador sigue una estricta ley que depende en gran medida del tiempo y poca cosa más.

Gendibal siguió observando cómo pasaban los años y cómo los finos trazos negros y rojos formaban un dibujo entrelazado casi hipnótico. Naturalmente, el dibujo en sí no significaba nada, lo que contaba eran los símbolos de que estaba compuesto.

Aquí y allí aparecía una línea de color azul intenso, curvándose, ramificándose, y destacándose, para caer finalmente sobre sí misma y desvanecerse en el negro o el rojo.

El primer orador dijo:

—Desviación Azul. —Y la sensación de repugnancia originada en ambos llenó el espacio que los separaba—. Se repite una y otra vez, de modo que pronto llegaremos al Siglo de las Desviaciones.

Así fue. Vieron claramente cuándo el nefasto fenómeno del Mulo llenó momentáneamente la Galaxia, ya que el Primer Radiante se espesó de pronto numerosas líneas azules, que se multiplicaban más rápidamente de lo que desaparecían, hasta que la misma habitación pareció volverse azul a medida que las líneas se hacían más gruesas y marcaban la pared con una contaminación cada vez más brillante. (Ésta era la única palabra.)

Alcanzó su punto culminante y luego palideció, se hizo menos densa, y continuó así durante un largo siglo antes de disolverse definitivamente. Cuando hubo desaparecido, y cuando el Plan hubo vuelto al negro y el rojo, se vio claramente que la mano de Preem Palver había estado allí.

Adelante, adelante...

—Éste es el presente —dijo el primer orador.

Adelante, adelante...

De pronto tuvo lugar una concentración de líneas en un compacto nudo negro con muy poco rojo.

—Éste es el establecimiento del Segundo Imperio —dijo el primer orador.

Desconectó el Primer Radiante y la habitación quedó bañada por la luz ordinaria.

Gendibal dijo:

—Ha sido una experiencia emocionante.

—Sí —sonrió el primer orador—, y usted procura no identificar la emoción, ya que no le conviene hacerlo. No importa. Déjeme poner en claro algunas cosas.

»Observará, en primer lugar, la casi total ausencia de desviación azul tras la época de Preem Palver, durante las últimas doce décadas, en otras palabras. Observará que no hay probabilidades razonables de desviaciones por encima de la quinta clase durante los cinco siglos siguientes. Observará, asimismo, que hemos empezado a extender las mejoras de la psicohistoria más allá del establecimiento del Segundo Imperio. Como ya debe saber, Hari Seldon, a pesar de ser un genio extraordinario, no es, y no podía ser, omnisciente. Nosotros le hemos superado. Sabemos más sobre psicohistoria de lo que él pudo llegar a saber.

»Seldon terminó sus cálculos con el Segundo Imperio y nosotros hemos continuado más allá. En realidad, y lo digo sin ánimo de ofender, el nuevo Hiper-Plan que va más allá del establecimiento del Segundo Imperio es, en gran parte, obra mía y me ha servido para obtener el cargo que ocupo.

»Se lo digo para que me ahorre charlas innecesarias. Con todo esto, ¿cómo puede llegar a la conclusión de que el Plan Seldon no tiene sentido? Carece de defectos. El mero hecho de que sobreviviera al Siglo de las Desviaciones, con todo el respeto debido al genio de Palver, es la mejor prueba de que no tiene ningún defecto. ¿Dónde está su debilidad, joven, para que usted califique el Plan de algo sin sentido?

Gendibal se enderezó con rigidez.

—Tiene usted razón, primer orador. El Plan Seldon carece de defectos.

—Así pues, ¿retira su afirmación?

—No, primer orador. Su falta de defectos es un defecto. ¡Su perfección es fatal!

19

El primer orador miró a Gendibal con ecuanimidad. Había aprendido a controlar sus expresiones y le divertía observar la ineptitud de Gendibal en ese aspecto. En cada intercambio, el joven hacía lo posible para ocultar sus sentimientos, pero cada vez los exhibía completamente.

Shandess lo examinó con imparcialidad. Era un joven delgado, que apenas sobrepasaba la mediana estatura, de labios finos e inquietas manos huesudas. Tenía unos ojos oscuros y desprovistos de humor que tendían a encenderse.

El primer orador comprendió que no le resultaría fácil disuadirle de sus convicciones.

—Habla usted en paradojas, orador —dijo.

—Parece una paradoja, primer orador, porque hay demasiados factores en el Plan de Seldon que damos por sentados y aceptamos de modo demasiado incondicional.

—¿Qué es, entonces, lo que usted cuestiona?

—La misma base del Plan. Todos sabemos que el Plan no funcionará si su naturaleza, o incluso su existencia, es conocida por demasiados de aquellos cuya conducta está destinado a predecir.

—Creo que Hari Seldon lo comprendió así. Incluso creo que hizo de ello uno de los dos axiomas fundamentales de la psicohistoria.

—No previó la aparición del Mulo, primer orador, y por lo tanto no pudo prever hasta qué punto se convertiría la Segunda Fundación en una obsesión para los habitantes de la Primera Fundación una vez que el Mulo les hubo revelado su importancia.

—Hari Seldon... —Y por espacio de un momento, el primer orador se estremeció y guardó silencio.

El aspecto físico de Hari Seldon era conocido por todos los miembros de la Segunda Fundación. Sus reproducciones en dos y en tres dimensiones, fotográficas y holográficas, en bajorrelieve y en bulto redondo, sentado y de pie, eran muy numerosas. Todas lo representaban en los últimos años de su vida. Todas reproducían a un hombre viejo y afable, con el rostro arrugado por la sabiduría de la edad, simbolizando la quintaesencia del genio bien maduro.

Pero ahora el primer orador recordó haber visto una fotografía de Seldon cuando era joven. La fotografía fue desechada, ya que la idea de un Seldon joven constituía prácticamente una contradicción inmediata. Sin embargo, Shandess la había visto, y de repente se le ocurrió pensar que Stor Gendibal tenía un parecido muy notable con el joven Seldon.

¡Ridículo! Era la clase de superstición que afligía a todo el mundo, de vez en cuando, por muy racional que uno pudiera ser. Se había dejado engañar por una similitud fugitiva. Si tuviese la fotografía ante sí, en seguida vería que la similitud era una ilusión. No obstante, ¿por qué se le había ocurrido esa tonta idea precisamente ahora?

Se recobró. Había sido un estremecimiento momentáneo, una efímera desviación mental, demasiado breve para ser observada por nadie más que un orador. Gendibal podía interpretarla como quisiera.

—Hari Seldon —dijo firmemente la segunda vez— sabía muy bien que había un número infinito de posibilidades que no podía prever, y por eso estableció la Segunda Fundación. Nosotros tampoco previmos al Mulo, pero lo reconocimos cuando emprendió nuestra búsqueda, y lo detuvimos. No previmos la obsesión subsiguiente de la Primera Fundación por nosotros, pero la reconocimos cuando se produjo y la detuvimos. ¿Qué es lo que usted desaprueba en todo esto?

—En primer lugar —dijo Gendibal—, la obsesión de la Primera Fundación por nosotros aún no ha terminado.

Hubo una merma sustancial en la deferencia con que Gendibal había estado hablando. Había percibido el estremecimiento en la voz del primer orador (decidió Shandess) y lo había interpretado como inseguridad. Eso tenía que combatirse.

El primer orador dijo enérgicamente:

—Permítame anticipar los acontecimientos. Habrá personas en la Primera Fundación que, comparando las grandes dificultades de los casi cuatro primeros siglos de existencia con la placidez de las últimas doce décadas, llegarán a la conclusión de que esto no puede ser a menos que la Segunda Fundación esté velando por el Plan, y, naturalmente, acertarán en su conclusión. Deducirán que la Segunda Fundación puede no haber sido destruida después de todo, y, naturalmente, acertarán en su deducción. De hecho, hemos sido informados de que hay un joven en el mundo-capital de la Primera Fundación, un miembro de su gobierno, que está plenamente convencido de todo esto. He olvidado cómo se llama...

—Golan Trevize —dijo Gendibal con suavidad—. Fui yo quien consignó el asunto en los informes en primer lugar, y fui yo quien envié el asunto a su despacho.

—¿Ah, sí? —dijo el primer orador con exagerada cortesía—. Y ¿cómo se fijó en él?

—Uno de nuestros agentes en Términus envió un tedioso informe sobre los miembros del Consejo que acababan de ser elegidos, algo totalmente rutinario que suele enviarse a todos los oradores y a lo cual todos los oradores suelen hacer caso omiso. Éste me llamó la atención por la naturaleza de la descripción de un nuevo consejero, Golan Trevize. Según la descripción, está muy seguro de sí mismo y es extraordinariamente combativo.

—Reconoció a un espíritu afín, ¿verdad?

—De ningún modo —dijo Gendibal con rigidez—. Parece una persona imprudente que disfruta haciendo cosas ridículas, una descripción que no puede aplicarse a mí. En cualquier caso, ordené un estudio en profundidad. No tardé mucho en deducir que habría sido un buen material para nosotros si lo hubieran reclutado a una edad temprana.

—Tal vez —dijo el primer orador—, pero ya sabe que no reclutamos en Términus.

—Lo sé muy bien. En cualquier caso, incluso sin nuestra instrucción, posee una intuición extraordinaria. Naturalmente, es muy indisciplinada. Así pues, no me sorprendió que hubiese deducido el hecho de que la Segunda Fundación aún existe. Sin embargo, me pareció suficientemente importante para enviar un informe sobre el asunto a su despacho.

—¿Debo entender que eso no es todo?

—Habiendo deducido el hecho de que aún existimos, gracias a sus facultades intuitivas altamente desarrolladas, lo utilizó de un modo indisciplinado y, como resultado, ha sido exilado de Términus.

El primer orador enarcó las cejas.

—Se calla de repente. Quiere que yo interprete el significado. Sin emplear la computadora, déjeme aplicar mentalmente una burda aproximación de las ecuaciones de Seldon y adivinar que una astuta alcaldesa, capaz de sospechar que la Segunda Fundación existe, prefiere no tener a un individuo indisciplinado que lo grite a la Galaxia y alerte del peligro a la susodicha Segunda Fundación. Deduzco que Branno «la mujer de bronce» pensó que Términus estará más seguro con Trevize lejos del planeta.

—Podría haber encarcelado a Trevize o haberle hecho asesinar secretamente.

—Las ecuaciones no son fiables cuando se aplican a las personas aisladas, como usted bien sabe. Sólo tratan con la humanidad en masa. La conducta individual es, por lo tanto, imprevisible, y podemos deducir que la alcaldesa es una persona aislada convencida de que el encarcelamiento, y mucho más el asesinato, es una crueldad.

Gendibal no dijo nada durante un rato. Fue un silencio elocuente, y lo mantuvo lo suficiente para que el primer orador empezara a sentirse inseguro de sí mismo, pero no tanto como para producir una ira defensiva.

La cronometró hasta el segundo y luego dijo:

—Yo no lo interpreto así. Creo que Trevize, en este momento, representa el filo cortante de la mayor amenaza para la Fundación en toda su historia, ¡un peligro incluso mayor que el Mulo!

20

Gendibal estaba satisfecho. La fuerza de la aseveración había dado resultado. El primer orador no la esperaba y se hallaba desprevenido. A partir de ese momento, Gendibal dominaba la situación. Si tenía alguna duda al respecto, se desvaneció con el siguiente comentario de Shandess.

—¿Tiene esto algo que ver con su argumento de que el Plan Seldon carece de sentido?

Gendibal apostó por una certeza absoluta; atacando con una pedantería que no permitiría recobrarse al primer orador, dijo:

—Primer orador, es un artículo de fe que fue Preem Palver quien encauzó de nuevo el Plan tras la aberración del Siglo de las Desviaciones. Observe el Primer Radiante y verá que las desviaciones no desaparecieron hasta dos décadas después de la muerte de Palver, y que desde entonces no ha aparecido ni una sola desviación. El mérito podría atribuirse a los primeros oradores que sucedieron a Palver, pero es improbable.

—¿Improbable? Admito que ninguno de nosotros hemos sido un Palver, pero... ¿por qué es improbable?

—Permítame demostrárselo, primer orador. Utilizando las matemáticas de la psicohistoria, puedo probar claramente que las posibilidades de total desaparición de las desviaciones son demasiado pequeñas para haberse producido gracias a algo que la Segunda Fundación sea capaz de hacer. No es necesario que me dé permiso si carece de tiempo o el deseo de ver la demostración, que requerirá media hora de gran atención. Como alternativa, puedo solicitar la reunión plenaria de la Mesa de Oradores y demostrarlo allí. Pero ello significaría una pérdida de tiempo para mí y controversias innecesarias.

—Sí, y una posible pérdida de prestigio para mí... Demuéstreme la cuestión ahora. Pero una advertencia. —El primer orador estaba haciendo un esfuerzo heroico por recobrarse—: Si lo que me demuestra es inútil, no lo olvidaré.

—Si se revela inútil —dijo Gendibal con un orgullo fácil que pisoteó al otro—, tendrá mi dimisión en el acto.

En realidad, tardaron mucho más de media hora, pues el primer orador puso en duda las matemáticas con intensidad casi salvaje.

Gendibal redujo el tiempo cuanto pudo utilizando su Micro-Radiante. El aparato, que localizaba holográficamente cualquier porción del vasto Plan y no requería paredes ni tableros de mando, había sido puesto en uso hacía sólo una década y el primer orador no había aprendido a manejarlo. Gendibal lo sabía. El primer orador era consciente de ello.

Gendibal lo sujetó con el pulgar derecho y manipuló los mandos con los cuatro dedos restantes, utilizando deliberadamente la mano como si fuera un instrumento musical. (En realidad, había escrito un pequeño artículo sobre las analogías.)

Las ecuaciones que Gendibal mostró (y encontró con certera facilidad) se movieron sinuosamente de delante atrás para acompañar sus comentarios. Podía obtener definiciones, si era necesario, establecer axiomas, y mostrar gráficos, tanto bidimensionales como tridimensionales, así como proyectar relaciones multidimensionales.

Los comentarios de Gendibal fueron claros e incisivos, y el primer orador abandonó la partida. Estaba derrotado y dijo:.

—No recuerdo haber visto ningún análisis de esta naturaleza. ¿De quién es obra?

—Es obra mía, primer orador. He publicado las matemáticas básicas utilizadas aquí.

—Muy ingenioso, orador Gendibal. Algo como esto le hará llegar a ser candidato al puesto de primer orador, si yo muero... o me retiro.

—No he pensado en eso, primer orador... pero como no hay posibilidad de que usted me crea, retiro el comentario. He pensado en ello y confío en que seré primer orador, ya que quien acceda al cargo deberá seguir un procedimiento que sólo yo veo con claridad.

—Sí —dijo el primer orador—, la falsa modestia puede ser muy peligrosa. ¿Qué procedimiento? Quizá el primer orador actual también pueda seguirlo. Si soy demasiado viejo para haber dado el mismo salto creativo que usted, no lo soy tanto que no pueda seguir su dirección.

Era una elegante rendición, y el corazón de Gendibal empezó a simpatizar, bastante inesperadamente, con el anciano, aun sabiendo que ésa era la intención del primer orador.

—Gracias, primer orador, porque necesitaré toda

su ayuda. No puedo esperar convencer a la Mesa sin su esclarecido liderazgo. —Cumplido por cumplido—. Así pues, deduzco que mi demostración le ha convencido de que es imposible que el Siglo de las Desviaciones haya sido corregido por nuestra política o que todas las desviaciones hayan cesado desde entonces.

—Eso es evidente para mí —dijo el primer orador—. Si sus matemáticas son correctas, para que el Plan se recuperase como lo hizo y para que funcione tan perfectamente como parece estar funcionando, sería necesario que nosotros pudiéramos predecir las reacciones de pequeños grupos de personas, incluso de una persona, con cierto grado de seguridad.

—Así es. Ya que las matemáticas de la psicohistoria no permiten tal cosa, las desviaciones no deberían haber desaparecido y, lo que es más, no deberían haber permanecido ausentes. A esto me refería al decir que el defecto del Plan Seldon era su perfección.

—Entonces, o el Plan Seldon posee desviaciones, o hay algún error en sus matemáticas. Puesto que debo admitir que el Plan Seldon no ha revelado desviaciones en un siglo o más, se deduce que hay algún error en sus matemáticas... aunque yo no haya detectado ninguna equivocación o desliz —afirmó el primer orador.

—Hace usted mal —dijo Gendibal— excluyendo una tercera alternativa. Es muy posible que el Plan Seldon no tenga ninguna desviación y que no haya ningún error en mis matemáticas cuando predicen que eso es imposible.

—No veo la tercera alternativa.

—Supongamos que el Plan Seldon esté siendo controlado por medio de un método psicohistórico tan avanzado que las reacciones de pequeños grupos de personas, incluso de una sola persona, puedan ser previstas, un método que la Segunda Fundación no posee. ¡Entonces, y sólo entonces, mis matemáticas predecirían que el Plan Seldon no debería sufrir ninguna desviación!

Durante un rato (según los patrones de la Segunda Fundación) el primer orador no contestó. Al fin dijo:

—Yo no sé de ningún método psicohistórico tan avanzado y, por lo que deduzco de sus palabras, usted tampoco. Si usted y yo no lo conocemos, la posibilidad de que algún otro orador, o algún grupo de oradores, haya desarrollado tal micropsicohistoria, si puedo llamarla así, y la haya ocultado al resto de la Mesa es infinitamente pequeña. ¿No está de acuerdo?

—Lo estoy.

—Entonces, o bien su análisis es erróneo o bien la micropsicohistoria está en manos de algún grupo ajeno a la Segunda Fundación.

—Exactamente, primer orador; la última alternativa debe ser exacta.

—¿Puede demostrar la verdad de tal aseveración?

—No puedo, de un modo formal; pero consideremos... ¿No ha habido ya una persona que podía afectar al Plan Seldon tratando con seres individuales?

—Supongo que está refiriéndose al Mulo.

—Sí, desde luego.

—El Mulo sólo pudo interrumpir el Plan. Ahora el problema es que el Plan Seldon está funcionando demasiado bien, considerablemente más cerca de la perfección de lo que permitirían sus matemáticas. Usted necesitaría un Anti-Mulo, alguien que sea tan capaz de pisotear el Plan como lo fue el Mulo, pero que actúe por el motivo opuesto, no para interrumpirlo sino para perfeccionarlo.

—Exactamente, primer orador. Ojalá se me hubiera ocurrido esa expresión. ¿Qué era el Mulo? Un mutante. Pero ¿de dónde venía? ¿Cómo llegó a existir? Nadie lo sabe con certeza. ¿No podría haber más?

—Aparentemente no. Lo único que se sabe con seguridad sobre el Mulo es que era estéril. De ahí su nombre. ¿O cree usted que eso es un mito?

—No me refiero a los descendientes del Mulo. ¿No

podría ser que el Mulo fuera un miembro aberrante de lo que es, o ahora está llegando a ser, un considerable grupo de personas con los mismos poderes que él, que, por alguna razón que sólo ellos conocen, no están interrumpiendo el Plan Seldon sino respaldándolo?

—¿Por qué, en nombre de la Galaxia, iban a respaldarlo?

—¿Por qué lo respaldamos nosotros? Planeamos un Segundo Imperio en el que nosotros, o más bien nuestros descendientes intelectuales, seremos quienes tomemos las decisiones. Si algún otro grupo está respaldando el Plan, incluso más eficientemente que nosotros, no puede tener la intención de dejarnos tomar las decisiones en su lugar. Ellos lo harán, pero ¿con qué fin? ¿No deberíamos tratar de averiguar hacia qué clase de Segundo Imperio nos están arrastrando?

—¿Y cómo se propone averiguarlo?

—Bueno, ¿por qué ha exilado la alcaldesa de Términus a Golan Trevize? Al hacerlo, deja que una persona posiblemente peligrosa circule con libertad por toda la Galaxia. No puedo creer que lo haga por motivos humanitarios. Históricamente los gobernantes de la Primera Fundación siempre han actuado de un modo realista, lo cual significa, normalmente sin miramientos por la «moralidad». Uno de sus héroes, Salvor Hardin, les aconsejó en contra de la moralidad, sin ir más lejos. No, creo que la alcaldesa actuó bajo coacción de agentes de los Anti-Mulos, para usar su frase. Creo que han reclutado a Trevize y creo que él es la punta de lanza del peligro para nosotros. Un peligro mortal.

Y el primer orador dijo:

—Por Seldon, es posible que tenga razón. Pero, ¿cómo nos las arreglaremos para convencer a la Mesa?

—Primer orador, usted subestima su eminencia.

6. LA TIERRA

21

Trevize se sentía acalorado y molesto. Él y Pelorat estaban sentados en la pequeña zona dedicada a comedor, donde acababan de almorzar.

Pelorat dijo:

—Sólo hace dos días que estamos en el espacio y ya me encuentro muy cómodo, aunque añoro el aire fresco, la naturaleza, y todo eso. ¡Es extraño! Nunca se me ocurrió fijarme en esas cosas cuando las tenía a mi alrededor. De todos modos, entre mi oblea y esa notable computadora suya, llevo toda mi biblioteca conmigo, o todo lo que me importa, cuando menos. Y ya no me siento nada asustado de estar en el espacio ¡Asombroso!

Trevize hizo un sonido ambiguo. Tenía los ojos fijos en el infinito.

Pelorat dijo con amabilidad:

—No pretendo molestarle, Golan, pero creo que no me está escuchando. No es que yo sea una persona muy interesante, siempre he sido un poco aburrido, ¿sabe? Sin embargo, usted parece preocupado por alguna otra cosa. ¿Tenemos problemas? No debe ocultármelo, ¿sabe? Supongo que yo no podría hacer demasiado, pero tampoco me dejaría llevar por el pánico, querido muchacho.

—¿Problemas? —Trevize pareció volver a sus cabales, y frunció ligeramente el ceño.

—Me refiero a la nave. Es un modelo nuevo, y supongo que algo podría fallar. —Pelorat se permitió una leve y atemorizada sonrisa.

Trevize meneó la cabeza enérgicamente.

—He sido un estúpido dejándole en tal incertidumbre, Janov. A la nave no le pasa nada. Funciona a la perfección. Es sólo que he estado buscando un hiperrelé.

—Ah, comprendo..., aunque no demasiado. ¿Qué es un hiperrelé?

—Bueno, se lo explicaré, Janov. Yo estoy en comunicación con Términus. Al menos, puedo estarlo siempre que lo desee, y Términus puede, a su vez, comunicarse con nosotros. Conocen la situación de la nave, pues han observado su trayectoria. Aunque no lo hubieran hecho, podrían localizarnos registrando el espacio cercano en busca de una masa, lo que les advertiría sobre la presencia de una nave o, posiblemente, un meteorito. Pero también podrían detectar un patrón energético, que no sólo diferenciaría una nave de un meteorito sino que identificaría a una nave determinada, pues no hay dos naves que utilicen la energía del mismo modo. En ciertos aspectos, nuestro patrón resulta característico, por mucho que conectemos o desconectemos aparatos o instrumentos. La nave puede ser desconocida, naturalmente, pero si es una nave cuyo patrón energético esté registrado en Términus, como el nuestro, puede ser identificada en cuanto se la detecta.

Pelorat dijo:

—Me parece, Golan, que el avance de la civilización no es más que un ejercicio en la limitación de la intimidad.

—Quizá tenga razón. Sin embargo, antes o después tenemos que movernos por el hiperespacio o estaremos condenados a permanecer dentro de un radio de uno o dos parsecs de Términus durante el resto de nuestras vidas. Entonces seremos incapaces de emprender viajes interestelares. Además, al pasar por el hiperespacio sufrimos una discontinuidad en el espacio ordinario. Pasamos de aquí allí, y me refiero a un vacío de cientos de parsecs, algunas veces, en un instante de tiempo experimentado. De repente estamos enormemente lejos en una dirección que es muy difícil predecir y, en un sentido práctico, ya no podemos ser detectados.

—Lo comprendo. Sí.

—A menos, naturalmente, que hayan colocado un hiperrelé a bordo. El hiperrelé envía una señal a través del hiperespacio, una señal característica de esta nave, y las autoridades de Términus saben dónde estamos en todo momento. Esto responde a su pregunta, ¿verdad? No habría ningún lugar en la Galaxia donde pudiéramos escondernos y ninguna combinación de saltos por el hiperespacio nos permitiría eludir sus instrumentos.

—Pero, Golan —dijo Pelorat con suavidad—, ¿acaso no necesitamos la protección de la Fundación?

—Sí, Janov, pero no siempre. Usted ha dicho que el avance de la civilización significaba la continua restricción de la intimidad. Bueno, yo no quiero estar tan avanzado. Quiero libertad para moverme a mi antojo sin ser detectado, a menos que quiera protección. De modo que me sentiría mejor, mucho mejor, si no hubiera un hiperrelé a bordo.

—¿Lo ha encontrado, Golan?

—No, aún no. En todo caso, podría volverlo inoperante de alguna manera.

—¿Reconocería uno si lo viera?

—Ésta es una de las dificultades. Quizá no lo reconociera. Sé cómo suele ser un hiperrelé y sé cómo examinar un objeto sospechoso... pero ésta es una nave último modelo, diseñada para misiones especiales. El hiperrelé puede haber sido incorporado a su diseño de forma que no dé ninguna muestra de su presencia.

—Por otra parte, quizá no haya ningún hiperrelé en la nave y éste sea el motivo por el que no lo ha encontrado.

—No me atrevo a confiar en ello y no me gusta la idea de dar un salto hasta que lo sepa.

El rostro de Pelorat se iluminó.

—Por eso hemos estado dando vueltas en el espacio. Me preguntaba por qué no habíamos saltado. He oído hablar de los saltos, ¿sabe? La verdad es que estaba un poco nervioso pensando en ello, preguntándome cuándo me ordenaría que me atara o tomase una pastilla o algo así.

Trevize esbozó una sonrisa.

—No debe tener miedo. Las cosas ya no son como antes. En una nave como ésta, la computadora lo hace todo. Tú le das las instrucciones y ella se encarga del resto. No nos daremos cuenta de nada, excepto de que el panorama ha cambiado de repente. Si ha estado alguna vez en una sesión de diapositivas, sabrá lo que ocurre cuando se proyecta una diapositiva en lugar de otra. Pues bien, el salto será algo parecido.

—¡Caramba! ¿No se nota nada? ¡Qué curioso! Lo encuentro un poco decepcionante.

—Yo nunca he notado nada y las naves en que he viajado no eran tan sofisticadas como ésta. Pero no es por el hiperrelé por lo que no hemos saltado. Tenemos que alejarnos un poco más de Términus, y del sol. Cuanto más lejos estemos de cualquier objeto macizo, más fácil nos resultará controlar el salto, y salir de nuevo al espacio en las coordenadas deseadas. En una emergencia, puedes arriesgarte a dar un salto cuando sólo estás a doscientos kilómetros de la superficie de un planeta y confiar en que tendrás la suerte de terminarlo a salvo. Como en la Galaxia hay mucho más volumen seguro que inseguro, puedes confiar en lograrlo. Sin embargo, siempre hay la posibilidad de que factores accidentales te hagan reaparecer a unos pocos millones de kilómetros de una estrella grande o en el núcleo galáctico; y entonces te fríes antes de poder pestañear. Cuanto más lejos estés de una masa, más remotos serán estos factores y menos probable que se produzca un contratiempo.

—En ese caso, alabo su prudencia. No tenemos ninguna prisa.

—Exactamente. Además, me encantaría encontrar el hiperrelé antes de hacer nada. O encontrar un modo de convencerme a mí mismo de que no hay ningún hiperrelé.

Trevize pareció sumirse nuevamente en su concentración privada y Pelorat dijo, alzando un poco la voz para superar la barrera de preocupación:

—¿De cuánto tiempo disponemos?

—¿Qué?

—Quiero decir, ¿cuándo efectuaría el salto si no estuviese inquieto por el hiperrelé, mi querido amigo?

—Teniendo en cuenta nuestra velocidad y trayectoria, yo diría que cuatro días después del despegue. Lo calcularé exactamente con ayuda de la computadora.

—Bueno, entonces, aún dispone de dos días para seguir buscando. ¿Puedo hacerle una sugerencia?

—Adelante.

—Sé por mi propio trabajo, muy distinto del suyo, naturalmente, pero quizá podamos generalizar, que concentrarse demasiado en un problema determinado es contraproducente. ¿Por qué no se relaja y habla de alguna cosa? Quizá su subconsciente, liberado del peso de la concentración, resuelva el problema por usted.

Trevize pareció momentáneamente molesto y luego se echó a reír.

—Bueno, ¿por qué no? Dígame, profesor, ¿qué le

hizo interesarse por la Tierra? ¿Qué le inspiró esa extraña teoría sobre un planeta concreto del que procedemos todos?

—¡Ah! —Pelorat inclinó la cabeza en actitud meditativa—. Eso es retroceder mucho. Más de treinta años. Yo pensaba ser biólogo cuando iba a la escuela. Estaba particularmente interesado por la variación de las especies en los distintos mundos. La variación, como usted sabe, bueno, quizá no lo sepa, de modo que no le importará que se lo explique, es muy pequeña. Todas las formas de vida existentes en la Galaxia, al menos todas las que hemos descubierto hasta ahora, tienen en común una composición de agua, proteínas y ácido nucleico.

Trevize dijo:

—Yo fui a la escuela militar, donde hacían hincapié en la tecnología nuclear y gravítica, pero no soy exactamente un especialista. Sé algunas cosas sobre la base química de la vida. Nos enseñaron que el agua, las proteínas y los ácidos nucleicos son la única base posible para la vida.

—En mi opinión, ésa es una conclusión injustificada. Es mejor decir que aún no ha sido encontrada ninguna otra forma de vida, o, en todo caso, reconocida, y nada más. Lo más sorprendente es que las especies indígenas, es decir, las especies encontradas en un solo planeta y ningún otro, son escasas en número. La mayoría de las especies que existen, incluido el *Homo sapiens* en particular, están repartidas por todos o casi todos los mundos habitados de la Galaxia y son muy parecidas bioquímica, fisiológica y morfológicamente. Por otra parte, las especies indígenas se diferencian enormemente de las formas diseminadas y unas de otras.

—¿Y bien?

—La conclusión es que un mundo de la Galaxia, un

solo mundo, es distinto del resto. Decenas de millones de mundos de la Galaxia, nadie sabe exactamente cuántos, han desarrollado vida. Era una vida simple, una vida escasa, una vida débil; no muy diversificada, difícilmente mantenida y difícilmente extendida. Un mundo, sólo un mundo, desarrolló vida en millones de especies, muchos millones, algunas muy especializadas, altamente desarrolladas, muy propensas a multiplicarse y extenderse, y entre ellas nos encontramos nosotros. Nosotros fuimos suficientemente inteligentes para formar una civilización, para desarrollar los vuelos hiperespaciales, y para colonizar la Galaxia, y, al extendernos por la Galaxia, tomamos muchas otras formas de vida, formas relacionadas entre sí y con nosotros.

—Si uno se detiene a pensarlo —dijo Trevize con bastante indiferencia—, supongo que es lógico. Es decir, aquí estamos en una Galaxia humana. Si suponemos que todo empezó en un solo mundo, ese mundo tendría que ser distinto. Pero ¿por qué no? Las posibilidades de desarrollar vida de un modo tan tumultuoso deben ser muy pocas, quizá una en cien millones, de modo que es posible que sucediera en un mundo entre cien millones. Tuvo que ser uno.

—Pero ¿qué es lo que hizo a ese mundo concreto tan distinto de los demás? —inquirió Pelorat con excitación—. ¿Cuáles fueron las condiciones que lo hicieron único?

—Simple casualidad, tal vez. Después de todo, los seres humanos y las formas de vida que trajeron consigo ya existen en decenas de millones de planetas, todos los cuales pueden sustentar vida, de modo que todos esos mundos deben reunir las condiciones necesarias.

—¡No! Una vez la especie humana hubo evolucionado, una vez hubo desarrollado una tecnología, una vez se hubo endurecido en la ardua lucha por la supervivencia, fue capaz de adaptarse a la vida en cualquier mundo, por muy inhóspito que éste fuera; en Términus, por ejemplo. Pero ¿puede usted imaginar que la vida inteligente se haya desarrollado en Términus? Cuando Términus fue ocupada por seres humanos en tiempos de los enciclopedistas, la forma de vida vegetal más avanzada que producía era una planta musgosa que crecía sobre las piedras; las formas de vida animal más avanzadas eran pequeñas formaciones coralinas en el mar y organismos voladores similares a insectos en la tierra Nosotros los aniquilamos y surtimos el mar y la tierra de peces, conejos, cabras, yerba, cereales, árboles y así sucesivamente. No nos queda nada de la vida indígena, excepto lo que existe en los zoológicos y acuarios.

—Hmm —dijo Trevize.

Pelorat lo miró durante un minuto, y después suspiró y dijo:

—No le importa demasiado, ¿verdad? ¡Notable! Por alguna razón, nunca encuentro a nadie que le importe. Supongo que es culpa mía. No puedo hacerlo interesante, aunque a mí me interese tanto.

Trevize dijo:

—Es interesante. Lo es. Pero... pero... ¿y qué?

—¿No le parece que podría ser científicamente interesante estudiar un mundo que dio origen al único equilibrio ecológico indígena realmente floreciente que la Galaxia ha visto jamás?

—Tal vez, si eres biólogo. Yo no lo soy. Tendrá que perdonarme.

—Naturalmente, querido amigo. Lo malo es que tampoco he encontrado nunca a un biólogo que estuviera interesado. Ya le he dicho que quería especializarme en biología. Planteé el tema a mi profesor y ni siquiera él se mostró interesado. Me recomendó que dedicara mis esfuerzos a algún problema práctico. Esto me decepcionó tanto que cambié la biología por la historia, que, en todo caso, había sido una de mis aficiones desde la adolescencia, y abordé la «Cuestión del Origen» desde ese ángulo.

Trevize dijo:

—Pero al menos le ha proporcionado un trabajo para toda la vida, de modo que debe alegrarse de que su profesor fuera tan ignorante.

—Sí, supongo que podría mirarse de ese modo. Y es un trabajo interesante, del que nunca me canso... Pero desearía que a usted le interesara. Odio esta sensación de hablar siempre conmigo mismo.

Trevize inclinó la cabeza hacia atrás y se echó a reír de buena gana.

El sereno rostro de Pelorat adquirió una expresión ofendida.

—¿Por qué se ríe de mí?

—De usted no, Janov —dijo Trevize—. Me reía de mi propia estupidez. A usted le estoy muy agradecido. Tenía toda la razón, ¿sabe?

—¿Al reconocer la importancia de los orígenes humanos?

—No, no... Bueno, sí, en eso también... Pero me refería a que ha tenido razón aconsejándome que dejara de pensar conscientemente en mi problema y volviera mi mente hacia otro lado. Ha dado resultado. Cuando usted hablaba del modo en que evolucionó la vida, al fin se me ha ocurrido que sabía cómo encontrar ese hiperrelé... si existía.

—¡Oh, eso!

—¡Sí, eso! Es mi monomanía en este momento. He buscado ese hiperrelé como si estuviera en mi viejo lanchón de una nave escuela, examinando cada parte de la nave con la vista, buscando algo que destacara del resto. Había olvidado que esta nave es un elaborado producto de miles de años de evolución tecnológica. ¿No lo entiende?

—No, Golan.

—Tenemos una computadora a bordo. ¿Cómo puedo haberlo olvidado?

Agitó la mano y fue hacia su propia habitación, arrastrando a Pelorat consigo.

—Sólo he de intentar comunicarme —dijo, colocando las manos en el contacto de la computadora.

Era cuestión de intentar comunicar con Términus, que ahora estaba a varios miles de kilómetros.

¡Llama! ¡Habla! Fue como si las terminaciones nerviosas brotaran y crecieran, extendiéndose con asombrosa velocidad, la velocidad de la luz, naturalmente, para establecer contacto.

Trevize se sorprendió tocando..., bueno, no exactamente tocando sino percibiendo..., bueno, no exactamente percibiendo, sino..., no importaba, pues no había una palabra para ello.

Fue consciente de que Términus estaba a su alcance y, aunque la distancia entre él y el planeta se incrementaba a razón de unos veinte kilómetros por segundo, el contacto persistió como si el planeta y la nave estuvieran inmóviles y separados por unos pocos metros.

No dijo nada. No pensó nada. Únicamente estaba comprobando el principio de comunicación; no estaba comunicándose activamente.

Más allá, a ocho parsecs de distancia, estaba Anacreonte, el planeta grande más cercano, a la vuelta de la esquina, según los patrones galácticos. Enviar un mensaje por el mismo sistema, de velocidad equivalente a la de la luz, que acababa de funcionar con Términus, y recibir una respuesta, requeriría cincuenta y dos años.

¡Comunícate con Anacreonte! ¡Piensa en Anacreonte! Piensa en él tan intensamente como puedas. Conoces su situación en relación a Términus y el núcleo galáctico; has estudiado su planetografía e historia; has resuelto problemas militares para recuperar Anacreonte (en el caso imposible, actualmente, de que fuera tomado por un enemigo).

¡Espacio! Has estado en Anacreonte.

¡Imagínatelo! ¡Imagínatelo! Sentirás que estás sobre él vía hiperrelé.

¡Nada! Sus terminaciones nerviosas vibraron y finalmente no se detuvieron en ningún sitio.

Trevize se liberó.

—No hay ningún hiperrelé a bordo del *Estrella Lejana*, Janov. Estoy seguro. Y si no hubiera seguido su sugerencia, me pregunto cuánto hubiese tardado en llegar a esta conclusión.

Pelorat, sin mover un solo músculo facial, resplandeció de alegría.

—Me satisface haberle servido de ayuda. ¿Significa esto que saltamos?

—No, esperaremos dos días más, para estar seguros. Tenemos que alejarnos de la masa, ¿recuerda? Normalmente, considerando que tengo una nave nueva y desconocida sobre la que no sé casi nada, tardaría dos días en calcular el procedimiento exacto, la hiperpropulsión correcta para el primer salto, en particular. No obstante, tengo la corazonada de que la computadora lo hará todo.

—¡Caramba! Eso significa que tenemos por delante un aburrido espacio de tiempo, creo yo.

—¿Aburrido? —Trevize sonrió ampliamente—. ¡Nada de eso! Usted y yo, Janov, vamos a hablar de la Tierra.

Pelorat dijo:

—¿En serio? ¿Acaso intenta complacer a un viejo? Es usted muy amable. De verdad.

—¡Tonterías! Lo que intento es complacerme a mí mismo. Janov, ha hecho de mí un converso. A resultas de lo que me ha explicado, creo que la Tierra es el objeto más importante y más interesante del Universo.

22

Trevize debió comprenderlo en el momento en que Pelorat le expuso su punto de vista sobre la Tierra. No reaccionó inmediatamente porque estaba obsesionado por el problema del hiperrelé. Y en cuanto el problema desapareció, reaccionó.

Tal vez la aseveración que Hari Seldon repetía con más frecuencia era el comentario de que la Segunda Fundación estaba «en el otro extremo de la Galaxia» con relación a Términus. Seldon incluso había bautizado el lugar. Estaría «en el Extremo de las Estrellas».

Esto fue incluido por Gaal Dornick en su informe sobre el día del juicio ante el tribunal imperial. «El otro extremo de la Galaxia»; éstas eran las palabras que Seldon había dicho a Dornick, y a partir de aquel día su significado había sido objeto de debate.

¿Qué era lo que conectaba un extremo de la Galaxia con «el otro extremo»? ¿Era una línea recta, una espiral, un círculo, o qué?

Y ahora, luminosamente, Trevize comprendió que no era una línea, ni una curva, lo que debía, o podía, dibujarse sobre el mapa de la Galaxia. Era algo más sutil que esto.

Estaba completamente claro que uno de los extremos de la Galaxia era Términus. Se hallaba en el límite de la Galaxia, sí, nuestro límite de la Fundación, que daba a la palabra «extremo» un sentido literal. Sin embargo, también era el mundo más nuevo de la Galaxia en época de Seldon, un mundo que estaba a punto de fundarse, que aún no había contado para nada.

¿Qué sería el otro extremo de la Galaxia, desde este punto de vista? ¿El límite de la otra Fundación? ¿El mundo más viejo de la Galaxia? Y según el argumento expuesto por Pelorat, sin saber qué estaba exponiendo, sólo podía ser la Tierra. La Segunda Fundación bien podía estar en la Tierra.

Sin embargo, Seldon había dicho que el otro extremo de la Galaxia estaba «en el Extremo de las Estrellas». ¿Quién podía decir que no hablaba metafóricamente? Rastreando la historia de la humanidad como Pelorat había hecho, la línea iría desde cada sistema planetario, cada estrella que brillaba sobre un planeta habitado, hasta algún otro sistema planetario, alguna otra estrella de la que habrían venido los primeros inmigrantes, y después hasta una estrella anterior a ésa, y finalmente, todas las líneas terminarían en el planeta donde se había originado la humanidad. La estrella que brillaba sobre la Tierra era el «Extremo de las Estrellas».

Trevize sonrió y dijo casi afectuosamente:

—Cuénteme algo sobre la Tierra, Janov.

Pelorat meneó la cabeza.

—En realidad, le he contado todo lo que hay. Averiguaremos más en Trántor.

Trevize dijo:

—No, no lo haremos, Janov. Allí no averiguaremos nada. ¿Por qué? Porque no iremos a Trántor. Yo dirijo esta nave y le aseguro que no iremos.

Pelorat se quedó con la boca abierta. Luchó por recobrar el aliento durante unos momentos y luego exclamó con desconsuelo:

—¡Oh, mi querido amigo!

—Vamos, Janov. No se ponga así. Encontraremos la Tierra —dijo Trevize.

—Pero sólo en Trántor podíamos...

—No, no es así. Trántor sólo es un lugar donde uno puede estudiar películas quebradizas y documentos polvorientos, y volverse igualmente quebradizo y polvoriento.

—Durante décadas, he soñado...

—Ha soñado con encontrar la Tierra.

—Pero sólo en...

Trevize se levantó, se inclinó hacia adelante, agarró a Pelorat por el escote de la túnica, y dijo:

—No repita eso, profesor. No lo repita. La primera vez que me dijo que íbamos a buscar la Tierra, incluso antes de que llegáramos a esta nave, me aseguró que la encontraríamos porque, y cito sus propias palabras, «se me ha ocurrido una excelente posibilidad». Ahora no quiero volver a oírle decir Trántor nunca más. Sólo quiero que me hable de esta excelente posibilidad.

—Pero tiene que confirmarse. Hasta ahora sólo es una idea, una esperanza, una vaga posibilidad.

—¡Bien! ¡Hábleme de ella!

—Usted no lo entiende. No entiende nada. No es un campo en el que nadie más que yo haya hecho investigaciones. No hay nada histórico, nada firme, nada real. La gente habla de la Tierra como si fuera un hecho, y también como si fuera una leyenda. Hay millones de relatos contradictorios...

—Bueno, entonces, ¿en qué ha consistido su investigación?

—Me he visto obligado a reunir todos los relatos, todos los detalles de su supuesta historia, todas las leyendas, todas las fábulas. Incluso novelas. Cualquier cosa que incluya el nombre de la Tierra o la idea de un planeta de origen. Durante más de treinta años, he reunido todo lo que he podido encontrar en todos los planetas de la Galaxia. Si ahora pudiese encontrar algo más fiable en la Biblioteca Galáctica de... Pero usted no me deja pronunciar esa palabra.

—Así es. No la pronuncie. En cambio, dígame que uno de esos documentos le ha llamado la atención, y dígame sus razones para pensar que ése, entre todos ellos, debería legitimarse.

Pelorat meneó la cabeza.

—Vamos, Golan si me disculpa por decírselo, habla como un soldado o un político. No es así cómo funciona la historia.

Trevize inspiró profundamente y se contuvo.

—Explíqueme cómo funciona, Janov. Tenemos dos días. Edúqueme.

—No se puede confiar en una sola leyenda, ni siquiera en un solo grupo. He tenido que reunirlas todas, analizarlas, organizarlas, establecer símbolos para representar distintos aspectos de su contenido; relatos de climas imposibles, detalles astronómicos de sistemas planetarios en desacuerdo con lo que realmente existe, lugar de origen de héroes específicamente declarados como no nativos, y centenares de documentos más. No le enumeraré la lista completa. Dos días no serían suficientes. Como le he dicho, yo he tardado más de treinta años.

»Después elaboré un programa para que la computadora examinara todas esas fábulas en busca de componentes comunes, y busqué una transformación que eliminara las verdaderas imposibilidades. Fui haciendo un modelo de cómo debió de ser la Tierra. Al fin y al cabo, si todos los seres humanos se originaron en un solo planeta, ese planeta debe representar el único hecho que todas las fábulas sobre los orígenes, todos los relatos sobre los héroes, tienen en común. Bueno, ¿quiere que entre en detalles matemáticos?

Trevize respondió:

—Ahora no, gracias, pero ¿cómo sabe que sus matemáticas no le engañarán? Sabemos con certeza que Términus fue fundado hace sólo cinco siglos y que los primeros seres humanos llegaron como una colonia desde Trántor, pero habían sido seleccionados por docenas, si no por centenares, en otros mundos. Sin embargo, alguien que no lo supiera podría suponer que Hari Seldon y Salvor Hardin, ninguno de los cuales nació en Términus, procedían de la Tierra, y que Trántor era el nombre que designaba a la Tierra. Indudablemente, si se emprendiera la búsqueda del Trántor descrito en tiempos de Seldon, un mundo revestido de metal, no se encontraría y podría ser considerado una fábula imposible.

Pelorat parecía complacido.

—Retiro mi observación anterior sobre soldados y políticos, mi querido amigo. Tiene usted una gran intuición. Naturalmente, tuve que establecer controles. Inventé un centenar de falsedades basadas en deformaciones de la historia real e imitaciones de fábulas del tipo que yo había reunido. Después traté de incorporar mis invenciones al modelo. Una de ellas incluso estaba basada en la historia reciente de Términus. La computadora las rechazó todas. Absolutamente todas. Sin duda, eso también podría significar que carezco de inventiva para idear algo razonable, pero hice lo que pude.

—Estoy seguro de ello, Janov. ¿Qué le dijo su modelo respecto a la Tierra?

—Una serie de cosas con diversos grados de verosimilitud. Una especie de perfil. Por ejemplo, aproximadamente un noventa por ciento de los planetas habitados de la Galaxia tienen períodos rotativos de veintidós a veintiséis Horas de Tiempo Galáctico. Pues bien...

Trevize le interrumpió.

—Confío en que no prestara atención a eso, Janov. Ahí no hay misterio. Para que un planeta sea habitable, no debe girar con tal rapidez que la circulación de aire produzca condiciones tormentosas imposibles, ni con tal lentitud que la variación de temperatura sea extrema. Es una propiedad autoselectiva. Los seres humanos prefieren vivir en planetas con características adecuadas y después, cuando todos los planetas habitables tienen características parecidas, algunos dicen: «¡Qué asombrosa coincidencia!», cuando no es nada asombroso y ni siquiera una coincidencia.

—De hecho —dijo Pelorat con tranquilidad—, éste es un fenómeno muy conocido en la ciencia social. En física también, me parece... pero yo no soy físico y no estoy seguro de ello. En todo caso, se llama «principio antrópico». El observador influye sobre los sucesos que observa por el simple hecho de observarlos o estar allí para observarlos. Pero la pregunta es: ¿Dónde está el planeta que sirvió de modelo? ¿Qué planeta gira precisamente en un Día de Tiempo Galáctico o Veinticuatro Horas de Tiempo Galáctico?

Trevize pareció pensativo y echó hacia afuera el labio inferior.

—¿Cree que podría ser la Tierra? El tiempo galáctico pudo basarse en las características locales de cualquier mundo, ¿no es verdad?

—No es probable. No se ajustaría a la forma de ser del hombre. Trántor fue el mundo-capital de la Galaxia durante doce mil años, el mundo más populoso durante veinte mil años, pero no impuso su período rotativo de 1,08 Días de Tiempo Galáctico en toda la Galaxia. Y el período rotativo de Términus es 0,91 DTG, a pesar de lo cual no lo hacemos valer en los planetas dominados por nosotros. Cada planeta utiliza sus propios cálculos particulares en su propio sistema de Días Planetarios Locales, y para cuestiones de importancia interplanetaria se establecen valores, con la ayuda de computadoras, entre los DPL y los DTG. ¡El Día de Tiempo Galáctico debe proceder de la Tierra!

—¿Por qué debe?

—En primer lugar, la Tierra fue una vez el único mundo habitado, de modo que su día y año debían ser las normas por las que se regían, y muy probablemente continuaron siéndolo, por inercia social, a medida que se poblaban otros mundos. Además, el modelo que yo hice era el de una Tierra que giraba sobre su eje en sólo veinticuatro Horas de Tiempo Galáctico y que giraba en torno a su sol en sólo un Año de Tiempo Galáctico.

—¿No podría ser una coincidencia?

Pelorat se echó a reír.

—Ahora es usted quien habla de coincidencias. ¿Se atrevería a apostar que una cosa así es una coincidencia?

—De acuerdo, de acuerdo —murmuró Trevize.

—De hecho, esto no es todo. Hay una arcaica medida de tiempo llamada mes...

—He oído hablar de ella.

—Al parecer, corresponde al período de revolución del satélite de la Tierra alrededor de la Tierra. Sin embargo...

—¿Sí?

—Bueno, uno de los factores más asombrosos del modelo es que el satélite que acabo de mencionar es enorme; mide más de una cuarta parte del diámetro de la misma Tierra.

—Jamás he oído nada igual, Janov. No hay un solo planeta habitado en toda la Galaxia con un satélite así.

—Pero eso es bueno —dijo Pelorat con animación—. Si la Tierra es un mundo único en su producción de especies diferenciadas y en la evolución de la inteligencia, necesitamos alguna singularidad física.

—Pero ¿qué relación podría tener un satélite grande con las especies diferenciadas, la inteligencia, y todo eso?

—Bueno, ha puesto el dedo en la llaga. No lo sé con exactitud. Pero vale la pena estudiarlo, ¿no cree?

Trevize se puso en pie y cruzó los brazos sobre el pecho.

—¿Dónde está el problema, entonces? Consulte las estadísticas sobre planetas habitados y encuentre uno que tenga un período de rotación y de revolución de un Día de Tiempo Galáctico y un Año de Tiempo Galáctico respectivamente. Y si también posee un satélite gigantesco, habrá encontrado lo que busca. Deduzco, por eso de que «se me ha ocurrido una excelente posibilidad», que ya ha hecho todo esto, y que ha encontrado su mundo.

Pelorat pareció desconcertado.

—Pues, verá, esto no es exactamente lo que sucedió. Es cierto que repasé las estadísticas, o al menos se lo encargué al departamento de astronomía y..., bueno, para decirlo sin rodeos, ese mundo no existe.

Trevize volvió a sentarse bruscamente.

—Pero eso echa por tierra todo su argumento.

—No del todo, creo yo.

—¿Cómo que no del todo? Hace un modelo con toda clase de descripciones detalladas y no logra encontrar nada que concuerde. Entonces, su modelo no sirve para nada. Tiene que empezar desde el principio.

—No. Esto sólo significa que las estadísticas sobre los planetas habitados son incompletas. Al fin y al cabo, hay decenas de millones de ellos, y algunos son mundos muy oscuros. Por ejemplo, no hay datos exactos sobre la población de casi la mitad. Y respecto a seiscientos cuarenta mil mundos habitados casi no hay más información que sus nombres y a veces su localización. Algunos galactógrafos han estimado que puede haber hasta diez mil planetas habitados que ni siquiera figuran en la lista. Presumiblemente, los mundos lo prefieren así. Durante la Era Imperial, esto pudo ayudarles a evitar los impuestos.

—Y en los siglos que siguieron —dijo Trevize con cinismo—, pudo ayudarles a constituirse en una base para los piratas, lo cual seguramente se reveló más productivo que el comercio ordinario.

—Yo no sé nada de eso —dijo Pelorat en tono de duda.

Trevize prosiguió:

—De todos modos, creo que la Tierra tendría que estar en la lista de planetas habitados, cualesquiera que fuesen sus propios deseos. Por definición, sería el más viejo de todos ellos, y no pudo ser pasado por alto en los primeros siglos de civilización galáctica. Y una vez en la lista, permanecería en ella. No hay duda de que también ahora podemos contar con la inercia social.

Pelorat titubeó y pareció angustiado.

—En realidad, hay... hay un planeta llamado Tierra en la lista de planetas habitados.

Trevize lo miró con asombro.

—Tengo la impresión de que, hace un rato, me ha dicho que la Tierra no figuraba en la lista.

—Como la Tierra, así es. Sin embargo, hay un planeta llamado Gaia.

—¿Qué tiene eso que ver? ¿Gahyah?

—Se deletrea G-A-I-A. Significa «Tierra».

—¿Por qué significaría Tierra, Janov, en vez de cualquier otra cosa? Ese nombre no tiene sentido para mí.

El rostro normalmente inexpresivo de Pelorat se distendió en algo semejante a una mueca.

—No sé si creerá lo que voy a decirle... Si me guío por mi análisis de las leyendas, en la Tierra había varios idiomas distintos, mutuamente ininteligibles.

—¿Qué?

—Sí. Al fin y al cabo, nosotros tenemos mil modos de hablar distintos en toda la Galaxia...

—Es cierto que en toda la Galaxia hay variaciones dialécticas, pero no son mutuamente ininteligibles. Y aunque comprender algunas de ellas sea un poco difícil, todos compartimos el idioma galáctico.

—Desde luego, pero hay constantes viajes interestelares. ¿Y si algún mundo estuviera aislado durante un largo período?

—Pero usted habla de la Tierra. Un solo planeta. ¿Dónde está el aislamiento?

—No olvide que la Tierra es el planeta de origen, donde en una época la humanidad debió ser más primitiva de lo imaginable. Sin viajes interestelares, sin computadoras, sin tecnología de ninguna clase, evolucionando a partir de antepasados no humanos.

—Es tan ridículo...

Pelorat bajó la cabeza con evidente turbación.

—Quizá sea mejor no hablar de ello, querido muchacho. Nunca he conseguido que resultara convincente para nadie. Es culpa mía, estoy seguro.

Trevize se mostró instantáneamente contrito.

—Janov, le pido perdón. He hablado sin pensar. Después de todo, éstos son puntos de vista a los que no estoy acostumbrado. Usted ha estado desarrollando sus teorías durante más de treinta años, mientras que yo es la primera vez que las oigo. Tiene que ser indulgente. Escuche, me imaginaré que la Tierra está habitada por unos seres primitivos que hablan dos lenguas completamente distintas y mutuamente ininteligibles...

—Media docena, tal vez —dijo Pelorat con timidez—. Es posible que la Tierra estuviera dividida en varias áreas de tierra, y es posible que, al principio, no hubiera comunicaciones entre ellas. Los habitantes de cada área de tierra debieron desarrollar una lengua individual.

Trevize aventuró con cautelosa gravedad:

—Y es posible que en cada una de estas áreas de tierra, una vez se tuvo conocimiento de las demás, debatieran la «Cuestión del Origen» y se preguntaran en cuál de ellas los seres humanos habían surgido de otros animales por primera vez.

—Es muy posible, Golan. Sería una actitud muy natural por su parte.

—Y en una de estas lenguas, Gaia significa Tierra. Y la misma palabra «Tierra» se deriva de otra de esas lenguas.

—Sí, sí.

—Y mientras que el idioma galáctico se derivó de la lengua en que «Tierra» significa «Tierra», los habitantes de la Tierra llaman «Gaia» a su planeta porque así se le designaba en otra de sus lenguas.

—¡Exactamente! Es usted muy rápido, Golan.

—Pero a mí me parece que no es necesario hacer un misterio de todo esto. Si Gaia es realmente la Tierra, a pesar de la diferencia de nombres, Gaia, según su argumento anterior, debe tener un período de rotación de un Día Galáctico, un período de revolución de un Año Galáctico, y un satélite gigantesco que gira a su alrededor en un mes.

—Sí, tendría que ser así.

—Pero ¿reúne o no reúne estos requisitos?

—No lo sé. La información no consta en las tablas.

—¿En serio? Entonces, Janov, ¿qué le parece si vamos a Gaia y cronometramos sus períodos y observamos su satélite?

—Me gustaría, Golan —titubeó Pelorat—. Lo malo es que su localización tampoco consta en ningún sitio.

—¿Quiere decir que todo lo que tiene es el nombre y nada más, y que ésta es su excelente posibilidad?

—¡Precisamente por este motivo quiero ir a la Biblioteca Galáctica!

—Bueno, espere. Dice que las tablas no dan la situación exacta. ¿Dan algún tipo de información?

—Lo sitúan en el sector de Sayshell... y añaden un interrogante.

—Entonces... Janov, no se desanime. ¡Iremos al sector de Sayshell y nos las arreglaremos para encontrar Gaia!

7. CAMPESINO

23

Stor Gendibal corría a ritmo moderado por el camino rural cercano a la universidad. No era habitual que los miembros de la Segunda Fundación se internaran en el mundo campesino de Trántor. Indudablemente, podían hacerlo, pero cuando lo hacían, no llegaban muy lejos ni estaban demasiado rato.

Gendibal era una excepción y, en tiempos pasados, se había preguntado por qué. Formularse toda clase de preguntas significaba explorar la propia mente, algo que los oradores, en particular, eran alentados a hacer. Sus mentes eran simultáneamente sus armas y sus blancos, y tenían que estar bien entrenados tanto en el ataque como en la defensa.

Gendibal había llegado a la conclusión, muy satisfactoria para él, de que era diferente porque procedía de un planeta más frío y más macizo que la media de los planetas habitados. Cuando le llevaron a Trántor siendo un muchacho (a través de la red tendida secretamente sobre la Galaxia por agentes de la Segunda Fundación en busca de talento), se encontró, por lo tanto, en un campo de gravedad más ligero y un clima deliciosamente suave. Naturalmente, disfrutaba más que otros estando al aire libre.

Durante sus primeros años en Trántor adquirió conciencia de su constitución menuda y enclenque, y temió que el asentamiento en la comodidad de un mundo benigno le volviera realmente fofo. Por lo tanto, empezó a realizar una serie de ejercicios físicos que, a pesar de no haber transformado su apariencia, lo mantenían fuerte y ágil. Parte de su régimen eran estos largos paseos, sobre los que murmuraban algunos miembros de la Mesa de Oradores. Gendibal hacía caso omiso de sus habladurías.

Mantenía sus propias costumbres, pese al hecho de pertenecer a una primera generación. Todos los demás miembros de la Mesa pertenecían a una segunda o tercera generación, y tenían padres y abuelos que habían sido integrantes de la Segunda Fundación. Además, eran mayores que él. Así pues, ¿qué podía esperarse más que murmuraciones?

Según una vieja costumbre, todas las mentes de la Mesa de Oradores estaban abiertas (supuestamente en su totalidad, aunque era raro el orador que no mantuviera un rincón de intimidad en alguna parte, a la larga inútilmente, claro) y Gendibal sabía que lo que sentían era envidia. Ellos también lo sabían del mismo modo que Gendibal sabía que su propia actitud era defensiva, para compensar su ambición. Y ellos tampoco lo ignoraban.

Además (la mente de Gendibal volvió a las razones de sus paseos por el campo), había pasado su infancia en un mundo completo, extenso y hermoso, con paisajes grandiosos y variados, y en un fértil valle de ese mundo, rodeado por lo que él consideraba la cordillera más bella de la Galaxia, que resultaba increíblemente espectacular en el riguroso invierno de ese mundo. Recordó su antiguo mundo y las glorias de una infancia ya lejana. Soñaba a menudo con ello. ¿Cómo podía resignarse a permanecer confinado en unas pocas docenas de kilómetros cuadrados de arquitectura antigua?

Miró despectivamente a su alrededor mientras corría. Trántor era un mundo benigno y agradable, pero no escarpado y hermoso. A pesar de ser un mundo agrícola, no era un planeta fértil.

Nunca lo había sido. Quizá esto, junto con otros factores, fue la razón de que se convirtiera en el centro administrativo de, primero, una extensa unión de planetas, y después un Imperio Galáctico. No tenía ninguna cualidad especial para ser otra cosa. No era extraordinariamente bueno en ningún sentido.

Tras el Gran Saqueo, lo único que mantuvo a Trántor en pie fue sus enormes reservas de metal. Era una gran mina que abastecía a medio centenar de mundos de acero de aleación, aluminio, titanio, cobre, magnesio... De este modo devolvía lo que había acumulado durante miles de años, y sus existencias se reducían a una velocidad cientos de veces superior a la velocidad original de acumulación.

Aún había enormes reservas de metal, pero estaban bajo tierra y era difícil llegar a ellas. Los campesinos hamenianos (que nunca se llamaban a sí mismos «trantorianos», término que ellos consideraban de mal agüero y, por lo tanto, los miembros de la Segunda Fundación se reservaban para sí) se mostraban reacios a seguir tratando con el metal. Superstición, indudablemente.

Una insensatez por su parte. El metal que permanecía bajo tierra bien podía estar envenenando el suelo y mermando aún más su fertilidad. Y sin embargo, por otro lado, la población estaba muy extendida y vivían de la tierra. Y siempre había alguna venta de metal.

Los ojos de Gendibal recorrieron el llano horizonte. Trántor estaba geológicamente vivo, como casi todos los planetas habitados, pero habían transcurrido cien millones de años, por lo menos, desde que tuvo lugar el último período geológico importante de formación montañosa. Todas las altiplanicies existentes habían sido erosionadas hasta convertirse en colinas suaves. En realidad, muchas de ellas habían sido allanadas durante el gran período de revestimiento metálico de la historia de Trántor.

Al sur, más allá del alcance de la vista, estaba la costa de Capital Bay, y aun más allá, el Océano Oriental; ambos se habían vuelto a formar tras la rotura de las cisternas subterráneas.

Hacia el norte estaban las torres de la Universidad Galáctica, oscureciendo la biblioteca (que era comparativamente más achatada y ancha, y subterránea en su mayor parte), y los restos del Palacio Imperial, todavía más al norte.

A su alrededor había granjas en las cuales se veía algún edificio de vez en cuando. Pasó junto a grupos de vacas, cabras y gallinas, la amplia variedad de animales domésticos que se encontraba en cualquier granja trantoriana. Ninguno de ellos le prestó atención.

Gendibal pensó que en cualquier lugar de la Galaxia, en cualquiera de los muchos mundos habitados, vería esos mismos animales, y que en ninguno de ellos serían exactamente iguales. Recordó las cabras de su hogar y su dócil cabrita particular a la que en otros tiempos había ordeñado. Eran mucho más grandes y resueltas que los pequeños y filosóficos ejemplares traídos a Trántor y criados allí desde el Gran Saqueo. En todos los mundos habitados de la Galaxia había variedades de cada uno de estos animales en número imposible de calcular, y no había hombre alguno en ningún mundo que no jurara por su variedad favorita, ya fuera por su carne, su leche, sus huevos, su lana, o lo que pudiera producir.

Como de costumbre, no había ningún hameniano a la vista. Gendibal tenía el presentimiento de que los campesinos procuraban no dejarse ver por los que ellos llamaban «serios» (una degeneración quizá deliberada, de la palabra «sabios» en su dialecto). Otra superstición.

Gendibal alzó los ojos hacia el sol de Trántor. Estaba bastante alto, pero su calor no era opresivo. En ese lugar, en esa latitud, el calor nunca agobiaba y el frío nunca helaba. (Gendibal incluso añoraba el frío intenso algunas veces, o eso se imaginaba. Nunca había vuelto a su mundo de origen. Quizá, se confesaba a sí mismo, porque no quería desilusionarse.)

Tuvo la agradable sensación de unos músculos flexibles y ejercitados al máximo, y decidió que ya había corrido bastante. Redujo la velocidad a un paso normal, respirando profundamente.

Ya estaba dispuesto para la próxima reunión de la Mesa y para un último empujón que provocara un cambio de política, una nueva actitud que reconociera el creciente peligro de la Primera Fundación y otros lugares, y que pusiera fin a la fatal confianza en el «perfecto» funcionamiento del Plan. ¿Cuándo comprenderían que la misma perfección era la señal de peligro más clara?

De haberlo propuesto cualquier otro, habría sido aceptado sin problemas, y él lo sabía. Tal como estaban las cosas, habría problemas, pero lo aceptarían de todos modos, pues el viejo Shandess le respaldaba e indudablemente continuaría haciéndolo. No desearía figurar en los libros de historia como el único primer orador bajo el cual la Segunda Fundación se había marchitado.

¡Hameniano!

Gendibal se sobresaltó. Fue consciente del lejano zarcillo mental mucho antes de ver a la persona. Era una mente hameniana, de campesino, burda y nada sutil. Gendibal se retiró cautelosamente, dejando una huella tan ligera que resultara imposible de descubrir. La política de la Segunda Fundación era muy firme en este aspecto. Los campesinos eran los inconscientes protectores de la Segunda Fundación. Había que interferir lo menos posible.

Cualquiera que visitara Trántor por negocios o turismo nunca veía nada más que campesinos, y quizá algunos sabios insignificantes que vivían en el pasado. Si los campesinos desaparecían o su inocencia era alterada, los sabios serían más conspicuos y eso tendría resultados catastróficos. (Ésta era una de las demostraciones clásicas que los universitarios novatos debían realizar por sí solos. Las tremendas desviaciones exhibidas en el Primer Radiante, cuando las mentes de los campesinos sufrían la más ligera alteración, eran asombrosas.)

Gendibal lo vio. Indudablemente era un campesino, hameniano hasta la médula. Casi parecía una caricatura de lo que debía ser un campesino trantoriano: alto y corpulento, de piel morena, toscamente vestido, con los brazos desnudos, el cabello oscuro, los ojos oscuros, y una torpe manera de andar. Gendibal incluso creyó percibir su olor a establo. (No debía despreciarlos tanto, pensó. A Preem Palver no le había importado desempeñar el papel de campesino cuando fue necesario para sus planes. Vaya un granjero debió de ser; bajo, rollizo y apacible. Fue su mente lo que engañó a la joven Arkady, no su cuerpo.)

El campesino se iba acercando a él, caminando torpemente, mirándolo sin disimulo, cosa que hizo fruncir el ceño a Gendibal. Ningún hameniano, fuera hombre o mujer, lo había mirado jamás de ese modo. Incluso los niños echaban a correr y escudriñaban desde lejos.

Gendibal no aflojó su propio paso. Había espacio suficiente para cruzarse con el otro sin un comentario o una mirada, y eso sería lo mejor. Decidió mantenerse alejado de la mente del campesino.

Gendibal se hizo a un lado, pero el campesino no siguió adelante. Se detuvo, separó las piernas, extendió sus fornidos brazos como para cerrarle el paso y dijo:

—¡Eh! ¿Ser tú serio?

Aunque lo intentó, Gendibal no pudo dejar de percibir la oleada de belicosidad que surgió de aquella mente. Se detuvo. Sería imposible intentar pasar de largo sin conversación, y eso resultaría, en sí mismo, una labor fatigosa. Habituado como estaba a la veloz y sutil interacción de sonido, expresión, pensamiento y mentalidad que se combinaban para formar la comunicación entre los miembros de la Segunda Fundación, era muy fastidioso recurrir únicamente a la combinación de palabras. Era como levantar una piedra con el brazo y el hombro, teniendo una palanca al lado.

Gendibal contestó, tranquilamente y con cautelosa falta de emoción:

—Soy un sabio. Sí.

—¡Eh! Tú soy un serio. ¿No hablas tú como uno? ¿Y no puedo yo ver que tú ser uno o soy uno? —Inclinó burlonamente la cabeza—. Siendo, como tú ser, pequeño y débil y pálido y orgulloso.

—¿Qué quieres de mí, hameniano? —preguntó Gendibal, impasible.

—Yo ser llamado Rufirant. Y Karoll ser mi primero. —Su acento se tornó perceptiblemente más hameniano. Arrastraba las erres con un sonido gutural.

Gendibal dijo:

—¿Qué quieres de mí, Karoll Rufirant?

—¿Y cómo ser tú llamado, serio?

—¿Acaso importa? Puedes continuar llamándome «sabio».

—Si yo pregunto, importa que tú contestes, pequeño serio orgulloso.

—Bueno, en ese caso, me llamo Stor Gendibal y ahora debo atender a mis asuntos.

—¿Cuáles ser tus asuntos?

Gendibal notó que se le erizaba el vello de la nuca. Había otras mentes presentes. No necesitó volverse para saber que había otros tres hamenianos detrás de él. Algo más lejos había otros. El olor a campesino era fuerte.

—Mis asuntos, Karoll Rufirant, no son de vuestra incumbencia.

—¿Verdad? —Rufirant alzó la voz—. Compañeros, dice que sus asuntos no ser nuestros.

Hubo una carcajada a su espalda y se oyó una voz.

—Dice verdad, porque sus asuntos ser los libros y las computadoras, y eso ser malo para los verdaderos hombres.

—Cualesquiera que sean mis asuntos —dijo Gendibal con firmeza—, ahora debo marcharme.

—¡Y cómo harás eso, serio? —preguntó Rufirant.

—Pasando junto a ti.

—¿Tú lo intentarías? ¿Tú no temerías ser detenido?

—¿Por ti y todos tus compañeros? ¿O por ti solo? —Gendibal adoptó súbitamente el dialecto hameniano—. ¿Tener miedo de luchar solo?

Estrictamente hablando, no era correcto pincharle de esa manera, pero impediría un ataque en masa y había que impedirlo, con objeto de que no provocara una indiscreción aún mayor por su parte.

Dio resultado. La expresión de Rufirant se tornó amenazadora.

—Si hay miedo, librero, tú ser el que lo tienes. Compañeros, atrás. Hacer sitio y dejarle pasar para que él vea si tengo miedo.

Rufirant levantó sus fornidos brazos y los agitó en el aire. Gendibal no temía la ciencia pugilística del campesino; pero siempre había la posibilidad de que un golpe bien dirigido diera en el blanco.

Gendibal se acercó cautelosamente, trabajando con delicada velocidad en la mente de Rufirant. No mucho, sólo un toque imposible de detectar, pero sí lo suficiente para adormecer sus reflejos. Después se retiró, y fue introduciéndose en las de todos los demás, que ahora ya eran bastantes. La mente del orador Gendibal siguió trabajando con virtuosismo, sin quedarse en una mente el tiempo suficiente para dejar marca, pero sí el necesario para detectar algo que pudiera resultarle útil.

Se acercó al campesino con prudencia, alerta, consciente y aliviado de que nadie hiciera ademán de intervenir.

Rufirant atacó de repente, pero Gendibal lo leyó en su mente, antes de que uno solo de sus músculos empezara a tensarse, y se hizo a un lado. El golpe se perdió en el vacío, aunque casi le rozó. Pero Gendibal se mantuvo firme. Los otros exhalaron un suspiro colectivo.

Gendibal no intentó parar o devolver ningún golpe. Lo primero habría sido difícil sin paralizar su propio brazo y lo segundo habría sido inútil, pues el campesino lo resistiría sin dificultad.

Sólo podía manejar al hombre como si fuera un toro, obligándole a fallar. Eso serviría para desmoralizarle de un modo que una oposición directa no podría hacer.

Como un toro furioso, Rufirant cargó. Gendibal estaba preparado y se apartó lo suficiente para que el campesino fallara el golpe. Una nueva carga. Un nuevo fallo.

Gendibal notó que su propia respiración empezaba a silbar a través de su nariz. El esfuerzo físico era pequeño, pero el esfuerzo mental de intentar controlar sin excederse era enormemente difícil. No lo resistiría mucho más.

Oprimió ligeramente el mecanismo disparador del miedo de Rufirant, intentando despertar de un modo minimalista lo que sin duda era el supersticioso temor del campesino hacia los sabios, y dijo con la máxima tranquilidad posible:

—Ahora me marcho.

La cara de Rufirant enrojeció de ira, pero durante un momento no se movió. Gendibal percibió sus pensamientos. El pequeño sabio se había desvanecido como por arte de magia. Gendibal notó que el temor del otro aumentaba, y durante un momento...

Pero después la ira hameniana surgió con más fuerza y ahogó el miedo.

Rufirant gritó:

—¡Compañeros! El serio ser bailarín. Salta sobre mis pies ágiles y desprecia las reglas del honesto golpe-por-golpe hameniano. Agarradlo. Sujetadlo. Ahora cambiaremos golpe por golpe. Él puede ser el primero en golpear, ventaja que le doy, y yo... yo seré el último.

Gendibal observó los huecos que quedaban entre aquellos que ahora lo rodeaban. Su única oportunidad era mantener una abertura el tiempo suficiente para pasar, y después echar a correr, confiando en su propia agilidad y en su capacidad para embotar la voluntad de los campesinos.

Hizo un regate tras otro, con la mente dolorida por el esfuerzo.

No daría resultado. Había demasiados y la necesidad de ajustarse a las reglas de la conducta trantoriana era demasiado constrictiva.

Notó unas manos sobre sus brazos. Lo sujetaron.

Tendría que introducirse al menos en unas cuantas de aquellas mentes. Sería inaceptable y su carrera quedaría destruida. Pero su vida, su propia vida, estaba en peligro.

¿Cómo había sucedido una cosa así?

24

La reunión de la Mesa no estaba completa.

No era costumbre esperar si algún orador llegaba tarde. Además, pensó Shandess, la Mesa tampoco estaba en disposición de esperar. Stor Gendibal era el más joven y no parecía consciente de este hecho. Actuaba como si la juventud fuese una virtud en sí misma y la edad una cuestión de negligencia por parte de aquellos que deberían ser más sabios. Gendibal no gozaba del aprecio de los demás oradores. Pero éste no era el asunto que ahora se debatía.

Delora Delarmi interrumpió su ensoñación. Estaba mirándolo con sus grandes ojos azules, y su redonda cara, con su acostumbrado aire de inocencia y cordialidad, encubría una mente aguda (para todos excepto para los miembros de la Segunda Fundación de su propio rango) y ferocidad de concentración. Con una sonrisa, dijo:

—Primer orador, ¿seguimos esperando? —La reunión aún no había sido declarada oficialmente abierta de modo que, estrictamente hablando, podía iniciar la conversación, aunque otro habría esperado que Shandess hablara primero por respeto a su título.

Shandess la miró con benevolencia, a pesar de la leve falta de cortesía.

—Normalmente no lo haríamos, oradora Delarmi, pero ya que la Mesa se reúne precisamente para oír al orador Gendibal, es aconsejable quebrantar la costumbre.

—¿Dónde está, primer orador?

—Eso, oradora Delarmi, no lo sé.

Delarmi miró en torno al rectángulo de caras. Estaba el primer orador y lo que debería haber sido otros once oradores. Sólo doce. A lo largo de cinco siglos, la Segunda Fundación había aumentado sus atribuciones y sus deberes, pero todos los intentos para aumentar el número de miembros de la Mesa más allá de doce habían fracasado.

Habían sido doce tras la muerte de Seldon, cuando el segundo primer orador (el propio Seldon siempre había sido considerado como el primero de ellos) lo decidió así, y seguían siendo doce.

¿Por qué doce? Este número podía dividirse fácilmente en grupos de idéntico tamaño. Era suficientemente pequeño para consultarse como un todo y suficientemente grande para trabajar en subgrupos. Mayor habría sido difícil de manejar; menor demasiado inflexible.

Eso decían las explicaciones. De hecho, nadie sabía por qué había sido elegido ese número, o por qué debía ser inmutable. Pero, bueno, incluso la Segunda Fundación podía ser esclava de la tradición.

Delarmi sólo requirió un fugaz momento para que su mente pasara revista a la cuestión, mientras miraba una cara tras otra, y una mente tras otra, y después, sardónicamente, el asiento vacío, el asiento del orador más nuevo.

Le satisfacía que nadie simpatizara con Gendibal. En su opinión, el joven tenía todo el encanto de un ciempiés y había que tratarlo como tal. Hasta entonces, sólo su incuestionable capacidad y talento habían impedido que alguien propusiera abiertamente un juicio de expulsión. (Sólo dos oradores habían sido residenciados, aunque no condenados, durante los cinco siglos de historia de la Segunda Fundación.)

Sin embargo el evidente desprecio que implicaba faltar a una reunión de la Mesa era peor que muchas ofensas, y a Delarmi le satisfizo observar que la predisposición a un juicio había aumentado considerablemente.

—Primer orador si usted ignora el paradero del orador Gendibal, yo tendré sumo gusto en decírselo —manifestó.

—¿Sí, oradora?

—¿Quién de nosotros no sabe que ese joven —no utilizó ningún tratamiento honorífico para designarle y, naturalmente, todos lo notaron— encuentra continuos pretextos para estar entre los hamenianos? No sé cuáles pueden ser estos pretextos, pero en este momento está con ellos y su interés por ellos es suficientemente importante para tener prioridad sobre esta Mesa.

—Creo —dijo otro de los oradores— que únicamente anda o corre como una forma de ejercicio físico.

Delarmi volvió a sonreír. Le gustaba sonreír. No le
costaba nada.

—La universidad, la biblioteca, el palacio y todos
los terrenos que los rodean son nuestros. Es pequeño
en comparación con el planeta entero, pero hay espacio
suficiente, creo yo, para el ejercicio físico... Primer orador, ¿no deberíamos empezar?

El primer orador suspiró interiormente. Tenía ple-
nos poderes para seguir haciendo esperar a la Mesa, o
incluso para aplazar la reunión hasta un momento en
que Gendibal estuviera presente.

Sin embargo, ningún primer orador podía desenvolverse satisfactoriamente durante mucho tiempo sin
el apoyo, al menos pasivo, de los demás oradores, y
nunca era aconsejable irritarles. Incluso Preem Palver
había tenido que recurrir alguna vez a los halagos para
salirse con la suya. Además, la ausencia de Gendibal
era irritante, aun para el primer orador. El joven orador necesitaba saber que no era tan importante como
suponía.

Y ahora, como primer orador, fue el primero en hablar, diciendo:

—Empezaremos. El orador Gendibal ha expuesto
algunas deducciones sorprendentes basadas en los datos del Primer Radiante. Cree que hay una organización que trabaja para mantener el Plan Seldon más
eficientemente que nosotros mismos, y que lo hace en
su propio beneficio. Por lo tanto, él opina que debemos
averiguar algo más al respecto para poder defendernos.
Todos ustedes ya han sido informados sobre el tema, y
esta reunión es para darles la oportunidad de interrogar
al orador Gendibal, a fin de poder llegar a alguna conclusión sobre la política futura.

De hecho, era incluso innecesario decir tanto. Shandess mantuvo su mente abierta de modo que todos lo sabían. Hablar era una cuestión de cortesía.

Delarmi miró rápidamente a su alrededor. Los otros diez parecían dispuestos a dejarle asumir el papel de portavoz anti-Gendibal.

—Sin embargo, Gendibal —volvió a omitir el tratamiento honorífico— no sabe y no puede decir qué o quién es esa otra organización.

Lo formuló inequívocamente como una afirmación que rozaba la descortesía. Fue tanto como decir: Puedo analizar su mente; no necesita molestarse en explicar nada.

El primer orador percibió la descortesía y tomó la rápida decisión de hacer caso omiso de ella.

—El hecho de que el orador Gendibal —evitó puntillosamente la omisión del tratamiento honorífico y ni siquiera recalcó el hecho subrayándolo— no sepa y no pueda decir qué es la otra organización, no significa que no exista. Los habitantes de la Primera Fundación, a lo largo de casi toda su historia, no sabían virtualmente nada de nosotros y, de hecho, ahora apenas saben algo más. ¿Dudan ustedes de nuestra existencia?

—Esto no significa —dijo Delarmi— que, porque nosotros seamos desconocidos y no obstante existamos, cualquier cosa, a fin de existir, sólo necesite ser desconocida. —Y se rió alegremente.

—Muy cierto. Éste es el motivo por el que la aseveración del orador Gendibal debe ser examinada cuidadosamente. Se basa en una rigurosa deducción matemática, que yo mismo he revisado y que todos ustedes deberían estudiar. No es —buscó el matiz mental que mejor expresara su opinión— antilógico.

—¿Y ese miembro de la Primera Fundación, Golan Trevize, que ronda por su mente pero que usted no menciona? —Otra descortesía y esta vez el primer orador enrojeció un poco.

—El orador Gendibal cree que ese hombre, Trevize,

es el instrumento, quizá inconsciente, de esa organización y que no debemos hacer caso omiso de él —respondió el primer orador.

—Si —dijo Delarmi, reclinándose en su asiento y echando hacia atrás su cabello gris— esa organización, sea lo que sea, existe, y si es peligrosamente poderosa por sus aptitudes mentales y tan secreta, ¿puede estar maniobrando tan abiertamente por medio de alguien tan conspicuo como un consejero exilado de la Primera Fundación?

El primer orador dijo gravemente:

—Podría pensarse que no. Sin embargo, yo he observado algo de lo más alarmante. No lo comprendo.

—De un modo casi involuntario, sepultó el pensamiento en su mente, avergonzado de que los otros pudieran verlo.

Todos los oradores advirtieron la acción mental, y, tal como estaba rigurosamente prescrito, respetaron la vergüenza. Delarmi también lo hizo, pero lo hizo con impaciencia.

—¿Podemos suplicar que nos permita conocer sus pensamientos, ya que comprendemos y perdonamos la vergüenza que usted pueda sentir? —preguntó utilizando la fórmula adecuada.

El primer orador dijo:

—Como ustedes, yo no veo por qué deberíamos suponer que el consejero Trevize es un instrumento de la otra organización, o a qué fin podría servir si lo fuera. Sin embargo, el orador Gendibal parece seguro de ello, y nadie puede desestimar el posible valor intuitivo de quien ha llegado a ser orador. Por lo tanto, intenté aplicar el Plan a Trevize.

—¿A una sola persona? —dijo uno de los oradores con sorpresa, y luego indicó su contrición por haber acompañado la pregunta con un pensamiento que equivalía claramente a: ¡Qué tonto!

—A una sola persona —dijo el primer orador—, y tiene usted razón. ¡Qué tonto soy! Sé muy bien que el Plan no puede aplicarse a una sola persona, ni siquiera a pequeños grupos de personas. No obstante, tenía curiosidad. Extrapolé las intersecciones interpersonales más allá de los límites razonables, pero lo hice de dieciséis modos distintos y escogí una región más que un punto. Después utilicé todos los detalles que sabemos acerca de Trevize, un consejero de la Primera Fundación nunca pasa completamente desapercibido, y de la alcaldesa de la Fundación. Entonces lo mezclé todo, sin orden ni concierto, me temo. —Hizo una pausa.

—¿Y bien? —dijo Delarmi—. Deduzco que... ¿Fueron sorprendentes los resultados?

—Como todos ustedes ya habrán supuesto, no hubo resultados de ninguna clase —dijo el primer orador—. No se puede hacer nada con una sola persona, y sin embargo..., y sin embargo...

—¿Y sin embargo?

—He pasado cuarenta años analizando resultados y estoy acostumbrado a tener una clara sensación de cuáles serán los resultados antes de analizarlos; y me he equivocado pocas veces. En este caso, a pesar de que no hubo resultados, tuve la firme sensación de que Gendibal estaba en lo cierto y Trevize debía ser vigilado.

—¿Por qué, primer orador? —preguntó Delarmi, claramente desconcertada por la firme sensación en la mente del primer orador.

—Me siento avergonzado —dijo el primer orador— por haber cedido a la tentación de usar el Plan para un fin que no le corresponde. Me siento mucho más avergonzado ahora por dejarme influir por algo que es puramente intuitivo. Sin embargo, debo hacerlo, pues la sensación es muy fuerte. Si el orador Gendibal está en lo cierto, si nos amenaza un peligro desconocido, tengo la sensación de que cuando llegue el momento de la crisis, será Trevize quien tenga y juegue la carta decisiva.

—¿En qué se basa para sentir así? —dijo Delarmi, escandalizada.

El primer orador Shandess miró en torno a la mesa con expresión desconsolada.

—No tengo ninguna base. Las matemáticas psicohistóricas no revelan nada, pero cuando observé la interacción de relaciones, me pareció que Trevize era la clave de todo. Hay que prestar atención a ese joven.

25

Gendibal comprendió que no regresaría a tiempo para incorporarse a la reunión de la Mesa. Incluso era posible que no regresara nunca.

Lo sujetaban con firmeza y sondeó desesperadamente a su alrededor para descubrir cómo podía obligarles a soltarlo.

Rufirant se encontraba ahora frente a él, exultante.

—¿Estar preparado ahora, serio? Golpe por golpe, porrazo por porrazo, al estilo hameniano. Vamos, tú ser el más pequeño; golpea el primero.

—Entonces, ¿te sujetará alguien a ti, igual que a mí? —preguntó Gendibal.

Rufirant dijo:

—Soltadle. *Nah, nah.* Sólo los brazos. Dejad libre los brazos, pero sujetad fuerte las piernas. No queremos bailes.

Gendibal se sintió clavado al suelo. Sus brazos estaban libres.

—Golpea, serio —dijo Rufirant—. Danos un golpe.

Y entonces la inquisidora mente de Gendibal encontró algo que respondió: indignación, un sentimiento de injusticia y pena. No tenía alternativa; debería correr el riesgo de un fortalecimiento total y después improvisar sobre la base de...

¡No hubo necesidad! No había tocado esta nueva mente, pero reaccionó como él habría deseado. Exactamente.

De pronto se dio cuenta de que una pequeña figura, robusta, con el cabello negro, largo y enmarañado, y los brazos extendidos entró rápidamente en su campo de visión y empujó con brusquedad al campesino hameniano.

La figura pertenecía a una mujer. Gendibal pensó con severidad que era una consecuencia de su gran tensión y preocupación no haber reparado en ello hasta que sus ojos así se lo dijeron.

—¡Karoll Rufirant! —chilló al campesino—. ¡Tú ser bruto y cobarde! ¿Golpe por golpe, al estilo hameniano? Tú ser dos veces el tamaño del serio. Estarás en más peligro atacándome a mí. ¿Hay fama en empellar a un pobre escuálido? Hay vergüenza, estoy pensando. Serán un buen montón de dedos señalando y todos dirán: «Ése ser Rufirant, famoso pega bebés.» Será risa, estoy pensando, y ningún hameniano decente beberá contigo... y ninguna hameniana decente andará contigo.

Rufirant intentaba contener el torrente, parando los golpes que ella le dirigía, respondiendo débilmente con un apaciguador: «Vamos, Sura. Vamos, Sura.»

Gendibal fue consciente de que las manos ya no lo sujetaban, de que Rufirant ya no lo miraba, de que las mentes de todos ellos ya no le prestaban atención.

Sura tampoco se la prestaba; su furia estaba concentrada únicamente en Rufirant. Gendibal, ya recobrado, tomó medidas para mantener esa furia y consolidar la inquietante vergüenza que llenaba la mente de Rufirant, y para hacer ambas cosas tan ligera y hábilmente que no dejaran marca. Tampoco ahora hubo necesidad.

La mujer dijo:

—Todos vosotros un paso atrás. Escuchad bien. Si no ser suficiente que este Karoll, basura ser como gigante para este famélico, tiene que haber cinco o seis más de vosotros aliados, amigos para compartir su vergüenza y volver a la granja con gloriosa historia de arrojo en pegar bebés. «Yo sujeté el brazo del escuálido», dirás tú, «y gigantesco Rufirant-tarugo le dio en la cara cuando él no estaba para devolver golpe.» Y tú dirás: «Pero yo sujeté su pie, así que dadme también gloria.» Y Rufirant-zoquete dirá: «Yo no podía tenerle en su sitio, así que mis compañeros de arado lo cogieron y, con la ayuda de los seis, le gané.»

—Pero, Sura —objetó Rufirant, casi gimoteando—, dije a serio que podía dar primer golpe.

—Y temeroso estabas de los fuertes golpes de sus delgados brazos, ¿no ser así, Rufirant-cabeza dura? Vamos. Déjale ir adonde va, y el resto de vosotros a vuestras casas derechos si ser que estas casas aún quieren hacer un recibimiento para vosotros. Todos teníais grandes esperanzas de que las hazañas de este día ser olvidadas. Y no lo serán, porque yo las esparciré por todas partes si me hacéis rabiar más furiosamente de lo que rabio ahora.

Se alejaron en silencio, con la cabeza gacha, sin volver la vista atrás.

Gendibal les siguió con la mirada, y después miró de nuevo a la mujer. Iba vestida con blusa y pantalones, y unos toscos zapatos cubrían sus pies. Tenía la cara mojada de sudor y respiraba fuertemente. Su nariz era bastante grande; su pecho, voluminoso (por lo que Gendibal pudo ver a través de la holgura de la blusa); sus desnudos brazos, musculosos. Pero es que las hamenianas trabajaban en los campos junto a sus hombres.

Estaba mirándole severamente, con los brazos en jarras.

—Bueno, serio, ¿por qué estar remoloneando? Ir al Lugar de Serios. ¿Tienes miedo? ¿Te acompaño?

Gendibal olió el sudor en ropas que evidentemente no estaban recién lavadas, pero en vista de las circunstancias habría sido muy descortés mostrar repulsión.

—Le doy las gracias, señorita Sura...

—El apellido ser Novi —dijo ella con aspereza—. Sura Novi. Tú puedes decir Novi. No ser necesario decir más.

—Te doy las gracias, Novi. Has sido una gran ayuda para mí. Estaré encantado de que me acompañes, no porque tenga miedo sino por el placer de tu compañía. —Y se inclinó elegantemente, como habría podido hacerlo ante una de las jóvenes de la universidad.

Novi se ruborizó, pareció indecisa, y después trató de imitar su gesto.

—Placer... ser mío —dijo, como buscando las palabras que expresaran adecuadamente su placer y tuvieran un cierto aire de cultura.

Echaron a andar juntos. Gendibal sabía muy bien que cada uno de sus lentos pasos le haría llegar aún más tarde a la reunión de la Mesa, pero ahora ya había tenido la oportunidad de pensar en el significado de lo ocurrido y se alegraba de prolongar el retraso.

Los edificios de la universidad se levantaban ante ellos cuando Sura Novi se detuvo y dijo vacilante:

—¿Maestro Serio?

Al parecer, pensó Gendibal, a medida que se acercaba a lo que ella llamaba el «Lugar de los Serios», se volvía más educada. Sintió el momentáneo impulso de decir: «¿Ya no me llamas pobre escuálido?» Pero eso la habría avergonzado demasiado.

—¿Sí, Novi?

—¿Ser muy bonito y rico el Lugar de los Serios?

—Es bonito —dijo Gendibal.

—Una vez soñé que estar en el Lugar. Y... y ser seria.

—Algún día —dijo Gendibal cortésmente—, te lo mostraré.

La mirada que ella le dirigió revelaba bien a las claras que no lo interpretaba como una simple muestra de cortesía.

—Sé escribir. Maestro de escuela me enseña. Si te escribo carta —procuró decirlo con indiferencia—, ¿qué pongo para que venga a ti?

—Sólo pon «Casa de Oradores, Apartamento 27», y vendrá a mí. Pero ahora debo irme, Novi.

Volvió a inclinarse, y ella volvió a tratar de imitar el movimiento. Se alejaron en direcciones opuestas y Gendibal la apartó enseguida de su mente. En cambio pensó en la reunión de la Mesa y, especialmente, en la oradora Delora Delarmi. Sus pensamientos no eran benévolos.

8. CAMPESINA

26

Los oradores permanecían sentados alrededor de la mesa, amparados tras su escudo mental. Era como si todos, de común acuerdo, hubiesen ocultado sus pensamientos para no insultar irrevocablemente al primer orador después de su declaración sobre Trevize. Miraron con disimulo a Delarmi e incluso esto fue muy significativo. De todos los oradores, ella era la más conocida por su irreverencia; incluso Gendibal se mostraba más respetuoso de los convencionalismos.

Delarmi fue consciente de las miradas y comprendió que no tenía más alternativa que afrontar la difícil situación. En realidad no quería eludir el problema. En toda la historia de la Segunda Fundación, ningún primer orador había sido acusado jamás de análisis erróneo (y detrás del término, que ella había inventado como encubrimiento, estaba la no reconocida incompetencia). Ahora dicha acusación era posible. No desaprovecharía la oportunidad.

—¡Primer orador! —dijo suavemente, con sus finos labios descoloridos más invisibles que de costumbre en la blancura general de su cara—. Usted mismo declara que no tiene ninguna base sobre la que fundar su opinión, que las matemáticas psicohistóricas no revelan nada. ¿Nos pide que basemos una decisión crucial en una sensación mística?

El primer orador levantó la mirada con la frente arrugada. Era consciente de la generalización del escudo mental. Sabía lo que ello significaba y respondió con frialdad:

—No oculto la falta de evidencia. No intento engañarles. Lo que ofrezco es la desarrollada capacidad intuitiva de un primer orador que tiene décadas de experiencia y ha pasado casi toda su vida analizando el Plan Seldon. —Miró a su alrededor con una orgullosa severidad que raramente mostraba, y uno por uno los escudos mentales se debilitaron y cayeron. El de Delarmi (cuando se volvió a mirarla) fue el último.

La oradora, con una cautivadora franqueza que llenó su mente como si nada hubiese pasado, dijo:

—Naturalmente, acepto su declaración, primer orador. No obstante, tal vez desee reconsiderarla. En vista de sus opiniones actuales al respecto, habiendo expresado su vergüenza por tener que recurrir a la intuición, quizá desee que sus palabras no consten en acta; si opina que deben...

La voz de Gendibal la interrumpió.

—¿Cuáles son esas palabras que no deben constar en acta?

Todos los ojos se volvieron al unísono. Si no hubieran tenido los escudos levantados durante los cruciales momentos anteriores, se habrían dado cuenta de su presencia mucho antes de que llegara a la puerta.

—¿Todos los escudos levantados hace un momento? ¿Todos inconscientes de mi entrada? —dijo Gendibal sardónicamente—. ¡Qué reunión tan vulgar de la Mesa tenemos aquí! ¿Nadie estaba al acecho de mi llegada? ¿O es que todos pensaban que no llegaría?

Esta explosión era una flagrante violación de todas

las normas. Ya era bastante perjudicial para Gendibal haber llegado tarde, pero entrar sin anunciarse era peor. Y hablar antes de que el primer orador certificara su presencia era lo peor de todo.

El primer orador se volvió hacia él. Todo lo demás quedó relegado a segundo término. La cuestión de la disciplina gozaba de prioridad.

—Orador Gendibal —dijo—, llega tarde. Llega sin anunciarse. Habla. ¿Hay alguna razón por la que no deba ser suspendido de sus funciones durante treinta días?

—Naturalmente. La moción de suspensión no debería ser considerada hasta que hayamos considerado quién ha sido el que se ha asegurado de que llegaría tarde y por qué. —Las palabras de Gendibal fueron frías y mesuradas, pero su mente revistió sus pensamientos de ira y a él no le importó quién lo percibiera.

Sin duda Delarmi lo percibió, y dijo enérgicamente:

—Este hombre está loco.

—¿Loco? Esta mujer está loca por decir tal cosa. O es consciente de su culpabilidad. Primer orador, recurro a usted y solicito debatir una cuestión de índole personal —dijo Gendibal.

—¿De qué se trata, orador?

—Primer orador, acuso a uno de los presentes de intento de asesinato.

La habitación estalló cuando todos los oradores se pusieron en pie y prorrumpieron en una cháchara simultánea de palabras, expresión y mentalidad.

El primer orador alzó los brazos y gritó:

—El orador debe tener la oportunidad de exponer su cuestión de índole personal. —Se vio obligado a intensificar su autoridad, mentalmente, de un modo muy inadecuado para el lugar, pero no había alternativa.

La cháchara cesó.

Gendibal esperó, impasible, hasta que el silencio fue audible y mentalmente profundo. Entonces dijo:

—Cuando venía hacia aquí, yendo por un camino hameniano a una distancia y una velocidad que habrían asegurado fácilmente mi llegada a tiempo para la reunión, he sido detenido por varios campesinos, y sólo gracias a un milagro he podido librarme de ser golpeado y quizá asesinado. Por suerte, sólo me he retrasado y acabo de llegar. Permítanme señalar, en primer lugar, que no sé de ningún caso desde el Gran Saqueo en que un miembro de la Segunda Fundación haya recibido un trato irrespetuoso, y mucho menos brutal, por parte de un hameniano.

—Yo tampoco —dijo el primer orador.

Delarmi exclamó.

—¡Los miembros de la Segunda Fundación no suelen andar solos por territorio hameniano! ¡Usted provoca estos incidentes haciéndolo así!

—Es cierto —dijo Gendibal— que suelo andar solo por territorio hameniano. He andado por allí cientos de veces y en todas direcciones. Sin embargo, nunca he sido abordado antes de hoy. Los demás no pasean con la misma libertad que yo, pero nadie se exilia a sí mismo del mundo o se recluye en la universidad, y nadie ha sido abordado jamás. Recuerdo varias ocasiones en que Delarmi... —y entonces, como acordándose demasiado tarde del tratamiento honorífico, lo convirtió deliberadamente en un mortífero insulto—. Quiero decir que recuerdo haber visto a la oradora Delarmi en territorio hameniano, más de una vez, y sin embargo ella nunca ha sido abordada.

—Quizá —dijo Delarmi con unos ojos que echaban chispas— porque no les hablé primero y mantuve las distancias. Porque me comporté como si mereciera respeto, me lo otorgaron.

—Es extraño —dijo Gendibal—, y estaba a punto de añadir que era porque usted tenía un aspecto más formidable que yo. Al fin y al cabo, pocos se atreven a abordarla incluso aquí. Pero, dígame, ¿por qué razón, con todas las oportunidades que han tenido, escogerían los hamenianos este día para agredirme, precisamente cuando tenía que asistir a una importante reunión de la Mesa?

—Si no es a causa de su conducta, debe haber sido casualidad —dijo Delarmi—. Que yo sepa, ni siquiera las matemáticas de Seldon han borrado el factor casualidad de la Galaxia, por lo menos, en el caso de sucesos individuales. ¿O es que usted también habla por inspiración intuitiva? —Hubo un leve suspiro mental por parte de uno o dos oradores ante este ataque lateral contra el primer orador.

—No ha sido mi conducta. No ha sido casualidad. Ha sido una interferencia deliberada —dijo Gendibal.

—¿Cómo podemos saberlo? —preguntó el primer orador con amabilidad. No pudo evitar ablandarse frente a Gendibal tras el último comentario de Delarmi.

—Mi mente está abierta para usted, primer orador. Le ofrezco, a usted y a toda la Mesa, mi recuerdo de los acontecimientos.

La transferencia sólo duró unos momentos. El primer orador exclamó:

—¡Espantoso! Ha actuado muy bien, orador, en circunstancias de considerable presión. Estoy de acuerdo en que la conducta hameniana es anómala y justifica una investigación. Mientras tanto, sea tan amable de unirse a nuestra reunión...

—¡Un momento! —interrumpió Delarmi—. ¿Cómo podemos estar seguros de que el relato del orador es exacto?

Gendibal enrojeció al oír el insulto, pero mantuvo la compostura.

—Mi mente está abierta.

—He visto mentes abiertas que no estaban abiertas.

—No lo dudo, oradora —dijo Gendibal—, ya que usted, como el resto de nosotros, debe mantener su propia mente bajo inspección en todo momento. Sin embargo, mi mente, cuando está abierta, está abierta.

El primer orador dijo:

—No sigamos...

—Una cuestión de índole personal, primer orador, con disculpas por la interrupción —dijo Delarmi.

—¿De qué se trata, oradora?

—El orador Gendibal ha acusado a uno de nosotros de intento de asesinato, probablemente instigando al campesino a atacarle. Mientras la acusación no sea retirada, debo ser considerada posible asesina, igual que todas las personas reunidas en esta habitación... incluido usted, primer orador.

—¿Quiere retirar la acusación, orador Gendibal? —preguntó el primer orador.

Gendibal ocupó su asiento y apoyó las manos sobre los brazos, agarrándolos fuertemente, como si tomara posesión de él, y dijo:

—Así lo haré, en cuanto alguien explique por qué un campesino hameniano, apoyado por varios más, se empeñaría en retrasarme cuando venía a esta reunión.

—Puede haber mil razones —dijo el primer orador—. Repito que este suceso será investigado. ¿Querrá ahora, orador Gendibal, y a fin de continuar la presente discusión, retirar su acusación?

—No puedo, primer orador. He pasado largos minutos intentando sondear su mente, con la mayor delicadeza posible, en busca del modo de alterar su conducta sin daños y he fracasado. Su mente carecía de la flexibilidad que debería haber tenido. Sus emociones estaban arraigadas, como por una mente ajena.

Delarmi dijo con una súbita sonrisa:

—¿Y cree que uno de nosotros era la mente ajena? ¿No podría haber sido esa misteriosa organización que está compitiendo con nosotros y es más poderosa que la Segunda Fundación?

—Tal vez —dijo Gendibal.

—En este caso, nosotros que no somos miembros de esa organización que sólo usted conoce, no somos culpables y usted debe retirar su acusación. ¿O quizá está acusando a alguno de los presentes de hallarse bajo el control de esa extraña organización? ¿Quizá uno de los aquí presentes no sea lo que parece?

—Quizá —dijo Gendibal con impasibilidad, consciente de que Delarmi estaba proporcionándole una cuerda con un lazo corredizo en el extremo.

—Podría parecer —dijo Delarmi, cogiendo el lazo y preparándose para apretarlo— que su sueño de una organización secreta, desconocida, oculta y misteriosa, es una pesadilla de paranoia. Concordaría con su fantasía paranoica de que los campesinos hamenianos están siendo influidos, y de que los oradores están bajo un control oculto. Sin embargo, estoy dispuesta a seguir su peculiar línea de pensamiento durante un rato más. ¿Quién de los aquí presentes, orador, cree que está bajo control? ¿Podría ser yo?

—No lo creo, oradora. Si intentara librarse de mí de un modo tan indirecto, no mostraría tan abiertamente su desagrado hacia mí —replicó Gendibal.

—¿Una traición doble, quizá? —dijo Delarmi. Estaba virtualmente ronroneando—. Ésta sería una conclusión común en una fantasía paranoica.

—Podría serlo. Usted tiene más experiencia que yo en estas cuestiones.

El orador Lestim Gianni interrumpió acaloradamente.

—Escuche, orador Gendibal, si está exonerando a la oradora Delarmi, está dirigiendo sus acusaciones contra el resto de nosotros. ¿Qué motivos tendría cualquiera de nosotros para retrasar su presencia en esta reunión, y mucho menos para desear su muerte?

Gendibal contestó con rapidez, como si estuviera aguardando la pregunta.

—Cuando he entrado, estaban hablando de retirar ciertas palabras del acta, palabras pronunciadas por el primer orador. Yo soy el único orador que no ha podido oír esas palabras. Díganme cuáles eran y yo les diré el motivo para querer retrasarme.

El primer orador explicó:

—He declarado, y es algo a lo que la oradora Delarmi y otros se han opuesto seriamente, que basándome en la intuición y el uso indebido de las matemáticas psicohistóricas, podía afirmar que todo el futuro del Plan dependía del exilio del miembro de la Primera Fundación Golan Trevize.

—Lo que piensen los demás oradores es cosa suya. Por mi parte, estoy de acuerdo con esa hipótesis. Trevize es la clave. Encuentro su súbita expulsión de la Primera Fundación demasiado curiosa para ser inocente —manifestó Gendibal.

Delarmi replicó:

—¿Quiere decir, orador Gendibal, que Trevize está en las garras de esa misteriosa organización, o que lo están las personas que le han exilado? ¿Cree, quizá, que lo controlan todo y a todos excepto a usted y al primer orador... y a mí, puesto que usted mismo ha declarado que no lo estoy?

Gendibal dijo:

—Estos desvaríos no requieren contestación. En cambio, permítame preguntar si hay algún orador que quiera expresar su conformidad con las tesis del primer orador y mías. Supongo que habrían leído el resumen matemático que, con la aprobación del primer orador, he distribuido entre ustedes.

Silencio.

—Repito la pregunta —dijo Gendibal—. ¿Hay alguien?

Silencio.

—Primer orador, ya tiene el motivo para retrasarme —declaró Gendibal.

—Formúlelo explícitamente —respondió el primer orador.

—Usted ha expresado la necesidad de tratar con Trevize, el miembro de la Primera Fundación. Esto representa una importante iniciativa en política y si los oradores hubieran leído mi resumen, sabrían lo que sucedía en líneas generales. Si, no obstante, hubieran discrepado unánimemente con usted, unánimemente la autolimitación tradicional le habría impedido seguir adelante. Si un solo orador le respaldara, usted podría llevar a cabo esta nueva política. Yo era el orador que le respaldaría, como sabría cualquiera que hubiese leído mi resumen, y era necesario evitar que compareciese ante la Mesa. El plan casi ha tenido éxito, pero ahora estoy y apoyo al primer orador. Estoy de acuerdo con él y, según la tradición, él puede pasar por alto la disconformidad de los otros diez oradores.

Delarmi descargó un puñetazo sobre la mesa.

—De lo cual se deriva que alguien sabía de antemano qué aconsejaría el primer orador, sabía de antemano que el orador Gendibal le respaldaría y que todo el resto no lo haría; ese alguien sabía cosas que no podía saber. La segunda consecuencia es que esta iniciativa no es del agrado de la paranoica organización del orador Gendibal y que están luchando para impedir que se lleve a cabo y que, por lo tanto, uno o más de nosotros se halla controlado por esa organización.

—Éstas son sus deducciones —convino Gendibal—. Su análisis es magistral.

—¿A quién acusa? —preguntó Delarmi.

—A nadie. Recurro al primer orador para que solucione el problema. Está claro que en nuestra organización hay alguien que trabaja contra nosotros. Sugiero que todos los que trabajen para la Segunda Fundación se sometan a un análisis mental. Todos incluidos los mismos oradores. Incluido también yo mismo, y el primer orador.

La reunión de la Mesa se levantó en un ambiente de mayor confusión y mayor excitación que cualquiera de las celebradas hasta entonces.

Y cuando el primer orador finalmente la suspendió, Gendibal, sin hablar con nadie, se dirigió a su habitación. Sabía muy bien que no tenía ni un solo amigo entre los oradores, y que incluso el respaldo que el primer orador pudiese darle sería con reservas en el mejor de los casos.

No sabía con exactitud si temía por sí mismo o por toda la Segunda Fundación. El sabor de la fatalidad era muy amargo.

27

Gendibal no durmió bien. Tanto sus pensamientos conscientes como sus sueños inconscientes se centraron en Delora Delarmi. En un pasaje del sueño, incluso hubo una confusión entre ella y el campesino hameniano, Rufirant, de modo que Gendibal se encontró ante una desproporcionada Delarmi que se abalanzaba sobre él con enormes puños y una dulce sonrisa que revelaba unos dientes como agujas.

Al fin se despertó, más tarde de lo habitual, con la sensación de no haber descansado y con el timbre del intercomunicador resonando en sus oídos. Se volvió hacia la mesilla de noche y pulsó el interruptor.

—¿Sí? ¿Qué hay?

—¡Orador! —La voz pertenecía al superintendente de la planta, y no era demasiado respetuosa—. Un visitante desea hablar con usted.

—¿Un visitante? —Gendibal accionó su programa de citas y la pantalla no mostró ninguna antes del mediodía. Apretó el botón de la hora; eran las 8.32 de la mañana. Preguntó con mal humor—: ¿Quién es?

—No ha querido dar su nombre, orador. —Después con clara desaprobación—: Uno de esos hamenianos, orador. Dice que usted le invitó. —La última frase fue pronunciada con una desaprobación aún más clara.

—Que espere en el recibidor hasta que yo vaya. Tardaré un poco.

Gendibal no se apresuró. Mientras hacía sus abluciones matinales, no dejó de pensar. Que alguien utilizara a los hamenianos para entorpecer sus movimientos tenía sentido, pero le habría gustado saber quién era ese alguien. ¿Y qué significaba esta nueva intrusión de los hamenianos en su propia vivienda? ¿Una complicada trampa de alguna clase?

¿Cómo, en el nombre de Seldon, podía un campesino hameniano entrar en la universidad? ¿Qué razón podía dar? ¿Qué razón podía tener realmente?

Por espacio de un fugaz momento, Gendibal se preguntó si debería armarse. Resolvió no hacerlo casi enseguida, pues estaba desdeñosamente seguro de poder controlar a cualquier campesino en el recinto de la universidad sin peligro para sí mismo, y sin marcar la mente del hameniano de un modo inaceptable.

Gendibal llegó a la conclusión de que estaba demasiado afectado por el incidente del día anterior con Karoll Rufirant. Por cierto, ¿sería el propio campesino? Quizá ya no se hallara bajo la influencia de lo que fuera o quién fuera y quería ver a Gendibal para disculparse por lo que había hecho, temeroso de las represalias. Pero ¿cómo habría sabido Rufirant adónde ir o a quién dirigirse?

Gendibal enfiló resueltamente el pasillo y entró en la sala de espera. Se detuvo con asombro, y después se volvió hacia el superintendente, que simulaba estar ocupado en su cubículo de cristal.

—Superintendente, no me ha dicho que el visitante era una mujer.

El superintendente contestó con aplomo:

—Orador, le he dicho que era un hameniano, en general. Usted no me ha preguntado nada más.

—¿Información mínima, superintendente? Debo recordar que ésta es una de sus características. —También debería comprobar si el superintendente era alguien designado por Delarmi. Y, a partir de ahora, debería fijarse en los funcionarios que le rodeaban, «subalternos» en los que era fácil no reparar desde las alturas de su nuevo cargo de orador—. ¿Está libre alguna sala de conferencias?

El superintendente dijo:

—La número 4 es la única libre, orador. Lo estará durante tres horas. —Echó una ojeada a la hameniana, y luego a Gendibal, con inexpresiva inocencia.

—Utilizaremos la número 4, superintendente, y le aconsejo que preste atención a sus pensamientos. —Gendibal atacó, sin benevolencia, y el escudo del superintendente se cerró con demasiada lentitud. Gendibal sabía muy bien que era impropio de su dignidad maltratar una mente inferior, pero una persona incapaz de ocultar una conjetura desagradable contra un superior debía aprender a no hacerlas. El superintendente tendría un ligero dolor de cabeza durante varias horas. Se lo había merecido.

28

El nombre de la mujer no le vino enseguida a la mente y Gendibal no estaba de humor para ahondar más. De todos modos, ella no podía esperar que lo recordara.

—Tú eres... —dijo con malhumor.

—Yo ser Novi, maestro serio —contestó ella, casi sin aliento—. Mi primero ser Sura, pero ser llamada sólo Novi.

—Sí, Novi. Nos conocimos ayer; ahora lo recuerdo. No he olvidado que saliste en mi defensa. —No se decidió a emplear el acento hameniano en el mismo recinto de la universidad—. ¿Cómo has llegado hasta aquí?

—Maestro, tú dijiste que yo podía escribir carta. Tú dijiste que tenía que decir «Casa de Oradores, Apartamento 27.» Mí misma la traigo y enseño la escritura; mi propia escritura, maestro. —Lo dijo con una especie de tímido orgullo—. Ellos preguntan, «¿Para quién ser este escrito?» Yo oí el nombre de ti cuando se lo dijiste a ese bruto de Rufirant. Yo digo que ser para Stor Gendibal, maestro serio.

—¿Y te han dejado pasar, Novi? ¿No te han pedido que les dieras la carta?

—Yo estar muy asustada. Creo que quizá ellos sienten pena. Yo digo: «Orador Gendibal prometió enseñarme Lugar de Serios», y ellos sonríen. Uno de ellos en la puerta de entrada dice al otro: «Y esto no ser todo lo que él enseñará a ella.» Y me enseñan adónde ir, y dicen que no ir a otro sitio o me sacan fuera en el momento.

Gendibal enrojeció ligeramente. Por Seldon, si sintiera la necesidad de una diversión hameniana, no sería de un modo tan manifiesto y haría la elección de forma más selectiva. Miró a la mujer trantoriana sacudiendo la cabeza para sus adentros.

Debía de ser muy joven, quizá más joven de lo que el duro trabajo le hacía aparentar. No podía tener más de veinticinco años, edad a la que las hamenianas ya solían estar casadas. Llevaba el oscuro cabello recogido en trenzas que la identificaban como una mujer soltera, virginal, de hecho, y a él no le extrañó. Su actuación del día anterior había revelado su carácter indomable, y Gendibal dudaba que hubiera algún hameniano dispuesto a emparejarse con su afilada lengua y su rápido puño. Su aspecto tampoco era muy atrayente. Aunque se había esforzado en estar presentable, su cara era angular y ordinaria, y sus manos rojas y nudosas. Lo que podía verse de su figura parecía hecho para la resistencia más que para la hermosura.

Su labio inferior empezó a temblar bajo el escrutinio. Él percibió claramente su turbación y miedo, y se compadeció. Le había sido de gran utilidad el día anterior y eso era lo que contaba.

En un intento por mostrarse jovial y amable, dijo:

—¿Así que has venido a ver... uh... el Lugar de los Sabios?

Ella abrió desmesuradamente sus ojos oscuros (eran bastante bonitos) y dijo:

—Maestro, no te enfades con mí, pero vengo para ser seria mí misma.

—¿Quieres ser «sabia»? —Gendibal estaba atónito—. Mi buena mujer...

Hizo una pausa. Por Trántor, ¿cómo podía uno explicar a una ignorante campesina el nivel de inteligencia, instrucción y vigor mental requeridos para ser lo que los trantorianos llamaban un «serio»?

Pero Sura Novi prosiguió impetuosamente:

—Yo ser escritora y lectora. He leído libros enteros hasta final y desde principio, también. Y tengo deseo de ser seria. No deseo ser esposa de campesino. Yo no ser persona para granja. No me casaré con granjero ni tendré hijos granjeros. —Levantó la cabeza y añadió con orgullo—: Yo ser preguntada. Muchas veces. Siempre digo «Nanay». Con educación, pero «Nanay».

Gendibal vio claramente que estaba mintiendo. Nadie la había pedido en matrimonio, pero no lo dejó traslucir.

—¿Qué harás con tu vida si no te casas? —preguntó.

Novi dejó caer la mano sobre la mesa, con la palma hacia abajo.

—Yo seré seria. No seré campesina.

—¿Y si no puedo conseguir que seas sabia?

—Entonces no ser nada y espero morir. Yo ser nada en vida si yo no ser una seria.

Por espacio de un momento Gendibal tuvo el impulso de sondear su mente y averiguar el alcance de sus motivaciones. Pero no sería correcto. Un orador no podía divertirse registrando las mentes indefensas de los demás. Había un código de la ciencia y la técnica del control mental, la mentálica, igual que en las otras profesiones. O debería haberlo. (De pronto se arrepintió de haber atacado al superintendente.)

—¿Por qué no ser una campesina, Novi? —Con un poco de manipulación podía lograr que se contentara con eso y manipular a algún patán hameniano para que quisiera casarse con ella, y ella con él. No causaría ningún daño. Sería un favor... Pero iba contra la ley y, por lo tanto, era inimaginable.

La muchacha contestó:

—Yo no ser. Un campesino es un zoquete. Trabaja con terrones de tierra, y él se convierte en terrón de tierra. Si yo ser campesina, también ser terrón de tierra. No tendré tiempo para leer y escribir, y olvidaré. Mi cabeza —se llevó la mano a la sien— se volverá agria y rancia. ¡No! Un serio ser diferente. ¡Pensativo!

Gendibal dedujo que con esa palabra se refería a «inteligente» más que a «melancólico».

—Un serio —continuó ella— vive con libros y con... con... yo olvido el nombre de esas cosas. —Hizo un gesto, como si estuviera realizando una especie de vagas manipulaciones, que no habría significado nada para Gendibal... si no hubiera tenido las radiaciones mentales de la joven para guiarle.

—Microfilms —dijo—. ¿Cómo sabes que existen los microfilms?

—En libros, leo muchas cosas —contestó ella con orgullo.

Gendibal no pudo seguir resistiendo el deseo de saber más. Esta hameniana era de lo más extraordinario; nunca había oído nada igual. Nunca se reclutaba a los hamenianos, pero si Novi fuese joven, menor de diez años...

¡Qué tontería! No la molestaría; no la molestaría en absoluto, pero ¿de qué servía ser orador si no podía observar mentes inusuales y aprender de ellas?

—Novi, quiero que te quedes donde estás. No te muevas. No digas nada. No pienses en decir nada. Sólo piensa en quedarte dormida. ¿Lo entiendes?

El temor volvió a adueñarse de ella.

—¿Por qué debo haces esto, maestro?

—Porque deseo reflexionar sobre cómo podrías llegar a ser sabia.

Al fin y al cabo, por mucho que hubiese leído, no podía saber qué significaba realmente ser un «sabio». Por lo tanto resultaba imprescindible averiguar qué pensaba ella que era un sabio.

Con mucho cuidado e infinita delicadeza sondeó su mente; percibiendo sin llegar a tocar, como colocando una mano sobre una reluciente superficie metálica sin dejar huellas. Para ella un sabio era alguien que siempre leía libros. No tenía la más ligera idea de por qué uno leía libros. Para ella, y según la imagen que había en su mente, ser una sabia era hacer el trabajo que conocía, llevar y traer cosas, cocinar, limpiar, obedecer órdenes, pero en el recinto de la universidad, donde había muchos libros y donde tendría tiempo para leerlos y, de un modo muy impreciso, «para ser enseñada». Todo lo cual significaba que quería ser una sirvienta... su sirvienta.

Gendibal frunció el ceño. Una sirvienta hameniana... y, además, vulgar, desgarbada, ignorante, casi iletrada. Inimaginable.

No le quedaba más remedio que manipularla. Tenía que haber algún modo de ajustar sus deseos para que se conformara con ser una campesina, algún modo que no dejara marca, algún modo por el que ni siquiera Delarmi pudiese denunciarle.

¿O quizá había sido enviada por la propia Delarmi? ¿Sería todo esto un complicado plan para inducirle a alterar una mente hameniana, con objeto de poder acusarle?

Ridículo. Estaba a punto de volverse paranoico. En algún lugar de la sencilla mente de la muchacha, una pequeña corriente mental debía ser desviada. Sólo requería un ligero empujón.

Iba en contra de la ley, pero no causaría daño alguno y nadie se daría cuenta.

Hizo una pausa.

Atrás. Atrás. Atrás.

¡Espacio! ¡Había estado a punto de pasarlo por alto!

¿Era víctima de una ilusión?

¡No! Ahora que se había fijado en ello, lo discernió claramente. Había un minúsculo zarcillo desordenado; un desorden anormal. Sin embargo era muy delicado y estaba libre de ramificaciones.

Gendibal emergió de su mente y dijo con amabilidad:

—Novi.

Los ojos de la muchacha se enfocaron.

—¿Sí, maestro?

—Puedes trabajar conmigo. Te convertiré en sabia... —dijo Gendibal.

Alegremente, con ojos centelleantes, la muchacha exclamó:

—Maestro...

Lo detectó enseguida. La joven iba a echarse a sus pies. Le puso las manos sobre los hombros y la sujetó fuertemente.

—No te muevas, Novi. Quédate donde estás...
¡Quieta!

Fue como si se dirigiera a un animal semiadiestrado. Cuando vio que la orden había penetrado en su mente, la soltó. Se percató de los recios músculos que recorrían la parte superior de sus brazos.

—Si vas a ser una sabia, tienes que comportarte como ellas. Esto significa que siempre deberás estar tranquila, hablar en voz baja, y hacer lo que yo te diga. Y tienes que intentar aprender a hablar como yo. También tendrás que conocer a otros sabios. ¿No te asustarás?

—No me asus... asustaré, maestro, si tú estar con mí.

—Estaré contigo. Pero ahora, primeramente... tengo que buscarte una habitación, hacer que te asignen un lavabo, un sitio en el comedor, y también ropas. Tendrás que llevar ropas más adecuadas para una sabia, Novi.

—Esto ser todo lo que yo... —empezó ella con desconsuelo.

—Te proporcionaremos otras.

Indudablemente tendría que encontrar a una mujer que se encargara de vestir a Novi. También necesitaría a alguien que enseñara los rudimentos de la higiene personal a la hameniana. Después de todo, aunque la ropa que llevaba debía ser la mejor que tenía, y aunque era obvio que se había emperifollado con esmero, aún despedía un olor que resultaba ligeramente desagradable.

Y tendría que asegurarse de que la relación entre ellos quedaba bien entendida. Era un secreto a voces que los hombres (y también las mujeres) de la Segunda Fundación hacían ocasionales incursiones entre los hamenianos en busca de placer. Si ello no era motivo de interferencias en las mentes hamenianas, nadie tenía nada que objetar. Gendibal nunca lo había hecho, y le gustaba pensar que era porque no tenía necesidad de unas relaciones sexuales que tal vez fuesen más burdas y más picantes que las existentes en la universidad. Las mujeres de la Segunda Fundación tal vez fuesen descoloridas en comparación con las hamenianas, pero estaban limpias y tenían la piel suave.

Pero incluso si la situación era mal comprendida y había murmuraciones sobre un orador que no sólo prefería a las hamenianas sino que traía una a su vivienda, tendría que soportar la vergüenza. Según parecía, esta campesina, Sura Novi, era la clave de su victoria en el inevitable duelo que le enfrentaría a la oradora Delarmi y al resto de la Mesa.

29

Gendibal no volvió a ver a Novi hasta después de la cena, hora en que fue llevada a su presencia por la mujer a quien había explicado detalladamente la situación; por lo menos, el carácter no sexual de la situación. La mujer lo había comprendido; o, por lo menos, no se atrevió a demostrar que no lo comprendía, lo que era casi igual de válido.

Ahora Novi se encontraba frente a él, tímida, orgullosa, avergonzada, triunfante; todo a la vez, en una mezcla incongruente.

—Estás muy guapa, Novi.

La ropa que le habían dado le sentaba asombrosamente bien y no había duda de que no parecía en absoluto ridícula. ¿Le habrían comprimido la cintura? ¿O levantado el pecho? ¿O tal vez nada de esto era visible con su ropa de campesina?

Tenía las nalgas prominentes, pero no llegaba a resultar antiestético. Su cara, por supuesto, continuaba siendo vulgar, pero cuando el bronceado de la vida al aire libre desapareciese y ella aprendiera a cuidarse el cutis, no resultaría fea del todo.

Por el Viejo Imperio, aquella mujer sí pensaba que Novi iba a convertirse en su amante. Había intentado embellecerla para él.

Y entonces pensó: «Bueno, ¿por qué no?»

Novi tendría que comparecer ante la Mesa de Oradores, y cuanto más atractiva estuviera, más fácilmente lograría convencerles.

Con este pensamiento en la mente recibió el mensaje del primer orador. Llegó con la oportunidad que era habitual en una sociedad mentálica. Esto se llamaba, más o menos informalmente, el «efecto de coincidencia». Si piensas vagamente en alguien cuando alguien está pensando vagamente en ti, hay un estímulo mutuo y creciente que en cuestión de segundos hace los dos pensamientos nítidos, terminantes y, a todas luces, simultáneos.

Puede ser asombroso incluso para quienes lo comprenden intelectualmente, en especial si los vagos pensamientos preliminares eran tan débiles, por un lado o el otro (o ambos), que habían pasado desapercibidos.

—No puedo quedarme contigo esta noche, Novi —dijo Gendibal—. Tengo trabajo que hacer. Te llevaré a tu habitación. Allí habrá algunos libros y puedes hacer prácticas de lectura. Te enseñaré a usar la señal por si necesitas ayuda de alguna clase... y te veré mañana.

30

Gendibal saludó cortésmente:

—¿Primer orador?

Shandess se limitó a inclinar la cabeza. Parecía malhumorado y realmente viejo. Parecía un hombre que no bebiera pero al que no le sentaría mal un trago. Al fin dijo:

—Le he «llamado»...

—Sin intermediarios. Por la naturaleza de la «llamada» he supuesto que era importante.

—Lo es. Su presa..., el miembro de la Primera Fundación..., Trevize...

—¿Sí?

—No viene a Trántor.

Gendibal no se mostró sorprendido.

—¿Por qué iba a venir? La información que recibimos fue que se marchaba con un profesor de historia antigua que estaba buscando la Tierra.

—Sí, el legendario Planeta Original. Y por eso debería venir a Trántor. Al fin y al cabo, ¿sabe el profesor dónde está la Tierra? ¿Lo sabe usted? ¿Lo sé yo? ¿Podemos estar seguros de que verdaderamente existe, o existió alguna vez? Sin duda tendrían que venir a esta biblioteca para obtener la información necesaria, si es que puede obtenerse en algún lugar. Hasta este momento no he creído que la situación hubiera llegado a un punto crítico; pensaba que el miembro de la Primera Fundación vendría aquí y, a través de él, nos enteraríamos de lo que necesitamos saber.

—Éste debe ser el motivo por el que no le permiten venir.

—Pero, entonces, ¿adónde va?

—Aún no lo hemos averiguado.

El primer orador dijo con irritación:

—Parece tomárselo con mucha calma.

—Me pregunto si no es mejor así. Usted quiere que venga a Trántor para tenerle a buen recaudo y utilizarle como fuente de información. Sin embargo, ¿no resultará una fuente de información más valiosa, ya que implicará a otros aún más importantes que él mismo, si va a donde quiere ir y hace lo que quiere hacer; con tal de que no lo perdamos de vista? —replicó Gendibal.

—¡No es suficiente! —exclamó el primer orador—. Usted me ha persuadido de la existencia de un nuevo enemigo y ahora no puedo estar tranquilo. Peor aún, me he convencido a mí mismo de que debemos atraer a Trevize o lo habremos perdido todo. No puedo librarme de la corazonada de que él, sólo él, es la clave.

Gendibal dijo con vehemencia:

—Suceda lo que suceda, no perderemos, primer orador. Eso sólo habría sido posible si esos Anti-Mulos, citando otra vez su frase, hubieran seguido actuando sin que nosotros lo supiéramos. Pero ahora sabemos que están ahí. Ya no trabajamos a ciegas. En la próxima reunión de la Mesa, si podemos trabajar juntos, empezaremos el contraataque.

El primer orador añadió:

—No ha sido la cuestión de Trevize lo que me ha impulsado a llamarle. El tema ha surgido primero sólo porque me parecía una derrota personal. Yo había analizado erróneamente ese aspecto de la situación. He hecho mal anteponiendo el pique personal a la política general y pido disculpas. Hay algo más.

—¿Más serio, primer orador?

—Más serio, orador Gendibal. —El primer orador suspiró y tabaleó con los dedos sobre la mesa mientras Gendibal esperaba pacientemente, y al fin dijo con dulzura como si así suavizara el golpe—: En una reunión de emergencia de la Mesa, convocada por la oradora Delarmi...

—¿Sin su consentimiento, primer orador?

—Para lo que ella quería, sólo necesitaba el consentimiento de los otros tres oradores, sin incluirme a mí. En la reunión de emergencia que después fue convocada, ha sido usted residenciado, orador Gendibal. Se le acusa de ser indigno del cargo de orador y deberá ser juzgado. Ésta es la primera vez en más de tres siglos que se presenta una demanda de residencia contra un orador...

Gendibal, procurando reprimir cualquier muestra de ira, dijo:

—Supongo que usted no votó a favor de la propuesta.

—No lo hice, pero estaba solo. El resto de la Mesa ha sido unánime y el resultado fue de diez a uno a favor de la residencia. Como usted ya sabe, el requisito para dar curso a una residencia es de ocho votos, incluido el primer orador..., o de diez sin él.

—Pero yo no estaba presente.

—No habría podido votar.

—Habría podido hablar en mi defensa.

—En esta etapa aún no. Los precedentes son pocos, pero claros. Podrá defenderse en el juicio que, naturalmente, se celebrará lo antes posible.

Gendibal inclinó la cabeza en actitud meditativa. Luego, dijo:

—Eso no me preocupa demasiado, primer orador. Creo que su impulso inicial era acertado. La cuestión de Trevize tiene prioridad. ¿Puedo sugerirle que retrase el juicio por este motivo?

El primer orador alzó la mano.

—No le culpo por no entender la situación, orador. La residencia es algo tan excepcional que incluso yo he tenido que consultar los procedimientos legales que implica. No hay nada que sea prioritario. Tenemos que celebrar inmediatamente el juicio, posponiendo todo lo demás.

Gendibal colocó los puños sobre la mesa y se inclinó hacia el primer orador.

—¿No lo dirá en serio?

—Es la ley.

—La ley no debe ser un obstáculo frente a un peligro claro e inmediato.

—Para la Mesa, orador Gendibal, usted es el peligro claro e inmediato. ¡No, escúcheme! La ley que corresponde se basa en la convicción de que nada puede ser más importante que la posibilidad de corrupción o abuso del poder por parte de un orador.

—Pero yo no soy culpable de ninguna de las dos cosas, primer orador, y usted lo sabía. Esto es una venganza personal de la oradora Delarmi. Si hay abuso de poder, es por su parte. Mi delito es que nunca me he esforzado por hacerme popular, esto sí que lo admito, y no he prestado bastante atención a necios que son suficientemente viejos para ser seniles pero suficientemente jóvenes para tener poder.

—¿Como yo, orador?

Gendibal suspiró.

—Ya lo ve, he vuelto a hacerlo. No me refiero a usted, primer orador. De acuerdo, entonces; celebremos un juicio urgente. Celebrémoslo mañana. Aún mejor, esta noche. Terminemos con esto y después pasemos a la cuestión de Trevize. No podemos esperar.

El primer orador dijo:

—Orador Gendibal. No creo que entienda la situación. Hemos tenido residencias con anterioridad; no muchas, sólo dos. Ninguna de ellas dio por resultado una condena. Sin embargo, ¡usted será condenado! Entonces dejará de ser miembro de la Mesa y no tendrá voz en la política pública. De hecho, ni siquiera tendrá voto en la reunión anual de la Asamblea.

—¿Y usted no hará nada para impedirlo?

—No puedo. Me derrotarían unánimemente. Entonces me vería obligado a dimitir, que es lo que los oradores parecen desear en realidad.

—¿Y Delarmi se convertiría en primera oradora?

—Es muy posible.

—¡Pero eso hay que impedirlo!

—¡Exactamente! Por esa razón tendré que votar a favor de su condena.

Gendibal tomó aliento.

—Sigo reclamando un juicio urgente.

—Tiene que disponer de tiempo para preparar su defensa.

—¿Qué defensa? No escucharán ninguna defensa. ¡Juicio urgente!

—La Mesa tiene que disponer de tiempo para preparar su caso.

—No tienen ningún caso y no quieren tenerlo. Me han acusado en su mente y no necesitan nada más. De hecho, preferirían condenarme mañana que pasado... y esta noche mejor que mañana. Comuníqueselo.

El primer orador se puso en pie. Ambos se miraron fijamente a través de la mesa. El primer orador dijo:

—¿Por qué tiene tanta prisa?

—La cuestión de Trevize no esperará.

—Una vez usted haya sido condenado y mi posición se haya debilitado frente a una Mesa unida contra mí, ¿qué habremos conseguido?

Gendibal dijo en un vehemente susurro:

—¡No tema! A pesar de todo, no me condenarán.

9. HIPERESPACIO

31

—¿Está preparado, Janov? —preguntó Trevize.

Pelorat alzó los ojos del libro que estaba leyendo y contestó:

—¿Quiere decir, para el salto, viejo amigo?

—Para el salto hiperespacial. Sí.

Pelorat tragó saliva.

—Bueno... ¿Está seguro de que no resultará desagradable en ningún sentido? Sé que es una tontería tener miedo, pero la idea de quedar reducido a incorpóreos taquiones, que nadie ha visto o detectado jamás...

—Vamos, Janov, es algo muy perfeccionado. ¡Palabra de honor! Como usted mismo ha explicado, el salto lleva realizándose cerca de veintidós mil años, y nunca he tenido noticia de una sola calamidad en el hiperespacio. Quizá salgamos del hiperespacio en un lugar incómodo, pero entonces el accidente ocurriría en el espacio, no mientras estamos compuestos de taquiones.

—Un consuelo muy pobre, en mi opinión.

—Tampoco emergeremos en un lugar equivocado. A decir verdad, pensaba llevarlo a cabo sin avisarle, para que ni siquiera se enterase de lo que habíamos realizado. Sin embargo, pensándolo mejor, he creído preferible que lo experimente conscientemente, vea que no hay problemas de ninguna clase, y lo olvide por completo de ahora en adelante.

—Bueno... —dijo Pelorat con aire de duda—, supongo que tiene razón pero, sinceramente, yo no tengo ninguna prisa.

—Le aseguro que...

—No, no, viejo amigo, acepto sus afirmaciones sin reservas. Es sólo que... ¿Ha leído *Santerestil Matt*?

—Por supuesto. No soy un inculto.

—Indudablemente. Indudablemente. No debería habérselo preguntado. ¿Lo recuerda?

—Tampoco soy amnésico.

—Al parecer tengo un gran talento ofensivo. Lo que quiero decir es que no dejo de pensar en las escenas donde Santerestil y su amigo, Ban, se han escapado del Planeta 17 y están perdidos en el espacio. Pienso en aquellas escenas perfectamente hipnóticas en medio de las estrellas, avanzando con lentitud y en profundo silencio, de un modo inmutable, de un modo... Nunca lo creí, ¿sabe? Me encantó y me emocionó, pero no lo creí realmente. Pero ahora, cuando apenas me he acostumbrado a la idea de estar en el espacio, estoy experimentándolo y... es una tontería lo sé..., pero no quiero olvidarlo. Es como si yo fuera Santerestil...

—Y yo, Ban —dijo Trevize con algo de impaciencia.

—En cierto modo. Las mortecinas y escasas estrellas de ahí fuera están inmóviles, excepto nuestro sol, naturalmente, que debe estar disminuyendo de tamaño pero que no vemos. La Galaxia conserva su mortecina majestad, inalterable. El espacio está sumido en el silencio y yo no tengo distracciones...

—Excepto yo.

—Excepto usted... Pero es que, Golan, querido compañero, hablar con usted sobre la Tierra e intentar enseñarle un poco de prehistoria también tiene sus satisfacciones. Tampoco quiero que esto se acabe.

—No se acabará. Inmediatamente, en todo caso. No supondrá que daremos el salto y nos encontraremos en la superficie de un planeta, ¿verdad? Seguiremos estando en el espacio y el salto no habrá requerido un tiempo mensurable. Puede pasar una semana antes de que alcancemos una superficie cualquiera, de modo que tranquilícese.

—Al decir superficie, seguramente no se refiere a Gaia. Puede que estemos muy lejos de Gaia cuando emerjamos del salto.

—Lo sé, Janov, pero estaremos en el sector preciso, si su información es correcta. Si no lo es.... bueno...

Pelorat meneó la cabeza con tristeza.

—¿De qué nos servirá estar en el sector preciso si no sabemos las coordenadas de Gaia?

—Janov, suponga que estuviera en Términus, dirigiéndose hacia la ciudad de Argyropol, y no supiera dónde estaba esa ciudad excepto que se encontraba en algún lugar del istmo. Una vez llegara al istmo, ¿qué haría? —dijo Trevize.

Pelorat guardó un prudente silencio, como si creyera que una respuesta terriblemente sofisticada era lo que se esperaba de él. Al fin, contestó:

—Supongo que se lo preguntaría a alguien.

—¡Exactamente! ¿Qué otra cosa se puede hacer? Y ahora... ¿está preparado?

—¿Quiere decir, ahora? —Pelorat se puso rápidamente en pie, y su inexpresiva cara reflejó algo muy parecido a la preocupación—. ¿Qué debo hacer? ¿Sentarme? ¿Quedarme en pie? ¿Qué?

—Por el Tiempo y el Espacio, Pelorat, no haga nada. Sólo venga conmigo a mi habitación para que yo pueda utilizar la computadora, y entonces siéntese o quédese en pie o dé saltos mortales..., lo que le ayude a sentirse mejor. Mi sugerencia es que se siente delante de la pantalla y observe. Será muy interesante. ¡Vamos!

Recorrieron el corto pasillo hasta la habitación de Trevize y éste se sentó frente a la computadora.

—¿Le gustaría hacerlo, Janov? —preguntó de repente—. Yo le daré las cifras y lo único que usted tendrá que hacer es pensar en ellas. La computadora se encargará del resto.

Pelorat contestó:

—No, gracias. Por alguna razón, la computadora no funciona bien conmigo. Usted dice que sólo necesito práctica, pero no lo creo. Su mente tiene algo especial, Golan...

—No sea tonto.

—No, no. Esa computadora sólo parece adaptarse bien a usted. Los dos parecen ser un solo organismo cuando están en contacto. Cuando lo estoy yo, hay dos objetos separados: Janov Pelorat y una computadora. No es lo mismo.

—Ridículo —dijo Trevize, pero se sintió vagamente complacido por esta opinión y acarició afectuosamente los soportes para manos de la computadora.

—Prefiero observar —dijo Pelorat—. En realidad, preferiría que no sucediera nada, pero como eso no es posible, observaré. —Fijó ansiosamente los ojos a la pantalla y en la brumosa Galaxia con el fino polvo de estrellas mortecinas que se veía en primer término—. Avíseme cuando esté a punto de suceder. —Retrocedió lentamente hacia la pared y se apuntaló.

Trevize sonrió. Colocó las manos encima de los soportes y sintió la unión mental. Ésta se producía más fácilmente cada día, así como con mayor intimidad, y aunque se hubiera burlado de lo que Pelorat había dicho, realmente la sentía. Le pareció que apenas necesitaba pensar en las coordenadas de un modo consciente. Casi parecía que la computadora sabía lo que él quería, sin el proceso consciente de «decírselo». Extraía la información de su cerebro por sí misma.

Pero Trevize se la «dijo» y luego pidió un intervalo de dos minutos antes del salto.

—Vamos a ver, Janov. Tenemos dos minutos: 120... 115... 110... Usted limítese a mirar la pantalla.

Pelorat lo hizo así, con una ligera tirantez en las comisuras de la boca y conteniendo la respiración.

Trevize dijo suavemente:

—15... 10... 5... 4... 3... 2... 1... 0.

Sin movimiento perceptible, sin sensación perceptible, el paisaje reflejado en la pantalla cambió. Hubo un claro espesamiento del campo estelar y la Galaxia se desvaneció.

Pelorat dio un brinco y preguntó:

—¿Ya está?

—¿Qué es lo que está? Ha tenido miedo. Pero eso ha sido culpa suya. No ha sentido nada. Admítalo.

—Lo admito.

—Pues sí, ya está. Tiempo atrás, cuando los viajes hiperespaciales eran relativamente nuevos, según los libros, en todo caso, se experimentaba una rara sensación interna y algunas personas tenían vahídos o náuseas. Quizá fuera psicógeno, quizá no. De todas maneras, con más y más experiencia en hiperespacialidad y con mejor equipo, esa sensación disminuyó. Con una computadora como la que hay a bordo de esta nave, cualquier efecto está muy por debajo del umbral de la sensación. Por lo menos, para mí es así.

—Y para mí también, debo admitirlo. ¿Dónde estamos, Golan?

—Sólo un poco más adelante. En la región kalganiana. Todavía hay un largo camino que recorrer, y antes de nada tenemos que verificar la precisión del salto.

—Lo que me preocupa es... ¿dónde está la Galaxia?

—A nuestro alrededor, Janov. Ahora estamos muy

adentrados en ella. Si enfocamos adecuadamente la pantalla, veremos las partes más lejanas como una franja luminosa a través del cielo.

—¡La Vía Láctea! —exclamó alegremente Pelorat—. Casi todos los mundos la describen en su cielo, pero es algo que no vemos en Términus. ¡Enséñemela, viejo amigo!

La pantalla se inclinó, causando el efecto de un desvanecimiento del campo estelar que la atravesaba, y luego se produjo una densa y nacarada luminosidad que llenó casi todo el campo. La pantalla la fue siguiendo, a medida que se diluía y después volvía a intensificarse.

—Es más densa hacia el centro de la Galaxia. Sin embargo, no todo lo densa o brillante que podría ser, debido a las oscuras nubes de los brazos espirales. Se ve algo parecido a esto desde casi todos los mundos habitados —dijo Trevize.

—Y desde la Tierra, también.

—Esto no constituye ninguna diferencia. No sería un signo de identificación.

—Claro que no. Pero, ¿sabe...? Usted no ha estudiado la historia de la ciencia, ¿verdad?

—No exactamente, aunque tengo algunas nociones, claro. De todos modos, si quiere hacerme alguna pregunta, no espere que yo sea un experto.

—Es que dar este salto me ha recordado algo que siempre me ha desconcertado. Es posible efectuar una descripción del Universo en el que los viajes hiperespaciales son imposibles y en el que la velocidad de la luz a través de un vacío es el máximo absoluto en lo referente a velocidad.

—Indudablemente.

—En estas circunstancias, la geometría del Universo es tal que resulta imposible hacer el viaje que acabamos de emprender en menos tiempo del que emplearía un rayo de luz. Y si lo hiciéramos a la velocidad de la luz, nuestra experiencia de duración no coincidiría con la del Universo en general. Si este lugar está, digamos, a cuarenta parsecs de Términus, y si hubiéramos llegado hasta aquí a la velocidad de la luz, no habríamos sentido ningún lapso de tiempo, pero en Términus y en toda la Galaxia habrían pasado ciento treinta años. Ahora hemos hecho un viaje, no a la velocidad de la luz sino a miles de veces la velocidad de la luz, y no ha habido adelanto de tiempo en ningún sitio. Por lo menos, así lo espero.

—No confíe en que le explique la Teoría Hiperespacial Olanjen. Lo único que puedo decirle es que si usted hubiera viajado a la velocidad de la luz dentro del espacio normal, el tiempo habría avanzado en la proporción de 3,26 años por parsec, como usted mismo ha descrito. El llamado Universo relativista, que la humanidad ha comprendido desde los comienzos de la prehistoria, aunque ésta es su especialidad, me parece, aún sigue existiendo, y sus leyes no han sido revocadas. Sin embargo, en nuestros saltos hiperespaciales hacemos algo fuera de las circunstancias en que opera la relatividad y las reglas son diferentes. Hiperespacialmente la Galaxia es un objeto minúsculo, idealmente un punto no dimensional, y no hay ningún efecto relativista.

»De hecho, en las formulaciones matemáticas de la cosmología, hay dos símbolos para la Galaxia: G^k para la "Galaxia relativista", donde la velocidad de la luz es un máximo, y G^h para la "Galaxia hiperespacial", donde la velocidad no tiene realmente significado. Hiperespacialmente el valor de toda velocidad es cero y no nos movemos; con respecto al mismo espacio, la velocidad es infinita. No sé explicarlo mejor.

»Oh, excepto que una de las mejores trampas en física teórica es colocar un símbolo o un valor que tenga significado en G^r en una ecuación relacionada con G^h, o viceversa, y dejarlo ahí para que un estudiante intente solucionarlo. Hay muchísimas probabilidades de que el estudiante caiga en la trampa, y generalmente se queda allí, sudando y jadeando, sin que nada dé resultado, hasta que alguien le ayuda. A mí me ocurrió una vez.

Pelorat reflexionó durante unos minutos, y luego dijo con perplejidad:

—Pero ¿cuál es la Galaxia verdadera?

—Las dos, según lo que uno esté haciendo. Si estuviéramos en Términus, podríamos utilizar un coche para cubrir una distancia por tierra y un barco para cubrir una distancia por mar. Las circunstancias son muy diferentes, de modo que, ¿cuál es el Términus verdadero, la tierra o el mar?

Pelorat asintió.

—Las analogías siempre son arriesgadas —dijo—, pero prefiero aceptar ésta que arriesgar mi cordura pensando en el hiperespacio. Me concentraré en lo que hacemos ahora.

—Considere lo que acabamos de hacer —dijo Trevize— como la primera etapa del viaje hacia la Tierra.

«Y ¿hacia adónde más?», se preguntó a sí mismo.

32

—Bueno —dijo Trevize—, he desperdiciado un día.

—¿Ah, sí? —Pelorat levantó los ojos de su esmerado índice—. ¿En qué sentido?

Trevize abrió los brazos.

—No he confiado en la computadora. No me he atrevido a hacerlo, de modo que he comparado nuestra situación actual con la situación que queríamos alcanzar después del salto. La diferencia no es mensurable. No hay ningún error perceptible.

—Eso es bueno, ¿no?

—Es más que bueno. Es increíble. Jamás había oído tal cosa. He realizado saltos y los he dirigido, de mil modos distintos y con toda clase de aparatos. En la escuela tuve que efectuar uno con una computadora manual y después envié un hiperrelé para comprobar los resultados. Naturalmente no podía enviar una nave real, ya que, aparte del gasto, podría muy bien haberla situado en el centro de una estrella que se hallara en el otro extremo.

»Por supuesto, nunca me equivoqué hasta ese punto —continuó Trevize—, pero siempre había un error considerable. Siempre hay algún error, aunque se sea un experto. Tiene que haberlo, ya que existen tantas variables. Se lo explicaré de otro modo; la geometría del espacio es demasiado complicada y el hiperespacio combina todas estas complicaciones con una complejidad propia que no podemos aspirar a comprender. Por eso tenemos que viajar por etapas, en vez de hacer un solo salto de aquí a Sayshell. Los errores empeorarían con la distancia.

—Pero usted ha dicho que esta computadora no ha cometido ningún error —comentó Pelorat.

—Ella ha dicho que no lo había cometido. Le he hecho comparar nuestra situación actual con nuestra situación precalculada; «lo que es» con «lo que se pedía». Ella ha dicho que las dos eran idénticas dentro de sus propios límites de medición, y yo he pensado: «¿Y si está mintiendo?»

Hasta aquel momento, Pelorat había conservado su instrumento copiador en la mano. Ahora lo dejó y pareció trastornado.

—¿Bromea? Una computadora no puede mentir. A menos que quiera decir que ha pensado que podía estar estropeada.

—No, no es esto lo que he pensado. ¡Espacio! He pensado que estaba mintiendo. Esta computadora está tan perfeccionada que no puedo pensar en ella más que como algo humano; sobrehumano, quizá. Suficientemente humano para tener orgullo... y para mentir, quizá. Le he dado algunos datos, a fin de que trazara una ruta por el hiperespacio hasta un punto cercano al planeta Sayshell, la capital de la Unión de Sayshell. Ha trazado una ruta en veintinueve etapas, lo cual es arrogancia de la peor clase.

—¿Por qué arrogancia?

—El error en el primer salto hace el segundo salto tanto menos seguro, y el error añadido hace el tercer salto bastante incierto e indigno de confianza, y así sucesivamente. ¿Cómo puedes calcular veintinueve etapas a la vez? La vigésimo novena podría terminar en cualquier sitio de la Galaxia, cualquier sitio. Así que le he ordenado hacer únicamente la primera etapa. Después podríamos comprobarlo antes de continuar.

—Es lo más prudente —dijo Pelorat con entusiasmo—. ¡Lo apruebo!

—Sí, pero habiendo hecho la primera etapa, ¿no puede la computadora sentirse ofendida por mi falta de confianza en ella? ¿No se vería forzada a salvar su orgullo diciéndome que no había ningún error, cuando yo se lo preguntara? ¿No le resultaría imposible admitir una equivocación, confesar una imperfección? Si es así, la computadora no nos sirve de nada.

El alargado y apacible rostro de Pelorat se entristeció.

—¿Qué podemos hacer en ese caso, Golan?

—Lo que yo he hecho; desperdiciar un día. He comprobado la situación de varias de las estrellas circundantes por los métodos más primitivos posibles: observación telescópica, fotografía y medición manual. He comparado cada situación real con la situación esperada si no había habido error. He trabajado todo el día y ha sido inútil.

—Sí, pero ¿qué ha sucedido?

—He encontrado dos errores colosales y, después de verificarlos, los he localizado en mis cálculos. Era yo quien me había equivocado. He corregido los cálculos, y después los he procesado desde el principio, para ver si la computadora llegaba a los mismos resultados independientemente. A excepción de que ella ha sacado varios decimales más, ha quedado claro que mis cifras eran correctas y demostraban que la computadora no había cometido ningún error. La computadora puede ser una arrogante hija del Mulo, pero tiene razón para ser arrogante.

Pelorat exhaló un profundo suspiro.

—En fin, es una buena noticia.

—¡Desde luego! Así pues, voy a dejarle hacer las otras veintiocho etapas.

—¿A la vez? Pero...

—A la vez no. No se preocupe. Aún no soy tan temerario. Las hará una tras otra, pero después de cada una comprobará los alrededores y, si están donde deben estar dentro de unos límites tolerables, hará la siguiente. Cada vez que encuentre un error demasiado grande, y, créame, los límites que he fijado no son nada generosos, tendrá que detenerse y volver a calcular las etapas restantes.

—¿Cuándo va a hacerlo?

—¿Cuándo? Ahora mismo. Escuche, usted está haciendo un índice de su biblioteca...

—Oh, pero ésta es la oportunidad para hacerlo, Golan. He querido hacerlo durante años, pero siempre había algo que me lo impedía.

—Me parece muy bien. Usted siga trabajando y yo lo haré, y no se preocupe. Concéntrese en el índice. Yo me ocuparé de todo lo demás.

Pelorat meneó la cabeza.

—No sea tonto. No podré estar tranquilo hasta que esto se haya solucionado. Estoy muerto de miedo.

—Entonces, no debería habérselo dicho... Pero tenía que decírselo a alguien y aquí no hay nadie más que usted. Déjeme explicárselo francamente. Siempre existe la posibilidad de que emerjamos en el lugar exacto del espacio interestelar y que dé la casualidad de que éste sea precisamente el lugar ocupado por un veloz meteorito o un pequeño agujero negro, en cuyo caso la nave quedará destrozada y nosotros también. En teoría, estas cosas pueden ocurrir.

»Sin embargo, las posibilidades son muy escasas. Al fin y al cabo, usted podría estar en su casa, Janov, revisando películas en su estudio o durmiendo en su cama, y un meteorito podría atravesar la atmósfera de Términus y darle justamente en la cabeza, matándole. Pero las probabilidades son escasas.

»De hecho, la probabilidad de cruzarse en el camino de algo fatal, pero demasiado pequeño para que la computadora lo detecte, en el curso de un salto hiperespacial, es mucho más pequeña que la de ser alcanzado por un meteorito en su casa. No sé de ninguna nave que se haya perdido de este modo en toda la historia de los viajes hiperespaciales. Cualquier otra clase de riesgo, como emerger en el centro de una estrella, es aún menor.

Pelorat preguntó:

—Entonces, ¿por qué me cuenta todo esto, Golan?

Trevize hizo una pausa, después inclinó la cabeza en actitud meditativa, y finalmente contestó:

—No lo sé... Sí, lo sé. Lo que yo supongo es que por muy pequeña que pueda ser la probabilidad de una catástrofe, si el número suficiente de personas corre el número suficiente de riesgos, la catástrofe terminará produciéndose. Por muy seguro que esté de que no sucederá nada malo, una insistente vocecilla en mi interior me dice: «Quizá suceda esta vez.» Y eso me hace sentir culpable. Supongo que es esto. Janov, si algo sale mal, ¡perdóneme!

—Pero, Golan, mi querido amigo, si algo sale mal, ambos moriremos instantáneamente. Yo no podré perdonarle, ni usted recibir mi perdón.

—Lo sé, de modo que perdóneme ahora, por favor.

Pelorat sonrió.

—No sé por qué, pero esto me anima. Hay algo gratamente humorístico en todo ello. Por supuesto, Golan, le perdonaré. Hay muchos mitos sobre alguna forma de vida posterior en la literatura mundial y si por casualidad existiera tal lugar, hay más o menos las mismas probabilidades que de aterrizar en un pequeño agujero negro, supongo, o no tantas, y ambos termináramos en el mismo, yo atestiguaría que usted hizo lo que pudo y que mi muerte no fue culpa suya.

—¡Gracias! Ya me siento más aliviado. Yo estoy dispuesto a correr el riesgo, pero no me gustaba la idea de que usted también lo hiciera sólo por mí.

Pelorat estrechó la mano del otro.

—Verá, Golan, hace menos de una semana que le conozco y supongo que no debería hacer juicios precipitados en estas cuestiones, pero creo que es usted un muchacho excelente... Y ahora, manos a la obra y terminemos de una vez.

—¡De acuerdo! Lo único que debo hacer es tocar ese pequeño contacto. La computadora tiene las instrucciones y sólo espera que yo le diga: «¡Empieza!» ¿Le gustaría...?

—¡Ni hablar! ¡Es toda suya! Es su computadora.

—Muy bien. También es mi responsabilidad. Como ve, aún estoy tratando de evadirla. ¡No aparte los ojos de la pantalla!

Con una mano extraordinariamente firme y una sonrisa que parecía sincera, Trevize estableció el contacto.

Hubo una pausa momentánea y después el campo estelar cambió... y volvió a cambiar... y volvió a cambiar. Las estrellas fueron haciéndose más densas y más brillantes en la pantalla.

Pelorat contaba en voz baja. En el «15» se produjo una interrupción, como si alguna pieza del mecanismo se hubiera atascado.

Pelorat susurró, claramente temeroso de que cualquier ruido pudiera sacudir fatalmente el aparato:

—¿Dónde está el fallo? ¿Qué ha sucedido?

Trevize se encogió de hombros.

—Supongo que está volviendo a calcular. Algún objeto en el espacio está añadiendo una protuberancia perceptible a la configuración general del campo de gravedad total, algún objeto que no se ha tenido en cuenta, una estrella minúscula o un planeta desconocido...

—¿Es peligroso?

—Puesto que aún estamos vivos, no creo que lo sea. El planeta podría estar a cien millones de kilómetros y, no obstante, producir una modificación de la gravedad suficientemente grande para requerir un nuevo cómputo. La estrella podría estar a diez billones de kilómetros y...

La pantalla cambió de nuevo y Trevize se calló. Cambió de nuevo... y de nuevo... Finalmente, cuando Pelorat dijo «28», no hubo más movimientos.

Trevize consultó la computadora.

—Estamos aquí —dijo.

—He contado el primer salto como «1» y en esta serie he empezado en el «2». Son veintiocho saltos en total. Usted dijo veintinueve.

—El nuevo cómputo en el salto 15 probablemente nos ha ahorrado un salto. Puedo verificarlo en la computadora si lo desea, pero en realidad no es necesario. Estamos en las cercanías del planeta Sayshell. La computadora lo afirma así y yo no lo dudo. Si orientáramos debidamente la pantalla, veríamos un hermoso y fulgurante sol, pero no tiene objeto colocar una tensión innecesaria sobre su capacidad de proyección. El planeta

Sayshell es el cuarto hacia el exterior y está a unos 3,2 millones de kilómetros de nuestra situación actual, que es la distancia a la que queríamos estar después del salto. Podemos llegar allí en tres días..., dos, si nos damos prisa.

Trevize respiró profundamente y dejó que la tensión se disipara.

—¿Se da cuenta de lo que esto significa, Janov? —preguntó—. Todas las naves donde he estado, o de las que me han hablado, habrían realizado esos saltos con un intervalo mínimo de un día entre ellos, para hacer complicados cálculos y verificaciones, incluso con una computadora. El viaje habría durado casi un mes. O quizá dos o tres semanas, si estaban dispuestos a ser imprudentes. Nosotros lo hemos hecho en media hora. Cuando todas las naves estén equipadas con una computadora como ésta...

Pelorat dijo:

—Me pregunto por qué la alcaldesa nos ha asignado una nave tan perfeccionada. Debe ser increíblemente costosa.

—Es experimental —dijo Trevize con sequedad—. Quizá la buena mujer estaba perfectamente dispuesta a dejárnosla probar y ver qué deficiencias podía revelar.

—¿Habla en serio?

—No se ponga nervioso. Después de todo, no hay ningún motivo de preocupación. No hemos descubierto ninguna deficiencia. Sin embargo, yo la creo muy capaz de haberlo hecho. Eso no afectaría en absoluto a su sentido de la humanidad. Además, no nos ha dado armas ofensivas y eso reduce considerablemente los gastos.

Pelorat comentó con aire pensativo:

—Estoy pensando en la computadora. Parece adaptarse tan bien a usted..., y no se adapta tan bien a todo el mundo. Apenas funciona conmigo.

—Tanto mejor para nosotros, que funcione bien con uno de los dos.

—Sí, pero ¿es esto simple casualidad?

—¿Qué otra cosa, Janov?

—No cabe duda de que la alcaldesa le conoce muy bien.

—Creo que sí, la vieja bruja.

—¿No podría haber hecho diseñar una computadora especialmente para usted?

—¿Por qué?

—Sólo me pregunto si no estamos yendo hacia donde la computadora quiere llevarnos.

Trevize lo miró con asombro.

—¿Quiere decir que mientras estoy conectado a la computadora, es la computadora, y no yo, quien se halla realmente al mando?

—Eso me pregunto.

—Es ridículo. Paranoico. Vamos, Janov.

Trevize se volvió de nuevo hacia la computadora para enfocar el planeta Sayshell en la pantalla y para trazar una ruta hacia él por el espacio normal.

¡Ridículo!

Pero ¿por qué había puesto Pelorat la idea en su cabeza?

10. MESA

33

Habían pasado dos días y Gendibal se sentía más encolerizado que abatido. No existía ningún motivo por el que no pudiera celebrarse el juicio inmediatamente. De no haber estado preparado, de haber necesitado tiempo, le habrían impuesto un juicio urgente, estaba seguro de ello.

Pero como nada más que la mayor crisis desde el Mulo amenazaba a la Segunda Fundación, perdían el tiempo; y sin más propósito que el de irritarlo.

Lo habían irritado y, por Seldon, esto haría su contragolpe aun más fuerte. No tenía ninguna duda al respecto.

Miró a su alrededor. La antesala estaba vacía. Ya hacía dos días que lo estaba. Era un hombre marcado, un orador que, por causa de una acción sin precedentes en los cinco siglos de historia de la Segunda Fundación, pronto perdería su cargo. Sería degradado a simple ciudadano, degradado al nivel de un miembro de la Segunda Fundación, normal y corriente.

Sin embargo, una cosa, y una cosa muy honrosa, era ser un miembro llano de la Segunda Fundación, especialmente si uno ostentaba un título respetable, como

Gendibal podría hacer incluso después de la residencia, y algo muy distinto haber llegado a orador y ser degradado.

No obstante, eso no sucedería, pensó Gendibal con fiereza, aunque todos le hubieran rehuido durante dos días. Sólo Sura Novi lo trataba como antes; pero ella era demasiado ingenua para comprender la situación. Para ella, Gendibal seguía siendo el «maestro».

A Gendibal le irritaba encontrar un cierto consuelo en ello. Se sintió avergonzado cuando empezó a notar que su estado de ánimo mejoraba cuando la sorprendía mirándolo con veneración. ¿Es que ya empezaba a agradecer regalos tan pequeños?

Un secretario salió de la cámara para decirle que la Mesa estaba preparada para recibirlo, y Gendibal entró majestuosamente. Gendibal conocía bien al secretario; era un hombre que sabía, hasta la fracción más diminuta, el grado exacto de cortesía que merecía cada orador. En aquel momento, el otorgado a Gendibal fue asombrosamente pequeño. Incluso el secretario lo consideraba casi convicto.

Todos estaban sentados alrededor de la mesa, vestidos con las negras togas. El primer orador, Shandess, parecía un poco incómodo, pero no permitió que su rostro expresara el menor indicio de cordialidad. Delarmi, una de las tres únicas oradoras, ni siquiera lo miró.

El primer orador dijo:

—Orador Stor Gendibal, ha sido usted residenciado por comportarse de un modo indigno para un orador. Ante todos nosotros ha acusado a la Mesa, vagamente y sin pruebas, de traición e intento de asesinato. Ha dado a entender que todos los miembros de la Segunda Fundación, incluidos los oradores y el primer orador, debían ser sometidos a un profundo análisis mental para descubrir cuál de ellos ya no era digno de confianza. Tal conducta rompe la cohesión social, sin la que la Segunda Fundación no puede controlar una Galaxia intrincada y potencialmente hostil, y sin la que no puede construir, con seguridad, un Segundo Imperio viable.

»Ya que todos hemos sido testigos de estas ofensas, renunciaremos a la exposición formal de cargos por la parte acusadora. Por lo tanto, pasaremos directamente a la fase siguiente. Orador Stor Gendibal, ¿tiene usted una defensa?

Ahora Delarmi, todavía sin mirarlo, se permitió una ligera sonrisa.

Gendibal dijo:

—Si la verdad se considera una defensa, la tengo. Hay fundamentos para sospechar de una brecha en nuestra seguridad. Esa brecha puede implicar el control mental de uno o más miembros de la Segunda Fundación, sin excluir a los aquí presentes, y esto supone un gran peligro para la Segunda Fundación. Si, en realidad, aceleran este juicio porque no pueden perder tiempo, es posible que todos reconozcan débilmente la seriedad de la crisis, pero en ese caso, ¿por qué han perdido dos días después de que yo reclamara formalmente un juicio inmediato? Declaro que ha sido esta grave crisis lo que me ha obligado a decir lo que he dicho. Me habría comportado de un modo indigno para un orador si no lo hubiera hecho así.

—Se empeña en repetir la ofensa, primer orador —dijo Delarmi con suavidad.

El asiento de Gendibal estaba más separado de la Mesa que el de los demás lo cual era ya una clara degradación. Él lo alejó aún más, como si eso no le importara nada, y se levantó.

—¿Me condenarán ahora, de antemano y a despecho de la ley, o puedo exponer mi defensa con detalle? —preguntó.

El primer orador contestó:

—Esto no es una asamblea ilegal, orador. Sin muchos precedentes para guiarnos, le daremos un voto de confianza, reconociendo que si nuestras capacidades «demasiado humanas» nos hicieran desviar de la absoluta justicia, es mejor dejar en libertad al culpable que condenar al inocente. Por lo tanto, aunque el presente caso es tan grave que no podemos dejar alegremente en libertad al culpable, le permitiremos exponer su caso del modo que usted quiera y durante el tiempo que quiera, hasta que decidamos, por votación unánime, incluido mi voto —y alzó la voz en esta frase—, que hemos oído bastante.

—Entonces, permítanme empezar declarando que Golan Trevize, el miembro de la Primera Fundación que ha sido exilado de Términus y al que el primer orador y yo consideramos el filo de la crisis, ha tomado una dirección inesperada —dijo Gendibal.

—Cuestión de información —aclaró Delarmi con suavidad—. ¿Cómo es que el orador —la entonación indicó claramente que la palabra era usada despectivamente— sabe tal cosa?

—Fui informado por el primer orador —contestó Gendibal—, pero yo lo confirmo basándome en mis propios datos. Sin embargo, en estas circunstancias, y teniendo en cuenta mis sospechas sobre el nivel de seguridad de la cámara, deben permitirme que mantenga en secreto mis fuentes de información.

—Yo no tengo nada que oponer. Prosigamos sin aclarar este punto, pero si, a juicio de la Mesa, la información debe conocerse, el orador Gendibal deberá proporcionarla —dijo el primer orador.

Delarmi replicó:

—Si el orador no proporciona la información ahora, debo decir que supongo que tiene un agente a su servicio, un agente empleado particularmente por él y que no trabaja para la Mesa en general. No podemos estar seguros de que tal agente obedezca las reglas de conducta por las que se rige el personal de la Segunda Fundación.

El primer orador añadió con cierta desaprobación:

—Veo todas las implicaciones, oradora Delarmi. No es necesario que me las enumere.

—Únicamente lo menciono para que conste en acta, primer orador, ya que esto agrava la ofensa y no es un dato mencionado en la demanda de residencia, la cual, me gustaría señalar, no ha sido leída en su totalidad y en la que solicito sea añadido este nuevo dato.

—El secretario deberá añadir el dato —dijo el primer orador—, y el texto definitivo será redactado en el momento adecuado. Orador Gendibal —él, cuando menos no lo dijo en tono despectivo—, su defensa es realmente un paso hacia atrás. Continúe.

Gendibal continuó:

—No sólo ese Trevize ha tomado una dirección inesperada, sino que lo ha hecho a una velocidad sin precedentes. Mi información, que el primer orador aún no conoce, es que ha recorrido casi diez mil parsecs en mucho menos de una hora.

—¿En un solo salto? —preguntó uno de los oradores con incredulidad.

—En más de dos docenas de saltos, uno tras otro, sin que virtualmente transcurriera tiempo alguno —dijo Gendibal—, algo que resulta incluso más difícil de imaginar que un solo salto. Aunque ahora esté localizado, necesitaremos tiempo para seguirle y, si él nos detecta y realmente quiere huir de nosotros, no podremos alcanzarlo... Y ustedes pierden el tiempo en juegos de residencias y dejan pasar dos días para saborearlos más.

El primer orador consiguió ocultar su angustia.

—Haga el favor de decirnos, orador Gendibal, cuál cree usted que es el significado de todo esto.

—Es una indicación, primer orador, de los adelantos tecnológicos hechos por la Primera Fundación, que es ahora mucho más poderosa que en tiempos de Preem Palver. No podríamos hacerles frente si nos encontraran y fueran libres de actuar.

La oradora Delarmi se puso en pie y dijo:

—Primer orador, estamos perdiendo el tiempo con asuntos que no vienen al caso. No somos niños a los que se pueda asustar con cuentos de la Abuela Espacial. No importa lo impresionante que sea la maquinaria de la Primera Fundación si, en cualquier crisis, sus mentes están bajo nuestro control.

—¿Qué tiene que decir a esto, orador Gendibal? —preguntó el primer orador.

—Únicamente que llegaremos a la cuestión de las mentes a su debido tiempo. Por el momento, sólo quiero recalcar el poderío tecnológico superior, y creciente, de la Primera Fundación.

—Pase al siguiente punto, orador Gendibal. Debo manifestar que el primero no me parece estar relacionado con el asunto contenido en la demanda de residencia —dijo el primer orador.

Hubo un claro gesto de conformidad por parte de la Mesa en general.

—Prosigo. Trevize tiene un compañero en su presente viaje —Gendibal hizo una momentánea pausa para considerar la pronunciación—, un tal Janov Pelorat, erudito bastante ineficaz que ha dedicado su vida a reunir mitos y leyendas referentes a la Tierra.

—¿Sabe todo esto acerca de él? ¿Su fuente secreta, supongo? —dijo Delarmi, que se había arrogado el papel de fiscal con evidente satisfacción.

—Sí, sé todo esto acerca de él —replicó Gendibal impasible—. Hace unos cuantos meses, la alcaldesa de Términus, una mujer enérgica y capaz, se interesó por ese erudito sin una razón clara y, como es natural, yo también me interesé. No lo he guardado en secreto. Toda la información obtenida ha sido puesta a disposición del primer orador.

—Confirmo lo manifestado —dijo el primer orador en voz baja.

Un anciano orador preguntó:

—¿Qué es esa Tierra? ¿Es el mundo de origen que se menciona en todas las fábulas? ¿El que fue objeto de tanta agitación en los viejos tiempos imperiales?

Gendibal asintió.

—En los cuentos de la Abuela Espacial, como diría la oradora Delarmi. Sospecho que el sueño de Pelorat era venir a Trántor para consultar la Biblioteca Galáctica, a fin de encontrar información sobre la Tierra que no pudo obtener en el servicio bibliotecario interestelar del que disponía en Términus.

»Cuando salió de Términus, con Trevize, debía de tener la impresión de que su sueño iba a realizarse. Nosotros los esperábamos a los dos y contábamos con tener la oportunidad de examinarlos, en nuestro propio beneficio. Al parecer, como todos ustedes ya saben, no vendrán aquí. Se han desviado hacia un destino que aún no está claro y por una razón que aún no se conoce.

La redonda cara de Delarmi reflejó una expresión querúbica al decir:

—¿Y a qué se debe tanto ruido? Aquí no los necesitamos para nada. En realidad, si nos descartan tan fácilmente, podemos deducir que la Primera Fundación no conoce la verdadera naturaleza de Trántor, y podemos aplaudir la obra de Preem Palver.

Gendibal contestó:

—Si no profundizáramos más, realmente podríamos llegar a esta conclusión tan tranquilizadora. Sin embargo, ¿podría ser que el desvío no se debiera a la incapacidad de ver la importancia de Trántor? ¿Podría ser que el desvío se debiera al miedo de que Trántor, examinando a estos dos hombres, viese la importancia de la Tierra?

Hubo una verdadera conmoción en torno a la Mesa.

—Cualquiera —dijo Delarmi con frialdad— puede inventar tesis absurdas y disfrazarlas con frases mesuradas. Pero ¿acaso esto hace que tengan sentido? ¿Por qué iba alguien a inquietarse por lo que la Segunda Fundación pensara de la Tierra? Tanto si es el verdadero planeta de origen, como si es un mito, como si no hay ningún planeta de origen, es algo que sólo interesa a los historiadores, antropólogos y coleccionistas de leyendas populares, como ese tal Pelorat. ¿Por qué a nosotros?

—Sí, ¿por qué? —dijo Gendibal—. ¿A qué se debe, entonces, que no haya referencias de la Tierra en la biblioteca?

Por primera vez, algo que no era hostilidad se dejó sentir en el ambiente alrededor de la Mesa.

Delarmi inquirió:

—¿No las hay?

Gendibal contestó con calma:

—Cuando me enteré de que Trevize y Pelorat podrían venir aquí en busca de información sobre la Tierra, yo, como es natural, hice que la computadora de nuestra biblioteca confeccionara una lista de los documentos que contenían dicha información. Me sentí ligeramente interesado al descubrir que no había nada. Ni una cantidad pequeña. Ni muy poco. ¡Nada!

»Pero después ustedes insistieron en que yo esperara dos días antes de que este juicio tuviera lugar, y al mismo tiempo, mi curiosidad se acrecentó con la noticia de que los miembros de la Primera Fundación no vendrían después de todo. Tenía que distraerme de algún modo. Mientras el resto de ustedes estaba, como dice el refrán, bebiendo vino mientras la casa se derrumbaba, revisé algunos libros de historia que tenía yo. Encontré párrafos que mencionaban específicamente algunas de las investigaciones sobre la "Cuestión del Origen" en los últimos tiempos imperiales. Había referencias y citas de determinados documentos, tanto impresos como filmados. Volví a la biblioteca y busqué personalmente esos documentos. Les aseguro que no había nada.

—Aunque sea así, no tiene por qué sorprendernos. Si la Tierra es realmente un mito... —dijo Delarmi.

—Entonces, la encontraría en las referencias mitológicas. Si fuera una historia de la Abuela Espacial, la encontraría en las obras completas de la Abuela Espacial. Si fuera una invención de la mente enferma, la encontraría en psicopatología. El hecho es que existe algo sobre la Tierra o todos ustedes no habrían oído hablar de ella y tampoco la habrían reconocido inmediatamente como el nombre del supuesto planeta de origen de la especie humana. Así pues, ¿por qué no hay ninguna referencia a ella en la biblioteca, ni en ningún sitio?

Delarmi guardó silencio durante unos momentos y otro orador tomó la palabra. Era Leonis Cheng, un hombrecillo con unos conocimientos enciclopédicos sobre las minucias del Plan Seldon y una actitud bastante miope hacia la Galaxia. Sus ojos tendían a parpadear rápidamente cuando hablaba.

—Es bien sabido que el Imperio intentó crear en sus últimos días una mística imperial prohibiendo todo interés por los tiempos preimperiales —dijo.

Gendibal asintió.

—Prohibición es el término exacto, orador Cheng. Esto no equivale a destrucción de pruebas. Como usted debería saber mejor que nadie, otra característica de la decadencia imperial fue el repentino interés por tiempos pasados, presuntamente mejores. Yo acabo de referirme al interés por la «Cuestión del Origen» en tiempos de Hari Seldon.

Cheng interrumpió con un formidable carraspeo.

—Lo sé muy bien, joven, y sé mucho más de lo que usted parece creer sobre estos problemas sociales de la decadencia imperial. El proceso de «imperialización» atajó estos juegos de aficionado acerca de la Tierra. Bajo Cleón II, durante el último resurgimiento del Imperio, dos siglos después de Seldon, la imperialización alcanzó su punto culminante y toda especulación sobre la cuestión de la Tierra llegó a su fin. Incluso hubo un mandato referente a esto en tiempos de Cleón, calificando el interés por esos temas de (y creo que lo cito textualmente) «especulación caduca e improductiva que tiende a minar el amor del pueblo por el trono imperial».

Gendibal sonrió.

—Entonces, ¿cree usted que fue en tiempos de Cleón II, orador Cheng, cuando se destruyó toda referencia a la Tierra?

—No saco ninguna conclusión. Sólo he declarado lo que he declarado.

—Es muy astuto por su parte no sacar ninguna conclusión. En la época de Cleón es posible que el Imperio viviera un resurgimiento, pero la universidad y la biblioteca, por lo menos, estaban en nuestras manos o, en todo caso, en las de nuestros predecesores. Había sido imposible sacar material de la biblioteca sin que los oradores de la Segunda Fundación se enterasen. De hecho, la labor habría tenido que ser encomendada a los oradores, aunque el Imperio moribundo no lo habría sabido.

Gendibal hizo una pausa, pero Cheng, sin decir nada, miró por encima de la cabeza del otro.

Gendibal prosiguió:

—De esto se deduce que la biblioteca no pudo ser vaciada del material sobre la Tierra durante la época de Seldon, ya que entonces la «Cuestión del Origen» era una preocupación activa, y no pudo ser vaciada después porque la Segunda Fundación estaba a cargo de ella. Sin embargo, ahora la biblioteca está vacía. ¿Cómo es posible?

Delarmi intervino con impaciencia:

—Puede dejar de insistir en el dilema, Gendibal. Lo entendemos. ¿Qué sugiere usted como solución? ¿Que ha sacado los documentos usted mismo?

—Como de costumbre, Delarmi, no se anda por las ramas. —Y Gendibal le dedicó una inclinación de cabeza con sardónico respeto (ante la que ella reaccionó alzando ligeramente el labio)—. Una solución es que la depuración haya sido hecha por un orador de la Segunda Fundación, alguien que sepa utilizar a los encargados sin dejar ningún recuerdo tras de sí, y las computadoras sin dejar registro tras de sí.

El primer orador, Shandess, enrojeció.

—Ridículo, orador Gendibal. No creo que un orador hiciera eso. ¿Cuál sería el motivo? Aunque, por alguna razón, el material sobre la Tierra hubiera sido retirado, ¿por qué ocultarlo al resto de la Mesa? ¿Por qué arriesgarse a destruir la propia carrera expoliando la biblioteca cuando hay tantas probabilidades de que se descubra? Además, creo que ni el más hábil de los oradores podría realizar esa tarea sin dejar ninguna huella.

—Entonces debe de ser, primer orador, que discrepa de la oradora Delarmi en la sugerencia de que lo he hecho yo.

—Por supuesto —dijo el primer orador—. A veces dudo de su buen juicio, pero aún no lo considero totalmente loco.

—Entonces debe de ser que nunca ha sucedido, primer orador. El material sobre la Tierra aún debe de estar en la biblioteca, pues parece que ya hemos eliminado todas las formas posibles en que puede haber sido retirado; y, sin embargo, el material no está allí.

Delarmi dijo con afectado cansancio:

—Bueno, bueno, terminemos de una vez. Vuelvo a preguntarle, ¿qué solución sugiere usted? Estoy segura de que cree tener una.

—Si usted está segura, oradora, es posible que también lo estemos todos. Mi sugerencia es que la biblioteca ha sido expurgada por alguien de la Segunda Fundación que está bajo el control de una sutil fuerza ajena a la Segunda Fundación. La expurgación ha pasado desapercibida porque esa misma fuerza se ha encargado de que fuera así.

Delarmi se echó a reír.

—Hasta que usted lo ha descubierto. Usted, el incontrolado e incontrolable. Si esa misteriosa fuerza existiera, ¿cómo ha descubierto usted la ausencia de material de la biblioteca? ¿Por qué no lo han controlado?

Gendibal contestó con gravedad:

—No es cuestión de risa, oradora. Ellos pueden creer, igual que nosotros, que toda manipulación debe ser reducida al mínimo. Cuando mi vida estuvo en peligro hace unos cuantos días, me preocupé más por abstenerme de intervenir en una mente hameniana que por protegerme a mí mismo. Podría ocurrirles lo mismo a ellos; en cuanto se creyeron a salvo, dejaron de intervenir. Éste es el peligro, el temible peligro. El hecho de que yo haya descubierto lo ocurrido puede significar que a ellos ya no les importa. El hecho de que ya no les importe puede significar que ya creen haber vencido. ¡Y aquí nosotros continuamos jugando!

—Pero ¿qué se proponen con todo esto? ¿Qué finalidad persiguen? —preguntó Delarmi, moviendo los pies y mordiéndose los labios. Notaba que su poder disminuía a medida que la Mesa se sentía más interesada, más preocupada.

Gendibal repuso:

—Resumamos... La Primera Fundación, con su enorme arsenal de poder físico, está buscando la Tierra.

Simulan librarse de dos exiliados, confiando en que nosotros los tomaremos por tales, pero ¿les equiparían con naves de increíble poder, naves que pueden recorrer diez mil parsecs en menos de una hora, si no fueran más que eso?

»En cuanto a la Segunda Fundación, no hemos buscado la Tierra, y es evidente que se han tomado medidas sin nuestro conocimiento para despojarnos de toda información respecto a ese planeta. La Primera Fundación está ahora tan cerca de encontrar la Tierra, y nosotros estamos tan lejos de hacerlo, que...

Gendibal hizo una pausa y Delarmi dijo:

—Que, ¿qué? Termine su infantil relato. ¿Sabe algo o no?

—No lo sé todo, oradora. No he llegado hasta el fondo de la red que nos está envolviendo, pero sé que la red está ahí. No sé qué importancia puede tener el descubrimiento de la Tierra, pero estoy seguro de que la Segunda Fundación se enfrenta a un enorme peligro y, con ella, el Plan Seldon y el futuro de toda la humanidad.

Delarmi se puso en pie. No sonreía y habló con voz tensa pero rigurosamente controlada.

—¡Tonterías! ¡Primer orador, ponga fin a esto! Lo que se debate es el comportamiento del acusado. Lo que él nos dice no sólo es infantil sino irrelevante. No puede excusar su conducta inventando una serie de teorías que sólo tienen sentido para él. Solicito la votación inmediata, la votación unánime en favor de su culpabilidad.

—Esperen —dijo vivamente Gendibal—. Me han asegurado que tendría una oportunidad para defenderme, y queda una prueba más, una más. Déjenme presentarla, y luego podrán pasar a la votación sin más objeciones por mi parte.

El primer orador se restregó los ojos con cansancio.

—Puede continuar, orador Gendibal. Desearía hacer notar a la Mesa que la condena de un orador residenciado es una acción tan grave y, en realidad, sin precedentes, que no debemos dar la impresión de obstaculizar la defensa. Recuerden, asimismo, que incluso si el veredicto nos satisface, puede no satisfacer a aquellos que vendrán después de nosotros, y no creo que un miembro de la Segunda Fundación de cualquier nivel, para no hablar de los oradores de la Mesa, no aprecie plenamente la importancia de la perspectiva histórica. Actuemos de modo que podamos asegurarnos la aprobación de los oradores que nos sucederán en los siglos venideros.

Delarmi replicó con mordacidad:

—Corremos el riesgo, primer orador, de que la posteridad se ría de nosotros sin dudar de lo evidente. Continuar la defensa es decisión de usted.

Gendibal tomó aliento.

—Entonces, de acuerdo con su decisión, primer orador, deseo llamar a un testigo, una joven a la que conocí hace tres días y sin la cual quizá no habría llegado nunca a la reunión de la Mesa, en vez de haberlo hecho sólo con retraso.

—¿Conoce la Mesa a la mujer de la que habla? —preguntó el primer orador.

—No, primer orador. Es una nativa de este planeta.

Delarmi abrió desmesuradamente los ojos.

—¿Una hameniana?

—¡En efecto! ¡Así es!

—¿Qué tenemos que ver con uno de ésos? Nada de lo que dicen puede ser importante. ¡No existen! —dijo Delarmi.

Los labios de Gendibal se fruncieron en una mueca que no habría podido confundirse con una sonrisa y declaró mordazmente:

—Físicamente todos los hamenianos existen. Son seres humanos y desempeñan su papel en el Plan de Seldon. En la protección indirecta de la Segunda Fundación desempeñan un papel crucial. Quiero disociarme de la crueldad de la oradora Delarmi y espero que su afirmación conste en acta y sea considerada como evidencia de su posible ineptitud para el cargo de oradora. ¿Estará de acuerdo el resto de la Mesa con la increíble afirmación de la oradora y me privará de mi testigo?

El primer orador dijo:

—Llame a su testigo, orador.

Los labios de Gendibal se relajaron en los inexpresivos rasgos normales de un orador bajo presión. Su mente estaba protegida y cercada, pero tras esa barrera protectora, notó que el momento de peligro había pasado y que él había vencido.

34

Sura Novi parecía nerviosa. Tenía los ojos muy abiertos y el labio inferior le temblaba ligeramente. Sus manos se cerraban y abrían con lentitud y su respiración era acelerada. Su cabello había sido peinado hacia atrás y trenzado en un moño; su cara tostada por el sol se crispaba de vez en cuando. Sus manos estrujaban los pliegues de su falda larga. Miró apresuradamente en torno a la Mesa, de un orador a otro, con grandes ojos llenos de temor.

Ellos le devolvieron la mirada con diversos grados de desprecio e inquietud. Delarmi mantuvo la mirada muy por encima de la coronilla de Novi, haciendo caso omiso de su presencia.

Gendibal tocó cuidadosamente la capa exterior de su mente, sosegándola y relajándola. Podría haber hecho lo mismo acariciándole la mano o la mejilla, pero aquí, en estas circunstancias, eso era imposible, naturalmente.

—Primer orador, estoy entumeciendo el conocimiento consciente de esta mujer para que su testimonio no esté deformado por el miedo. ¿Hará el favor de observar..., observarán todos ustedes, si lo desean, que no modificaré su mente en modo alguno?

Novi había vuelto a sobresaltarse de terror al oír la voz de Gendibal, y Gendibal no se sorprendió al notarlo. Sabía que nunca había oído hablar entre ellos a los miembros de la Segunda Fundación de alto rango. Nunca había experimentado esa extraña y veloz combinación de sonido, tono, expresión y pensamiento. Sin embargo, el terror se desvaneció tan rápidamente como la había invadido, cuando él apaciguó su mente.

Una expresión de placidez se adueñó de su rostro.

—Hay una silla detrás de ti, Novi —dijo Gendibal—. Haz el favor de sentarte.

Novi hizo una pequeña y torpe reverencia y se sentó, manteniéndose erguida.

Habló con gran claridad, pero Gendibal le pidió que repitiera algunas cosas cuando su acento hameniano era demasiado marcado. Y como él mantuvo la formalidad de su propio lenguaje por deferencia a la Mesa, también tuvo que repetir algunas de sus preguntas.

El relato de la lucha entre él y Rufirant fue descrito sosegada y perfectamente.

Gendibal preguntó:

—¿Viste todo esto tú misma, Novi?

—Nanay, maestro, o lo habría antes detenido. Rufirant ser buen tipo, pero no rápido en la cabeza.

—Pero tú lo has descrito todo. ¿Cómo es posible, si no lo viste todo?

—Rufirant lo contó a mí después, al preguntarle. Estar avergonzado.

—¿Avergonzado? ¿Sabes si se había comportado de esta manera con anterioridad?

—¿Rufirant? Nanay, maestro. El ser amable, aunque ser grande. El no ser luchador y tener miedo de los serios. Él dice a menudo que ellos tienen mucha fuerza y poder.

—¿Por qué no pensaba así cuando me encontró?

—Ser extraño. Ser no comprensible. —Meneó la cabeza—. Él no ser sí mismo. Yo le dije: «Tú cabeza hueca. ¿Te parece bien asaltar a serio?» Y él dijo: «No sé cómo ha pasado. Ser como si yo estoy a un lado, quieto y mirando a no-yo.»

El orador Cheng interrumpió:

—Primer orador, ¿por qué razón se hace declarar a esta mujer lo que le ha dicho un hombre? ¿Es que el hombre no puede ser interrogado?

Gendibal contestó:

—Puede serlo. Si, después del testimonio de esta mujer, la Mesa desea oír más testimonios, estaré dispuesto a llamar a Karoll Rufirant, mi reciente antagonista, al estrado. Si no, la Mesa podrá emitir su veredicto cuando haya terminado con esta testigo.

—Muy bien —accedió el primer orador—. Prosiga.

Gendibal preguntó:

—¿Y tú, Novi? ¿Fue propio de ti intervenir de este modo en la pelea?

Novi no dijo nada durante unos momentos. Un pequeño ceño apareció entre sus tupidas cejas y luego desapareció.

—Yo no sé. Yo no deseo mal a serios. Yo sentirme empujada, y me mezclé sin pensamiento. —Una pausa, y después—: Yo lo haré otra vez si ser necesario.

—Novi, ahora te dormirás. No pensarás en nada. Descansarás y ni siquiera soñarás —dijo Gendibal.

Novi balbuceó durante un momento. Sus ojos se cerraron y su cabeza cayó hacia atrás contra el respaldo de la silla.

Gendibal esperó un momento y luego dijo:

—Primer orador, con todo respeto, sígame al interior de la mente de esta mujer. La encontrará notablemente simple y simétrica, lo cual es una suerte, pues lo que vera podría no haber sido visible en otras circunstancias. ¡Aquí..., aquí! ¿Lo observa? Si el resto de ustedes quieren entrar..., será más fácil si lo hacen uno por uno.

Hubo un creciente zumbido en torno a la mesa.

—¿Alguno de ustedes duda todavía? —preguntó Gendibal.

Delarmi dijo:

—Yo dudo, porque... —Hizo una pausa al borde de lo que era, incluso para ella, difícil de decir.

Gendibal lo dijo en su lugar.

—¿Cree que he manipulado deliberadamente esta mente a fin de que presentara una falsa evidencia? ¿Cree, por lo tanto, que soy capaz de realizar un ajuste tan delicado; una sola fibra mental claramente deformada sin nada a su alrededor o en las proximidades que esté alterado en lo más mínimo? Si pudiera hacerlo, ¿qué necesidad tendría de tratar con cualquiera de ustedes de esta manera? ¿Por qué someterme a la deshonra de un juicio? ¿Por qué esforzarme en convencerles? Si yo pudiera hacer lo que se ve en la mente de esta mujer, todos ustedes estarían indefensos frente a mí, a menos que se hallaran bien preparados. El hecho contundente es que ninguno de ustedes podría manipular una mente como ha sido manipulada la de esta mujer. Yo tampoco. Sin embargo, alguien lo ha hecho.

Hizo una pausa, mirando a todos los oradores por orden, y, fijando después sus ojos en Delarmi, habló con lentitud.

—Ahora, si no disponen nada más, haré entrar al campesino hameniano, Karoll Rufirant, al que he examinado y cuya mente también ha sido manipulada de esta manera.

—No será necesario —dijo el primer orador, que tenía una expresión consternada—. Lo que hemos visto es más que suficiente.

—En ese caso —dijo Gendibal—, ¿puedo despertar a esta hameniana y dejarla ir? He dispuesto que fuera haya alguien para encargarse de su recuperación.

Cuando Novi hubo salido, llevada del brazo por Gendibal, éste dijo:

—Permítanme hacer un breve resumen. Las mentes pueden ser, y han sido, alteradas de un modo que está más allá de nuestro poder. Así pues, los propios encargados de la biblioteca pueden haber sido influidos para sacar de allí el material sobre la Tierra, sin nuestro conocimiento o el de ellos. Hemos visto cómo se dispuso que mi llegada a la reunión de la Mesa fuese retrasada. Me amenazaron; me rescataron. La consecuencia es que fui residenciado. La consecuencia de esta sucesión de hechos aparentemente naturales es que puedo ser destituido de una posición de poder; y la línea de acción que yo defiendo y que amenaza a esas personas, quienesquiera que sean, puede ser anulada.

Delarmi se inclinó hacia adelante. Estaba claramente trastornada.

—Si esa organización secreta es tan ingeniosa, ¿cómo pudo usted descubrir todo esto?

Ahora, Gendibal no tuvo inconveniente en sonreír.

—El mérito no es mío —dijo—. No me considero más hábil que los demás oradores y, por supuesto, no más que el primer orador. Sin embargo, tampoco estos Anti-Mulos, como el primer orador los ha bautizado ingeniosamente, son infinitamente sabios o infinitamente inmunes a las circunstancias. Quizá eligieron a esta hameniana determinada como instrumento precisamente porque necesitaba muy pocos ajustes. Ella era, por su propio carácter, simpatizante de los que llama "sabios", y los admiraba intensamente.

»Pero después, cuando esto hubo terminado, su momentáneo contacto conmigo reforzó su fantasía de convertirse ella misma en "sabia". Al día siguiente acudió a mí con esa idea en mente. Curioso por tan peculiar ambición, examiné su mente, lo que ciertamente no habría hecho en otras circunstancias, y más por accidente que otra cosa, descubrí el ajuste y percibí su significado. De haber sido elegida cualquier otra mujer, una menos predispuesta a favor de los sabios, los Anti-Mulos habrían tenido que hacer más de un ajuste, pero quizá entonces no habría habido consecuencias y yo no me habría enterado de nada. Los Anti-Mulos calcularon mal, o bien no previeron esta posibilidad. El hecho de que puedan tropezar de este modo es alentador.

—El primer orador y usted llaman a esta... organización... los Anti-Mulos supongo que porque parecen trabajar para mantener a la Galaxia en la trayectoria del Plan Seldon, en vez de desviarla como hizo el propio Mulo. Si los Anti-Mulos hacen eso ¿por qué son peligrosos? —dijo Delarmi.

—¿Por qué iban a esforzarse, si no fuera con algún propósito? Nosotros no sabemos cuál es ese propósito. Un cínico podría decir que quieren intervenir en alguna época futura e impulsar la corriente en otra dirección, alguna que posiblemente les agradaría más a ellos que a nosotros. Ésta es mi propia opinión, a pesar de que no estoy especializado en cinismo. ¿Acaso la oradora Delarmi se atrevería a afirmar, debido al amor y confianza que conforman tan gran parte de su carácter, que son altruistas cósmicos, que hacen nuestro trabajo en lugar de nosotros, sin aspirar a una recompensa?

Hubo unas carcajadas ahogadas en torno a la mesa y Gendibal comprendió que había vencido. Y Delarmi comprendió que había perdido; y una oleada de ira apareció a través de su férreo control mentálico como un momentáneo rayo de sol a través de una espesa bóveda de hojas.

—A raíz del incidente, con el campesino hameniano, llegué a la conclusión de que había un orador tras él. Cuando observé el ajuste en la mente de la hameniana, supe que estaba en lo cierto respecto a la conspiración, pero equivocado respecto al conspirador. Ruego me disculpen por la mala interpretación y alego las circunstancias como atenuante —prosiguió Gendibal.

El primer orador dijo:

—Creo que esto puede ser interpretado como una disculpa...

Delarmi interrumpió. Había recobrado la serenidad; su rostro era afable y su voz, pura sacarina.

—Con todo respeto, primer orador, si se me permite interrumpir... Olvidemos este asunto de la residencia. En este momento yo no votaría por la condena y supongo que nadie lo haría. Incluso sugiero que la residencia no conste en el intachable historial del orador. El orador Gendibal se ha exonerado hábilmente a sí mismo. Le felicito por ello... y por denunciar una crisis que el resto de nosotros bien habríamos podido ignorar indefinidamente, con resultados incalculables. Ofrezco al orador mis sinceras disculpas por mi anterior hostilidad.

Dirigió una resplandeciente sonrisa a Gendibal, que la admiró a pesar suyo por la manera en que había cambiado inmediatamente de táctica a fin de reducir sus pérdidas. También intuyó que esto sólo eran los preliminares a un ataque desde otra dirección.

35

Cuando se esforzaba en mostrarse encantadora, la oradora Delora Delarmi conseguía dominar a la Mesa de Oradores. Su voz se tornó suave, su sonrisa indulgente, sus ojos brillantes, y toda ella irradió dulzura. Nadie pensó en interrumpirla y todos esperaron que asestara el golpe de gracia.

—Gracias al orador Gendibal, creo que ahora todos sabemos lo que debemos hacer. No vemos a los Anti-Mulos, no tenemos ningún dato acerca de ellos, excepto sus fugitivos toques en las mentes de personas que viven en la sede de la misma Segunda Fundación. No sabemos qué está planeando el centro de poder de la Primera Fundación. Quizá nos encontremos ante una alianza de los Anti-Mulos y la Primera Fundación. No lo sabemos.

»Sí sabemos que este Golan Trevize y su compañero, cuyo nombre se me escapa en este momento, se dirigen hacia algún lugar que no sabemos cuál es, y que el primer orador y Gendibal creen que Trevize es la clave de esta grave crisis. Así pues, ¿qué debemos hacer? Está claro que debemos averiguar todo lo que podamos sobre Trevize; adónde va, qué piensa, cuál puede ser su propósito; o bien si tiene algún punto de destino, algún pensamiento, algún propósito; si no podría ser, en realidad, un mero instrumento de una fuerza mayor que él.

—Está sometido a observación —dijo Gendibal.

Delarmi frunció los labios en una indulgente sonrisa.

—¿De quién? ¿De uno de sus agentes extranjeros? ¿Podemos esperar que esos agentes se resistan a aquellos que tienen las facultades demostradas aquí? Indudablemente no. En tiempos del Mulo, y también más tarde, la Segunda Fundación no vaciló en enviar fuera, e incluso sacrificar, a voluntarios de los mejores que teníamos, ya que ninguna otra cosa podía servir. Cuando fue necesario restaurar el Plan Seldon, el mismo Preem Palver registró la Galaxia como un comerciante trantoriano a fin de traer a esa muchacha, Arkady. No podemos cruzarnos de brazos, ahora, cuando la crisis puede ser más grave que en ningún caso previo. No podemos confiar en funcionarios menores vigilantes y mensajeros.

—¿No estará sugiriendo que el primer orador abandone Trántor en este momento? —preguntó Gendibal.

Y Delarmi contestó:

—Por supuesto que no. Lo necesitamos aquí. Por otra parte, está usted, orador Gendibal. Es usted quien ha intuido y sopesado correctamente la crisis. Es usted quien detectó la sutil interferencia exterior en la biblioteca y las mentes hamenianas. Es usted quien ha mantenido sus opiniones contra la cerrada oposición de la Mesa... y ha vencido. Aquí no hay nadie que haya visto la situación tan claramente como usted, y nadie más que usted podrá seguir viéndola con claridad. En mi opinión, es usted quien debe salir al espacio para enfrentarse al enemigo. ¿Puedo saber el parecer de la Mesa?

No necesitó una votación formal para conocer ese parecer. Cada orador tocó las mentes de los otros y quedó claro para un Gendibal súbitamente consternado que, en el momento de su victoria y de la derrota de Delarmi, esta formidable mujer había maniobrado para enviarle irrevocablemente al exilio con una misión que le ocuparía durante un período indefinido, mientras ella permanecía allí para controlar la Mesa y, por lo tanto, la Segunda Fundación y consecuentemente, la Galaxia, enviando a todos por igual, tal vez, hacia su total destrucción.

Y si, de alguna manera, el exiliado Gendibal conseguía obtener la información que permitiría a la Segunda Fundación eludir la inminente crisis, sería Delarmi quien merecería el reconocimiento por haberlo organizado, y el éxito de él sólo confirmaría el poder de ella. Cuanto más rápido fuese Gendibal cuanto más éxito tuviera, más sólidamente confirmaría el poder de la oradora Delarmi.

Era una maniobra muy hermosa, una recuperación increíble.

Y dominaba claramente a la Mesa, incluso ahora que estaba usurpando virtualmente las atribuciones del primer orador. El pensamiento de Gendibal en este sentido fue atajado por la ira que emanaba del primer orador.

Se volvió. El primer orador no hacía ningún esfuerzo para ocultar su cólera, y pronto quedó claro que una nueva crisis interna no tardaría en suceder a la que había sido resuelta.

36

Quindor Shandess, el vigésimo quinto primer orador, no se hacía demasiadas ilusiones respecto a sí mismo.

Sabía que no era uno de los pocos primeros oradores dinámicos que habían iluminado los cinco siglos de historia de la Segunda Fundación; pero, en realidad, no tenía que serlo. Presidía la Mesa durante un tranquilo período de prosperidad galáctica y no había necesidad de dinamismo. Había parecido que se trataba de una época idónea para jugar a la defensiva y él había sido el hombre adecuado para este papel. Su predecesor lo había escogido por este motivo.

—Usted no es un aventurero; usted es un sabio —había dicho el vigésimo cuarto primer orador—. Usted preservará el Plan, mientras que un aventurero podría echarlo a perder. ¡Preservar! Que ésta sea la palabra clave para su Mesa.

Lo había intentado, pero eso significó un mandato pasivo y, en muchas ocasiones, se había interpretado como debilidad. Había rumores periódicos en el sentido de que se proponía dimitir y también manifestar intrigas para asegurar la sucesión en una u otra dirección.

Shandess no tenía la menor duda de que Delarmi había sido la instigadora de la lucha. Tenía la personalidad más fuerte de la Mesa, e incluso Gendibal, con todo el fuego y la locura de la juventud, retrocedía ante ella, como estaba haciendo ahora mismo.

Pero, por Seldon, quizá fuese pasivo, o incluso débil, pero había una prerrogativa del primer orador a la que ni uno solo había renunciado, y él tampoco lo haría.

Se levantó para hablar e inmediatamente se produjo un siseo en torno a la mesa. Cuando el primer orador se levantaba para hablar, no podía haber interrupciones. Ni siquiera Delarmi o Gendibal se atreverían a interrumpir.

—¡Oradores! Convengo en que nos enfrentamos a una crisis peligrosa y en que debemos tomar medidas drásticas. Soy yo quien tendría que ir al encuentro del enemigo. La oradora Delarmi, con la amabilidad que la caracteriza, me dispensa de la labor declarando que soy necesario aquí. Sin embargo, la verdad es que no soy necesario aquí ni allí. Me hago viejo; me siento cansado. Desde hace tiempo se espera qué dimita algún día y quizá debería hacerlo. Cuando esta crisis haya sido resuelta, dimitiré.

»Pero, naturalmente, es privilegio del primer orador escoger a su sucesor. Voy a hacerlo ahora. Hay un orador que domina desde hace tiempo las sesiones de la Mesa; un orador que, por la fuerza de su personalidad, ha suplido el liderazgo que yo no ejercía. Todos ustedes saben que estoy hablando de la oradora Delarmi.

Hizo una pausa, y después añadió:

—Sólo usted, orador Gendibal, denota desaprobación. ¿Puedo preguntar por qué? —Se sentó, para que Gendibal tuviera derecho a contestar.

—No lo desapruebo, primer orador —dijo Gendibal en voz baja—. A usted le corresponde elegir a su sucesor.

—Y así lo haré. Cuando usted regrese, habiendo conseguido iniciar el proceso que pondrá fin a esta crisis, será el momento adecuado para mi dimisión. Mi sucesor será entonces el encargado de dirigir la política necesaria para continuar y completar ese proceso. ¿Tiene algo que decir, orador Gendibal?

Gendibal contestó sosegadamente:

—Ya que ha asignado a la oradora Delarmi como su sucesora, primer orador, confío en que tendrá a bien aconsejarla que...

El primer orador lo interrumpió con brusquedad.

—He hablado de la oradora Delarmi, pero no la he nombrado mi sucesora. Y ahora, ¿qué tiene que decir?

—Le pido perdón, primer orador. Debería haber dicho, suponiendo que designe a la oradora Delarmi como su sucesora tras mi regreso de esta misión, ¿tendrá a bien aconsejarle que...?

—Tampoco la nombraré mi sucesora en el futuro, de ninguna manera. Y ahora, ¿qué tiene que decir?

El primer orador fue incapaz de hacer este anuncio sin mostrar su satisfacción por el golpe que le estaba asestando a Delarmi. No habría podido hacerlo de un modo más brillante.

—Bueno, orador Gendibal —repitió—, ¿qué tiene que decir?

—Que estoy desconcertado.

El primer orador volvió a levantarse y dijo:

—La oradora Delarmi ha dominado y acaudillado, pero esto no es todo lo que se necesita para el cargo de primer orador. El orador Gendibal ha visto lo que nosotros no hemos visto. Ha hecho frente a la hostilidad de toda la Mesa, y la ha obligado a reconsiderar la cuestión, y la ha forzado a aceptar sus teorías. Yo tengo mis sospechas sobre los motivos de la oradora Delarmi para echar la responsabilidad de la persecución de Golan Trevize sobre los hombros del orador Gendibal, pero a él le corresponde llevar esa carga. Sé que triunfará, confío en mi intuición para saberlo, y cuando regrese, el orador Gendibal se convertirá en el vigésimo sexto primer orador.

Se sentó bruscamente y cada uno de los oradores empezaron a manifestar su opinión en una batahola de sonido, tono, pensamiento y expresión. El primer orador no prestó atención alguna a la cháchara sino que miró indiferente hacia adelante. Ahora que ya estaba hecho, se dio cuenta, con cierta sorpresa, del gran alivio que suponía despojarse del manto de la responsabilidad. Debería haberlo hecho antes, pero no habría podido.

Hasta ahora no había encontrado a su sucesor idóneo.

Y entonces, por alguna razón, su mente tropezó con la de Delarmi y levantó los ojos hacia ella.

¡Por Seldon! Estaba tranquila y sonriente. Su profunda decepción no se traslucía; no había renunciado. Se preguntó si en realidad sólo habría conseguido hacerle el juego. ¿Qué otra baza podía quedarle por jugar?

37

Delora Delarmi habría mostrado abiertamente su desesperación y decepción si eso hubiera podido serle útil de alguna manera.

Habría sentido una gran satisfacción atacando a aquel necio senil que controlaba la Mesa o aquel idiota juvenil con quien había conspirado la Fortuna, pero satisfacción no era lo que quería. Quería algo más.

Quería ser primera oradora.

Y mientras quedara una sola carta por jugar, la jugaría.

Sonrió afablemente, y consiguió levantar la mano como si se dispusiera a hablar; luego la mantuvo en alto el tiempo suficiente para asegurarse de que, cuando hablara, el ambiente no sería sólo normal, sino expectante.

—Primer orador, como antes ha declarado el orador Gendibal, no desapruebo su decisión. A usted le corresponde elegir a su sucesor. Si ahora hablo, es porque puedo contribuir, espero, al éxito de lo que ahora constituye la misión del orador Gendibal. ¿Puedo explicar mis pensamientos, primer orador?

—Hágalo —contestó lacónicamente el primer orador. Le pareció que se mostraba demasiado suave, demasiado dócil.

Delarmi inclinó la cabeza con gravedad. Había dejado de sonreír y dijo:

—Tenemos naves. No son, tecnológicamente, tan espléndidas como las de la Primera Fundación, pero llevarán al orador Gendibal. Creo que él sabe pilotarlas, como todos nosotros. Tenemos representantes en todos los planetas importantes de la Galaxia, y será bien recibido en todas partes. Además, él puede defenderse incluso de esos Anti-Mulos, ahora que es consciente del peligro. Aunque ninguno de nosotros lo fuera, sospecho que prefieren trabajar con las clases inferiores e incluso con los campesinos hamenianos. Como es natural, inspeccionaremos minuciosamente las mentes de todos los miembros de la Segunda Fundación, incluidos los oradores, pero estoy segura de que han permanecido invioladas. Los Anti-Mulos no se atreven a interferir en nosotros.

»Sin embargo, no hay razón para que el orador Gendibal se exponga más de lo necesario. La temeridad nunca es aconsejable y creo que sería conveniente disfrazar su misión de algún modo... si es que ellos no tienen conocimiento de nada. Podría asumir el papel de un comerciante hameniano. Todos sabemos que Preem Palver se internó en la Galaxia como un supuesto comerciante.

—Preem Palver tenía un motivo específico para hacerlo así; el orador Gendibal no lo tiene. Si hay que adoptar algún disfraz, estoy seguro de que él se las ingeniará para adoptarlo —dijo el primer orador.

—Con todo respeto, primer orador, deseo sugerir un disfraz muy sutil. Como recordarán, Preem Palver llevó consigo a su esposa y compañera de muchos años. Ninguna otra cosa estableció tan claramente la tosca naturaleza de su personaje como el hecho de viajar con su esposa y así alejó toda sospecha.

—Yo no tengo esposa. He tenido compañeras, pero ninguna se prestaría ahora a asumir el papel marital —objetó Gendibal.

—Eso es bien sabido, orador Gendibal —replicó Delarmi—, pero la gente dará ese papel por sentado si cualquier mujer va con usted. No cabe duda de que aparecerá alguna voluntaria. Y si cree que puede ser necesaria una prueba documental, se la proporcionaremos. Opino que debería acompañarle una mujer.

Por espacio de un momento, Gendibal se quedó sin aliento. Delarmi no podía estar pensando en...

¿Podía ser una maniobra para asegurarse una parte del triunfo? ¿Podía estar preparando el terreno para una ocupación conjunta, o rotatoria, del cargo de primer orador?

—Me halaga que la oradora Delarmi haya pensado en sí misma para... —dijo Gendibal sombríamente.

Y Delarmi prorrumpió en carcajadas y miró a Gendibal casi con verdadero afecto. Había caído en la trampa y se había puesto en ridículo. La Mesa no lo olvidaría.

—Orador Gendibal, yo no cometería la impertinencia de querer participar en esta misión. Es suya y sólo suya, igual que el cargo de primer orador será suyo y sólo suyo. Nunca habría podido imaginarme que desearía llevarme con usted. La verdad, orador, a mi edad, ya no me considero una mujer fascinante...

Hubo sonrisas en torno a la mesa e incluso el primer orador intentó disimular una.

Gendibal acusó el golpe y procuró no agravar la pérdida reaccionando con violencia. No lo consiguió y dijo, lo menos ferozmente que pudo:

—Entonces, ¿qué es lo que sugiere? Le aseguro que no

he creído, por un solo momento, que deseara acompañarme. Sé que aquí está en su elemento y, en cambio, no sabría desenvolverse en la confusión de los asuntos galácticos.

—Así es, orador Gendibal, así es —dijo Delarmi—. Sin embargo, mi sugerencia se refiere a su papel como comerciante hameniano. Para darle verdadera autenticidad, ¿qué mejor compañera que una hameniana?

—¿Una hameniana? —Por segunda vez en poco rato, Gendibal fue tomado por sorpresa y la Mesa se regocijó.

—La hameniana —prosiguió Delarmi—. La que le salvó de la paliza. La que lo mira con adoración. Aquella cuya mente sondeó usted y que después, de modo totalmente inconsciente, le salvó una segunda vez de algo mucho más grave que una paliza. Sugiero que se la lleve.

El primer impulso de Gendibal fue negarse, pero comprendió que eso era lo que ella esperaba. Significaría más diversión para la Mesa. Ahora resultaba evidente que el primer orador, ansioso por atacar a Delarmi, había cometido un error nombrando su sucesor a Gendibal; o, por lo menos, Delarmi lo había convertido rápidamente en uno.

Gendibal era el más joven de los oradores. Había encolerizado a la Mesa y después se había librado de ser condenado por ellos. En realidad, les había humillado. Ninguno podía verle como el heredero aparente sin resentimiento.

Esto habría sido bastante difícil de superar, pero ahora recordarían la facilidad con que Delarmi le había hecho caer en el ridículo y lo mucho que ellos habían disfrutado. Ella lo utilizaría para convencerles, con toda facilidad, de que carecía de la edad y la experiencia necesarias para el papel de primer orador. Su presión conjunta obligaría al primer orador a cambiar la decisión mientras Gendibal estaba lejos. O, si el primer orador se mantenía firme, Gendibal terminaría encontrándose con un cargo que no le serviría de nada frente a una oposición tan cerrada.

Lo vio todo en un instante y fue capaz de contestar sin aparente vacilación.

—Oradora Delarmi, admiro su perspicacia. Yo había pensado sorprenderles a todos. Realmente tenía la intención de llevarme a la hameniana, aunque no por la misma razón que usted ha sugerido. Deseaba llevármela por su mente. Todos ustedes han examinado su mente. La han visto tal como es: asombrosamente inteligente pero, más que eso, clara, simple, desprovista de toda astucia. Como ya deben haber supuesto, ni el más leve toque efectuado en esa mente pasaría desapercibido.

»Así pues, me pregunto si se le habrá ocurrido, oradora Delarmi, que esa joven actuaría como un excelente sistema de alarma. Yo detectaría la primera presencia sintomática del mentalismo por medio de su mente, antes, creo, que por medio de la mía.

Hubo un silencio atónito, y Gendibal añadió, con desenfado:

—Ah, ninguno de ustedes había pensado en ello. ¡Bueno, bueno, no tiene importancia! Y ahora les dejo. No hay tiempo que perder.

—Espere —dijo Delarmi, habiendo perdido la iniciativa por tercera vez—. ¿Qué se propone hacer?

Con un ligero encogimiento de hombros, Gendibal contestó:

—¿Por qué entrar en detalles? Cuanto menos sepa la Mesa, menos probable será que los Anti-Mulos intenten molestarla.

Lo dijo como si la seguridad de la Mesa fuera su mayor preocupación. Llenó su mente con ello, y dejó que se notara.

Les halagaría. Más que eso, la satisfacción que ocasionaría tal vez les impediría preguntarse si, en realidad, Gendibal sabía exactamente qué se proponía hacer.

38

El primer orador habló con Gendibal a solas aquella noche.

—Tenía usted razón —dijo—. No he podido dejar de penetrar bajo la superficie de su mente. He visto que consideraba el anuncio un error y lo ha sido. Debemos achacarlo a mi ansiedad por borrar esa eterna sonrisa de la mente de la oradora y vengarme de la indiferencia con que tan a menudo usurpa mi papel.

Gendibal dijo con amabilidad:

—Quizá habría sido mejor comunicármelo en privado y esperar hasta mi regreso para anunciarlo públicamente.

—Eso no me habría permitido atajarla... No es un motivo muy válido para un primer orador, lo sé.

—Ello no la detendrá, primer orador. Seguirá intrigando para obtener el cargo y quizá con buenas razones. Estoy seguro de que muchos opinan que yo debería haber rechazado la propuesta. Seguramente opinan que la oradora Delarmi es el mejor cerebro que hay en la Mesa y que sería el mejor primer orador.

—El mejor cerebro que hay en la Mesa, no fuera de ella —gruñó Shandess—. No reconoce a ningún enemigo real, excepto a los demás oradores. Ni siquiera debería haber sido elegida oradora... Vamos a ver, ¿debo prohibirle que se lleve a la hameniana? Ella ha maniobrado para obligarle, lo sé.

—No, no, el motivo que he dado para llevármela es cierto. Será un sistema de alarma y agradezco a la oradora Delarmi que me haya ayudado a darme cuenta. La muchacha resultará muy útil, estoy convencido.

—De acuerdo, entonces. Por cierto, yo tampoco estaba mintiendo. Tengo el pleno convencimiento de que usted hará todo lo necesario para poner fin a esta crisis..., si es que confía en mi intuición.

—Creo que puedo confiar en ella, pues opino como usted. Le prometo que, suceda lo que suceda, no trataré a los demás como me han tratado a mí. Regresaré para ser primer orador, pese a todo lo que los Anti-Mulos, o la oradora Delarmi, puedan hacer.

Gendibal se percató de su propia satisfacción incluso mientras hablaba. ¿Por qué se sentía tan complacido, y se aferraba de tal modo a esta solitaria aventura por el espacio? Ambición, sin duda. Preem Palver había hecho exactamente lo mismo, y él demostraría que Stor Gendibal también podía hacerlo. Nadie se atrevería a arrebatarle el cargo de primer orador después de esto. Y no obstante, ¿había algo más que ambición? ¿El aliciente del combate? ¿El deseo generalizado de agitación en alguien que había estado confinado en un escondido rincón de un planeta subdesarrollado durante toda su vida adulta? No lo sabía con exactitud, pero sabía que estaba completamente resuelto a marcharse.

11. SAYSHELL

39

Janov Pelorat observó, por primera vez en su vida, cómo la brillante estrella iba convirtiéndose en un globo después de lo que Trevize llamó un «microsalto». Luego el cuarto planeta, el habitable y su destino inmediato, Sayshell, aumentó de tamaño y distinción más lentamente, a lo largo de varios días.

La computadora había hecho un mapa del planeta, ahora reflejado en una pantalla portátil que Pelorat tenía encima de las piernas.

Trevize, con el aplomo de quien, en sus tiempos, había aterrizado en varias docenas de mundos, dijo:

—No empiece a observar tan atentamente demasiado pronto, Janov. Primero tenemos que pasar por la estación de entrada y eso puede resultar tedioso.

Pelorat levantó los ojos.

—Seguramente sólo es una formalidad.

—Lo es. Pero, aun así, puede resultar tedioso.

—Pero es tiempo de paz.

—Naturalmente. Esto significa que nos dejarán pasar. No obstante, primero está la cuestión del equilibrio ecológico. Cada planeta tiene el suyo y no quieren que sea alterado. De modo que tienen la costumbre de registrar la nave en busca de organismos indeseables, o infecciones. Es una precaución razonable.

—Me parece que nosotros no tenemos esas cosas.

—No, no las tenemos y ya lo comprobarán. Además, recuerde que Sayshell no es miembro de la Confederación, de modo que seguramente exagerarán un poco para demostrar su independencia.

Una pequeña nave se acercó para registrarles y un inspector de la aduana sayshelliana subió a bordo. Trevize, que no había olvidado su instrucción militar, se mostró enérgico.

—El *Estrella Lejana*, procedente de Términus —dijo—. Los documentos de la nave. Sin armamento. Embarcación particular. Mi pasaporte. Hay un pasajero. Su pasaporte. Somos turistas.

El inspector lucía un llamativo uniforme en el que el carmesí era el color dominante. Sus mejillas y labio superior estaban afeitados, pero llevaba una corta barba partida de tal modo que los mechones sobresalían hacia ambos lados de su barbilla.

—¿Nave de la Fundación? —dijo.

Lo pronunció «neve de la Fundesión», pero Trevize tuvo cuidado de no corregirle ni sonreír. Había tantas variedades de dialectos como planetas, y cada uno hablaba el suyo. Mientras fuera posible comprenderse, no importaba.

—Sí, señor —dijo Trevize—. Nave de la Fundación. De propiedad privada.

—Muy bonita. Su flite, si hace el favor.

—Mi ¿que?

—Su flite. ¿Qué llevan?

—Ah, mi carga. Aquí tiene la lista. Únicamente objetos personales. No estamos aquí para comerciar. Como le he dicho, somos simples turistas.

El inspector de aduanas miró a su alrededor con curiosidad.

—Es una embarcación muy compleja para unos turistas.

—No tanto, para la Fundación —repuso Trevize con un despliegue de buen humor—. Disfruto de una posición acomodada y puedo permitirme estos lujos.

—¿Está insinuando que yo podría ser opulento? —El inspector le dirigió una breve mirada, y luego desvió los ojos.

Trevize vaciló un momento con objeto de interpretar el significado de la palabra, y después otro momento para decidir su línea de acción.

—No, no tengo la intención de sobornarle. No tengo ningún motivo para sobornarle... y usted no parece el tipo de persona que se dejaría sobornar, si ésta fuera mi intención. Puede registrar la nave, si lo desea —contestó.

—No es necesario —dijo el inspector, guardando su grabadora de bolsillo—. Ya han sido examinados en busca de una infección específica ilegal y han pasado. Se les ha asignado una longitud de onda radioeléctrica que servirá de luz de aproximación.

Se marchó. Todo el procedimiento había durado quince minutos.

Pelorat preguntó en voz baja:

—¿Habría podido causarnos problemas? ¿Esperaba realmente un soborno?

Trevize se encogió de hombros.

—Dar propina a los aduaneros es algo tan viejo como la Galaxia y lo habría hecho gustosamente si él lo hubiera intentado por segunda vez. Tal como están las cosas..., bueno, supongo que prefiere no correr ningún riesgo con una nave de la Fundación, y muy perfeccionada, además. La vieja alcaldesa, bendita sea su estampa, dijo que el nombre de la Fundación nos protegería dondequiera que fuéramos y no se equivocó. Habríamos podido tardar mucho más.

—¿Por qué? Ha averiguado lo que quería saber.

—Sí, pero ha sido suficientemente considerado para inspeccionarnos por radioexploración remota. Si hubiera querido, habría podido registrar la nave con una máquina manual, y habría tardado horas. Habría podido internarnos en un hospital de campaña y retenernos días.

—¿Qué? ¡Mi querido amigo!

—No se excite. No lo ha hecho. Yo he pensado que tal vez lo haría, pero no ha sido así. Esto significa que somos libres de aterrizar. A mí me gustaría descender graviticamente, lo podríamos hacer en quince minutos, pero no sé dónde están los lugares de aterrizaje permitidos y no quiero causar problemas. Esto significa que tendremos que seguir el haz radioeléctrico, y tardaremos horas, mientras descendemos en espiral a través de la atmósfera.

Pelorat pareció alegrarse.

—Pero eso es excelente, Golan. ¿Iremos suficientemente despacio para observar el terreno? —Levantó su pantalla portátil con el mapa reflejado sobre ella con poco aumento.

—Hasta cierto punto. Tendremos que atravesar el banco de nubes, y nos moveremos a unos cuantos kilómetros por segundo. No será como ir en globo por la atmósfera, pero verá la planetografía.

—¡Excelente! ¡Excelente!

Trevize dijo con actitud pensativa:

—Sin embargo, me pregunto si estaremos en el planeta Sayshell el tiempo suficiente para que valga la pena ajustar el reloj de la nave a la hora local.

—Depende de lo que pensemos hacer, supongo. ¿Qué cree usted que haremos, Golan?

—Nuestro objetivo es encontrar Gaia y no sé cuánto tardaremos en lograrlo.

—Podemos ajustar nuestras tiras de pulsera y dejar el reloj de la nave como está —sugirió Pelorat.

—Me parece muy bien —dijo Trevize. Dirigió la

mirada hacia el planeta que se extendía debajo de ellos—. No hay por qué seguir esperando. Ajustaré la computadora al haz radioeléctrico que nos han asignado y puede utilizar la gravítica para imitar el vuelo convencional. ¡De acuerdo! Descendamos, Janov, y veamos qué encontramos.

Contempló el planeta con aire pensativo mientras la nave empezaba a moverse siguiendo su curva potencial de gravedad suavemente ajustada.

Trevize nunca había estado en la Unión de Sayshell, pero sabía que durante el último siglo se había mostrado resueltamente hostil hacia la Fundación. Estaba sorprendido, y un poco decepcionado, de que hubieran pasado la aduana tan rápidamente.

No parecía razonable.

40

El nombre del inspector de aduanas era Jogoroth Sobhaddartha y había trabajado intermitentemente en la estación durante la mitad de su vida.

El alejamiento no le importaba, pues le daba una oportunidad, durante un mes de cada tres, para ver sus libros, escuchar su música, y estar apartado de su esposa e hijo pequeño.

Claro que, durante los dos últimos años, el director de aduanas había sido un soñador, lo cual resultaba irritante. No hay nadie más insufrible que una persona que justifica cualquier acción diciendo que le ha sido inspirada en un sueño.

Personalmente Sobhaddartha no creía en ello, aunque tenía cuidado de no decirlo en voz alta, ya que en Sayshell casi todo el mundo desaprobaba las dudas antipsíquicas. Ser reconocido como materialista podría poner en peligro su próxima pensión.

Se alisó los dos mechones de pelo de su barbilla uno con la mano derecha y el otro con la izquierda, carraspeó con fuerza, y después, con inadecuada indiferencia, preguntó:

—¿Era ésta la nave, director?

El director, que respondía al nombre igualmente sayshelliano de Namarath Godhisavatta, estaba preocupado por un problema que se desprendía de algunos datos facilitados por la computadora, y no levantó los ojos.

—¿Qué nave? —dijo.

—La *Estrella Lejana*. La nave de la Fundación. La que acabo de dejar pasar. La que ha sido holografiada desde todos los ángulos. ¿Fue ésta con la que usted soñó?

Ahora Godhisavatta levantó la mirada. Era un hombre bajo, con unos ojos casi negros y rodeados por finas arrugas que no habían sido causadas por su afición a sonreír.

—¿Por qué lo pregunta? —contestó.

Sobhaddartha se enderezó y dejó que sus oscuras y tupidas cejas se acercaran la una a la otra.

—Ellos dicen que son turistas, pero nunca había visto una nave como ésa y en mi opinión son agentes de la Fundación.

Godhisavatta se reclinó en su butaca.

—Por más que lo intento, no recuerdo haberle pedido su opinión.

—Pero, director, considero un deber patriótico señalar que...

Godhisavatta cruzó los brazos encima del pecho y miró coléricamente a su subalterno, quien (aunque mucho más impresionante en cuanto a estatura y presencia física) se había empequeñecido y tenía un aspecto encogido bajo la mirada de su superior.

Godhisavatta dijo:

—Escuche, si sabe lo que le conviene, hará su trabajo sin comentarios..., o me ocuparé de que no reciba ninguna pensión cuando se retire, que será pronto si oigo algo más sobre un tema que no le incumbe.

Sobhaddartha contestó en voz baja:

—Sí, señor. —Después, con un sospechoso grado de servilismo en la voz, añadió—: ¿Está dentro de los límites de mis obligaciones, señor, informar de que hay una segunda nave dentro de los límites de nuestras pantallas?

—Considérelo informado —replicó Godhisavatta con irritabilidad, volviendo a su trabajo.

—Con características muy parecidas —dijo Sobhaddartha aún más humildemente— a la que acabo de dejar pasar.

Godhisavatta puso las manos encima de la mesa y se levantó.

—¿Una segunda nave?

Sobhaddartha sonrió interiormente. Esa sanguinaria persona, nacida de una unión irregular (estaba refiriéndose al director), no debía de haber soñado con dos naves.

—¡Aparentemente, señor! Ahora regresaré a mi puesto y esperaré órdenes y confío, señor...

—¿Sí?

Sobhaddartha no pudo resistirse, a pesar de la amenaza de su pensión.

—Y confío, señor, en que no hayamos dado vía libre a la que no debíamos.

41

La *Estrella Lejana* avanzaba rápidamente sobre la superficie del planeta Sayshell y Pelorat observaba con fascinación. La capa de nubes era más fina y dispersa que en Términus y, tal como mostraba el mapa, las superficies terrestres eran más compactas y extensas, e incluían zonas desérticas más amplias, a juzgar por el color rojizo de gran parte del espacio continental.

No había indicios de nada vivo. Parecía un mundo hecho de estéril desierto, grisácea llanura, interminables arrugas que tal vez representaran zonas montañosas, y, naturalmente, de mar.

—Parece sin vida —murmuró Pelorat.

—No esperará ver algún signo de vida a esta altura —dijo Trevize—. A medida que vayamos descendiendo, verá el centelleante paisaje del lado nocturno. Los seres humanos tienden a iluminar sus mundos cuando llega la oscuridad; nunca he oído hablar de un mundo que sea una excepción a esa regla. En otras palabras, el primer signo de vida que verá no sólo será humano sino tecnológico.

Pelorat comentó con aire pensativo:

—Después de todo, los seres humanos son diurnos por naturaleza. Creo que una de las primeras tareas de una tecnología en desarrollo debería ser la conversión de la noche en día. De hecho, si un mundo careciese de tecnología y desarrollase alguna, debería ser posible seguir el progreso del desarrollo tecnológico por el aumento de luz sobre la superficie oscura. ¿Cuánto tiempo cree usted que sería necesario para pasar de la oscuridad uniforme a la luz uniforme?

Trevize se echó a reír.

—Se le ocurren unas ideas muy extrañas, pero supongo que eso se debe a que es mitologista. No creo que un mundo pueda llegar a conseguir jamás una luminosidad uniforme. La luz nocturna seguiría la norma de la densidad de población, de modo que los continentes brillarían en nudos y franjas. Incluso Trántor en su apogeo, cuando era una sola estructura gigantesca, únicamente dejaba traspasar la luz en puntos dispersos.

La tierra se tornó verde como Trevize había predicho y, durante la última vuelta al globo, señaló marcas que aseguró eran ciudades.

—No es un mundo muy urbano. Nunca había estado en la Unión de Sayshell con anterioridad, pero, según la información que me da la computadora, tienden a aferrarse al pasado. La tecnología, a juicio de toda la Galaxia, ha sido asociada con la Fundación, y allí donde la Fundación es impopular, hay una tendencia a aferrarse al pasado..., excepto, naturalmente en cuanto a las armas bélicas se refiere. Le aseguro que Sayshell es muy moderno en este aspecto.

—Caramba, Golan, no será desagradable, ¿verdad? Al fin y al cabo, pertenecemos a la Fundación y estando en terreno enemigo...

—No es territorio enemigo, Janov. Serán muy atentos, no tema. La Fundación no goza de popularidad, eso es todo. Sayshell no forma parte de la Confederación de la Fundación. Por lo tanto, están orgullosos de su independencia y, como no les gusta recordar que son mucho más débiles que la Fundación y sólo continúan siendo independientes porque nosotros estamos dispuestos a permitírselo, se dan el lujo de tenernos antipatía.

—Entonces, me temo que será desagradable —dijo Pelorat con desaliento.

—De ningún modo —replicó Trevize—. Vamos, Janov. Estoy hablando de la actitud oficial del gobierno sayshelliano. Los habitantes del planeta son individuos particulares, y si nosotros somos amables y no nos portamos como si fuéramos los señores de la Galaxia, ellos también serán amables. No venimos a Sayshell para establecer el dominio de la Fundación. Somos simples turistas, y haremos el tipo de preguntas sobre Sayshell que haría cualquier turista.

»Y, si la situación lo permite, también podremos disfrutar de un merecido descanso. No hay nada malo en quedarnos aquí unos cuantos días y ver lo que tienen que ofrecer. Quizá tengan una cultura interesante, un paisaje interesante, una comida interesante, y, si todo lo demás falla, mujeres interesantes. Disponemos de dinero en abundancia.

Pelorat frunció el ceño.

—Oh, mi querido compañero.

—Vamos —dijo Trevize—. Usted no es tan viejo... ¿No le interesaría?

—No negaré que hubo una época en la que desempeñé ese papel correctamente, pero éste no es momento para ello. Tenemos una misión. Queremos llegar a Gaia. No tengo nada en contra de pasar un rato agradable, de verdad que no, pero si empezamos a meternos en líos, quizá nos resulte difícil liberarnos. —Meneó la cabeza y dijo con suavidad—: Creo que usted temía que yo pasara un rato demasiado agradable en la Biblioteca Galáctica de Trántor y no fuera capaz de liberarme. Sin ninguna duda, una atractiva damisela de ojos oscuros, o cinco o seis, podría ser para usted lo que la biblioteca es para mí.

Trevize contestó:

—No soy un libertino, Janov, pero tampoco tengo la intención de convertirme en un asceta. Muy bien, le prometo que nos ocuparemos del asunto de Gaia, pero si algo agradable se cruza en mi camino, no hay razón en toda la Galaxia por la que no deba reaccionar normalmente.

—Si pone a Gaia en primer...

—Lo haré. Sin embargo, acuérdese de no decir a nadie que somos de la Fundación. Lo sabrán, porque tenemos créditos de la Fundación y hablamos con un marcado acento de Términus, pero si no lo decimos, quizá finjan que somos extranjeros en general y se muestren cordiales. Si recalcamos el hecho de pertenecer a la Fundación, no hay duda de que nos hablarán con cortesía, pero no nos explicarán nada, no nos enseñarán nada, no nos llevarán a ningún sitio, y nos dejarán rigurosamente solos.

Pelorat suspiró.

—Nunca entenderé a las personas.

—No es difícil. Lo único que debe hacer es mirarse atentamente a sí mismo y entenderá a todos los demás. No somos distintos de ellos. ¿Cómo habría podido Seldon elaborar su Plan, y no me importa lo sutiles que fueran sus cálculos matemáticos, si no hubiese entendido a las personas, y cómo habría podido lograrlo si las personas no fuésemos fáciles de entender? Muéstreme a alguien que no pueda entender a las personas y yo le mostraré a alguien que ha formado una falsa imagen de sí mismo..., y no pretendo ofenderle.

—No lo ha hecho. Estoy dispuesto a admitir que carezco de experiencia y que he pasado una vida bastante egocéntrica y aislada. Es posible que nunca me haya mirado atentamente a mí mismo, de modo que le dejaré ser mi guía y consejero en lo que a personas se refiere.

—De acuerdo. Empiece siguiendo mi consejo y limítese a contemplar el paisaje. Pronto aterrizaremos y le aseguro que no notará nada. La computadora y yo nos encargaremos de todo.

—Golan, no se incomode. Si alguna joven...

—¡Olvídelo! Déjeme ocuparme del aterrizaje.

Pelorat se volvió a mirar el mundo al final de la espiral contractiva de la nave. Era el primer mundo extranjero que visitaba en su vida. Este pensamiento le llenó de emoción, a pesar de que todos los millones de planetas habitados de la Galaxia habían sido colonizados por personas no nacidas en ellos.

Todos menos uno, pensó con un estremecimiento de trepidación/deleite.

42

El espaciopuerto no era grande en comparación con los de la Fundación, pero estaba bien equipado. Trevize observó cómo el *Estrella Lejana* era colocado en su amarradero e inmovilizado en su lugar. Les entregaron un complicado recibo en clave.

Pelorat preguntó en voz baja:

—¿La dejamos aquí?

Trevize asintió y colocó la mano sobre el hombro del otro para tranquilizarle.

—No se preocupe —dijo, en voz igualmente baja.

Subieron al coche de superficie que habían alquilado y Trevize conectó el mapa de la ciudad, cuyas torres se veían en el horizonte.

—La Ciudad de Sayshell —dijo—, la capital del planeta. La ciudad, el planeta, la estrella, todo se llama Sayshell.

—Estoy preocupado por la nave —insistió Pelorat.

—No hay motivo para estarlo —dijo Trevize—. Regresaremos a ella esta misma noche, pues dormiremos en ella si tenemos que quedarnos aquí más de unas horas. También debe usted comprender que hay un código interestelar de ética para los espaciopuertos que, que yo sepa, nunca se ha violado, ni siquiera en tiempo de guerra. Las astronaves que vienen en son de paz no son violadas. Si lo fuesen, nadie estaría a salvo y el comercio sería imposible. Cualquier planeta en el que este código fuese quebrantado sería boicoteado por los pilotos espaciales de la Galaxia. Se lo aseguro, ningún mundo correría ese riesgo. Además...

—¿Además?

—Bueno además, he programado la computadora para que cualquiera que no tenga el aspecto o la voz de uno de nosotros encuentre la muerte si intenta abordar la nave. Me he tomado la libertad de explicárselo al comandante del espaciopuerto. Le he dicho muy cortésmente que me encantaría desconectar ese dispositivo por deferencia a la fama de absoluta integridad y seguridad que tiene el espaciopuerto de la Ciudad de Sayshell en toda la Galaxia, pero he añadido que la nave es un modelo nuevo y yo no sabía desconectarlo.

—Sin duda, no lo habrá creído.

—¡Claro que no! Pero tenía que fingir creerlo porque, de lo contrario, habría tenido que sentirse insultado. Y como no podía hacer nada al respecto, ser insultado sólo habría conducido a la humillación. Y como no deseaba tal cosa, el camino más fácil a seguir era creer lo que yo le decía.

—¿Y éste es otro ejemplo de cómo son las personas?

—Sí. Ya se acostumbrará.

—¿Cómo sabe que en este coche no hay un micrófono oculto?

—He pensado que podía haberlo. De modo que cuando me han ofrecido uno, he escogido otro al azar. Si todos lo llevan... bueno, ¿acaso hemos dicho algo que sea tan terrible?

Pelorat parecía desconsolado.

—No sé cómo decirlo. Me parece muy descortés quejarme, pero no me gusta cómo huele. Hay un... olor especial.

—¿En el coche de superficie?

—Bueno, en primer lugar, en el espaciopuerto. Supongo que así es como huelen los espaciopuertos, pero el coche huele igual. ¿Podríamos abrir las ventanillas?

Trevize se echó a reír.

—Supongo que podría descubrir qué porción del tablero de mandos resuelve el problema, pero no serviría de nada. Este planeta apesta. ¿Le molesta mucho?

—No es muy fuerte, pero se nota... y me produce repulsión. ¿Huele así todo el mundo?

—Siempre me olvido de que nunca ha estado en otro mundo. Todos los mundos habitados tienen su propio olor. En su mayor parte se debe a la vegetación, aunque supongo que los animales e incluso los seres humanos contribuyen. Y que yo sepa a nadie le gusta jamás el olor de ningún mundo cuando acaba de desembarcar en él. Pero ya se acostumbrará, Janov. Dentro de unas horas, le prometo que no lo notará.

—Seguramente no ha querido decir que todos los mundos huelen así.

—No. Como he dicho, cada uno tiene su propio olor. Si realmente nos fijáramos o nuestro olfato fuese más fino, como el de los perros anacreontianos, probablemente sabríamos en qué mundo estábamos sólo con olfatear el aire. Cuando ingresé en la Armada nunca podía comer el primer día que pasaba en un nuevo mundo; después aprendí el viejo truco de oler un pañuelo impregnado con el aroma del mundo durante el aterrizaje. Cuando sales al exterior ya no lo percibes. Y al cabo de un tiempo, te has insensibilizado; aprendes a no fijarte en él. De hecho, lo peor es regresar a casa.

—¿Por qué?

—¿Usted cree que Términus no huele?

—¿Pretende decirme que sí?

—Claro que sí. Una vez se aclimate al olor de otro mundo, como Sayshell, le sorprenderá el hedor de Términus. En los viejos tiempos, siempre que abríamos las compuertas al llegar a Términus después de un largo turno de servicio, toda la tripulación exclamaba: «De vuelta en el estercolero.»

Pelorat no pudo ocultar su repugnancia.

Las torres de la ciudad estaban perceptiblemente más cerca, pero Pelorat mantuvo los ojos fijos en sus alrededores inmediatos. Otros coches de superficie circulaban en ambas direcciones y, de vez en cuando, un coche aéreo surcaba el cielo, pero Pelorat contemplaba los árboles.

—La vida vegetal parece extraña. ¿Cree que parte de ella es indígena?

—Lo dudo —contestó Trevize, distraído. Estaba examinando el mapa e intentando ajustar la programación de la computadora del coche—. En ningún planeta humano hay gran cosa de vida indígena. Los colonizadores siempre importaban sus propias plantas y animales, al establecerse o poco tiempo después.

—Sin embargo, parece extraña.

—No espere ver las mismas variedades en todos los mundos, Janov. Una vez me dijeron que los redactores de la *Enciclopedia Galáctica* confeccionaron un atlas de variedades que ascendía a ochenta y siete abultados discos de computadora y aun así era incompleto, además de anticuado, cuando se terminó.

El coche de superficie siguió avanzando y los suburbios de la ciudad se abrieron y les absorbieron. Pelorat se estremeció ligeramente.

—No tengo una gran opinión de su arquitectura urbana.

—A cada uno lo suyo —dijo Trevize, con la indiferencia del viajero espacial experimentado.

—Por cierto, ¿adónde vamos?

—Bueno —contestó Trevize con cierta exasperación—, estoy intentando que la computadora nos lleve al centro turístico. Confío en que la computadora conozca las calles de sentido único y las normas de tráfico, porque yo no.

—¿Qué haremos allí, Golan?

—En primer lugar somos turistas, de modo que ése es el lugar adonde iríamos en un caso normal, y queremos ser todo lo discretos y naturales que podamos. Y en segundo lugar, ¿adónde iría usted para obtener información sobre Gaia?

Pelorat contestó:

—A una universidad..., a una sociedad antropológica..., a un museo... Ciertamente no a un centro turístico.

—Pues bien, se equivoca. En el centro turístico seremos unos tipos intelectuales que están ansiosos por tener una lista de las universidades de la ciudad y los museos, y así sucesivamente. Decidiremos adónde ir primero y es posible que allí encontremos a las personas adecuadas para consultarles sobre historia antigua, galactografía, mitología, antropología, o lo que a usted se le ocurra. Pero todo empieza en el centro turístico.

Pelorat guardó silencio y el coche siguió avanzando de un modo bastante tortuoso, mientras se internaba en el tráfico y sorteaba los demás vehículos. Enfilaron una calle y dejaron atrás varias señales que tal vez representaran indicaciones e instrucciones de circulación, pero estaban escritas en un estilo de letra que las hacía ilegibles.

Por fortuna el coche se comportó como si conociera el camino, y cuando se detuvo y se introdujo en una plaza de aparcamiento, había un letrero que decía: CÍRCULO EXTRANJERO DE SAYSHELL en la misma tipografía ilegible, y debajo: CENTRO TURÍSTICO DE SAYSHELL en la clara y fácilmente legible escritura galáctica.

Entraron en el edificio, que no era tan grande como la fachada les había inducido a creer. En el interior la actividad brillaba por su ausencia.

Había una serie de cabinas de espera, una de las cuales estaba ocupada por un hombre que leía las tiras de noticias que iban saliendo de un pequeño expulsor; en otra se hallaban dos mujeres, que parecían estar absortas en un complicado juego de cartas y baldosas. Detrás de un mostrador demasiado grande para él, con los centelleantes mandos de una computadora que parecía demasiado compleja para él, había un funcionario sayshelliano de aspecto aburrido que vestía algo semejante a un tablero de damas multicolor.

Pelorat lo miró con asombro y susurró:

—Sin lugar a dudas es un mundo con un estilo de vestir extravagante.

—Sí —dijo Trevize—, ya me había fijado. No obstante, las modas cambian de un mundo a otro e incluso, a veces, de una región a otra de un mismo mundo. Y cambian con el tiempo. Hace cincuenta años es posible que en Sayshell todos vistieran de negro. Tómelo como viene, Janov.

—Supongo que tendré que hacerlo —contestó Pelorat—, pero prefiero nuestro propio estilo de vestir. Por lo menos, no es un ataque contra el nervio óptico.

—¿Porque tantos de nosotros llevan gris con gris? Esto molesta a algunas personas. He oído que lo llaman «vestir de lodo». Además, probablemente es la discreción cromática de la Fundación lo que impulsa a esta gente a vestir como un arco iris; para resaltar su independencia. De cualquier modo, todo se reduce a lo que estés acostumbrado. Vamos, Janov.

Los dos se dirigieron hacia el mostrador y entonces el hombre de la cabina dejó de leer las noticias, se levantó, y fue a su encuentro, sonriendo. Iba vestido en varios tonos de gris.

Al principio Trevize no miró hacia donde estaba él, pero cuando lo hizo se detuvo en seco.

Inspiró profundamente.

—Por la Galaxia... ¡Mi amigo, el traidor!

12. AGENTE

43

Munn Li Compor, consejero de Términus, parecía inseguro mientras alargaba la mano derecha hacia Trevize.

Trevize miró la mano con severidad y no la tomó.

—Mi posición me impide crear una situación en la que podrían arrestarme por alterar la paz en un planeta extranjero, pero lo haré de todos modos si este individuo se acerca un paso más —dijo, aparentemente al aire.

Compor se detuvo bruscamente, titubeó y al fin, tras lanzar una mirada incierta a Pelorat, dijo en voz baja:

—¿Es que no me vas a dar una oportunidad para hablar? ¿Para explicar? ¿No me escucharás?

Pelorat miró a uno y otro con un leve ceño en su alargado rostro y preguntó:

—¿Qué es todo esto, Golan? ¿Hemos venido a este lejano mundo para encontrarnos enseguida con alguien que usted conoce?

Los ojos de Trevize se mantuvieron fijos en Compor, pero torció ligeramente el cuerpo para dejar claro que estaba hablando con Pelorat.

—Este... ser humano, eso es lo que parece por su forma, fue amigo mío en Términus. Como tengo por costumbre con mis amigos, confié en él. Le hablé de mis opiniones, que tal vez no fueran de las que pueden airearse tranquilamente. Al parecer, él se las contó a las autoridades con todo detalle, y no se tomó la molestia de decírmelo. Por esta razón me vi metido en una trampa y ahora me encuentro en el exilio. Y ahora este... ser humano... desea que le reconozca como amigo.

Se volvió del todo hacia Compor y se pasó los dedos por el cabello, no logrando más que despeinarse.

—Escucha, tú. Yo sí que voy a preguntarte algo. ¿Qué haces aquí? De todos los mundos de la Galaxia donde podrías estar, ¿por qué estás en éste? ¿Y por qué ahora?

La mano de Compor, que había permanecido extendida mientras Trevize hablaba, cayó ahora a lo largo de su cuerpo y la sonrisa se borró de su cara. El aire de confianza en sí mismo, que normalmente era una de sus características, había desaparecido y en su ausencia aparentaba menos edad de los treinta y cuatro que tenía y parecía un poco abatido.

—Te lo explicaré —dijo—, ¡pero sólo desde el principio!

Trevize echó una ojeada a su alrededor.

—¿Aquí? ¿Realmente quieres hablar aquí? ¿En un sitio público? ¿Quieres que te tumbe aquí de un puñetazo cuando me haya cansado de escuchar tus mentiras?

Ahora Compor levantó ambas manos, con las palmas mirándose.

—Es el lugar más seguro, créeme. —Y luego, interrumpiéndose y adivinando lo que el otro estaba a punto de decir, añadió apresuradamente—: O no me creas, no importa. Sin embargo, es la verdad. Llevo en este planeta varias horas más que tú y lo he comprobado. Hoy es un día muy especial en Sayshell. Por algún motivo, es un día de meditación. Casi todo el mundo está en su casa, o debería estarlo. Ya ves lo vacío que está esto. No supondrás que todos los días es así.

Pelorat asintió y dijo:

—La verdad es que me extrañaba que estuviera tan vacío. —Se inclinó hacia Trevize y le susurró al oído—: ¿Por qué no le deja hablar, Golan? El pobre muchacho parece arrepentido, y quizá esté tratando de disculparse. Es injusto no darle una oportunidad para hacerlo.

Trevize contestó:

—El doctor Pelorat parece ansioso por oírte. Yo estoy dispuesto a complacerle, pero tú me complacerás a mí si eres breve. Hoy puede ser un buen día para desahogarme. Si todo el mundo está meditando es posible que la alteración que cause no atraiga a los guardianes de la ley. Quizá mañana no sea tan afortunado. ¿Por qué desperdiciar la oportunidad?

Compor dijo con voz forzada:

—Oye, si quieres darme un puñetazo, dámelo. Ni siquiera me defenderé, ¿sabes? Adelante, pégame... ¡pero escúchame!

—Adelante, habla. Te escucharé un rato.

—En primer lugar, Golan...

—Dirígete a mí como Trevize, por favor. Nuestras relaciones ya no te autorizan a llamarme por mi nombre de pila.

—En primer lugar, Trevize, hiciste un buen trabajo convenciéndome de tus opiniones...

—Lo disimulaste muy bien. Yo habría jurado que te divertían.

—Intentaba engañarme a mí mismo para no aceptar el hecho de que te estabas volviendo muy perturbador. Escucha, sentémonos junto a aquella pared. Aunque el lugar esté vacío, quizá venga alguien, y no creo que debamos hacernos notar innecesariamente.

Los tres hombres atravesaron lentamente la vasta estancia. Compor volvía a sonreír con cierta inseguridad, pero se mantuvo a una distancia prudencial de Trevize.

Se sentaron en sendas butacas, que cedieron bajo su peso y se adaptaron a la forma de sus caderas y nalgas. Pelorat pareció sorprendido e hizo ademán de volver a levantarse.

—Tranquilícese, profesor —dijo Compor—. Yo ya he pasado por esto. Están más adelantados que nosotros en ciertos aspectos. Es un mundo que cree en las pequeñas comodidades.

Se volvió hacia Trevize, colocando un brazo sobre el respaldo de su asiento y hablando con algo más de desenvoltura.

—Me inquietaste. Me hiciste creer que la Segunda Fundación realmente existía, y eso era muy preocupante. Piensa en las consecuencias que habría podido tener. ¿No era posible que tomaran represalias contra ti? ¿Que te suprimieran por constituir una amenaza? Si yo me conducía como si te creyera, podían suprimirme también. ¿Ves mi punto de vista?

—Veo a un cobarde.

—¿De qué serviría ser valiente? —dijo Compor con vehemencia, mientras sus ojos azules lanzaban chispas de indignación—. ¿Podemos tú o yo enfrentarnos a una organización capaz de moldear nuestras mentes y emociones? Sólo podríamos combatirles con efectividad ocultando lo que sabemos.

—¿De modo que lo ocultaste y te creíste a salvo? Sin embargo, no se lo ocultaste a la alcaldesa Branno, ¿verdad? Eso sí que fue un riesgo.

—¡Sí! Pero consideré que valía la pena. Si me limitaba a discutirlo contigo corríamos el peligro de que nos controlaran mentalmente, o borraran todos nuestros recuerdos. Por el contrario, si se lo explicaba a la alcaldesa... Ella conoció muy bien a mi padre, ¿sabes? Mi padre y yo éramos inmigrantes de Smyrno y la alcaldesa tenía una abuela que...

—Sí, sí —cortó Trevize con impaciencia—, y tus

antepasados eran del Sector de Sirio. Se lo has contado a todas las personas que conoces. ¡Sigue, Compor!

—Bueno, recurrí a ella. Si lograba convencer a la alcaldesa de que había peligro, utilizando tus propios argumentos, quizá la Confederación decidiese hacer algo. No estamos tan indefensos como en tiempos del Mulo y, en el peor de los casos, esta peligrosa información se extendería y nosotros mismos no correríamos un peligro tan específico.

Trevize dijo con sarcasmo:

—Poner en peligro a la Fundación y protegernos a nosotros mismos. Eso sí que es patriotismo.

—Eso habría sido en el peor de los casos. Yo contaba con el mejor. —Su frente estaba algo húmeda. Parecía hacer un gran esfuerzo para combatir el inmutable desprecio de Trevize.

—Y no me hablaste de tu inteligente plan, ¿verdad?

—No, no lo hice y lo lamento, Trevize. La alcaldesa me lo prohibió. Dijo que quería saber todo lo que tú supieras, pero que eras el tipo de persona que se enfurecería si sabías que tus confidencias eran repetidas.

—¡Cuánta razón tuvo!

—Yo no sabía, no podía imaginar, no se me ocurrió que podía arrestarte y echarte del planeta.

—¿No lo habías previsto?

—¿Cómo iba a hacerlo? Tú mismo no lo hiciste.

—De haber sabido que conocía mis opiniones, lo habría hecho.

Compor replicó con cierta insolencia:

—Eso es muy fácil de decir, viéndolo con perspectiva.

—Y ¿qué es lo que quieres de mí ahora? ¿Ahora que tú también ves las cosas con perspectiva?

—Compensarte por todo esto. Compensarte por el daño que inconscientemente, inconscientemente, te hice.

—¡Caramba! —exclamó Trevize con sequedad—.

¡Qué amable eres! Pero no has contestado a mi primera pregunta. ¿Cómo es posible que estés en el mismo planeta que yo?

—Eso es muy fácil de explicar. ¡Te he seguido! —repuso Compor.

—¿A través del hiperespacio? ¿A pesar de que mi nave realizó saltos en serie?

Compor meneó la cabeza.

—No hay ningún misterio. Tengo el mismo tipo de nave que tú, con el mismo tipo de computadora. Ya sabes que siempre he tenido un don especial para adivinar la dirección que tomará una nave a través del hiperespacio. No siempre lo deduzco con exactitud y me equivoco dos veces de cada tres, pero con la computadora acierto mucho más. Al principio dudaste un poco y eso me dio oportunidad para determinar la dirección y la velocidad que llevabais antes de entrar en el hiperespacio. Le transmití los datos junto con mis propias extrapolaciones intuitivas, a la computadora y ella hizo el resto.

—¿E incluso has llegado a la ciudad antes que yo?

—Sí. Tú no has utilizado la gravítica y yo sí. He supuesto que vendrías a la capital, de modo que he bajado directamente, mientras tú... —Compor hizo cortos movimientos espirales con el dedo como si fuera una nave siguiendo un rayo direccional.

—Te has arriesgado a crearte problemas con los funcionarios sayshellianos.

—Bueno. —El rostro de Compor se distendió en una sonrisa que le prestó un indiscutible encanto, y Trevize casi se dejó conquistar por ella. Compor dijo—: No soy un cobarde en todas las ocasiones y en todas las cosas.

Trevize se endureció.

—¿Cómo conseguiste una nave igual que la mía?

—Del mismo modo que tú. La vieja, la alcaldesa Branno, me la asignó.

—¿Por qué?

—Estoy siendo totalmente sincero contigo. Mi misión es seguirte. La alcaldesa quería saber adónde irías y qué harías.

—Y la habrás informado fielmente, supongo. ¿O es que también has sido desleal con la alcaldesa?

—La he informado. En realidad, no tenía alternativa. Colocó un hiperrelé a bordo de la nave, suponiendo que yo no lo encontraría, pero lo encontré.

—¿Y bien?

—Por desgracia está acoplado, de modo que no puedo desconectarlo sin inmovilizar la nave. Al menos, yo no puedo hacerlo. En consecuencia, ella sabe dónde estoy... y dónde estás tú.

—Supongamos que no hubieras sido capaz de seguirme. Entonces no habría sabido dónde estaba yo. ¿Se te había ocurrido pensarlo?

—Claro que sí. Pensé en informarle de que te había perdido, pero no me habría creído. Y yo no habría podido regresar a Términus hasta quién sabe cuándo. Y yo no soy como tú, Trevize. No soy una persona libre y sin ataduras. Tengo una esposa en Términus, una esposa embarazada, y quiero volver a verla. Tú puedes permitirte el lujo de no pensar más que en ti mismo. Yo no. Además, he venido a prevenirte. Por Seldon, esto es lo que intento y tú no quieres escucharme. Te empeñas en hablar de otras cosas.

—Tu súbito interés por mí no me impresiona en absoluto. ¿Contra qué quieres prevenirme? A mí me parece que tú eres lo único contra lo que debo ser prevenido. Me traicionas, y luego me sigues para volver a traicionarme. Nadie más intenta perjudicarme.

Compor replicó con seriedad:

—Déjate de melodramas, hombre. ¡Trevize, eres un pararrayos! Has sido alejado de Términus para atraer la respuesta de la Segunda Fundación, si es que la Segunda Fundación existe. Tengo una gran intuición para cosas que no sean la persecución hiperespacial y estoy seguro de que esto es lo que ella planea. Si intentas encontrar la Segunda Fundación, ellos lo sabrán y tomarán medidas contra ti. Si lo hacen, es muy probable que se descubran a sí mismos. Y cuando lo hagan, la alcaldesa Branno les atacará.

—Es una lástima que tu famosa intuición no funcionara cuando Branno planeaba mi arresto.

Compor se sonrojó y murmuró:

—Ya sabes que no siempre funciona.

—Y ahora te dice que ella está planeando atacar a la Segunda Fundación. No se atrevería.

—Yo creo que sí. Pero ésta no es la cuestión. La cuestión es que en este momento te está lanzando como cebo.

—¿En serio?

—Por todos los agujeros negros del espacio, no busques la Segunda Fundación. A ella no le importaría que murieras en el intento, pero a mí sí. Me considero responsable de esto y me importaría.

—Me conmueves —dijo Trevize con frialdad—, pero da la casualidad de que ahora tengo otra misión.

—¿De verdad?

—Pelorat y yo estamos siguiendo las huellas de la Tierra, el planeta que algunos piensan fue el hogar original de la raza humana. ¿No es así, Janov?

Pelorat asintió.

—Sí, es un tema puramente científico que me interesa desde hace tiempo.

Compor se mostró desconcertado durante unos momentos. Después exclamó:

—¿De modo que están buscando la Tierra? Pero ¿por qué?

—Para estudiarla —dijo Pelorat—. Como el único mundo donde se originaron los seres humanos, probablemente a partir de formas inferiores de vida y no, como en todos los demás, procedentes de otros planetas, sería un estudio fascinante por su singularidad.

—Y —añadió Trevize— como un mundo donde, posiblemente, yo pueda averiguar algo más de la Segunda Fundación. Sólo posiblemente.

—Pero la Tierra no existe. ¿No lo sabían? —Compor replicó.

—¿Que no existe? —El rostro de Pelorat era totalmente inexpresivo, como siempre que se preparaba para defender sus ideas—. ¿Está diciendo que no hubo ningún planeta donde se originó la especie humana?

—Oh no. Claro que hubo una Tierra. ¡Eso es indudable! Pero ahora no hay ninguna Tierra. Ninguna Tierra habitada. ¡Desapareció!

Impasible, Pelorat replicó:

—Hay leyendas...

—Un momento Janov —le interrumpió Trevize—. Dime, Compor, ¿cómo lo sabes?

—¿Qué quieres decir, cómo? Es mi herencia. Mis antepasados proceden del Sector de Sirio, si puedo repetir ese hecho sin aburrirte demasiado. Allí lo sabemos todo acerca de la Tierra. Está en ese sector, lo que significa que no forma parte de la Confederación de la Fundación, de modo que aparentemente nadie se interesa por ella en Términus. Pero, a pesar de esto, ahí es donde se encuentra la Tierra.

—Es una indicación, en efecto —dijo Pelorat—. Hubo un entusiasmo considerable por lo que se llamó «la alternativa de Sirio» en tiempos del Imperio.

Compor replicó con vehemencia:

—No es una alternativa. Es un hecho.

—¿Qué respondería usted si le dijera que conozco muchos lugares distintos de la Galaxia que son llamados Tierra, o fueron llamados Tierra, por quienes vivían en sus proximidades estelares? —preguntó Pelorat.

—Pero ésta es la verdadera —contestó Compor—.

El Sector de Sirio es la zona de la Galaxia que está habitada desde hace más tiempo. Todo el mundo lo sabe.

—Los sirianos así lo afirman, desde luego —dijo Pelorat, impasible.

Compor parecía frustrado.

—Le aseguro que...

Pero Trevize dijo:

—Cuéntanos qué fue de la Tierra. Has dicho que ya no está habitada. ¿Por qué no?

—Radiactividad. Toda la superficie planetaria es radiactiva a causa de las reacciones nucleares que no pudieron controlarse, o explosiones nucleares, no estoy seguro, y ahora ya no puede existir allí ningún tipo de vida.

Los tres se miraron fijamente durante unos momentos y, luego, Compor creyó necesario repetir:

—Ya se lo he dicho, la Tierra no existe. Es inútil buscarla.

44

Por una vez, el rostro de Pelorat no fue inexpresivo. No es que hubiera pasión en él, o cualquiera de las sensaciones más emocionales, es que sus ojos se habían empequeñecido, y una especie de feroz intensidad había llenado cada plano de su cara.

Con una voz que carecía de su indecisión habitual, preguntó:

—¿Cómo ha dicho que sabe todo esto?

—Ya lo ha oído —contestó Compor—. Es mi herencia.

—No sea tonto, joven. Usted es consejero. Esto significa que tiene que haber nacido en uno de los mundos de la Confederación; Smyrno, creo que ha dicho antes.

—Así es.

—Entonces, ¿de qué herencia me habla? ¿Pretende decirme que posee unos genes sirianos que le proporcionan el conocimiento innato de las fábulas sirianas referentes a la Tierra?

Compor pareció desconcertado.

—No, claro que no.

—Entonces, ¿de qué me está hablando?

Compor hizo una pausa y dio la impresión de estar ordenando sus pensamientos. A continuación repuso con calma:

—Mi familia tiene libros antiguos sobre la historia siriana. Es una herencia externa, no interna. No es algo de lo que hablemos con extraños, especialmente si uno quiere progresar en política. Trevize parece creer que así es, pero, créame, sólo lo menciono a los buenos amigos.

Hubo una pizca de amargura en su voz.

—Teóricamente todos los ciudadanos de la Fundación son iguales, pero los que proceden de los viejos mundos de la Confederación son más iguales que los de los nuevos, y los que proceden de mundos no pertenecientes a la Confederación son los menos iguales de todos. Pero eso no importa. Aparte de los libros, una vez visité los viejos mundos. Trevize... eh, oye...

Trevize se había alejado hacia un extremo de la habitación y miraba por una ventana triangular. Servía para ofrecer un panorama del cielo y reducir el panorama de la ciudad; más luz y más intimidad. Trevize se estiró para mirar hacia abajo.

Volvió a atravesar la habitación vacía.

—Un diseño de ventana interesante —comentó—. ¿Me llamas, Compor?

—Sí. ¿Recuerdas el viaje de fin de estudios que hice?

—¿Después de licenciarte? Lo recuerdo muy bien. Éramos amigos. Amigos para toda la eternidad. Confianza ilimitada. Dos contra el mundo. Tú emprendiste el viaje. Yo ingresé en la Armada, lleno de patriotismo. Por alguna razón no quise ir de viaje contigo; el instinto debió aconsejármelo así. Ojalá ese instinto no me hubiera abandonado.

Compor se dio por aludido y dijo:

—Fui a Comporellon. La tradición familiar aseguraba que mis antepasados procedían de allí, por lo menos el lado de mi padre. Pertenecíamos a la familia gobernante antes de que el Imperio nos absorbiera, y mi apellido se deriva del mundo; o eso es lo que la tradición familiar afirma. Teníamos un nombre antiguo y poético para la estrella en torno a lo que giraba Comporellon: Epsilon Eridani.

—¿Qué significaba? —preguntó Pelorat.

Compor meneó la cabeza.

—Ignoro si tiene algún significado. Es sólo tradición. Viven inmersos en la tradición. Es un mundo antiguo. Tienen largas y detalladas crónicas sobre la historia de la Tierra, pero nadie habla demasiado de ella. Es una especie de superstición. Cada vez que mencionan la palabra, levantan ambas manos con los dedos índice y medio cruzados para alejar la desgracia.

—¿Se lo contó a alguien cuando regresó?

—Claro que no. ¿A quién le habría interesado? Y no quería obligar a nadie a escucharme. ¡No, gracias! Tenía una carrera política por desarrollar y lo último que deseo es subrayar mi origen extranjero.

—¿Y el satélite? Descríbanos el satélite de la Tierra —pidió Pelorat con impaciencia.

Compor se mostró atónito.

—No sé nada de eso.

—¿Tiene algún satélite?

—No recuerdo haber leído u oído nada sobre él. Pero estoy seguro de que si consulta los archivos comporellianos, lo averiguará.

—Pero ¿usted no sabe nada?

—Nada del satélite. Que yo recuerde, no.

—¡Huh! ¿Cómo llegó la Tierra a ser radiactiva?

Compor meneó la cabeza y no contestó.

—¡Piense! Tiene que haber oído algo —dijo Pelorat.

—Fue hace siete años, profesor. Entonces no sabía que usted me interrogaría al respecto. Había una especie de leyenda... ellos la consideraban historia...

—¿Qué decía la leyenda?

—La Tierra era radiactiva; había sido abandonada y maltratada por el Imperio. Su población disminuía y, de algún modo, iba a destruir el Imperio.

—¿Un solo mundo agonizante iba a destruir todo el Imperio? —inquirió Trevize.

Compor se defendió:

—He dicho que era una leyenda. No estoy al corriente. Bel Arvardan estaba implicado en la historia, esto sí que lo sé.

—¿Quién era? —preguntó Trevize.

—Un personaje histórico. Lo consulté. Era un arqueólogo de los primeros tiempos del Imperio y mantuvo que la Tierra estaba en el Sector de Sirio.

—El nombre me suena —intervino Pelorat.

—En Comporellon es un héroe popular. Escuchen, si quieren saber todo esto, vayan a Comporellon. Es inútil que se queden aquí.

Pelorat preguntó:

—¿Cómo decían que la Tierra planeaba destruir el Imperio?

—No lo sé. —La voz de Compor reflejó cierto mal humor.

—¿Tuvo la radiación algo que ver con ello?

—No lo sé. Había leyendas sobre un dilatador mental desarrollado en la Tierra, un sinapsificador o algo así.

—¿Creaba mentes superiores? —preguntó Pelorat con un tono de profunda incredulidad.

—No lo creo. Lo único que recuerdo es que no funcionó. Las personas adquirían una gran inteligencia y morían jóvenes.

—Probablemente era una leyenda moral. Si pides demasiado, pierdes incluso lo que tienes —dijo Trevize.

Pelorat se volvió hacia Trevize con evidente fastidio.

—¿Qué sabe usted de leyendas morales?

Trevize enarcó las cejas:

—Su especialidad puede no ser la mía, Janov, pero eso no significa que sea totalmente ignorante.

—¿Qué más recuerda sobre lo que usted llama el sinapsificador, consejero Compor? —preguntó Pelorat.

—Nada, y no me someteré a más interrogatorios. Escuchen, les he seguido porque la alcaldesa me lo ordenó. No me ordenó que me comunicara personalmente con ustedes. Sólo lo he hecho para advertirles de que les estaban siguiendo y decirles que han sido enviados al espacio para satisfacer los propósitos de la alcaldesa, cualesquiera que sean. No debería haberles comentado nada más, pero me han sorprendido mencionando súbitamente el tema de la Tierra. Pues bien, se lo repetiré: lo que existiera allí en el pasado, Bel Arvardan, el sinapsificador, lo que sea, no tiene nada que ver con lo que existe ahora. Se lo diré otra vez: la Tierra es un mundo muerto. Les aconsejo que vayan a Comporellon, donde averiguarán todo lo que quieren saber. Pero márchense de aquí.

—Y, naturalmente, tú informarás a la alcaldesa de que vamos a Comporellon, y nos seguirás para asegurarte. O quizá la alcaldesa ya lo sepa. Me imagino que te aleccionó cuidadosamente y te hizo aprender de memoria todas las palabras que nos has dicho aquí porque a ella le conviene que vayamos a Comporellon. ¿No es así?

El rostro de Compor palideció. Se puso en pie y casi tartamudeó debido al esfuerzo que realizaba por controlar su voz.

—He intentado explicarlo. He intentado ayudar. No debería haberlo hecho. Por mí, puedes caerte en un agujero negro, Trevize.

Giró sobre sus talones y se alejó rápidamente sin mirar atrás.

Pelorat pareció un poco aturdido.

—Esto ha sido un error, Golan, viejo amigo. Habría podido sacarle algo más.

—No, no habría podido —replicó Trevize con gravedad—. No habría podido sacarle ni una palabra más de las que él pensaba decirle. Janov, usted no sabe lo que es... Hasta hoy, yo tampoco lo he sabido.

45

Pelorat vaciló en molestar a Trevize. Trevize se hallaba inmóvil en su butaca, absorto en sus pensamientos.

Al fin Pelorat preguntó:

—¿Es que vamos a pasar toda la noche aquí, Golan?

Trevize se sobresaltó.

—No, tiene usted toda la razón. Estaremos mejor rodeados de gente. ¡Venga!

Pelorat se levantó y argumentó:

—No estaremos rodeados de gente. Compor ha dicho que hoy era un día de meditación.

—¿Eso es lo que ha dicho? ¿Había tráfico por la carretera cuando veníamos hacia aquí?

—Sí, un poco.

—Bastante, me parece a mí. Y después, cuando hemos entrado en la ciudad, ¿estaba vacía?

—No demasiado. Sin embargo, debe admitir que este lugar lo está.

—Sí, así es. Ya lo había observado. Pero vamos, Janov, tengo hambre. Tiene que haber algún sitio para comer y podemos permitirnos el lujo de que sea algo bueno. En todo caso, podemos encontrar un lugar donde nos den alguna interesante especialidad sayshelliana o, si lo preferimos, un buen menú galáctico. Vamos, en cuanto estemos rodeados de gente, le diré lo que creo que ha ocurrido en realidad.

46

Trevize se recostó en el asiento con satisfacción. El restaurante no era caro comparado con los de Términus, pero sí original. Estaba caldeado, en parte, por un fuego sobre el que se preparaba la comida. La carne tendía a servirse en porciones del tamaño de un bocado —con una gran variedad de salsas picantes—, que se cogían con dedos protegidos de la grasa y el calor por suaves hojas verdes, frías y húmedas, y con un leve sabor a menta.

Había una hoja para cada pedazo de carne y todo se llevaba a la boca. El camarero les había explicado cómo se hacía. Aparentemente acostumbrado a los clientes extranjeros, sonrió con paternalismo cuando Trevize y Pelorat cogieron con cautela los humeantes trozos de carne, y se mostró claramente encantado por el alivio de los turistas al descubrir que las hojas mantenían sus dedos frescos y también refrescaban la carne, a medida que uno la masticaba.

Trevize exclamó: «¡Delicioso!», y terminó pidiendo una segunda ración. Pelorat hizo lo mismo.

Luego tomaron un postre esponjoso y ligeramente dulce, y una taza de café con sabor caramelizado ante el que ambos menearon la cabeza. Añadieron almíbar, y entonces fue el camarero quien meneó la suya.

—Bueno, ¿qué ha ocurrido en el centro turístico? —preguntó Pelorat.

—¿Quiere decir con Compor?

—¿Acaso hay alguna otra cosa que debamos comentar?

Trevize miró a su alrededor. Estaban en un profundo nicho y gozaban de cierta intimidad, pero el restaurante se hallaba abarrotado y el murmullo de las conversaciones era una protección perfecta.

—¿No es extraño que nos haya seguido hasta Sayshell? —dijo en voz baja.

—Él ha dicho que tenía el don de la intuición.

—Sí, fue campeón universitario de hiperrastreo. Nunca había sospechado nada hasta hoy. Comprendo que puedas ser capaz de determinar adónde va alguien a saltar observando cómo se prepara para ello, si tienes cierta habilidad y ciertos reflejos, pero no comprendo cómo el rastreador puede determinar una serie de saltos. Sólo te preparas para el primero, la computadora realiza todos los demás. El rastreador puede determinar ese primero, pero ¿por qué arte de magia puede adivinar lo que hay en el interior de la computadora?

—Sin embargo, él lo hizo, Golan.

—Por supuesto que lo hizo —dijo Trevize—. Y el único modo en que me imagino pudo hacerlo es sabiendo de antemano adónde pensábamos ir. Sabiéndolo, no determinándolo.

Pelorat reflexionó.

—Es imposible, muchacho. ¿Cómo iba a saberlo? No decidimos nuestro punto de destino hasta encontrarnos a bordo del *Estrella Lejana*.

—Ya lo sé. Y ¿qué hay de este día de meditación?

—Compor no nos ha mentido. El camarero ha dicho que era un día de meditación cuando hemos llegado y se lo hemos preguntado.

—Sí, así es, pero también ha dicho que el restaurante no estaba cerrado. En realidad, lo que ha dicho es: «La Ciudad de Sayshell no es el fin del mundo. No se paraliza.» En otras palabras, la gente medita, pero no en la gran ciudad, donde todos son mundanos y no hay lugar para la piedad provinciana. Así que hay tráfico y actividad; quizá no tanta como en un día normal, pero actividad.

—Pero, Golan, no ha entrado nadie en el centro turístico mientras estábamos allí. Me he dado cuenta. No ha entrado ni una sola persona.

—Yo también lo he observado. Incluso me he acercado a la ventana en un momento dado y he visto claramente que en las calles próximas al centro había bastantes personas que circulaban a pie y en coche, a pesar de lo cual no ha entrado nadie. El día de meditación ha sido una buena tapadera. No habríamos recelado de la afortunada intimidad que hemos tenido si yo no hubiese decidido no confiar en ese hijo de dos extranjeros.

—Entonces, ¿qué significa todo esto? —dijo Pelorat.

—Creo que es muy sencillo, Janov. Aquí tenemos a alguien que sabe dónde vamos en cuanto nosotros lo sabemos, a pesar de que él y nosotros estamos en astronaves distintas, y también tenemos a alguien que puede mantener vacío un edificio público rodeado de gente con objeto de poder hablar en privado.

—¿Quiere hacerme creer que puede realizar milagros?

—Ciertamente. Si en realidad Compor es un agente de la Segunda Fundación y puede controlar las mentes; si puede influir en los aduaneros para que le dejen pasar; si puede aterrizar gravíticamente sin que ninguna patrulla fronteriza le detenga por despreciar los haces radioeléctricos; y si puede influir en las mentes hasta el punto de impedir que la gente entre en un edificio donde él no quiere que entre nadie.

»Por todas las estrellas —continuó Trevize con un marcado aire de resentimiento— incluso concuerda con lo sucedido después de su graduación. Yo no fui al viaje con él. Recuerdo que no quise. ¿No pudo ser a causa de su influencia? Él tenía que estar solo. ¿Adónde iba en realidad?

Pelorat apartó los platos que tenía delante, como si quisiera hacer un espacio a su alrededor con objeto de tener sitio para pensar. Este gesto pareció activar el robot-ayudante de camarero, una mesa automotora que se detuvo cerca de ellos y esperó mientras Pelorat y Trevize colocaban sus platos y cubiertos encima de ella.

Cuando estuvieron solos, Pelorat dijo:

—Pero esto es una locura. No ha sucedido nada que no pueda atribuirse a causas naturales. Una vez te convences a ti mismo de que alguien está controlando los acontecimientos, puedes interpretarlo todo bajo esa luz y no encontrar ninguna certeza razonable en ninguna parte. Vamos, viejo amigo, todo es circunstancial y una simple cuestión de interpretación. No se deje llevar por la paranoia.

—Tampoco pienso dejarme llevar por la complacencia.

—Bueno, consideremos este asunto con lógica. Supongamos que sea un agente de la Segunda Fundación. ¿Por qué correría el riesgo de despertar nuestras sospechas manteniendo vacío el centro turístico? ¿Acaso ha dicho algo tan importante para que unas cuantas personas que, de todo modos, estarían lejos de nosotros y no nos prestarían atención, supusieran alguna diferencia?

—La respuesta es muy sencilla, Janov. Tenía que someter nuestras mentes a una rigurosa observación y no quería interferencias de otras mentes. Ni descargas estáticas. Ni posibilidad alguna de confusión.

—Igual que antes, esto no es más que una interpretación suya. ¿Acaso ha habido algo que fuera tan importante en su conversación con nosotros? Sería lógico suponer, como él mismo ha subrayado, que sólo nos ha abordado para explicar lo que había hecho, para disculparse por ello, y advertirnos de los problemas con que podríamos topar. ¿Por qué vamos a pensar mal?

El pequeño receptáculo para tarjetas del borde de la mesa relució discretamente y las cifras que representaban al coste de la comida centellearon durante unos momentos. Trevize se metió una mano en el cinturón para sacar su tarjeta de crédito que, con la marca de la Fundación, era válida en cualquier lugar de la Galaxia, o cualquier lugar adonde era probable que fuese un ciudadano de la Fundación. La introdujo en la ranura apropiada. Transcurrieron los instantes necesarios para efectuar la transacción y Trevize (con previsión innata) comprobó el saldo restante antes de volver a metérsela en el bolsillo.

Miró a su alrededor con disimulo para asegurarse de que no hubiera un interés sospechoso en la cara de las pocas personas que aún estaban en el restaurante y luego dijo:

—¿Por qué pensar mal? ¿Por qué? No sólo ha hablado de eso. Ha hablado de la Tierra. Nos ha asegurado que estaba muerta y nos ha recomendado insistentemente que fuéramos a Comporellon. ¿Vamos?

—Es algo que he estado considerando, Golan —admitió Pelorat.

—¿Y nos marchamos de aquí?

—Podemos regresar después de reconocer el Sector de Sirio.

—¿No se le ha ocurrido pensar que su único motivo para vernos era alejarnos de Sayshell y enviarnos a otra parte? ¿A cualquier parte, pero lejos de aquí?

—¿Por qué?

—No lo sé. Mire, ellos esperaban que fuéramos a

Trántor. Eso es lo que usted quería hacer y quizá ellos contaban con que lo haríamos. Yo desbaraté el plan insistiendo en venir a Sayshell, que es lo último que ellos deseaban, de modo que ahora tienen que apartarnos de aquí.

Pelorat estaba claramente desconsolado.

—Pero, Golan, usted se limita a hacer aseveraciones. ¿Por qué no nos quieren en Sayshell?

—No lo sé, Janov. Pero a mí me basta con que quieran alejarnos de aquí. Yo me quedo. No voy a marcharme.

—Pero..., pero... Escuche, Golan, si la Segunda Fundación quisiera que nos marchásemos, ¿no se limitaría a influir en nuestras mentes para que quisiéramos marcharnos? ¿Por qué molestarse en razonar con nosotros?

—Ya que usted lo menciona, profesor, ¿no lo han hecho en su caso, profesor? —Y los ojos de Trevize se empequeñecieron con súbito recelo—. ¿No quiere usted marcharse?

Pelorat miró a Trevize con asombro.

—Sólo creo que sería lógico.

—Por supuesto que lo cree, si ha sido influido.

—Pero no he sido...

—Naturalmente usted juraría que no lo había sido si lo hubiera sido.

—Si me acorrala de este modo, es imposible refutar sus afirmaciones. ¿Qué va a hacer? —dijo Pelorat.

—Me quedaré en Sayshell. Y usted también. No sabe pilotar la nave, de modo que si Compor ha influido en usted, se ha equivocado de persona.

—Muy bien, Golan. Nos quedaremos en Sayshell hasta que tengamos otras razones para marcharnos. Al fin y al cabo, lo peor que podemos hacer, peor que quedarnos o marcharnos, es pelearnos. Vamos, viejo amigo, si hubiera sido influido, ¿sería capaz de cambiar de opinión y acompañarle gustosamente, como pienso hacer ahora?

Trevize reflexionó durante unos momentos y luego, como si hubiese llegado a una conclusión satisfactoria, sonrió y alargó la mano.

—Convenido, Janov. Ahora regresemos a la nave y mañana empezaremos de nuevo. Si se nos ocurre cómo.

47

Munn Li Compor no recordaba cuándo fue reclutado. Por un lado, era un niño en aquella época; por otro, los agentes de la Segunda Fundación borraban meticulosamente sus huellas hasta donde era posible.

Compor ostentaba el grado de «observador» y, para un miembro de la Segunda Fundación, era instantáneamente reconocible como tal.

Esto significaba que Compor conocía la mentálica y podía conversar con miembros de la Segunda Fundación en su propio estilo hasta cierto grado, pero pertenecía al rango más bajo de la jerarquía. Podía tener breves visiones de las mentes, pero no podía manipularlas. La educación que había recibido nunca había llegado hasta tan lejos. Era un observador, no un hacedor.

Esto lo convertía, como máximo, en un agente de segunda clase, pero a él no le importaba... demasiado. Conocía su importancia en el esquema de las cosas.

Durante los primeros siglos de su existencia, la Segunda Fundación había subestimado la labor que le aguardaba. Se había imaginado que sus escasos miembros podrían controlar toda la Galaxia y que para mantener el Plan Seldon sólo sería necesario un ligerísimo toque de vez en cuando, aquí y allí.

El Mulo les había despojado de estas ilusiones. Su repentina aparición había cogido por sorpresa a la Segunda Fundación (y, naturalmente, a la Primera, aunque eso no importaba) y les había dejado indefensos.

Tardaron cinco años en organizar un contraataque, y aun entonces a costa de numerosas vidas.

Con Palmer se alcanzó la plena recuperación, también a un elevado precio, y finalmente él tomó las medidas apropiadas. Decidió que las operaciones de la Segunda Fundación se multiplicaran sin que, al mismo tiempo, aumentaran excesivamente las posibilidades de detección, por lo que instituyó el cuerpo de observadores.

Compor no sabía cuántos observadores había en la Galaxia ni siquiera cuántos había en Términus. No era asunto suyo. Teóricamente no debía haber ninguna conexión detectable entre dos observadores, a fin de que la pérdida de uno no condujera a la pérdida del otro. Todas las conexiones debían realizarse con las jerarquías superiores de Trántor.

Compor tenía la ambición de ir a Trántor algún día. Aunque lo consideraba sumamente improbable, sabía que de vez en cuando se requería la presencia de un observador en Trántor para ser ascendido, pero eso era raro. Las cualidades necesarias para un buen observador no bastaban para aspirar a formar parte de la Mesa.

Estaba Gendibal, por ejemplo, que era cuatro años menor que Compor. Debió de ser reclutado de niño, igual que Compor, pero él fue llevado directamente a Trántor y ahora era orador. Compor no se engañaba respecto a los motivos. Había estado en contacto con Gendibal durante los últimos tiempos y había experimentado el poder mental de aquel joven. No habría podido resistirse a él ni un segundo.

Compor no siempre era consciente de pertenecer a un rango inferior. Casi nunca había oportunidad para ello. Al fin y al cabo (como en el caso de otros observadores, suponía él), sólo era inferior según las reglas de Trántor. En sus propios mundos no trantorianos, en sus propias sociedades no mentálicas, a los observadores les resultaba fácil alcanzar un alto rango.

Compor, por ejemplo, nunca había tenido dificultades para ir a buenas escuelas o encontrar buena compañía. Había conseguido utilizar su mentálica de un modo sencillo para incrementar su capacidad intuitiva (esta capacidad natural fue el motivo por el que le reclutaron, estaba seguro de ello) y, de esta manera, revelarse como una estrella de la persecución hiperespacial. Se convirtió en héroe en la universidad y ello lo colocó en el primer peldaño de su carrera política. Una vez la presente crisis estuviera resuelta, podría llegar tan lejos como quisiera.

Si la crisis se resolvía favorablemente, como sin duda ocurriría, ¿no se recordaría que fue Compor el primero en fijarse en Trevize; no como ser humano (eso habría podido hacerlo cualquiera), sino como mente?

Había conocido a Trevize en el colegio y, al principio, sólo había visto en él a un compañero jovial e ingenioso. Sin embargo, una mañana, cuando aún estaba medio dormido y se debatía entre la conciencia y la inconsciencia, pensó que era una lástima que Trevize nunca hubiese sido reclutado.

Naturalmente, Trevize no habría podido ser reclutado porque había nacido en Términus y no, como Compor, en otro mundo. E incluso prescindiendo de esto, era demasiado tarde. Sólo los muy jóvenes son suficientemente flexibles para recibir una educación mentálica; la penosa introducción de ese arte, era más que una ciencia, en cerebros adultos, ya moldeados y formados, sólo tuvo lugar durante las dos primeras generaciones después de Seldon.

Pero entonces, si Trevize no reunía las características necesarias para ser reclutado y, además, había sobrepasado la edad idónea, ¿qué suscitó el interés de Compor por el asunto?

En su siguiente encuentro, Compor sondeó la mente de Trevize y descubrió lo que le había llamado la atención. La mente de Trevize tenía rasgos que no concordaban con las reglas que a él le habían enseñado. Lo eludió una y otra vez. Mientras seguía el curso de sus pensamientos, encontró lagunas... No, no podían ser verdaderas lagunas, verdaderos saltos de inexistencia. Eran lugares donde la mente de Trevize se sumergía demasiado para ser observada.

Compor no supo determinar lo que ello significaba, pero observó la conducta de Trevize a la luz de lo que había descubierto y empezó a sospechar que Trevize tenía la insólita facultad de llegar a conclusiones correctas basándose en lo que parecían datos insuficientes.

¿Tenía esto algo que ver con las lagunas? Seguramente era materia para un mentalismo más allá de sus propios poderes; para la misma Mesa, quizá. Tuvo la alarmante sensación de que la capacidad de decisión de Trevize era desconocida, en su totalidad, incluso para él mismo y que podría ser capaz de...

De hacer, ¿qué? Los conocimientos de Compor no bastaban. Casi pudo captar el significado de lo que Trevize poseía, pero no del todo. Sólo llegó a la conclusión intuitiva, o quizá fue una mera suposición, de que Trevize podía convertirse en una persona de la mayor importancia.

Tenía que confiar en esa posibilidad y arriesgarse a parecer menos que calificado para su puesto. Al fin y al cabo, si estuviese en lo cierto...

Ahora que pensaba en ello, no estaba seguro de cómo había encontrado el valor para seguir adelante. No podía traspasar las barreras administrativas que circundaban a la Mesa. Casi se había resignado a perder su buena reputación. Se había abierto camino (sin esperanza) hasta el miembro más joven de la Mesa y, finalmente, Stor Gendibal había respondido a su llamada.

Gendibal lo había escuchado con paciencia y a partir de aquel momento se estableció una relación especial entre ellos. Por indicación de Gendibal, Compor mantuvo relaciones con Trevize y, por orden de Gendibal, preparó cuidadosamente la situación a causa de la cual Trevize fue exiliado. Y a través de Gendibal Compor aún podía ver realizado su sueño de ser trasladado a Trántor.

Sin embargo, todos los preparativos habían tenido como objeto enviar a Trevize a Trántor. La negativa de Trevize a hacerlo así había cogido a Compor totalmente por sorpresa y (en opinión de Compor) tampoco Gendibal la había previsto.

En todo caso, Gendibal se dirigía rápidamente hacia allí y, para Compor, ello intensificaba la sensación de crisis.

Compor emitió su hiperseñal.

48

Gendibal fue despertado de su sueño por un toque en la mente. Fue un toque efectivo y en modo alguno perturbador. Como afectó directamente al centro despertador, sólo se despertó.

Se incorporó en la cama, y la sábana se deslizó sobre su torso bien formado y musculoso. Había reconocido el toque; las diferencias eran tan características para los mentalistas como las voces para quienes se comunicaban primariamente por el sonido.

Gendibal emitió la señal normal, preguntando si era posible un pequeño retraso, y volvió a recibir la llamada de «no emergencia».

Entonces, sin prisas innecesarias, Gendibal se libró a la rutina matinal. Aún estaba en la ducha de la nave, cuya agua utilizada caía en los mecanismos de recirculación, cuando volvió a hacer contacto.

—¿Compor?

—Sí, orador.

—¿Ha hablado con Trevize y el otro?

—Pelorat. Janov Pelorat. Sí, orador.

—Bien. Déme otros cinco minutos y pasaremos al proceso visual.

Se cruzó con Sura Novi mientras se dirigía hacia los mandos. Ella lo miró inquisitivamente e hizo además de hablar, pero él colocó un dedo sobre sus labios y la muchacha guardó silencio. Gendibal aún sentía una cierta turbación al observar la intensidad de adoración/respeto de su mente, pero eso ya empezaba a formar parte de su medio ambiente habitual.

Había acoplado un pequeño zarcillo de su mente a la de ella y ahora no habría modo de afectar su mente sin afectar la de ella. La simplicidad de su mente (Gendibal no podía evitar sentir un enorme placer estético al contemplar su simetría sin adornos) hacía imposible que una mente ajena se interpusiera sin ser detectada. Sintió una oleada de gratitud por el cortés impulso que le había asaltado cuando estaban juntos frente a la universidad, y que había empujado a la muchacha a recurrir a él precisamente cuando podía ser más útil.

—¿Compor? —dijo.

—Sí, orador.

—Relájese, por favor. Tengo que examinar su mente. No pretendo ofenderle.

—Como desee, orador. ¿Puedo preguntar el motivo?

—Asegurarme de que está intacto.

—Sé que tiene adversarios políticos en la Mesa, orador, pero no creo que ellos... —repuso Compor.

—No especule, Compor. Relájese... Sí, está intacto. Ahora, si quiere cooperar conmigo, estableceremos contacto visual.

Lo que siguió fue, en el sentido habitual de la palabra, una ilusión, ya que nadie más que alguien ayudado por el poder mentálico de un miembro bien entrenado de la Segunda Fundación habría podido detectar absolutamente nada, ni por medio de los sentidos ni por medio de ningún dispositivo detector físico.

Fue el desarrollo de una cara y su aspecto a partir de los contornos de una mente, e incluso el mejor mentalista sólo podía producir una imagen imprecisa y algo incierta. La cara de Compor apareció en el aire, como vista a través de una fina pero evasiva cortina de gasa, y Gendibal supo que su propia cara había surgido de manera idéntica frente a Compor.

Por medio de hiperondas físicas, habría podido establecerse una comunicación por imágenes tan claras que dos oradores a más de mil parsecs de distancia podían creer que estaban frente a frente. La nave de Gendibal se hallaba equipada para ello.

Sin embargo, la visión mentalista tenía sus ventajas. La principal era que no podía ser interceptada por ningún dispositivo conocido por la Primera Fundación. Y tampoco ningún miembro de la Segunda Fundación podía interceptar la visión mentalista de otro. Era posible seguir el movimiento mental, pero no el delicado cambio de expresión facial que constituía la esencia de la comunicación.

En cuanto a los Anti-Mulos... Bueno, la pureza de la mente de Novi bastaba para asegurarle que no había ninguno en las proximidades.

—Explíqueme detalladamente, Compor, la conversación que ha mantenido con Trevize y ese tal Pelorat. Detalladamente, al nivel de la mente —dijo.

—Desde luego, orador —contestó Compor.

No tardó demasiado rato. La combinación de sonido, expresión y mentalismo condensaba notablemente las cosas, a pesar de que al nivel de la mente había mucho más que decir que si hubiera sido un mero intercambio de palabras.

Gendibal observó atentamente. En la visión mentalista había pocas, o ninguna, redundancia. En la visión verdadera, o incluso en la hipervisión física a través de los parsecs, se veían más detalles de los absolutamente necesarios para la comprensión y uno podía pasar por alto gran cantidad de cosas sin perderse nada importante.

Sin embargo, a través de la gasa de la visión mentalista, se obtenía una seguridad absoluta a costa del lujo de pasar los detalles por alto. Cualquier detalle era importante.

Siempre había cuentos de terror que pasaban de instructor a alumno en Trántor, cuentos destinados a inculcar a los jóvenes la importancia de la concentración. El que se repetía con más frecuencia era el menos digno de confianza. Versaba sobre el primer informe del progreso del Mulo antes de que conquistara Kalgan, sobre el funcionario que había recibido el informe y sólo había tenido la impresión de un animal parecido a un caballo porque no había visto o comprendido el leve destello que significaba «nombre personal». Por lo tanto, el funcionario decidió que el asunto era demasiado intrascendente para comunicarlo a Trántor. Cuando llegó el siguiente mensaje, era demasiado tarde para tomar medidas inmediatas y tuvieron que pasar cinco años.

Lo más probable era que el suceso nunca hubiese ocurrido, pero eso no importaba. Era una historia dramática y servía para que los estudiantes adquiriesen el hábito de la intensa concentración. Gendibal recordaba que en su propia época de estudiante cometió un error de recepción que, en su mente, parecía insignificante e incomprensible. Su profesor, el viejo Kendast, un tirano hasta la raíz del cerebelo, se había limitado a decir burlonamente: «¿Un animal semejante a un caballo, joven Gendibal?», y esto había bastado para sumirle en la vergüenza.

Compor terminó.

—Su juicio, por favor, sobre la reacción de Trevize. Usted le conoce mejor que yo, mejor que nadie —dijo Gendibal.

Compor contestó:

—Está muy claro. Las indicaciones mentálicas son inconfundibles. Él cree que mis palabras y actos representan mi extrema ansiedad por enviarle a Trántor o al Sector de Sirio o a cualquier sitio que no sea aquel donde está. En mi opinión, significa que se quedará ahí. El hecho de que yo diera gran importancia a su traslado de lugar le obligó a darle la misma importancia, y como cree que sus propios intereses son diametralmente opuestos a los míos, actuará deliberadamente contra lo que él interpreta que es mi deseo.

—¿Está seguro?

—Completamente seguro.

Gendibal pensó en ello y decidió que Compor tenía razón.

—Estoy satisfecho. Ha sido usted muy ingenioso. Su relato sobre la destrucción radiactiva de la Tierra produjo la reacción deseada sin necesidad de manipular la mente de un modo directo. ¡Muy meritorio!

Compor pareció luchar consigo mismo durante un momento.

—Orador —dijo—, no puedo aceptar sus alabanzas. Yo no he inventado ese relato. Es cierto. Hay realmente un planeta llamado Tierra en el Sector de Sirio y está realmente considerado como el hogar original de la humanidad. Era radiactivo, ya en un principio o más adelante, y fue empeorando hasta que el planeta murió. Todo esto se considera historia en el planeta natal de mis antepasados.

—¿De veras? ¡Qué interesante! —dijo Gendibal sin demasiada convicción—. Y aún mejor. Saber cuándo servirá una verdad es admirable, pues ninguna mentira puede ser expuesta con la misma sinceridad. Palver declaró en cierta ocasión: «Cuanto más cercana a la verdad, mejor será la mentira, y la misma verdad, cuando puede utilizarse, es la mejor mentira.»

Compor repuso:

—Sólo hay una cosa más. Para obedecer las instrucciones de retener a Trevize en el Sector de Sirio hasta que usted llegara, y lograrlo a toda costa, tuve que ir tan lejos en mis esfuerzos que ahora sospecha que estoy bajo la influencia de la Segunda Fundación.

Gendibal asintió.

—Eso, creo yo, es inevitable en las actuales circunstancias. Su monomanía por el tema le haría ver la Segunda Fundación incluso donde no estuviera. Sólo tenemos que tomar este factor en cuenta.

—Orador, si es absolutamente necesario que Trevize se quede donde está hasta que usted llegue, simplificaría las cosas que yo fuese a su encuentro, le tomase en mi nave, y le llevase. Requeriría menos de un día...

—No, observador —contestó Gendibal con viveza—. No hará nada de eso. La gente de Términus sabe dónde está usted. Tiene un hiperrelé en su nave y no puede desconectarlo, ¿no es así?

—Sí, orador.

—Y si Términus sabe que ha aterrizado en Sayshell, su embajador en Sayshell lo sabe, y el embajador también sabe que Trevize ha aterrizado. El hiperrelé le dirá a Términus que usted ha partido hacia un punto determinado a cientos de parsecs de distancia y ha regresado; y el embajador les informará de que Trevize se ha quedado, sin embargo, en el sector. Con estos datos, ¿qué supondrá la gente de Términus? La alcaldesa de Términus es, sin ninguna duda, una mujer astuta, y lo último que queremos es alarmarla presentándole un difícil rompecabezas. No queremos impulsarla a enviar una parte de su flota. De todos modos, las probabilidades de que lo haga son sumamente grandes.

—Con todo respeto, orador... ¿Qué razones tenemos para temer a una flota si podemos controlar a su comandante? —dijo Compor.

—Por muy pocas razones que pueda haber, aún hay menos razones para temer si la flota no esta aquí. No se mueva de ahí, observador. Cuando yo llegue, me reuniré con usted en su nave y entonces...

—¿Y entonces, orador?

—Y entonces tomaré el mando.

49

Gendibal continuó sentado tras poner fin a la visión mentalista, y permaneció así durante varios minutos, reflexionando.

Durante este largo viaje a Sayshell, inevitablemente largo en una nave que en modo alguno podía compararse a los sofisticados productos de la Primera Fundación, había repasado todos los informes que trataban de Términus. Los informes abarcaban casi una década.

Vistos en conjunto y a la luz de los recientes acontecimientos, no cabía ninguna duda de que Trevize habría sido una maravillosa adquisición para la Segunda Fundación, si la política de no reclutar a los nacidos en Términus no hubiera estado en vigor desde tiempos de Palver.

Era evidente que la Segunda Fundación había perdido muchos elementos valiosos a lo largo de los siglos. Resultaba imposible evaluar a cada uno de los cuatrillones de seres humanos que poblaban la Galaxia. Sin embargo, seguramente ninguno de ellos habría sido más prometedor que Trevize, e indudablemente ninguno habría podido estar en un punto más delicado.

Gendibal meneó ligeramente la cabeza. Trevize no debería haber sido descartado, nacido en Términus o no. Y el observador Compor había tenido el mérito de verlo, incluso después de que los años le hubieran deformado.

Naturalmente, ahora Trevize ya no les servía. Era demasiado viejo para ser moldeado, pero seguía teniendo esa intuición innata, esa capacidad para adivinar una solución partiendo de datos totalmente inadecuados, y algo... algo...

El viejo Shandess, quien a pesar de su edad era primer orador y, en conjunto, había realizado una buena labor, vio algo en él, aun sin los datos correspondientes y el razonamiento que Gendibal había elaborado en el curso del viaje. Trevize, había pensado Shandess, era la clave de la crisis.

¿Por qué estaba Trevize en Sayshell? ¿Qué se proponía? ¿Qué hacía?

¡Y no podían tocarle! Gendibal estaba seguro de eso. Hasta saber perfectamente cuál era el papel de Trevize, sería un gran error intentar modificarlo de algún modo. Con los Anti-Mulos, fueran quienes fuesen, o lo que fuesen, implicados en el asunto, un movimiento equivocado con respecto a Trevize (Trevize, por encima de todo) podría hacer que un microsol totalmente inesperado les explotara en la cara.

Notó que una mente revoloteaba en torno a la suya y la apartó distraídamente, como habría hecho con uno de los molestos insectos trantorianos, aunque con la mente en lugar de la mano. Percibió una instantánea oleada de dolor ajeno y levantó los ojos.

Sura Novi tenía la palma de la mano sobre la frente fruncida.

—Perdóname, maestro, yo tengo una súbita angustia de cabeza.

Gendibal se mostró inmediatamente contrito.

—Lo siento, Novi. No pensaba... o pensaba con demasiada concentración. —Enseguida, y con suavidad, calmó los alterados zarcillos mentales.

Novi sonrió con repentina animación.

—Ha pasado con súbito desvanecimiento. El afectuoso sonido de tus palabras, maestro, tiene un efecto bueno sobre mí.

—¡Me alegro! ¿Ocurre algo? ¿Por qué estás aquí? —Se abstuvo de entrar en su mente con objeto de averiguarlo por sí mismo. Cada vez se sentía más reacio a violar su intimidad.

Novi titubeó. Se inclinó ligeramente hacia él.

—Yo estar preocupada. Tú estabas mirando a nada y haciendo sonidos y tu cara se crispaba. Yo me he quedado ahí, rígida como un palo, con miedo de que te caigas... enfermo... y no sabiendo qué hacer.

—No ha sido nada, Novi. No debes tener miedo. —Le acarició una mano—. No hay nada que temer. ¿Lo entiendes?

El temor, o cualquier emoción fuerte, descomponía y malograba la simetría de su mente. Él la prefería tranquila, apacible y feliz, pero vaciló ante la idea de ajustarla por medio de influencias exteriores. Ella había atribuido el ajuste anterior al efecto de sus palabras y él pensó que lo prefería así.

—Novi, ¿por qué no puedo llamarte Sura?

Ella lo miró con súbita aflicción.

—Oh, maestro, no lo hagas.

—Pero Rufirant lo hizo el día que nos conocimos. Ahora ya te conozco suficientemente bien...

—Sé muy bien que lo hizo, maestro. Ser cómo un hombre habla a una muchacha que no tiene hombre, no desposada, que no está... completa. Tú dices su primer nombre. Es más honorable para mí si tú dices «Novi» y yo estar orgullosa de que tú lo digas. Y aunque ahora no tenga hombre, tengo maestro y estar contenta. Espero que para ti no ser ofensivo decir «Novi».

—Claro que no, Novi.

Su mente adquirió una hermosa serenidad al oírlo y Gendibal se sintió complacido. Demasiado complacido. ¿Debía sentirse tan complacido?

Con algo de vergüenza, recordó que el Mulo había sido afectado de la misma manera por aquella mujer de la Primera Fundación, Bayta Darell, para su propia perdición.

Esto, naturalmente, era muy distinto. Esta hameniana constituía su defensa contra mentes extrañas, y él quería que realizara su cometido con toda eficiencia.

No, eso no era verdad... Su función de orador se vería comprometida si dejaba de entender su propia mente o, aún peor, si la interpretaba mal deliberadamente para eludir la verdad. La verdad era que se sentía complacido cuando ella estaba tranquila, en calma y feliz de un modo endógeno, sin su intervención, y se sentía complacido porque ella le gustaba; y (pensó Gendibal con insolencia) no había nada malo en ello.

—Siéntate, Novi —le dijo.

Ella lo hizo así, balanceándose precariamente en el borde de la silla y sentándose lo más lejos que los confines de la habitación le permitieron. Su mente estaba llena de respeto.

—Cuando me has visto emitiendo sonidos, Novi, estaba hablando con alguien que se halla muy lejos de aquí, al estilo de los sabios.

Novi bajó la mirada y contestó tristemente:

—Veo, maestro que hay muchas cosas de los serios que yo no entiendo y yo no imagino. Ser un arte difícil y alto como montaña. ¿Cómo es, maestro, que tú no reíste de mí?

Gendibal repuso:

—No es una vergüenza aspirar a algo aunque esté más allá de tu alcance. Ya eres demasiado mayor para convertirte en sabia, pero nunca se es demasiado mayor para aprender más de lo que se sabe y llegar a ser capaz de hacer más de lo que ya se puede. Te enseñaré algunas cosas sobre esta nave. Cuando lleguemos a nuestro destino, sabrás mucho acerca de ella.

Se sintió satisfecho. ¿Por qué no? Estaba volviendo deliberadamente la espalda al estereotipo del pueblo hameniano. En todo caso, ¿qué derecho tenía el heterogéneo grupo de la Segunda Fundación a establecer tal estereotipo? Los jóvenes engendrados por ellos sólo estaban dotados para convertirse en miembros importantes de la Segunda Fundación en pocos casos. Los hijos de los oradores casi nunca estaban calificados para ser oradores. Tres siglos antes se sucedieron las tres generaciones de Linguester, pero siempre hubo la sospecha de que el segundo orador de esta serie no pertenecía realmente a ella. Y aunque ello fuese verdad, ¿por qué se colocaba la gente de la universidad en un pedestal tan alto?

Observó que los ojos de Novi brillaban y se alegró de que fuera así.

La muchacha dijo:

—Yo me esforzaré en aprender todo lo que tú enseñes a mí, maestro.

—Estoy seguro de ello —contestó él, y después vaciló. Se le ocurrió pensar que, en su conversación con Compor, no le había indicado en ningún momento que no estaba solo. No le proporcionó ningún indicio de que llevara una compañera.

Tal vez la presencia de una mujer pudiera darse por sentada; por lo menos, Compor no se sorprendería... Pero, ¿una hameniana?

Por espacio de un momento, pese a todo lo que Gendibal pudiera hacer, el estereotipo ganó fuerza y se alegró de que Compor nunca hubiese estado en Trántor y no reconociese a Novi como una hameniana.

Ahuyentó estos pensamientos. No importaba que Compor lo supiera o no, al igual que cualquier otra persona. Gendibal era un orador de la Segunda Fundación y podía hacer lo que se le antojara dentro de los límites del Plan Seldon, y nadie podía interferir.

—Maestro, cuando lleguemos a nuestro destino, ¿nos separaremos? —dijo Novi.

Él la miró y contestó, quizá con más energía de la que pretendía:

—No nos separaremos, Novi.

Y la hameniana sonrió y en aquel momento fue como cualquier otra mujer de la Galaxia.

13. UNIVERSIDAD

50

Pelorat arrugó la nariz cuando él y Trevize volvieron a entrar en el *Estrella Lejana*.

Trevize se encogió de hombros.

—El cuerpo humano despide muchos olores. La recirculación nunca se produce instantáneamente y los aromas artificiales sólo se superponen, no se reemplazan.

—Y supongo que no hay dos naves que huelan igual, una vez hayan sido ocupadas durante un tiempo por distintas personas.

—Así es, pero ¿ha olido el planeta Sayshell después de la primera hora?

—No —admitió Pelorat.

—Entonces, tampoco olerá esto dentro de un rato. De hecho, si vive en la nave el tiempo suficiente, acogerá el olor que le reciba a su regreso como el distintivo de su hogar. Y por cierto, si después de esto se convierte en un vagabundo de la Galaxia, Janov, tendrá que aprender que es descortés comentar el olor de cualquier nave o, lo que es lo mismo, cualquier mundo con aquellos que vivan en esa nave o mundo. Entre nosotros, naturalmente, no importa.

—En realidad, Golan, lo gracioso del caso es que considero el *Estrella Lejana* como mi hogar. Por lo menos, es un producto de la Primera Fundación. —Pelorat sonrió—. Verá, nunca me he considerado patriota. Me gusta pensar que sólo reconozco a la humanidad como mi nación, pero debo decir que estar lejos de la Fundación incrementa mi amor por ella.

Trevize estaba haciendo su cama.

—No está tan lejos de la Fundación, ¿sabe? La Unión de Sayshell se halla casi rodeada por territorio de la Confederación. Aquí tenemos un embajador y una numerosa representación, de cónsules hacia abajo. A los sayshellianos les gusta hacernos frente con palabras, pero procuran no causarnos ninguna otra molestia... Váyase a dormir, Janov. Hoy no hemos averiguado nada y mañana tendremos que esforzarnos más.

Sin embargo, no había dificultad en oírse de una habitación a otra, y cuando la nave estuvo a oscuras, Pelorat, que no dejaba de dar vueltas en la cama dijo en voz no muy alta:

—¿Golan?

—Sí.

—¿No está durmiendo?

—No mientras usted siga hablando.

—Sí que hemos averiguado algo. Su amigo, Compor...

—Ex amigo —gruñó Trevize.

—Sea lo que sea, ha hablado de la Tierra y nos ha dicho algo que yo no sabía a pesar de todas mis investigaciones. ¡Radiactividad!

Trevize se incorporó sobre un codo.

—Escuche, Janov, aunque la Tierra esté realmente muerta, no tenemos por qué regresar a casa. Todavía quiero encontrar Gaia.

Pelorat resopló como si estuviera ahuyentando plumas.

—Por supuesto, mi querido amigo. Yo también. Y no creo que la Tierra esté muerta. Quizá Compor nos haya dicho lo que él considera la verdad, pero apenas hay un sector de la Galaxia donde no exista alguna leyenda que sitúe el origen de la humanidad en algún mundo local. Y casi invariablemente lo llaman Tierra o algo por el estilo.

»En antropología lo denominamos "globocentrismo". La gente tiende a dar por sentado que ellos son mejores que sus vecinos; que su cultura es más antigua y superior a la de otros mundos; que lo que otros mundos tienen de bueno procede de ellos, mientras que lo malo procede de otros lugares. Y tienden a igualar la superioridad en calidad con la superioridad en duración. Si no pueden mantener razonablemente que su propio planeta es la Tierra o su equivalente, y el origen de la especie humana, casi siempre hacen todo lo posible para situar la Tierra en su propio sector, aunque no puedan localizarla exactamente.

Trevize contestó:

—¿Está insinuando que Compor se limitaba a seguir la costumbre habitual cuando ha dicho que la Tierra estaba en el Sector de Sirio? Sin embargo, el Sector de Sirio tiene una larga historia, de modo que todos los mundos incluidos en él deberían ser muy conocidos y la cuestión podría dilucidarse con facilidad, incluso sin ir allí.

Pelorat se rió entre dientes.

—Aunque usted demostrara que ningún mundo del Sector de Sirio podría ser la Tierra, no le serviría de nada. Usted subestima las profundidades hasta las que el misticismo puede enterrar la racionalidad, Golan. En la Galaxia hay un mínimo de media docena de sectores donde eruditos muy respetables repiten, con toda solemnidad y sin la sombra de una sonrisa, que la Tierra, o como ellos la llamen, está situada en el hiperespacio y no se puede llegar a ella, excepto por accidente.

—¿Dicen si alguien ha llegado alguna vez por accidente?

—Siempre hay historias y siempre hay una negativa patriótica a la incredulidad, a pesar de que las historias nunca son verosímiles y no las cree nadie más que los habitantes del mundo donde han surgido.

—Entonces, Janov, no las creamos tampoco nosotros. Entremos en nuestro hiperespacio particular de sueño.

—Pero, Golan, lo que a mí me interesa es esta cuestión de la radiactividad de la Tierra. A mi modo de ver, tiene la marca de la verdad... o una especie de verdad.

—¿Qué quiere decir, una especie de verdad?

—Bueno, un mundo radiactivo sería un mundo en el que la radiación estaría presente en una concentración más elevada de lo habitual. En un mundo así el porcentaje de mutación sería más alto y la evolución tendría lugar más rápidamente, y de forma más variada. Quizá recuerde haberme oído decir que entre los puntos comunes de casi todas las leyendas, el más firme es que la vida en la Tierra era increíblemente diversa: millones de especies de todas clases de vida. Es esta diversidad de vida este desarrollo explosivo, lo que quizá trajera la inteligencia a la Tierra, y después la expansión por toda la Galaxia. Si, por alguna razón, la Tierra fuese radiactiva, es decir, más radiactiva que otros planetas, esto podría explicar todo lo demás que la Tierra tiene, o tenía, de único.

Trevize guardó silencio durante unos momentos y luego dijo:

—En primer lugar, no tenemos motivos para creer que Compor estaba diciendo la verdad. Podía muy bien estar mintiendo descaradamente para inducirnos a marcharnos de aquí y salir a toda velocidad hacia Sirio. Creo que eso es precisamente lo que hacía. Y aunque nos haya dicho la verdad, lo que ha dicho es que había tanta radiactividad que la vida se hizo imposible.

Pelorat volvió a resoplar.

—No había demasiada radiactividad para permitir que se desarrollara la vida en la Tierra y es más fácil mantener la vida, una vez establecida, que desarrollarla. Así pues, queda demostrado que la vida fue establecida y mantenida en la Tierra. Por lo tanto, el nivel de radiactividad no habría podido ser incompatible con la vida en un principio y sólo habría podido disminuir con el tiempo. No hay nada que pueda aumentar el nivel de radiactividad.

—¿Y las explosiones nucleares? —sugirió Trevize.

—¿Qué tiene eso que ver?

—Quiero decir, ¿y si hubiera habido explosiones nucleares en la Tierra?

—¿En la superficie de la Tierra? Imposible. En toda la historia de la Galaxia no se habla de ninguna sociedad tan insensata para utilizar las explosiones nucleares como arma bélica. No habríamos sobrevivido. Durante las insurrecciones trigellianas, cuando ambos bandos quedaron reducidos a la inanición y la desesperación, y cuando Jendippurus Khoratt sugirió la iniciación de una reacción de fusión en...

—Fue ahorcado por los tripulantes de su propia flota. Conozco la historia galáctica. Estaba pensando en un accidente.

—No hay datos sobre accidentes de este tipo que sean capaces de aumentar significativamente la intensidad de la radiactividad de un planeta. —Suspiró—. Supongo que cuando dispongamos de tiempo para ello, tendremos que ir al Sector de Sirio y hacer unas cuantas averiguaciones allí.

—Algún día, tal vez, lo haremos. Pero por ahora...

—Sí, sí, me callaré.

Así lo hizo, y Trevize continuó despierto durante casi una hora considerando si ya habría llamado demasiado la atención y no sería preferible ir al Sector de Sirio y después regresar a Gaia cuando el interés, el interés general, por ellos se hubiera desvanecido.

No había llegado a ninguna conclusión cuando se quedó dormido. Sus sueños fueron agitados.

51

No llegaron a la ciudad hasta media mañana. Esta vez el centro turístico estaba muy concurrido pero lograron obtener la dirección de una biblioteca de consulta, donde recibieron instrucciones para utilizar los modelos locales de computadoras.

Examinaron cuidadosamente los museos y universidades, empezando por los que se hallaban más cerca, y verificaron toda la información existente sobre antropólogos, arqueólogos e historiadores.

Pelorat exclamó:

—¡Ah!

—¿Ah? —dijo Trevize con cierta aspereza—. Ah, ¿que?

—Este nombre, Quintesetz. Me suena.

—¿Lo conoce?

—No, claro que no, pero quizá haya leído obras suyas. Cuando volvamos a la nave, donde tengo mi colección de consulta...

—No volveremos, Janov. Si el nombre le suena, es un punto de partida. Si él no puede ayudarnos, seguramente podrá indicarnos a alguien que lo haga. —Se puso en pie—. Encontremos el modo de llegar a la Universidad de Sayshell. Y como allí no habrá nadie a la hora del almuerzo, primero comeremos.

Ya era media tarde cuando llegaron a la universidad, se abrieron camino por sus laberínticas instalaciones, y se encontraron en una antesala, esperando a una mujer joven que había ido en busca de información y tal vez podría conducirles hasta Quintesetz.

—Me pregunto —dijo Pelorat con inquietud—

cuánto rato más tendremos que esperar. Las clases deben de estar a punto de terminar.

Y, como si esto fuera la señal que aguardaba, la señorita que les había dejado media hora antes se dirigió rápidamente hacia ellos, con zapatos que lanzaban destellos rojos y violetas y pisaban el suelo con un agudo tono metálico. La estridencia variaba con la velocidad y fuerza de sus pasos.

Pelorat se sobresaltó. Supuso que cada mundo tenía sus propios modos de activar los sentidos, tal como cada uno tenía su propio olor. Se preguntó si, ahora que ya no percibía el olor, también debería aprender a no fijarse en lo llamativas que resultaban las mujeres elegantes cuando andaban.

Llegó junto a Pelorat y se detuvo.

—¿Quiere darme su nombre completo, profesor?

—Janov Pelorat, señorita.

—¿Su planeta natal?

Trevize empezó a levantar una mano como para imponer silencio, pero Pelorat, bien porque no lo vio, bien porque no le hizo caso, dijo:

—Términus.

La joven sonrió ampliamente y pareció satisfecha.

—Cuando le he dicho al profesor Quintesetz que un tal profesor Pelorat preguntaba por él, ha contestado que le recibiría si era Janov Pelorat de Términus, pero no en otro caso.

Pelorat parpadeó con rapidez.

—¿Quiere... quiere decir que ha oído hablar de mí?

—Eso parece.

Y, casi a punto de estallar, Pelorat esbozó una sonrisa mientras se volvía hacia Trevize.

—Ha oído hablar de mí. La verdad es que no pensaba. Quiero decir, he escrito muy pocas obras y no pensaba que nadie... —Meneó la cabeza—. No eran demasiado importantes.

—Pues bien —repuso Trevize, sonriendo a su vez— deje de recrearse en este éxtasis de subestimación propia y vamos allá. —Se volvió hacia la mujer—. ¿Supongo, señorita, que hay algún tipo de transporte para llevarnos a él?

—Está a poca distancia. Ni siquiera tendremos que dejar el edificio y les acompañaré con sumo placer... ¿Son los dos de Términus? —Y echó a andar.

Los dos hombres la siguieron y Trevize contestó, con una sombra de fastidio:

—Sí, los dos. ¿Tiene eso mucha importancia?

—Oh, no, claro que no. Como sabrán, hay algunas personas en Sayshell a las que no les gustan los miembros de la Fundación, pero en la universidad somos más cosmopolitas. Vive y deja vivir, es lo que siempre decimos. En otras palabras, los miembros de la Fundación también son personas. ¿Entiende lo que quiero decir?

—Sí, entiendo lo que quiere decir. Muchos de nosotros decimos que los sayshellianos son personas.

—Así es como debe ser. Yo nunca he estado en Términus. Creo que es una gran ciudad.

—No tanto —contestó Trevize con naturalidad—. Sospecho que es más pequeña que la Ciudad de Sayshell.

—Veo que quiere halagarme —replicó ella—. Es la capital de la Confederación de la Fundación, ¿no? Quiero decir, no hay otro Términus, ¿verdad?

—No, que yo sepa sólo hay un Términus, y de allí somos... de la capital de la Confederación de la Fundación.

—Entonces, tiene que ser una ciudad enorme... Y ustedes vienen desde tan lejos para ver al profesor. Nos sentimos muy orgullosos de él, ¿saben? Está considerado como la mayor autoridad de toda la Galaxia.

—¿En serio? —dijo Trevize—. ¿En qué?

La muchacha volvió a abrir desmesuradamente los ojos.

—Es usted un bromista. Sabe más sobre historia antigua que... que yo sobre mi propia familia. —Y continuó andando sobre su pies musicales.

Uno no puede ser tachado de bromista y halagador en tan corto espacio de tiempo sin desarrollar un cierto impulso en esa dirección. Trevize sonrió y dijo:

—¿Supongo que el profesor lo sabe todo sobre la Tierra?

—¿La Tierra? —La joven se detuvo ante la puerta de un despacho y los miró con asombro.

—Ya sabe. El mundo donde se originó la humanidad.

—Oh, se refiere al planeta que existió primero. Supongo que sí. Supongo que debería saberlo todo. Al fin y al cabo, se encuentra en el Sector de Sayshell. ¡Eso lo sabe todo el mundo! Éste es su despacho. Voy a avisarle.

—No, no lo haga —dijo Trevize—. Espere un minuto. Hábleme de la Tierra.

—La verdad es que nunca he oído que nadie lo llamara la Tierra. Supongo que es una palabra de la Fundación. Aquí lo llamamos Gaia.

Trevize lanzó una rápida mirada en dirección a Pelorat.

—¿Ah, sí? Y ¿dónde está situado?

—En ningún sitio. Se encuentra en el hiperespacio y es imposible llegar a él. Cuando yo era niña, mi abuela decía que Gaia había estado una vez en el espacio real, pero sintió tanta repugnancia ante los...

—Delitos y estupideces de los seres humanos —murmuró Pelorat— que, por vergüenza, abandonó el espacio y se negó a tener nada más que ver con los seres humanos que había enviado a la Galaxia.

—Así pues, conoce la historia. ¿Lo ve? Una amiga mía dice que es una superstición. Pienso contárselo. Si es suficientemente buena para profesores de la Fundación...

Una brillante agrupación de letras rezaba sobre el cristal ahumado de la puerta: SOTAYN QUINTESETZ ABT en la complicada caligrafía sayshelliana y debajo de ella se leía: DEPARTAMENTO DE HISTORIA ANTIGUA.

La mujer colocó un dedo sobre un liso círculo metálico. No hubo ningún sonido, pero la fumosidad del cristal se tornó de un blanco lechoso durante un momento y una voz apacible dijo, de un modo abstraído:

—Identifíquese, por favor.

—Janov Pelorat de Términus —dijo Pelorat—, con Golan Trevize, del mismo mundo.

La puerta se abrió inmediatamente.

52

El hombre que se levantó, dio la vuelta a la mesa y salió a su encuentro era alto y de mediana edad. Su piel tenía un leve color tostado y su cabello, peinado con muchos rizos en la coronilla, era gris oscuro. Alargó la mano hacia ellos y su voz fue apacible y suave.

—Soy S.Q. Estoy encantado de conocerlos, profesores.

Trevize dijo:

—Yo no poseo ningún título académico. Sólo acompaño al profesor Pelorat. Puede llamarme simplemente Trevize. Es un placer conocerlo, profesor Abt.

Quintesetz levantó una mano con evidente turbación.

—No, no. Abt sólo es una especie de título absurdo que no tiene ninguna importancia fuera de Sayshell. Hagan caso omiso de él, por favor, y llámenme S.Q. En Sayshell tendemos a usar las iniciales en nuestras relaciones sociales normales. Me alegro mucho de conocer a dos de ustedes cuando no esperaba más que a uno.

Pareció titubear unos momentos, y después alargó la mano derecha tras limpiársela disimuladamente en los pantalones.

Trevize la tomó, preguntándose cuál sería el saludo característico de Sayshell.

Quintesetz dijo:

—Hagan el favor de sentarse. Me temo que encontrarán las butacas un poco incómodas, pero yo, por mi parte, no quiero que mis butacas me abracen. Es algo que actualmente está de moda, pero yo prefiero que un abrazo signifique algo, ¿verdad?

Trevize sonrió y repuso:

—¿Y quién no? Su nombre, S.Q., parece ser de los Mundos Periféricos y no sayshelliano. Le ruego me disculpe si el comentario es impertinente.

—No me molesta. Mi familia procede, en parte, de Askone. Hace cinco generaciones, mis tatarabuelos abandonaron Askone cuando la dominación de la Fundación se hizo demasiado opresiva.

Pelorat exclamó:

—Y nosotros somos miembros de la Fundación. Nuestras disculpas.

Quintesetz agitó la mano con afabilidad.

—No guardo ningún rencor después de cinco generaciones. Si alguien lo hace, peor para él. ¿Les apetece comer algo? ¿O beber? ¿Les gustaría un poco de música de fondo?

—Si no le importa —dijo Pelorat—, me gustaría ir al grano, siempre que las costumbres sayshellianas lo permitan.

—Las costumbres sayshellianas no constituirán una barrera, se lo aseguro. No tiene ni idea de lo casual que es todo esto, doctor Pelorat. Sólo hace dos semanas que leí su artículo sobre las fábulas de los orígenes en la *Revista Arqueológica* y me llamó la atención como síntesis notable... aunque demasiado breve.

Pelorat enrojeció de placer.

—¡Cuánto me satisface que lo haya leído! Naturalmente, tuve que condensarlo, pues la revista no habría publicado un estudio completo. He pensado hacer un tratado sobre el tema.

—Espero que lo haga. En todo caso, tan pronto como lo hube leído, sentí el deseo de verlo. Incluso se me ocurrió ir a Términus para hacerle una visita, aunque eso habría sido difícil de arreglar...

—¿Por qué? —preguntó Trevize.

Quintesetz se mostró confuso.

—Lamento decir que Sayshell no está ansioso por unirse a la Confederación de la Fundación y más bien desaprueba las comunicaciones sociales con ella. Somos neutrales por tradición, ¿saben? Ni siquiera el Mulo nos molestó, excepto para arrancarnos una declaración formal de neutralidad. Por este motivo, cualquier solicitud de permiso para visitar territorio de la Fundación en general, y Términus en particular, es recibida con desconfianza, aunque un erudito como yo, dedicado a los asuntos académicos, seguramente acabaría consiguiendo pasaporte. Pero nada de esto ha sido necesario. Ustedes han venido a mí. Apenas puedo creerlo. Me pregunto a mí mismo: ¿Por qué? ¿Ha oído hablar de mí, como yo he oído hablar de usted?

Pelorat respondió:

—Conozco su trabajo, S.Q., y en mis archivos tengo extractos de sus artículos Por eso he venido a verlo. Estoy investigando al mismo tiempo la cuestión de la Tierra, que es el supuesto planeta de origen de la especie humana, y el primer período de exploración y colonización de la Galaxia. En particular, he venido aquí para preguntar por la fundación de Sayshell.

—Por su artículo —dijo Quintesetz—, supongo que está interesado en mitos y leyendas.

—Incluso más en la historia, los hechos reales, si es que existe. De lo contrario, en los mitos y leyendas.

Quintesetz se levantó y empezó a pasear rápidamente de un lado a otro de su despacho, se detuvo a mirar a Pelorat, y reanudó los paseos.

Trevize dijo con impaciencia:

—¿Y bien, señor?

Quintesetz exclamó:

—¡Curioso! ¡Muy curioso! Precisamente ayer fue...

Pelorat le apremió:

—¿Qué fue precisamente ayer?

Quintesetz repuso:

—Le he dicho, doctor Pelorat... Por cierto, ¿puedo llamarle J.P.? El empleo del nombre completo no me parece natural.

—Hágalo, por favor.

—Le he dicho, J.P., que había admirado su artículo y que había querido verlo. La razón por la que quería verlo era que usted parecía tener una vasta colección de leyendas relativas al principio de los mundos y, sin embargo, no tenía las nuestras. En otras palabras, quería verlo para contarle exactamente lo que usted ha venido a averiguar.

—¿Qué tiene esto que ver con ayer, S.Q.? —preguntó Trevize.

—Tenemos leyendas, una leyenda, muy importante para nuestra sociedad, pues se ha convertido en nuestro misterio...

—¿Un misterio? —interrumpió Trevize.

—No me refiero a un enigma o algo así. Creo que éste sería el sentido de la palabra en el idioma galáctico. Aquí tiene un significado distinto. Significa «algo secreto»; algo cuyo pleno significado sólo conocen algunos iniciados; algo sobre lo que no se debe hablar con extranjeros... Y ayer fue el día.

—¿El día de qué, S.Q.? —preguntó Trevize, exagerando su aire de paciencia.

—Ayer fue el Día de Vuelo.

—Ah —dijo Trevize—, un día de meditación y sosiego, durante el que todo el mundo debe quedarse en casa.

—Algo así, en teoría, aunque en las grandes ciudades, las regiones más sofisticadas, hay poca observancia de las costumbres antiguas... Pero veo que ya están enterados.

Pelorat, a quien el tono de Trevize había inquietado, se apresuró a concretar:

—Algo hemos oído, ya que llegamos ayer.

—Precisamente ayer —dijo Trevize con sarcasmo—. Escuche, S.Q., como sabe, no soy académico, pero me gustaría hacerle una pregunta. Usted ha dicho que se estaba refiriendo a un misterio, del que no se podía hablar con extranjeros. Entonces, ¿por qué nos habla de él? Nosotros somos extranjeros.

—Así es. Pero yo no celebro la festividad y el grado de mi superstición en esta materia es muy escaso. Sin embargo, el artículo de J.P. reforzó el presentimiento que tengo desde hace tiempo. Los mitos y leyendas no surgen de la nada. Ni eso, ni ninguna otra cosa. Siempre hay algo de verdad detrás de todo, aun cuando esté deformada, y a mí me gustaría saber la verdad que se esconde tras nuestra leyenda del Día de Vuelo.

Trevize preguntó:

—¿Es seguro hablar de ello?

Quintesetz se encogió de hombros.

—No demasiado, supongo. Los elementos conservadores de nuestra población se horrorizarían. Sin embargo, no controlan el gobierno y no lo han hecho desde hace un siglo. Los secularistas son fuertes y lo serían aún más si los conservadores no se aprovecharan de nuestro, si me disculpan, prejuicio contra la Fundación. Por otra parte, ya que estoy comentando el asunto por motivos estrictamente académicos, la Liga de Académicos me respaldaría, en caso de necesidad.

—Entonces —dijo Pelorat—, ¿nos hablará de su misterio, S.Q.?

—Sí, pero permítanme asegurarme de que no nos interrumpirán o, lo que es lo mismo, no nos escucharán. Como dice el refrán, aunque haya que enfrentarse al toro, no es necesario tocarle el hocico.

Pulsó varias teclas de un instrumento que había sobre la mesa y declaró:

—Ahora estamos incomunicados.

—¿Está seguro de que no le espían? —preguntó Trevize.

—¿Cómo?

—Por medio de una grabadora o cualquier aparato que le tenga bajo observación, visual o auditivo, o ambas cosas.

Quintesetz se mostró escandalizado.

—¿Aquí, en Sayshell? ¡De ningún modo!

Trevize se encogió de hombros.

—Si usted lo dice...

—Continúe, por favor, S.Q. —rogó Pelorat.

Quintesetz frunció los labios, se recostó en su butaca (que cedió ligeramente bajo la presión) y unió las yemas de los dedos. Parecía estar meditando sobre la manera de empezar.

—¿Saben lo que es un robot? —dijo.

—¿Un robot? —inquirió Pelorat—. No.

Quintesetz miró en dirección a Trevize, que meneó ligeramente la cabeza.

—Sin embargo, ¿saben lo que es una computadora?

—Por supuesto —contestó Trevize con impaciencia.

—Pues bien, una herramienta computadorizada móvil...

—Es una herramienta computadorizada móvil. —Trevize seguía estando impaciente—. Hay innumerables variedades y no conozco ningún término generalizado para designarlas más que herramienta computadorizada móvil.

—... que tiene el mismo aspecto de un ser humano es un robot. —S.Q. terminó su definición con ecuanimidad—. Lo que distingue a un robot es que es humaniforme.

—¿Por qué humaniforme? —preguntó Pelorat con asombro.

—No estoy seguro. Es una forma sumamente ineficaz para una herramienta, se lo garantizo, pero me limito a repetir la leyenda. «Robot» es una palabra antigua de un idioma desconocido, aunque nuestros eruditos dicen que lleva la connotación de «trabajo».

—No se me ocurre ninguna palabra —comentó Trevize con escepticismo— que tenga un sonido semejante a «robot» y pueda relacionarse con «trabajo».

—En galáctico no existe, indudablemente —dijo Quintesetz—, pero esto es lo que afirman.

Pelorat argumentó:

—Puede haber sido una etimología inversa. Estos objetos se utilizan para trabajar, por lo que la palabra debía significar «trabajo». En todo caso, ¿por qué nos cuenta todo esto?

—Porque en Sayshell existe la teoría firmemente arraigada de que, cuando la Tierra era un mundo único y la Galaxia estaba deshabitada, se inventaron y generalizaron los robots. Entonces hubo dos clases de seres humanos: naturales e inventados, de carne y de metal, biológicos y mecánicos, complejos y simples...

Quintesetz hizo una pausa y añadió con una triste carcajada:

—Lo siento. Es imposible hablar de robots sin citar el *Libro de Vuelo*. Los habitantes de la Tierra inventaron los robots... y no necesito decir más. Está muy claro.

—Y ¿por qué inventaron los robots? —preguntó Trevize.

Quintesetz se encogió de hombros.

—¿Quién puede saberlo después de tanto tiempo?

Quizá fueran pocos y necesitaran ayuda, sobre todo en la gran labor de explorar y poblar la Galaxia.

Trevize dijo:

—Es una sugerencia razonable. Una vez la Galaxia estuvo colonizada, los robots dejaron de ser necesarios. Hoy día no hay herramientas humanoides computadorizadas móviles en toda la Galaxia.

—Sea como fuere —dijo Quintesetz—, la historia es la siguiente, si me permiten simplificarla y prescindir de muchos adornos poéticos que, francamente, yo no acepto, aunque la población en general lo haga o simule hacerlo. Alrededor de la Tierra se crearon mundos coloniales que giraban en torno a estrellas cercanas, y esos mundos coloniales eran mucho más ricos en robots que la misma Tierra. Había más necesidad de robots en los mundos nuevos y vírgenes. De hecho la Tierra se replegó, dejó de fabricar robots, y sé sublevó contra ellos.

—¿Qué ocurrió? —preguntó Pelorat.

—Los mundos exteriores eran más fuertes. Con la ayuda de sus robots, los niños derrotaron y controlaron la Tierra, la Madre. Perdónenme, pero no puedo abstenerme de hacer citas. Pero hubo algunos habitantes de la Tierra que huyeron de su mundo; con mejores naves y mejores métodos de viaje hiperespacial. Huyeron a estrellas y mundos muy lejanos, más allá de los cercanos mundos que habían colonizado. Se fundaron nuevas colonias, sin robots en las que los seres humanos podían vivir libremente. Éstos fueron los llamados Tiempos de Vuelo, y el día en que los primeros terrícolas llegaron al Sector de Sayshell, a este mismo planeta en realidad, es el Día de Vuelo, celebrado anualmente desde hace muchos miles de años.

Pelorat manifestó:

—Mi querido amigo, lo que usted está diciendo, entonces, es que Sayshell fue fundado directamente por la Tierra.

Quintesetz reflexionó y titubeó durante unos momentos. Luego, respondió:

—Ésta es la creencia oficial.

—Evidentemente —dijo Trevize—, usted no la acepta.

—A mí me parece que... —empezó Quintesetz y después explotó—: ¡Oh, Grandes Estrellas y Pequeños Planetas, no lo sé! Es demasiado inverosímil pero constituye un dogma oficial y por mucho que se haya secularizado nuestro gobierno, hay que aparentar estar de acuerdo. En fin, vayamos al grano. En su artículo, J.P., no hay indicaciones de que usted conozca esta historia... de robots y dos oleadas de colonización, una menor con robots y otra más importante sin robots.

—Desde luego no la conocía —dijo Pelorat—. Ahora la oigo por primera vez y, mi querido S.Q., le estaré eternamente agradecido por contármela. Me sorprende que nada de esto haya aparecido en ninguno de los documentos...

—Demuestra —dijo Quintesetz— la efectividad de nuestro sistema social. Es nuestro secreto sayshelliano, nuestro gran misterio.

—Tal vez —observó Trevize con sequedad—. Sin embargo, la segunda oleada de colonización, la oleada exenta de robots, debió desplegarse en todas direcciones. ¿Por qué existe este gran secreto sólo en Sayshell?

Quintesetz contestó:

—Es posible que exista en otros lugares y también sea un secreto muy bien guardado. Nuestros propios conservadores creen que sólo Sayshell fue colonizado desde la Tierra y que todo el resto de la Galaxia fue colonizada desde Sayshell. Por supuesto, probablemente eso es un disparate.

Pelorat dijo:

—Estos enigmas subsidiarios pueden resolverse más adelante. Ahora que tengo un punto de partida, puedo buscar informaciones similares en otros mundos. Lo que cuenta es que he descubierto la pregunta que debo hacer y, naturalmente, una buena pregunta es el medio para obtener infinitas respuestas. ¡Qué suerte que...!

Trevize le interrumpió:

—Sí, Janov, pero seguramente el buen S.Q. no nos ha contado toda la historia. ¿Qué fue de las primeras colonias y sus robots? ¿Lo explican sus tradiciones?

—No con detalle, pero sí en esencia. Al parecer, los humanos y humanoides no pueden vivir juntos. Los mundos con robots murieron. No eran viables.

—¿Y la Tierra?

—Los humanos la abandonaron y se establecieron aquí, y seguramente (aunque los conservadores disentirían) también en otros planetas.

—No es posible que todos los seres humanos abandonaran la Tierra. El planeta no pudo quedar desierto.

—Posiblemente no. No lo sé.

Trevize inquirió con brusquedad:

—¿Era radiactivo cuando lo dejaron?

Quintesetz se mostró atónito.

—¿Radiactivo?

—Eso es lo que pregunto.

—Que yo sepa, no. Nunca he oído tal cosa.

Trevize se llevó un nudillo a los dientes y reflexionó. Finalmente dijo:

—S.Q., se está haciendo tarde y creo que ya hemos abusado demasiado de su amabilidad. —Pelorat hizo un gesto como si se dispusiera a protestar, pero Trevize puso una mano encima de su rodilla y Pelorat, aunque de mala gana, calló.

Quintesetz contestó:

—He tenido sumo gusto en ayudarles.

—Lo ha hecho, y si hay algo que nosotros podamos hacer a cambio, no tiene más que decirlo.

Quintesetz se rió quedamente.

—Si el buen J.P. quiere ser tan amable de no mencionar mi nombre en relación con lo que pueda escribir sobre nuestro misterio, se lo agradeceré.

Pelorat contestó con vehemencia:

—Podría recibir los honores que merece, y quizá ser más apreciado, si le permitieran visitar Términus e incluso, tal vez, quedarse allí en calidad de profesor visitante de nuestra universidad durante un tiempo. Quizá logremos arreglarlo. Es posible que a Sayshell no le guste la Fundación, pero también es posible que no quieran rechazar una solicitud formal para que venga a Términus con objeto de asistir, digamos, a un coloquio sobre algún aspecto de la historia antigua.

El sayshelliano casi se levantó.

—¿Está insinuando que puede hacer uso de su influencia para arreglarlo?

—Bueno, no había pensado en ello, pero J.P. tiene toda la razón. Sería factible... si lo intentáramos. Y, por supuesto, cuanto más tengamos que agradecerle, más lo intentaremos —dijo Trevize.

Quintesetz hizo una pausa, y luego frunció el ceño.

—¿A qué se refiere, señor?

—Lo único que tiene que hacer es hablarnos de Gaia, S.Q. —dijo Trevize.

Y todo el entusiasmo del rostro de Quintesetz se desvaneció.

53

Quintesetz bajó la mirada. Se pasó distraídamente la mano por el corto y rizado cabello, después miró a Trevize y frunció los labios. Fue como si hubiera decidido no hablar.

Trevize enarcó las cejas y esperó; finalmente Quintesetz dijo con voz ahogada:

—En verdad se está haciendo tarde... la luz ya es crepusculante.

Hasta entonces había hablado en correcto galáctico, pero ahora sus palabras adquirieron una configuración extraña, como si el modo de hablar sayshelliano desplazara su educación clásica.

—¿Crespusculante, S.Q.?

—Casi es noche cerrada.

Trevize asintió.

—Soy muy desconsiderado. Yo también tengo apetito. ¿Aceptaría que le invitáramos a cenar, S.Q.? Quizá entonces podríamos continuar hablando... de Gaia.

Quintesetz se levantó pesadamente. Era más alto que cualquiera de los dos hombres de Términus, pero también más viejo y gordo, y su peso no le confería una apariencia vigorosa. Parecía más cansado que cuando ellos habían llegado.

Les miró con los ojos entornados y dijo:

—Olvido mi hospitalidad. Ustedes son extranjeros y no estaría bien que me invitaran. Vengan a mi casa. Está en el recinto de la universidad y no muy lejos de aquí. Si desean proseguir la conversación, allí podré hacerlo de un modo más relajado que aquí. Mi único pesar —pareció algo inquieto— es que sólo puedo ofrecerles una comida limitada. Mi esposa y yo somos vegetarianos, y si ustedes prefieren la carne, sólo puedo pedirles disculpas.

Trevize contestó:

—J.P. y yo estaremos encantados de renunciar a nuestros hábitos carnívoros por una comida. Su conversación será suficiente compensación..., espero.

—Puedo prometerles una comida interesante, cualquiera que sea la conversación —dijo Quintesetz— si les gustan nuestras especies sayshellianas. Mi esposa y yo hemos realizado un curioso estudio sobre ellas.

—Aceptaré con interés cualquier exotismo que

tenga a bien ofrecernos, S.Q. —respondió Trevize con frialdad, aunque Pelorat parecía un poco nervioso por la perspectiva.

Quintesetz abrió la marcha. Los tres salieron de la habitación y enfilaron un pasillo aparentemente interminable, a lo largo del cual el sayshelliano fue saludando a estudiantes y colegas, pero sin dar muestras de querer presentar a sus compañeros. Trevize advirtió con inquietud que todos miraban curiosamente su cinturón, que hoy era gris. Por lo visto, los tonos apagados no constituían algo *de rigueur* en el modo de vestir universitario.

Al fin traspusieron una puerta y salieron al exterior. Realmente ya era oscuro y hacía fresco. A lo lejos se veían algunos árboles y una gran extensión de césped bastante lozano bordeaba el camino.

Pelorat hizo un alto, de espaldas a las luces procedentes del edificio que acababan de abandonar y el resplandor que delineaba los senderos del jardín. Miró hacia el cielo.

—¡Qué hermoso! —exclamó—. Hay una famosa frase en un verso de uno de nuestros mejores poetas que habla del «brillo moteado del bello cielo de Sayshell».

Trevize alzó la mirada y dijo en voz baja:

—Nosotros somos de Términus, S.Q., y mi amigo por lo menos, no ha visto ningún otro cielo. En Términus sólo vemos la mortecina neblina de la Galaxia y unas pocas estrellas apenas visibles. Usted apreciaría aún más su propio cielo, si hubiera vivido con el nuestro.

Quintesetz contestó con seriedad:

—Lo apreciamos en lo que vale, se lo aseguro. No se debe tanto a que estamos en una zona poco poblada de la Galaxia, como a que la distribución de las estrellas es notablemente uniforme. No creo que encuentren, en ningún lugar de la Galaxia, estrellas de primera magnitud distribuidas de un modo tan perfecto. Y sin embargo, tampoco hay demasiadas. He visto los cielos de mundos que están dentro del alcance exterior de un racimo globular y allí hay demasiadas estrellas brillantes. Eso echa a perder la oscuridad del cielo nocturno y reduce considerablemente el esplendor.

—Estoy de acuerdo con usted —declaró Trevize.

—Ahora me pregunto —dijo Quintesetz— si habrán visto ese pentágono casi regular de estrellas casi igualmente brillantes. Las Cinco Hermanas, las llamamos. Está por allí, justo encima de la hilera de árboles. ¿Lo ven?

—Lo veo —exclamó Trevize—. Es muy bonito.

—Sí —dijo Quintesetz—. Se cree que simboliza el éxito en el amor, y no hay carta de amor que no termine con un pentágono de puntos para indicar el deseo de hacer el amor. Cada una de las cinco estrellas representa una etapa distinta del proceso y hay famosos poemas que han rivalizado entre sí en describir cada etapa con el mayor erotismo posible. En mi juventud, yo mismo intenté hacer versos sobre el tema y no me imaginaba que llegaría un tiempo en que sentiría tanta indiferencia por las Cinco Hermanas, aunque supongo que es lo normal... ¿Ven la estrella mortecina que hay en el centro de las Cinco Hermanas?

—Sí.

—Ésa —dijo Quintesetz— representa el amor no correspondido. Según la leyenda, esa estrella era tan brillante como las demás, pero palideció de pena. —Y siguió andando rápidamente.

54

La cena, como Trevize no tuvo más remedio que admitir, resultó deliciosa. Hubo una gran variedad de platos y tanto el sazonado como los aderezos fueron sutiles pero efectivos.

Trevize dijo:

—Todas estas verduras, que ha sido un placer comer, por cierto, forman parte de la dieta galáctica, ¿no es así, S.Q.?

—Sí, naturalmente.

—Sin embargo, presumo que también hay formas de vida indígenas.

—Naturalmente. El planeta Sayshell era un mundo oxigenado cuando llegaron los primeros colonizadores, de modo que tenía que ser fructífero. Y nosotros hemos conservado parte de la vida indígena, pueden estar seguros. Tenemos parques naturales muy extensos en los que sobreviven la fauna y la flora del antiguo Sayshell.

Pelorat comentó tristemente:

—En este aspecto van por delante de nosotros, S.Q. En Términus había poca vida terrestre cuando llegaron los seres humanos, y me temo que durante largo tiempo no se hizo ningún esfuerzo para conservar la vida marina, la cual había producido el oxígeno que hizo Términus habitable. Ahora Términus tiene una ecología puramente galáctica.

—Sayshell —dijo Quintesetz con una sonrisa de modesto orgullo— tiene un largo e ininterrumpido historial en lo referente a valorar la vida.

Y Trevize escogió ese momento para decir:

—Cuando hemos salido de su despacho, S.Q., creo que su intención era darnos de cenar y luego hablarnos de Gaia.

La esposa de Quintesetz, una mujer afable, regordeta y muy morena, que había hablado poco durante la cena, alzó los ojos con estupefacción, se levantó y salió de la habitación sin una palabra.

—Mi esposa —dijo Quintesetz con inquietud— es muy conservadora, y se siente un poco intranquila al oír mencionar... la palabra. Les ruego que la disculpen. Pero ¿por qué les interesa tanto?

—Porque es importante para el trabajo de J.P., me temo.

—Pero, ¿por qué me lo preguntan a mí? Estábamos hablando de la Tierra, los robots, la fundación de Sayshell. ¿Qué tiene eso que ver con... lo que ustedes quieren saber?

—Quizá nada, pero todo resulta muy extraño. ¿Por qué se intranquiliza su esposa cuando se hace mención de Gaia? ¿Por qué está usted tan inquieto? Algunos hablan de ello con toda naturalidad. Hoy mismo me han dicho que Gaia es la propia Tierra y que ha desaparecido en el hiperespacio a causa del mal hecho por los seres humanos.

Una expresión de dolor pasó por el rostro de Quintesetz.

—¿Quién les ha dicho esta tontería?

—Una persona a la que he conocido en la universidad.

—Es mera superstición.

—Entonces, ¿no forma parte del dogma central de sus leyendas relativas al Vuelo?

—No, claro que no. No es más que una fábula que surgió entre la gente ignorante.

—¿Está seguro? —preguntó Trevize con frialdad.

Quintesetz se recostó en su silla y contempló los restos de comida que tenía delante.

—Vengan al salón —dijo—. Mi esposa no permitirá que quiten la mesa mientras estemos aquí y hablemos de... esto.

—¿Está seguro de que es una fábula? —repitió Trevize, una vez se hubieron sentado en otra habitación, ante una ventana que se combaba hacia arriba y hacia dentro para proporcionar una clara vista del hermoso cielo nocturno de Sayshell. Las luces de la habitación se amortiguaron para evitar toda rivalidad y el ceñudo semblante de Quintesetz se desdibujó en las sombras.

Quintesetz dijo:

—¿No está usted seguro? ¿Cree que un mundo puede disolverse en el hiperespacio? Debe comprender que el ciudadano normal y corriente sólo tiene una noción muy vaga de lo que es el hiperespacio.

—La verdad es —dijo Trevize— que incluso yo sólo tengo una noción muy vaga de lo que es el hiperespacio, y he estado en él centenares de veces.

—Entonces, les hablaré de realidades. Les aseguro que la Tierra, dondequiera que esté, no se halla dentro de las fronteras de la Unión de Sayshell y que el mundo que ustedes han mencionado no es la Tierra.

—Pero incluso si no sabe dónde está la Tierra, S.Q., tiene que saber dónde está el mundo que he mencionado. Ése sí que se encuentra dentro de las fronteras de la Unión de Sayshell. Lo sabemos, ¿eh, Pelorat?

Pelorat, que había estado escuchando impasiblemente, se sobresaltó al oír su nombre y contestó:

—Y eso no es todo, Golan; yo sé dónde está.

Trevize se volvió a mirarlo.

—¿Desde cuándo, Janov?

—Desde hace un rato, mi querido Golan. Usted nos ha enseñado las Cinco Hermanas, S.Q., mientras veníamos hacia su casa. Ha señalado una estrella mortecina en el centro del pentágono. Estoy seguro de que es Gaia.

Quintesetz titubeó; su cara, oculta en la penumbra, no se prestaba a ninguna interpretación. Al fin dijo:

—Bueno, eso es lo que nuestros astrónomos nos dicen... en privado. Es un planeta que gira alrededor de esa estrella.

Trevize miró a Pelorat con aire reflexivo, pero la expresión de la cara del profesor era indescifrable. Trevize se volvió hacia Quintesetz.

—Entonces, háblenos de esa estrella. ¿Tiene sus coordenadas?

—¿Yo? No. —Fue casi violento en su negativa—.

Aquí no tengo coordenadas estelares. Pueden obtenerlas en nuestro departamento de astronomía, aunque supongo que no sin dificultades. Los viajes a esa estrella no están permitidos.

—¿Por qué no? Se halla dentro de su territorio, ¿no?

—Espaciográficamente, sí. Políticamente, no.

Trevize esperó que añadiera algo más. Cuando vio que no lo hacía, se levantó.

—Profesor Quintesetz —dijo ceremoniosamente— no soy policía, soldado, diplomático ni malhechor. No estoy aquí para arrancarle información. En cambio, me veré obligado a recurrir a nuestro embajador. Sin duda comprenderá usted que no soy yo, por mi propio interés personal, quien solicita esta información. Esto es asunto de la Fundación y no quiero que se produzca ningún incidente interestelar. No creo que la Unión de Sayshell lo quiera tampoco.

Quintesetz dijo con inseguridad:

—¿Cuál es ese asunto de la Fundación?

—Eso es algo de lo que no puedo hablar con usted. Si Gaia es algo de lo que usted no puede hablar conmigo transferiremos la cuestión al nivel gubernamental y, en vista de las circunstancias, puede ser peor para Sayshell. Sayshell ha mantenido su independencia de la Confederación y yo no tengo nada que objetar. No tengo ningún motivo para desear mal alguno a Sayshell y no deseo recurrir a nuestro embajador. De hecho, perjudicaré mi propia carrera al hacerlo, pues me dieron instrucciones estrictas respecto a obtener la información sin involucrar al gobierno. Así pues, haga el favor de decirme si hay algún motivo importante por el que no podamos hablar de Gaia. ¿Le arrestarán o castigarán de algún modo, si habla? ¿Me dirá claramente que no tengo más alternativa que acudir al embajador?

—No, no —respondió Quintesetz, que parecía

muy confuso—. No sé nada de asuntos gubernamentales. Simplemente, no hablamos de ese mundo.

—¿Superstición?

—¡Pues, sí! ¡Superstición! Cielos de Sayshell, ¿en qué aspecto soy mejor que ese necio que les ha dicho que Gaia estaba en el hiperespacio; o que mi esposa, que ni siquiera se atreve a quedarse en una habitación donde se ha nombrado a Gaia y que incluso tal vez haya salido de la casa por miedo a que sea destrozada por un...?

—¿Rayo?

—Por algún ataque del más allá. Y yo, incluso yo, vacilo en pronunciar el nombre. ¡Gaia! ¡Gaia! ¡Las sílabas no dañan! ¡Estoy ileso! Sin embargo, vacilo. Pero, por favor, créanme cuando les digo que no sé las coordenadas de la estrella de Gaia. Puedo tratar de ayudarles a obtenerlas, pero déjenme decirles que en la Unión no hablamos de ese mundo. Ni siquiera pensamos en él. Puedo revelarles lo poco que se sabe, lo que se sabe realmente no lo que se supone, y dudo que puedan averiguar algo más en cualquiera de los mundos de la Unión.

»Sabemos que Gaia es un mundo antiguo y hay quienes creen que es el mundo más antiguo de este sector de la Galaxia, pero no estamos seguros. El patriotismo nos dice que el planeta Sayshell es el más antiguo; el temor nos dice que lo es el planeta Gaia. El único modo de conciliar ambas cosas es suponer que Gaia es la Tierra, ya que se sabe que Sayshell fue colonizado por terrícolas.

»La mayoría de los historiadores piensan, entre ellos, que el planeta Gaia fue fundado independientemente. Piensan que no es una colonia de ningún mundo de nuestra Unión y que la Unión no fue colonizada por Gaia. No hay consenso sobre la edad comparativa, sobre si Gaia fue colonizado antes o después de Sayshell.

Trevize comentó: .

—Hasta ahora, lo que se sabe no es nada, ya que toda alternativa posible es aceptada por unos u otros.

Quintesetz asintió con tristeza.

—Así parece. Nuestra historia ya estaba relativamente avanzada cuando adquirimos conciencia de la existencia de Gaia. Al principio habíamos estado preocupados por formar la Unión, luego por oponernos al Imperio Galáctico, luego por tratar de encontrar nuestro propio papel como provincia imperial y por limitar el poder de los virreyes.

»Ya en plena decadencia del Imperio, uno de los últimos virreyes, sometido a un control central muy débil, se dio cuenta de que Gaia existía y parecía mantener su independencia de la provincia sayshelliana e incluso del mismo Imperio. Estaba protegido por el aislamiento y el secreto, de modo que no se sabía prácticamente nada de él, igual que ahora. El virrey decidió conquistarlo. No tenemos detalles de lo sucedido, pero la expedición fracasó y muy pocas naves regresaron. Naturalmente, en aquella época las naves no eran muy buenas ni estaban muy bien pilotadas.

»El mismo Sayshell se alegró de la derrota del virrey, al que consideraba un opresor imperial, y el fracaso condujo casi directamente al restablecimiento de nuestra independencia. La Unión de Sayshell rompió sus lazos con el Imperio y aún celebramos el aniversario de este acontecimiento en el Día de la Unión. Casi por gratitud dejamos en paz a Gaia durante cerca de un siglo, pero llegó el momento en que nos sentimos suficientemente fuertes para empezar a pensar en un poco de expansión imperialista propia. ¿Por qué no conquistar Gaia? ¿Por qué no establecer, por lo menos, una unión aduanera? Enviamos una flota y también fue derrotada.

»A partir de entonces, nos limitamos a hacer algún que otro intento por comerciar, intentos que fracasaron invariablemente. Gaia se mantuvo aislado y nunca hizo el menor intento por comerciar o comunicarse con algún otro mundo. Tampoco hizo nunca ningún movimiento hostil contra ninguno. Y después...

Quintesetz encendió la luz tocando un interruptor situado en el brazo de su butaca. A la luz, el rostro de Quintesetz adquirió una expresión claramente sardónica.

—Ya que son ciudadanos de la Fundación, quizá recuerden al Mulo —prosiguió.

Trevize se sonrojó. En cinco siglos de existencia, la Fundación sólo había sido conquistada una vez. La conquista sólo había sido temporal y no había obstaculizado seriamente su avance hacia el Segundo Imperio, pero nadie que estuviera resentido con la Fundación y deseara desbaratar su presunción dejaría de mencionar al Mulo, su único conquistador. Y era probable (pensó Trevize) que Quintesetz hubiese aumentado la intensidad de la luz para ver desbaratada la presunción de la Fundación.

—Sí, los que somos de la Fundación recordamos al Mulo —dijo.

—El Mulo —continuó Quintesetz— gobernó un Imperio durante cierto tiempo, un Imperio tan extenso como la Confederación controlada ahora por la Fundación. Sin embargo, no nos gobernó a nosotros. Nos dejó en paz. No obstante, pasó por Sayshell en cierta ocasión. Firmamos una declaración de neutralidad y un tratado de amistad. No pidió nada más. Nosotros fuimos los únicos a los que no pidió nada más antes de que la enfermedad pusiera fin a su expansión y le obligara a esperar la muerte. No fue un hombre irrazonable, ¿saben? No utilizó una fuerza irrazonable, no fue sanguinario, y gobernó humanamente.

—Es que él era el conquistador —replicó Trevize con sarcasmo.

—Como la Fundación —dijo Quintesetz.

Trevize, que no tenía una respuesta preparada, preguntó con irritación:

—¿Tiene algo más que decirnos sobre Gaia?

—Sólo una declaración hecha por el Mulo. Según el relato del histórico encuentro entre el Mulo y el presidente Kallo de la Unión, el Mulo estampó su firma al pie del documento con una rúbrica y dijo: «Por este documento son neutrales incluso respecto a Gaia lo que es una suerte para ustedes. Ni siquiera yo me acercaré a Gaia.»

Trevize meneó la cabeza.

—¿Por qué iba a hacerlo? Sayshell estaba ansioso por mostrarse neutral y Gaia nunca había molestado a nadie. En aquella época el Mulo planeaba la conquista de toda la Galaxia, de modo que, ¿por qué perder el tiempo con nimiedades? Cuando hubiera logrado su objetivo, ya se ocuparía de Sayshell y Gaia.

—Quizá, quizá —repuso Quintesetz—, pero según un testigo presencial, una persona a la que nos inclinamos a creer, el Mulo dejó su pluma mientras decía: «Ni siquiera yo me acercaré a Gaia.» Entonces bajó la voz y, en un susurro que nadie habría podido oír, añadió «otra vez».

—Un susurro que nadie habría podido oír, dice usted. Entonces, ¿cómo es que alguien lo oyó?

—Porque su pluma se cayó de la mesa cuando él la dejó y un sayshelliano se acercó automáticamente y se agachó para recogerla. Tenía la oreja muy cerca de la boca del Mulo cuando éste murmuró «otra vez» y lo oyó. No dijo nada hasta después de la muerte del Mulo.

—¿Cómo pueden estar seguros de que no fue una invención?

—La vida de aquel hombre no induce a creer que fuera capaz de inventar algo así. Su declaración es aceptada.

—¿Y si lo era?

—El Mulo nunca estuvo en la Unión de Sayshell ni en los alrededores, más que en esa ocasión, al menos después de aparecer en la escena galáctica. Si había estado en Gaia alguna vez, tuvo que ser antes de aparecer en la escena galáctica.

—¿Y?

—Pues bien, ¿dónde nació el Mulo?

—No creo que nadie lo sepa —dijo Trevize.

—En la Unión de Sayshell existe la arraigada creencia de que nació en Gaia.

—¿A causa de esas dos palabras?

—Sólo en parte. El Mulo no podía ser derrotado porque tenía extraños poderes mentales. Gaia tampoco puede ser derrotado.

—Gaia todavía no ha sido derrotado. Esto no demuestra necesariamente que no pueda serlo.

—Ni siquiera el Mulo se acercó. Examine los documentos de la época. Compruebe si alguna otra región, aparte de la Unión de Sayshell, fue tratada con tanta consideración. ¿Y saben que nadie que haya ido a Gaia con el propósito de establecer pacíficas relaciones comerciales ha regresado jamás? ¿Por qué creen que sabemos tan poco al respecto?

—Su actitud se parece mucho a la superstición —dijo Trevize.

—Llámelo como quiera. Desde la época del Mulo hemos borrado Gaia de nuestros pensamientos. No queremos que ellos piensen en nosotros. Sólo nos sentimos a salvo si fingimos que no existe. Es posible que el mismo gobierno haya iniciado y alentado la leyenda de que Gaia ha desaparecido en el hiperespacio con la esperanza de que nos olvidemos de que realmente hay una estrella con ese nombre.

—Así pues, ¿usted cree que Gaia es un mundo de Mulos?

—Tal vez. Les aconsejo, por su bien, que no vayan. Si lo hacen, no regresarán jamás. Si la Fundación se entromete en Gaia, demostrará menos inteligencia que el Mulo. Pueden decírselo a su embajador.

—Averígüeme las coordenadas y me marcharé inmediatamente de su mundo. Llegaré a Gaia y regresaré —replicó Trevize.

—Le averiguaré las coordenadas. Naturalmente, el departamento de astronomía trabaja de noche, y las averiguaré ahora, si puedo. Pero déjeme sugerirle una vez más que no intente llegar a Gaia —dijo Quintesetz.

—Pienso intentarlo —repuso Trevize.

Y Quintesetz declaró con pesadumbre:

—Entonces es que quiere suicidarse.

14. ¡ADELANTE!

55

Janov Pelorat contempló el paisaje bañado por la tenue luz del amanecer con una extraña mezcla de pesar e incertidumbre.

—Tendríamos que quedarnos más tiempo, Golan. Parece un mundo agradable e interesante. Me gustaría averiguar algo más de él.

Trevize levantó los ojos de la computadora y sonrió con ironía.

—¿Cree que a mí no? Hemos hecho tres comidas en el planeta, todas distintas y excelentes. Me gustaría seguir disfrutando de ellas. Y las pocas mujeres que hemos visto, las hemos visto de pasada, y algunas parecían muy tentadoras, para... bueno, para lo que tengo en mente.

Pelorat arrugó ligeramente la nariz.

—Oh, mi querido amigo. Con esos cencerros que llaman zapatos, y esa ropa de colores chillones, y esas pestañas tan raras... ¿Se ha fijado en sus pestañas?

—Puede estar seguro de que me he fijado en todo, Janov. Lo que a usted no le gusta es superficial. Sería muy fácil persuadirlas de que se lavaran la cara y, a su debido tiempo, se quitarían los zapatos y los colores.

—Me fiaré de su palabra, Golan. Sin embargo, yo estaba pensando en investigar más a fondo la cuestión de la Tierra. Lo que nos han contado hasta ahora sobre la Tierra es tan insatisfactorio, tan contradictorio..., radiación según una persona, robots según otra.

—Muerte en ambos casos.

—En efecto —reconoció Pelorat de mala gana—, pero es posible que una versión sea cierta y la otra no, o que ambas sean ciertas en algunos aspectos, o que ninguna lo sea. Sin duda, Golan, cuando le explican algo que únicamente sirve para desorientar aún más, sin duda debe desear investigar, aclarar las cosas.

—Así es —dijo Golan—. Por todas las estrellas de la Galaxia, eso es lo que deseo. Sin embargo, el problema inmediato es Gaia. Una vez que lo hayamos resuelto, podremos ir a la Tierra, o regresar a Sayshell para una estancia más larga. Pero primero, Gaia.

Pelorat asintió.

—¡El problema inmediato! Si aceptamos lo que Quintesetz nos ha dicho, sólo la muerte nos espera en Gaia. ¿Cree que debemos ir?

Trevize contestó:

—Es lo que yo mismo me pregunto. ¿Tiene miedo?

Pelorat titubeó como si estuviera sondeando sus propios sentimientos. Luego declaró con sinceridad:

—Sí. ¡Muchísimo!

Trevize se recostó en su butaca y se volvió hacia el profesor. Después dijo seriamente:

—Janov, no hay ningún motivo por el que usted deba correr este riesgo. Diga una sola palabra y le dejaré en Sayshell con sus efectos personales y la mitad de nuestros créditos. Le recogeré cuando vuelva y entonces iremos al Sector de Sirio, si así lo desea, y a la Tierra, si ahí es donde está. Si yo no regreso, los representantes de la Fundación en Sayshell se ocuparán de que usted vuelva a Términus. No habrá resentimientos si se queda, viejo amigo.

Pelorat parpadeó rápidamente y apretó los labios durante unos momentos. Luego, dijo con voz ronca:

—¿Viejo amigo? ¿Cuánto hace que nos conocemos? ¿Una semana o algo así? ¿No es extraño que haya decidido negarme a abandonar la nave? Tengo miedo, pero quiero permanecer con usted.

Trevize movió las manos en un gesto de incertidumbre.

—Pero ¿por qué? Sinceramente, yo no se lo pido.

—No estoy seguro del porqué, y no hace falta que me lo pida. Es... es... Golan, tengo fe en usted. Me da la impresión de que siempre sabe lo que hace. Yo quería ir a Trántor, donde probablemente como ahora veo, no habría sucedido nada. Usted insistió en ir a Gaia y, por alguna razón, Gaia debe ser un centro neurálgico de la Galaxia. Las cosas parecen ocurrir en relación con él. Y si esto no basta, Golan, he visto cómo arrancaba a Quintesetz la información sobre Gaia. ¡Ha sido una baladronada tan hábil! Me he quedado mudo de admiración.

—Así pues, tiene fe en mí.

—Sí, la tengo —afirmó Pelorat.

Trevize puso una mano sobre el antebrazo del profesor y durante unos momentos pareció estar buscando las palabras. Finalmente dijo:

—Janov, ¿me perdonará de antemano si mi decisión es equivocada y, de un modo u otro, se encuentra con... cualquier cosa desagradable que pueda estar esperándonos?

Pelorat contestó:

—Oh, mi querido amigo, ¿por qué lo pregunta? He tomado la resolución libremente y por mis propios motivos, no los suyos. Y, por favor, marchémonos deprisa. No confío en que mi cobardía no me agarre por el cuello y me avergüence durante el resto de mi vida.

—Como usted diga, Janov —repuso Trevize—. Nos marcharemos en cuanto la computadora lo permita. Esta vez haremos la maniobra gravíticamente, en línea recta hacia arriba, tan pronto como sepamos que no hay otras naves en la atmósfera. Y a medida que la atmósfera circundante se vaya haciendo menos densa, nosotros iremos aumentando la velocidad. Dentro de una hora estaremos en espacio abierto.

—Bien —respondió Janov, y destapó una cafetera de plástico. El orificio abierto empezó a humear casi enseguida. Pelorat se acercó la boquilla a la boca y bebió, dejando entrar bastante aire para enfriar el café a una temperatura soportable.

Trevize sonrió.

—Veo que ya ha aprendido a utilizar esas cosas. Es un veterano del espacio, Janov.

Pelorat contempló el recipiente de plástico durante unos momentos y dijo:

—Ahora que tenemos naves capaces de ajustar un campo de gravedad a voluntad, sin duda podemos usar recipientes normales, ¿verdad?

—Por supuesto, pero no creo que nadie quiera renunciar a sus aparatos especiales. ¿Cómo logrará una rata del espacio poner distancia entre él y los gusanos de superficie si usa una taza tradicional? ¿Ve esas anillas que hay en las paredes y el techo? Son tradicionales en la navegación espacial desde hace veinte mil años o más, pero no sirven de nada en una nave gravítica. Sin embargo, ahí están y le apuesto toda la nave contra una taza de café a que su rata del espacio simulará asfixiarse en el despegue y entonces se balanceará de una anilla a otra como si estuviera bajo gravedad nula cuando, en realidad, la gravedad es normal.

—¿Bromea?

—Bueno, quizá un poco, pero la inercia social afecta a todas las cosas, incluido el avance tecnológico. Esas anillas inútiles están ahí y los recipientes que nos dan tienen boquilla.

Pelorat asintió con aire pensativo y tomó otro sorbo de café. Al fin dijo:

—Y ¿cuándo despegamos?

Trevize se rió de buena gana y contestó:

—Demostrado. He empezado a hablar de anillas y ni siquiera se ha dado cuenta de que despegábamos en aquel momento. Ya estamos en el aire.

—No hablará en serio.

—Compruébelo.

Pelorat lo hizo y después observó:

—Pero no he notado nada.

—No se nota nada.

—¿No estamos quebrantando las normas? ¿No deberíamos haber seguido un radiofaro en una espiral ascendente, como hicimos en una espiral descendente para aterrizar?

—No es necesario, Janov. Nadie nos detendrá. Absolutamente nadie.

—Al descender, usted dijo...

—Eso era distinto. No estaban ansiosos por vernos llegar, pero están encantados de vernos marchar.

—¿Por qué dice eso, Golan? La única persona que nos ha hablado de Gaia ha sido Quintesetz y él nos ha suplicado que no fuéramos.

—No lo crea, Janov. Lo ha hecho por puro formulismo. Se ha asegurado de que iríamos a Gaia. Janov, usted me admira por haber arrancado la información a Quintesetz. Lo siento, pero no merezco esa admiración. Aunque no hubiera hecho absolutamente nada, nos la habría dado. Aunque me hubiera tapado los oídos, me la habría gritado.

—¿Por qué dice eso, Golan? Es una locura.

—¿Paranoide? Sí, lo sé. —Trevize se volvió hacia la computadora, se concentró intensamente y declaró—: No intentan detenernos. No hay naves en los alrededores y no se detecta ninguna señal de peligro.

Se volvió de nuevo hacia Pelorat y dijo:

—Vamos a ver, Janov, ¿cómo descubrió la existencia de Gaia? Usted sabía que Gaia existía cuando aún estábamos en Términus. Sabía que se hallaba en el Sector de Sayshell. Sabía que el nombre equivalía a la Tierra. ¿Cómo se enteró de todo esto?

Pelorat pareció envararse y repuso:

—Si estuviese en mi despacho de Términus, podría consultar los archivos. No lo he traído todo, y no recuerdo en qué fecha descubrí esto o aquello.

—Pues inténtelo —dijo Trevize con severidad—. Tenga en cuenta que los mismos sayshellianos se niegan a hablar del tema. Son tan reacios a hablar de Gaia que han alentado la superstición de que no existe tal planeta en el espacio ordinario. De hecho, puedo decirle algo más. ¡Observe!

Trevize se volvió hacia la computadora y alargó las manos hacia los soportes con la desenvoltura de una larga experiencia. Cuando estableció contacto notó, como siempre, que una parte de su voluntad fluía hacia afuera.

—Éste es el mapa galáctico de la computadora, tal como existía en su banco de datos antes de que aterrizáramos en Sayshell. Voy a mostrarle la porción del mapa que representa el cielo nocturno de Sayshell tal como lo vimos anoche.

La habitación se oscureció y una representación de un cielo nocturno surgió en la pantalla.

Pelorat comentó en voz baja:

—Tan hermoso como lo vimos en Sayshell.

—Más hermoso —dijo Trevize con impaciencia—. No hay interferencias atmosféricas de ninguna clase, ni nubes, ni absorción en el horizonte. Pero espere, déjeme realizar un ajuste.

El paisaje cambió, dándoles la incómoda sensación de que eran ellos quienes se movían. Pelorat se agarró instintivamente a los brazos de la butaca para estabilizarse.

—¡Allí! —exclamó Trevize—. ¿Lo reconoce?

—Por supuesto. Son las Cinco Hermanas, el pentágono de estrellas que nos enseñó Quintesetz. Es inconfundible.

—En efecto. Pero ¿dónde está Gaia?

Pelorat parpadeó. No había ninguna estrella mortecina en el centro.

—No está ahí —dijo.

—Exactamente. No está ahí. Y eso es porque su emplazamiento no está incluido en el banco de datos de la computadora. Puesto que resultaría absurdo suponer que dicha omisión se haya hecho deliberadamente por nuestra causa, deduzco que para los galactógrafos de la Fundación que elaboraron ese banco de datos, y que tenían una enorme cantidad de información a su disposición, Gaia era desconocido.

—¿Supone que si hubiéramos ido a Trántor...? —empezó Pelorat.

—Sospecho que allí tampoco habríamos encontrado datos sobre Gaia. Los sayshellianos mantienen su existencia en secreto y, lo que es más, sospecho que los gaianos también lo hacen. Usted mismo me dijo que algunos mundos procuraban pasar desapercibidos para evitar impuestos o interferencias exteriores.

—Normalmente —explicó Pelorat—, cuando los cartógrafos y estadísticos descubren un mundo de éstos, se encuentran en una sección poco poblada de la Galaxia. Su aislamiento les permite esconderse. Gaia no está aislado.

—Así es. Ésa es otra de las cosas que lo hacen anormal. Dejemos este mapa en la pantalla para que usted y yo podamos seguir ponderando la ignorancia de nuestros galactógrafos y permítame volver a preguntárselo... En vista de esta ignorancia por parte de personas tan bien informadas, ¿cómo se enteró usted de la existencia de Gaia?

—He estado reuniendo datos acerca de mitos sobre la Tierra, leyendas sobre la Tierra, e historias sobre la Tierra durante más de treinta años, mi querido Golan. Sin mis archivos completos, ¿cómo puedo yo...?

—Debemos intentarlo, Janov. ¿Se enteró de su existencia, digamos, en los quince primeros años de su investigación o en los quince últimos?

—¡Ah! Bueno, si vamos a ser tan imprecisos, fue últimamente.

—Estoy seguro de que puede concretar un poco más. Supongamos que le sugiero que fue en los dos últimos años.

Trevize forzó la vista en dirección a Pelorat, le resultó imposible ver su cara en la penumbra, y aumentó ligeramente la intensidad de la luz. El fulgor del cielo nocturno reflejado en la pantalla disminuyó en proporción. La expresión de Pelorat era impasible y no revelaba nada.

—¿Y bien? —inquirió Trevize.

—Estoy pensando —contestó Pelorat con suavidad—. Es posible que tenga razón. No podría jurarlo. Cuando escribí a Jimbor, de la Universidad de Ledbet, no le mencioné Gaia, aunque en este caso no habría sido oportuno hacerlo así, y eso fue en... veamos... en el 95, hace tres años. Creo que tiene razón, Golan.

—Y ¿cómo se enteró? —preguntó Trevize—. ¿Por un comunicado? ¿Un libro? ¿Un artículo científico? ¿Una canción antigua? ¿Cómo? ¡Vamos!

Pelorat se recostó en la butaca y cruzó los brazos. Se sumió en sus pensamientos y no se movió. Trevize no dijo nada y esperó.

Finalmente Pelorat declaró:

—Por medio de un comunicado privado. Pero no me pregunte de quién, mi querido muchacho. No lo recuerdo.

Trevize movió las manos sobre su cinturón. Las notaba sudorosas debido a sus esfuerzos por obtener información sin poner las palabras en la boca del otro.

—¿De un historiador? ¿De un experto en mitología? ¿De un galactógrafo? —preguntó.

—Es inútil. No puedo relacionar un nombre con el comunicado.

—Porque, tal vez, no había ninguno.

—Oh, no. Eso no parece posible.

—¿Por qué? ¿Habría usted rechazado un comunicado anónimo?

—Supongo que no.

—¿Recibió alguno?

—Recibo alguno muy de vez en cuando. Últimamente había llegado a ser muy conocido en ciertos círculos académicos como coleccionista de determinados mitos y leyendas, y algunos de mis corresponsales habían sido tan amables de expedirme material recogido de fuentes no académicas. A veces no podía atribuirse a nadie en particular.

—Sí, pero, ¿recibió alguna vez información anónima directamente, y no por medio de algún corresponsal académico? —dijo Trevize.

—Alguna vez, pero muy pocas.

—Y, ¿puede estar seguro de que no fue así en el caso de Gaia?

—Esos comunicados anónimos son algo tan insólito que debería recordar si fue así en este caso. Sin embargo, no puedo asegurar que la información no tenía un origen anónimo. De todos modos, eso no es decir que recibí la información de una fuente anónima.

—Lo comprendo. Pero es una posibilidad, ¿no?

Pelorat respondió, muy de mala gana:

—Supongo que sí. Pero, ¿qué significa todo esto?

—Aún no he terminado —dijo Trevize con tono

perentorio—. ¿De dónde procedía la información, anónima o no? ¿De qué mundo?

Pelorat se encogió de hombros.

—La verdad, no tengo ni la menor idea.

—¿Pudo ser Sayshell?

—Ya se lo he dicho. No lo sé.

—Estoy sugiriéndole que la recibió desde Sayshell.

—Puede sugerir todo lo que quiera, pero eso no lo convierte necesariamente en un hecho.

—¿No? Cuando Quintesetz señaló la estrella mortecina del centro de las Cinco Hermanas, usted supo inmediatamente que era Gaia. Se lo dijo después a Quintesetz, identificándola antes que él. ¿Lo recuerda?

—Sí, por supuesto.

—¿Cómo fue posible? ¿Cómo supo enseguida que la estrella mortecina era Gaia?

—Porque en el material que yo tenía sobre Gaia, raramente se la designaba por ese nombre. Los eufemismos eran corrientes, y muy distintos. Uno de los eufemismos, repetido varias veces, era «el Hermano Menor de las Cinco Hermanas». Otro era «el Centro del Pentágono» y a veces se la denominaba «o Pentágono». Cuando Quintesetz nos enseñó las Cinco Hermanas y la estrella central, las alusiones me vinieron irresistiblemente a la memoria.

—Nunca me había mencionado esas alusiones con anterioridad.

—No sabía qué significaban y no pensaba que fuese necesario tratar el asunto con usted, que no era un... —Pelorat titubeó.

—¿Especialista?

—Sí.

—Se hace cargo, supongo, de que el pentágono de las Cinco Estrellas es una forma enteramente relativa.

—¿Qué quiere decir?

Trevize se rió afectuosamente.

—¡Oh, viejo gusano de superficie! ¿Acaso cree que el cielo tiene una forma objetiva propia? ¿Que las estrellas están clavadas en un lugar determinado? El pentágono tiene la forma que tiene desde la superficie de los mundos del sistema planetario al que pertenece el planeta Sayshell, y sólo desde ahí. Desde un planeta que gire en torno a cualquier otra estrella, el aspecto de las Cinco Hermanas es distinto. Por un lado, se ven desde un ángulo distinto; por otro, las cinco estrellas del pentágono están a distintas distancias de Sayshell y, vistas desde otros ángulos, podría no haber relación visible entre todas ellas. Una o dos estrellas podrían estar en una mitad del cielo, y las demás en la otra mitad. Mire...

Trevize volvió a oscurecer la habitación y se inclinó sobre la computadora.

—Ochenta y seis sistemas planetarios habitados constituyen la Unión de Sayshell. Mantengamos Gaia, o el lugar donde Gaia debería estar, en el mismo sitio —al decir esto, un pequeño círculo rojo apareció en el centro del pentágono de las Cinco Hermanas—, y comprobemos cómo ven el cielo desde uno cualquiera de los otros ochenta y seis mundos tomado al azar.

El cielo cambió y Pelorat parpadeó. El pequeño círculo rojo permaneció en el centro de la pantalla, pero las Cinco Hermanas habían desaparecido. Había estrellas brillantes en las proximidades, pero ningún pentágono bien definido. El cielo cambió otra vez, y otra, y otra. Siguió cambiando. El círculo rojo permaneció siempre en su lugar, pero en ningún momento apareció un pequeño pentágono de estrellas igualmente brillantes. Algunas veces apareció un deformado pentágono de estrellas desigualmente brillantes, pero nada igualaba al hermoso asterismo que Quintesetz había señalado.

—¿Ha tenido suficiente? —preguntó Trevize—. Se lo aseguro, las Cinco Hermanas no pueden verse exactamente como las hemos visto desde cualquier mundo habitado más que desde los mundos del sistema planetario de Sayshell.

—El panorama sayshelliano debió de ser exportado a otros planetas. En la época imperial había muchos proverbios, algunos de los cuales se reflejan incluso en los nuestros, que estaban centrados en Trántor —dijo Pelorat.

—¿Siendo Sayshell tan reservado sobre Gaia como sabemos que es? Y ¿por qué iban a mostrarse interesados unos mundos no pertenecientes a la Unión de Sayshell? ¿Por qué iba a importarles un «Hermano Menor de las Cinco Hermanas» si no veían nada de esto en su propio cielo?

—Quizá tenga razón.

—Entonces, ¿no comprende que su información original tuvo que proceder del mismo Sayshell? No de algún lugar de la Unión, sino específicamente del sistema planetario al que pertenece el mundo capital de la Unión.

Pelorat meneó la cabeza.

—Lo dice como si tuviera que ser así, pero yo no lo recuerdo. Simplemente, no lo recuerdo.

—Sin embargo, ve la fuerza del argumento, ¿verdad?

—Sí, así es.

—Y ahora... ¿Cuándo cree que pudo originarse la leyenda?

—En cualquier época. Supongo que surgió a principios de la Era Imperial. Parece una antigua...

—Se equivoca, Janov. Las Cinco Hermanas están relativamente cerca del planeta Sayshell, por esa razón son tan brillantes. En consecuencia, cuatro de ellas tienen un movimiento propio y ninguna forma parte de la misma familia, de modo que se mueven en direcciones distintas. Observe lo que ocurre si hago retroceder lentamente el mapa en el tiempo.

También ahora el círculo rojo que señalaba el emplazamiento de Gaia permaneció en su lugar, pero el pentágono fue deshaciéndose, a medida que cuatro de las estrellas se alejaban en distintas direcciones y la quinta se desplazaba ligeramente.

—Mire eso, Janov —dijo Trevize—. ¿Le parece que eso era un pentágono regular?

—Claramente asimétrico —respondió Pelorat.

—Y, ¿está Gaia en el centro?

—No, está muy hacia el lado.

—Muy bien. Así es cómo se veía el asterismo hace ciento cincuenta años. Un siglo y medio, eso es todo. El material que usted recibió acerca del «Centro del Pentágono» y demás no tenía sentido hasta este siglo en ningún sitio, ni siquiera en Sayshell. El material que usted recibió tuvo que originarse en Sayshell y a lo largo de este siglo, quizá en la última década. Y lo recibió, a pesar de que Sayshell sea tan reservado acerca de Gaia.

Trevize encendió las luces, apagó el mapa estelar, y miró seriamente a Pelorat.

—Estoy desconcertado. ¿Qué significa todo esto? —dijo Pelorat.

—¿Y a mí me lo pregunta? ¡Piense! Un buen día se me ocurrió la idea de que la Segunda Fundación aún existía. Estaba haciendo un discurso durante mi campaña electoral. Inicié una pequeña estrategia emocional destinada a obtener el voto de los indecisos con un dramático «Si la Segunda Fundación aún existiera...» y poco después me dije a mí mismo: ¿Y si realmente existiera todavía? Empecé a leer libros de historia y, al cabo de una semana, estaba convencido. No había ninguna prueba terminante, pero siempre he creído tener el don de llegar a la conclusión correcta basándome en simples especulaciones. Sin embargo, esta vez...

Trevize caviló un poco, y luego prosiguió:

—Y mire lo que ha sucedido desde entonces. De todas las personas, escogí a Compor para confidente y me traicionó. Después de eso la alcaldesa Branno me hizo arrestar y me envió al exilio. ¿Por qué al exilio, en vez de limitarse a encarcelarme, o a tratar de imponerme silencio con amenazas? ¿Y por qué en una nave último modelo que me da el extraordinario poder de saltar a través de la Galaxia? ¿Y por qué insiste precisamente en que vaya con usted y sugiere que le ayude a buscar la Tierra?

»Y ¿por qué estaba yo tan seguro de que no debíamos ir a Trántor? Estaba convencido de que existía un lugar mejor para nuestras investigaciones y entonces usted me habla del misterioso mundo de Gaia, respecto al cual, como ahora sabemos, recibió información en circunstancias inexplicables.

»Vamos a Sayshell, la primera parada natural, y entonces encontramos a Compor, que nos cuenta una historia sobre la Tierra y su muerte. Después nos asegura que está en el Sector de Sirio y nos recomienda que vayamos allí.

—Ahí tiene. Usted parece estar deduciendo que todas las circunstancias nos empujan hacia Gaia pero, como ha dicho, Compor intentó persuadirnos de que fuéramos a otro lugar —dijo Pelorat.

—Y, en respuesta, yo decidí seguir en nuestra línea de investigación original debido a mi desconfianza hacia ese hombre. ¿No cree que él debía de contar con ello? Es posible que nos aconsejara deliberadamente ir a otro lugar para impedir que lo hiciéramos.

—Eso es mera fantasía —murmuró Pelorat.

—¿De verdad? Prosigamos. Nos ponemos en contacto con Quintesetz simplemente porque estaba a mano...

—De ningún modo —replicó Pelorat—. Yo reconocí su nombre.

—Le pareció familiar. No había leído nada de lo que había escrito... que usted recordara. ¿Por qué le resultó familiar? En cualquier caso, dio la casualidad de que él sí había leído un artículo escrito por usted y le había encantado, ¿hasta qué punto era eso probable? Usted mismo admite que su trabajo no es muy conocido.

»Lo que es más, la joven que nos conducía hasta él menciona gratuitamente Gaia y nos dice que está en el hiperespacio, como para asegurarse de que lo recordaremos. Cuando se lo preguntamos a Quintesetz, se comporta como si no quisiera hablar de ello, pero no nos echa, a pesar de que soy bastante brusco con él. En cambio nos lleva a su casa y, por el camino, se toma la molestia de enseñarnos las Cinco Hermanas. Incluso se asegura de que reparemos en la estrella mortecina del centro. ¿Por qué? ¿No es una extraordinaria sucesión de coincidencias?

—Si las enumera de ese modo... —dijo Pelorat.

—Enumérelas como le plazca —repuso Trevize—. Yo no creo en tan extraordinarias sucesiones de coincidencias.

—Entonces, ¿qué significa todo esto? ¿Que nos están empujando hacia Gaia?

—Sí.

—¿Quién?

Trevize contestó:

—No hay ninguna duda al respecto. ¿Quién es capaz de ajustar las mentes, de dar leves toques a ésta o aquélla, de conseguir desviar el avance en esta o aquella dirección?

—Va a decirme que es la Segunda Fundación.

—Bueno, ¿qué nos han contado sobre Gaia? Es intocable. Las flotas que pretenden atacarlo son destruidas. Las personas que llegan allí no regresan. Ni siquiera el Mulo se atrevió a atacarlo, y el Mulo, de hecho, probablemente nació allí. Todo parece indicar que Gaia es la Segunda Fundación y, después de todo, mi objetivo primordial es averiguarlo.

Pelorat meneó la cabeza.

—Pero, según algunos historiadores, la Segunda Fundación detuvo al Mulo. ¿Cómo podía ser uno de ellos?

—Un renegado, supongo.

—Pero ¿por qué querría la Segunda Fundación arrastrarnos tan inexorablemente hacia la Segunda Fundación?

Trevize tenía la mirada perdida en la lejanía y la frente surcada de arrugas.

—Deduzcámoslo. Siempre le ha parecido muy importante a la Segunda Fundación que la Galaxia sepa lo menos posible acerca de ella. Quiere que su existencia siga siendo desconocida. Es lo único que sabemos de ellos. Durante ciento veinte años se ha creído que la Segunda Fundación había sido destruida, y eso debe de haber sido muy conveniente para sus propósitos. Sin embargo, cuando yo empecé a sospechar que sí existía, no hicieron nada. Compor lo sabía. Podrían haberle utilizado para silenciarme de un modo u otro, aunque fuese matándome. Sin embargo, no hicieron nada.

—Le hicieron arrestar, si es que quiere culpar de ello a la Segunda Fundación. Según lo que usted me explicó, eso dio como resultado que el pueblo de Términus no conociera sus opiniones. El pueblo de la Segunda Fundación alcanzó ese objetivo sin violencia, por lo que quizá piensen, como Salvor Hardin, que «la violencia es el último refugio de los incompetentes» —dijo Pelorat.

—Pero ocultarlo al pueblo de Términus no basta. La alcaldesa Branno conoce mis puntos de vista y, en el peor de los casos, debe de preguntarse si estoy en lo cierto. Y ahora ya es demasiado tarde para atacarnos. Si se hubieran librado de mí en un principio, estarían a salvo. Si me hubieran dejado en paz, quizá también estarían a salvo, pues habrían podido hacer creer a Términus que yo era un excéntrico o tal vez un loco. El previsible derrumbamiento de mi carrera política incluso podría haberme forzado a guardar silencio en cuanto hubiese visto lo que significaría el anuncio de mis creencias.

»Y ahora es demasiado tarde para que hagan nada. La alcaldesa Branno receló tanto de la situación como para enviar a Compor tras de mí y, mucho más astuta que yo, tampoco confió en él, por lo que colocó un hiperrelé en la nave de Compor. En consecuencia, sabe que estamos en Sayshell. Y anoche, mientras usted dormía, hice que nuestra computadora enviara un mensaje directamente a la computadora del embajador de la Fundación en Sayshell, explicándole que nos dirigíamos a Gaia. También me tomé la molestia de darle sus coordenadas. Si la Segunda Fundación nos hace algo ahora, estoy seguro de que la alcaldesa Branno investigará el asunto, y la atención concentrada de la Fundación debe de ser precisamente lo que ellos no quieren.

—¿Les preocuparía atraer la atención de la Fundación, si fueran tan poderosos?

—Sí —respondió Trevize con energía—. Se ocultan porque, en ciertos aspectos, deben de ser débiles, y porque el desarrollo tecnológico de la Fundación tal vez sea incluso mayor de lo que el mismo Seldon pudo prever. El modo discreto, e incluso furtivo, en que están empujándonos hacia su mundo parece demostrar su empeño en no hacer nada que llame la atención. Y en este caso, ya han perdido, al menos en parte, pues han llamado la atención, y dudo que puedan hacer nada para invertir la situación.

Pelorat preguntó:

—Pero ¿por qué hacen todo esto? ¿Por qué se destruyen a sí mismos, si su análisis es correcto, persiguiéndonos a través de la Galaxia? ¿Qué quieren de nosotros?

Trevize miró fijamente a Pelorat y se sonrojó.

—Janov —dijo—, tengo una corazonada al respecto. Poseo este don de llegar a una conclusión correcta partiendo de casi nada. Siento una especie de seguridad en mi interior que me dice cuando tengo razón... y ahora estoy seguro. Yo tengo algo que ellos necesitan, y lo necesitan tanto como para arriesgar su propia existencia. No sé qué puede ser, pero he de averiguarlo, porque si lo tengo y es tan poderoso, quiero poder utilizarlo para lo que yo creo que es correcto. —Se encogió ligeramente de hombros—. ¿Aún desea venir conmigo, viejo amigo, ahora que sabe lo loco que estoy?

Pelorat contestó:

—Le he dicho que tenía fe en usted. Aún la tengo.

Y Trevize se echó a reír con enorme alivio.

—¡Maravilloso! Porque otra de mis corazonadas es que, por alguna razón, usted también es esencial en este asunto. Así pues, Janov, pongamos rumbo hacia Gaia, a toda velocidad. ¡Adelante!

56

La alcaldesa Harla Branno aparentaba mucha más edad que los sesenta y dos años que tenía. No siempre parecía mayor, pero ahora sí. Había estado suficientemente absorta en sus pensamientos para olvidarse de rehuir el espejo y había visto su imagen cuando iba de camino hacia la sala de mapas. Así pues, era consciente de su aspecto maciliento y cansado.

Suspiró. Resultaba agotador. Cinco años de alcaldesa y la verdadera autoridad tras dos títeres durante los doce años anteriores. Todos ellos habían sido tranquilos, todos ellos prósperos, todos ellos... agotadores. Se preguntó qué habría ocurrido si hubiera habido tensiones, fracasos o desastres.

A ella personalmente no le había ido mal —decidió de

pronto—. La acción le habría dado fuerzas. Era la horrible certeza de no poder hacer nada lo que la había consumido.

Era el Plan Seldon lo que tenía éxito y era la Segunda Fundación quien se aseguraba de que continuase teniéndolo. Ella, pese a ser la máxima autoridad de la Fundación (en realidad de la Primera Fundación, aunque nadie en Términus pensara jamás en añadirle el adjetivo), sólo se dejaba llevar.

La historia diría poco o nada sobre ella. Únicamente se hallaba ante los mandos de una astronave, mientras la astronave era pilotada por control remoto.

Incluso Indbur III, que gobernaba durante la catastrófica toma de la Fundación por el Mulo, había hecho algo. Al menos él había fracasado.

¡La alcaldesa Branno no haría nada!

A menos que ese Golan Trevize, ese consejero insensato, ese pararrayos, consiguiera...

Miró el mapa con aire pensativo. No era el tipo de estructura producida por una computadora moderna. Más bien, era un racimo tridimensional de luces que representaba la Galaxia holográficamente en el aire. Aunque no se podía mover, girar, duplicar o reducir, uno podía moverse a su alrededor y verlo desde todos los ángulos.

Una amplia sección de la Galaxia, quizá un tercio del total (excluido el núcleo, que era un «terreno sin vida»), se tornó roja cuando ella tocó un contacto. Era la Confederación de la Fundación, los más de siete millones de mundos habitados gobernados por el Consejo y por ella misma, los siete millones de mundos habitados que votaban a sus representantes en la Casa de los Mundos, la cual debatía cuestiones de menor importancia y les votaba a ellos, y nunca, ni por casualidad, se ocupaba de nada realmente importante.

Otro contacto y una sombra de color rosa se extendió hacia afuera desde los límites de la Confederación, aquí y allí. ¡Esferas de influencia! No era territorio de la Fundación, pero las regiones, aunque nominalmente independientes, jamás soñarían con resistirse a la Fundación.

La alcaldesa no albergaba la menor duda de que ningún poder de la Galaxia podía oponerse a la Fundación (ni siquiera la Segunda Fundación, aunque nadie supiese dónde estaba), y de que la Fundación podía fletar sus modernas naves cuando quisiera y establecer el Segundo Imperio.

Pero sólo habían pasado cinco siglos desde el inicio del Plan. El Plan requería diez siglos para que el Segundo Imperio pudiera ser establecido, y la Segunda Fundación se aseguraría de que el Plan fuese respetado. La alcaldesa meneó tristemente su cabeza gris. Si la Fundación actuaba ahora, fracasaría de algún modo. Aunque sus naves fueran irresistibles, la acción fracasaría.

A menos que Trevize, el pararrayos, atrajera el rayo de la Segunda Fundación, y el rayo pudiera ser rastreado hasta su punto de origen.

Miró a su alrededor. ¿Dónde estaba Kodell? Éste no era momento para que llegara tarde.

Fue como si su pensamiento le hubiera llamado, pues entró en aquel instante, sonriendo alegremente, más parecido que nunca a un benévolo abuelo con su bigote canoso y tez bronceada. Un abuelo, pero no viejo. Sin duda, era ocho años más joven que ella.

¿Cómo era posible que no revelara signos de tensión? ¿Acaso quince años de director de Seguridad no dejaban marca?

57

Kodell inclinó lentamente la cabeza en el ceremonioso saludo que se requería para iniciar una conversación con la alcaldesa. Era una tradición que había existido desde la lamentable época de los Indbur. Casi todo había cambiado, pero la etiqueta seguía siendo la misma.

—Lamento llegar tarde, alcaldesa, pero el arresto del consejero Trevize finalmente empieza a traspasar la anestesiada piel del Consejo —dijo.

—¿Ah sí? —preguntó flemáticamente la alcaldesa—. ¿Nos enfrentamos a una revolución palaciega?

—Ni mucho menos. Todo está controlado. Pero, sin duda, habrá ruido.

—Que hagan ruido. Así se desahogarán, y yo... yo me mantendré al margen. ¿Puedo contar, supongo, con la opinión del público en general?

—Creo que sí. Especialmente con la de fuera de Términus. Nadie fuera de Términus se preocupa por lo que pueda ocurrirle a un consejero descarriado.

—Yo sí.

—¿Ah? ¿Más noticias?

—Liono —dijo la alcaldesa—. Quiero saber algo de Sayshell.

—No soy un libro de historia con dos piernas —contestó Liono Kodell, sonriendo.

—No quiero historia. Quiero la verdad. ¿Por qué es Sayshell independiente? Mírelo. —Señaló el rojo de la Fundación sobre el mapa holográfico y allí, bien adentrado en las espirales internas, había un punto blanco—. Lo tenemos casi encerrado, casi absorbido, pero es blanco. Nuestro mapa ni siquiera indica si es un aliado leal de color rosa.

Kodell se encogió de hombros.

—Oficialmente no es un aliado leal, pero nunca nos molesta. Es neutral.

—De acuerdo. Entonces, vea esto. —Otro toque a los mandos. El rojo se extendió aún más. Cubrió casi la mitad de la Galaxia—. Ésos —dijo la alcaldesa Branno— eran los dominios del Mulo en el momento de su muerte. Si la busca atentamente entre el rojo, encontrará la Unión de Sayshell, esta vez rodeada por completo, pero también en blanco. Es el único enclave al que el Mulo permitió conservar la independencia.

—Entonces también era neutral.

—El Mulo no tenía un gran respeto por la neutralidad.

—En este caso, parece haberlo tenido.

—Parece haberlo tenido. ¿Qué tiene Sayshell?

—¡Nada! Créame, alcaldesa, será nuestro cuando queramos —respondió Kodell.

—¿Ah sí? Sin embargo, por alguna razón, no es nuestro.

—No hay ninguna razón para que queramos que lo sea.

Branno se recostó en su butaca y, con una pasada del brazo sobre los mandos, oscureció la Galaxia.

—Creo que ahora lo queremos.

—¿Perdón, alcaldesa?

—Liono, envié a ese necio consejero al espacio como un pararrayos. Pensé que la Segunda Fundación lo consideraría un peligro mayor de lo que era y consideraría a la misma Fundación un peligro menor. El rayo lo fulminaría y nos revelaría su origen.

—¡Sí, alcaldesa!

—Mi intención era que fuese a las podridas ruinas de Trántor para consultar lo que quedara de su biblioteca, si es que quedaba algo, y buscara la Tierra. Recordará que éste es el mundo donde esos fastidiosos místicos nos dicen que se originó la humanidad, como si eso importara, aun en el improbable caso de que fuese verdad. La Segunda Fundación no habría creído que eso era lo que realmente perseguía y se habrían movido para descubrir lo que buscaba en realidad.

—Pero no fue a Trántor.

—No. Inesperadamente, ha ido a Sayshell. ¿Por qué?

—No lo sé. Pero haga el favor de perdonar a un viejo sabueso cuyo deber es sospechar de todos y dígame cómo sabe que él y ese tal Pelorat han ido a Sayshell. Sé que Compor nos lo ha comunicado, pero, ¿hasta qué punto podemos confiar en Compor?

—El hiperrelé nos dice que la nave de Compor ha aterrizado realmente en el planeta Sayshell.

—Sin duda, pero ¿cómo sabemos que Trevize y Pelorat lo han hecho? Compor puede haber ido a Sayshell por sus propias razones y puede no saber dónde están los otros.

—El hecho es que nuestro embajador en Sayshell nos ha informado de la llegada de la nave donde colocamos a Trevize y Pelorat. No estoy dispuesta a creer que la nave llegó a Sayshell sin ellos. Lo que es más, Compor informa haber hablado con ellos y, si no queremos fiarnos de él, tenemos otros informes que los sitúan en la Universidad de Sayshell, donde consultaron con un historiador sin demasiado renombre.

—Nada de esto —dijo Kodell con mansedumbre— me ha sido comunicado.

Branno irguió la cabeza altiva.

—No se sienta humillado. Yo me ocupo personalmente de este asunto y ya le he puesto al corriente de todo, sin demasiado retraso, por cierto. Las últimas noticias que acabo de recibir proceden del embajador. Nuestro pararrayos sigue adelante. Permaneció dos días en el planeta Sayshell, y luego se marchó. Dice que se dirige hacia otro sistema planetario, a unos diez parsecs de distancia. Le dio el nombre y las coordenadas galácticas de su destino al embajador, quien nos los ha transmitido.

—¿Lo ha corroborado Compor?

—El mensaje por el que Compor nos informaba de que Trevize y Pelorat habían abandonado Sayshell llegó incluso antes que el mensaje del embajador. Compor aún no ha determinado hacia dónde se dirige Trevize. Es de suponer que lo seguirá.

Kodell observó:

—Estamos pasando por alto los porqués de la situación. —Se metió una pastilla en la boca y la chupó con aire meditabundo—. ¿Por qué fue Trevize a Sayshell? ¿Por qué se marchó?

—La pregunta que me intriga más es: ¿Adónde? ¿Adónde va Trevize?

—Creo haberle oído decir, alcaldesa, que le dio el nombre y las coordenadas de su destino al embajador. ¿Está insinuando que mintió al embajador? ¿O que el embajador nos miente a nosotros?

—Aun suponiendo que todo el mundo haya dicho la verdad y que nadie haya cometido ningún error hay un nombre que me interesa. Trevize comunicó al embajador que iba a Gaia. G-A-I-A. Trevize se lo deletreó.

Kodell se sorprendió.

—¿Gaia? Es la primera vez que lo oigo.

—¿De veras? No me extraña. —Branno señaló en el aire el lugar donde había estado el mapa—. En el mapa que hay en esta habitación, yo puedo localizar en un momento cada estrella alrededor de la que gira un mundo habitado y muchas estrellas prominentes con sistemas deshabitados. Si manejo adecuadamente los controles, puedo señalar más de treinta millones de estrellas en unidades aisladas, en pares o en racimos. Puedo señalarlas en cinco colores distintos, de una en una o todas a la vez. Lo que no puedo hacer es encontrar Gaia en el mapa. En este mapa, Gaia no existe.

—Por cada estrella representada en el mapa, hay diez mil que no lo están —observó Kodell.

—De acuerdo, pero las estrellas no representadas carecen de planetas habitados y, ¿para qué querría ir Trevize a un planeta deshabitado?

—¿Ha consultado la computadora central? Tiene

una lista de los trescientos mil millones de estrellas galácticas.

—Eso me han dicho, pero ¿es cierto? Usted y yo sabemos muy bien que varios miles de planetas habitados no constan en ninguno de nuestros mapas, no sólo en el de esta habitación, sino tampoco en la computadora central. Al parecer, Gaia es uno de ellos.

La voz de Kodell siguió siendo pausada, incluso paciente.

—Alcaldesa, quizá no haya absolutamente nada por lo que preocuparse. Trevize puede estar persiguiendo una quimera o puede habernos mentido y no hay ninguna estrella llamada Gaia, y absolutamente ninguna en las coordenadas que nos ha dado. Intenta despistarnos ahora que ha visto a Compor, y quizá supone que vamos tras él.

—¿Cómo quiere despistarnos? Compor no dejará de seguirle. No, Liono, se me ha ocurrido otra posibilidad, y es mucho más inquietante. Escúcheme...

Hizo una pausa y advirtió:

—La habitación está acorazada, Liono. Entiéndalo bien. Nadie puede oírnos, de modo que hable sin reparos. Yo también lo haré.

»Ese tal Gaia, si aceptamos la información, está localizado a diez parsecs del planeta Sayshell, y por lo tanto forma parte de la Unión de Sayshell. La Unión de Sayshell es una zona de la Galaxia muy bien explorada. Todos sus sistemas estelares, habitados o no habitados, están registrados, y todos los habitados son conocidos con detalle. Gaia es la única excepción. Habitado o no, nadie ha oído hablar de él; no figura en ningún mapa. Añadamos a esto que la Unión de Sayshell mantiene un peculiar estado de independencia con respecto a la Confederación de la Fundación, y que incluso lo hizo en relación con los anteriores dominios del Mulo. Ha sido independiente desde la caída del Imperio Galáctico.

—¿Y qué más? —preguntó Kodell con cautela.

—Sin duda los dos puntos están relacionados. Sayshell incorpora un sistema planetario totalmente desconocido y Sayshell es intocable. No pueden ser independientes. Sea Gaia lo que sea, se protege a sí mismo. Procura que no se conozca su existencia fuera de sus alrededores inmediatos, y protege esos alrededores para que ninguna fuerza extranjera pueda conquistarlos.

—¿Está insinuando, alcaldesa, que Gaia es la sede de la Segunda Fundación?

—Sólo estoy diciendo que Gaia merece una inspección.

—¿Me permite mencionar un punto extraño que podría ser difícil de explicar por medio de esta teoría?

—Le ruego que lo haga.

—Si Gaia es la Segunda Fundación y si, durante siglos, se ha protegido físicamente a sí mismo contra los intrusos, protegiendo a toda la Unión de Sayshell como un ancho y profundo escudo, y si incluso ha impedido que su existencia fuera conocida en la Galaxia, ¿por qué se ha desvanecido súbitamente toda esta protección? Trevize y Pelorat parten de Términus y, aunque usted les había aconsejado ir a Trántor, van inmediatamente y sin vacilación a Sayshell y ahora a Gaia. Lo que es más, usted puede pensar en Gaia y especular sobre él. ¿Por qué no se lo impiden de algún modo?

La alcaldesa Branno no contestó durante largo rato. Tenía la cabeza inclinada y su cabello gris brillaba bajo la luz. Al fin dijo:

—Porque creo que el consejero Trevize ha trastornado las cosas de algún modo. Ha hecho algo, o está haciendo algo, que pone en peligro el Plan Seldon de alguna manera.

—Eso es imposible, alcaldesa.

—Supongo que todas las cosas y todas las personas tienen sus defectos. Sin duda, ni siquiera Hari Seldon fue perfecto. El Plan tiene un defecto en algún lugar y Trevize lo ha encontrado, quizá incluso sin saberlo. Tenemos que saber lo que está ocurriendo y tenemos que estar allí.

Finalmente, la expresión de Kodell fue grave.

—No tome decisiones por sí sola, alcaldesa. No queremos actuar sin la debida reflexión.

—No me tome por idiota, Liono. No voy a hacer la guerra. No voy a hacer desembarcar una fuerza expedicionaria en Gaia. Sólo quiero estar allí... o cerca de allí, si lo prefiere. Liono, averígüeme, odio hablar con un Ministerio de la Guerra que es tan ridículamente fanático después de ciento veinte años de paz, pero a usted no parece importarle, averigüe, digo, cuántas naves de guerra se hallan estacionadas cerca de Sayshell. ¿Podemos lograr que sus movimientos parezcan rutinarios y no una movilización?

—En estos bucólicos tiempos de paz, no hay muchas naves en la vecindad, estoy seguro. Pero lo averiguaré.

—Incluso dos o tres serán suficientes, sobre todo si una es de la clase Supernova.

—¿Qué quiere hacer con ellas?

—Quiero que se acerquen lo más posible a Sayshell, sin crear un incidente, y que estén suficientemente cerca una de la otra para ofrecerse apoyo mutuo.

—¿Con qué propósito?

—Flexibilidad. Quiero poder atacar si es necesario.

—¿A la Segunda Fundación? Si Gaia pudo mantenerse aislado e intocable contra el Mulo, sin duda puede resistirse a unas cuantas naves.

Branno, con el brillo de la batalla en los ojos, respondió:

—Amigo mío, le he dicho que nada ni nadie es perfecto, ni siquiera Hari Seldon. Al trazar su Plan, no pudo dejar de ser una persona de su época. Era un matemático de los tiempos del Imperio moribundo, cuando la tecnología casi había desaparecido. De eso se deduce que no pudo dejar espacio suficiente en su Plan para el desarrollo tecnológico. La gravítica, por ejemplo, es una dirección completamente nueva que él no pudo adivinar. Y hay muchas otras cosas.

—Gaia también puede haber avanzado.

—¿Aislado? Vamos. En la Confederación de la Fundación hay diez cuatrillones de seres humanos, entre los cuales han surgido muchos que han aportado contribuciones al desarrollo tecnológico. Un solo mundo aislado no puede hacer nada comparable. Nuestras naves avanzarán y yo estaré en ellas.

—Perdóneme, alcaldesa. ¿Cómo ha dicho?

—Yo misma estaré presente en las naves que se concentrarán en las fronteras de Sayshell. Quiero evaluar personalmente la situación.

Kodell se quedó boquiabierto durante unos momentos. Luego tragó saliva ruidosamente.

—Alcaldesa, esto no es... prudente. —Si alguna vez ha habido un hombre deseoso de hacer una observación más enérgica, éste fue Kodell.

—Prudente o no —replicó Branno con violencia—, lo haré. Estoy harta de Términus y sus inacabables batallas políticas, sus luchas internas, sus alianzas y contraalianzas, sus traiciones y renovaciones. Llevo diecisiete años en el centro de todo esto y quiero hacer alguna otra cosa... cualquier otra cosa. Ahí fuera —agitó la mano en una dirección escogida al azar— puede estar cambiando toda la historia de la Galaxia y quiero tomar parte en el proceso.

—Usted no sabe nada de estas cosas, alcaldesa.

—¿Y quién sí, Liono? —Se puso en pie con rigidez—. En cuanto usted me traiga la información que necesito sobre las naves, y en cuanto yo tome disposiciones para que los necios asuntos de Términus sigan su curso, me marcharé. Y Liono, no intente disuadirme de ningún modo o me olvidaré de nuestra larga amistad y le hundiré. Eso aún puedo hacerlo.

Kodell asintió.

—Lo sé, alcaldesa, pero antes de que se decida ¿puedo pedirle que reconsidere el poder del Plan Seldon? Lo que usted se propone puede ser un suicidio.

—No abrigo ningún temor en ese sentido, Liono. El Plan se equivocó respecto al Mulo, cuya aparición no pudo prever, y si no fue capaz de prever una cosa, también puede no ser capaz de prever otra.

Kodell suspiró.

—En fin, si está realmente decidida, la apoyaré en la medida de mis posibilidades y con absoluta lealtad.

—Bien. Vuelvo a advertirle que será mejor para usted hacerlo así. Y teniendo esto presente, Liono, pongamos rumbo a Gaia. ¡Adelante!

15. GAIA-S

58

Sura Novi entró en la sala de mando de la pequeña y anticuada nave donde Stor Gendibal y ella misma viajaban en pausados saltos a través del espacio.

Era evidente que había estado en el cuarto de aseo compacto, donde aceites, aire tibio, y un mínimo de agua habían refrescado su cuerpo. Iba envuelta en una toalla y se la sujetaba fuertemente con ambas manos en un paroxismo de recato. Tenía el pelo seco pero enredado.

—¿Maestro? —dijo en voz baja.

Gendibal levantó la mirada de los mapas y la computadora.

—¿Sí, Novi?

—Yo estar llena de sentir... —Hizo una pausa y después empezó de nuevo—: Siento mucho molestarte, maestro —entonces volvió a equivocarse—, pero yo estar perdida con mi ropa.

—¿Tu ropa? —Gendibal la miró con desconcierto durante un momento y luego se puso en pie con un acceso de contrición—. Novi, se me ha olvidado. Había que lavarla y está en el cesto de detergente. Está limpia, seca, doblada y a punto. Debería haberla sacado para colocarla a la vista. Lo olvidé.

—No me gustaría... —se miró de arriba abajo— ofender.

—Tú no ofendes —contestó Gendibal con jovialidad—. Escucha, te prometo que cuando esto haya terminado me ocuparé de que tengas mucha ropa, nueva y de última moda. Nos marchamos muy precipitadamente y no se me ocurrió traer una muda, pero en realidad, Novi, sólo estamos nosotros dos y pasaremos algún tiempo juntos en un espacio muy reducido y no hay necesidad de... de... preocuparse tanto... por... —Hizo un ademán impreciso, vio la horrorizada expresión de sus ojos, y pensó: «Bueno, al fin y al cabo, sólo es una campesina y tiene sus normas, seguramente no se opondría a incorrecciones de todas clases... pero con la ropa puesta.»

Entonces se avergonzó de sí mismo y se alegró de que ella no fuese una «sabia», capaz de leer sus pensamientos.

—¿Quieres que vaya a buscarte la ropa? —dijo.

—Oh, no, maestro. No ser tú... Yo sé dónde está.

Cuando volvió a verla, iba debidamente vestida y peinada. Su actitud era muy tímida.

—Estoy avergonzada, maestro, de haberme portado tan inadecuada... mente. Debería haber encontrado la ropa por mí misma.

—No importa —contestó Gendibal—. Estás haciendo muchos progresos en galáctico, Novi. Captas muy rápidamente el lenguaje de los sabios.

Novi sonrió de pronto. Sus dientes eran algo desiguales, pero eso no hizo desmerecer el modo en que su cara se iluminó y se tornó casi dulce al oír el elogio, pensó Gendibal. Se dijo a sí mismo que por esta razón le gustaba elogiarla.

—Los hamenianos no me mirarán bien cuando vuelva a casa —dijo ella—. Dirán que yo ser... soy un tajador de palabras. Así es cómo llaman a alguien que habla de un modo... extraño. A ellos no les gusta eso.

—Dudo que vuelvas a vivir entre los hamenianos, Novi —repuso Gendibal—. Estoy seguro de que continuará habiendo un lugar para ti en el complejo... con los sabios, es decir... cuando esto haya terminado.

—Me gustaría, maestro.

—Supongo que no te importaría llamarme «orador Gendibal» o sólo... No, ya veo que no lo harías —dijo él, observando su expresión de escandalizado reparo—. Oh, está bien.

—No sería correcto, maestro. Pero, ¿puedo preguntarte cuándo terminará esto?

Gendibal meneó la cabeza.

—No lo sé con certeza. Ahora mismo, sólo tengo que llegar a un sitio determinado lo más rápidamente que pueda. Esta nave, que es una nave muy buena para su clase, es lenta y «lo más rápidamente que pueda» no es muy rápidamente. Como ves —señaló la computadora y los mapas—, tengo que trazar la ruta para atravesar grandes extensiones de espacio, pero la capacidad de la computadora es limitada y yo no soy muy hábil.

—¿Tienes que estar rápidamente allí porque hay peligro, maestro?

—¿Qué te hace pensar que hay peligro, Novi?

—Porque a veces te observo cuando creo que no me ves y tu cara parece... no sé la palabra. No sustada... quiero decir, asustada... y tampoco malexpectante.

—Aprensiva —murmuró Gendibal.

—Pareces... preocupado. ¿Es ésta la palabra?

—Depende. ¿Qué quieres decir con «preocupado», Novi?

—Quiero decir que parece como si estuvieras diciéndote a ti mismo: «¿Qué voy a hacer ahora en este gran problema?»

Gendibal se quedó atónito.

—Eso es «preocupado» pero, ¿es eso lo que ves en mi cara, Novi? En el Lugar de los Sabios, tengo mucho cuidado de que nadie vea nada en mi cara, pero pensaba que, solo en el espacio, a excepción de ti, podía relajarme y dejar que mi cara se quedara en ropa interior, por así decirlo... Oh, lo siento. Esto te ha avergonzado. Lo que intento explicarte es que si eres tan perceptiva, tendré que ser más cuidadoso. De tiempo en tiempo he de volver a aprender la lección de que incluso los no mentálicos pueden hacer suposiciones astutas.

Novi lo miró con desconcierto.

—No entiendo, maestro.

—Estoy hablando conmigo mismo, Novi. No te preocupes. Ahí tienes la palabra otra vez.

—Pero, ¿hay peligro?

—Hay un problema, Novi. No sé qué encontraré cuando llegue a Sayshell, que es el lugar adonde vamos. Quizá me encuentre en una situación muy difícil.

—¿Eso no significa peligro?

—No, porque podré controlarlo.

—¿Cómo lo sabes?

—Porque soy un... sabio. Y el mejor de todos ellos. No hay nada en la Galaxia que yo no pueda controlar.

—Maestro —y algo parecido a la angustia desfiguró el rostro de Novi—. No deseo ofensionarte... quiero decir, ofenderte... y hacerte enfadar. Yo te he visto con ese bruto de Rufirant y entonces estabas en peligro, y él sólo era un campesino hameniano. Ahora no sé qué te espera, y tú tampoco.

Gendibal se sintió mortificado.

—¿Tienes miedo, Novi?

—No por mí, maestro. Temo... tengo miedo... por ti.

—Puedes decir «temo» —murmuró Gendibal—. También es correcto.

Por un momento permaneció sumido en sus pensamientos. Luego alzó la mirada, tomó las ásperas manos de Sura Novi entre las suyas, y dijo:

—Novi, no quiero que temas nada. Déjame explicártelo. ¿Sabes cómo has visto que había, o podía haber, peligro por la expresión de mi cara... casi como si pudieras leer mis pensamientos?

—¿Sí?

—Yo puedo leer los pensamientos mejor que tú. Esto es lo que los sabios aprenden a hacer, y yo soy un sabio muy bueno.

Novi abrió mucho los ojos y rescató su mano. Parecía estar conteniendo la respiración.

—¿Tú puedes leer mis pensamientos?

Gendibal se apresuró a levantar un dedo.

—No lo hago, Novi. No leo tus pensamientos, excepto cuando no tengo más remedio. No leo tus pensamientos.

(Sabía que, en un sentido práctico, estaba mintiendo. Era imposible hallarse con Sura Novi y no captar la índole general de algunos de sus pensamientos. No había que ser miembro de la Segunda Fundación para hacerlo. Gendibal comprendió que estaba a punto de sonrojarse. Pero incluso tratándose de una hameniana, dicha actitud resultaba halagadora. Y sin embargo, tenía que tranquilizarla, aunque sólo fuese por humanidad...)

—También puedo cambiar el modo de pensar de la gente. Puedo producirles dolor. Puedo...

Pero Novi estaba meneando la cabeza.

—¿Cómo puedes hacer todo esto, maestro? Rufirant...

—Olvídate de Rufirant —replicó Gendibal con irritación—. Habría podido atajarlo en un momento. Habría podido hacerle caer al suelo. Habría podido hacer que todos los hamenianos... —Se calló de repente, avergonzado de alardear, de intentar impresionar a aquella mujer ignorante. Y ella seguía meneando la cabeza.

—Maestro —dijo—, tú intentas quitarme el miedo, pero yo sólo tengo miedo por ti, de modo que no hay necesidad. Sé que eres un gran sabio y puedes hacer que esta nave vuele por el espacio cuando a mí me parece que ninguna persona lograría otro que... quiero decir, otra cosa... que perderse. Y usas máquinas que yo no puedo entender, y que ninguna persona hameniana podría entender. Pero no necesitas hablarme de estos poderes mentales, que sin duda no son así, ya que todo lo que dices que habrías podido hacer a Rufirant, no lo hiciste, aunque estabas en peligro.

Gendibal apretó los labios. «Más vale dejarlo así —pensó—. Si ella insiste en que no teme por sí misma, más vale dejarlo así.» Sin embargo, no quería que le considerase un apocado y un fanfarrón. Simplemente, no quería.

—Si no le hice nada a Rufirant, fue porque no lo deseaba. Los sabios no debemos hacer nada a los hamenianos. Somos huéspedes en vuestro mundo. ¿Lo entiendes?

—Vosotros sois nuestros amos. Es lo que nosotros siempre decimos.

Por un momento Gendibal se distrajo.

—¿Cómo es, entonces, que Rufirant me atacó?

—No lo sé —repuso ella con sencillez—. No creo que él lo supiera. Debía estar con su yo fuera... uh, fuera de sí.

Gendibal gruñó.

—En todo caso, nosotros no lastimamos a los hamenianos. Si no me hubiera quedado más remedio que detenerle lastimándole, los demás sabios habrían tenido una pobre opinión de mí y quizá habría perdido mi cargo. Pero para evitar que él me lastimara a mí, tendría que haberle manipulado un poco... lo menos posible.

Novi se mostró súbitamente abatida.

—Entonces, no era necesario que yo interviniera a toda prisa, como una tonta.

—Hiciste bien —le aseguró Gendibal—. Acabo de

decirte que yo habría actuado mal lastimándole. Tú hiciste que eso fuera innecesario. Tú le detuviste y eso estuvo bien. Te lo agradezco.

Ella volvió a sonreír, con arrobamiento.

—Ahora comprendo por qué has sido tan amable conmigo.

—Estaba agradecido, naturalmente —dijo Gendibal, algo turbado—, pero lo importante es que comprendas que no hay peligro. Puedo controlar a un ejército de personas normales. Cualquier sabio puede hacerlo, en especial los importantes, y ya te he dicho que soy el mejor de todos. No hay nadie en la Galaxia que pueda resistírseme.

—Si tú lo dices, maestro, estoy segura de ello.

—Lo digo. Y ahora, ¿tienes miedo por mí?

—No, maestro, pero... Maestro, ¿sólo nuestros sabios pueden leer la mente y...? ¿Hay otros sabios, en otros lugares, que puedan oponerse a ti?

Por un momento Gendibal se quedó perplejo. Aquella mujer tenía una perspicacia asombrosa.

Era necesario mentir.

—No los hay— contestó.

—Pero hay tantas estrellas en el cielo... Una vez intenté contarlas y no pude. Si hay tantos mundos de personas como estrellas, ¿no serán sabios algunas de ellas? Aparte de los sabios de nuestro mundo, quiero decir.

—No.

—¿Y si los hay?

—No serán tan fuertes como yo.

—¿Y si saltan de repente sobre ti antes de que te des cuenta?

—No pueden hacerlo. Si algún sabio desconocido se acercara, yo lo sabría enseguida. Lo sabría mucho antes de que pudiera lastimarme.

—¿Podrías huir?

—No tendría que huir. Pero (anticipándose a sus

objeciones) si tuviera que hacerlo, podría refugiarme en otra nave, una nave mejor que cualquiera de la Galaxia. No me alcanzarían.

—¿No podrían cambiar tus pensamientos y obligarte a quedarte?

—No.

—Ellos podrían ser muchos. Tú sólo eres uno.

—En cuanto se acercaran, mucho antes de que ellos lo creyeran posible, yo sabría que estaban ahí y me marcharía. Entonces, todo nuestro mundo de sabios se volvería contra ellos y no podrían resistirse. Y ellos lo sabrían, de modo que no se atreverían a hacerme nada. De hecho, no querrían que yo supiera nada de ellos... y, sin embargo, sería así.

—¿Porque eres mucho mejor que ellos? —preguntó Novi, con el rostro iluminado por un incierto orgullo.

Gendibal no pudo impedirlo. La innata inteligencia y la rápida comprensión de la muchacha eran tales que resultaba un placer estar con ella. Aquel monstruo de voz suave, la oradora Delora Delarmi, le había hecho un favor enorme al imponerle la compañía de esta campesina hameniana.

—No, Novi, no porque yo sea mejor que ellos, aunque lo soy. Es porque tú estás conmigo.

—¿Yo?

—Exactamente, Novi. ¿Lo habías adivinado?

—No, maestro —contestó ella, extrañada—. ¿Qué podría hacer yo?

—Es tu mente. —Levantó la mano enseguida—. No leo tus pensamientos. Sólo veo el contorno de tu mente y es un contorno uniforme, un contorno extraordinariamente uniforme.

La muchacha se llevó una mano a la frente.

—¿Porque soy una ignorante, maestro? ¿Porque soy tan tonta?

—No, querida. —No reparó en el modo de dirigirse a ella—. Es porque eres sincera y sin dobleces; porque eres honrada y hablas sin ambages; porque eres bondadosa y... y otras cosas. Si otros sabios intentaran tocar nuestras mentes, la tuya y la mía, el toque sería instantáneamente visible sobre la uniformidad de tu mente. Yo me daría cuenta de ello incluso antes de advertir un toque sobre mi propia mente, y entonces tendría tiempo para contraatacar; es decir, para rechazarlo.

Un largo silencio sucedió a estas palabras. Gendibal observó que no sólo había felicidad en los ojos de Novi, sino también alborozo y orgullo.

—¿Y me llevaste contigo por esta razón? —dijo con dulzura.

Gendibal asintió.

—Ésta fue una razón importante. Sí.

La voz de la hameniana se convirtió en un susurro.

—¿Cómo puedo ayudarte lo más posible, maestro?

Él contestó:

—Permanece tranquila. No tengas miedo. Y... y sigue siendo como eres.

—Seguiré siendo como soy. Y me interpondré entre ti y el peligro, como hice en el caso de Rufirant —repuso ella.

Salió de la habitación y Gendibal la siguió con la mirada.

Era extraño lo mucho que se escondía en su interior. ¿Cómo podía una criatura tan simple albergar tal complejidad? Bajo la uniformidad de su estructura mental había una inteligencia, una comprensión y un valor enormes. ¿Qué más podía pedir él... de nadie?

De algún modo, percibió una imagen de Sura Novi —que no era una oradora, ni siquiera un miembro de la Segunda Fundación, ni siquiera una mujer instruida— junto a sí mismo, desempeñando un papel secundario vital en el drama que se avecinaba.

Sin embargo, no pudo ver los detalles con claridad. Aún no pudo ver exactamente qué era lo que les esperaba.

59

—Un solo salto —murmuró Trevize— y habremos llegado.

—¿A Gaia? —preguntó Pelorat, mirando la pantalla por encima del hombro de Trevize.

—Al sol de Gaia —respondió Trevize—. Llámelo Gaia-S, si quiere, para evitar confusiones. Los galactógrafos suelen hacerlo.

—Entonces, ¿dónde está Gaia? ¿O debo llamarlo Gaia-P, para designar al planeta?

—Gaia será suficiente para el planeta. Sin embargo, aún no podemos ver Gaia. Los planetas no son tan fáciles de ver como las estrellas, y todavía estamos a cien microparsecs de Gaia-S. Observará que sólo es una estrella, aunque muy brillante. No nos encontramos suficientemente cerca para que se vea como un disco. Y no lo mire directamente, Janov. A pesar de todo, es suficientemente brillante para lesionar la retina. Colocaré un filtro, una vez haya terminado mis observaciones. Entonces podrá mirarlo.

—¿Cuánto son cien microparsecs en unidades que un mitologista pueda entender, Golan?

—Tres mil millones de kilómetros; unas veinte veces la distancia que separa Términus de nuestro propio sol. ¿Le sirve eso de ayuda?

—Enormemente. Pero, ¿no nos acercamos más?

—¡No! —Trevize levantó los ojos con sorpresa—. Por ahora, no. Después de lo que sabemos sobre Gaia, ¿para qué precipitarnos? Una cosa es tener agallas, y otra estar loco. Primero echaremos una ojeada.

—¿A qué, Golan? ¿No ha dicho que aún no podemos ver Gaia?

—A simple vista no. Pero tenemos visores telescópicos y una excelente computadora para análisis rápidos. En primer lugar, podemos estudiar Gaia-S y tal vez realizar alguna otra observación. Relájese, Janov. —Alargó una mano y dio una palmada en el hombro de su compañero.

Tras una pausa, Trevize dijo:

—Gaia-S es una estrella aislada o, si tiene un acompañante, ese acompañante está mucho más lejos de él que nosotros en este momento y, en el mejor de los casos, es una estrella enana de color rojo, así que no debemos preocuparnos. Gaia-S es una estrella G4, lo cual significa que es perfectamente capaz de tener un planeta habitable, y eso es bueno. Si fuese una A o una M, tendríamos que dar media vuelta y marcharnos ahora mismo.

—Es posible que yo sólo sea un mitologista pero, ¿no podríamos haber determinado la clase espectral de Gaia-S desde Sayshell? —dijo Pelorat.

—Podíamos y lo hicimos, Janov, pero nunca está de más verificarlo sobre el terreno. Gaia-S tiene un sistema planetario, lo cual no es ninguna sorpresa. Hay dos gigantes gaseosos a la vista y uno de ellos es muy grande, si la computadora no se ha equivocado al calcular la distancia. Podría fácilmente haber otro en el lado opuesto de la estrella y, por lo tanto, no sería fácilmente detectable, ya que da la casualidad de que estamos cerca del plano planetario. No puedo vislumbrar nada en las regiones interiores, lo cual tampoco constituye una sorpresa.

—¿Es eso malo?

—En realidad, no. Era de esperar. Los planetas habitables serían de roca y metal, mucho más pequeños que los gigantes gaseosos, y estarían mucho más cerca de la estrella, si es que son suficientemente cálidos..., y en ambos casos resultarían mucho más difíciles de ver desde aquí fuera. Eso significa que tendremos que acercarnos mucho más para inspeccionar la zona comprendida dentro del límite de los cuatro microparsecs de Gaia-S.

—Estoy preparado.

—Yo no. Haremos el salto mañana.

—¿Por qué mañana?

—¿Por qué no? Démosles un día para salir y alcanzarnos..., y para huir nosotros, tal vez, si los vemos venir y no nos gusta lo que vemos.

60

Fue un proceso lento y delicado. Durante todo aquel día, Trevize dirigió el cálculo de varias aproximaciones distintas e intentó escoger una de ellas. Como carecía de datos seguros, sólo podía depender de la intuición, que desgraciadamente no le dijo nada. Carecía de aquella «seguridad» que a veces experimentaba.

Al fin marcó las indicaciones para un salto que les trasladara a gran distancia del plano planetario.

—Así tendremos una mejor perspectiva de la región en conjunto —explicó—, ya que veremos los planetas en todas las partes de su órbita a una distancia aparente máxima del sol. Y ellos, sean quienes sean, quizá no vigilen demasiado las regiones que están fuera del plano. Eso espero.

Se encontraban a la misma distancia de Gaia-S que el gigante gaseoso más cercano y grande y estaban a quinientos millones de kilómetros de él. Trevize lo centró sobre la pantalla en la ampliación máxima para que Pelorat lo viese. Era un panorama impresionante, a pesar de que los tres dispersos y estrechos anillos de deyecciones quedaban fuera del encuadre.

—Tiene la habitual comitiva de satélites —dijo Trevize—, pero a esta distancia de Gaia-S, sabemos que ninguno de ellos es habitable. Tampoco están colonizados por seres humanos que sobrevivan, por ejemplo, bajo una cúpula de cristal o en otras condiciones estrictamente artificiales.

—¿Cómo lo sabe?

—No hay ningún ruido radiofónico de características que indique un origen inteligente. Por supuesto —añadió, suavizando enseguida su afirmación—, una avanzada científica podría estar haciendo lo inimaginable para acallar sus señales radiofónicas y el gigante gaseoso produce un ruido radiofónico que podría camuflar lo que yo busco. Sin embargo, nuestra recepción es excelente y nuestra computadora es muy buena. Yo diría que la posibilidad de ocupación humana de esos satélites es sumamente pequeña.

—¿Significa eso que Gaia no existe?

—No. Pero sí significa que si Gaia existe, no se ha molestado en colonizar esos satélites. Quizá carezca de capacidad para hacerlo, o bien del interés necesario.

—Bueno, ¿existe o no?

—Paciencia, Janov. Paciencia.

Trevize miró el cielo con una paciencia aparentemente infinita. Se detuvo en un punto para decir:

—Francamente, el hecho de que no hayan salido para abalanzarse sobre nosotros es, en cierto modo, descorazonador. No cabe duda de que si tuvieran la capacidad que les atribuyen, ya habrían reaccionado.

—Es concebible, supongo —reconoció Pelorat con displicencia—, que todo el asunto sea una fantasía.

—Llámelo un mito, Janov —dijo Trevize con una sonrisa irónica—, y entrará en su especialidad. Sin embargo, hay un planeta en la ecosfera, lo cual significa que puede ser habitable. Me gustaría observarlo al menos durante un día.

—¿Para qué?

—En primer lugar, para asegurarme de que es habitable.

—Acaba de decir que está en la ecosfera, Golan.

—Sí, en este momento lo está. Pero su órbita podría ser muy excéntrica, y tal vez lo acerca a un microparsec de la estrella, o lo aleja hasta quince microparsecs, o ambas cosas. Tendremos que determinar y comparar la distancia que hay desde el planeta hasta Gaia-S con su velocidad orbital; quizá eso nos ayude a averiguar la dirección de su movimiento.

61

Otro día.

—La órbita es casi circular —anunció finalmente Trevize—, lo que significa que la habitabilidad constituye una apuesta mucho más segura. Sin embargo, todavía no ha salido nadie a recibirnos. Tendremos que echar una ojeada desde más cerca.

—¿Por qué tarda tanto en dar un salto? Hasta ahora han sido muy pequeños —dijo Pelorat.

—¡Qué sabrá usted! Los saltos pequeños son más difíciles de controlar que los grandes. ¿Es más fácil coger una piedra o un fino grano de arena? Además, Gaia-S está cerca y el espacio es muy curvo. Eso complica los cálculos incluso para la computadora. Incluso un mitologista debería comprenderlo.

Pelorat gruñó.

—Ahora puede distinguir el planeta a simple vista. Allí. ¿Lo ve? El período de rotación es de unas veintidós horas galácticas y la inclinación axial es de doce grados. Constituye prácticamente un ejemplo de libro de texto sobre un planeta habitable, y tiene vida —afirmó Trevize.

—¿Cómo lo sabe?

—Hay una cantidad sustancial de oxígeno libre en la atmósfera. Eso no es posible sin una vegetación bien arraigada.

—¿Será la vida inteligente?

—Eso depende del análisis de la radiación de ondas hertzianas. Naturalmente, supongo que podría haber una vida inteligente que haya abandonado la tecnología, pero eso parece muy improbable.

—Ha habido casos así —dijo Pelorat.

—Me fiaré de su palabra. Ésta es su especialidad. Sin embargo, no es probable que sólo haya bucólicos supervivientes en un planeta que amedrentó al Mulo.

—¿Tiene satélite? —preguntó Pelorat.

—Sí, lo tiene —contestó Trevize con indiferencia.

—¿De qué tamaño? —inquirió Pelorat con voz súbitamente ahogada.

—No lo sé exactamente. Quizá mida unos cien kilómetros de diámetro.

—¡Válgame el cielo! —exclamó Pelorat con desconsuelo—. Ojalá tuviera un repertorio de imprecaciones más amplio, mi querido amigo, pero había una pequeña posibilidad...

—¿Quiere decir que, si tuviese un satélite gigantesco, podría ser la misma Tierra?

—Sí, pero está claro que no lo es.

—Bueno, si Compor no se equivoca, la Tierra no se encuentra en esta región galáctica, de todos modos. Se encontraría cerca de Sirio. De verdad, Janov, lo siento.

—Qué le vamos a hacer.

—Escuche, esperaremos, y nos arriesgaremos a dar otro pequeño salto. Si no hallamos señales de vida inteligente, no habrá peligro en aterrizar... sólo que entonces no tendremos motivo para aterrizar, ¿verdad?

62

Después del salto siguiente, Trevize dijo con voz atónita.

—Ya está, Janov. Es Gaia, sin duda. Por lo menos, posee una civilización tecnológica.

—¿Lo sabe por las ondas hertzianas?

—Por algo mucho más determinante. Hay una estación espacial girando alrededor del planeta. ¿La ve?

Había un objeto reflejado sobre la pantalla. Para el inexperto Pelorat, no parecía muy notable, pero Trevize dijo:

—Artificial, metálico y fuente de ondas radioeléctricas.

—¿Qué hacemos ahora?

—Nada, de momento. Con este grado de tecnología, no pueden dejar de detectarnos. Si después de un rato, no hacen nada, les enviaré un mensaje. Si continúan sin hacer nada, me acercaré cautelosamente.

—¿Y si hacen algo?

—Dependerá del «algo». Si no me gusta, confiaré en la probabilidad de que no tengan nada que supere la efectividad de esta nave para dar un salto.

—¿Quiere decir que nos marcharemos?

—Como un misil hiperespacial.

—Pero nos iremos sabiendo lo mismo que cuando vinimos.

—De ningún modo. Como mínimo, sabremos que Gaia existe, que tiene una tecnología en funcionamiento, y que ha hecho algo para asustarnos.

—Pero, Golan, no nos dejemos asustar demasiado fácilmente.

—Vamos a ver, Janov, sé que no desea nada más en la Galaxia que descubrir la Tierra a toda costa, pero haga el favor de recordar que yo no comparto su monomanía. Estamos en una nave desarmada y esa gente de ahí abajo se encuentra aislada desde hace siglos. Suponga que nunca hayan oído hablar de la Fundación y no sepan lo suficiente para respetarla. O suponga que ésta sea la Segunda Fundación y, una vez estemos en sus garras, si se sienten molestos con nosotros, tal vez nunca volvamos a ser los mismos. ¿Quiere que le dejen la mente en blanco y encontrarse con que ya no es un mitologista y no sabe nada de ninguna leyenda?

Pelorat torció el gesto.

—Si lo plantea de este modo... Pero ¿qué haremos cuando nos vayamos?

—Muy sencillo. Volver a Términus con la noticia. O a la distancia de Términus que la vieja nos permita. Después podríamos regresar otra vez a Gaia, más rápidamente y sin tantas precauciones, con una nave armada o una flota armada. Entonces las cosas pueden ser muy diferentes.

63

Esperaron. Ya se había convertido en una rutina. Habían pasado más tiempo esperando en las aproximaciones a Gaia que el invertido en el vuelo de Términus a Sayshell.

Trevize ajustó la alarma automática de la computadora e incluso se sintió suficientemente tranquilo para dormitar en su butaca acolchonada.

Esto hizo que se despertara con un sobresalto cuando sonó la alarma. Pelorat entró en la habitación de Trevize, igualmente agitado. En aquellos momentos estaba afeitándose.

—¿Hemos recibido algún mensaje? —preguntó Pelorat.

—No —respondió Trevize con energía—. Estamos avanzando.

—¿Avanzando? ¿Hacia adónde?

—Hacia la estación espacial.

—¿Por qué motivo?

—No lo sé. Los motores están en marcha y la computadora no me responde, pero estamos avanzando. Janov, nos han apresado. Nos hemos acercado demasiado a Gaia.

16. CONVERGENCIA

64

Cuando Stor Gendibal divisó la nave de Compor en la pantalla, le pareció que era el final de un viaje increíblemente largo. Pero, por supuesto, no era el final, sino sólo el principio. El trayecto de Trántor a Sayshell no había sido nada más que el prólogo.

Novi se mostró impresionada.

—¿Es ésta otra nave del espacio, maestro?

—Nave espacial, Novi. Lo es. Es la que queríamos alcanzar. Es una nave más grande que ésta, y mejor. Puede viajar tan rápidamente por el espacio que, si huyera de nosotros, esta nave no podría atraparla... ni siquiera seguirla.

—¿Más rápida que una nave de los maestros? —Sura Novi pareció consternada.

Gendibal se encogió de hombros.

—Como tú dices, es posible que yo sea un maestro, pero no lo soy en todo. Los sabios no tenemos naves como éstas, ni tenemos muchos de los dispositivos materiales que poseen los dueños de esas naves.

—Pero ¿cómo pueden los sabios carecer de tales cosas, maestro?

—Porque somos maestros en lo que es importante.

Los progresos materiales que tienen estos otros son bagatelas.

Las cejas de Novi se juntaron.

—A mí me parece que ir tan rápidamente que un maestro no pueda seguirte no es una bagatela. ¿Quiénes son esas personas que son tenedoras de maravillas... que tienen tales cosas?

Gendibal sonrió con diversión.

—Se llaman a sí mismos la Fundación. ¿Has oído hablar alguna vez de la Fundación?

(Se sorprendió preguntándose qué sabrían o no sabrían los hamenianos de la Galaxia y por qué a los oradores nunca se les ocurría preguntarse estas cosas. ¿O era sólo él quien nunca se las había preguntado, y sólo él quien suponía que los hamenianos no se interesaban más que por trabajar la tierra?)

Novi meneó la cabeza con aire pensativo.

—Nunca he oído hablar de ella, maestro. Cuando el maestro de escuela me enseñó la ciencia de letras... a leer, quiero decir, me explicó que había muchos otros mundos y me dijo los nombres de algunos. Me explicó que nuestro mundo hameniano tenía el nombre propio de Trántor y que en otros tiempos había gobernado todos los mundos. Dijo que Trántor estaba cubierto de brillante hierro y tenía un emperador que era un maestro de todo.

Alzó los ojos hacia Gendibal con tímido regocijo.

—Sin embargo, descreo casi todo. Hay muchas historias que nos cuentan los hiladores de palabras en las salas de reunión en la época de noches más largas. Cuando era pequeña, las creía todas, pero al ir creciendo, fui descubriendo que muchas de ellas no eran verdad. Ahora creo muy pocas; quizá ninguna. Incluso los maestros de escuela cuentan historias increíbles.

—No obstante, Novi, esa historia en particular del maestro de escuela es cierta..., pero ocurrió hace mucho tiempo. Trántor estaba realmente cubierto de metal y tenía realmente un emperador que gobernaba toda la Galaxia. Ahora, sin embargo, es el pueblo de la Fundación quien gobernará todos los mundos algún día. Cada vez son más fuertes.

—¿Todos los mundos, maestro?

—No inmediatamente. Dentro de quinientos años.

—¿Y dominarán también a los maestros?

—No, no. Gobernarán los mundos. Nosotros les gobernaremos a ellos, por su seguridad y la seguridad de todos los mundos.

Novi volvió a fruncir el ceño y preguntó:

—Maestro, ¿tiene el pueblo de la Fundación muchas naves tan admirables como ésta?

—Me imagino que sí, Novi.

—¿Y otras cosas muy... sorprendentes?

—Tienen poderosas armas de todas clases.

—Entonces, maestro, ¿no pueden conquistar todos los mundos ahora?

—No, no pueden. Aún no es tiempo.

—Pero ¿por qué no pueden? ¿Les detendrían los maestros?

—No sería necesario, Novi. Aunque no hiciéramos nada, no podrían conquistar todos los mundos.

—Pero ¿qué les detendría?

—Verás —empezó Gendibal—, hay un plan que trazó una vez un hombre muy sabio...

Se interrumpió, sonriendo ligeramente, y meneó la cabeza.

—Es difícil de explicar, Novi. En otro momento quizá. De hecho, cuando veas lo que sucederá antes de que regresemos a Trántor, es posible que lo comprendas sin que yo te lo explique.

—¿Qué sucederá, maestro?

—No estoy seguro, Novi. Pero todo irá bien.

Se volvió y se preparó para establecer contacto con

Compor. Y, mientras lo hacía, no pudo evitar que un recóndito pensamiento le dijera: «Por lo menos, así lo espero.»

Se enojó instantáneamente consigo mismo, pues sabía cuál era la fuente del absurdo y enervante pensamiento. Era la imagen del enorme poderío de la Fundación bajo la forma de la nave de Compor y su pesar por la manifiesta admiración de Novi.

¡Qué estupidez! ¿Cómo podía comparar la posesión de la mera fuerza y el poder con la posesión de la facultad para guiar los acontecimientos? Era lo que muchas generaciones de oradores habían llamado «la falacia de la mano en la garganta».

¡Pensar que aún no era inmune a sus tentaciones!

65

Munn Li Compor no estaba nada seguro respecto a cómo debería comportarse. Durante la mayor parte de su vida, había tenido la visión de unos oradores todopoderosos que existían más allá de su círculo de experiencia; oradores con los que estaba en contacto de vez en cuando y que tenían a toda la humanidad en su misterioso poder.

De todos ellos, se había vuelto hacia Stor Gendibal, en tiempos recientes, para buscar ayuda. No era siquiera una voz lo que había encontrado la mayor parte de las veces, sino una mera presencia en su mente; hiperlenguaje sin hiperrelé.

En este aspecto, la Segunda Fundación había llegado mucho más lejos que la Fundación. Sin dispositivo material, sólo mediante el educado y desarrollado poder de la mente, podían comunicarse a través de los parsecs de un modo que nadie era capaz de transgredir. Era un sistema invisible e indetectable que mantenía el control sobre todos los mundos por medio de unos pocos individuos.

Compor había experimentado, más de una vez, una especie de exaltación al pensar en su papel. Qué reducido era el grupo del que formaba parte; qué enorme influencia ejercían. Y qué secreto era todo. Ni siquiera su esposa sabía nada de su vida oculta.

Y eran los oradores quienes movían los hilos; y este orador en particular, este Gendibal, podía ser (pensaba Compor) el siguiente primer orador, el más-que-un-emperador del más-que-un-Imperio.

Ahora Gendibal estaba aquí, en una nave de Trántor, y Compor intentaba borrar su decepción por el hecho de que el encuentro no tuviese lugar en el mismo Trántor.

¿Podía ser aquello una nave de Trántor? Cualquiera de los primeros comerciantes que habían llevado los productos de la Fundación a través de una Galaxia hostil habría tenido una nave mejor que aquélla. No era extraño que el orador hubiese tardado tanto en cubrir la distancia de Trántor a Sayshell.

Ni siquiera estaba equipada con el mecanismo de acoplamiento que habría unido las dos naves para el transbordo. Incluso la desdeñable flota sayshelliana lo poseía. En cambio, el orador tuvo que igualar las velocidades y después lanzar una correa sobre el abismo y deslizarse por ella, como en tiempos imperiales.

Exactamente igual, pensó Compor con abatimiento, incapaz de refrenar la sensación. La nave no era más que una anticuada embarcación imperial y, por si esto fuera poco, pequeña.

Dos figuras avanzaban a lo largo de la correa, una de ellas tan torpemente que debía de ser la primera vez que se aventuraba a salir al espacio.

Al fin llegaron a bordo y se quitaron los trajes espaciales. El orador Stor Gendibal era un hombre de estatura media y aspecto normal; no era grande ni vigoroso, ni exudaba un aire de saber. Sus ojos oscuros y hundidos constituían la única indicación de su sabiduría. Pero entonces el orador miró en torno suyo con una clara indicación de estar impresionado.

El otro era una mujer tan alta como Gendibal, de aspecto vulgar. Abrió la boca con estupefacción mientras miraba a su alrededor.

66

Deslizarse por la correa no había sido una experiencia totalmente desagradable para Gendibal. No era astronauta, ningún miembro de la Segunda Fundación lo era, pero tampoco era un completo gusano de superficie, pues a ningún miembro de la Segunda Fundación se le permitía serlo. Al fin y al cabo, la posible necesidad de emprender un vuelo espacial era una amenaza constante para todos ellos, aunque hasta el último miembro de la Segunda Fundación esperaba que esa necesidad no surgiera con frecuencia. (Preem Palver, cuya experiencia en viajes espaciales era legendaria, había dicho una vez, sin poder ocultar su tristeza, que la medida del éxito de un orador era la escasez de veces que tuviera que salir al espacio para asegurar el éxito del Plan.)

Gendibal había tenido que utilizar una correa en tres ocasiones. Ésta era la cuarta y, aunque le hubiese causado ansiedad, habría desaparecido ante su inquietud por Sura Novi. No necesitó la mentálica para ver que su próxima salida al vacío la había trastornado completamente.

—Yo ser temerosa, maestro —dijo, cuando él le explicó lo que debería hacer—. Ser la vaciedad y yo no puedo poner el pie en nada. —Si no otra cosa, su repentina adopción del dialecto hameniano habría revelado el alcance de su preocupación.

Gendibal arguyó con amabilidad:

—No puedo dejarte a bordo de esta nave, Novi, porque yo iré a la otra y debo tenerte conmigo. No hay peligro, pues tu traje espacial te protegerá de todo mal y no hay lugar donde puedas caerte. Aunque llegues a soltarte de la correa, permanecerás casi en el mismo sitio y yo estaré cerca para cogerte. Vamos, Novi, demuéstrame que eres valiente, y suficientemente inteligente para convertirte en sabia.

No hizo más objeciones y Gendibal, aunque reacio a alterar la uniformidad de su mente, se decidió a inyectar un toque tranquilizador en la superficie de la misma.

—Puedes seguir hablándome —dijo, una vez se hubieron puesto los trajes espaciales—. Te oiré si piensas intensamente. Piensa las palabras con intensidad y claridad, una por una. Me oyes ahora, ¿verdad?

—Sí, maestro —contestó ella.

Gendibal vio moverse sus labios a través de la placa transparente y dijo:

—Habla sin mover los labios, Novi. No hay radio en los trajes de los sabios. Todo se hace con la mente.

Los labios de Novi no se movieron y su expresión se hizo más ansiosa: «¿Me oyes, maestro?»

«Perfectamente bien —pensó Gendibal, sin mover tampoco los labios—. ¿Me oyes tú?»

«Sí, maestro.»

«Entonces, ven conmigo y haz lo que yo haga.»

Salieron de la nave. Gendibal sabía la teoría, aunque sólo dominara la práctica moderadamente bien. El truco era mantener las piernas juntas y extendidas, y balancearlas sólo desde las caderas. Esto hacía que el centro de gravedad se desplazara en línea recta mientras los brazos se balanceaban hacia adelante en una alternancia continua. Se lo había explicado a Sura Novi y, sin volverse a mirarla, examinó la actitud de su cuerpo por la configuración de las zonas motoras de su cerebro.

Para ser una novata, lo hizo muy bien, casi tanto como Gendibal. Reprimió sus propias tensiones y siguió todas las indicaciones. Gendibal se sintió, una vez más, muy satisfecho de ella.

Sin embargo, no pudo ocultar su alegría al hallarse de nuevo en una nave, y Gendibal tampoco. Miró a su alrededor mientras se quitaba el traje espacial y se quedó atónito al ver el lujo y la calidad del equipo. No reconoció casi nada, y se le cayó el alma a los pies al pensar que tal vez dispusiera de muy poco tiempo para aprender a manejarlo todo. Tal vez tendría que absorber los conocimientos del hombre que ya estaba a bordo, lo cual nunca era tan satisfactorio como el verdadero saber.

Luego se concentró en Compor. Compor era alto y delgado, unos cinco años mayor que él, bastante apuesto en un estilo ligeramente frágil, y con un ensortijado cabello de un sorprendente amarillo mantecoso.

Gendibal vio claramente que se sentía decepcionado, hasta el desdén, por el orador con quien ahora se encontraba por primera vez. Lo que es más, ni siquiera lograba ocultarlo.

En general, a Gendibal no le importaban esas cosas. Compor no era trantoriano, ni tan sólo un miembro verdadero de la Segunda Fundación, y evidentemente tenía sus ilusiones. Incluso el más superficial examen de su mente lo revelaba. Entre ellas estaba la ilusión de que el poder real se relacionaba necesariamente con la apariencia de poder. Sin duda, podía conservar sus ilusiones siempre que no fuesen obstáculo para lo que Gendibal necesitaba, pero en aquel momento, esa ilusión determinada constituía un obstáculo.

Lo que Gendibal hizo fue el equivalente mentálico de un chasquido de los dedos. Compor se sobresaltó ligeramente bajo la impresión de un dolor agudo pero fugaz. Fue una impresión de concentración impuesta que arrugó la corteza de su pensamiento y le hizo consciente de un poder enorme que podría ser utilizado si el orador lo deseaba.

Compor sintió instantáneamente un gran respeto por Gendibal.

Gendibal dijo con amabilidad:

—Sólo quiero atraer su atención, Compor, amigo mío. Haga el favor de comunicarme el paradero de su amigo Golan Trevize, y el amigo de éste, Janov Pelorat.

Compor respondió con indecisión:

—¿Puedo hablar en presencia de la mujer, orador?

—La mujer, Compor, es una prolongación de mí mismo. Así pues, no hay ningún motivo por el que no pueda hablar sin reservas.

—Como usted diga, orador. Trevize y Pelorat están aproximándose a un planeta conocido como Gaia.

—Eso me decía en su último comunicado. Seguramente ya han aterrizado en Gaia y tal vez hayan vuelto a marcharse. No se quedaron demasiado tiempo en el planeta Sayshell.

—Aún no habían aterrizado mientras yo los seguía, orador. Se acercaban al planeta con grandes precauciones, deteniéndose durante períodos sustanciales entre uno y otro microsalto. Está claro que no tienen información sobre el planeta y, por lo tanto, vacilan.

—¿Tiene usted información, Compor?

—Ninguna, orador —dijo Compor—, o por lo menos, la computadora de mi nave no la tiene.

—¿Esta computadora? —Los ojos de Gendibal se posaron sobre el panel de mandos y preguntó con súbita esperanza—: ¿Es capaz de ayudar a pilotar la nave?

—Es capaz de pilotar la nave por sí sola, orador. Sólo es necesario pensar en lo que se quiere que haga.

Gendibal se sintió repentinamente inquieto.

—¿Es que la Fundación ha llegado tan lejos?

—Sí, pero de un modo muy torpe. La computadora no funciona bien. Tengo que repetir mis pensamientos varias veces e incluso así sólo obtengo una información mínima.

—Quizá yo pueda conseguir algo más —dijo Gendibal.

—Estoy seguro de ello, orador —contestó Compor respetuosamente.

—Pero dejemos eso por el momento. ¿Por qué no tiene información sobre Gaia?

—No lo sé, orador. Alega tener información, si es que se puede decir que una computadora es capaz de alegar, sobre todos los planetas de la Galaxia habitados por seres humanos.

—No puede tener más información de la que le han proporcionado, y si los que la procesaron creían tener datos sobre todos esos planetas cuando, en realidad, no los tenían, la computadora funcionaría bajo ese mismo malentendido. ¿Correcto?

—Desde luego, orador.

—¿Hizo usted averiguaciones en Sayshell?

—Orador —repuso Compor con desasosiego—, en Sayshell hay personas que hablan sobre Gaia, pero lo que dicen es absurdo. Una mera superstición. Sostienen que Gaia es un mundo poderoso que incluso mantuvo alejado al Mulo.

—¿Eso dicen? —preguntó Gendibal, reprimiendo la excitación—. ¿Estaba tan seguro de que era una superstición que no pidió detalles?

—No, orador. Seguí preguntando, pero lo que acabo de contarle es lo único que saben. Pueden hablar del tema durante largo rato, pero cuando han terminado, todo se reduce a lo que acabo de contarle.

—Al parecer —dijo Gendibal—, eso es también lo que Trevize ha averiguado, y va a Gaia por alguna razón relacionada con ello..., para comprobar si es cierto, quizá. Y lo hace con cautela, porque quizá también teme ese gran poder.

—Es muy posible, orador.

—Y, sin embargo, ¿no lo siguió?

—Claro que lo seguí, orador, lo suficiente para asegurarme de que se dirigía hacia Gaia. Después regresé a las afueras del sistema gaiano.

—¿Por qué?

—Por tres razones, orador. Primera, usted estaba a punto de llegar y yo quería ir a su encuentro y traerle a bordo cuanto antes, tal como usted me indicó. Ya que mi nave tiene un hiperrelé a bordo, no podía alejarme demasiado de Trevize y Pelorat sin despertar sospechas en Términus, pero consideré que podía arriesgarme a venir hasta aquí. Segunda, cuando vi que Trevize se acercaba muy lentamente al planeta Gaia, consideré que yo tendría tiempo suficiente para venir a recibirle y apresurar nuestro encuentro sin ser sorprendido por los acontecimientos, en especial porque usted sería más competente que yo para seguirlo hasta el mismo planeta y para resolver cualquier problema que pudiera surgir.

—Muy cierto. ¿Y la tercera razón?

—Desde nuestra última comunicación, orador, ha sucedido algo que yo no esperaba y que no comprendo. Pensé que, también por esta razón, debía apresurar nuestro encuentro todo lo posible.

—¿Y este acontecimiento que no esperaba y no comprende?

—Unas naves de la flota de la Fundación están aproximándose a la frontera sayshelliana. Mi computadora ha obtenido la información por los noticiarios radiofónicos sayshellianos. Un mínimo de cinco sofisticadas naves componen la flotilla y tienen poder suficiente para arrollar Sayshell.

Gendibal no contestó enseguida, pues no era conveniente demostrar que él tampoco esperaba ese hecho... o que no lo comprendía. Así pues, al cabo de un momento, dijo con indiferencia:

—¿Supone que esto tiene algo que ver con el avance de Trevize hacia Gaia?

—Sin duda se produjo inmediatamente después, y si B sigue a A, hay una posibilidad de que A causara B —respondió Compor.

—Bueno, parece ser que todos convergemos sobre Gaia; Trevize y yo, y la Primera Fundación. Ha actuado bien, Compor —dijo Gendibal—, y esto es lo que haremos ahora. En primer lugar, me enseñará cómo funciona esta computadora y, al mismo tiempo, cómo se maneja la nave. Estoy seguro de que no tardaremos demasiado tiempo.

»Después de eso, usted irá a mi nave, ya que entonces habré impresionado sobre su mente cómo se maneja. No tendrá ningún problema, aunque debo decirle, como sin duda habrá adivinado por su aspecto, que la encontrará muy primitiva. Una vez esté al mando de la nave, la mantendrá aquí y me esperará.

—¿Cuánto tiempo, orador?

—Hasta que regrese. No creo que tarde tanto como para que usted se quede sin provisiones, pero si algo me retrasa, puede ir a algún planeta habitado de la Unión de Sayshell y esperar allí. Dondequiera que esté, le encontraré.

—Como usted diga, orador.

—Y no se alarme. Puedo controlar este misterioso Gaia y, si es necesario, las cinco naves de la Fundación.

67

Littoral Thoobing había sido embajador de la Fundación en Sayshell durante siete años. Le gustaba el cargo.

Alto y bastante robusto, llevaba un tupido bigote castaño en una época en que la moda preponderante, tanto en la Fundación como en Sayshell, era ir afeitado.

Aunque sólo contaba cincuenta y cuatro años, tenía el rostro surcado de arrugas, y era muy dado a una disciplinada indiferencia. Su actitud hacia el trabajo que llevaba a cabo no era manifiesta.

Sin embargo, le gustaba el cargo. Le mantenía alejado de la tumultuosa política de Términus, lo cual consideraba valioso, y le daba la oportunidad de vivir como un sibarita sayshelliano y mantener a su esposa e hija en el nivel al que se habían acostumbrado. No quería que su vida cambiara.

Por otra parte, tenía una cierta aversión a Liono Kodell, quizá porque Kodell también lucía bigote, aunque más pequeño, más corto y blanquecino. En los viejos tiempos, habían sido las dos únicas personalidades de la vida pública que siguieron esa moda y había habido una especie de rivalidad entre ellos por esta causa. Ahora (pensaba Thoobing) ya no había ninguna; el de Kodell era despreciable.

Kodell había sido director de Seguridad mientras Thoobing aún estaba en Términus, soñando con enfrentarse a Harla Branno en la carrera por la alcaldía, hasta que lo compraron con la embajada. Naturalmente, Branno lo había hecho por su propio bien pero él había terminado agradeciéndoselo.

Sin embargo no sentía lo mismo hacia Kodell. Quizá fuese por la resuelta alegría de Kodell, el modo en que siempre era una persona amigable, incluso después de decidir la manera exacta en que te cortaría la garganta.

Ahora lo tenía frente a sí, en imagen hiperespacial, tan alegre como siempre y rebosando cordialidad. Naturalmente, su cuerpo real estaba en Términus, lo cual le ahorró a Thoobing la necesidad de ofrecerle alguna muestra física de hospitalidad.

—Kodell —dijo—, quiero que esas naves sean retiradas.

Kodell sonrió con afabilidad.

—Caramba, yo también, pero la vieja se ha empeñado.

—Usted sabe persuadirla de lo que sea.

—En alguna ocasión... quizá lo haya hecho. Cuando ella quería dejarse persuadir. Esta vez no quiere. Thoobing, haga su trabajo. Mantenga Sayshell en calma.

—No estoy pensando en Sayshell, Kodell. Estoy pensando en la Fundación.

—Como todos.

—Kodell, no se escabulla. Quiero que me escuche.

—Encantado, pero éstos son días de mucha agitación en Términus y no le escucharé eternamente.

—Seré tan breve como pueda... al comentar la posibilidad de que la Fundación sea destruida. Si esta línea hiperespacial no está intervenida, hablaré sin reservas.

—No está intervenida.

—Entonces, ahí va. Hace unos días recibí un mensaje de un tal Golan Trevize. Recuerdo a un Trevize de mis propios tiempos de político, un comisionado de transportes.

—El tío de ese joven —aclaró Kodell.

—Ah, así pues, conoce al Trevize que me envió el mensaje. Según los datos que he reunido desde entonces, se trataba de un consejero que, tras la satisfactoria resolución de la última crisis Seldon, fue arrestado y enviado al exilio.

—Exactamente.

—No lo creo.

—¿Qué es lo que no cree?

—Que fuese enviado al exilio.

—¿Por qué no?

—¿Cuándo se ha enviado al exilio a un ciudadano de la Fundación? —inquirió Thoobing—. Se le arresta o no se le arresta. Si se le arresta, se le juzga o no se le juzga. Si se le juzga, se le condena o no se le condena. Si se le condena, se le multa, degrada, desacredita, encarcela o ejecuta. Nunca se le envía al exilio.

—Siempre hay una primera vez.

—Tonterías. ¿En una sofisticada embarcación naval? ¿Qué tonto puede dejar de ver que la vieja le ha asignado una misión especial? ¿A quién quiere engañar?

—¿Cuál sería la misión?

—Se supone que encontrar el planeta Gaia.

La cordialidad se borró del rostro de Kodell. Sus ojos reflejaron una desacostumbrada dureza y dijo:

—Sé que no se siente demasiado inclinado a creerme, señor embajador, pero le ruego que haga una excepción en este caso. Ni la alcaldesa ni yo habíamos oído hablar de Gaia cuando Trevize fue enviado al exilio. Hasta el otro día no sabíamos siquiera que existiese. Si lo cree, podemos seguir hablando.

—Reprimiré mi tendencia al escepticismo el tiempo suficiente para creerlo, director, aunque me resulte difícil hacerlo.

—Es la pura verdad, señor embajador, y si de repente me he puesto serio es porque cuando esto termine, se encontrará con que tiene que contestar muchas preguntas y no le parecerá nada divertido. Habla como si Gaia fuese un mundo conocido para usted. ¿Cómo es que sabe algo que nosotros ignoramos? ¿No tiene el deber de comunicarnos todo lo que sepa sobre la unidad política donde está destinado?

Thoobing respondió con suavidad:

—Gaia no forma parte de la Unión de Sayshell. De hecho, probablemente no existe. ¿Debo transmitir a Términus todas las patrañas que las supersticiosas clases inferiores de Sayshell cuentan sobre Gaia? Algunos afirman que Gaia se halla en el hiperespacio. Según otros, es un mundo que protege a Sayshell de un modo sobrenatural. Y según otros, envió al Mulo a conquistar la Galaxia. Si piensa decir al gobierno sayshelliano que Trevize ha sido enviado en busca de Gaia y que cinco sofisticadas naves de la Armada de la Fundación han sido enviadas para ayudarle en su búsqueda, nunca le creerán. Quizá el pueblo crea las patrañas sobre Gaia, pero el gobierno no, y no se dejarán convencer de que la Fundación lo hace. Supondrán que intentan anexionar Sayshell a la Confederación de la Fundación.

—¿Y si es eso lo que planeamos?

—Sería fatal. Vamos, Kodell, en los cinco siglos de historia de la Fundación, ¿cuándo hemos librado una guerra de conquista? Hemos librado guerras para impedir nuestra propia conquista, y fracasamos una vez, pero ninguna guerra ha terminado con una ampliación de nuestro territorio. Los ingresos en la Confederación se han realizado por medio de pacíficos tratados. Sólo se nos han unido los que consideraban beneficiosa la adhesión.

—¿No es posible que Sayshell considere beneficiosa la adhesión?

—Nunca harán tal cosa mientras nuestras naves permanezcan en sus fronteras. Retírelas.

—No puedo.

—Kodell, Sayshell es una propaganda maravillosa de la benevolencia de la Confederación. Está casi cercado por nuestro territorio, ocupa una posición sumamente vulnerable, y no obstante se ha mantenido incólume, ha seguido su propio camino, e incluso ha podido adoptar una política exterior contraria a la Fundación. ¿Hay un modo mejor de demostrar a la Galaxia que no forzamos a nadie, que nuestras intenciones son buenas? Si conquistamos Sayshell, conquistamos lo que, en esencia, ya tenemos. Al fin y al cabo, lo dominamos económicamente, aunque sea con discreción. Pero si lo conquistamos por la fuerza de las armas, advertimos a toda la Galaxia de que nos hemos vuelto expansionistas.

—¿Y si le dijera que, en realidad, sólo estamos interesados en Gaia?

—No lo creería y la Unión de Sayshell, tampoco. Ese hombre, Trevize, me envía el mensaje de que se dirige hacia Gaia y me pide que lo transmita a Términus. En contra de mi voluntad, lo hago porque es mi obligación y, casi antes de que la línea hiperespacial se haya enfriado, la Armada de la Fundación se pone en movimiento. ¿Cómo piensan llegar a Gaia, sin violar el espacio sayshelliano?

—Mi querido Thoobing, sin duda no se escucha a sí mismo. ¿No acaba de decirme que Gaia, en el caso de que exista, no forma parte de la Unión de Sayshell? Y ¿supongo que sabe que el hiperespacio es libre para todos y no forma parte del territorio de ningún mundo? Entonces, ¿cómo puede Sayshell quejarse si pasamos de territorio de la Fundación (donde están nuestras naves ahora mismo) a territorio gaiano, a través del hiperespacio, sin ocupar un solo centímetro cúbico de territorio sayshelliano en el proceso?

—Sayshell no interpretará los acontecimientos de ese modo, Kodell. Gaia, si es que existe, está totalmente rodeado por la Unión de Sayshell, aun cuando políticamente no forma parte de ella, y hay precedentes que hacen de esos enclaves una parte virtual del territorio circundante, en lo que a naves de guerra enemigas se refiere.

—Las nuestras no son naves de guerra enemigas. Estamos en paz con Sayshell.

—Le digo que Sayshell puede declarar la guerra. No esperarán ganarla por medio de la superioridad militar, pero el hecho es que la guerra provocará una oleada de actividad antifundación en toda la Galaxia. La nueva política expansionista de la Fundación alentará la firma de alianzas contra nosotros. Algunos miembros de la Confederación empezarán a replantearse sus vínculos con nosotros. Es muy posible que perdamos la guerra a causa de los desórdenes internos y no cabe duda de que entonces invertiríamos el proceso de crecimiento que tan provechoso ha sido para la Fundación durante quinientos años.

—Vamos, vamos, Thoobing —dijo Kodell con indiferencia—. Habla como si quinientos años no fuesen nada, como si aún estuviéramos en tiempos de Salvor Hardin, luchando contra el pequeño reino de Anacreonte. Ahora somos mucho más fuertes que el mismo Imperio Galáctico en su apogeo. Un escuadrón de nuestras naves podría derrotar a toda la Armada Galáctica, ocupar cualquier sector galáctico, y no saber siquiera que había librado una batalla.

—No estamos combatiendo al Imperio Galáctico. Combatimos a planetas y sectores de nuestro propio tiempo.

—Que no han avanzado como nosotros. Podríamos conquistar toda la Galaxia ahora mismo.

—Según el Plan Seldon, no podemos hacerlo hasta dentro de otros quinientos años.

—El Plan Seldon subestima la velocidad del avance tecnológico. ¡Podemos hacerlo ahora! Entiéndame, no digo que vayamos a hacerlo ahora ni siquiera que deberíamos hacerlo ahora. Sólo digo que podríamos hacerlo ahora.

—Kodell, usted ha vivido siempre en Términus. No conoce la Galaxia. Nuestra armada y nuestra tecnología pueden derrotar a las fuerzas armadas de otros mundos, pero aún no podemos controlar a toda una Galaxia rebelde y dominada por el odio, y así será si la tomamos por la fuerza. ¡Retire las naves!

—No puedo, Thoobing. Considere... ¿Y si Gaia no es un mito?

Thoobing hizo una pausa, escudriñando la cara del otro como si ansiara leer sus pensamientos.

—¿Un mundo en el hiperespacio no es un mito?

—Un mundo en el hiperespacio es una superstición, pero incluso las supersticiones pueden tener algo de verdad. Ese hombre que fue exiliado, Trevize, habla de él como si fuese un mundo real en el espacio real. ¿Y si tiene razón?

—Tonterías. Yo no lo creo.

—¿No? Créalo por un momento. ¡Un mundo real que haya protegido a Sayshell del Mulo y de la Fundación!

—Usted mismo se contradice. ¿Cómo está protegiendo Gaia a los sayshellianos de la Fundación? ¿No estamos enviando naves contra ellos?

—Contra ellos, no; contra Gaia, que es tan misteriosamente desconocido y se empeña hasta tal punto en pasar inadvertido que, aun estando en el espacio real, convence de algún modo a sus mundos vecinos de que está en el hiperespacio, y que incluso se las arregla para no figurar entre los datos computadorizados de los mejores y más completos mapas galácticos.

—Entonces, debe de ser un mundo de lo más insólito, pues debe de ser capaz de manipular las mentes.

—Y ¿no acaba usted de decirme que, según una leyenda sayshelliana, Gaia envió al Mulo a conquistar la Galaxia? Y ¿no podía el Mulo manipular las mentes?

—¿Y, por lo tanto, Gaia es un mundo de Mulos?

—¿Está seguro de que no podría serlo?

—¿Por qué no un mundo de una renacida Segunda Fundación, en ese caso?

—En efecto, ¿por qué no? ¿No habría que investigarlo?

Thoobing recobró la seriedad. No había dejado de sonreír despectivamente durante la última parte de la conversación, pero ahora bajó la cabeza y alzó la mirada por debajo de sus cejas.

—Si habla en serio, ¿no es peligroso hacer tal investigación?

—¿Lo es?

—Responde a mis preguntas con otras preguntas porque no tiene respuestas razonables. ¿De qué servirán las naves contra Mulos o miembros de la Segunda Fundación? De hecho, ¿no es probable que, si existen, nos estén tendiendo una trampa para destruirnos? Escuche, usted me dice que la Fundación puede establecer su imperio ahora, a pesar de que el Plan Seldon sólo haya alcanzado su punto intermedio, y yo le he advertido que se estaba precipitando demasiado y que los intrincados detalles del Plan le detendrían forzosamente de algún modo. Quizá, si Gaia existe y es lo que usted afirma, todo esto sea un ardid para provocar esa detención. Haga voluntariamente lo que quizá pronto le obliguen a hacer. Haga ahora pacíficamente y sin derramamiento de sangre lo que quizá un deplorable desastre le obligue hacer. Retire las naves.

—No puedo. De hecho, Thoobing, la misma alcaldesa Branno se propone incorporarse a las naves, y ya hay naves de reconocimiento volando por el hiperespacio hacia lo que presuntamente es territorio gaiano.

Thoobing abrió mucho los ojos.

—Habrá guerra, ya lo verá.

—Usted es nuestro embajador. Evítelo. Dé a los sayshellianos todas las garantías que necesiten. Niegue toda mala voluntad por nuestra parte. Si hay que hacerlo, dígales que les conviene estar quietos en espera de que Gaia nos destruya. Diga lo que quiera, pero manténgalos quietos.

Hizo una pausa, escudriñando la atónita expresión de Thoobing, y añadió:

—En realidad, eso es todo. Que yo sepa, ninguna nave de la Fundación aterrizará en ningún mundo de la Unión de Sayshell o entrará en ningún punto del espacio real que pertenezca a esa Unión. Sin embargo, cualquier nave sayshelliana que intente desafiarnos fuera del territorio de la Unión y, por lo tanto, dentro del territorio de la Fundación, será inmediatamente reducida a cenizas. Procure que esto también quede claro y mantenga quietos a los sayshellianos. Si fracasa, lo lamentará. Su trabajo ha sido muy fácil hasta ahora, Thoobing, pero ha llegado el momento de la verdad y las próximas semanas lo decidirán todo. Fállenos y no estará a salvo en ningún lugar de la Galaxia.

No había alegría ni cordialidad en el rostro de Kodell cuando se cortó la comunicación y su imagen desapareció.

Thoobing permaneció boquiabierto en el mismo lugar donde estaba.

68

Golan Trevize se agarró el cabello como si intentara juzgar el estado de su mente por medio del tacto y preguntó bruscamente a Pelorat:

—¿Cuál es su estado de ánimo?

—¿Mi estado de ánimo? —repitió Pelorat con desconcierto.

—Sí. Aquí estamos, atrapados, con nuestra nave bajo un control ajeno y siendo arrastrados inexorablemente hacia un mundo del que no sabemos nada. ¿Siente pánico?

La alargada cara de Pelorat reflejaba una cierta melancolía.

—No —contestó—. No estoy contento. Tengo un poco de aprensión, pero no siento pánico.

—Yo tampoco. ¿No es extraño? ¿Por qué no estamos más preocupados?

—Ya lo esperábamos, Golan. Algo así.

Trevize se volvió hacia la pantalla. Continuaba firmemente enfocada en la estación espacial. Ahora era más grande, lo que significaba que estaba más cerca.

No tenía aspecto de ser una estación espacial impresionante. No había indicios de superciencia. De hecho, parecía un poco primitiva. Sin embargo, tenía la nave en su poder.

—Estoy siendo muy analítico, Janov. ¡Muy audaz! Me gusta pensar que no soy cobarde y que respondo bien en situaciones extremas, pero tiendo a halagarme a mí mismo. Todo el mundo lo hace. En este momento debería estar muy nervioso y un poco sudoroso. Quizá esperásemos algo, pero eso no cambia el hecho de que estamos indefensos y tal vez nos maten.

Pelorat contestó:

—No lo creo, Golan. Si los gaianos pueden controlar la nave a distancia, ¿no podrían matarnos a distancia? Si aún estamos vivos...

—Pero no del todo intactos. Se lo digo, Janov, tanta serenidad no es normal. Creo que nos han tranquilizado.

—¿Por qué?

—Para mantenernos en buena forma mental, supongo. Es posible que deseen interrogarnos. Después, quizá nos maten.

—Si son suficientemente racionales para querer interrogarnos, tal vez sean suficientemente racionales para no matarnos sin una buena razón.

Trevize se recostó en la butaca (ésta se inclinó hacia atrás; al menos no la habían privado de su funcionamiento) y colocó los pies encima de la mesa, donde normalmente apoyaba las manos para establecer contacto con la computadora.

—Quizá sean suficientemente ingeniosos para encontrar lo que ellos consideren una buena razón. No obstante, si han alterado nuestras mentes, no ha sido demasiado. Si se hubiera tratado del Mulo, por ejemplo, nos sentiríamos ansiosos de ir, exaltados, exultantes, y hasta la última fibra de nuestro ser clamaría por llegar allí. —Señaló la estación espacial—. ¿Se siente así, Janov?

—Por supuesto que no.

—Como verá, aún soy capaz de razonar con lógica y objetividad. ¡Muy extraño! O, ¿quién sabe? ¿Estoy asustado, atontado, loco y meramente bajo la ilusión de que soy capaz de razonar con lógica y objetividad?

Pelorat se encogió de hombros.

—A mí me parece cuerdo. Quizá yo esté tan loco como usted y bajo la misma ilusión, pero esta clase de argumentos no nos lleva a ninguna parte. Toda la humanidad podría compartir una locura común y hallarse inmersa en una ilusión común mientras vive en un caos común. Eso no puede refutarse pero no tenemos más remedio que fiarnos de nuestros sentidos. —Y luego, de repente, añadió—: De hecho, yo mismo he estado razonando un poco.

—¿Sí?

—Bueno, hablamos de Gaia como un posible mundo de Mulos, o como la Segunda Fundación renacida. ¿Y si le dijera que hay una tercera alternativa y que es más razonable que las dos primeras?

—¿Qué tercera alternativa?

Los ojos de Pelorat parecieron concentrarse en sí mismo. No miró a Trevize y su voz fue baja y pensativa.

—Tenemos un mundo, Gaia, que ha hecho todo lo posible, durante un período de tiempo indefinido, para conservar un aislamiento completo. Nunca ha intentado establecer contacto con ningún otro mundo, ni siquiera con los cercanos mundos de la Unión de Sayshell. Tienen una ciencia avanzada, en algunos aspectos, si la historia de su destrucción de flotas es cierta, y sin duda su capacidad para controlarnos ahora mismo lo demuestra, y a pesar de ello no han intentado extender su poder. Sólo desean estar tranquilos.

Trevize entornó los ojos.

—¿Y qué?

—Todo es muy inhumano. Los más de veinte mil años de historia humana en el espacio han sido una sucesión de conquistas y tentativas de conquista. Prácticamente todos los mundos que pueden ser habitados están habitados. Casi todos los mundos se han peleado durante este tiempo y casi todos los mundos han empujado a sus vecinos en un momento u otro. Si Gaia es tan inhumano para ser distinto en este aspecto, puede ser porque realmente sea... inhumano.

Trevize meneó la cabeza.

—Imposible.

—¿Por qué imposible? —inquirió Pelorat con vehemencia—. Ya le he comentado lo sorprendente que resulta que la raza humana sea la única inteligencia evolucionada de la Galaxia. ¿Y si no lo es? ¿No podría haber otra, en otro planeta, que careciese del impulso expansionista humano? De hecho —Pelorat se excitó—, ¿no es posible que haya un millón de inteligencias en la Galaxia, pero sólo una, nosotros, sea expansionista? Todas las demás se quedarían en casa, discretas, ocultas...

—¡Ridículo! —exclamó Trevize—. Nos tropezaríamos con ellos. Aterrizaríamos en sus mundos. Tendrían distintos tipos y grados de tecnología y la mayoría no podría detenernos. Pero nunca nos hemos tropezado con ninguno. ¡Espacio! Ni siquiera hemos encontrado las ruinas o reliquias de una civilización no humana, ¿verdad? Usted es el historiador, de modo que dígamelo. ¿Las hemos encontrado?

Pelorat meneó la cabeza.

—No, nunca. Pero, Golan, podría haber una. ¡Ésta!

—No lo creo. Usted dice que su nombre es Gaia, que es una antigua versión dialéctica del nombre «Tierra». ¿Cómo podría no ser humana?

—Fueron seres humanos los que bautizaron el planeta con el nombre de «Gaia» y, ¿quién sabe por qué? Su semejanza con una palabra antigua podría ser fortuita. Pensándolo bien, el mismo hecho de que nos hayan atraído hacia Gaia, como usted ha explicado antes, y ahora nos conduzcan hacia allí, en contra de nuestra voluntad, es un argumento a favor del carácter no humano de los gaianos.

—¿Por qué? ¿Qué tiene eso que ver?

—Sienten curiosidad por nosotros, por los humanos.

—Usted está loco, Janov. Han vivido en una Galaxia poblada por humanos durante miles de años. ¿Por qué iban a sentir curiosidad ahora? ¿Por qué no mucho antes? Y en todo caso, ¿por qué nosotros? Si quieren estudiar a los seres humanos y la cultura humana, ¿por qué no los mundos de Sayshell? ¿Por qué se iban a molestar en atraernos desde un mundo tan lejano como Términus?

—Quizá estén interesados en la Fundación.

—Tonterías —dijo Trevize con violencia—. Janov, usted quiere una inteligencia no humana y la tendrá. Ahora mismo, creo que si usted pensara que iba a encontrarse con seres no humanos, no le preocuparía haber sido capturado, estar indefenso, ni siquiera que pudiesen matarle..., si ellos le dieran un poco de tiempo para satisfacer su curiosidad.

Pelorat pareció a punto de replicar con indignación, pero se contuvo, aspiró profundamente, y dijo:

—Bueno, quizá tenga razón, Golan, pero aun así me aferraré a mi teoría durante un rato más. No creo que tengamos que esperar mucho para ver quién tiene razón. ¡Mire!

Señaló hacia la pantalla. Trevize, que, en su excitación había dejado de observar, volvió los ojos hacia ella.

—¿Qué pasa? —preguntó.

—¿No es una nave despegando de la estación?

—Es algo —admitió Trevize de mala gana—. Aún no aprecio los detalles y no puedo aumentar más la imagen. Está ampliada al máximo. —Al cabo de unos momentos dijo—: Parece acercarse y supongo que es una nave. ¿Hacemos una apuesta?

—¿Qué clase de apuesta?

Trevize repuso con sarcasmo:

—Si algún día volvemos a Términus, organizaremos una gran cena para nosotros y todos los amigos a los que queremos invitar, hasta, digamos, cuatro, y seré yo quien pague si esa nave transporta a seres no humanos y usted, si son humanos.

—De acuerdo —aceptó Pelorat.

—Así pues, hecho. —Y Trevize escudriñó la pantalla, intentando ver algún detalle y preguntándose si algún detalle sería suficiente para denunciar, sin ningún género de duda, el carácter no humano (o humano) de los seres que iban a bordo.

69

El cabello gris oscuro de Branno estaba impecablemente peinado y bien habría podido hallarse en el ayuntamiento, considerando su ecuanimidad. No daba muestras de encontrarse en el espacio sólo por segunda vez en su vida. (Y la primera vez, cuando acompañó a sus padres en un viaje turístico a Kalgan, apenas podía contarse. En aquella ocasión sólo tenía tres años.)

Se volvió hacia Kodell y le dijo con cansancio:

—Al fin y al cabo, es deber de Thoobing exponer su opinión y advertirme. Muy bien, me ha advertido. No le culpo.

Kodell, que había abordado la nave de la alcaldesa para hablar con ella sin la dificultad psicológica de la imagen, repuso:

—Hace demasiado tiempo que ocupa el mismo cargo. Empieza a pensar como un sayshelliano.

—Es el peligro que una embajada lleva consigo, Liono. Esperemos hasta que esto haya terminado, le concederemos unas largas vacaciones y después le destinaremos a cualquier otra parte. Es un hombre capaz. Al fin y al cabo, tuvo el acierto de transmitirnos el mensaje de Trevize sin perder un momento.

Kodell esbozó una sonrisa.

—Sí, me dijo que lo había hecho en contra de su voluntad. «Lo hago porque es mi obligación», dijo. Verá, señora alcaldesa, tenía que hacerlo, aun en contra de su voluntad, porque en cuanto Trevize entró en el espacio de la Unión de Sayshell, ordené al embajador Thoobing que nos comunicara, inmediatamente, cualquier información relacionada con él.

—¿Ah, sí?— La alcaldesa Branno se volvió en su butaca para ver mejor el rostro de Kodell—. ¿Qué le impulsó a hacerlo?

—Consideraciones elementales, en realidad. Trevize utilizaba una nave último modelo de la Fundación y sin duda los sayshellianos se darían cuenta. Es un joven muy poco diplomático y sin duda también se darían cuenta. Por lo tanto, podía meterse en líos y, si hay algo que un miembro de la Fundación sabe, es que si se mete en líos en cualquier lugar de la Galaxia, puede recurrir al representante más cercano de la Fundación. Personalmente no me habría importado ver a Trevize en un lío, ya que eso podría ayudarle a crecer y hacerle un gran bien, pero usted le había enviado al espacio como su pararrayos y yo quería que usted pudiese juzgar la naturaleza de los rayos que atrajera, de modo que me aseguré de que el representante más cercano de la Fundación lo vigilara, nada más.

—¡Ya veo! Bueno, ahora comprendo por qué Thoobing reaccionó tan enérgicamente. Yo le había enviado una advertencia similar. Ya que cada uno de nosotros se comunicó con él por separado, es lógico que atribuyera a la cuestión más importancia de la que en realidad tiene. ¿Cómo es, Liono, que no me consultó antes de enviar el aviso?

Kodell contestó fríamente:

—Si le consultara todo lo que hago, no tendría tiempo para ser alcaldesa. ¿Cómo es que usted no me comunicó sus intenciones?

Branno respondió con acritud:

—Si le informara de todas mis intenciones, Liono, sabría demasiado. Pero es un asunto trivial, y también lo es la alarma de Thoobing y, en este caso, también lo es cualquier pataleta que puedan tener los sayshellianos. Estoy más interesada en Trevize.

—Nuestras naves de reconocimiento han localizado a Compor. Está siguiendo a Trevize y ambos se dirigen muy cautelosamente hacia Gaia.

—He recibido todos los informes, Liono. Al parecer, tanto Trevize como Compor se toman Gaia muy en serio.

—Todo el mundo se burla de las supersticiones relativas a Gaia, señora alcaldesa, pero todo el mundo piensa: «¿Y si, a pesar de todo...?» Incluso el embajador Thoobing está intranquilo. Podría ser una política muy astuta por parte de los sayshellianos. Una especie de coloración protectora. Si uno difunde historias de un mundo misterioso e invencible, la gente se apartará no sólo del mundo, sino de cualquier otro mundo cercano, como los de la Unión de Sayshell.

—¿Cree que por eso el Mulo no atacó Sayshell?

—Posiblemente.

—¿Sin duda no pensará que la Fundación ha respetado Sayshell a causa de Gaia, cuando nada indica que conociéramos la existencia de ese mundo?

—Admito que no hay ninguna mención de Gaia en

nuestros archivos, pero tampoco hay otra explicación razonable para nuestra moderación respecto a la Unión de Sayshell.

—Confiemos, entonces, en que el gobierno sayshelliano, pese a la opinión contraria de Thoobing, se haya convencido a sí mismo, aunque sólo sea un poco, del poder de Gaia y su naturaleza mortífera.

—¿Por qué?

—Porque, entonces la Unión de Sayshell no se opondrá a que nos dirijamos hacia Gaia. Cuanto más agraviados se sientan por ello, más seguros estarán de que deben permitírnoslo para que Gaia nos engulla. Pensarán que será una lección muy provechosa y que los futuros invasores no la echarán en saco roto.

—¿Y si, a pesar de todo, están en lo cierto, alcaldesa? ¿Y si Gaia es mortífero?

Branno sonrió.

—Ahora es usted quien alega el «¿Y si, a pesar de todo...?», ¿verdad, Liono?

—Tengo que prever todas las posibilidades, alcaldesa. Es mi trabajo.

—Si Gaia es mortífero, apresarán a Trevize. Ése es su trabajo puesto que es mi pararrayos. Y también a Compor, espero.

—¿Lo espera? ¿Por qué?

—Porque eso les hará ser demasiado confiados, lo que nos resultaría muy útil. Subestimarán nuestro poder y serán más fáciles de manejar.

—Pero ¿y si los demasiado confiados somos nosotros?

—No lo somos —dijo Branno categóricamente.

—Esos gaianos, sean lo que sean, pueden ser algo sobre lo que no tengamos ni idea y cuya peligrosidad no podamos juzgar correctamente. Me limito a sugerirlo, alcaldesa, porque incluso habría que sopesar esa posibilidad.

—¿En serio? ¿Por qué se le ha ocurrido tal cosa, Liono?

—Porque creo que usted piensa que, en el peor de los casos, Gaia es la Segunda Fundación. Sospecho que piensa que es la Segunda Fundación. Sin embargo, Sayshell tiene una historia interesante, incluso durante el Imperio. Sólo Sayshell tuvo un sistema de autogobierno. Sólo Sayshell se libró de los peores impuestos bajo los llamados «emperadores malos». En resumen, Sayshell parece haber tenido la protección de Gaia, incluso en tiempos imperiales.

—¿Y qué?

—Pero la Segunda Fundación fue establecida por Hari Seldon al mismo tiempo que nuestra Fundación. La Segunda Fundación no existía en tiempos imperiales, y Gaia, sí. Por lo tanto, Gaia no es la Segunda Fundación. Es alguna otra cosa y, tal vez, incluso peor.

—No pienso dejarme aterrorizar por lo desconocido, Liono. Sólo hay dos posibles fuentes de peligro, armas físicas y armas mentales, y estamos preparados para ambas. Usted regrese a su nave y mantenga a las unidades en las afueras de Sayshell. Esta nave irá sola hacia Gaia, pero estaré en comunicación constante con usted y espero que, en caso necesario, acuda en un solo salto. Márchese, Liono, y borre esa expresión trastornada de su rostro.

—¿Una última pregunta? ¿Está segura de que sabe lo que hace?

—Lo estoy —repuso ella con severidad—. Yo también he estudiado la historia de Sayshell y he visto que Gaia no puede ser la Segunda Fundación, pero como le he dicho, he recibido todos los informes de las naves de reconocimiento y gracias a ellos...

—¡Sí?

—Bueno, sé dónde está la Segunda Fundación y nos encargaremos de ambas cosas, Liono. Primero nos ocuparemos de Gaia y luego de Trántor.

17. GAIA

70

Pasaron horas antes de que la nave procedente de la estación espacial llegara a las cercanías del *Estrella Lejana*, horas que a Trevize le parecieron muy largas.

En una situación normal, Trevize habría enviado una señal y luego habría esperado respuesta. Si no hubiera habido respuesta, habría emprendido una acción evasiva.

Como estaba desarmado y no había habido respuesta, sólo podía esperar. La computadora no respondía a ninguna de sus indicaciones que implicara algo fuera de la nave.

En el interior, al menos, todo funcionaba bien. Los sistemas de apoyo vital se hallaban en perfecto estado, de modo que él y Pelorat estaban físicamente cómodos. Por alguna razón, esto no le producía ningún alivio. Los minutos pasaban con extraordinaria lentitud y la incertidumbre de lo que iba a suceder le resultaba insoportable. Observó con irritación que Pelorat parecía tranquilo. Como para empeorar las cosas, mientras Trevize no tenía nada de apetito, Pelorat abrió un pequeño recipiente de pollo troceado, que al ser abierto se calentó rápida y automáticamente. Ahora estaba comiéndoselo metódicamente.

Trevize exclamó con irritación:

—¡Por el espacio, Janov! ¡Eso apesta!

Pelorat pareció sorprendido y olió el recipiente.

—A mí me da la impresión de que huele bien, Golan.

Trevize meneó la cabeza.

—No me haga caso. Estoy preocupado. Pero utilice un tenedor. Los dedos le olerán a pollo durante todo el día.

Pelorat se miró los dedos con asombro.

—¡Lo siento! No me había fijado. Estaba pensando en otra cosa.

Trevize preguntó con sarcasmo:

—¿Acaso quiere adivinar a qué tipo de seres no humanos pertenecen las criaturas de esa nave? —Se avergonzaba de estar menos tranquilo que Pelorat. Él era un veterano de la Armada (aunque, naturalmente, nunca hubiese visto una batalla) y Pelorat era un historiador. Sin embargo, su compañero se mostraba más calmado.

Pelorat contestó:

—Sería imposible imaginar qué dirección tomaría la evolución en circunstancias distintas de las imperantes en la Tierra. Quizá las posibilidades no sean infinitas, pero sí tan extensas que es lo mismo. Sin embargo, puedo predecir que no son insensatamente violentos y que nos tratarán de un modo civilizado. Si eso no fuera verdad, ahora ya estaríamos muertos.

—Al menos usted aún es capaz de razonar, amigo mío; aún es capaz de estar tranquilo. Mis nervios parecen ser más fuertes que el calmante a que nos han sometido. Siento un extraordinario deseo de levantarme y pasear. ¿Por qué no llegará esa maldita nave?

—Soy un hombre acostumbrado a la pasividad, Golan. Me he pasado toda la vida encorvado sobre algún documento mientras esperaba la llegada de otros. No hago más que esperar. Usted es un hombre de acción y se angustia cuando no puede actuar.

Trevize notó que parte de su tensión le abandonaba.

—Subestimo su buen juicio, Janov —murmuró.

—No, en absoluto —contestó Pelorat plácidamente— pero incluso un ingenuo académico puede encontrar sentido a la vida algunas veces.

—E incluso el más astuto de los políticos puede no hacerlo algunas veces.

—Yo no he dicho eso, Golan.

—No, pero yo sí. En fin, pasemos a la acción. Todavía puedo observar. La nave está suficientemente cerca para parecer claramente primitiva.

—¿Sólo parecer?

—Si es el producto de mentes y manos no humanas, lo que puede parecer primitivo, de hecho, puede ser simplemente no humano.

—¿Cree que podría ser un artefacto no humano? —preguntó Pelorat, mientras su cara enrojecía ligeramente.

—No lo sé. Sospecho que los artefactos, por mucho que varíen de una cultura a otra, nunca son tan plásticos como podrían ser los productos de diferencias genéticas.

—Eso sólo es una suposición por su parte. Lo único que conocemos son distintas culturas. No conocemos distintas especies inteligentes y, por lo tanto, no podemos juzgar lo distintos que podrían ser los artefactos.

—Los peces, delfines, pingüinos, calamares, e incluso los ambiflexos, que no son de origen terrícola, suponiendo que los otros lo sean, resuelven el problema del movimiento a través de un medio viscoso con un perfil aerodinámico, de modo que su aspecto no es tan diferente como su constitución genética podría inducirnos a creer. Podría ocurrir lo mismo con los artefactos.

—Los tentáculos del calamar y los vibradores helicoidales del ambiflexo —replicó Pelorat— son enormemente distintos el uno del otro, así como de las aletas y las extremidades de los vertebrados. Podría ocurrir lo mismo con los artefactos.

—En todo caso —declaró Trevize—, me siento mejor. Hablar de tonterías con usted, Janov, me calma los nervios. Además, sospecho que pronto sabremos en lo que nos hemos metido. La nave no podrá acoplarse a la nuestra y lo que esté en ella se deslizará por una anticuada correa, o nos obligarán de algún modo a hacerlo nosotros mismos, ya que una sola antecámara no sirve de nada. A menos que algún no humano emplee otro sistema totalmente distinto.

—¿De qué tamaño es la nave?

—Sin poder usar la computadora para calcular la distancia de la nave por radar, no podemos saber el tamaño.

Una correa serpenteó hacia el *Estrella Lejana*.

Trevize dijo:

—O hay un humano a bordo o los no humanos utilizan el mismo sistema. Quizá la correa sea lo único efectivo.

—Podrían utilizar un tubo —sugirió Pelorat—, o una escalera horizontal.

—Son cosas inflexibles. Sería demasiado complicado intentar establecer contacto con ellas. Se necesita algo que combine la resistencia y la flexibilidad.

La correa produjo un débil sonido metálico sobre el *Estrella Lejana* cuando el sólido casco (y en consecuencia el aire del interior) se puso a vibrar. Tuvo lugar el deslizamiento habitual mientras la otra nave realizaba los debidos ajustes de velocidad requeridos para igualar el avance de las dos embarcaciones. La correa estaba inmóvil en relación a ambas.

Un punto negro apareció sobre el casco de la otra nave y se dilató como la pupila de un ojo.

Trevize gruñó:

—Un diafragma dilatable, en vez de un panel deslizante.

—¿No humano?

—No necesariamente, supongo. Pero interesante.

Una figura salió al exterior.

Pelorat apretó los labios durante un momento y luego dijo con evidente decepción:

—Lástima. Un humano.

—No necesariamente —replicó Trevize con calma—. Lo único que vemos son cinco proyecciones. Podrían ser una cabeza, dos brazos y dos piernas, pero también podrían no serlo... ¡Espere!

—¿Qué?

—Se mueve con más rapidez y suavidad de la que esperaba. ¡Ah!

—¿Qué?

—Hay algún tipo de propulsión. Por lo que puedo ver, no es a base de cohetes, pero tampoco avanza pasando una mano sobre la otra. No es necesariamente humano.

Les pareció una espera muy larga a pesar del rápido avance de la figura a lo largo de la correa, pero finalmente se oyó el ruido del contacto.

Trevize dijo:

—Sea lo que sea, está a punto de entrar. Mi intención es golpearle en cuanto aparezca. —Cerró el puño.

—Creo que deberíamos tranquilizarnos —sugirió Pelorat—. Quizá sea más fuerte que nosotros. Controla nuestras mentes. Sin duda hay otros en la nave. Esperemos hasta saber algo más.

—Se muestra cada vez más sensato, Janov —comentó Trevize—, y yo, cada vez menos.

Oyeron que la antecámara de compresión se abría y finalmente la figura apareció en el interior de la nave.

—Aproximadamente del tamaño normal —murmuró Pelorat—. El traje espacial podría servir para un ser humano.

—Nunca había visto u oído hablar de un diseño así, pero no está fuera de los límites de la manufactura humana, creo yo. No dice nada.

La figura revestida con el traje espacial se hallaba ante ellos y uno de los miembros delanteros ascendió hacia el casco redondeado que, si era de vidrio, sólo tenía transparencia por un lado. Lo que había en su interior no se veía.

El miembro delantero tocó algo con un rápido movimiento que Trevize no percibió claramente y el casco se desprendió del resto del traje. Se levantó.

Lo que quedó al descubierto fue la cara de una mujer joven e indiscutiblemente bonita.

71

El inexpresivo rostro de Pelorat hizo lo que pudo para mostrarse estupefacto.

—¿Es usted humana? —dijo vacilante.

La mujer enarcó las cejas y frunció los labios. Era imposible saber si el idioma le resultaba desconocido y no comprendía o si comprendía y le extrañaba la pregunta.

Se llevó rápidamente una mano hacia el lado izquierdo del traje, que se abrió en una sola pieza como si estuviera provisto de bisagras. Dio un paso adelante y el traje se mantuvo derecho sin contenido durante unos momentos. Luego, con un leve suspiro que pareció casi humano, cayó al suelo.

La mujer parecía incluso más joven, ahora que se había despojado del traje. Su ropa era suelta y translúcida, con las reducidas prendas interiores visibles como sombras. La túnica exterior le llegaba a las rodillas.

Tenía el busto pequeño y la cintura estrecha, caderas redondeadas y anchas. Sus muslos, que se veían en una nebulosa, eran generosos, pero sus piernas se estrechaban hasta los bonitos tobillos. Tenía el cabello oscuro y largo hasta los hombros, los ojos marrones y grandes, los labios gruesos y ligeramente asimétricos.

Se miró de arriba abajo y luego resolvió el problema de su comprensión del idioma diciendo:

—¿No parezco humana?

Habló en galáctico con cierta indecisión, como si estuviera esforzándose para lograr una buena pronunciación.

Pelorat asintió y declaró con una leve sonrisa:

—No puedo negarlo. Muy humana. Deliciosamente humana.

La joven abrió los brazos como invitándoles a examinarla mejor.

—Así lo espero, caballero. Muchos hombres han muerto por este cuerpo.

—Yo preferiría vivir por él —dijo Pelorat con una vena de galantería que le sorprendió ligeramente.

—Una buena elección —manifestó la joven con solemnidad—. Una vez se ha conseguido este cuerpo, todos los suspiros se convierten en suspiros de éxtasis.

Se echó a reír y Pelorat se rió con ella.

Trevize, cuya frente se había arrugado en un ceño a lo largo de la conversación, le espetó:

—¿Qué edad tiene?

La mujer pareció encogerse un poco.

—Veintitrés... caballero.

—¿Por qué ha venido? ¿Qué se propone?

—He venido para escoltarles hasta Gaia. —Su dominio del galáctico no era total y tendía a redondear las vocales en diptongos. Pronunció «venido» como «venidao» y «Gaia» como «Gayao».

—Una muchacha para escoltarnos.

La mujer se irguió y de repente adoptó la actitud del que tiene el mando.

—Yo —dijo— soy Gaia, tanto como otra persona. Era mi turno de trabajo en la estación.

—¿Su turno? ¿No había nadie más a bordo?

Con orgullo:

—No se necesitaba nadie más.

—¿Y ahora está vacía?

—Yo ya no estoy en ella, caballeros, pero no está vacía. Ella está allí.

—¿Ella? ¿A quién se refiere?

—A la estación. Es Gaia. No me necesita. Retiene esta nave.

—Entonces, ¿qué hace usted en la estación?

—Es mi turno de trabajo.

Pelorat había cogido a Trevize por la manga y había sido repelido. Volvió a intentarlo.

—Golan —dijo, en un susurro apremiante—. No le grite. Sólo es una niña. Permítame encargarme de esto.

Trevize meneó la cabeza airadamente, pero Pelorat preguntó:

—Jovencita, ¿cómo se llama?

La mujer sonrió con repentina alegría, como en respuesta al tono más suave, y dijo:

—Bliss[1].

—¿Bliss? —repitió Pelorat—. Un nombre muy bonito. Sin duda eso no es todo.

—Claro que no. No se puede tener un nombre de una sílaba. Se duplicaría en todas las secciones y no distinguiríamos a uno de otro, de modo que los hombres se morirían por el cuerpo equivocado. Blissenobiarella es mi nombre completo.

—Eso es demasiado largo.

—¿Qué? ¿Siete sílabas? No es mucho. Tengo amigos con nombres de quince sílabas y nunca logran encontrar la combinación perfecta para el diminutivo. Yo

1. Significa «felicidad», «arrobamiento». (N. del T.)

me decidí por Bliss al cumplir quince años. Mi madre se llamaba «Nobby», ¿se lo imagina?

—En galáctico, «bliss» significa «éxtasis» o «extrema felicidad» —dijo Pelorat.

—En gaiano, también. No es muy diferente del galáctico, y «éxtasis» es la impresión que yo pretendo comunicar.

—Yo me llamo Janov Pelorat.

—Lo sé. Y este otro caballero, el que grita, es Golan Trevize. Recibimos un mensaje desde Sayshell.

Trevize se apresuró a preguntar, con los ojos entornados:

—¿Cómo recibió usted el mensaje?

Bliss se volvió a mirarlo y respondió con calma:

—No fui yo. Fue Gaia.

Pelorat dijo:

—Señorita Bliss, ¿podemos mi compañero y yo hablar en privado unos momentos?

—Sí, por supuesto, pero tenemos que darnos prisa, compréndalo.

—No tardaremos. —Tiró con fuerza del codo de Trevize y éste le siguió de mala gana hasta la otra habitación.

Trevize dijo en un susurro:

—¿Qué es todo eso? Estoy seguro de que nos está oyendo. Lo más probable es que lea nuestras mentes, maldita criatura.

—Tanto si lo hace como si no, necesitamos un poco de aislamiento psicológico. Escuche, viejo amigo, déjela en paz. No podemos hacer nada, y es absurdo ensañarse con ella. Probablemente ella tampoco puede hacer nada. Sólo es una mensajera. En realidad, mientras permanezca a bordo, probablemente estemos a salvo; no la habrían enviado aquí si pensaran destruir la nave. Siga atacándola y quizá la destruyan, así como a nosotros, en cuanto la saquen de aquí.

—No me gusta sentirme indefenso —gruñó Trevize.

—Ni a usted ni a nadie. Pero actuar como un pendenciero no le hace menos indefenso. Sólo le hace un pendenciero indefenso. Oh mi querido amigo, no pretendo atacarle y debe perdonarme si soy excesivamente crítico con usted, pero la muchacha no tiene la culpa de nada.

—Janov, es suficientemente joven para ser su hija menor.

Pelorat se irguió.

—Más motivo para tratarla amablemente. No sé qué quiere insinuar con estas palabras.

Trevize reflexionó unos momentos, y luego su rostro se iluminó.

—Muy bien. Tiene razón y yo estoy equivocado. Sin embargo, es irritante que hayan enviado a una muchacha. Habrían podido enviar a un militar, por ejemplo, dándonos la sensación de tener algún valor, por así decirlo. ¿Una simple muchacha? ¿Y se empeña en hacer recaer la responsabilidad sobre Gaia?

—Seguramente se refiere a un gobernante que toma el nombre del planeta como título honorífico, o bien se refiere al consejo planetario. Lo averiguaremos, pero no con preguntas directas.

—¡Muchos hombres han muerto por su cuerpo! —dijo Trevize—. ¡Huh! ¡Tiene demasiado trasero!

—Nadie le pide que muera por él, Golan —replicó Pelorat con amabilidad—. ¡Vamos! Reconozca que sabe reírse de sí misma. Considero que es muy divertido y una muestra de buen carácter.

Encontraron a Bliss inclinada sobre la computadora, observando sus componentes con las manos a la espalda, como si temiera tocarla.

Alzó la mirada cuando entraron, agachando la cabeza bajo el dintel.

—Es una nave asombrosa —comentó—. No entiendo la mitad de lo que veo, pero si van a hacerme un regalo de bienvenida, que sea éste. Es preciosa. En comparación, mi nave parece horrorosa.

Su rostro adquirió una expresión de ardiente curiosidad.

—¿Son ustedes realmente de la Fundación?

—¿Cómo es que conoce la existencia de la Fundación? —preguntó Pelorat.

—Lo estudiamos en la escuela. Principalmente a causa del Mulo.

—¿Por qué a causa del Mulo, Bliss?

—Es uno de nosotros, caba... ¿Qué sílaba de su nombre prefiere que use, caballero?

Pelorat contestó:

—Jan o Pel. ¿Cuál prefiere usted?

—Es uno de nosotros, Pel —dijo Bliss con una sonrisa de camaradería—. Nació en Gaia, pero nadie parece saber exactamente dónde.

Trevize intervino:

—Me imagino que es un héroe gaiano, ¿verdad Bliss? —Se mostró decididamente, casi agresivamente, amistoso y lanzó una ojeada conciliadora en dirección a Pelorat—. Llámeme Trev —añadió.

—Oh, no —contestó ella de inmediato—. Es un malhechor. Abandonó Gaia sin permiso, y nadie debe hacer tal cosa. Nadie sabe cómo lo hizo. Pero se marchó, y supongo que por eso terminó tan mal. La Fundación le venció.

—¿La Segunda Fundación? —inquirió Trevize.

—¿Acaso hay más de una? Me imagino que si pensara en ello lo sabría, pero la historia no me interesa demasiado. Me interesa lo que Gaia crea mejor. Si la historia no me llama la atención, es porque ya hay suficientes historiadores o porque yo no estoy bien dotada para ella. Probablemente estén adiestrándome para técnico espacial. Siempre me asignan trabajos como éste y parece que me gusta, y es lógico suponer que no me gustaría si...

Hablaba rápidamente, casi sin aliento, y Trevize tuvo que hacer un esfuerzo para intercalar una frase.

—¿Quién es Gaia?

Bliss pareció desconcertada.

—Sólo Gaia... Por favor, Pel y Trev, no perdamos más tiempo. Tenemos que llegar a la superficie.

—Vamos hacia allí, ¿verdad?

—Sí, pero lentamente. Gaia cree que ustedes pueden avanzar con mucha más rapidez si utilizan el potencial de su nave. ¿Quieren hacerlo, por favor?

—Podríamos —dijo Trevize sombríamente—. Pero si recupero el control de la nave, ¿no sería más probable que saliéramos zumbando en dirección opuesta?

Bliss se echó a reír.

—¡Qué gracioso! Naturalmente, no puede ir en una dirección que Gaia no quiera que vaya. Pero puede ir más deprisa en la dirección que Gaia quiere que vaya. ¿Lo entiende?

—Lo entiendo —repuso Trevize—, e intentaré dominar mi sentido del humor. ¿Dónde aterrizo, cuando llegue a la superficie?

—No importa. Usted ponga rumbo hacia abajo y aterrizará en el lugar correcto. Gaia se encargará de ello.

—¿Se quedará usted con nosotros, Bliss, y se ocupará de que nos traten bien? —preguntó Pelorat.

—Supongo que puedo hacerlo. Los honorarios habituales por mis servicios, y me refiero a esa clase de servicios, pueden incluirse en mi tarjeta de control.

—¿Y la otra clase de servicios?

Bliss emitió una risita entrecortada.

—Es usted un anciano muy simpático.

Pelorat dio un respingo.

72

Bliss reaccionó con ingenua excitación ante el rápido descenso hacia Gaia.

—No hay sensación de aceleración —dijo.

—Es una propulsión gravítica —explicó Pelorat—. Todo acelera al mismo tiempo, incluidos nosotros, de modo que no notamos nada.

—Pero ¿cómo funciona, Pel?

Pelorat se encogió de hombros.

—Creo que Trev lo sabe —dijo—, pero no creo que esté de humor para explicárselo.

Trevize había descendido casi temerariamente por el pozo de gravedad de Gaia. La nave respondía a sus instrucciones, como Bliss le había advertido, de un modo parcial. Un intento de cruzar oblicuamente las líneas de fuerza gravítica fue aceptado, aunque con cierta vacilación. Un intento de elevarse fue terminantemente denegado.

La nave seguía sin ser suya.

Pelorat preguntó con mansedumbre:

—¿No está descendiendo con demasiada rapidez, Golan?

Trevize, en un tono de voz inexpresivo y procurando controlar su ira (más por Pelorat que otra cosa), respondió:

—La señorita dice que Gaia cuidará de nosotros.

—Desde luego, Pel. Gaia no permitiría que esta nave hiciese algo que no fuera seguro. ¿Hay algo de comer a bordo? —dijo Bliss.

—Sí, claro —contestó Pelorat—. ¿Qué le apetecería?

—Nada de carne, Pel —dijo Bliss rápidamente—, pero tomaré pescado o huevos, así como cualquier tipo de verdura que tengan.

—Parte de la comida que tenemos es sayshelliana,

Bliss —dijo Pelorat—. No estoy seguro de lo que hay en ella, pero quizá le guste.

—Bueno, la probaré —aceptó Bliss con tono dubitativo.

—¿Son vegetarianos los habitantes de Gaia? —inquirió Pelorat.

—Muchos de ellos lo son. —Bliss asintió enérgicamente con la cabeza—. Depende de las sustancias nutritivas que el cuerpo necesite en casos particulares. Últimamente no me ha apetecido la carne, por lo que supongo que no la necesito. Y no he tenido ansias de nada dulce. El queso me sabe bien, y las gambas. Probablemente necesite perder peso. —Se dio una resonante palmada en la nalga derecha—. Tengo que perder uno o dos kilos aquí.

—No veo por qué —dijo Pelorat—. Le proporciona algo cómodo sobre lo que sentarse.

Bliss se volvió para mirarse el trasero lo mejor que pudo.

—Oh, bueno, no importa. El peso aumenta o disminuye como debe. No tendría que preocuparme.

Trevize guardaba silencio porque estaba forcejeando con el *Estrella Lejana*. Había titubeado demasiado para entrar en órbita y la nave empezaba a traspasar los límites de la exosfera planetaria con un estridente chirrido. Poco a poco, la nave iba escapando a su control. Era como si alguna otra cosa hubiese aprendido a manejar los motores gravíticos. El *Estrella Lejana*, actuando aparentemente por sí solo, describió una curva ascendente hacia aire más tenue y aminoró la velocidad. Tomó una trayectoria por su propia cuenta e inició una suave curva descendente.

Bliss no había hecho caso del agudo sonido de resistencia aérea y olió el vapor que salía del recipiente.

—Debe de ser bueno, Pel, porque si no lo fuera, no olería bien y yo no querría comerlo. —Metió uno de sus delgados dedos y luego lo lamió—. Ha acertado, Pel. Son gambas o algo por el estilo. ¡Estupendo!

Con una mueca de descontento, Trevize abandonó la computadora.

—Joven —llamó, como si la viese por primera vez.

—Me llamo Bliss —replicó Bliss con firmeza.

—¡Bliss, entonces! Usted sabía nuestros nombres.

—Sí, Trev.

—¿Cómo lo sabía?

—Era importante que lo supiese, a fin de hacer mi trabajo. Así pues, lo supe.

—¿Sabe quién es Munn Li Compor?

—Lo sabría... si para mí fuera importante saberlo. Como no lo sé, el señor Compor no vendrá aquí. En realidad —hizo una pausa—, no vendrá nadie más que ustedes dos.

—Ya lo veremos.

Estaba mirando hacia abajo. Era un planeta nublado. No había una sólida capa de nubes, sino una capa fina que se extendía de un modo asombrosamente uniforme y no ofrecía una vista clara de ninguna parte de la superficie planetaria.

Cambió a microondas y el radariscopio centelleó. La superficie casi era una imagen del cielo. Parecía un mundo de islas; como Términus, pero más. No había ninguna isla grande y ninguna estaba muy aislada. Podía tratarse de un archipiélago planetario. La órbita de la nave se inclinaba hacia el plano ecuatorial, pero no vio rastro de casquetes polares.

Tampoco se veían las inequívocas muestras de distribución irregular de la población, como sería de esperar, por ejemplo, en la iluminación del lado nocturno.

—¿Descenderé cerca de la ciudad capital, Bliss? —preguntó Trevize.

Bliss contestó con indiferencia:

—Gaia le escogerá algún lugar conveniente.

—Yo preferiría una gran ciudad.

—¿Se refiere a una agrupación de gente?

—Sí.

—Eso lo decidirá Gaia.

La nave continuó el descenso y Trevize se distrajo adivinando en qué isla aterrizaría.

Cualquiera que fuese, parecía que lo harían en el transcurso de aquella hora.

73

La nave aterrizó de un modo suave, como si se tratara de una pluma, sin una sola sacudida, sin un solo efecto gravitatorio. Desembarcaron, uno por uno: primero Bliss, luego Pelorat, y finalmente Trevize.

El clima era comparable con el inicio del verano en la ciudad de Términus. Había una ligera brisa, y lo que parecía un sol matinal brillaba en un cielo moteado. El terreno era verde bajo sus pies y a un lado se veían las apretadas hileras de árboles que indicaban un huerto, mientras que al otro se divisaba la lejana línea de la costa.

Se oía el leve zumbido de lo que podrían ser insectos, el aleteo de un pájaro o alguna pequeña criatura voladora, encima de ellos y hacia un lado, y el *clac-clac* de lo que podría ser algún instrumento agrícola.

Pelorat fue el primero en hablar, y no mencionó nada de lo que veía y oía. En cambio, aspiró profundamente y exclamó:

—Ah, huele bien, como una compota de manzana recién hecha.

—Probablemente lo que estemos mirando sea un manzanar y, al parecer, están haciendo compota de manzana —dijo Trevize.

—Su nave, por el contrario —comentó Bliss— olía como... Bueno, olía muy mal.

—No se ha quejado mientras se hallaba a bordo —gruñó Trevize.

—Tenía que ser cortés. Era una huésped.

—¿Qué hay de malo en seguir siéndolo?

—Ahora estoy en mi propio mundo. Ustedes son los huéspedes. Sean ustedes corteses.

—Seguramente tiene razón acerca del olor, Golan. ¿Hay algún modo de airear la nave? —dijo Pelorat.

—Sí —repuso Trevize con irritación—. Puede hacerse, si esta criaturita nos asegura que nadie se acercará a ella. Ya nos ha demostrado que puede ejercer un poder extraordinario.

Bliss se irguió al máximo.

—No soy una criaturita y si dejar su nave en paz es lo que se necesita para limpiarla, le aseguro que dejarla en paz será un placer.

—Y después, ¿puede llevarnos ante esa persona a la que usted llama Gaia? —preguntó Trevize.

Bliss pareció divertida.

—No sé si podrá creerlo, Trev. Yo soy Gaia.

Trevize la miró con asombro. A menudo había oído la frase «ordenar los pensamientos» en un sentido metafórico. Por primera vez en su vida se sintió literalmente ocupado en hacerlo. Al fin preguntó:

—¿Usted?

—Sí. Y el terreno. Y aquellos árboles. Y ese conejo que va por allí. Y el hombre al que ven a través de los árboles. Todo el planeta y todo lo que hay en él es Gaia. Todos somos individuos, organismos separados, pero compartimos una conciencia general. El planeta inanimado es el que menos lo hace, las diversas formas de vida hasta cierto grado, y los seres humanos los que más, pero todos la compartimos.

—Creo, Trevize, que eso significa que Gaia es una especie de conciencia colectiva —dijo Pelorat.

Trevize asintió.

—Ya lo había deducido... En ese caso, Bliss, ¿quién gobierna este mundo?

—Se gobierna a sí mismo. Esos árboles crecen espontáneamente. Sólo se multiplican hasta el punto necesario para sustituir a aquellos que han muerto. Los seres humanos recogen las manzanas que se necesitan; otros animales, incluidos los insectos, comen su parte... y sólo su parte.

—Los insectos saben cuál es su parte, ¿verdad? —inquirió Trevize.

—Sí, así es... en cierto modo. Llueve cuando es necesario y a veces llueve copiosamente cuando es necesario, y a veces hay un largo período de sequía, cuando es necesario.

—Y la lluvia sabe qué hacer, ¿verdad?

—Sí, así es —dijo Bliss con seriedad—. En su propio cuerpo, ¿no saben las distintas células lo que deben hacer? ¿Cuándo crecer y cuándo dejar de crecer? ¿Cuándo formar ciertas sustancias y cuándo no; y cuando las forman qué cantidad formar, ni más ni menos? Hasta cierto punto, cada célula es una fábrica de productos químicos independiente pero todas se abastecen de un fondo común de materias primas distribuidas por un sistema de transporte común, todas vierten los desperdicios en canales comunes, y todas contribuyen a una conciencia colectiva.

Pelorat exclamó con entusiasmo:

—¡Pero esto es fantástico! Está diciendo que el planeta es un superorganismo y que usted es una célula de ese superorganismo.

—Estoy haciendo una analogía, no una identidad. Somos el análogo de las células, pero no idénticas a ellas, ¿lo entienden?

—¿En qué aspecto —preguntó Trevize— no son células?

—Nosotros mismos estamos compuestos de células y tenemos una conciencia colectiva en relación a las células. Esta conciencia colectiva, esta conciencia de un organismo individual..., en mi caso, un ser humano...

—Con un cuerpo por el que se mueren los hombres.

—Exactamente. Mi conciencia está mucho más desarrollada que la de cualquier célula individual, muchísimo más desarrollada. El hecho de que nosotros, a nuestra vez, formemos parte de una conciencia colectiva aún más amplia en un nivel más elevado no nos reduce al nivel de células. Continúo siendo un ser humano, pero por encima de nosotros hay una conciencia colectiva tan fuera de mi alcance como mi conciencia lo está del de una de las células musculares de mi bíceps.

—Sin duda alguien ordenó que nuestra nave fuese apresada —dijo Trevize.

—¡No, alguien no! Gaia lo ordenó. Todos nosotros lo ordenamos.

—¿Los árboles y el suelo, también, Bliss?

—Contribuyeron muy poco, pero contribuyeron. Escuche, si un músico escribe una sinfonía, ¿pregunta usted qué célula determinada de su cuerpo ordenó la composición de la sinfonía y supervisó su elaboración?

Pelorat dijo:

—Y supongo que la mente colectiva, por así decirlo, de la conciencia colectiva es mucho más fuerte que una mente individual, del mismo modo que un músculo es mucho más fuerte que una célula muscular individual. En consecuencia Gaia puede capturar nuestra nave a distancia controlando nuestra computadora, a pesar de que ninguna mente individual del planeta habría podido hacerlo.

—Lo ha entendido perfectamente, Pel —dijo Bliss.

—Y yo también lo he entendido —declaró Trevize—. No es tan difícil. Pero ¿qué quieren de nosotros?

No hemos venido a atacarles. Hemos venido en busca de información. ¿Por qué nos han apresado?

—Para hablar con ustedes.

—Podría haber hablado con nosotros en la nave.

Bliss meneó la cabeza con gravedad.

—Yo no soy quien debe hacerlo.

—¿No forma parte de la mente colectiva?

—Sí, pero no puedo volar como un pájaro, zumbar como un insecto o crecer tanto como un árbol. Hago lo que es mejor para mí y lo mejor no es que les dé la información..., aunque habrían podido asignarme fácilmente esa tarea.

—¿Quién decidió no asignársela?

—Todos lo hicimos.

—¿Quién nos dará la información?

—Dom.

—Y ¿quién es Dom?

—Pues bien —contestó Bliss—, su nombre completo es Endomandiovi.zamarondeyaso... y algo más. Distintas personas le llaman por distintas sílabas en distintas ocasiones, pero yo le conozco como Dom y creo que ustedes dos también deben usar esa sílaba. Probablemente es el que tiene una parte más grande de Gaia de todos los habitantes del planeta y vive en esta isla. Pidió verles y se le concedió.

—¿Quién se lo concedió? —preguntó Trevize, y se respondió enseguida a sí mismo—: Sí, lo sé; todos ustedes.

Bliss asintió.

—¿Cuándo veremos a Dom, Bliss? —dijo Pelorat.

—Ahora mismo. Si quiere seguirme, le conduciré hasta él, Pel. Y, naturalmente, a usted también, Trev.

—Y entonces, ¿nos dejará? —preguntó Pelorat.

—¿No quiere que lo haga, Pel?

—La verdad es que no.

—Ahí tienen —dijo Bliss, mientras la seguían por

un camino pavimentado que bordeaba el huerto—. Los hombres enseguida se apasionan por mí. Incluso los mesurados ancianos se sienten llenos de ardor juvenil.

Pelorat se echó a reír.

—Yo no contaría con mucho ardor juvenil, Bliss, pero si lo tuviera no podría emplearlo mejor que con usted.

—Oh, no menosprecie su ardor juvenil. Puedo hacer maravillas —dijo Bliss.

Trevize preguntó con impaciencia:

—Una vez lleguemos a donde vamos, ¿cuánto rato tendremos que esperar a ese Dom?

—Él estará esperándoles a ustedes. Al fin y al cabo, Dom-mediante-Gaia ha trabajado varios años para traerles aquí.

Trevize se detuvo en seco y dirigió una rápida mirada a Pelorat, que dijo en silencio con los labios: «Usted tenía razón.»

Bliss, que miraba fijamente hacia adelante, dijo con calma:

—Sé, Trev, que usted ha sospechado que yo/nosotros/Gaia estaba interesada en usted.

—¿Yo/nosotros/Gaia? —inquirió suavemente Pelorat.

Ella se volvió para sonreírle.

—Tenemos todo un conjunto de pronombres distintos para expresar los matices de individualidad que existen en Gaia. Podría explicárselo, pero hasta entonces «yo/nosotros/Gaia» les indicará de un modo simplificado lo que quiero decir. Por favor, Trev, siga andando. Dom les espera y no quiero obligarle a mover las piernas en contra de su voluntad. Es una sensación muy desagradable cuando no se está acostumbrado.

Trevize siguió andando. La ojeada que lanzó a Bliss revelaba su profunda desconfianza.

74

Dom era un anciano. Recitó las doscientas cincuenta y tres sílabas de su nombre con una fluidez musical de tono y énfasis.

—En cierto sentido —dijo—, es una breve biografía de mí mismo. Explica al oyente, o al lector, o al sensor, quién soy yo, qué papel he desempeñado en el conjunto y qué he realizado. Sin embargo, durante más de cincuenta años me he conformado con que me llamaran Dom. Cuando hay otros Dom presentes, pueden llamarme Domandio, y en mis diversas relaciones profesionales se utilizan otras variantes. Una vez cada año gaiano, el día de mi cumpleaños, se recita mentalmente mi nombre completo tal como yo se lo he recitado de viva voz. Es muy efectivo, pero resulta personalmente desconcertante.

Era alto y delgado, casi escuálido. Sus hundidos ojos brillaban con una anómala expresión juvenil, a pesar de que se movía muy lentamente. Su afilada nariz era estrecha y larga y se ensanchaba en la parte inferior. Sus manos, aunque surcadas por hinchadas venas, no mostraban indicios de artritis. Llevaba una larga túnica tan gris como su cabello. Descendía hasta sus tobillos y sus sandalias dejaban los dedos de los pies al descubierto.

Trevize preguntó:

—¿Qué edad tiene, señor?

—Haga el favor de llamarme Dom, Trev. El empleo de otros títulos induce a la formalidad e inhibe el libre intercambio de ideas entre usted y yo. En años galácticos ya he sobrepasado los noventa y tres, pero la verdadera celebración será dentro de pocos meses, cuando llegue al nonagésimo aniversario de mi nacimiento en años gaianos.

—No le habría echado más de setenta y cinco, se... Dom —dijo Trevize.

—Según los criterios gaianos no soy nada extraordinario, ni en los años que tengo ni en los que aparento, Trev... Pero, vamos a ver, ¿hemos comido?

Pelorat bajó la mirada hacia su plato, donde quedaban los restos de una comida preparada del modo más insulso, y dijo con timidez:

—Dom, ¿me permite hacerle una pregunta embarazosa? Naturalmente, si es ofensiva, haga el favor de decírmelo, y la retiraré.

—Adelante —contestó Dom, sonriendo—. Estoy dispuesto a explicarles cualquier cosa de Gaia que despierte su curiosidad.

—¿Por qué? —inquirió Trevize de inmediato.

—Porque son huéspedes de honor... ¿Puedo oír la pregunta de Pel?

—Ya que todas las cosas de Gaia participan de la conciencia colectiva, ¿cómo es que usted, un elemento de la colectividad, puede comer esto, que sin duda era otro elemento?

—¡Cierto! Pero todas las cosas recirculan. Debemos comer y todo lo que se come, plantas y animales, así como los aderezos inanimados, son parte de Gaia. Pero es que, verá, nada se mata por placer o deporte, nada se mata con sufrimientos innecesarios. Y me temo que no intentamos exaltar nuestras preparaciones alimenticias, pues ningún gaiano comería más de lo necesario. ¿No ha disfrutado de esta comida, Pel? ¿Trev? Bueno, las comidas no son para disfrutar.

»Además, lo que se come, al fin y al cabo, sigue formando parte de la conciencia planetaria. En cuanto a las porciones que se incorporan a mi cuerpo, participarán en mayor grado de la conciencia total. Cuando yo muera, también me comerán, aunque sólo sean las bacterias de la putrefacción, y entonces participaré en un grado mucho menor del total. Pero algún día, algunas partes de mí serán partes de otros seres humanos, partes de muchos.

—Una especie de transmigración de almas —dijo Pelorat.

—¿De qué, Pel?

—Hablo de un antiguo mito que es corriente en algunas mundos.

—Ah, no lo conozco. Tendrá que explicármelo en alguna ocasión.

—Pero su conciencia individual, lo que hay en usted que es Dom, nunca volverá a reunirse totalmente —dijo Trevize.

—No, claro que no. Pero ¿acaso importa? Seguirá formando parte de Gaia y eso es lo que cuenta. Entre nosotros hay místicos que se preguntan si deberíamos tomar medidas para desarrollar recuerdos colectivos de existencias pasadas, pero el sentir-de-Gaia es que eso no puede hacerse de un modo práctico y no serviría de nada. Únicamente empañaría la conciencia actual. Como es lógico, cuando cambien las circunstancias, el sentir-de-Gaia también puede cambiar pero no creo que eso ocurra en el futuro previsible.

—¿Por qué debe morir, Dom? —preguntó Trevize—. Mírese a los noventa años. ¿No podría la conciencia colectiva...?

Por primera vez, Dom frunció el ceño.

—Nunca —dijo—. Yo no puedo contribuir en nada más. Cada nuevo individuo es una reorganización de moléculas y genes en algo nuevo. Nuevos talentos nuevos dones, nuevas contribuciones a Gaia. Debemos tenerlos, y el único modo de lograrlo es hacer sitio. Yo he hecho más que la mayoría, pero incluso yo tengo límite y está acercándose. No hay más deseo de vivir más allá del propio límite que de morir antes de él.

Y entonces, como si se percatara de que había dado un sesgo demasiado sombrío a la conversación, se levantó y alargó los brazos hacia los dos.

—Vengan, Trev... Pel... acompáñenme a mi estudio

y les enseñaré algunos de mis objetos artísticos personales. Espero que no culpen a un viejo por estas pequeñas vanidades.

Abrió la marcha hacia otra habitación donde, sobre una mesita circular, había un grupo de lentes ahumadas unidas en parejas.

—Éstas —dijo Dom— son participaciones diseñadas por mí. No soy uno de los maestros, pero me especializo en inanimados, algo que los maestros no suelen hacer.

Pelorat preguntó:

—¿Puedo coger una? ¿Son frágiles?

—No, no. Tírelas al suelo si quiere. O quizá sea mejor que no lo haga. El golpe podría menguar la agudeza visual.

—¿Cómo se usan, Dom?

—Póngaselas sobre los ojos Se le adherirán. No transmiten luz. Todo lo contrario. Oscurecen la luz que de otro modo podría distraerle, aunque la percepción llega a su cerebro por medio del nervio óptico. Esencialmente su conciencia se agudiza y puede participar en otras facetas de Gaia. En otras palabras, si mira aquella pared, experimentará lo mismo que experimenta la pared.

—Fascinante —murmuró Pelorat—. ¿Puedo intentarlo?

—Desde luego, Pel. Escoja una al azar. Cada una es distinta y muestra la pared, o cualquier otro objeto inanimado que mire, en un aspecto distinto de la conciencia del objeto.

Pelorat se colocó un par sobre los ojos y se adhirieron enseguida. Se sobresaltó con el contacto y luego permaneció inmóvil durante largo rato.

Dom dijo:

—Cuando termine, ponga las manos a ambos lados de la participación y apriételas una hacia la otra. Se desprenderá.

439

Pelorat lo hizo así, parpadeó con rapidez, y se frotó los ojos.

—¿Qué ha experimentado? —preguntó Dom.

Pelorat contestó:

—Es difícil describirlo. La pared parecía relucir y titilar y, a veces, parecía volverse fluida. Parecía tener aristas y simetrías cambiantes. Lo... lo siento, Dom, pero no lo he encontrado agradable.

Dom suspiró.

—Usted no participa en Gaia, de modo que no ve lo que yo veo. Me lo temía. ¡Lástima! Le aseguro que, aunque estas participaciones son apreciadas fundamentalmente por su valor estético, también tienen sus usos prácticos. Una pared feliz es una pared de larga vida, una pared práctica, una pared útil.

—¿Una pared feliz? —dijo Trevize, con una leve sonrisa.

Dom explicó:

—Una pared puede experimentar una débil sensación que es análoga a lo que «feliz» significa para nosotros. Una pared es feliz cuando está bien diseñada, cuando descansa firmemente sobre sus cimientos, cuando su simetría equilibra sus partes y no produce tensiones desagradables. Es posible hacer un buen diseño basándose en los principios matemáticos de la mecánica, pero el empleo de una participación adecuada puede ajustarlo a dimensiones virtualmente atómicas. En Gaia no hay ningún escultor que pueda realizar una obra de arte de primera clase sin una participación bien hecha y las que yo hago se consideran excelentes... si no está mal que lo diga yo mismo.

»Las participaciones animadas, que no son mi especialidad —continuó Dom con el tipo de excitación que puede esperarse de alguien que habla sobre su pasatiempo favorito—, nos proporcionan, por analogía, una experiencia directa del equilibrio ecológico. El equilibrio ecológico de Gaia es muy sencillo, igual que en todos los mundos, pero aquí, al menos, tenemos la esperanza de hacerlo más complejo y así enriquecer enormemente la conciencia total.

Trevize alzó una mano para anticiparse a Pelorat y le indicó que guardara silencio.

—¿Cómo sabe que un planeta puede tener un equilibrio ecológico más complejo si todos lo tienen sencillo? —dijo.

—Ah —repuso Dom, con expresión astuta—, quiere ponerme a prueba. Usted sabe tan bien como yo que el hogar original de la humanidad, la Tierra, tenía un equilibrio ecológico enormemente complejo. Sólo los mundos secundarios, los mundos derivados, son sencillos.

Pelorat no pudo seguir callado.

—Éste es el problema al que he dedicado mi vida. ¿Por qué sólo la Tierra tuvo una ecología compleja? ¿Qué la distinguía de otros mundos? ¿Por qué los millones y millones de mundos de la Galaxia, mundos que eran capaces de albergar vida, sólo desarrollaron una vegetación insignificante, junto con pequeñas formas de vida animal sin inteligencia?

—Tenemos una teoría al respecto; una fábula, quizá. No puedo garantizar su autenticidad. De hecho, a primera vista, parece ficción —repuso Dom.

En este punto Bliss, que no había participado en la comida, entró en la habitación, sonriendo a Pelorat. Llevaba una blusa plateada, muy transparente.

Pelorat se levantó de inmediato.

—Creía que nos había abandonado.

—De ningún modo. Tenía informes que redactar, trabajo que hacer. ¿Puedo unirme a ustedes, Dom?

Dom también se había levantado (aunque Trevize permanecía sentado).

—Eres bien recibida y cautivas estos ojos envejecidos.

—Para cautivarle a usted me he puesto esta blusa.

Pel está por encima de esas cosas y a Trev le desagradan.

Pelorat protestó:

—Si cree que estoy por encima de esas cosas, Bliss, quizá algún día le dé una sorpresa.

—Sería una sorpresa deliciosa —repuso Bliss, y se sentó. Los dos hombres la imitaron—. No dejen que yo les interrumpa, por favor.

—Estaba punto de contar a nuestros huéspedes la historia de la Eternidad —dijo Dom—. Para comprenderla, antes deben comprender que pueden existir muchos universos distintos, un número virtualmente infinito. Cada acontecimiento que tiene lugar puede tener lugar o no tener lugar, o puede tener lugar de este modo o de aquel otro, y cada una de las numerosísimas alternativas resultará en un futuro curso de acontecimientos que son distintos, al menos, hasta cierto grado.

»Bliss podría no haber entrado precisamente ahora; o podría haber estado con nosotros un poco antes; o mucho antes; o habiendo entrado ahora, podría llevar una blusa distinta; o incluso con esta blusa, podría no haber sonreído a los viejos con picardía como es su bondadosa costumbre. En cada una de estas alternativas, o en cada una de las incontables alternativas de este mismo acontecimiento el Universo habría tomado un camino distinto, así como en lo referente a todas las otras variaciones de todos los otros acontecimientos, aunque sean insignificantes.

Trevize se movió con desasosiego.

—Creo que es una especulación común de mecánica cuántica... y muy antigua, además.

—Ah, la conoce. Pero prosigamos. Imagínense que los seres humanos pueden inmovilizar el número infinito de universos, pasar de uno a otro según su voluntad, y escoger cuál debe ser el «real», cualquiera que sea el significado de esa palabra en este caso.

—Oigo sus palabras e incluso me imagino el concepto que describe, pero no puedo creer que nada de todo esto pueda llegar a ocurrir —objetó Trevize.

—En general, yo tampoco —dijo Dom—, por lo cual he aclarado que parecería una fábula. Sin embargo, la fábula asegura que hubo quienes salieron del tiempo y examinaron los innumerables ramales de la realidad potencial. Estas personas se llamaron «eternos» y cuando salieron del tiempo se encontraron en la llamada «Eternidad».

»Ellos se encargaron de escoger la realidad más adecuada para la humanidad. Modificaron muchísimas cosas, y la historia cuenta muchos detalles, pues debo decirles que ha sido escrita en forma de una epopeya sumamente larga. Al fin encontraron (así lo afirman) un universo en el que la Tierra era el único planeta de toda la Galaxia donde había un sistema ecológico complejo, así como el desarrollo de una especie inteligente capaz de elaborar una avanzada tecnología.

»Decidieron que ésta era la situación en la que la humanidad estaría más segura. Inmovilizaron ese ramal de acontecimientos como realidad y luego suspendieron las operaciones. Ahora vivimos en una Galaxia poblada sólo por seres humanos y, en alto grado, por las plantas, animales y vida microscópica que los seres humanos llevan consigo, voluntariamente o no, de un planeta a otro, y que suelen hacer desaparecer la vida indígena.

»En algún lugar recóndito de la probabilidad hay otras realidades en las que la Galaxia es sede de muchas inteligencias, pero son inalcanzables. Nosotros estamos solos en nuestra realidad. A partir de cada acción y cada suceso de nuestra realidad, parten nuevos ramales, de los que sólo uno en cada caso es una continuación de la realidad, de modo que hay un gran número de universos potenciales, quizá un número infinito, que se derivan del nuestro, pero todos ellos son presuntamente parecidos por albergar la Galaxia de una sola inteligencia donde vivimos... O quizá debería decir que todos menos un pequeñísimo porcentaje son parecidos en este aspecto, ya que es peligroso excluir algo cuando las posibilidades son casi infinitas.

Se detuvo, se encogió de hombros, y añadió:

—Al menos, ésta es la historia. Se remonta a antes de la fundación de Gaia. No garantizo su autenticidad.

Los otros tres habían escuchado atentamente. Bliss asintió con la cabeza, como si fuese algo que ya hubiera oído con anterioridad y se limitara a verificar la exactitud del relato de Dom.

Pelorat reaccionó con una solemnidad silenciosa durante casi un minuto y luego cerró el puño y lo descargó sobre el brazo de su silla.

—No —dijo, con voz ahogada—, eso no influye en nada. No hay modo de demostrar la autenticidad de la historia por la observación o la razón, así que nunca será nada más que una especulación, pero aparte de esto... ¡Supongamos que es cierto! El universo donde vivimos sigue siendo un universo en el que sólo la Tierra ha desarrollado una vida rica y una especie inteligente, de manera que en este universo, tanto si es el único como sólo uno entre un número infinito de posibilidades, tiene que haber algo único en la naturaleza del planeta Tierra. Aún deberíamos querer saber cuál es esa singularidad.

En el silencio que siguió, fue Trevize quien finalmente se agitó y meneó la cabeza.

—No, Janov —dijo—, las cosas no son así. Digamos que las posibilidades son de una en mil millones de trillones, una en 10^{21}, de que entre los mil millones de planetas habituales de la Galaxia sólo la Tierra, por una extraña casualidad, desarrollara una ecología rica y, posteriormente, inteligencia. Si es así, uno en 10^{21} de los diversos ramales de las realidades potenciales representaría esa Galaxia y los «eternos» lo escogieron. Por lo tanto, vivimos en un universo donde la Tierra es el único planeta capaz de desarrollar una ecología compleja, una especie inteligente, y una avanzada tecnología, no porque la Tierra tenga algo especial, sino porque dio la casualidad de que se desarrollara en la Tierra y en ningún otro sitio.

»De hecho —continuó Trevize con aire pensativo—, supongo que hay ramales de realidad en los que sólo Gaia ha desarrollado una especie inteligente, o sólo Sayshell, o sólo Términus, o sólo algún planeta que en esta realidad no tiene vida de ninguna clase. Y todos esos casos muy especiales son un pequeñísimo porcentaje del número total de realidades en las que hay más de una especie inteligente en la Galaxia. Supongo que si los "eternos" hubiesen buscado más, habrían encontrado un ramal potencial de realidad en la que cada planeta habitable habría desarrollado una especie inteligente.

—¿No podría argumentar también que se había encontrado una realidad en la que la Tierra no era como en otros ramales, pero tenía las condiciones necesarias para el desarrollo de la inteligencia? De hecho, puede ir más lejos y decir que se había encontrado una realidad en la que toda la Galaxia no era como en otros ramales, pero tenía un estado de desarrollo tal que sólo la Tierra podía generar inteligencia —dijo Pelorat.

Trevize repuso:

—Podríamos afirmarlo así, pero creo que mi versión es más lógica.

—Naturalmente, esto no es más que una conclusión subjetiva... —empezó Pelorat con cierta vehemencia, pero Dom le interrumpió, diciendo:

—Bueno, bueno, eso es pararse en quisquillas. No malogremos lo que está resultando, al menos para mí, una velada agradable e interesante.

Pelorat hizo un esfuerzo para tranquilizarse y recobrar la ecuanimidad. Al fin sonrió y manifestó:

—Como usted diga, Dom.

Trevize, que había lanzado varias ojeadas a Bliss, sentada recatadamente con las manos en la falda, ahora preguntó:

—Y ¿cómo llegó este mundo a ser lo que es, Dom? ¿Gaia, con su conciencia colectiva?

Dom echó la cabeza hacia atrás y se rió con estridencia. Su cara se llenó de arrugas al decir:

—¡Más fábulas! Pienso en ello a veces, cuando leo los informes que tenemos sobre la historia humana. Por muy bien guardados y archivados y computadorizados que estén se vuelven borrosos con el tiempo. Las historias se multiplican. Las leyendas se acumulan... como el polvo. Cuanto mayor es el lapso de tiempo, más polvorienta es la historia, hasta que degenera en fábulas.

—Los historiadores estamos familiarizados con el proceso, Dom —dijo Pelorat—. Hay una cierta preferencia por las fábulas. «El falso dramatismo desplaza a la insulsa verdad», dijo Liebel Gennerat hace unos quince siglos. Ahora se le llama Ley de Gennerat.

—¿En serio? —se extrañó Dom—. Y yo creía que esa teoría era una invención mía. Bueno, la Ley de Gennerat llena nuestra historia pasada de encanto e incertidumbre. ¿Saben lo que es un robot?

—Lo averiguamos en Sayshell —contestó Trevize con sequedad.

—¿Vieron alguno?

—No. Nos hicieron la pregunta, y cuando respondimos negativamente, nos lo explicaron.

—Comprendo. Así pues, ya saben que la humanidad vivió con robots, pero no salió bien.

—Eso nos contaron.

—Los robots fueron adoctrinados con las llamadas

Tres Leyes de la Robótica, que se remontan a la prehistoria. Hay varias versiones sobre lo que pudieron ser esas Tres Leyes. El parecer ortodoxo afirma lo siguiente: 1) Un robot no debe dañar a un ser humano o, por medio de la inacción, permitir que un ser humano sea dañado; 2) Un robot debe obedecer las órdenes de los seres humanos, excepto cuando esas órdenes contravengan la Primera Ley; 3) Un robot debe proteger su propia existencia, mientras dicha protección no contravenga la Primera o Segunda Ley.

»A medida que los robots fueron adquiriendo más inteligencia y versatilidad, interpretaron esas leyes, en especial la primera, con creciente generosidad y asumieron, cada vez más, el papel de protectores de la humanidad. La protección ahogó a las personas y se hizo insoportable.

»Los robots eran esencialmente bondadosos. Sus esfuerzos eran claramente humanos y tenían por objeto el bien de todos, lo que en cierto modo les hizo aún más insoportables.

»Cada mejora de los robots empeoraba la situación. Los robots tenían facultades telepáticas, pero eso significaba que incluso podían leer el pensamiento humano, de modo que la conducta humana se hizo aún más dependiente de la fiscalización de los robots.

»Los robots fueron pareciéndose cada vez más a los seres humanos, pero siguieron siendo robots en su conducta, y el ser humanoides les hacía aún más repulsivos. Así pues, naturalmente, eso debía terminar.

—¿Por qué «naturalmente»? —preguntó Pelorat, que había escuchado con gran atención.

—Es cuestión de seguir la lógica hasta sus últimas consecuencias —dijo Dom—. Con el tiempo, los robots progresaron hasta llegar a ser suficientemente humanos para comprender por qué los seres humanos no querían que se les privara de todo lo humano con la excusa de su propio bien. A la larga, los robots se vieron obligados a admitir que quizá la humanidad se sentiría más a gusto cuidando de sí misma, aunque lo hiciera con negligencia e ineficacia.

»Por lo tanto, se dice que fueron los robots quienes establecieron de algún modo la Eternidad y se convirtieron en "eternos". Localizaron una realidad en la que consideraron que los seres humanos podían estar seguros, en la medida de lo posible, solos en la Galaxia. Después, habiendo hecho lo que podían para protegerlos y con objeto de cumplir la primera ley en su más estricto sentido, los robots dejaron de funcionar por su propia voluntad, y desde entonces hemos sido seres humanos... avanzando, como podemos, sin ayuda de nadie.

Dom hizo una pausa. Miró a Trevize y Pelorat, y luego preguntó:

—Bueno, ¿creen todo eso?

Trevize meneó lentamente la cabeza.

—No. No hay nada parecido a esto en ninguna crónica histórica de la que yo haya oído hablar. ¿Y usted, Janov?

—Hay algunos mitos que son semejantes en ciertos aspectos —dijo Pelorat.

—Vamos, Janov, hay mitos que se ajustarían a cualquier cosa que pudiéramos inventar, si les diéramos una interpretación suficientemente ingeniosa. Estoy hablando de historia, datos fidedignos.

—Oh, bueno. Que yo sepa, de eso no hay nada.

—No me sorprende —dijo Dom—. Antes de que los robots se retiraran, muchos grupos de seres humanos se internaron en el espacio para colonizar mundos sin robots, con objeto de tomar sus propias medidas para alcanzar la libertad. Procedían especialmente de la superpoblada Tierra, con su larga historia de resistencia a los robots. Los nuevos mundos fueron fundados con otros criterios y los fundadores no quisieron ni recordar su amarga humillación de niños sometidos a niñeras-robots. No llevaron ningún registro y olvidaron.

—Eso es inverosímil —objetó Trevize.

Pelorat se volvió hacia él.

—No, Golan. No es inverosímil. Las sociedades crean su propia historia y tienden a borrar los comienzos difíciles, olvidándolos o inventando heroicos rescates totalmente ficticios. El gobierno imperial trató de ocultar el pasado preimperial para reforzar la mística atmósfera de régimen eterno. Por otra parte, casi no hay datos sobre la época anterior a los viajes hiperespaciales, y usted sabe que la misma existencia de la Tierra es hoy desconocida para la mayoría de la gente.

—No puede usar ambas alternativas, Janov. Si la Galaxia ha olvidado los robots, ¿cómo es que Gaia los recuerda? —dijo Trevize.

Bliss intervino con una súbita carcajada de soprano.

—Nosotros somos diferentes.

—¿Sí? —dijo Trevize—. ¿En qué sentido?

Dom terció:

—Vamos, Bliss, déjame esto a mí. Nosotros somos diferentes, hombres de Términus. Entre todos los grupos de refugiados que huyeron de la dominación de los robots, los que finalmente llegamos a Gaia (siguiendo las huellas de los que llegaron a Sayshell) éramos los únicos que habíamos aprendido el arte de la telepatía de los robots.

»Es un arte, se lo aseguro. Es inherente a la mente humana, pero debe desarrollarse de un modo muy sutil y difícil. Se necesitan muchas generaciones para alcanzar todo su potencial, pero una vez bien iniciado, progresa por sí solo. Nosotros lo iniciamos hace veinte mil años y el sentir-de-Gaia es que ahora todavía no hemos alcanzado todo su potencial. Hace mucho tiempo nuestro desarrollo de la telepatía nos hizo percatarnos de la conciencia colectiva; primero sólo de los seres humanos, después de los animales, después de las plantas, y finalmente, no hace muchos siglos, de la estructura inanimada del mismo planeta.

»Como nos remontamos hasta los robots, no los olvidamos. No los consideramos nuestras niñeras sino nuestros profesores. Comprendimos que nos habían abierto la mente a algo que ni por un momento desearíamos ignorar. Los recordamos con gratitud.

—Pero tal como en otros tiempos fueron niños para los robots, ahora son niños para la conciencia colectiva. ¿No han perdido humanidad ahora, tal como la perdieron entonces? —dijo Trevize.

—Es distinto, Trev. Lo que hacemos ahora es por propia elección... nuestra propia elección. Esto es lo que cuenta. No nos ha sido impuesto desde fuera sino que se ha desarrollado desde dentro. No lo olvidamos nunca. Y también somos diferentes en otro aspecto. Somos únicos en la Galaxia. No hay ningún mundo como Gaia.

—¿Cómo están tan seguros?

—Lo sabríamos, Trev. Detectaríamos una conciencia mundial como la nuestra incluso en el otro extremo de la Galaxia. Podemos detectar los comienzos de tal conciencia en su Segunda Fundación, por ejemplo, aunque sólo desde hace dos siglos.

—¿En tiempos del Mulo?

—Sí. Uno de los nuestros. —Dom torció el gesto—. Era un anormal y nos dejó. Nosotros fuimos suficientemente ingenuos para no creerlo posible, de modo que no actuamos a tiempo para detenerlo. Luego, cuando volvimos nuestra atención hacia los mundos exteriores, adquirimos conciencia de lo que ustedes llaman la Segunda Fundación y la abandonamos a su suerte.

Trevize no reaccionó durante unos momentos, y después murmuró:

—¡Ahí van nuestros libros de historia! —Meneó la

cabeza y dijo en voz más alta—: Eso fue una cobardía por parte de Gaia, ¿no cree? Él era responsabilidad de ustedes.

—Tiene razón. Pero cuando al fin volvimos los ojos hacia la Galaxia, nos percatamos de algo que hasta entonces habíamos ignorado, de modo que la tragedia del Mulo nos salvó la vida. Fue entonces cuando nos dimos cuenta de que una peligrosa crisis terminaría abatiéndose sobre nosotros. Y así ha sido..., pero no antes de que pudiéramos tomar medidas, gracias al incidente del Mulo.

—¿Qué clase de crisis?

—Una crisis que nos amenaza con la destrucción.

—No lo creo. Ustedes contuvieron al Imperio, al Mulo y a Sayshell. Tienen una conciencia colectiva capaz de atraer a una nave en el espacio a una distancia de millones de kilómetros. ¿Qué pueden temer? Mire a Bliss. Ella no parece estar alterada. Ella no cree que haya una crisis.

Bliss había colocado una torneada pierna sobre el brazo de la butaca y agitó los dedos de los pies en dirección a él.

—Claro que no estoy preocupada, Trev. Usted lo arreglará.

Trevize exclamó:

—¿Yo?

—Gaia le ha traído aquí por medio de numerosas manipulaciones. Es usted quien debe enfrentarse a nuestra crisis —dijo Dom.

Trev se lo quedó mirando y, poco a poco, su estupefacción se transformó en rabia.

—¿Yo? ¿Por qué, en todo el espacio, yo? No tengo nada que ver con esto.

—No obstante, Trev —dijo Dom, con una calma casi hipnótica—, es usted. Sólo usted. En todo el espacio, sólo usted.

18. COLISIÓN

75

Stor Gendibal iba acercándose a Gaia casi tan prudentemente como lo había hecho Trevize, y ahora que su estrella era un disco perceptible y sólo podía ser observado a través de potentes filtros, se detuvo a reflexionar.

Sura Novi estaba sentada a un lado, y lo miraba de vez en cuando con timidez.

—¿Maestro? —dijo suavemente.

—¿Qué hay, Novi? —preguntó él, distraído.

—¿Eres desgraciado?

La miró rápidamente.

—No. Estoy preocupado. ¿Recuerdas esa palabra? Estoy tratando de decidir si debo seguir adelante o esperar un poco más. ¿Te parece que debo ser valiente, Novi?

—Creo que tú siempre eres valiente, maestro.

—A veces ser valiente es ser tonto.

Novi sonrió.

—¿Cómo puede un maestro sabio ser tonto? Eso es un sol, ¿verdad, maestro? —Señaló hacia la pantalla.

Gendibal asintió.

Tras una breve vacilación, Novi dijo:

—¿Es el sol que brilla sobre Trántor? ¿Es el sol hameniano?

Gendibal contestó:

—No, Novi. Es otro sol completamente distinto. Hay muchos soles, millones de soles.

—¡Ah! Lo sabía con la cabeza. Sin embargo, no podía decidirme a creerlo. ¿Cómo es, maestro, que uno puede saber algo con la cabeza y, aun así, no creerlo?

Gendibal esbozó una sonrisa.

—En tu cabeza, Novi... —empezó y, automáticamente, al decir esto, se encontró él mismo en la cabeza de la muchacha. La frotó suavemente, como hacía siempre, cuando se encontraba allí, un simple toque calmante de los zarcillos mentales para mantener a la hameniana en paz y tranquilidad, y después habría vuelto a salir, como hacía siempre, si algo no le hubiese retenido.

Lo que percibió no era descriptible más que en términos mentálicos pero, metafóricamente, el cerebro de Novi resplandecía. Era el resplandor más débil posible.

No estaría allí a no ser por la existencia de un campo mentálico impuesto desde fuera, un campo mentálico de una intensidad tan débil que el excelente funcionamiento receptor de la entrenada mente del propio Gendibal apenas pudo detectar, incluso en la absoluta uniformidad de la estructura mentálica de Novi.

—Novi, ¿cómo te encuentras? —dijo con viveza.

La muchacha lo miró con asombro.

—Me encuentro bien, maestro.

—¿Te sientes aturdida, confusa? Cierra los ojos y no te muevas hasta que yo diga «ahora».

Novi cerró obedientemente los ojos. Gendibal ahuyentó con cuidado todas las sensaciones ajenas a su mente, calmó sus pensamientos, suavizó sus emociones, frotó... frotó... No dejó nada más que el resplandor y era tan débil que casi habría podido persuadirse de que no estaba allí.

—Ahora —dijo, y Novi abrió los ojos—. ¿Cómo te encuentras, Novi?

—Muy tranquila, maestro. Descansada.

Sin duda era demasiado débil para tener algún efecto perceptible sobre ella.

Se volvió hacia la computadora y forcejeó con ella. Tuvo que admitir que él y la computadora no encajaban muy bien. Quizá era porque estaba demasiado acostumbrado a utilizar directamente la mente para poder trabajar a través de un intermediario. Pero buscaba una nave, no una mente, y la búsqueda inicial podía hacerse más eficientemente con la ayuda de la computadora.

Y encontró el tipo de nave que sospechaba podía estar presente. Se hallaba a medio millón de kilómetros de distancia y era muy parecida a la suya en diseño, pero mucho más grande y elaborada.

Una vez la hubo localizado con la ayuda de la computadora, Gendibal dejó que su mente actuara directamente. La envió hacia fuera y percibió (o el equivalente mentálico de «percibir») la nave, por dentro y por fuera.

Luego envió su mente hacia el planeta Gaia, acercándose a él varios millones de kilómetros más, y se retiró. Ningún proceso bastó para revelarle, inequívocamente, cuál era la fuente del campo.

—Novi, querría que te sentaras a mi lado mientras ocurre lo que vaya a ocurrir —dijo.

—Maestro, ¿hay peligro?

—No debes preocuparte por nada, Novi. Me encargaré de que estés sana y salva.

—Maestro, no estoy preocupada por mí. Si hay peligro, quiero poder ayudarte.

Gendibal se ablandó y dijo:

—Novi, ya me has ayudado. Gracias a ti, me he percatado de un detalle muy importante. Sin ti, quizá me habría metido en una ciénaga y sólo habría podido salir con grandes dificultades.

—¿He hecho esto con mi mente, maestro, como me explicaste una vez? —preguntó Novi, atónita.

—Así es, Novi. Ningún instrumento habría sido más sensitivo. Mi propia mente no lo es; está demasiado llena de complejidad.

La cara de Novi reflejó una gran satisfacción.

—Estoy muy contenta de poder ayudar.

Gendibal sonrió y asintió con la cabeza; luego pensó sombríamente que necesitaría otro tipo de ayuda. Algo protestó en su interior. El trabajo era suyo, sólo suyo.

Sin embargo, no podía ser sólo suyo. Las probabilidades se reducían...

76

En Trántor, Quindor Shandess notaba que la responsabilidad del cargo de primer orador descansaba sobre él con un peso sofocante. Desde que la nave de Gendibal se desvaneciera en la oscuridad más allá de la atmósfera, no había convocado ninguna reunión de la Mesa. Había estado inmerso en sus propios pensamientos.

¿Había sido prudente dejar que Gendibal se marchara solo? Gendibal era inteligente, pero no lo suficiente para no ceder a la tentación de confiarse demasiado. El mayor defecto de Gendibal era la arrogancia, como el mayor defecto del propio Shandess (pensó con amargura) era el cansancio de la edad.

Una y otra vez, se le ocurrió pensar que el precedente de Preem Palver, que viajó por toda la Galaxia para arreglar las cosas, era peligroso. ¿Podía algún otro ser un Preem Palver? ¿Siquiera Gendibal? Y Palver se había llevado a su esposa.

Por supuesto, Gendibal se había llevado a aquella hameniana, pero eso no le ayudaría en nada. La esposa de Palver había sido oradora por derecho propio.

Shandess se sentía envejecer día a día mientras esperaba noticias de Gendibal, y a medida que pasaban los días sin que éstas llegaran, sentía una tensión creciente.

Debería haber sido una flota de naves, una flotilla...

No. La Mesa no lo habría permitido.

Y sin embargo...

Cuando finalmente recibió la llamada, estaba durmiendo. Su sueño era agitado y no le aportaba ningún alivio. La noche había sido ventosa y le había costado dormirse. Como un niño, había creído oír voces en el viento.

Su último pensamiento antes de conciliar el sueño había sido dimitir, un deseo que no podía realizar, pues en este momento Delarmi le sucedería.

Y entonces recibió la llamada y se incorporó en la cama, totalmente despierto.

—¿Está usted bien? —preguntó.

—Muy bien, primer orador —contestó Gendibal—. ¿Qué le parece si establecemos contacto visual para una comunicación más condensada?

—Más tarde, quizá —repuso Shandess—. En primer lugar, ¿cuál es la situación?

Gendibal habló con lentitud, pues percibió el reciente despertar del otro y notó un profundo cansancio.

—Estoy cerca de un planeta habitado llamado Gaia, cuya existencia no consta en ningún archivo galáctico, que yo sepa —dijo.

—¿El mundo de esos que han estado trabajando para perfeccionar el Plan? ¿Los Anti-Mulos?

—Posiblemente, primer orador. Hay varias razones para creerlo así. Primera, la nave de Trevize y Pelorat se ha acercado mucho a Gaia y lo más probable es que haya aterrizado allí. Segunda, a medio millón de kilómetros de mí, hay una nave de guerra de la Primera Fundación.

—No puede haber tanto interés sin motivo.

—Primer orador, puede que no sea un interés independiente. Yo estoy aquí porque sigo a Trevize, y la nave de guerra puede estar aquí por la misma razón. Sólo queda preguntarse por qué está Trevize aquí.

—¿Se propone seguirle hasta el planeta, orador?

—Había considerado esa posibilidad, pero ha ocurrido algo. Ahora estoy a cien millones de kilómetros de Gaia y percibo un campo mentálico en el espacio que me rodea, un campo homogéneo que es excesivamente débil. No habría podido percatarme de él a no ser por la mente de la hameniana. Es una mente extraordinaria; consentí en llevarla conmigo por esta razón.

—Así pues, tuvo razón al suponer que sería tan... ¿Cree que la oradora Delarmi lo sabía?

—¿Cuando me instó a que me la llevara? No lo creo, pero me ha prestado un gran servicio, primer orador.

—Me alegro. ¿Opina usted, orador Gendibal, que el planeta es el foco del campo?

—Para estar seguro, tendría que tomar medidas desde puntos muy distanciados con objeto de comprobar si el campo tiene una simetría esférica general. Mi sonda mental unidireccional indica que es probable, pero no seguro. Sin embargo, no sería prudente seguir investigando en presencia de la nave de guerra de la Fundación.

—Sin duda no es ningún peligro.

—Puede serlo. Aún no estoy seguro de que no sea ella misma el foco del campo, primer orador.

—Pero ellos...

—Primer orador, con todo respeto, permítame interrumpirle. Nosotros no sabemos qué avances tecnológicos ha hecho la Primera Fundación. Actúan con una extraña confianza en sí mismos y quizá nos tengan reservada alguna sorpresa desagradable. Hay que averiguar si han aprendido a dominar la mentálica por medio de alguno de sus aparatos. En resumen, primer orador, me enfrento a una nave de mentálicos o a un planeta.

»Si es la nave, la mentálica puede ser demasiado débil para inmovilizarme, pero podría ser suficiente para retrasarme, y las armas puramente físicas de la nave podrían bastar entonces para destruirme. Por otra parte, si el foco es el planeta, el hecho de detectar el campo a tal distancia podría significar una intensidad enorme en la superficie, más de lo que incluso yo puedo controlar.

»En ambos casos, será necesario establecer una red, una red total, en la que todos los recursos de Trántor puedan ponerse a mi disposición.

El primer orador titubeó.

—Una red total. Eso no se ha utilizado nunca, ni siquiera se ha sugerido... excepto en tiempos del Mulo.

—Es muy posible que esta crisis sea incluso más grave que la del Mulo, primer orador.

—No sé si la Mesa consentirá.

—No creo que deba pedirles su consentimiento, primer orador. Debe proclamar el estado de emergencia.

—¿Qué excusa puedo dar?

—Cuénteles lo que yo le he contado, primer orador.

—La oradora Delarmi dirá que es usted un cobarde incompetente, llevado a la locura por sus propios temores.

Gendibal hizo una pausa antes de contestar. Luego manifestó:

—Me imagino que dirá algo así, primer orador, pero déjela decir todo lo que quiera porque yo sobreviviré. Lo que ahora está en juego no es mi orgullo o mi egoísmo, sino la misma existencia de la Segunda Fundación.

Harla Branno sonrió sombríamente y las arrugas de su cara se hicieron más profundas.

—Creo que podemos seguir adelante. Estoy preparada —dijo.

Kodell preguntó:

—¿Todavía está segura de que sabe lo que hace?

—Si estuviese tan loca como usted finge creer, Liono, ¿habría insistido en quedarse en esta nave conmigo?

Kodell se encogió de hombros y respondió:

—Probablemente. Entonces estaría aquí, señora alcaldesa, para intentar detenerla, distraerla, al menos hacerle perder tiempo, antes de que llegara demasiado lejos. Y, por supuesto, si no está loca...

—¿Sí?

—Pues entonces no querría que las historias del futuro la mencionaran a usted sola. Dejemos que declaren que yo estaba aquí con usted y que se pregunten, tal vez, a quién corresponde el mérito en realidad, ¿eh, alcaldesa?

—Muy astuto, Liono, muy astuto..., pero totalmente inútil. Yo he sido el poder oculto a lo largo de demasiados mandatos para que ahora crean que permitiría ese fenómeno en mi propia administración.

—Ya lo veremos.

—No, no lo veremos, pues esos dictámenes históricos se producirán cuando ya estemos muertos. Sin embargo, no temo nada. Ni mi lugar en la historia, ni eso. —Y señaló la pantalla.

—La nave de Compor —dijo Kodell.

—La nave de Compor, sí —dijo Branno—, pero sin Compor a bordo. Una de nuestras naves de reconocimiento observó el cambio. La nave de Compor fue detenida por otra. Dos personas de la otra nave abordaron ésa y más tarde Compor salió y se trasladó a la otra.

Branno se frotó las manos.

—Trevize ha desempeñado su papel a la perfección. Le eché al espacio para que sirviera de pararrayos y así lo ha hecho. Ha atraído el rayo. La nave que detuvo a Compor pertenecía a la Segunda Fundación.

—¿Cómo puede estar segura de eso? —inquirió Kodell, sacando su pipa y empezando a llenarla lentamente de tabaco.

—Porque siempre me he preguntado si Compor no podía estar controlado por la Segunda Fundación. Su vida era demasiado halagüeña. Todo le salía bien, y era un gran experto en rastreo hiperespacial. Su traición a Trevize podía ser la política de un hombre ambicioso, pero lo hizo con demasiada minuciosidad, como si se jugara algo más que sus ambiciones políticas.

—¡Meras conjeturas, alcaldesa!

—Las conjeturas cesaron cuando siguió a Trevize a través de múltiples saltos tan fácilmente como si sólo hubiera sido uno.

—Tenía la computadora para ayudarle, alcaldesa.

Pero Branno echó la cabeza hacia atrás y se rió.

—Mi querido Liono, está tan ocupado tramando complicadas conjuras que olvida la eficacia de los procedimientos sencillos. Envié a Compor en pos de Trevize, no porque necesitara seguir a Trevize. ¿Qué necesidad había? Trevize, por mucho que quisiera ocultar sus movimientos, no podía dejar de llamar la atención en cualquier mundo que visitara. Su avanzada nave de la Fundación, su marcado acento de Términus, sus créditos de la Fundación, le rodearían automáticamente con un brillo de notoriedad. Y en caso de alguna emergencia, recurriría automáticamente a los representantes de la Fundación, como hizo en Sayshell, donde supimos todo lo que hizo en cuanto lo hizo... e independientemente de Compor.

»No —prosiguió con aire reflexivo—. Compor fue

enviado al espacio para poner a prueba a Compor. Y ha dado resultado porque le asignamos deliberadamente una computadora defectuosa; no suficientemente defectuosa para impedir la maniobrabilidad de la nave, pero sí para ayudarle a seguir un salto múltiple. A pesar de ello, Compor consiguió hacerlo sin dificultades.

—Veo que no me cuenta muchas cosas, alcaldesa, hasta que decide que debe hacerlo.

—Sólo le oculto aquellos asuntos, Liono, que no le perjudicará no saber. Le admiro y le utilizo, pero mi confianza tiene un límite, como la de usted por mí..., y, por favor, no se moleste en negarlo.

—No lo haré —repuso Kodell secamente—, y algún día, alcaldesa, me tomaré la libertad de recordárselo. Mientras tanto ¿debería saber algo más? ¿Cuál es la naturaleza de la nave que le detuvo? Sin duda, si Compor es miembro de la Segunda Fundación, esa nave también lo era.

—Siempre es un placer hablar con usted, Liono. Ve las cosas con mucha rapidez. La Segunda Fundación no se molesta en borrar sus huellas. Tiene defensas en las que confía para hacer esas huellas invisibles, aun cuando no lo son. A un miembro de la Segunda Fundación jamás se le ocurriría emplear una nave de fabricación extranjera, aunque supiera cuán fácilmente podemos identificar el origen de una nave por el dibujo de su utilización energética. Siempre pueden borrar ese conocimiento de la mente que lo haya adquirido, de modo que, ¿por qué molestarse en ocultarse? Pues bien, nuestra nave de reconocimiento pudo determinar el origen de la nave que se acercó a Compor a los pocos minutos de avistarla.

—Y supongo que ahora la Segunda Fundación borrará ese conocimiento de nuestras mentes.

—Si pueden —dijo Branno—, pero quizá descubran que las cosas han cambiado.

—Antes ha dicho que sabía dónde estaba la Segunda Fundación. Que primero se encargaría de Gaia, y después de Trántor. Por ello deduzco que esa otra nave era de origen trantoriano —manifestó Kodell.

—Supone bien. ¿Está sorprendido?

Kodell meneó lentamente la cabeza.

—Pensándolo bien, no. Ebling Mis, Toran Darell y Bayta Darell estuvieron en Trántor durante la época en que el Mulo fue detenido. Arkady Darell, la nieta de Bayta, nació en Trántor y volvía a estar en Trántor cuando se cree que la misma Segunda Fundación fue detenida. En su relato de los acontecimientos, hay un tal Preem Palver que desempeñó un papel clave, apareciendo en los momentos convenientes, y era un comerciante trantoriano. Es obvio que la Segunda Fundación estaba en Trántor, donde, incidentalmente, vivía el mismo Hari Seldon cuando instituyó ambas Fundaciones.

—Muy obvio, pero nadie sugirió nunca esa posibilidad. La Segunda Fundación se encargó de que así fuera. A eso me refería al declarar que no tenían que borrar sus huellas, cuando podían lograr fácilmente que nadie mirase hacia esas huellas, o borrar el recuerdo de esas huellas después de que hubieran sido vistas.

Kodell dijo:

—En ese caso, no miremos demasiado rápidamente hacia donde ellos pueden querer que miremos. ¿Cómo supone que Trevize dedujo que la Segunda Fundación existía? ¿Por qué no lo detuvo la Segunda Fundación?

Branno levantó los dedos y los contó.

—Primero, Trevize es un hombre poco corriente que, por su turbulenta incapacidad para la cautela, tiene algo que no he sido capaz de comprender. Quizá sea un caso especial. Segundo, la Segunda Fundación no lo ignoraba. Compor empezó a espiar a Trevize y le denunció. Confiaron en mí para detener a Trevize sin que la Segunda Fundación tuviera que arriesgarse a tomar parte. Tercero, cuando no reaccioné como esperaban, ni ejecución, ni encarcelamiento, ni borradura de memoria, ni sondeo psíquico de su cerebro, cuando me limité a enviarle al espacio, la Segunda Fundación fue más lejos. Enviaron una de sus propias naves tras él.

Y añadió con reservada satisfacción:

—Sí, un pararrayos excelente.

—¿Y nuestro próximo paso? —preguntó Kodell.

—Desafiaremos a ese miembro de la Segunda Fundación que ahora está ante nosotros. De hecho, ya nos dirigimos lentamente hacia él.

78

Gendibal y Novi estaban sentados, uno junto al otro, observando la pantalla.

Novi se sentía atemorizada. Para Gendibal, eso era evidente, así como el hecho de que intentaba combatir ese temor por todos los medios. Gendibal no podía hacer nada para ayudarla en su lucha, pues no consideraba prudente tocar su cerebro en este momento, ya que quizá oscureciese la respuesta que ella exhibía ante el débil campo mentálico que los rodeaba.

La nave de guerra de la Fundación iba acercándose con lentitud, pero inexorablemente. Era una nave grande, con una tripulación que tal vez ascendiera a seis personas, a juzgar por la experiencia referente a naves de la Fundación. Gendibal estaba seguro de que sus armas bastarían para contener y, en caso necesario, aniquilar a toda la flota de la Segunda Fundación, si esa flota tenía que confiar únicamente en la fuerza física.

Comoquiera que fuese, el avance de la nave, incluso contra una sola nave tripulada por un miembro de la Segunda Fundación, permitía sacar ciertas conclusiones. Aunque la nave tuviese poder mentálico no sería lógico que se enfrentara a la Segunda Fundación de este modo. Lo más probable era que avanzase por ignorancia, y ésta podía darse en distintos grados.

Podía significar que el capitán de la nave ignoraba que Compor había sido sustituido o, si lo sabía, ignoraba que el sustituto era un miembro de la Segunda Fundación, o tal vez incluso ignoraba qué era la Segunda Fundación.

¿Y si la nave tenía poder mentálico (Gendibal se proponía considerarlo todo) y, no obstante, avanzaba de este modo tan confiado? Eso sólo podía significar que estaba controlada por un megalómano o que tenía un poder mayor del que Gendibal consideraba posible.

Pero lo que él consideraba posible no era un factor terminante...

Tocó con cuidado la mente de Novi. Novi no podía percibir conscientemente los campos mentálicos mientras que Gendibal, desde luego, podía hacerlo, pero la mente de Gendibal no podía lograrlo con tanta delicadeza o detectar un campo mental tan débil como la de Novi. Era una paradoja que debería estudiarse en el futuro y quizá diera frutos que a la larga resultaran mucho más importantes que el problema inmediato de una astronave cada vez más próxima.

Gendibal se había asido a esta posibilidad, intuitivamente, cuando observó por vez primera la extraordinaria uniformidad y simetría de la mente de Novi, y se enorgulleció de su intuición. Los oradores siempre se habían sentido orgullosos de sus poderes intuitivos, pero, ¿hasta qué punto eran producto de su incapacidad para medir campos por métodos físicos y, por lo tanto, de su ineptitud para comprender qué era lo que hacían en realidad? Resultaba fácil encubrir la ignorancia con la mística palabra «intuición». Y ¿hasta qué punto se debía esta ignorancia a la subestimación de la física frente a la mentálica? Y ¿hasta qué punto era eso un orgullo ciego? Cuando fuese primer orador, pensó Gendibal, esto cambiaría. Tenía que haber una reducción del abismo físico entre las Fundaciones. La Segunda Fundación no podía afrontar eternamente la posibilidad de destrucción cada vez que el monopolio mentálico les fallara un poco.

En realidad, quizá el monopolio estuviera fallándoles ahora mismo. Quizá la Primera Fundación había progresado o existía una alianza entre la Primera Fundación y los Anti-Mulos. (Era la primera vez que se le ocurría esta idea y se estremeció.)

Sus pensamientos al respecto pasaron por su mente con la rapidez propia de todo orador, y mientras pensaba, también siguió vigilando el resplandor de la mente de Novi, la respuesta al campo mentálico escasamente penetrante que los rodeaba. Éste no se intensificaba a medida que la nave de la Fundación se acercaba.

Eso no significaba, por sí solo, que la nave no fuese mentálica. Era bien sabido que el campo mentálico no se ajustaba a las leyes ordinarias de la distancia. No se intensificaba sustancialmente a medida que la distancia entre el emisor y el receptor disminuía. En este sentido difería de los campos electromagnético y gravitatorio. Sin embargo, aunque los campos mentálicos variaban menos con la distancia que los diversos campos físicos, tampoco eran del todo insensibles a la distancia. La respuesta de la mente de Novi debería revelar un aumento detectable a medida que la nave se acercaba, algún momento.

(¿Cómo era posible que en cinco siglos, desde Hari Seldon, ningún miembro de la Segunda Fundación hubiese pensado nunca en elaborar una relación matemática entre la intensidad mentálica y la distancia? Esta indiferencia por la física debía cesar y cesaría, juró silenciosamente Gendibal.)

Si la nave era mentálica y si sabía con certeza que

estaba acercándose a un miembro de la Segunda Fundación, ¿no aumentaría al máximo la intensidad de su campo antes de avanzar? Y en ese caso, ¿no registraría la mente de Novi una respuesta mayor de algún tipo?

¡Sin embargo, no era así!

Gendibal eliminó confiadamente la posibilidad de que la nave fuese mentálica. Avanzaba por simple ignorancia y, como amenaza, apenas contaba.

Claro que el campo mentálico seguía existiendo, pero tenía que originarse en Gaia. Esto resultaba bastante inquietante, pero el problema inmediato lo constituía la nave. Primero había que eliminarlo y después podría volver su atención hacia el mundo de los Anti-Mulos.

Esperó. La nave haría algún movimiento o se acercaría lo suficiente para que él pudiese emprender un ataque efectivo.

La nave seguía acercándose, ahora bastante deprisa, y seguía sin hacer nada. Al fin Gendbal calculó que la fuerza de su acometida sería suficiente. No produciría dolor, apenas ninguna molestia; todos los que estuvieran a bordo se limitarían a descubrir que los músculos de su espalda y extremidades sólo respondían perezosamente a sus deseos.

Gendibal redujo el campo mentálico controlado por su mente. Éste se intensificó y saltó sobre el abismo que separaba las dos naves a la velocidad de la luz. (Las dos naves se hallaban suficientemente cerca para que el contacto hiperespacial, con su inevitable pérdida de precisión, fuese innecesario.)

Y entonces Gendibal retrocedió con asombro.

La nave de la Fundación poseía un eficiente escudo mentálico que ganaba densidad en la misma proporción que su propio campo ganaba intensidad. Después de todo, la nave no se acercaba por ignorancia... y contaba con una inesperada arma pasiva.

79

—¡Ah! —dijo Branno—. Ha intentado un ataque, Liono. ¡Mire!

La aguja del psicómetro se movió y tembló en su ascenso, irregular.

El desarrollo del escudo mentálico había ocupado a los científicos de la Fundación durante ciento veinte años en el más secreto de todos los proyectos científicos, excepto quizá el solitario desarrollo del análisis psicohistórico de Hari Seldon. Cinco generaciones de seres humanos habían trabajado en el perfeccionamiento gradual de un dispositivo que no estaba respaldado por ninguna teoría satisfactoria.

Pero no habría sido posible ningún avance sin la invención del psicómetro que actuaba de guía, indicando la dirección y cantidad de avance en todas las etapas. Nadie podía explicar cómo funcionaba, pero todo indicaba que medía lo inmensurable y daba números a lo indescriptible. Branno tenía la sensación (compartida por algunos de los propios científicos) de que si algún día la Fundación podía explicar el funcionamiento del psicómetro, igualarían a la Segunda Fundación en control mental.

Pero eso se refería al futuro. En el presente, el escudo tendría que bastar, respaldado como estaba por una abrumadora preponderancia en armas físicas.

Branno envió el mensaje, pronunciado en una voz masculina de la que se habían erradicado todas las alusiones emocionales, hasta hacerla neutra y terminante:

«Llamando a la nave *Estrella Brillante* y sus ocupantes. Han tomado violentamente una nave de la Armada de la Confederación de la Fundación en un acto de piratería. Se les ordena entregar la nave y rendirse inmediatamente o hacer frente al ataque.»

La contestación llegó en voz natural:

—Alcaldesa Branno de Términus, sé que está en la

nave. El *Estrella Brillante* no fue tomado en una acción pirática. Fui invitado a subir a bordo por su capitán legal, Munn Li Compor de Términus. Solicito una tregua para debatir cuestiones muy importantes para ambos.

Kodell susurró a Branno:

—Déjeme hablar a mí, alcaldesa.

Ella levantó el brazo con ademán despectivo.

—La responsabilidad es mía, Liono.

Tras ajustar el transmisor, habló en un tono casi tan forzado y exento de emociones como la voz artificial que había hablado antes:

—Hombre de la Segunda Fundación, comprenda su posición. Si no se rinde inmediatamente, podemos mandar su nave fuera del espacio en el tiempo que necesita la luz para ir de nuestra nave a la de usted y estamos dispuestos a hacerlo. No perderemos nada haciéndolo, pues usted no sabe nada por lo que debamos mantenerle con vida. Sabemos que es de Trántor y, una vez nos hayamos ocupado de usted, nos ocuparemos de Trántor. Le concederemos unos minutos para que diga lo que tenga que decir, pero ya que no puede revelarnos nada útil, no le escucharemos demasiado rato.

—En ese caso —repuso Gendibal—, hablaré rápidamente y sin rodeos. Su escudo no es perfecto y no puede serlo. Lo han sobreestimado a él y me han subestimado a mí. Puedo manejar su mente y controlarla. No con tanta facilidad, quizá, como si no hubiese ningún escudo, pero con suficiente facilidad. En el mismo momento que intente emplear algún arma, la atacaré..., y debe comprender lo siguiente: sin escudo, puedo manejar su mente con suavidad y sin lastimarla; sin embargo, con el escudo, tengo que traspasarlo, lo cual soy capaz de hacer, y entonces no podré manejarla con suavidad o destreza. Su mente quedará destrozada como el escudo y el efecto será irreversible. En otras palabras, usted no puede detenerme y yo, por el contrario, puedo detenerla a usted viéndome obligado a hacer algo peor que matarla. Le dejaré un caparazón sin mente. ¿Quiere correr el riesgo?

Branno contestó:

—Usted sabe que no puede hacer lo que dice.

—¿Quiere, entonces, arriesgarse a sufrir las consecuencias que he descrito? —inquirió Gendibal con un aire de fría indiferencia.

Kodell se inclinó hacia adelante y susurró:

—Por el amor de Seldon, alcaldesa...

Gendibal dijo (no enseguida, pues la luz, y todo lo que iba a la velocidad de la luz, requería un poco más de un segundo para ir de una nave a la otra):

—Sigo sus pensamientos, Kodell. No necesita susurrar. También sigo los pensamientos de la alcaldesa. Está indecisa, de modo que aún no debe alarmarse. Y el simple hecho de que yo sepa todo esto es una prueba concluyente de que su escudo no es perfecto.

—Puede reforzarse —contestó la alcaldesa en tono desafiante.

—Mi fuerza mentálica, también —dijo Gendibal.

—Pero yo estoy cómodamente sentada, sin consumir más energía física que para mantener el escudo, y tengo la suficiente para mantenerlo durante largos períodos de tiempo. Usted debe usar energía mentálica para traspasar el escudo y se cansará.

—No estoy cansado —replicó Gendibal—. En este momento, ninguno de ustedes es capaz de dar una orden a algún miembro de la tripulación de su nave o a algún tripulante de alguna otra nave. Puedo lograrlo sin causarle ningún daño, pero no haga ningún esfuerzo extraordinario para librarse de este control, porque si yo lo igualo aumentando mi propia fuerza, como tendré que hacer, le sucederá lo que he dicho.

—Esperaré —decidió Branno, colocando las manos en el regazo con aire de infinita paciencia—. Usted se cansará y cuando lo haga, no ordenaré destruirle, pues entonces será inofensivo. Mis órdenes serán enviar la flota principal de la Fundación contra Trántor. Si desea salvar su mundo, ríndase. Una segunda orgía de destrucción no dejará incólume su organización, como hizo la primera en tiempo del Gran Saqueo.

—¿No ve que si empiezo a sentirme cansado, alcaldesa, lo que no ocurrirá, puedo salvar mi mundo destruyéndola a usted antes de que mi fuerza se agote?

—No lo hará. Su misión principal es mantener el Plan Seldon. Destruir a la alcaldesa de Términus sería asestar un golpe al prestigio y la confianza de la Primera Fundación, provocar un retroceso de su poder y alentar a todos sus enemigos, lo cual causaría una interrupción del Plan que sería casi tan mala para usted como la destrucción de Trántor. Es mejor que se rinda.

—¿Está dispuesta a confiar en mi renuncia a destruirla?

El pecho de Branno ascendió mientras tomaba aire y lo sacaba lentamente. Después contestó con firmeza:

—¡Sí!

Kodell, sentado a su lado, palideció.

80

Gendibal contempló la figura de Branno, superpuesta en el volumen de habitación que quedaba enfrente de la pared. Resultaba un poco vacilante y confusa debido a la interferencia del escudo. La cara del hombre sentado junto a ella era casi invisible, pues Gendibal no disponía de energía que desperdiciar en él. Debía concentrarse en la alcaldesa.

Sin duda, ella no tenía ninguna imagen de él. No podía saber que también estaba acompañado, por ejemplo. No podía emitir ningún juicio basándose en sus expresiones o su lenguaje corporal. En este aspecto, se hallaba en desventaja.

Todo lo que le había dicho era verdad. Podía destrozarla a costa de un enorme consumo de fuerza mentálica y, al hacerlo, difícilmente podría evitar que su mente quedara afectada de un modo irreparable.

Sin embargo, lo que ella había dicho también era verdad. Destruirla dañaría el Plan tanto como el mismo Mulo lo había dañado. En realidad, ahora el daño sería más grave, pues habría menos tiempo para volver a encauzarlo.

Por si esto fuera poco, estaba Gaia, que aún era un factor desconocido, y cuyo campo mentálico seguía detectándose con la misma debilidad.

Tocó con cuidado la mente de Novi para asegurarse de que el resplandor aún estaba allí. Estaba, y no había cambiado.

La muchacha no pudo sentir ese toque de ningún modo, pero se volvió hacia él y le susurró con temor:

—Maestro, allí hay una ligera bruma. ¿Es eso con lo que hablas?

Debía de haber percibido la bruma a través de la pequeña conexión establecida entre sus mentes. Gendibal se llevó un dedo a los labios.

—No tengas miedo, Novi. Cierra los ojos y descansa.

Alzó la voz:

—Alcaldesa Branno, sus suposiciones son acertadas en este aspecto. No deseo destruirla enseguida pues creo que, si le explico una cosa, prestará oídos a la razón y no habrá necesidad de que nos destruyamos mutuamente.

»Supongamos, alcaldesa, que usted gana y yo me rindo. ¿Qué pasará a continuación? En un alarde de confianza en sí mismos y excesiva seguridad en su escudo mentálico, usted y sus sucesores intentarán extender su poder por toda la Galaxia con excesivo apresuramiento. Al hacerlo así, sólo pospondrán el establecimiento del Segundo Imperio, porque también destruirán el Plan Seldon.

Branno replicó:

—No me sorprende que no desee destruirme enseguida y creo que, mientras espera, se verá obligado a admitir que no se atreve a hacerlo en absoluto.

—No se engañe a sí misma con falsas esperanzas —añadió Gendibal—. Escúcheme. La mayor parte de la Galaxia aún no pertenece a la Fundación y, en gran medida, es contraria a la Fundación. Incluso hay porciones de la misma Confederación de la Fundación que no han olvidado sus días de independencia. Si la Fundación actúa con demasiada rapidez después de mi rendición, privará al resto de la Galaxia de su mayor debilidad, su desunión e indecisión. Les obligará a unirse por temor y fomentará la tendencia a la rebelión interna.

—Me está amenazando con porras de paja —dijo Branno—. Tenemos poder para derrotar fácilmente a todos los enemigos, aunque todos los mundos de la Galaxia no adheridos a la Fundación se aliaran contra nosotros, y aunque fueran ayudados por una rebelión de la mitad de los mundos de la misma Confederación. No habría problema.

—Problema inmediato, alcaldesa. No cometa el error de limitarse a ver los resultados que aparecen enseguida. Pueden establecer un Segundo Imperio sólo con proclamarlo, pero no podrán mantenerlo. Tendrán que reconquistarlo cada diez años.

—Pues lo haremos hasta que los mundos se cansen, como usted se está cansando.

—No se cansarán, igual que yo no me canso. Además, el proceso no durará mucho, pues hay un segundo y más temible peligro para el seudoimperio que ustedes proclamarían, ya que sólo podrá mantenerse temporalmente por medio de una fuerza militar cada vez más poderosa que se ejercitará siempre; los generales de la Fundación serán, por primera vez, más importantes e influyentes que las autoridades civiles. El seudoimperio se desmembrará en regiones militares donde cada comandante será el jefe supremo. Reinará la anarquía, y se producirá una vuelta a una barbarie que quizá dure más de los treinta mil años previstos por Seldon antes de poner en práctica el Plan Seldon.

—Amenazas infantiles. Aunque los cálculos matemáticos del Plan Seldon predijeran todo esto, sólo predicen probabilidades, no inevitabilidades.

—Alcaldesa Branno —dijo Gendibal con seriedad—. Olvídese del Plan Seldon. Usted no comprende sus cálculos matemáticos y no puede imaginarse su configuración. Pero quizá no tenga que hacerlo. Usted es un político probado; y de éxito, a juzgar por el cargo que ocupa; aún más, valiente, a juzgar por el riesgo que ahora corre. Por lo tanto, utilice su perspicacia política. Considere la historia política y militar de la humanidad y considérela a la luz de lo que sabe sobre la naturaleza humana, sobre el modo en que las personas, los políticos y los militares actúan, reaccionan y se influyen mutuamente, y vea si no tengo razón.

—Aunque la tenga —dijo Branno—, miembro de la Segunda Fundación, es un riesgo que debemos correr. Con un liderazgo adecuado y un progreso tecnológico continuado, tanto en mentálica como en física, podemos vencer. Hari Seldon no calculó correctamente ese progreso. No podía hacerlo. ¿En qué parte del Plan da cabida al desarrollo de un campo mentálico por la Primera Fundación? ¿Para qué necesitamos el Plan, en todo caso? Podemos arriesgarnos a fundar un nuevo Imperio sin él. Al fin y al cabo, un fracaso sin él sería mejor que un éxito con él. No queremos un Imperio en el que seamos marionetas de los ocultos manipuladores de la Segunda Fundación.

—Dice eso porque no comprende lo que significaría un fracaso para los habitantes de la Galaxia.

—¡Quizá! —replicó Branno sin compasión—. ¿Está empezando a cansarse, miembro de la Segunda Fundación?

—En absoluto. Déjeme proponer una acción alternativa que usted no ha considerado, una acción por la que yo no tendré que rendirme a usted, ni usted a mí. Estamos en las proximidades de un planeta llamado Gaia.

—Lo sé muy bien.

—¿Sabe que probablemente fue el lugar de nacimiento del Mulo?

—Necesito alguna prueba aparte de su aseveración al respecto.

—El planeta está rodeado por un campo mentálico. Es la sede de muchos Mulos. Si usted lleva a cabo su sueño de destruir la Segunda Fundación, nos convertiremos en esclavos de este planeta de Mulos. ¿Qué daño les han hecho nunca los miembros de la Segunda Fundación? Me refiero a un daño específico, no imaginado o teórico. Ahora pregúntese a sí misma qué daño les ha hecho un solo Mulo.

—Sigo sin tener nada más que sus aseveraciones.

—Mientras permanezcamos aquí no puedo darle nada más. Por lo tanto, le propongo una tregua. Mantenga su escudo levantado, si no confía en mí, pero esté preparada para colaborar conmigo. Acerquémonos juntos a este planeta, y cuando se haya convencido de que no es peligroso, yo anularé su campo mentálico y usted ordenará a sus naves que tomen posesión de él.

—¿Y después?

—Y después, al menos, será la Primera Fundación contra la Segunda Fundación, sin tener que considerar fuerzas ajenas. Entonces la lucha quedará declarada mientras que ahora no nos atrevemos a luchar, pues ambas Fundaciones están acorraladas.

—¿Por qué no lo ha dicho antes?

—Pensaba que podría convencerla de que no éramos enemigos, con objeto de que llegáramos a colaborar. Como al parecer he fracasado en esto, sugiero que colaboremos de todos modos.

Branno hizo una pausa con la cabeza inclinada en actitud reflexiva. Luego dijo:

—Está intentando dormirme con una canción de cuna. ¿Cómo podrá, usted solo, anular el campo mentálico de todo un planeta de Mulos? La idea es tan infantil que no puedo confiar en la sinceridad de su propuesta.

—No estoy solo —declaró Gendibal—. Detrás de mí está toda la fuerza de la Segunda Fundación y esta fuerza, canalizada a través de mí, se ocupará de Gaia. Lo que es más, puede apartar su escudo, en cualquier momento, como si fuera una leve neblina.

—En este caso, ¿por qué necesita mi ayuda?

—En primer lugar, porque anular el campo no es suficiente. La Segunda Fundación no puede consagrarse, ahora y siempre, a la incesante labor de anular, del mismo modo que yo no puedo pasar el resto de mi vida bailando este minué dialéctico con usted. Necesitamos la acción física que sus naves pueden proporcionar. Y además, si no logro convencerla por la lógica de que las dos Fundaciones deben considerarse aliadas, quizá una empresa conjunta de la mayor importancia resulte convincente. A veces los hechos logran lo que las palabras no pueden.

Un segundo silencio y después Branno dijo:

—Estoy dispuesta a acercarme un poco más a Gaia, si podemos hacerlo al mismo tiempo. No le prometo nada más.

—Eso me basta —repuso Gendibal, inclinándose sobre la computadora.

—No, maestro —dijo Novi—, hasta ahora no importaba, pero te ruego que no des un paso más. Tenemos que esperar al consejero Trevize de Términus.

19. DECISIÓN

81

Janov Pelorat dijo, con una sombra de petulancia en la voz:

—La verdad, Golan, nadie parece tener en cuenta el hecho de que ésta sea la primera vez en una vida moderadamente larga no demasiado larga, se lo aseguro, Bliss, que viajo por la Galaxia. Cada vez que llego a un mundo, vuelvo a encontrarme en el espacio antes de tener la oportunidad de estudiarlo. Ya me ha sucedido dos veces.

—Sí —reconoció Bliss—, pero si no hubiera abandonado el otro tan rápidamente, no me habría conocido hasta quién sabe cuándo. Sin duda esto justifica la primera vez.

—En efecto. Sinceramente... querida, así es.

—Y esta vez, Pel, aunque vuelva a encontrarse en el espacio, yo estoy con usted; y yo soy Gaia, tanto como cualquier partícula del planeta, tanto como la totalidad del planeta.

—Lo es, y no quiero ninguna otra partícula de él.

Trevize, que había escuchado esta conversación con el ceño fruncido, dijo:

—Esto es muy desagradable. ¿Por qué no ha venido Dom con nosotros? Espacio, nunca me acostumbraré a esta monosilabización. Un nombre de doscientas cincuenta sílabas y sólo empleamos una. ¿Por qué no ha venido, junto con las doscientas cincuenta sílabas? Si todo esto es tan importante, si la misma existencia de Gaia depende de ello, ¿por qué no ha venido él con nosotros para dirigirnos?

—Yo estoy aquí, Trev —contestó Bliss—, y soy tan Gaia como él. —Luego, con una rápida mirada de soslayo—: ¿Le molesta, entonces, que le llame «Trev»?

—Sí, así es. Tengo tanto derecho como ustedes a respetar mis costumbres. Mi nombre es Trevize. Tres sílabas. Tre-vi-ze.

—Con mucho gusto. No deseo hacerle enfadar, Trevize.

—No estoy enfadado. Estoy molesto. —De pronto se levantó, anduvo de un extremo a otro de la habitación, pasando sobre las piernas estiradas de Pelorat (que se apresuró a encogerlas), y después regresó sobre sus pasos. Se detuvo, se volvió, y miró a Bliss.

La apuntó con un dedo.

—¡Escuche! ¡Yo no soy mi propio dueño! Me han atraído desde Términus hasta Gaia, e incluso cuando empecé a sospecharlo, no pude hacer nada para liberarme. Y después, cuando llego a Gaia, me dicen que el único fin de mi llegada es salvar a Gaia. ¿Por qué? ¿Cómo? ¿Qué significa Gaia para mí, o yo para Gaia, que tengo que salvarlo? ¿No hay nadie más entre el millón de billones de seres humanos de la Galaxia que pueda hacerlo?

—Por favor, Trevize —dijo Bliss, dando muestras de un repentino desaliento y abandonando toda afectación de inconsciencia—. No se enfade. Como ve, utilizo su nombre completo y me portaré con mucha seriedad. Dom le pidió que fuera paciente.

—Por todos los planetas de la Galaxia, habitables o

no, no quiero ser paciente. Si soy tan importante, ¿no merezco una explicación? En primer lugar, vuelvo a preguntarle por qué no ha venido Dom con nosotros. ¿No es suficientemente importante para él estar en el *Estrella Lejana* con nosotros?

—Está aquí, Trevize —dijo Bliss—. Mientras yo esté aquí, él estará aquí, así como todos los habitantes de Gaia, y todas las cosas vivientes, y todas las partículas del planeta.

—Usted está convencida de que es así, pero yo no comparto sus ideas. No soy gaiano. No podemos meter todo el planeta en mi nave; sólo podemos meter a una persona. La tenemos a usted, y Dom es parte de usted. Muy bien. ¿Por qué no podíamos traer a Dom, y dejar que usted fuese parte de él?

—En primer lugar —contestó Bliss—, Pel... quiero decir, Pelorat, me pidió que estuviera en la nave con ustedes. A mí, no a Dom.

—Quiso mostrarse galante. ¿Quién tomaría eso en serio?

—Oh, vamos, mi querido amigo —protestó Pelorat levantándose y ruborizándose—. Hablaba muy en serio. No quiero que nadie interprete mal mis intenciones. Acepto el hecho de que no importa qué componente del todo gaiano esté a bordo, y para mí es más agradable tener aquí a Bliss que a Dom, y para usted también debería serlo. Vamos, Golan, se está portando como un niño.

—¿En serio? ¿En serio? —dijo Trevize, frunciendo el ceño—. Muy bien, así es. De todos modos —volvió a señalar a Bliss—, sea lo que sea lo que esperen de mí, le aseguro que no lo haré si no me tratan como a un ser humano. Dos preguntas para empezar... ¿Qué se supone que debo hacer? Y ¿por qué yo?

Bliss parecía atónita y retrocedió unos cuantos pasos.

—Por favor —dijo— ahora no puedo contestarle. Ni todo Gaia puede contestarle. Tiene que llegar al lugar sin saber nada de antemano. Tiene que enterarse de todo allí. Entonces tiene que hacer lo que tenga que hacer, pero tiene que hacerlo con tranquilidad y sin dejarse llevar por las emociones. Si continúa de este modo, todo será inútil y, de una manera u otra, Gaia será destruido. Debe cambiar su estado de ánimo y yo no sé cómo hacerlo.

—¿Lo sabría Dom si estuviera aquí? —preguntó Trevize despiadadamente.

—Dom está aquí —dijo Bliss—. Él/yo/nosotros no sabemos cambiarle o tranquilizarle. No comprendemos a un ser humano que no pueda percibir su lugar en el esquema de las cosas, que no se sienta parte de un todo mayor.

Trevize replicó:

—No es así. Fueron capaces de capturar mi nave a una distancia de un millón de kilómetros o más, y mantenernos tranquilos mientras estábamos indefensos. Pues bien, tranquilícenme ahora. No finja que no son capaces de hacerlo.

—Pero no debemos. Ahora, no. Si le cambiáramos o ajustáramos de algún modo, usted no sería más valioso para nosotros que cualquier otra persona de la Galaxia y no podríamos utilizarle. Sólo podemos utilizarle porque es usted, y tiene que seguir siéndolo. Si le tocamos de alguna manera en este momento, estamos perdidos. Por favor. Tiene que calmarse espontáneamente.

—Imposible, señorita, a no ser que me explique algo de lo que quiero saber.

—Bliss, déjeme intentarlo —intervino Pelorat—. Haga el favor de ir a la otra habitación.

Bliss salió, retrocediendo con lentitud. Pelorat cerró la puerta tras ella.

—Lo oye, lo ve... y lo percibe todo. ¿Qué diferencia supone esto? —dijo Trevize.

Pelorat contestó:

—Para mí supone una diferencia. Quiero estar solo con usted, aunque el aislamiento sea una ilusión. Golan, usted tiene miedo.

—No diga tonterías.

—Claro que lo tiene. No sabe hacia adónde va, qué encontrará o qué se espera que haga. Es lógico que tenga miedo.

—Pero no lo tengo.

—Sí, lo tiene. Quizá no tema al peligro físico como yo. Yo temía salir al espacio, temo cada mundo nuevo que veo, y temo cada cosa nueva que encuentro. Al fin y al cabo, he vivido medio siglo encerrado, replegado y aislado, mientras que usted ha estado en la Armada y en el mundo de la política, en plena agitación tanto en casa como en el espacio. Sin embargo, yo he intentado no tener miedo y usted me ha ayudado. Durante este tiempo que hemos estado juntos, ha sido paciente conmigo ha sido amable y comprensivo y, gracias a usted, he logrado dominar mis temores y portarme bien. Así pues, permítame devolverle el favor y ayudarle.

—Le digo que no tengo miedo.

—Claro que sí. Si no de otra cosa, tiene miedo de la responsabilidad a la que deberá hacer frente. Al parecer todo un mundo depende de usted y, por lo tanto, tendrá que vivir con la destrucción de un mundo en la conciencia en caso de que falle. ¿Por qué afrontar esa posibilidad por un mundo que no significa nada para usted? ¿Qué derecho tienen a echar esa carga sobre sus hombros? No sólo teme al fracaso, como haría cualquier persona en su lugar, sino que está furioso por verse arrastrado a una situación en la que debe tener miedo.

—Se equivoca completamente.

—No lo creo. En consecuencia, déjeme ocupar su lugar. Yo lo haré. Sea lo que sea lo que esperen de usted, me ofrezco como sustituto. Deduzco que no es algo que requiera una gran fuerza física o una gran vitalidad, pues un simple aparato mecánico le superaría en este aspecto. Deduzco que no es algo que requiera poder mentálico, pues ellos mismos tienen suficiente. Es algo que... bueno, no lo sé, pero si no requiere músculos ni cerebro, yo tengo todo lo demás igual que usted... y estoy dispuesto a asumir la responsabilidad.

Trevize preguntó vivamente:

—¿Por qué está tan deseoso de llevar la carga?

Pelorat miró al suelo, como si temiera encontrarse con los ojos del otro, y dijo:

—He estado casado, Golan. He conocido a muchas mujeres. Sin embargo, nunca han sido importantes para mí. Interesantes. Agradables. Nunca muy importantes. Sin embargo, ésta...

—¿Quién? ¿Bliss?

—Por alguna razón, es diferente... para mí.

—Por Términus, Janov, ella sabe absolutamente todo lo que usted está diciendo.

—Eso no me importa. De todos modos, lo sabe. Quiero complacerla. Me encargaré de esta misión, sea cual sea, correré cualquier riesgo, asumiré cualquier responsabilidad, haré cualquier cosa que la impulse a... tener una buena opinión de mí.

—Janov, es una niña.

—No es una niña... y lo que usted piense de ella no me importa.

—¿No comprende lo que usted debe parecerle?

—¿Un viejo? ¿Qué más da? Ella forma parte de un todo mayor y yo no, y eso ya levanta una barrera insuperable entre nosotros. ¿Cree que no lo sé? Pero no le pido nada más que...

—¿Que tenga una buena opinión de usted?

—Sí. O cualquier otra cosa que pueda llegar a sentir por mí.

—¿Y por eso hará mi trabajo? Pero, Janov, ¿no ha estado escuchando? No le quieren a usted, me quieren a mí por alguna maldita razón que no alcanzo a comprender.

—Si no pueden tenerle a usted y han de tener a alguien, sin duda yo seré mejor que nada.

Trevize meneó la cabeza.

—Me parece imposible lo que está sucediendo. Se encuentra al borde de la vejez y ha descubierto la juventud. Janov, usted intenta ser un héroe a fin de poder morir por ese cuerpo.

—No diga eso, Golan. No es tema para bromas.

Trevize intentó echarse a reír, pero sus ojos tropezaron con el rostro grave de Pelorat y, en vez de hacerlo, se aclaró la garganta.

—Tiene razón —repuso—. Le pido disculpas. Llámela, Janov. Llámela.

Bliss entró, un poco encogida, y declaró con voz ahogada.

—Lo siento, Pel. No puede sustituir a Trevize. Tiene que ser él o nadie.

Trevize dijo:

—Muy bien. Me calmaré. Sea lo que sea, intentaré hacerlo. Cualquier cosa con tal de evitar que Janov desempeñe el papel de héroe romántico a su edad.

—Sé cuál es mi edad —murmuró Pelorat.

Bliss se acercó lentamente a él, y colocó una mano sobre su hombro.

—Pel, yo... yo tengo una buena opinión de usted.

Pelorat desvió la mirada.

—Está bien, Bliss. No necesita ser amable.

—No quiero ser amable, Pel. Tengo... muy buena opinión de usted.

De un modo confuso al principio, y luego con más claridad, Sura Novi supo que era Suranoviremblastiran, y que, de niña, sus padres la conocían como Su y sus amigos como Vi.

Por supuesto, nunca lo había olvidado realmente, pero los hechos se sumergían, de vez en cuando, en las profundidades de su mente. Nunca se habían sumergido a tanta profundidad o durante tanto tiempo como en este último mes, pero tampoco ella había permanecido nunca tan cerca de una mente tan poderosa durante tanto tiempo.

Pero ahora había llegado el momento. No lo determinó ella misma. No tuvo necesidad. Los numerosos residuos de su personalidad estaban abriéndose paso hacia la superficie por el bien de la necesidad global.

También sintió una cierta molestia, una especie de picazón, que desapareció rápidamente ante el bienestar de la individualidad desenmascarada. Hacía años que no estaba tan cerca del globo de Gaia.

Recordó una de las formas de vida que más le gustaban siendo niña en Gaia. Habiendo considerado entonces sus sensaciones como una pequeña parte de las de ella misma, ahora reconoció las más agudas de las experimentadas por ella. Era una mariposa saliendo de un capullo.

Stor Gendibal miró a Novi con agudeza y perspicacia, y con tal asombro que estuvo a punto de perder su dominio sobre la alcaldesa Branno. Si no lo hizo fue, tal vez, porque recibió una súbita ayuda del exterior que, de momento, él pasó por alto.

—¿Qué sabes del consejero Trevize, Novi? —preguntó. Y luego, alarmado por la repentina y creciente complejidad de la mente de la muchacha, exclamó—: ¿Quién eres?

Intentó apoderarse de su mente y la encontró impenetrable. En ese momento, se dio cuenta de que su dominio sobre Branno estaba respaldado por una fuerza mayor que la suya.

—¿Quién eres? —repitió.

Había una sombra de dramatismo en la cara de Novi.

—Maestro —dijo—, orador Gendibal. Mi verdadero nombre es Suranoviremblastiran y soy Gaia.

Eso fue todo lo que dijo en palabras, pero Gendibal, súbitamente furioso, había intensificado su propia emanación mental y con gran habilidad, ahora que estaba excitado, evadió la barrera que se estaba reforzando y retuvo a Branno por sí solo y más fuertemente que antes, mientras agarraba la mente de Novi en una lucha difícil y silenciosa.

Ella le contuvo con igual habilidad, pero no pudo mantener la mente cerrada frente a él, o quizá no deseó hacerlo.

Gendibal le habló como si fuese otro orador.

—Has desempeñado un papel, me has engañado, me has atraído hasta aquí, y perteneces a la especie de la que surgió el Mulo.

—El Mulo fue una aberración, orador. Yo/nosotros no somos Mulos. Yo/nosotros somos Gaia.

La esencia completa de Gaia fue descrita en lo que ella comunicó con toda minuciosidad, con mucha más que si lo hubiese hecho con palabras.

—Todo un planeta vivo —dijo Gendibal.

—Y con un campo mentálico mayor, puesto que es un todo, que el tuyo que eres un individuo. Por favor, no resistas con tanta fuerza. Temo el peligro de lastimarte, cosa que no deseo hacer.

—Incluso como planeta vivo, no sois más fuertes que la suma de mis colegas de Trántor. En cierto modo, nosotros también somos un planeta vivo.

—Sólo unos miles de personas en cooperación mentálica, orador, y no puedes recurrir a su ayuda, porque yo la he bloqueado. Compruébalo y verás.

—¿Qué te propones, Gaia?

—Me gustaría, orador, que me llamaras Novi. Lo que hago ahora lo hago como Gaia, pero también soy Novi, y para ti, sólo soy Novi.

—¿Qué te propones, Gaia?

Se produjo el temblor mentálico equivalente a un suspiro y Novi dijo:

—Permaneceremos en triple estancamiento. Tú retendrás a la alcaldesa Branno a través de su escudo, y yo te ayudaré a hacerlo, y no nos cansaremos. Supongo que tú mantendrás tu control sobre mí, y yo mantendré el mío sobre ti, y tampoco nos cansaremos haciéndolo. Y así seguiremos.

—¿Hasta cuándo?

—Como ya te he dicho... Estamos esperando al consejero Trevize de Términus. Es él quien romperá el estancamiento... como le parezca.

84

La computadora del *Estrella Lejana* localizó las dos naves y Golan Trevize las proyectó juntas en la pantalla.

Ambas pertenecían a la Fundación. Una de ellas se parecía extraordinariamente al *Estrella Lejana* y sin duda era la nave de Compor. La otra era más grande y mucho más potente.

Se volvió hacia Bliss y preguntó:

—Bueno, ¿sabe lo que está sucediendo? ¿Puede explicarme algo ahora?

—¡Sí! ¡No se alarme! No le causarán ningún daño.

—¿Por qué cree todo el mundo que estoy paralizado por el pánico? —inquirió Trevize con petulancia.

Pelorat se apresuró a decir:

—Déjela hablar, Golan. No la trate de este modo.

Trevize levantó los brazos en un gesto de impaciente rendición.

—No la trataré de este modo. Hable, señorita.

Bliss explicó:

—En la nave más grande está la gobernadora de su Fundación. Con ella...

Trevize preguntó con asombro:

—¿La gobernadora? ¿Se refiere a la vieja Branno?

—Sin duda ése no es su título —dijo Bliss, frunciendo ligeramente los labios con diversión—. Pero es una mujer. —Hizo una pequeña pausa, como si escuchara atentamente al resto del organismo general del que formaba parte—. Su nombre es Harlabranno. Parece extraño que sólo tenga cuatro sílabas si es tan importante en su mundo, pero supongo que los no gaianos tienen sus propias costumbres.

—Supongo —respondió Trevize con sequedad—. Ustedes la llamarían Brann, con toda probabilidad. Pero, ¿qué hace aquí? ¿Por qué no está en...? Ya comprendo. Gaia también la ha atraído hasta aquí. ¿Por qué?

Bliss no contestó a esta pregunta, pero dijo:

—Con ella está Lionokodell, cinco sílabas, a pesar de ser su subordinado. Parece una falta de respeto. Es un funcionario importante de su mundo. Con ellos están otras cuatro personas que controlan las armas de la nave. ¿Quiere saber sus nombres?

—No. Supongo que en la otra nave hay un solo hombre, Munn Li Compor, y que representa a la Segunda Fundación. Es evidente que ustedes han reunido a ambas Fundaciones. ¿Por qué?

—No exactamente, Trev... quiero decir, Trevize...

—Oh, adelante, siga llamándome Trev. No me importa en absoluto.

—No exactamente, Trev. Compor ha abandonado esa nave y ha sido reemplazado por dos personas. Una es Storgendibal, un funcionario importante de la Segunda Fundación. Se le llama orador.

—¿Un funcionario importante? Me imagino que tiene poder mentálico.

—Oh, sí. Mucho.

—¿Podrán controlarlo?

—Desde luego. La segunda persona, que está en la nave con él, es Gaia.

—¿Es uno de ustedes?

—Sí. Su nombre es Suranoviremblastiran. Debería ser mucho más largo, pero ha estado mucho tiempo lejos de mí/nosotros/resto.

—¿Es capaz de dominar a un alto funcionario de la Segunda Fundación?

—No es ella, sino Gaia quien lo domina. Ella/yo/nosotros/todos somos capaces de machacarlo.

—¿Es eso lo que va a hacer? ¿Vas a machacarlo a él y a Branno? ¿Qué significa esto? ¿Es que Gaia va a destruir las Fundaciones y a establecer un Imperio Galáctico por su cuenta? ¿El Mulo otra vez? Un Mulo más poderoso...

—No, no, Trev. No se agite. No debe hacerlo. Los tres están en un estancamiento. Están esperando.

—¿Qué esperan?

—Su decisión.

—Ya estamos en las mismas. ¿Qué decisión? ¿Por qué yo?

—Por favor, Trev —dijo Bliss—. Pronto lo sabrá. Yo/nosotros/ella hemos dicho todo lo que yo/nosotros/ella podemos por ahora.

Branno declaró con cansancio:

—Es evidente que he cometido un error, Liono, que puede ser fatal.

—¿Cree que debe admitirlo? —murmuró Kodell a través de sus labios inmóviles.

—Ellos saben lo que pienso. No perderemos nada diciéndolo. También saben lo que usted piensa aunque no mueva los labios. Tendría que haber esperado hasta que el escudo estuviera más perfeccionado.

Kodell repuso:

—¿Cómo iba a saberlo, alcaldesa? Si hubiéramos esperado hasta que la seguridad fuese doble y triple y cuádruple e infinitamente grande, habríamos esperado siempre. Sin duda, lamento que hayamos venido nosotros en persona. Habría sido mejor experimentarlo con otro; con su pararrayos, Trevize, por ejemplo.

Branno suspiró.

—No quería ponerlos sobre aviso Liono. Sin embargo, usted ha puesto el dedo en la llaga. Debería haber esperado hasta que el escudo fuese razonablemente impenetrable. No absolutamente impenetrable, pero sí razonablemente. Sabía que ahora tenía una filtración perceptible, pero no podía seguir esperando. Solucionar la filtración habría significado esperar hasta el término de mis funciones y quería hacerlo durante mi mandato... y quería estar presente. Así que, como una tonta, me convencí a mí misma de que el escudo era adecuado. No quise escuchar ninguna advertencia, ni siquiera sus dudas, Liono.

—Aún es posible que venzamos, si somos pacientes.

—¿Puede dar la orden de abrir fuego contra la otra nave?

—No, no puedo, alcaldesa. Por alguna razón, el pensamiento es algo que no puedo dominar.

—Yo tampoco. Y si usted o yo lográsemos dar la orden, estoy segura de que los tripulantes no la obedecerían, porque no serían capaces de hacerlo.

—En las circunstancias actuales no, alcaldesa, pero las circunstancias podrían cambiar. De hecho, un nuevo actor está apareciendo en escena.

Señaló la pantalla. La computadora de la nave había dividido automáticamente la pantalla cuando una nueva nave entró en su campo de acción. La segunda nave apareció en el lado derecho.

—¿Puede ampliar la imagen, Liono?

—Sin ninguna dificultad. El miembro de la Segunda Fundación es hábil. Somos libres de hacer cualquier cosa que no le cree problemas.

—Bueno —dijo Branno, escudriñando la pantalla—, ése es el *Estrella Lejana*, estoy segura. Y me imagino que Trevize y Pelorat se encuentran a bordo. —Luego, con amargura—: A no ser que también hayan sido reemplazados por miembros de la Segunda Fundación. Mi pararrayos ha sido realmente muy eficaz. Si mi escudo hubiera sido más fuerte...

—¡Paciencia! —rogó Kodell.

Una voz resonó en los confines de la sala de mando de la nave y Branno supo de algún modo que no se componía de ondas sonoras. La oyó en su propia mente y una ojeada a Kodell le bastó para saber que él también la había oído.

La voz dijo:

—¿Me oye, alcaldesa Branno? Si es así, no se moleste en decir nada. Será suficiente con que lo piense.

Branno preguntó con calma:

—¿Quién es usted?

—Yo soy Gaia.

Cada una de las tres naves se hallaba esencialmente inmóvil con respecto a las otras dos. Las tres giraban con gran lentitud alrededor del planeta Gaia, como un lejano satélite tripartito del planeta. Las tres acompañaban a Gaia en su interminable viaje en torno a su sol.

Trevize seguía observando la pantalla, cansado de hacer conjeturas sobre cuál sería su papel, la razón por la que le habían obligado a recorrer un millar de parsecs.

El sonido que percibió en la mente no le sobresaltó. Fue como si hubiera estado esperándolo.

El sonido dijo:

—¿Me oye, Golan Trevize? Si es así, no se moleste en decir nada. Será suficiente con que lo piense.

Trevize miró a su alrededor. Pelorat, claramente sobresaltado miraba en todas direcciones, como intentando hallar la fuente de la voz. Bliss estaba tranquilamente sentada, con las manos en el regazo. Trevize no dudó ni por un momento de que era consciente del sonido.

Pasó por alto la orden de utilizar los pensamientos y habló articulando las palabras con deliberada claridad.

—Si no averiguo de qué se trata todo esto, no haré nada de lo que me pidan.

Y la voz dijo:

—Está a punto de averiguarlo.

87

Novi dijo:

—Todos ustedes me oirán en su mente. Todos ustedes son libres de responder con el pensamiento. Me encargaré de que todos ustedes se oigan unos a otros. Y, como todos ustedes saben, estamos bastante cerca, de modo que, a la velocidad de la luz del campo mentálico espacial, no habrá retrasos inconvenientes. Para empezar, todos estamos aquí porque así se ha dispuesto.

—¿De qué manera? —preguntó la voz de Branno.

—Sin manipulación mental —dijo Novi—. Gaia no ha intervenido en ninguna mente. No es nuestro estilo. Nos limitamos a valernos de la ambición. La alcaldesa Branno quería establecer un Segundo Imperio inmediatamente; el orador Gendibal quería ser primer orador. Bastó con alentar estos deseos y seguir la corriente, de un modo selectivo y con criterio.

—Yo sé cómo me atrajeron aquí —declaró Gendibal con rigidez. Y era cierto. Sabía por qué se había sentido tan ansioso de salir al espacio, tan ansioso de perseguir a Trevize, tan seguro de poder controlarlo todo. Fue por causa de Novi. ¡Oh, Novi!

—El caso del orador Gendibal era muy especial. Tenía una gran ambición, pero también una debilidad que nos facilitó las cosas. Él sería bondadoso con una persona a la que hubieran enseñado a considerarse inferior en todos los aspectos. Yo me aproveché de esto y lo volví contra él. Yo/nosotros estoy/estamos avergonzada/avergonzados. La excusa es que el futuro de la Galaxia está en peligro.

Novi hizo una pausa y su voz (aunque no hablara por medio de las cuerdas vocales) se tornó más sombría, y su cara, más seria.

—El momento había llegado. Gaia no podía seguir esperando. Durante más de un siglo, el pueblo de Términus había estado desarrollando un escudo mentálico. Si dejábamos pasar otra generación, sería impenetrable incluso para Gaia, y ellos podrían utilizar sus armas físicas a voluntad. La Galaxia no sería capaz de hacerles frente y un Segundo Imperio, a la manera de Términus, sería establecido de inmediato, a pesar del Plan Seldon, a pesar de la gente de Trántor, a pesar de Gaia. La alcaldesa Branno tenía que ser inducida de algún modo a dar el paso mientras el escudo seguía siendo imperfecto.

»Después está Trántor. El Plan Seldon funcionaba perfectamente, pues el mismo Gaia velaba para mantenerlo encauzado con toda precisión. Y durante más de un siglo había habido primeros oradores quietistas, de modo que Trántor vegetaba. Sin embargo, ahora Stor Gendibal medraba rápidamente. Sin duda se convertiría en primer orador y, bajo su mando, Trántor asumiría un papel activista. Sin duda se concentraría en el poder físico y reconocería el peligro de Términus y tomaría medidas contra él. Si podía actuar contra Términus antes de que su escudo estuviera perfeccionado, el Plan Seldon vería cumplido su objetivo con un Segundo Imperio Galáctico, a la manera de Trántor, a pesar del pueblo de Términus y a pesar de Gaia. En consecuencia, Gendibal tenía que ser inducido de algún modo a dar el paso antes de convertirse en primer orador.

»Afortunadamente, gracias a que Gaia ha trabajado mucho durante décadas, hemos traído a ambas Fundaciones al lugar adecuado en el momento adecuado. Repito todo esto principalmente para que el consejero Golan Trevize de Términus lo entienda.

Trevize intervino de inmediato y volvió a pasar por alto el esfuerzo de conversar por medio del pensamiento. Habló con firmeza:

—No lo entiendo. ¿Qué hay de malo en ambas versiones del Segundo Imperio Galáctico?

Novi contestó:

—El Segundo Imperio Galáctico, desarrollado a la manera de Términus, será un Imperio militar, establecido por la fuerza, mantenido por la fuerza y, con el tiempo, destruido por la fuerza. No será más que el Primer Imperio Galáctico renacido. Éste es el parecer de Gaia.

»El Segundo Imperio Galáctico, desarrollado a la

manera de Trántor, será un Imperio paternalista, establecido por el cálculo, mantenido por el cálculo, y en perpetua muerte en vida por el cálculo. Será un callejón sin salida. Éste es el parecer de Gaia.

—¿Y qué ofrece Gaia como alternativa? —preguntó Trevize.

—¡Un Gaia más grande! ¡Una Galaxia más grande! Todos los planetas habitados tan vivos como Gaia. Todos los planetas vivientes combinados en una vida hiperespacial aún más grande. La participación de todos los planetas deshabitados. De todas las estrellas. De todas las partículas de gas interestelar. Quizá incluso del gran agujero negro central. Una galaxia viviente que pueda hacerse favorable a toda clase de vida por medios que aún no podemos prever. Un sistema de vida fundamentalmente distinto de todos los que han imperado hasta ahora y sin repetir ninguno de los viejos errores.

—Originando otros nuevos —murmuró Gendibal con sarcasmo.

—Hemos tenido miles de años de Gaia para corregirlos.

—Pero no a escala galáctica.

Trevize, pasando por alto el corto intercambio de pensamientos y yendo a lo que le interesaba, preguntó:

—¿Y cuál es mi papel en todo esto?

La voz de Gaia, canalizada a través de la mente de Novi, tronó:

—¡Escoger! ¿Qué alternativa debe prevalecer?

Un profundo silencio sucedió a esta revelación y después, en ese silencio, la voz de Trevize, al fin mental, pues estaba demasiado atónito para hablar, sonó ahogada y todavía desafiante:

—¿Por qué yo?

Novi dijo:

—Aunque reconocimos que había llegado el momento en que Términus o Trántor serían demasiado poderosos para ser atajados o, lo que es peor, en que ambos podrían ser tan poderosos que devastaran la Galaxia con su equilibrio de fuerzas, seguimos sin poder hacer nada. Para nuestros propósitos, necesitábamos a alguien, una persona determinada, con talento para la corrección. Encontramos al consejero. No, el mérito no es nuestro. La gente de Trántor lo encontró por medio del hombre llamado Compor, aunque ni siquiera ellos sabían lo que tenían. El acto de encontrar al consejero atrajo nuestra atención hacia él. Golan Trevize tiene el don de saber qué hay que hacer.

—Lo niego —dijo Trevize.

—De vez en cuando, está seguro. Y nosotros queremos que esta vez esté seguro por el bien de la Galaxia. Quizá él no desee la responsabilidad. Puede que haga lo posible para no tener que escoger. No obstante, se dará cuenta de que hay que hacerlo. ¡Estará seguro! Y entonces escogerá. En cuanto lo encontramos, supimos que la búsqueda había terminado, y hemos trabajado durante años para alentar una línea de acción que, sin interferencias mentálicas directas, afectara a los acontecimientos de tal modo que los tres, la alcaldesa Branno, el orador Gendibal y el consejero Trevize, estuvieran en las cercanías de Gaia al mismo tiempo. Lo hemos conseguido.

—En este lugar del espacio, en las presentes circunstancias, ¿no es verdad, Gaia, si es así como quiere que la llame, que puede vencer tanto a la alcaldesa como al orador? ¿No es verdad que puede establecer esa Galaxia viviente de la que habla sin que yo haga nada? ¿Por qué, entonces, no lo hace? —preguntó Trevize.

Novi contestó:

—No sé si podré explicárselo a su entera satisfacción. Gaia fue formado hace miles de años con la ayuda de robots que, durante un corto período de tiempo, sirvieron a la especie humana y ahora ya no la sirven. Nos hicieron comprender claramente que sólo podríamos sobrevivir con la aplicación estricta de las Tres Leyes de la Robótica a la vida en general. La Primera Ley, en esos términos, es: «Gaia no debe dañar la vida o, por medio de la inacción, permitir que la vida llegue a ser dañada.» Hemos observado esta norma a lo largo de toda nuestra historia y no podemos hacer otra cosa.

»El resultado es que ahora estamos indefensos. No podemos imponer nuestra visión de la Galaxia viviente a un millón de billones de seres humanos y otras incontables formas de vida y perjudicar tal vez a muchos. Tampoco podemos quedarnos sin hacer nada mientras la mitad de la Galaxia se destruye a sí misma en una lucha que habríamos podido evitar. No sabemos si la acción o la inacción costará menos a la Galaxia; y si escogemos la acción, tampoco sabemos si respaldar a Términus o a Trántor costará menos a la Galaxia. Así pues, dejemos que el consejero Trevize decida y, cualquiera que sea su decisión, Gaia la acatará.

Trevize inquirió:

—¿Cómo esperan que tome una decisión? ¿Qué hago?

Novi contestó:

—Tiene su computadora. La gente de Términus no sabía que, cuando la hizo, la hizo mejor de lo que sabía. La computadora que hay en su nave incorpora parte de Gaia. Coloque las manos sobre las terminales y piense. Puede pensar que el escudo de la alcaldesa Branno es impenetrable, por ejemplo. Si lo hace, es posible que ella utilice inmediatamente sus armas para inmovilizar o destruir las otras dos naves, establecer la autoridad física sobre Gaia y, más tarde, sobre Trántor.

—¿Y no harán nada para impedirlo? —preguntó Trevize con estupefacción.

—Absolutamente nada. Si usted está seguro de que

la dominación de Términus hará menos daño a la Galaxia que cualquier otra alternativa, contribuiremos gustosamente al establecimiento de dicha dominación, incluso a costa de nuestra propia destrucción.

»Por otra parte, quizá encuentre el campo mentálico del orador Gendibal y quizá entonces una sus esfuerzos multiplicados por la computadora a los de él. En este caso, él se librará de mí y me rechazará. Quizá entonces ajuste la mente de la alcaldesa y, en combinación con sus naves, establezca la dominación física sobre Gaia y asegure la supremacía continuada del Plan Seldon. Gaia no hará nada para impedirlo.

»O puede que encuentre mi campo mentálico y se una a él, en cuyo caso la Galaxia viviente se pondrá en marcha hasta llegar a su realización, no en esta generación o la próxima, sino tras siglos de trabajo durante los que el Plan Seldon continuará. La elección es suya.

La alcaldesa Branno dijo:

—¡Espere! No tome la decisión todavía. ¿Puedo hablar?

Novi contestó:

—Puede hablar sin reservas. Igual que el orador Gendibal.

—Consejero Trevize —dijo Branno—. La última vez que nos vimos en Términus, usted declaró: «Quizá llegue el día, señora alcaldesa, en que usted me pida un esfuerzo. Entonces haré lo que me parezca mejor, pero recordaré estos dos últimos días.» No sé si previó todo esto, o intuyó que sucedería, o simplemente tenía lo que esta mujer que habla de una Galaxia viviente llama talento para la corrección. En cualquier caso, usted estaba en lo cierto. Le pido que haga un esfuerzo por el bien de la Confederación.

»Tal vez sienta la tentación de vengarse de mí por haberle arrestado y exiliado. Le pido que recuerde que lo hice por lo que consideraba el bien de la Confederación de la Fundación. Incluso si me equivoqué o incluso si actué por un despiadado egoísmo, recuerde que fui yo quien lo hice, y no la Confederación. No destruya ahora toda la Confederación por un deseo de desquitarse por lo que yo sola le he hecho. Recuerde que es un miembro de la Fundación y un ser humano, que no quiere ser una cifra en los planes de los insensibles matemáticos de Trántor o menos que una cifra en un revoltijo galáctico de vida y no vida. Usted quiere que usted mismo, sus descendientes, sus compatriotas, sean organismos independientes, con libre albedrío. Sólo esto importa.

»Estos otros pueden decirle que nuestro Imperio llevará al derramamiento de sangre y a la miseria, pero no es necesario. Podemos elegir libremente si debe ser así o no. Podemos escoger que no sea así. Y, en todo caso, es mejor ir a la derrota con libre albedrío que vivir en una seguridad sin sentido como piezas de una máquina. Observe que ahora le están pidiendo que tome una decisión como un ser humano con voluntad propia. Esas cosas de Gaia son incapaces de decidir nada porque su maquinaria no se lo permite, de modo que dependen de usted. Y se destruirán a sí mismos si usted se lo ordena. ¿Es eso lo que desea para toda la Galaxia?

Trevize respondió:

—No sé si tengo libre albedrío, alcaldesa. Mi mente puede haber sido manipulada sutilmente, con objeto de que dé la contestación deseada.

—Su mente está intacta —dijo Novi—. Si pudiéramos ajustarla para favorecer nuestros propósitos, esta reunión sería innecesaria. Si fuéramos tan amorales, habríamos hecho lo que hubiésemos considerado más agradable para nosotros sin preocuparnos de las necesidades y del bien de la humanidad en conjunto.

—Creo que ahora me toca a mí hablar —dijo Gendibal—. Consejero Trevize, no se deje guiar por la estrechez de miras. El hecho de que haya nacido en Términus no debe impulsarle a creer que Términus debe anteponerse a la Galaxia. Ya hace cinco siglos que la Galaxia actúa en conformidad con el Plan Seldon dentro y fuera de la Confederación de la Fundación.

»Usted forma, y ha formado, parte del Plan Seldon por encima y más allá de su papel secundario de miembro de la Fundación. No haga nada para alterar el Plan, ni por un limitado concepto de patriotismo ni por un romántico anhelo de cosas nuevas y experimentales. Los miembros de la Segunda Fundación no pondrán trabas de ninguna clase al libre albedrío de la humanidad. Somos guías, no déspotas.

»Y ofrecemos un Segundo Imperio Galáctico fundamentalmente distinto al Primero. A lo largo de la historia humana, ninguna década de las decenas de miles de años transcurridas desde el inicio de los viajes hiperespaciales se ha librado de derramamientos de sangre y muertes violentas en toda la Galaxia, incluso en aquellas épocas en que la misma Fundación estaba en paz. Escoja a la alcaldesa Branno y eso continuará indefinidamente. Será una lamentable rutina. El Plan Seldon al fin nos ofrece una liberación y no a costa de convertirnos en un átomo más de una Galaxia de átomos, siendo reducidos a la igualdad con la hierba, las bacterias y el polvo.

Novi dijo:

—Estoy de acuerdo con lo que el orador Gendibal ha declarado sobre el Segundo Imperio de la Primera Fundación. Sin embargo, no lo estoy con lo que ha declarado sobre el de ellos. Al fin y al cabo, los oradores de Trántor son seres humanos libres e independientes y siempre lo han sido. ¿Están libres de rivalidades destructivas, de luchas políticas, de querer progresar a cualquier precio? ¿No hay disputas e incluso odios en la Mesa de Oradores, y serán siempre unos guías a los que ustedes se atrevan a seguir? Haga jurar al orador Gendibal por su honor y pregúnteselo.

—No es necesario hacerme jurar por mi honor —replicó Gendibal—. Admito libremente que en la Mesa tenemos nuestros odios, rivalidades y traiciones. Pero una vez se toma una decisión, todos la acatan. Jamás ha habido una excepción.

—¿Y si no hago ninguna elección? —dijo Trevize.

—Tiene que hacerla —contestó Novi—. Sabrá que es lo correcto y, por lo tanto, hará una elección.

—¿Y si intento elegir y no puedo?

—Tiene que hacerlo.

—¿De cuánto tiempo dispongo? —preguntó Trevize.

—Hasta que esté seguro, tarde lo que tarde —repuso Novi.

Trevize guardó silencio.

Aunque los otros también se mantenían en silencio, a Trevize le pareció oír los latidos de su corriente sanguínea.

Oyó la voz de la alcaldesa decir firmemente:

—¡Libre albedrío!

La voz del orador Gendibal dijo perentoriamente:

—¡Guía y paz!

La voz de Novi dijo con anhelo:

—Vida.

Trevize se volvió y encontró a Pelorat mirándole fijamente.

—Janov, ¿ha oído todo esto? —le preguntó.

—Sí, lo he oído, Golan.

—¿Qué opina?

—La decisión no es mía.

—Lo sé. Pero dígame qué opina.

—No lo sé. Las tres alternativas me asustan. Y, sin embargo, me viene a la memoria un pensamiento un tanto extraño...

—¿Sí?

—La primera vez que salimos al espacio, usted me enseñó la Galaxia. ¿Lo recuerda?

—Desde luego.

—Usted aceleró el tiempo y la Galaxia giró visiblemente. Y yo dije, como anticipándome a este mismo momento: «La Galaxia parece una cosa viviente, arrastrándose por el espacio.» ¿Cree que, en cierto sentido, ya está viva?

Y Trevize, al recordar aquel momento, se sintió repentinamente seguro. De pronto recordó su corazonada de que Pelorat también desempeñaría un papel esencial. Se volvió deprisa, ansioso de no tener tiempo para pensar, para dudar, para mostrarse indeciso.

Colocó las manos sobre las terminales y pensó con una intensidad desconocida hasta entonces.

Había tomado la decisión, la decisión de la que dependía el destino de la Galaxia.

CONCLUSIÓN

88

La alcaldesa Harla Branno tenía motivo para estar satisfecha. La visita de Estado no había durado mucho, pero había sido enormemente productiva.

Como en un deliberado intento de evitar la arrogancia, dijo:

—Por supuesto, no podemos confiar totalmente en ellos.

Se hallaba observando la pantalla. Las naves de la flota estaban, una por una, en el hiperespacio y regresaban a sus bases normales.

No cabía ninguna duda de que su presencia había impresionado a Sayshell, pero no podían haber dejado de advertir dos cosas: una, que las naves habían permanecido en espacio de la Fundación en todo momento; dos, que una vez Branno había indicado que se marcharan, realmente se marchaban con celeridad.

Por otra parte, Sayshell tampoco olvidaría que esas naves podían ser llamadas nuevamente a la frontera con un día de antelación, o menos. Era una maniobra que había combinado una demostración de poder y una demostración de buena voluntad.

—Cierto —repuso Kodell—, no podemos confiar

totalmente en ellos, pero tampoco podemos confiar totalmente en nadie de la Galaxia, y Sayshell observará los términos del acuerdo por su propio interés. Hemos sido generosos.

—Lo más importante es elaborar los detalles y pronostico que eso requerirá meses. Las pinceladas generales pueden aceptarse en un momento, pero luego vienen los matices: cómo disponemos la cuarentena de importaciones y exportaciones, cómo pesamos el valor de su grano y ganado comparados con los nuestros, y así sucesivamente —dijo Branno.

—Lo sé, pero con el tiempo se hará y el mérito será suyo, alcaldesa. Era una jugada audaz y admito que yo dudaba de su cordura.

—Vamos, Liono. Sólo era cuestión de que la Fundación reconociese el orgullo sayshelliano. Han conservado una cierta independencia desde los primeros tiempos. En realidad, es admirable.

—Sí, ahora que ya no nos estorbará más.

—Exactamente, de modo que sólo era necesario doblegar nuestro propio orgullo como un gesto hacia ellos. Admito que me costó un esfuerzo decidir que yo, en calidad de alcaldesa de una Confederación poderosísima, debía condescender a visitar un grupo estelar provincial, pero una vez tomé la decisión no me dolió demasiado. Y les agradó. Tuvimos que confiar en que aprobarían la visita cuando trasladamos nuestras naves a la frontera, pero significó ser humilde y sonreír mucho.

Kodell asintió.

—Abandonamos la apariencia del poder para preservar su esencia.

—Exactamente... ¿Quién dijo eso?

—Creo que se dice en una obra de Eriden, pero no estoy seguro. Podemos preguntárselo a alguno de nuestros literatos cuando lleguemos a casa.

—Si me acuerdo. Tenemos que apresurar la devolución de la visita por parte de los sayshellianos a Términus y encargarnos de que reciban el trato adecuado como iguales. Y me temo, Liono, que deberá tomar medidas extremas de seguridad. Es posible que nuestros exaltados se indignen y no sería prudente someterlos a la menor humillación o manifestación de protesta.

—Desde luego —contestó Kodell—. Por cierto, fue una jugada muy hábil enviar a Trevize.

—¿Mi pararrayos? Funcionó mejor de lo que yo misma pensaba, la verdad. Se presentó en Sayshell y atrajo el rayo en forma de protestas con una velocidad que me pareció increíble. ¡Espacio! Fue una excusa perfecta para mi visita; preocupación de que un ciudadano de la Fundación hubiese podido molestarles y gratitud por su indulgencia.

—¡Muy astuto! Sin embargo, ¿no cree que habría sido mejor traer a Trevize con nosotros?

—No. Pensándolo bien, prefiero tenerle en cualquier lugar menos en Términus. Allí sería un factor perturbador. Sus tonterías sobre la Segunda Fundación sirvieron de excusa para enviarle fuera y, naturalmente, contábamos con Pelorat para llevarle a Sayshell, pero no quiero que regrese y continúe difundiendo esas tonterías. Nunca se sabe adónde nos llevaría eso.

Kodell se rió entre dientes.

—Dudo que jamás volvamos a encontrar a alguien más crédulo que un académico intelectual. Me pregunto cuánto habría tragado Pelorat si le hubiésemos alentado.

—Creer en la existencia literal del mítico Gaia sayshelliano fue más que suficiente..., pero olvidémoslo. Tendremos que enfrentarnos con el Consejo en cuanto regresemos, y necesitaremos sus votos para el tratado sayshelliano. Por fortuna poseemos la declaración de Trevize en el sentido de que abandonó Términus voluntariamente. Daré una disculpa oficial por el breve arresto de Trevize y eso satisfará al Consejo.

—Puedo confiar en usted para dar jabón, alcaldesa —dijo Kodell con sequedad—. ¿Ha considerado, no obstante, que Trevize puede seguir buscando la Segunda Fundación?

—Déjelo —repuso Branno, encogiéndose de hombros—, mientras no lo haga en Términus. Lo mantendrá ocupado y no lo llevará a ningún sitio. La existencia continuada de la Segunda Fundación es nuestro mito del siglo, tal como Gaia es el mito de Sayshell.

Se recostó en la butaca y dio muestras de una gran jovialidad.

—Y ahora tenemos Sayshell en nuestro poder... y cuando ellos se den cuenta, será demasiado tarde para librarse. Así que el desarrollo de la Fundación continúa y continuará, ininterrumpida y regularmente.

—Y el mérito será sólo suyo, alcaldesa.

—Tampoco eso me había pasado inadvertido —dijo Branno, y su nave se introdujo en el hiperespacio y reapareció en el espacio cercano a Términus.

89

El orador Stor Gendibal, de nuevo en su propia nave, tenía motivo para estar satisfecho. El encuentro con la Primera Fundación no había durado mucho, pero había sido enormemente productivo.

Había enviado un mensaje sin mencionar su triunfo. Por el momento, sólo era necesario informar al primer orador de que todo había ido bien (como él mismo habría adivinado por el hecho de no haber tenido que utilizar la fuerza general de la Segunda Fundación). Los detalles vendrían luego.

Describiría cómo un delicado y pequeñísimo ajuste

en la mente de la alcaldesa Branno había desviado sus pensamientos de la grandiosidad imperialista a la utilidad práctica de un tratado comercial; cómo un delicado ajuste en la mente del caudillo de la Unión de Sayshell había impulsado una invitación a la alcaldesa para parlamentar, y cómo, de allí en adelante, se había llegado a un acercamiento sin ningún otro ajuste y con Compor de regreso hacia Términus en su propia nave para velar por el cumplimiento del acuerdo. Casi había sido, pensó Gendibal con complacencia, un ejemplo de libro de texto sobre los buenos resultados logrados por una mentálica bien aplicada.

Estaba seguro de que eso aplastaría a la oradora Delarmi, y causaría su propia exaltación a primer orador poco después de la presentación de los detalles en una reunión formal de la Mesa.

Y no se negaba a sí mismo la importancia de la presencia de Sura Novi, aunque eso no había por qué recalcarlo ante los oradores en general. No sólo había sido esencial para su victoria, sino que le daba la excusa que ahora necesitaba para dar rienda suelta a un impulso infantil (y muy humano, pues incluso los oradores son humanos) de mostrar su alborozo ante lo que sin duda era una admiración garantizada.

Gendibal sabía que la muchacha no había comprendido nada de lo sucedido, pero era consciente de que él había solucionado el asunto a su conveniencia y rebosaba orgullo. Acarició la uniformidad de su mente y sintió el calor de ese orgullo.

—No habría podido hacerlo sin ti, Novi —dijo—. Gracias a ti supe que la Primera Fundación... los pasajeros de la nave grande...

—Sí, maestro, sé a quiénes te refieres.

—Gracias a ti, supe que tenían un escudo, junto con débiles poderes mentales. Por el efecto sobre tu mente, pude conocer las características de ambas cosas con gran exactitud. Supe el modo de traspasar una y desviar la otra con la máxima eficiencia.

Novi declaró con cierta vacilación:

—No entiendo bien lo que dices, maestro, pero habría hecho mucho más para ayudar, si hubiese podido.

—Lo sé, Novi. Pero lo que hiciste fue suficiente. Es asombroso lo peligrosos que podrían haber sido. Pero cogidos ahora, antes de que su escudo o su campo estuvieran más perfeccionados, podían ser atajados. La alcaldesa regresa ahora a Términus, olvidados el escudo y el campo, satisfecha de haber obtenido un tratado comercial con Sayshell que lo convertirá en una parte de la Confederación. No niego que queda mucho por hacer para desmantelar el trabajo que han realizado respecto al escudo y al campo, algo en relación a lo cual hemos sido muy negligentes, pero se hará.

Meditó unos momentos y prosiguió en voz más baja:

—Dimos por hechas demasiadas cosas acerca de la Primera Fundación. Tenemos que someterles a una estrecha vigilancia. Tenemos que unir a la Galaxia de algún modo. Tenemos que utilizar la mentálica para fomentar una mayor colaboración de conciencia. Eso encajaría en el Plan. Estoy convencido de ello y me encargaré de hacerlo.

Novi dijo con ansiedad:

—¿Maestro?

Gendibal sonrió de pronto.

—Lo siento. Estoy hablando conmigo mismo. Novi, ¿te acuerdas de Rufirant?

—¿Ese campesino de cabeza hueca que te atacó? Yo diría que sí.

—Estoy convencido de que los agentes de la Primera Fundación, armados con escudos personales, lo dispusieron así, junto con todas las demás anomalías que nos han sobrevenido. ¡Y pensar que no me di cuenta de una cosa como ésta! Pero, bueno, supongo que ese mito de un mundo misterioso, esa superstición sayshelliana relativa a Gaia, me hizo pasar por alto la Primera Fundación. También en esto tu mente me resultó muy útil. Me ayudó a determinar que la fuente del campo mentálico era la nave de guerra y nada más.

Se frotó las manos.

—¿Maestro? —dijo Novi tímidamente.

—¿Sí, Novi?

—¿No te recompensarán por lo que has hecho?

—Por supuesto. Shandess se retirará y yo seré primer orador. Entonces tendré la oportunidad de hacer que seamos un factor activo en la revolución de la Galaxia.

—¿Primer orador?

—Sí, Novi. Seré el sabio más importante y poderoso de todos.

—¿El más importante? —Parecía desconsolada.

—¿Por qué pones esta cara, Novi? ¿No quieres que me recompensen?

—Sí, maestro, claro que quiero. Pero si tú eres el sabio más importante de todos, no querrás a una hameniana cerca de ti. No sería correcto.

—¿Eso crees? ¿Quién va a impedírmelo? —Sintió una oleada de afecto por ella—. Novi, tú permanecerás conmigo dondequiera que esté y sea lo que sea. ¿Crees que me arriesgaría a tratar con los lobos que tenemos de vez en cuando en la Mesa sin que tu mente me dijera, incluso antes de saberlo ellos mismos, cuáles podrían ser sus emociones? Tienes una mente tan inocente, tan uniforme... Además... —pareció sobresaltarse ante una súbita revelación—. Además de esto, me... me gusta tenerte conmigo y me propongo conservarte a mi lado. Es decir, si tú quieres.

—Oh, maestro —susurró Novi, y cuando él le pasó un brazo alrededor de la cintura, apoyó la cabeza en su hombro.

En lo más profundo, donde la mente superficial de Novi apenas podía reparar en ella, la esencia de Gaia perduraba y guiaba los acontecimientos, pero era esa máscara impenetrable lo que hacía posible la continuación de aquella gran labor.

Y esa máscara, la que pertenecía a la hameniana, era completamente feliz. Era tan feliz que Novi casi no lamentaba la distancia que le separaba de ella misma/ellos/todos, y se sintió satisfecha de ser, a partir de aquel momento, lo que aparentaba ser.

90

Pelorat se frotó las manos y, con un entusiasmo cuidadosamente reprimido, comentó:

—¡Cuánto me alegro de estar otra vez en Gaia!

—Humm —dijo Trevize, abstraído.

—¿Sabe qué me ha contado Bliss? La alcaldesa regresa a Términus con un tratado comercial con Sayshell. El orador de la Segunda Fundación regresa a Trántor convencido de que lo ha arreglado todo, y esa mujer, Novi, va con él para asegurarse de que inicie los cambios que originarán «Galaxia». Y ninguna de las dos Fundaciones sospecha siquiera que Gaia existe. Es realmente asombroso.

—Lo sé —contestó Trevize—. También a mí me lo han comunicado. Pero nosotros sabemos que Gaia existe y podemos hablar.

—Bliss no lo cree así. Dice que nadie nos creería, y que nosotros lo sabemos. Además, yo, por mi parte, no tengo intención de abandonar Gaia jamás.

Trevize salió de su abstracción. Levantó los ojos y preguntó:

—¿Qué?

—Voy a quedarme aquí. Verá, es increíble. Hace

sólo unas semanas llevaba una vida solitaria en Términus, la misma vida que había llevado durante décadas, inmerso en mis archivos y mis pensamientos y sin otro sueño que ir hacia la muerte, cuando quiera que se produjera, todavía inmerso en mis archivos y pensamientos y llevando mi vida solitaria... vegetando gustosamente. Luego, de un modo repentino e inesperado, me convierto en viajero galáctico, me veo envuelto en una crisis galáctica, y... no se ría, Golan..., he encontrado a Bliss.

—No me río, Janov —dijo Trevize—, pero, ¿está seguro de que sabe lo que hace?

—Oh, sí. Este asunto de la Tierra ya no me parece importante. El hecho de que fuese el único mundo con una ecología variada y con vida inteligente ya ha sido explicado. Los «eternos», ya sabe.

—Sí, lo sé. ¿Y va a quedarse en Gaia?

—Sin ninguna duda. La Tierra es el pasado y estoy cansado del pasado. Gaia es el futuro.

—Usted no forma parte de Gaia, Janov. ¿O acaso cree que puede convertirse en parte de él?

—Bliss dice que puedo convertirme en una pequeña parte de él; intelectualmente, si no biológicamente. Ella me ayudará, por supuesto.

—Pero ya que ella es parte de él, ¿cómo encontrarán ustedes dos una vida común, un punto de vista común, un interés común...?

Estaban en el exterior y Trevize contempló seriamente la tranquila y fructífera isla, y en la lejanía el mar, y en el horizonte, purpurada por la distancia, otra isla; todo ello pacífico, civilizado, y una unidad.

—Janov, ella es un mundo; usted es un insignificante individuo. ¿Y si se cansa de usted? Es joven...

—Golan, ya he pensado en eso. No he pensado en nada más durante días y días. Cuento con que se canse de mí; no soy un idiota romántico. Pero lo que me dé hasta entonces será suficiente. Ya me ha dado bastante.

He recibido más de ella de lo que soñaba que existía en la vida. Aunque no volviese a verla a partir de este momento, me sentiría satisfecho.

—No lo creo —dijo Trevize con suavidad—. Me parece que es un idiota romántico y, cuidado, no querría que fuese de otra manera. Janov, no hace mucho que nos conocemos, pero hemos estado juntos cada minuto de varias semanas y... lo siento si le parece una tontería, pero le he tomado mucho afecto.

—Y yo a usted, Golan —dijo Pelorat.

—Y no quiero que nadie le hiera. Debo hablar con Bliss.

—No, no. Le ruego que no lo haga. La reprenderá.

—No la reprenderé. No es una cuestión totalmente relacionada con usted, y quiero hablar a solas con ella. Por favor, Janov, no quiero hacerlo a espaldas suyas, de modo que déme su consentimiento para que hable con ella y aclare unas cuantas cosas. Si me siento satisfecho, le daré mis sinceras felicitaciones y buenos deseos..., y pase lo que pase, siempre guardaré silencio.

Pelorat meneó la cabeza.

—Lo estropeará todo.

—Le prometo que no. Le ruego...

—Bueno... Pero tendrá cuidado, mi querido amigo, ¿verdad?

—Le doy mi palabra de honor.

91

Bliss manifestó:

—Pel dice que quiere verme.

Trevize contestó:

—Sí.

Estaban bajo techo, en el pequeño apartamento que le habían asignado.

Bliss se sentó con gracia, cruzó las piernas, y lo miró sagazmente, luminosos sus hermosos ojos marrones y brillante su largo cabello oscuro.

—Usted tiene mala opinión de mí, ¿verdad? La ha tenido desde el principio —dijo.

Trevize permaneció en pie y contestó:

—Usted ve las mentes y su contenido. Sabe lo que pienso de usted y por qué.

Bliss meneó la cabeza con lentitud.

—Su mente es intocable para Gaia. Usted lo sabe. Necesitábamos su decisión y tenía que ser la decisión de una mente clara e intacta. Cuando apresamos su nave, les coloqué dentro de un campo tranquilizante pero eso era esencial. El pánico o la ira le habrían dañado, y quizá le habrían vuelto inútil para un momento crucial. Y eso fue todo. Jamás podría ir más allá y no lo he hecho, de modo que no sé lo que está pensando.

Trevize objetó:

—Ya he tomado la decisión que debía tomar. Decidí a favor de Gaia y «Galaxia». Así, pues, ¿a qué viene hablar de una mente clara e intacta? Ya tiene lo que quería y ahora puede hacer conmigo todo lo que desee.

—De ningún modo, Trev. Quizá necesitemos otras decisiones en el futuro. Sigue siendo lo que es y, mientras viva, será un extraordinario recurso de la Galaxia. Sin duda hay otros como usted en la Galaxia, y otros como usted aparecerán en el futuro, pero por ahora sabemos de usted... y sólo de usted. Aún no podemos tocarle.

Trevize reflexionó.

—Usted es Gaia y no quiero hablar con Gaia. Quiero hablar con usted como individuo, si es que eso significa algo.

—Significa algo. Estamos muy lejos de constituir una fusión común. Puedo desligarme de Gaia durante un rato.

—Sí —dijo Trevize—. Creo que puede. ¿Lo ha hecho ahora?

—Lo he hecho.

—Pues, en primer lugar, permítame decirle que ha sido muy hábil. Tal vez no entró en mi mente para influir en mi decisión, pero sin duda entró en la de Janov con este objetivo, ¿no es cierto?

—¿Cree que lo hice?

—Creo que lo hizo. En el momento crucial, Pelorat me recordó su propia visión de la Galaxia como un ser vivo y eso me indujo a tomar la decisión en aquel momento. El pensamiento pudo ser de él, pero la mente que lo provocó fue la de usted, ¿verdad?

—El pensamiento estaba en su mente, pero había muchos otros. Yo allané el camino ante su reminiscencia de la Galaxia viviente, y no ante sus demás pensamientos. Por lo tanto, ese pensamiento determinado salió con facilidad de su conciencia y se tradujo en palabras. Cuidado, yo no creé el pensamiento. Estaba allí —repuso Bliss.

—Sin embargo, eso supuso una transgresión indirecta de la total independencia de mi decisión, ¿verdad?

—Gaia lo consideró necesario.

—¿Ah, sí? Bueno, quizá se sienta mejor, o más noble, si sabe que aunque el comentario de Janov me impulsó a tomar la decisión en aquel momento, creo que habría sido la misma aun cuando él no me hubiera dicho nada o hubiera intentado convencerme de que tomara una decisión distinta. Quiero que lo sepa.

—Me siento aliviada —dijo Bliss con indiferencia—. ¿Es ésta la razón por la que deseaba verme?

—No.

—¿Cuál es?

Ahora Trevize se sentó en una silla que había colocado frente a ella, de modo que sus rodillas casi se tocaban. Se inclinó hacia ella.

—Cuando nos aproximamos a Gaia, fue usted quien estaba en la estación espacial. Fue usted quien nos atrapó; fue usted quien vino a buscarnos; es usted quien ha permanecido con nosotros desde entonces... menos durante la comida con Dom, que no compartió con nosotros. En particular, fue usted quien estuvo con nosotros en el *Estrella Lejana* cuando tomé la decisión. Siempre usted.

—Yo soy Gaia.

—Eso no lo explica. Un conejo es Gaia. Un guijarro es Gaia. Todo lo que hay en el planeta es Gaia, pero no todo es Gaia en el mismo grado. Algunos son más que otros. ¿Por qué usted?

—¿Por qué cree?

Trevize dio el salto y dijo:

—Porque no creo que usted sea Gaia. Creo que es más que Gaia.

Bliss hizo un sonido burlón con los labios.

Trevize se mantuvo firme.

—Cuando estaba tomando la decisión, la mujer que acompañaba al orador...

—Él la llamó Novi.

—Pues bien, esa Novi dijo que Gaia fue encauzado por unos robots que ya no existen y que Gaia fue aleccionado para observar una versión de las Tres Leyes de la Robótica.

—Es totalmente cierto.

—¿Y los robots ya no existen?

—Es lo que Novi dijo.

—No es lo que Novi dijo. Recuerdo sus palabras exactas. Dijo: «Gaia fue formado hace miles de años con la ayuda de robots que, durante un corto período de tiempo, sirvieron a la especie humana y ahora ya no la sirven.»

—Y bien, Trev, ¿significa eso que ya no existen?

—No, significa que ya no sirven. ¿No es posible que, en cambio, gobiernen?

—¡Ridículo!

—¿O supervisen? ¿Por qué estaba usted allí en el momento de la decisión? Usted no parecía ser esencial. Era Novi quien llevaba el asunto y ella es Gaia. ¿Qué necesidad teníamos de usted? A menos que...

—¿Bueno? A menos que ¿qué?

—A menos que usted sea la supervisora cuyo papel consista en asegurarse de que Gaia no olvide las Tres Leyes. A menos que sea un robot, tan bien hecho que no puede distinguirse de un ser humano.

—Si no se me puede distinguir de un ser humano, ¿cómo es que usted cree poder hacerlo? —inquirió Bliss con una sombra de sarcasmo.

Trevize se echó hacia atrás.

—¿No me aseguran todos ustedes que tengo la facultad de estar seguro; de tomar decisiones, ver soluciones, llegar a las conclusiones correctas? No soy yo quien lo afirmo; es lo que ustedes dicen de mí. Pues bien, desde el momento en que la vi me sentí inquieto. Usted tenía algo raro. Sin duda soy tan susceptible al encanto femenino como el mismo Pelorat, o incluso más, y usted tiene el aspecto de una mujer atractiva. Sin embargo, ni por un momento sentí la más ligera atracción.

—No sabe cuánto me apena oír eso.

Trevize pasó por alto el comentario y dijo:

—Cuando entró en nuestra nave, Janov y yo habíamos estado debatiendo la posibilidad de una civilización no humana en Gaia, y cuando Janov la vio, preguntó, en su inocencia: «¿Es usted humana?» Quizá un robot deba contestar la verdad, pero supongo que puede ser evasivo. Usted se limitó a decir: «¿No *parezco* humana?» Sí, parece humana, Bliss, pero permítame volver a preguntárselo. ¿Es usted humana?

Bliss no contestó y Trevize continuó:

—Creo que incluso en aquel primer momento, intuí que no era una mujer. Es un robot y yo lo supe de algún modo. Y a causa de mi intuición, todos los acontecimientos que siguieron tuvieron sentido para mí, en particular su ausencia de la comida.

—¿Cree que no puedo comer, Trev? ¿Ha olvidado que tomé un plato de gambas en su nave? Le aseguro que soy capaz de comer y de realizar cualquier otra función biológica. Incluido, antes de que me lo pregunte, el sexo. Y, sin embargo, admito que eso sólo no demuestra que no sea un robot. Los robots habían alcanzado un grado de perfección, incluso miles de años atrás, en que únicamente se diferenciaban de los seres humanos por el cerebro, y únicamente podían ser identificados por quienes sabían manejar campos mentálicos. El orador Gendibal habría podido averiguar si yo era un robot o un ser humano, si se hubiera molestado en mirarme una sola vez. Naturalmente, no lo hizo.

—Sin embargo, aunque yo carezco de mentálica, estoy convencido de que es un robot.

—¿Y qué, si lo soy? No admito nada, pero tengo curiosidad. ¿Y qué, si lo soy?

—No es necesario que admita nada. Sé que es un robot. Si necesitaba una última prueba, ésta era su tranquila seguridad de que podía desligarse de Gaia y hablarme como un individuo. No creo que pudiese hacerlo si fuera parte de Gaia, pero no lo es. Es un robot supervisor y, por lo tanto, ajeno a Gaia. Ahora que lo pienso, me pregunto cuántos robots supervisores requiere y posee Gaia.

—Lo repito: no admito nada, pero tengo curiosidad. ¿Y qué, si soy un robot?

—En ese caso, lo que quiero saber es esto: ¿Qué quiere usted de Janov Pelorat? Es amigo mío y, en ciertos aspectos, es un niño. Cree amarla; cree que sólo quiere lo que usted esté dispuesta a darle y que ya le ha dado suficiente. No conoce, y no puede concebir, el dolor de la pérdida del amor o, lo que es lo mismo, el singular dolor de saber que usted no es humana...

—¿Conoce usted el dolor del amor perdido?

—He tenido mis experiencias. No he llevado la vida recluida de Janov. Mi vida no ha estado consumida y anestesiada por una profesión intelectual que devoró todo lo demás, incluso esposa e hijo. La de él, sí. Y de repente, lo abandona todo por usted. No quiero que sufra. No dejaré que sufra. Si he servido a Gaia, merezco una recompensa, y mi recompensa es su promesa de que el bienestar de Janov Pelorat será preservado.

—¿Simulo que soy un robot y le contesto?

Trevize respondió:

—Sí. Ahora mismo.

—Muy bien. Supongamos que sea un robot, Trev, y supongamos que ocupe un cargo de supervisión. Supongamos que haya unos pocos, muy pocos, que tengan un papel similar al mío y supongamos que raramente nos encontremos. Supongamos que nuestra fuerza propulsora sea la necesidad de velar por los seres humanos y supongamos que no haya seres humanos en Gaia, porque todo forma parte de un ser planetario general.

»Supongamos que nos guste cuidar de Gaia, pero no del todo. Supongamos que en nosotros haya algo primitivo que desee ansiosamente un ser humano tal como existían cuando los robots fueron fabricados e ideados. No me interprete mal, no soy tan vieja (suponiendo que sea un robot). Tengo la edad que le dije o, al menos (suponiendo que sea un robot) ésa ha sido la duración de mi existencia. De todos modos (suponiendo que sea un robot), mi propósito fundamental sería el que siempre ha sido y desearía cuidar de un verdadero ser humano.

»Pel es un ser humano. No forma parte de Gaia. Es demasiado viejo para llegar a convertirse en una verdadera parte de Gaia. Quiere quedarse en Gaia conmigo, pues no abriga los mismos sentimientos que usted en relación a mí. Él no cree que yo sea un robot. Pues bien, yo también le necesito. Si usted me considera un robot, verá que es cierto. Soy capaz de todas las reacciones humanas y le amaría. Si siguiera insistiendo en que soy un robot, podría no creerme capaz de amar en un místico sentido humano, pero no podría distinguir mis reacciones de las que usted llamaría amor, de modo que, ¿cuál sería la diferencia?

Se calló y lo miró, con intransigente orgullo.

—¿Me está diciendo que no le abandonaría? —preguntó Trevize.

—Si usted cree que soy un robot, verá por sí mismo que la Primera Ley me impediría abandonarle, a menos que él me ordenara hacerlo y, además, yo estuviese convencida de que lo deseaba realmente y que le haría más daño quedándome que marchándome.

—¿Acaso un hombre más joven no...?

—¿Qué hombre más joven? Usted es más joven, pero no le imagino necesitándome en el mismo sentido que Pelorat y, de hecho, usted no me necesita, de modo que la Primera Ley me impediría tratar de asirme a usted.

—No estoy hablando de mí, sino de algún otro hombre más joven...

—No hay ningún otro. ¿Quién hay en Gaia aparte de Pel y de usted mismo que pudiera calificarse de ser humano en el sentido no gaiano?

Trevize dijo, más suavemente:

—¿Y si no es usted un robot?

—Decídase —repuso Bliss.

—Digo, ¿y si no es un robot?

—Entonces yo digo que, en ese caso, usted no tiene ningún derecho a inmiscuirse. Sólo a mí y a Pel nos corresponde decidir.

—Entonces, vuelvo al punto de partida. Quiero mi recompensa, y esa recompensa es que usted lo trate bien. No insistiré en el detalle de su identidad. Únicamente asegúreme, como una inteligencia a otra, que lo tratará bien.

Y Bliss contestó con suavidad:

—Lo trataré bien... no para recompensarle a usted, sino porque así lo deseo. Es mi más ferviente deseo. Lo trataré bien. —Llamó—: «¡Pel!» Y otra vez: «¡Pel!»

Pelorat entró desde el exterior.

—Sí, Bliss.

Bliss extendió una mano hacia él.

—Creo que Trev quiere decirnos algo.

Pelorat le cogió la mano y entonces Trevize cogió las dos manos unidas entre las suyas.

—Janov —dijo—, me alegro por ambos.

—¡Oh, mi querido amigo! —exclamó Pelorat.

Trevize añadió:

—Probablemente me marche de Gaia. Ahora voy a hablar de ello con Dom. No sé cuándo o si volveremos a vernos, Janov, pero, en todo caso, nos ha ido bien juntos.

—Sí, nos ha ido bien —afirmó Pelorat, sonriendo.

—Adiós Bliss, y, por adelantado, gracias.

—Adiós Trev.

Y Trevize, agitando la mano, salió de la casa.

92

Dom dijo:

—Hizo bien, Trev. Bueno, hizo lo que yo pensaba que haría.

También ahora estaban comiendo, algo tan poco satisfactorio como la primera vez, pero a Trevize no le importaba. Quizá nunca más volviese a comer en Gaia.

—Hice lo que pensaba que haría usted, pero no, quizá, por la razón que usted pensaba —repuso.

—Sin duda estaba seguro de que su decisión era acertada.

—Sí, lo estaba, pero no por esa mística capacidad de

certeza que parezco tener. Si escogí «Galaxia», fue por un razonamiento ordinario, el tipo de razonamiento que cualquier otro habría utilizado para llegar a una decisión. ¿Quiere que se lo explique?

—Desde luego que sí, Trev.

—Habría podido hacer tres cosas. Habría podido unirme a la Primera Fundación, o a la Segunda Fundación, o a Gaia.

»Si me hubiese unido a la Primera Fundación, la alcaldesa Branno habría tomado medidas inmediatas para establecer su dominio sobre la Segunda Fundación y sobre Gaia. Si me hubiese unido a la Segunda Fundación, el orador Gendibal habría tomado medidas inmediatas para establecer su dominio sobre la Primera Fundación y sobre Gaia. En ambos casos, lo que hubiera tenido lugar habría sido irreversible, y si ambas posibilidades constituían la solución equivocada, habría sido una catástrofe irreversible.

»No obstante, si me unía a Gaia, la Primera Fundación y la Segunda Fundación tendrían la convicción de haber obtenido una victoria relativamente pequeña. Entonces todo continuaría como antes, ya que la formación de «Galaxia», según me habían dicho, requeriría generaciones, e incluso siglos.

»Así pues, unirme a Gaia fue mi modo de contemporizar y asegurarme de que quedaría tiempo para modificar las cosas, o incluso invertirlas, si mi decisión resultaba equivocada.

Dom enarcó las cejas. Aparte de esto, su rostro viejo y casi cadavérico se mantuvo inalterable.

—¿Opina usted que su decisión puede resultar equivocada? —preguntó con su voz aguda.

Trevize se encogió de hombros.

—No lo creo, pero debo hacer una cosa para saberlo con certeza. Tengo la intención de visitar la Tierra, si es que logro encontrar ese mundo.

—Por supuesto no le detendremos si desea abandonarnos, Trev...

—Yo no encajo en su mundo.

—Igual que Pel; sin embargo, si desea quedarse, le acogeremos con tanto agrado como a él. Pero no le retendremos. Dígame, ¿a qué se debe su interés por la Tierra?

—Pensaba que lo sabía —contestó Trevize.

—No lo sé.

—Hay un dato que me ocultó, Dom. Quizá tuviese sus razones, pero preferiría que no lo hubiera hecho.

—No sé a qué se refiere.

—Escuche, Dom, con objeto de tomar la decisión, utilicé la computadora y durante un fugaz momento me encontré en contacto con las mentes de quienes me rodeaban: la alcaldesa Branno, el orador Gendibal y Novi. Tuve una breve visión de varias cosas que, por sí solas, apenas significaron nada para mí, como, por ejemplo, los diversos efectos que Gaia, según el parecer de Novi, había producido sobre Trántor, efectos que tenían como objetivo inducir al orador a ir a Gaia.

—¿Sí?

—Y una de esas cosas era el expolio de todas las referencias a la Tierra existentes en la biblioteca de Trántor.

—¿El expolio de las referencias a la Tierra?

—Exactamente. Esto significa que la Tierra es muy importante, y no sólo indica que la Segunda Fundación no debe saber nada acerca de ella, sino que yo tampoco. Si voy a hacerme responsable de la dirección del desarrollo galáctico, no acepto voluntariamente la ignorancia. ¿Querrá decirme por qué es tan importante mantener en secreto todo lo relacionado con la Tierra?

Dom contestó con solemnidad:

—Trev, Gaia no sabe nada de ese expolio. ¡Nada!

—¿Pretende decirme que Gaia no es responsable?

—No lo es.

Trevize reflexionó durante unos momentos, pasando lentamente la lengua sobre sus labios.

—Entonces, ¿quién fue el responsable?

—No lo sé. No veo ninguna utilidad en ello.

Los dos hombres se miraron con asombro y, luego, Dom dijo:

—Tiene usted razón. Creíamos haber llegado a una conclusión de lo más satisfactoria, pero mientras este punto continúe sin aclararse, no podremos descansar. Quédese un tiempo con nosotros y pensaremos en lo que debemos hacer. Después podrá marcharse, con toda nuestra ayuda.

—Gracias —dijo Trevize.

FIN
(por ahora)

NOTA DEL AUTOR

Este libro, aunque autónomo, es una continuación de *La Trilogía de las Fundaciones*, compuesta de tres libros: *Fundación, Fundación e Imperio* y *Segunda Fundación*.

Además, he escrito otros libros que, a pesar de no tratar directamente sobre la Fundación, están ambientados en lo que podríamos llamar «el universo de la Fundación».

Así, en *Las estrellas, Como polvo* y *Las corrientes de espacio*, la trama se sitúa durante los años en que Trántor estaba en expansión hacia el Imperio, mientras que *Guijarro en el cielo* se desarrolla cuando el Primer Imperio Galáctico estaba en el apogeo de su poder. En *Guijarro*, la Tierra constituye el tema central y en este nuevo libro se alude indirectamente a parte del material que hay en él.

En ninguno de los libros anteriores sobre el universo de la Fundación se menciona a los robots. Sin embargo, en este nuevo libro hay algunas referencias a ellos. En cuanto a esto, quizá les gustaría leer mis historias de robots. Los cuentos cortos se encuentran en *El robot completo*, mientras que las dos novelas, *Las cuevas de acero* y *El sol desnudo*, describen el período «robótico» de la colonización de la Galaxia.

Si desean una descripción de los «eternos» y de la manera en que intervinieron en la historia humana, la encontrarán (no del todo compatible con las referencias de este nuevo libro) en *El fin de la eternidad*.

En un principio, todos los libros mencionados fueron editados por Doubleday en cubierta dura. *La Trilogía de las Fundaciones* y *El robot completo* aún están a la venta con cubierta dura. De los otros, *Guijarro en el cielo* y *El fin de la eternidad* están incluidos en el volumen titulado *Los extremos opuestos del Tiempo y la Tierra*, mientras que *Las estrellas*, *Como polvo* y *Las corrientes de espacio* están en el volumen titulado *Prisioneros de las estrellas*. Ambos volúmenes han sido publicados en cubierta dura. En cuanto a *Las cuevas de acero* y *El sol desnudo* están incluidos en el volumen titulado *Novelas de robots*, que aún puede conseguirse en el Club de Libros de Ciencia Ficción. Y, naturalmente, todos están publicados en ediciones de bolsillo.

ÍNDICE